Willem Frederik Hermans

Die Tränen der Akazien

Roman

Aus dem Niederländischen
von Waltraud Hüsmert

Gustav Kiepenheuer Verlag

Die Originalausgabe mit dem Titel
De tranen der acacia's
erschien 1949 bei Uitgeverij G. A. van Oorschot,
Amsterdam.

Die Arbeit an der vorliegenden Übersetzung wurde durch
den Deutschen Übersetzerfonds gefördert.

ISBN 3-378-00664-1

1. Auflage 2005

Einbandgestaltung gold, Anke Fesel / Kai Dieterich
Satz Dörlemann Satz GmbH, Lemförde
Druck und Binden Ebner & Spiegel, Ulm
Printed in Germany

www.gustav-kiepenheuer-verlag.de

Willem Frederik Hermans
Die Tränen der Akazien

Sie prophezeit die Zukunft.
Und ich bin beauftragt, sie zu verwirklichen.

Paul Eluard, Hauptstadt der Schmerzen

1

Die junge Bäuerin hatte schließlich nicht protestiert, als er sein Kinn auf ihrer Schulter ruhen ließ. Sie hatte sogar leicht den Kopf bewegt, so daß ihr nach Seife riechendes Haar seine Nase und seinen Mund streifte. Kurz darauf hatte er nur noch Müdigkeit verspürt und nicht die geringste Begierde.

Seit Zwolle stand er, die ganze Zeit an diesen Frauenrücken gedrückt. Es war bereits nach sechs. Im Zug brannte kein Licht. Lärmende Jungen, die sicher täglich hin und her fuhren, weil sie eine Schule besuchten, die es in Kampen nicht gab, spielten bisweilen mit Dynamo-Taschenlampen und Feuerzeugen. Die Fenster der Wagentüren waren an beiden Seiten geöffnet. Doch grobschlächtige Männer standen so dicht davor, daß kaum frische Luft hereinkam; Tabakgeruch, der an den Gestank versengter Pferdehufe erinnerte, hing schwer im Abteil. Ihm wurde davon so übel, daß er sich fast übergeben mußte.

Der Zug fuhr langsamer und kam dann zum Stehen. Die Unterhaltungen wurden lauter, wie das Gegacker und Geschnatter von in Körben eingesperrtem Geflügel, das auf den Markt gestellt wird. Aber sie waren noch nicht in Kampen. Draußen war kein Licht zu sehen, nur grauer Nebel, hier und da mit noch dunkleren Wolken beschmutzt. Er hatte kein Wort mit dem Mädchen gewechselt, und sie hatte auch mit niemand anderem gesprochen. Er hatte mit dem Gedanken gespielt, ihre Hand zu streicheln, die er, sanft über ihren Schenkel tastend, behutsam finden müßte, dann aber gedacht: Warum eigentlich?

Während die Schuljungen noch einmal in Gelächter ausbrachen, setzten sich die Wagen wieder in Bewegung, so langsam, daß die Räder bei jedem Schienenstoß ein sonores Geräusch machten, das an den Klang eines Gongs erinnerte.

Als der Zug schließlich auf dem Bahnhof anhielt, gaben seine Knie vor Müdigkeit fast nach, doch die anderen Reisenden, die sich an ihn drängten, hielten ihn aufrecht. Wie sie wollte er nach seinen Koffern greifen und langte zum Gepäcknetz auf der gegenüberliegenden Seite. Die anderen hatten es jedoch eiliger. Sie drückten ihn auf die Bank hinab, auf einen Platz, von dem gerade jemand aufgestanden war. Dort blieb er sitzen, bis alle das Abteil verlassen hatten. Den Kopf in die Hände gestützt, wäre er am liebsten eingeschlafen. Mit Wehmut dachte er an das Mädchen, war aber froh, daß er gar nicht wußte, wie sie aussah; die Möglichkeit, daß sie häßlich war, erschien ihm am wahrscheinlichsten.

Endlich stand er mit seinen beiden schweren Koffern an der Sperre. Nur noch fünf oder sechs Leute waren vor ihm, ansonsten war, abgesehen von einem Mann, der mit einer Taschenlampe zwischen den Gleisen umherging, auf dem ganzen Gelände niemand zu sehen. Nach dem erstikkend heißen Abteil nun im kalten Dunst des Bahnsteigs, fühlte er sich, als habe er soeben ein Badehaus verlassen. Noch stärker kontrastierte das brennende Pulsieren seines Bluts mit der kühlen Luft; die Kälte umfaßte seinen Kopf wie mit Zangen; wenn er ihn neigte, wurde der Hals eingedrückt wie ein zusammengelegter Gummischlauch. Er stellte die beiden Koffer ab, preßte die Hände kurz auf den Magen und seufzte tief. Die letzten Reisenden vor ihm schoben sich durch die Sperre, wo eine orangefarbene Lampe brannte.

Der alte Bahnhofsbeamte beugte sich vom Schalter zu ihm vor und fragte: »Und Sie? Können Sie nicht weitergehen? Das war der letzte Zug. Ich will auch mal nach Hause.«

Er schleppte seine Koffer näher an das Häuschen mit dem Beamten und tastete in der Manteltasche nach seiner Fahrkarte. Als er sie nicht fand, knöpfte er den Mantel und auch seine Anzugjacke auf. Mit beiden Händen durchsuchte er sämtliche Taschen.

»Schauen Sie auch mal in Ihr Portemonnaie«, riet ihm der Kontrolleur, aber er antwortete: »Ich weiß genau, daß sie da nicht drin ist.«

»Dann stelle ich Ihnen eine Nachlösekarte aus.« Der Mann stand auf, kam heraus, hakte vorsorglich eine Kette vor dem Durchgang ein und ging in das Büro, wo ein anderer Beamter wegen der Verdunklung sofort die Tür hinter ihm schloß.

Nun erst tastete er nach seinem Portemonnaie, und als er auch das nicht finden konnte, nahm er schnell seine Koffer und ging auf den Bahnsteig zurück.

Die Bahnhofshalle war nur zu einer Seite hin offen: zu der, wo der Zug eingelaufen war. Er könnte auf die Schienen springen, versuchen, über die Gleise zu entkommen, aber wahrscheinlich waren die Gleisanlagen mit hohen Zäunen abgesperrt. Auf gut Glück stieß er eine Tür auf und hoffte, daß sie in den Wartesaal führte; vielleicht könnte er sich auf der Toilette verstecken und dann später … oder vielleicht war ja zufällig eine Tür zur Straßenseite offen …

Er trat in einen Raum mit mehreren Schreibtischen, auf denen sich Papierstapel häuften. Nur eine einzige Lampe brannte, eine Lampe mit einem grünen Glasschirm. Auf einem langen Tisch vor der Wand ratterte ein Telegraph und streckte langsam eine endlose weiße Papierzunge heraus. An den Wänden waren rätselhafte Knöpfe, Apparate, Glasgehäuse und Schilder mit Zahlen angebracht. Kein Mensch war zu sehen. Sofort schrillte eine Klingel, doch das erschreckte ihn nicht. So schnell er konnte, schleppte er seine Koffer zur anderen Seite, wo er eine Tür erblickt hatte. Kurz darauf stand er im Freien. Seine Füße knirschten auf einem breiten Kiesstreifen. Es war still, er hörte nur das Rauschen des Windes in einer dichten Weißdornhecke. Die Brücke war nicht weit entfernt: durch ein Tor mit drei kleinen Türmen, deren Zinnen in den Himmel bissen, gelangte man auf das lange, stählerne Gerüst. Nur wenige Menschen gingen über die Brücke. Er sah sie im Dunkeln erst, wenn sie ganz nah waren.

In der Mitte blieb er stehen, nicht, um die Koffer zu tauschen, denn sie waren gleich schwer.

Der Fluß war breit und lag kaum tiefer als das Land, in das er vage überging. Der Himmel war hier und da auffallend hell, als seien große Stücke aus dem Schwarz herausgerissen.

Er nahm eine Dose aus seiner Tasche und drehte sich eine Zigarette. Es tat ihm gut, sich über das Geländer zu beugen und ins Wasser zu blicken. Langsam schwebte er vorwärts. Den ganzen Müll, der im Wasser schwamm, ließ er hinter sich. Er hatte keine Last mehr zu tragen und keine Angst mehr. Er war ja entkommen ... Aber als sich die Glut der Zigarette seinen Fingernägeln näherte, wußte er wieder, daß er nur entkommen war, um in eine neue Falle zu gehen, die Falle, derentwegen er hierhergefahren war. Und die Fangeisen, die ihm das Genick brechen würden, trug er in seinen Koffern bei sich. Er mußte nur noch den richtigen Platz finden, um sie aufzustellen. Und am Köder anbeißen, dachte er. Ach, Unsinn, welcher Köder?

Carola zieht sich jetzt aus, dachte er, als er nach den Koffern griff und weiterging zum Ausgang der Brücke, der immer größer wurde, sie streift die Träger ihres Unterkleides herunter, streckt die nackten Arme hoch und fröstelt; das Hemd gleitet wie eine Stimmung von ihr ab. Aber wahrscheinlich geht es nicht von selbst, sie schiebt es zusammengerollt nach unten und steigt mit hohen Schritten und gerunzelter Stirn heraus. Dann legt sie sich ins Bett, läßt aber das Licht brennen. Sie steckt sich eine Zigarette an, falls sie eine hat, und liest einen meiner Briefe. Welchen? Einmal habe ich ihr geschrieben: »Sag nicht, daß ich vor dir nicht niederknien darf; wenn ich vor dir knie und deine Knie umschlinge, sind deine Beine wie lange, widerspenstige Fische in meinen Armen.« Liest sie das? Oder liest sie gar nicht, schläft sie? Oder schläft sie gar nicht, liegt sie wach, vielleicht nicht mal allein? – Wenn ich diese Gewohnheit ablegen würde: alles vor dem Hintergrund seines Gegenteils zu denken, wie unwahrscheinlich dieses Gegenteil auch sein mag ... erst dann werde ich wirklich gleichgültig sein, genau: Alles wird für mich gleich viel gelten! Dann bin ich erwachsen, dann bin ich vierzig Jahre!

Vierzig Jahre! dachte er, als er unter einem der drei kleinen Türme hindurchging, die auch den Ausgang schmückten. Er verlangsamte den Schritt und dachte: Heute habe ich Geburtstag. Ich werde vierzig. Aber hier, in dieser dunklen Stadt, werde ich keinem Onkel begegnen, der mir die Hand geben will, so daß ich eine Entschuldigung hätte, um stehenzubleiben und die Koffer abzusetzen, weil ich die Gratulation entgegennehmen muß. Er näherte sich einem engen Durchgang zwischen einem der Türme und einem vorspringenden Gebäude.

»Ich suche ein Hotel für die Nacht«, sagte er zu einem entgegenkommenden Mann und ging dabei etwas in die Knie, so daß die beiden Koffer gleichzeitig auf dem Boden aufsetzten, »wüßten Sie vielleicht eins in der Nähe?«

Der Mann ging ein paar Schritte weiter, bis er an ihm vorbei war, drehte sich um und sagte: »Ich würde es mal unterm Turm versuchen.« Mehr nicht. Trotzdem blieb er noch stehen, als der andere seine Koffer schon wieder genommen hatte und sich entfernte.

Als er, das Gepäck in der Hand, den Wirt hinterm Tresen nach einem freien Zimmer fragte, rückten die Gäste, soweit sie nicht Billard spielten, sondern an kleinen Tischen entlang der Wände des Schankraums saßen, ihre Stühle, um ihn besser sehen zu können. Die Billardspieler rieben ihre Queues mit Kreide ein und blickten dabei zu ihm herüber.

Er zog den Mantel aus und setzte sich. Der Wirt brachte ihm Kaffee. Auf dem Tablett lag ein Formular, das er gleich ausfüllte.

Name: Ossegal.
Vornamen: Oskar.
Beruf: Chemiker.
Verheiratet: mit Andrea Corvác, geboren in Prag.

Er steckte seinen Ausweis seufzend wieder in die Innentasche. Ossegal!* Was für ein Name! Seit er siebzehn war, hatte Oskar Ossegal nicht mehr über seinen Namen nachgedacht, den er manchmal als peinlich empfunden hatte, wenn er sich vorstellen mußte, vor allem bei Mädchen.

Er nahm ein flaches Blechdöschen aus der Westentasche und ließ eine Tablette in seinen Kaffee fallen, die er verrührte. Er saß fast reglos da und hoffte, daß seine Kopfschmerzen durch die Tablette verschwinden würden. Die Billardspieler beachteten ihn nicht mehr, er sie aber um so mehr. Jedesmal wenn die Kugeln einander berührten, klickte es in seinen vor Schmerz überempfindlichen Ohren nach. Wenn sich der Qualm in diesem Raum plötzlich zu einer Matratze verdichten, sich auf den Billardtisch legen und alle Geräusche ersticken würde, dachte er.

Hinter der Theke öffnete sich eine Tür. Ein Mädchen trat heraus, das den Kopf neigte, denn direkt hinter der Tür führte eine schmale Treppe steil nach oben. Das Mädchen war nicht besonders groß und stämmig gebaut. Sie trug ein Kleid aus fahlgrünem und eine Schürze aus dünnem weißen Stoff, die nach oben spitz zulief und zwischen ihren fülligen, runden Brüsten festgesteckt war.

Sie kam auf Ossegal zu. Ihre Brüste wölbten sich unter dem zu straff sitzenden Kleid, sie zogen lange, aufge-

* (nl.) Ochsengalle. (Alle Fußnoten sind Anm. d. Übers.)

blasene Gesichter wie Kinder, die nicht nach draußen dürfen. Sie hatte dunkelblondes Haar, vorn jedoch eine gebleichte Strähne. Oben auf dem Kopf schienen ihre Haare klatschnaß zu sein, nach unten hin wurden sie zu fettigen Fransen.

»Soll ich Ihre Koffer schon mal hochtragen?« fragte sie Ossegal mit auffallend großstädtischer Intonation.

»Nein, nein, danke«, sagte er, »nach dem Kaffee gehe ich sofort schlafen, dann nehme ich sie selber mit.«

»Es macht aber wirklich keine Mühe«, entgegnete sie und bückte sich bereits.

»Lassen Sie das lieber«, sagte er und räusperte sich, »da sind zerbrechliche Sachen drin. Ich bin nämlich Zauberkünstler.«

»Tatsächlich?« fragte sie, nachdem sie sich wieder aufgerichtet hatte; sie stützte sich mit einer Hand auf die Ecke des Tischs, an dem er saß. Sie lächelte. Ihre Zähne waren sehr klein, eher breit als lang. Ein Gebiß, das aussah, als wäre es alt und sehr abgenutzt.

»Ich hab gleich gedacht, Sie hätten so was Besonderes, als ich Sie sah. Wir haben hier öfter Künstler. Im Winter veranstalten wir Varieté im hinteren Saal. Die Kilima Hawaiians waren auch schon hier. Kennen Sie Bill Buisman?«

»Nein«, sagte er. »So, ich geh jetzt in mein Zimmer.« Er stand auf und legte sich den Mantel über die Schulter.

Sie öffnete die Tür, durch die er eingetreten war, und zeigte auf eine Treppe, kaum weniger steil und schmal als die, auf der sie zum Schankraum hinabgestiegen war. »Es ist oben, Nummer 13«, sagte sie und ging zurück.

Er kam nur mit Mühe voran. Die Treppe war so schmal, daß er die Koffer nicht seitlich tragen konnte, sondern den einen nach vorn heben und den anderen hinter sich halten mußte. Er kam sich vor wie eine riesige Waage. Erst auf halbem Wege fiel ihm ein, er hätte zuerst einen Koffer hochschaffen und dann den anderen holen können, aber aus Sturheit schleppte er schließlich auch beide Koffer zugleich durch den Flur, der ebenso schmal wie die Treppe war. Er konnte kaum etwas sehen. Nur am Ende brannte eine orangefarbene Sparlampe. Die Wände bestanden aus schmalen, senkrechten Brettern. Der Flur war hoch und knarrte überall.

In seiner Zimmertür steckte ein Schlüssel. Er stellte die Koffer ab, öffnete die Tür, schaltete das Licht an, schleppte die Koffer bis vors Bett (das direkt neben der Tür stand, der kleine Raum war nicht länger als das Bett) und schloß die Tür wieder hinter sich. Bevor er sich aufs Bett setzte (einen Stuhl gab es nicht), nahm er, wie er es immer machte, wenn er allein in einem fremden Zimmer war, ein Foto von der Wand und betrachtete es aufmerksam. In diesem Kabuff hingen nur zwei Fotos, links und rechts neben dem verwitterten Spiegel über der kleinen Kommode mit dem Waschgeschirr in schreiendem Rosa. Doch er legte das Foto wieder aus der Hand, noch ehe er es betrachtet hatte. Er saß aufrecht da, reglos. Ringsum bestand dieser Verschlag, außer an der Fensterseite, aus senkrechten, grau angestrichenen Brettern. Im Raum nebenan sagte eine Männerstimme halb keuchend, halb flüsternd: »Was macht das schon, es weiß doch niemand, daß ich hier bei dir bin, kein Mensch ...«

Kein Mensch weiß, daß ich hier bin ... Er schaute in den verwitterten Spiegel. Ein Mann von Vierzig. Wer schwarze Haare hat, wird nicht zuerst grau, nein, sofort weiß. Wie weiß seine Schläfen schon waren, und links begann seine Stirn fast oben auf dem Schädel. Nur die Augen waren unverändert und seine Wangen, runde braune, weiche Knabenwangen.

Mit einem besseren Haarschnitt und viel Brillantine würde ich tatsächlich wie ein Zauberkünstler aussehen, wie ein Zauberkünstler oder ein Gigolo, oder wie ein Croupier, die Sorte Mann von spanischer Abstammung, in Frankreich von einer italienischen Mutter geboren.

Nun doch getröstet und zufrieden, daß er wie ein Zauberkünstler aussah, holte er seinen Ausweis hervor, auf dem es stehen würde: Eduard Rollinet, Zauberkünstler. Doch er fand nur den Ausweis von Oskar Ossegal, Chemiker. Mit ruhiger Hand hielt er den Ausweis und starrte auf das Paßbild von Oskar Ossegal, Chemiker, sein eigenes Foto. Angst ließ ihn jede Naht der Unterwäsche auf der Haut spüren. Er hörte die Küsse in dem Kabuff nebenan, einen nach dem anderen, er hörte das anschwellende, manchmal abrupt verstummende Lachen einer Frau, er hörte das Bett, auf dem sie sich offenbar anders hinlegten, kurz knarren. Dann griff seine linke Hand nach dem Schal, den er aus dem Mantel zog. In der einen Hand hielt er den Schal, in der anderen den Ausweis mit dem Foto von Oskar Ossegal. Etwas ragte aus der Zelluloid-Hülle: seine Fahrkarte. Er hatte sie ja in den Ausweis von Eduard Rollinet gesteckt, um immer, wenn es nötig war, den richtigen Ausweis bei der Hand zu haben und um immer zu wissen, wo seine Fahrkarte war ... Als er auf dem Bahnhof nach seiner Fahrkarte gesucht hatte, hatte er den Ausweis von Ossegal hastig weggesteckt, im Glauben, hier könne die Fahrkarte nicht sein ...

Nun kramte er nervös in allen Taschen nach dem Ausweis Rollinets. Zuerst dort, wo er wahrscheinlich nicht sein würde: in der Portemonnaietasche, in den Außentaschen des Mantels.

Er fand ihn in der Satin-Innentasche seiner Weste. Alle Kleidungsstücke aufgeknöpft, den Schal auf dem Boden, saß er breitbeinig auf dem Bett, in jeder Hand eine Kennkarte, auf beiden Kennkarten dieselben Fingerabdrücke und dasselbe Foto, aber verschiedene Unterschriften und andere Namen. Er konnte wählen zwischen zwei Personen, Rollinet, dem Zauberkünstler, und Ossegal, dem Chemiker. Und beide waren gleichermaßen fehl am Platz in diesem heruntergekommenen Hotel, nur: Rollinets Anwesenheit hatte er zur Realität gemacht ... vor einem dummen, dicken Mädchen, nicht vor der Polizei!

Er lächelte, als er das Wort »Polizei« dachte. Unterdessen schämte er sich jedoch zutiefst. Und nach der Scham kam die Angst, nicht die Angst vor der Polizei, sondern die Angst vor seinen Taten ... Er hatte Ossegal Rollinet vorgezogen, nicht nur, als er die Daten aus Ossegals Ausweis in das Formular eintrug, nein, schon viel eher, als er seine Fahrkarte zu Ossegals Ausweis gesteckt und Rollinets Kennkarte fast auf der bloßen Haut versteckt hatte. – Das war auf der Toilette des Bahnhofsrestaurants in Zwolle gewesen.

Er rieb sich die Augen, als sei er noch nicht aus dem Traum erwacht, der Chemiker Ossegal zu sein. Er klemmte den Kopf zwischen die Handflächen, merkte jedoch, daß er zu müde war, um sich zu erinnern, warum er die Identität Ossegals hatte ablegen müssen, warum das notwendig gewesen war. Er wußte nur, daß Ossegal nicht in diesem Hotel sein durfte. Aber er hatte ihn angemeldet. Oder hatte er vielleicht doch den Namen Rollinet hingeschrieben, die Daten in dessen Ausweis wußte er ja auswendig ... Auch wenn sicher war, daß er unten an dem kleinen Tisch, auf dem man ihm einen Kaffee serviert hatte, mit Ossegals Ausweis in der Hand gesessen hatte, war es nicht möglich, daß er dennoch Rollinet etc. eingetragen hatte? Oder könnte es nicht auch so sein, dachte er, vielleicht noch eher sogar, daß ich erst unten die beiden Ausweise verwechselt habe, ohne mich jetzt daran zu erinnern? Wenn es möglich ist, daß ich Ossegal statt Rollinet angegeben habe, kann doch auch das möglich sein. Wenn ich nun hinuntergehe und versuche, das Formular wieder in die Hände zu bekommen, brauche ich mir keine Gedanken mehr darüber zu machen, es ist nur, um meine Neugierde zu befriedigen, ich will wissen, in welchem Augenblick ich für meine Handlungen nicht verantwortlich war ... Er stand auf.

Als er die schmale Treppe wieder hinunterging, war er sich jedoch so sehr bewußt, durch das Befriedigen seiner Neugierde sofort die Gewißheit zu haben, ob sein Leben in

Gefahr war oder nicht, daß ihm die Kiefer aufeinanderschlugen. Ruhe bewahren, dachte er, als er vor der Tür zum Schankraum stand, wie eigenartig müssen meine runden Knabenwangen zittern. Mit verkrampftem Gesicht trat er ein, als würde ihn der Qualm in der Gaststube wie Schwefelsäure verätzen.

Hinterm Tresen stand nur das Mädchen mit der weißen Schürze. Nach vorn gebeugt, unterhielt sie sich mit einem Fischer, der, eigentlich im Gehen begriffen, noch eine lange Rede schwang. Ossegal hütete sich davor, die Aufmerksamkeit des Mädchens auf sich zu ziehen. Er wollte erst mit ihr reden, wenn der Fischer verschwunden war, ohne Zeugen. Darum stellte er sich neben den Grammophonschrank, in dem eine krampfartige Mechanik mit leisem Surren langsam eine Platte umdrehte. Der Tonarm schwenkte mit beinahe unmerklichem Zittern aus, als wäre es ihm peinlich, daß er nicht anders konnte, als seine Nadel in die Rillen zu senken, und schlürfte dann gierig eine gellende Melodie aus der schwarzen Scheibe. Ossegal wandte den Blick ab und sah den Fischer wieder an. Der hielt ein in Leder gebundenes Gesangbuch in der Hand, aus dem er ein paar Geldscheine nahm, nachdem er das Messingschloß geöffnet hatte. Das Wechselgeld legte er wieder ins Buch und steckte dieses in den Latz, der seine weite Hose vorn schloß. Wenn der mit einer Frau eng an eng steht, bilden Geld und Glauben eine Barriere gegen seine Begierde, dachte Ossegal, und als der Fischer die Schankstube verlassen hatte, ging er zu dem Mädchen. Er freute sich so über den Witz, der ihm zu dem Fischer eingefallen war, daß er ohne Angst redete.

»Ich befürchte, daß ich mich beim Ausfüllen des Anmeldeformulars vertan habe«, sagte er, »könnten Sie es mir noch einmal zurückgeben?«

»Ach, das ist nicht so wichtig«, erwiderte das Mädchen, »die Polizei kontrolliert hier sowieso nie. Wir kennen die Leute ja alle.«

Er ging um die Theke herum und stellte sich neben das Mädchen.

»Sei so nett«, sagte er, »und gib mir ...« Er kam ins Stokken. Er war schon genug aufgefallen. Wenn er sie bitten würde: »Gib mir das Formular von Ossegal«, würde sie sich später immer daran erinnern, daß ein Mann dagewesen war, der das Formular, auf dem er sich unter dem Namen Ossegal eingetragen hatte, zurückhaben wollte und statt dessen eines, auf dem der Name Rollinet stand, abgab.

»Gib mir was?« fragte das Mädchen.

»Einen Kuß«, sagte er lächelnd.

»Sicher, wenn alle dabei sind«, erwiderte sie zu seinem Erstaunen. Sie ging in einen kleinen Nebenraum, durch den man in die Küche gelangen konnte. Er folgte ihr, jedoch nicht bis in die Küche. Denn in diesem Raum entdeckte er neben einer unbenutzten Kaffeemaschine und einer altmodischen Registrierkasse aus stumpfem Nickel eine Zigarrenkiste ohne Deckel, und in der standen wie Karten in einem Karteikasten die Anmeldeformulare ... Otto, v. Otteren, Ossegal!

Er zog das Papier heraus. Freude wallte in ihm auf, aber nur für einen Augenblick. Das Anmeldeformular war zweimal gefaltet gewesen, mit Kohlepapier dazwischen. Was er in der Hand hielt, war nur der zweite Durchschlag; er hatte dort in der Kiste gestanden zwischen den Durchschlägen aus vielleicht all den Jahren, die der Krieg schon dauerte und in denen diese Registrierung vorgeschrieben war. Otto, van Otteren und all die anderen waren hier ebensowenig anwesend wie Kaffee in der verrosteten Kaffeemaschine. Die Formulare in der Zigarrenkiste hatten nicht den geringsten Wert. Er brauchte die beiden anderen Kopien!

Das Mädchen kam zurück. »Was machst du hier?« fragte sie.

»Wo?« Sie stand direkt neben ihm. »Meinst du hier?« fragte er, während er wie ein Automat die Hand auf ihre Brust legte.

»Nein, nicht hier, Chemiker«, lachte sie. »Der Chef kann jeden Augenblick kommen.« Und sie ging in den Schankraum, wo sie sich hinter den Tresen stellte und Tassen abtrocknete.

Ossegal stellte sich an die Theke, obwohl er die Blicke der anderen Gäste im Rücken spürte.

»Hier«, sagte das Mädchen und reichte ihm mit zwei nassen Fingern ein Blankoformular mit Kohlepapier, »ich hab mir schon gedacht, daß da Unsinn stand. Füll es jetzt aber richtig aus. Beeil dich ein bißchen, wir müssen es vor zwölf bei der Polizei abliefern.«

»Hast du nicht gerade gesagt, die Polizei würde hier nie kontrollieren?«

»Zwei von den drei Blättern müssen zur Wache gebracht werden.«

»Habt ihr denn die Erlaubnis, nach elf noch rauszugehen?«

»Nein, die Polizisten kommen und holen sie. Kann es sein, daß du manchmal neugierig bist?«

»Ja«, sagte er vergnügt, »das bin ich; das ist auch das einzige, was ich bin.«

»Und ich dachte, du wärst ein Zauberkünstler?«

»Das bin ich aus Neugierde geworden, ich wollte wissen, wie die anderen Zauberkünstler es machen.« Er fröstelte.

Der Wirt kam herein. Rasch bedeckte Rollinet das Formular, das er noch nicht ganz ausgefüllt hatte, mit der Hand. Aber hinten im Saal klingelte jemand nach dem Wirt.

»Hast du das alles im Kopf?« fragte das Mädchen, erstaunt, daß Rollinet keinen Ausweis auf die Theke gelegt hatte, um die Daten daraus abzuschreiben.

»Ja, das habe ich im Kopf. Schließlich bin ich Zauberkünstler!«

»Weißt du, daß es eigentlich der Wirt persönlich ausfüllen muß? Du kannst froh sein, daß du nicht im Gasthaus

De Rode Leeuw an der IJssel gelandet bist. Das sind NSB-Leute.*«

»Na, dann habe ich ja mächtig Schwein gehabt«, sagte er übermütig. Aber er dachte: Das hätte mir also auch noch passieren können. Er schob das Blatt zu dem Mädchen hin, das es unter die Theke legte. »Gib mir jetzt das andere wieder«, bat er, als sie sich wieder aufgerichtet hatte.

Doch der Wirt stellte sich zu ihm und sagte: »Wir machen jetzt das Licht aus. Es ist schon nach elf. Öde Sache, heutzutage. Aber was soll man machen?«

Rollinet drehte sich um. Der Saal war leer. Die Lampe über dem Billardtisch brannte nicht mehr. Ein braunes Abdecktuch lag über dem Tisch, die Queues lagen parallel darauf. Hinten im Raum wurde das Dunkel bedrohlicher, als das Mädchen auf Anweisung des Chefs weitere Lampen ausschaltete. Das Grammophon verstummte mitten in einem deutschen Harmonikalied. Das Mädchen war in die Küche gegangen. Rollinet sah sie nirgends mehr, und als der Wirt »Gute Nacht, Mijnheer« sagte, blieb ihm nichts anderes übrig, als sich zurückzuziehen. Er stand gerade im Flur, als er zwei Polizisten eintreten sah. Von der Theke her hörte er ihre Stimmen und die Stimme des Wirts. Ich bin verloren, dachte er. Sie kriegen zwei Formulare in die Hände, eins von Rollinet und eins von Ossegal, beide mit derselben Handschrift ausgefüllt. Mir ist nicht mehr zu helfen, es sei denn, das Mädchen hat das Formular mit dem Namen Ossegal noch rechtzeitig verschwinden lassen. Aber das ist unwahrscheinlich.

Fast geräuschlos suchte er sein Zimmer auf und drehte von innen den Schlüssel so vorsichtig um, als wäre dieser zerbrechlich wie Eis. Gleich holen sie mich, dachte er. Trotzdem zog er sich langsam aus, hielt dabei immer wieder in

* »Nationalsozialistische Bewegung«, ehemalige niederländische nationalsozialistische Partei.

der Bewegung inne und lauschte dem Geflüster im Nachbarzimmer. Das Bett knarrte nicht mehr. Der Mann flüsterte einen pausenlosen Wortschwall. Die Frau kicherte, und manchmal küßten sie einander geräuschvoll. Was gesagt wurde, konnte Rollinet nicht verstehen.

Er legte sich ins Bett. Das Flüstern wurde nun von Momenten der Stille unterbrochen.

Er schaltete das Licht nicht aus. Alle schlafen jetzt, dachte er, Carola, Andrea und sogar Arthur. Arthur ist bestimmt bei Andrea. Ich frage mich, wer von den beiden mich auslacht und wer davon überzeugt ist, daß ich alles weiß und daß es mir egal ist. Ein Mann wird nicht umsonst vierzig Jahre alt.

Im Gang knarrte es. Wie Hunde stürzten sich seine Gedanken auf die bevorstehende Verhaftung. Er richtete sich halb auf und hörte nach ein paar Sekunden einen Knall. Das gerahmte Foto, das er aufs Bett gelegt und beim Zurückschlagen der Bettdecke übersehen hatte, war zu Boden gefallen. Nach dem Knall herrschte Stille. Stille, dachte er, holte tief Luft und legte sich wieder hin. Was für ein Leben, nichts habe ich erreicht, ich wollte alles erreichen, wie jeder Mensch; jeder kommt mit dem Gedanken auf die Welt, daß er alles erreichen will. Nur wußte ich nie genau, was das ist, »alles«. Warum wußte ich es nicht, warum? Wahrscheinlich ist es jetzt sehr bald vorbei. Ich hab's nicht besser verdient. Das einzige in meinem Leben, von dem ich genau wußte, daß ich es wollte, war meine Heirat mit Andrea, aber in solchen Dingen hat es nicht die geringste Bedeutung, wenn man etwas genau weiß, auf das Ergebnis wirkt es sich nicht aus. Liebst du mich? Aber ja, Liebling, ich weiß es genau. Das ist das einzige, was die Menschen genau wissen, aber gerade dafür werden sie nicht belohnt. – Warum denke ich so über mein Leben nach? Weil ich vierzig bin, oder weil es mir so geht, wie es Ertrinkenden angeblich geht: Ehe sie sterben, läuft ihr ganzes Leben vor ihnen ab? Wie einfach, nach solch einem Erlebnis seine

Autobiographie zu schreiben, jedenfalls wenn man in letzter Sekunde gerettet wird.

Gerettet! Wie werde ich gerettet? Sie werden an die Tür klopfen. Nicht die holländischen Polizisten, nein, Deutsche. Deshalb dauert es so lange. Sie sind losgegangen, um die Deutschen zu benachrichtigen. *»Polizei!«** werden sie rufen. Im Schlafanzug öffne ich die Tür. Da stehe ich neben dem zerwühlten Bett; sie pulen mich aus diesem Kabuff wie eine Schnecke aus ihrem Haus. Den Mann, der ohne Fahrkarte den Bahnhof verlassen hat. Den Mann mit den zwei Identitäten.

Aber ich kann schießen. Ja, das ist ein sicheres Ende. Ja, ich muß schießen, das ist besser als alles andere. Denn wenn ich am Leben bleibe, ist nicht nur dieser Teil meines Lebens gescheitert, sondern von vornherein alles, was noch geschehen wird, weil ich dann nur am Leben bleibe, um das Scheitern fortzusetzen.

Trotzdem machte es ihn traurig, als er an die Zukunft dachte. Nach dem Krieg: Die Straßenbeleuchtung brennt wieder, die Lokale sind geöffnet. Man kann ausgehen, essen, trinken, rauchen, man braucht vor nichts mehr Angst zu haben. – Und ich werde nicht mehr dabeisein. Ich nicht! Ich nicht! Warum erlebe ich dann das hier, warum bin ich nicht schon längst tot!

Er stand auf und löste den Gurt eines der Koffer, fest entschlossen, zu schießen. Er brauchte seinen Revolver jedoch nicht mehr zu suchen, denn jemand kratzte leise an der Tür, und die Stimme des Mädchens flüsterte: »Ich bin's, laß mich rein.«

Er zweifelte keine Sekunde daran, daß sie kam, um ihm den Weg zum Hinterausgang zu zeigen. »Ja, warte kurz«, sagte er und zurrte den Gurt wieder fest. Dann richtete er sich auf und öffnete im Schlafanzug die Tür. Sie trat jedoch

* Im folgenden werden alle Wörter und Passagen, die im Original auf deutsch sind, kursiv gesetzt.

ins Zimmer und zog die Tür hinter sich zu. In der Hand hielt sie mehrere Zettel.

»Ich leg mich wieder ins Bett, mir ist kalt«, sagte er.

»Gut«, erwiderte sie und setzte sich aufs Bett. Etwas später zog sie ihre plumpen Knie aufs Bett.

»Hier sind die Anmeldeformulare, ich konnte sie gerade noch rausnehmen, bevor die Polizisten kamen, aber ich hatte keine Gelegenheit mehr, sie dir zu geben.«

»Danke.« Er steckte die Zettel (die das Format und die graue Farbe von Toilettenpapier hatten) zusammengeknüllt in die Tasche der Schlafanzugjacke. Er gähnte, er wollte, daß sie ginge, doch er wußte, daß sie bleiben würde, und auch, daß er sie nicht wegschicken konnte.

»Wie schade«, sagte sie, »daß du nicht der Ossegal vom Anmeldeformular bist, sonst hättest du heute Geburtstag. Dann könnten wir zusammen feiern.«

»Du feierst wohl gern?«

»Klar, ich bin ganz verrückt auf Feste. Aber hier ist nie was los. In Kampen reden sie nur von Gott, und wenn sie sich küssen, machen sie vorher das Licht aus.«

»Und was hat dich hierher verschlagen?«

»Du hörst doch bestimmt an meiner Sprache, daß ich nicht aus dieser Gegend komme?«

»Sicher.« Er fragte nicht, aus welcher Gegend sie denn kam. Das Gespräch würde ohnehin im Gang bleiben, bis zum klebrigen, keuchenden Ende. Man braucht sich nur gehenzulassen, so wie man einen Schluck im Mund nur hinunterzuschlucken braucht.

»Ich komme aus Utrecht«, erzählte sie weiter. »Eines Tages war mein Foto in der Zeitung: siebzehn Jahre, dunkelblonde Haare, hellrosa Unterkleid, vermutlich nicht ganz gescheit. Ich war schon seit zwei Wochen in Bergen. Die Polizei wußte das verdammt gut, aber mich zu schnappen, haben sie erst gewagt, als Werner mich eines Nachts betrunken vor die Tür gesetzt hat. Werner war ein hohes Tier, weißt du, Obersturmführer.«

»Und dann?« fragte er aus Neugierde, dachte jedoch: Du kannst mir viel erzählen, auf dich wartet auch gerade ein Obersturmführer.

»Na ja, dann haben sie mich nach Veenendaal gebracht. Es geht da nicht mehr so streng zu. Am Sonntag durften wir eine Zigarette rauchen. Aber abends kamen sie nachgucken, ob man die Hände auch über der Bettdecke hatte.«

»Kalt im Winter«, sagte er. Das Mädchen brach in Lachen aus, ein ganz leises Lachen, das im Flur oder im Nebenzimmer nicht zu hören sein würde, aber doch so heftig war, daß sie davon umfiel. Sie lag nun praktisch neben ihm, wenn auch auf der Zudecke.

Sie langweilte ihn fürchterlich, aber wegen seiner Kopfschmerzen, die noch nicht nachgelassen hatten, war an Schlaf nicht zu denken. Ihre Haare streiften seine Nase, und er mußte niesen. Er steckte die Hand in den Halsausschnitt ihres grünen Kleides, das er auf dem Rücken bis zur Taille aufgeknöpft hatte. Als er auch den Verschluß ihres BHs aufgemacht hatte, konnte er ihre Brüste mehr als einen Dezimeter verschieben.

»Na endlich, du«, sagte sie, »puh, ist mir kalt.« Sie zog die Beine an und schlüpfte unter die Decke.

Sie flüsterte: »Eigentlich bist du ein ganz kleiner Junge, auch wenn du wahrscheinlich ungefähr so alt bist wie dieser Ossegal.«

»Warum?« Unterdessen drückte und berührte er sie überall. Wenigstens stank sie nicht, und die Wärme ihres Körpers empfand er als angenehm.

»Ja, ein kleiner Junge«, sagte sie, »der erst furchtbar lange über alles nachdenkt, ehe er was macht. Du bist eigentlich viel besser dazu geeignet, mit Spielzeug und kleinen Maschinchen zu spielen.«

Ihre hellseherischen Fähigkeiten irritierten ihn und weckten seinen Argwohn. Für wen hielt sie ihn?

»Warum meinst du das?« fragte er.

»Na, bist du nicht ein Zauberkünstler? Führ mir doch mal ein Kunststück vor.«

»Mitten in der Nacht?« protestierte er ängstlich. »Dafür brauche ich Platz, ich kann hier unmöglich meine Koffer auspacken.«

»Ach was, soviel Platz hab ich schon«, lachte sie, »nur keine faulen Ausreden. Darf ich wenigstens mal deinen Zauberstab halten?«

Er packte sie an den Schultern, drehte sich zur Seite und küßte sie. Ich muß Haltung bewahren. Es muß sein. Könnte ich doch das Licht ausmachen, dachte er. Aber der Schalter war neben der Tür. Die weiche Masse in ihrem Mund war kälter als seine eigene Zunge. Er biß sie in die Lippen. »Hnnng«, machte sie. Nach einer Weile, als er der Ansicht war, er habe sie lange genug geküßt, ließ er sie los. »Weißt du«, sagte sie, während sie sich halb aufrichtete, um sich weiter auszuziehen, »ich bin hier so schrecklich allein. Der Chef und seine Frau haben keine Kinder. Sie sind ungeheuer fromm. Sie achten auf alles, was ich mache. Wenn ich etwas mache, was ihnen nicht gefällt, dürfen sie mich ins Heim zurückschicken. Abends kommt er an meine Tür und ruft: ›Schläfst du schon?‹ Dann muß ich sagen: ›Fast!‹, und er klebt einen Streifen Papier mit seiner Unterschrift drauf über die Tür und den Türpfosten. Der muß unbeschädigt sein, wenn er morgens kommt und mich ruft. Aber ich kann seine Unterschrift nachmachen.« Ihm war nicht gleich klar, was ihr das nützte. Wie bekam sie das Papier mit der nachgemachten Unterschrift an die Außenseite der Tür?

Sie reichte ihm ihr Kleid und ihre Unterwäsche und bat ihn, die Sachen an den Kleiderständer zu hängen. Er stand auf und schaltete dabei auch das Licht aus.

Als er wieder neben ihr lag, merkte er, daß ihm die Zähne klapperten. Er war in einer Verfassung, in der er alles hätte tun können: sie totschlagen, schreien oder weinen. Er konnte das Gefühl ihres Körpers an seinen Händen nicht ertragen, es war, als faßte er Schlamm an. O Gott, dachte er, jetzt allein in einem Bett liegen, irgendwo, wo ich in Sicherheit bin, in Amerika. Millionen Menschen sind so glücklich.

»Was hast du?« flüsterte sie, »du bist doch nicht krank? Man könnte ja meinen, du hättest Angst, so wie du zitterst.«

Er biß sie in die Schulter, und als sie leise »Au« rief, sagte er: »Ja. Ich habe Angst, kannst du das nicht verstehen? Nicht vor dir, einfach so.«

»Idiot, die Polizei ist schon lange weg.«

»Nein, Angst, weil ich nicht weiß, was passieren wird.«

»Was glaubst du denn, was passieren wird?« fragte sie kichernd, legte einen Arm um seinen Hals und machte mit dem Bauch eine wellenförmige Bewegung.

Er lachte auch. Nichts, nichts, dachte er. Ihr Atem strudelte in seinem Ohr. Er bekam ständig Haare in den Mund. Ich muß es mit ihr tun, dachte er, und dann kann ich schlafen. Falls ich überhaupt schlafen kann, will sie etwa die ganze Nacht hierbleiben? Vielleicht fängt sie wieder von meinen Koffern an. Ach, zeig mir doch wenigstens mal, was da drin ist, und wo hast du dein Kaninchen? Oder schläft das immer im Zylinder? Macht es da nie Pipi rein? – Er lächelte.

»Was ist denn jetzt los?« flüsterte sie, während sie ihn betastete. Er wollte weitermachen, aber es ging nicht. »Kleine Pause«, sagte er, »der Tag heute war sehr anstrengend.«

Ein paar Minuten lagen sie unbeweglich da. Er hatte das Gefühl, als wäre sie ein dickes Paket Zeitungen; sie widerte ihn an wie ein Teller mit altem Essen. Immer wieder tippte sie mit dem Finger an sein schlaffes Glied.

»Hör auf«, sagte er. Zu seinem Erstaunen wurde sie nicht wütend, sondern blieb geduldig. Sie schien nur eines im Sinn zu haben: endlich einmal wieder ordentlich gefickt zu werden. Er bekam es mit der Angst zu tun, daß sie sich doch beleidigt fühlen könnte und sich für seine Undankbarkeit rächen würde. »Es tut mir leid«, sagte er.

»Ach, Unsinn, du bist nur ein bißchen nervös; aber ich erzähle keinem was von dem Formular, ehrlich. Mit den Moffen will ich nichts mehr zu tun haben.«

Wenn du glaubst, daß mich das beruhigt ..., dachte er. Dennoch schien es tatsächlich diese Wirkung zu haben, denn er spürte den Mut, sie wieder fester zu umarmen. Wieder schaukelte er durch das Dunkel. Eine ermüdete Dampfmaschine. Oder ein Gefangener, der an den Boden gefesselt ist und immer wieder versucht, sich aufzurichten. Eine Hand lag unter dem Rücken des Mädchens; sein Kopf lag, so weit es ging von ihrem Kopf entfernt, auf der anderen Hand, als stütze er sich darauf. Es schien, als ob er über ein Problem nachdachte, die Hand unter dem Kopf. Das Mädchen atmete nun nur noch mit langen Unterbrechungen aus. »Schatz«, seufzte sie.

Er dachte an eine Zahnradbahn, die mühsam einen Hang ersteigen muß, und an das Pendel einer Uhr, das immer wieder in einen neuen Zahn des Zahnrads greifen muß, bis die Stunde voll ist und die Uhr schlägt. Er sah einen Weg vor sich und an dessen Ende einen Abgrund, nein, einen grasbewachsenen Graben, in den er sich schlafen legen konnte. Er versuchte zu schätzen, wie viele Minuten ihn noch davon trennten. Wie viele tausendmal hat ein Mann von Vierzig das nicht schon getan? dachte er.

Er war wie ein Büroangestellter, der viermal am Tag denselben Weg von seiner Wohnung zur Arbeit gehen muß, durch ein Viertel, so armselig, daß weder die Kleidung der Leute noch die Auslagen der Schaufenster mit den Jahreszeiten wechseln. Ganz tief im Innern, ohne auch nur zu summen, sang er das deutsche Lied, das die große Grammophonmaschine gespielt hatte; seine Zunge schlug an den Zähnen den Takt. Und danach war es, als saugte er Limonade durch einen sehr engen und langen Strohhalm. Er machte die Augen im Dunkeln zu und dachte an Carola, sah sie in obszöner Haltung, nur mit langen Strümpfen bekleidet, vor sich. Und dann stockte sein Blutkreislauf hinten im Hals, seine Brust pfiff wie das Ventil eines fast gefüllten Fahrradschlauchs. Er hustete; das Pfeifen wurde leiser.

»Ich hab auch manchmal Angst«, sagte das Mädchen nach einer Weile.

»Wovor denn?«

»Vor nichts. So eine Angst, wie du sie hast. Noch heute mittag. Ich hatte Essen gekocht, ich sah, daß da ein Rest Brei stand, den wollte ich mir auf kleiner Flamme aufwärmen. Und dann bin ich bügeln gegangen. Dadurch habe ich den Brei vergessen, bis ich ihn roch. O mein Gott, was ich für eine Angst hatte. Am liebsten wäre ich für immer weggelaufen, ehrlich. Ich dachte, ich nehme den Topf vom Gasherd und kippe alles, ohne hinzugucken, hinters Haus. Aber als ich das Gas ausgestellt hatte, habe ich den Deckel doch hochgehoben. Es war noch Brei in dem kleinen Topf. Er roch ein bißchen nach Karamel und hatte eine Farbe wie Schlagsahne. Ich nahm mir dann einen Teller, zum Wegwerfen fand ich es zu schade. Ich goß den Brei aus und guckte in den Topf. Auf dem Boden war eine schwarze Kruste, und in dieser Kruste – Himmel, mir wird wieder schlecht, wenn ich daran denke, in dieser Kruste waren überall Löcher, kleine Löcher, wie bei einer Honigwabe oder der Anschlagtafel einer Tombola. Ich nenne sie Schleimlöcher.«

»Ja, ja«, murmelte er, »wir nennen so etwas eine Einbrenne.« Und er hätte ihr gern von gesprungenen Retorten und Erlenmeyerkolben erzählt, überschäumend von gelbvioletten Fettsäuren, alles Einbrennen. Wir nennen das eine Einbrenne ... ein Begriff aus dem Metier der Zauberkünstler!

»Ich hab mal eine bunte Abbildung gesehen«, sagte sie, »in einem Lexikon, irgendwas bei einem Menschen von innen. Davor habe ich auch Angst gekriegt.« Sie schien das Wort »Einbrenne« nicht verstanden zu haben und fragte nicht, wie ein Zylinder aussah, in dem eine Mehlschwitze angebrannt war.

2

Arthur strengte die Augen an: Nein, nichts bewegte sich. Im linken Turm des Rijksmuseums standen zwei kleine Figuren mit Hämmern neben einer großen, vergoldeten Glocke. Zur vollen Stunde schlug die linke Figur an die Glocke. Nur die linke. In der Kuppel des Palasts, vor dem er gerade stand, geschah hingegen gar nichts, während die Glocken läuteten.

Er vergrub die Hände in den Taschen des Wintermantels und duckte sich in seine Kleidung. Fallschirme aus Klängen schwebten über dem ganzen Platz. Es fing zu schneien an, kleine Flocken rieselten auf den Asphalt, die nicht liegenblieben, sondern vom Wind weitergeweht wurden.

Der durchbrochene, vergoldete Zeiger der Palastuhr zeigte auf fünf nach neun. Jetzt kann es nicht mehr lange dauern, bis er kommt, dachte Arthur und ging zum Kiosk. Der Briefträger wird die Anschrift »B. van Dijk, Damplantsoen, Amsterdam« überhaupt nicht so seltsam oder ulkig finden, wie wir zuerst geglaubt haben. Angenommen, ich hätte nicht kommen können, dann hätte er den Brief ganz einfach am Kiosk abgegeben. Noch raffinierter wäre es gewesen, wenn wir ausgemacht hätten, den Brief an die Anschrift eines abgerissenen Hauses zu senden. Ich hätte mich dort postieren können, und falls nicht, wäre der Brief eben unzustellbar gewesen.

Er wunderte sich über das rege Leben auf dem Dam. Straßenbahnen, wenige Autos, viele Fahrräder, viele Fußgänger. Als wäre heute jeder zu früh aufgestanden, wie er. Plötzlich fiel ihm auf, daß es im Damplantsoen zwei Kioske gab. Daran hatte niemand gedacht. Hundertmal im Leben geht man zum Dam – aber man weiß nicht mal, daß sich dort zwei Kioske befinden. Zum Glück hatte einer geschlossen.

Endlich erblickte er einen Mann mit einer großen schwarzen Tasche. Wie ein richtiger Briefträger sah er nicht aus. Er trug Zivil und im obersten Knopfloch des Jacketts ein kleines Messingschild mit dem niederländischen Löwen. Von nahem gesehen, war das Messingschild aus gelb angestrichenem Holz.

Der Mann ging auf den Kiosk zu. Arthur sprach ihn an: »Hast du auch einen Brief für B. van Dijk, Damplantsoen?«

»Sind Sie das?«

»Ja.«

»Kalt, im Winter im Gras zu schlafen.«

»Ich hab dich nicht um einen Witz, sondern um einen Brief gebeten.«

»Und ich habe dich nicht darum gebeten, mich zu duzen«, sagte der Mann. Sein Tonfall klang tatsächlich kultiviert.

»Reg dich nicht auf. Hier, nimm dir eine Zigarette.«

»Danke. Hören Sie, ich habe keinen Brief für einen Adressaten namens van Dijk.«

Der Mann ging um den Kiosk herum und betrat ihn von der Rückseite.

Arthur blieb noch einen Augenblick stehen. Vielleicht ja heute nachmittag, dachte er. Aber das konnte seine Stimmung nicht heben.

Langsam ging er auf den Palast zu. Viertel nach neun. Jetzt konnte er sehen, wie die kleinen Hämmer auf die Glocken schlugen. Aber was habe ich damit zu schaffen, dachte er und wandte den Blick ab. Der Stacheldrahtverhau vor dem Grote Club* gab diesem Teil des Platzes etwas Ländliches und Unaufgeräumtes. Das Gesicht des Wachpostens war unter dem Helm nicht zu sehen.

* Die Deutschen hatten dieses Haus, einen Club für Unternehmer an der Ecke Kalverstraat/Dam, beschlagnahmt.

An der Ecke Kalverstraat blickte Arthur auf. Vor einem Fenster des Grote Club stand eine junge Deutsche in grauer Uniform. Dichtes, hellblondes Haar lag in schweren Locken um ihr Gesicht, bedeckte es teilweise wie ein Vorhang vor einem Geheimnis. Kein Mensch auf der Straße nahm von ihr Notiz. Sie schüttelte den Kopf, entschleierte ihr Gesicht mit einem Ruck, und Arthur blieb kurz stehen, um sie anzuschauen. Sie fing seinen Blick einen Moment lang ein und sah dann wieder über ihn hinweg. Für einen Augenblick hatte es eine Brücke über den Stacheldraht gegeben: zwei Lichtbündel zwischen vier Pupillen.

Proost sagt, er hätte mal eine an einer Tramhaltestelle angesprochen, dachte Arthur beim Weitergehen. Sie habe ihm einen Kalender gezeigt, aus dem hervorging, daß ihr von höherer Stelle pro Woche drei Männer zugewiesen wurden. Aber Proost lügt immer. Eigentlich wäre es eine sympathische Maßnahme. Nur sehr unwahrscheinlich, wenn man mal drüber nachdenkt. Niemand denkt mehr nach heutzutage. Wir reden über die Deutschen, wie Kannibalen über die »Höllenmaschinen des weißen Mannes« reden.

Er ging die Kalverstraat entlang. Um halb zehn öffnete das Labor. Es war völlig korrekt, wenn er eine Viertelstunde später kam. Aber weil in den Schaufenstern der Läden in der Kalverstraat nichts Besonderes zu sehen war, bog er am Spui nach links ab und stieg in die Straßenbahn der Linie neun.

In den Labors arbeiteten nur noch Studenten, die die von den Deutschen verlangte Loyalitätserklärung unterschrieben hatten. Oder Studenten, die sich mit einem gefälschten Stempel im Studentenausweis hintrauten, wie Arthur. In dem Übungsraum, in dem er arbeiten mußte, war er allein. Er kam nicht voran. Selbst wenn er den Gashahn ganz aufdrehte, brannte die Flamme doch nur zwei Zentimeter hoch. Sieden dauerte Stunden, Schmelzen war ausgeschlossen. Die separate Leitung für destilliertes Wasser war längst außer Betrieb. Die Korbflaschen waren jedesmal leer. Es gab zuwenig Laborgehilfen, und wenn man sie brauchte, konnte man sie nirgends finden, lief man stundenlang durch die Korridore. Vor dem Chemikalienlager wartete er eine Dreiviertelstunde, um Alkohol zu holen (den ein Assistent den Studenten nur gegen Bezugsscheine aushändigte), und als er ihn endlich erhalten hatte, war er so lustlos, daß er, wieder im Übungsraum, den Alkohol mit Wasser verdünnte und langsam trank. In seiner Brieftasche hatte er genügend Bezugsscheine für Alkohol, die ihm Oskar, ehe er fortgegangen war, ausgestellt hatte.

Er trat in die Glasbläserei, wo sich das Telefon befand. Frans sprach ihn an: »Möchten Sie vielleicht eine schöne Zigarettenspitze aus Glas, Mijnheer? Fünfzig Cent.« Viel anderes als Zigarettenspitzen stellten sie hier nicht mehr her, weil auch sie nicht genügend Gas hatten.

»Nein«, sagte Arthur, »ich möchte telefonieren«, und nahm den Hörer vom Apparat.

»Könnte ich bitte Fräulein Muttah sprechen?« fragte er.

Er wartete. Frans begann an etwas zu feilen.

»Könntest du einen Moment damit aufhören?«

»Nein, die Arbeit geht vor.«

»Die Pflicht ist wichtiger als das Mädchen, auch das Mädchen eines andern«, mischte sich Plekman ein, der Laborleiter, der im Unterschied zu seinen Untergebenen eine gelbe Jacke statt eines braunen Overalls trug.

»Sie ist nicht mein Mädchen, sondern meine Schwester. Und schönen Dank auch für eure Hilfsbereitschaft.«

Frans feilte mit ausladenden Bewegungen weiter. Dir werd ich's noch zeigen, dachte Arthur, wenn Oskar zurück ist.

»Carola«, sagte er dann, »hier ist Arthur. Ich habe keine guten Nachrichten, das heißt, überhaupt keine.«

»So«, sagte sie, »dann würde ich heute nachmittag noch mal hingehen.«

Warum gehst du nicht selbst, dachte er. Doch er sprach es nicht aus, weil er im Beisein von Frans und Plekman keinen Streit anfangen wollte.

»Du nimmst es ja ziemlich gefaßt«, antwortete er nur.

»So, meinst du? Nun, mein Lieber, wie ich es nehme, geht dich einen feuchten Kehricht an.«

»Das weiß ich«, murmelte er.

»Was hast du gesagt? Na ja, eigentlich interessiert es mich nicht. Sorg unbedingt dafür, daß du den Brief kriegst.«

»Ach, jetzt doch wieder?«

»Oder sorg dafür, daß du genau weißt, daß kein Brief gekommen ist.«

Ohne zu antworten, hängte er ein.

Gegen drei war er wieder am Kiosk im Damplantsoen. Er stellte sich direkt neben das Häuschen. Er und der Mann, der die abgestellten Fahrräder bewachte, waren die einzigen, die auf ihrem Fleck blieben. Die anderen Menschen bewegten sich in dichten Strömen, die nur von Kinderwagen unterbrochen wurden. Aus dem Gebäude, in dem junge Männer sich zur SS melden konnten und wo alle zwanzig Minuten gratis Filme von der Ostfront gezeigt wurden, dröhnte unsäglich verstärkte Tanzmusik. Halb vier. Noch kein Briefträger. Könnte es sein, daß er keine Post für den Kiosk hatte und vorbeigegangen ist, habe ich ihn im dichten Menschenstrom vielleicht übersehen? – Er wartete bis halb fünf. Er hatte nichts mehr zu rauchen. Für einen Gulden kaufte er an der Ecke Nieuwendijk zwei Zigaretten. Dann ging er zurück in Richtung Kiosk. Er hatte Angst und Wut zugleich. Wut auf Oskar.

Ich hab's dir schon so oft gesagt, Oskar, dachte er, du bist immer viel zu gut. – »Oder zu leger.« – Nein, zu gut. Du glaubst, wenn du gut zu anderen Leuten bist, wären sie auch gut zu dir. Das trifft vielleicht auf Leute wie mich zu, die sich woanders schadlos halten. Aber nicht auf Carola, glaub das nur nicht. Carola nutzt dich aus. Indem du sie liebst, demütigst du dich selbst. Glaub aber nicht, ich hätte mehr Selbstachtung, weil ich sie hasse. Mehr Selbstachtung hätte ich nur, wenn ich nicht wüßte, daß sie existiert. Aber sie existiert nun mal, und ich weiß es. Für dich ist es etwas anderes. Du hast dich in sie vernarrt und bist mit ihr ins Bett gegangen. Dagegen ist nichts zu sagen. Überhaupt nichts. Aber deshalb bist du nicht verpflichtet, sie zu lieben. Wenn du sie liebst, dann nur aus Trägheit. Wenn du sie liebst, dann nur aus Angst, du könntest sie verlieren und müßtest dir eine andere Freundin suchen ...

Ich habe ihm nie gesagt, daß sie nur meine Halbschwester ist, dachte er, eigentlich hätte ich es ihm sagen müssen, dann hätte er gewußt, daß er von ihr nicht dasselbe erwarten kann wie von mir. Daß sie von einem anderen Schlag ist als ich. Sie braucht sich nicht nach der Tradition zu richten, aus der ich stamme, ja, der ich trotz allem noch immer angehöre. Ich bin nicht der Sohn eines Buchhalters, und die Herkunft verleugnet sich nie.

Aber Oskar hat immer alles hingenommen. Er ist selbst schuld, sollte ihm etwas passiert sein.

Vielleicht ist eine der Bomben in seinem Koffer hochgegangen, und seine Überreste liegen über den ganzen Nordostpolder verstreut ... Alles für Carolas konventionelle Auffassung von Vaterlandsliebe. Carola ist die Widerstandsfreundin, nein, Widerstandsheldin, meinte ich, ein Versprecher, nein, eine Verdächtigung!, aber die brenzligen Sachen muß ein anderer deichseln.

Inzwischen war er wieder am Kiosk angekommen. Aus den Verstärkern des SS-Ersatzkommandos schallte nun Marschmusik.

Er wartete, bis niemand mehr am Kiosk stand, um sich eine Zeitung zu kaufen.

Er hatte das Gefühl, an einem Abgrund zu stehen, als wäre er im Begriff, eine unbekannte Frau ansprechen. Es war tatsächlich eine Frau. Sie trug eine Brille mit Halbgläsern und hatte einen dicken roten Schal um den Hals gewickelt.

»Ist auch Post für B. van Dijk gekommen?« fragte er.

Sie holte eine flache Zigarrenkiste hervor, in der Briefe lagen.

»Nein, für Sie ist nichts dabei, Mijnheer.«

»War die Nachmittagspost schon da?«

»O ja, schon lange.«

»Wissen Sie auch, um welche Zeit?«

»Ich habe nicht auf die Uhr geschaut.«

Sonderbar, daß die Frau nicht auf die Uhr geschaut hatte. Wafür saß sie denn sonst hier?

»Geben Sie mir die ›Storm SS‹«, sagte er und legte elf Cent auf die Theke.

In dem Exemplar, das am Fenster hing, hatte er gesehen, daß die Zeitung wieder einen Artikel enthielt, in dem von »Predigt-Tigern« und »Kreuzes-Maulwürfen« die Rede war, und er wollte wissen, ob der Rest genauso amüsant war. An den Kiosk gedrückt, faltete er die Zeitung hastig zusammen und steckte sie in die Manteltasche. Niemand sollte sehen, was er da gekauft hatte.

Tja, Oskar, du bist selber schuld, dachte er. Ich weiß auch nicht, was ich jetzt noch für dich tun kann.

Ein Gefühl der Einsamkeit und Leere überkam ihn. Er redete oft mit Oskar, auch wenn er gar nicht bei ihm war. Aber mehr als die Angst, Oskar könnte etwas zugestoßen sein (dann habe ich niemanden mehr), befiel ihn die Angst vor dem Platz, den er allein überqueren mußte. Er warf einen hungrigen Blick auf das Eckfenster des Grote Club. Dort war jedoch niemand zu sehen. Er ging ein paar Schritte in die Kalverstraat und kehrte dann, fast mit Herzklopfen, zum Dam zurück. Natürlich, das blonde Mädchen war nicht da. Er wollte es kein drittes Mal versuchen und ging am Stacheldrahtverhau entlang zur Tramhaltestelle vor dem Postamt am Nieuwezijds Voorburgwal.

Bei den grauen Mäusen, die man auf der Straße sieht, muß ich noch der ersten begegnen, die mich reizen könnte. Vielleicht dürfen die nicht auf die Straße; die müssen immer in den Offizierskasinos bleiben, wo sie nie ein Telefon zu bedienen brauchen, auch wenn noch so viele Blitze auf ihre Ärmel gestickt sind. Sie laufen den ganzen Tag mit offenem Haar herum. Sie bekommen Schnäpse und Zigaretten und gehen auf den ersten Wink mit nach oben. Die Häßlichen müssen arbeiten. Die sieht man auch auf der Straße: vertrocknete Bürofräulein mit Brillen oder korpulente angehende Lehrerinnen. Ungeschminkt. Die Haare in einem Dutt, selten blond, immer die schmutzige Zwischenfarbe, die das Haar der holländischen Mädchen auch hat: die Farbe von Torf oder von einem alten Reetdach. Dicke, krumme Beine, von der Englischen Krankheit aus dem letzten Krieg. Auch die Männer sind häßlich: blaß, mit Augen wie Eiterspritzer; oder rötlich aufgedunsen. Ich verstehe nicht, warum die Holländer die Deutschen so hassen. Eigentlich passen sie hervorragend zusammen: Sie nehmen alles viel zu schwer und haben vor Pflichtbewußtsein Falten im Gesicht.

Mit so einem Mädchen müßte man sich die ganze Zeit über Sport unterhalten. Wenn ich Proost wäre, könnte ich nun allen Leuten erzählen, daß ich so einer begegnet wäre und daß ich mich mit ihr über Sport hätte unterhalten müssen und daß sie mir gesagt hätte, die schönsten Mädchen blieben den Offizieren vorbehalten.

Die Straßenbahn kam. Zwei Wagen. Die dichte Menschenreihe auf der Verkehrsinsel ballte sich zu drei Gruppen zusammen. Auf die Vorderplattform des Triebwagens durften nur Deutsche. Arthur gehörte zur hinteren Gruppe, mußte also auf die Hinterplattform des Beiwagens steigen. Die Tram fuhr einen Meter weiter, als er gedacht hatte. So gehörte er zu den letzten. Aber er warf seine langen Arme zwischen die Menschen, konnte sich an einer Stange festhalten und zog sich hoch, während er einem Mann hinter ihm einen Tritt ans Schienbein verpaßte. »Hast du keine Augen im Kopf, du Hornochse?« schrie der andere.

»Und ob!« sagte Arthur. Habe ich etwa nicht gut gezielt? dachte er.

Er stand so fest zwischen den anderen Fahrgästen eingekeilt, daß er die Hände flach auf die Schenkel legen mußte. Nur sein Kopf ragte heraus. Die Bahn fuhr los. Die Schaffnerin ließ sich nicht blicken. Wahrscheinlich saß sie irgendwo auf einer Bank und konnte sich nicht rühren, war müde oder unpäßlich. Arthur hatte das Gefühl, ein kleines Tier zu sein, das von Jungen in ein Bambusrohr gesteckt worden war. Er wußte nicht mehr, auf welchem Fuß er stand. Vielleicht haben sie Oskar verhaftet, dachte er, sie stecken ihn in eine Betonzelle, in der er nur aufrecht stehen kann. Bis über seine Knöchel steigt das Wasser, das sie langsam gefrieren lassen. Bis er ein Geständnis ablegt.

Die Köpfe der anderen Menschen und der obere Türrand ließen nur eine bizarre Öffnung, durch die er die Häuser sah, die sich zwischen den Haltestellen vorbeischoben. Er hatte das Gefühl zu schweben, obwohl er viel zu schwer war und das auch wußte.

Ununterbrochen dachte er jetzt an Oskar. Er überlegte, nach Kampen zu fahren und sich dort zu erkundigen, aber das schien ihm zu umständlich. Auf jeden Fall war er fest entschlossen, am nächsten Morgen wieder zum Kiosk auf dem Dam zu gehen. Es gab keine andere Möglichkeit, an den Brief zu gelangen, den Oskar schicken wollte, sobald er in Kampen angekommen war. Er hatte es fest versprochen. Auf diese Abmachung hätten wir auch verzichten können, dachte Arthur. Daß der Brief nicht da ist, interessiert Carola nicht die Bohne. Angenommen, es kommt keine Nachricht, was macht sie dann? Ihre Freunde aus dem Widerstand informieren? Werden die nachforschen, was mit Oskar geschehen ist? Und wenn man ihn verhaftet hat, werden sie dann versuchen, ihn zu befreien? – Von solchen Heldentaten hört man nur in den Widerstandsblättern. Nein, sie werden so bald wie möglich untertauchen, vorzugsweise bei einem Bauern in Friesland, wo sie viel zu essen bekommen.

Die Leute um Arthur wechselten. An den Haltestellen fühlte er sich wegen der Körper, die sich an dem seinen vorbeizwängten, noch beklommener. Sein Mantelkragen war feucht von der nassen Luft; das spürte er mit dem Kinn.

Bei der Brücke über dem Kanal, an dem er wohnte, weit im Westen der Stadt, ließ er sich nach draußen schieben und stolpernd von der Verkehrsinsel drängen. Er ging zur Brücke. Auf der anderen Seite wieder Stacheldraht. In der Schule an der Ecke hatten sich Deutsche einquartiert. Mehrere Stacheldrahtverhaue. Dahinter ganze Flächen aus Stacheldraht, von den oberen Fensterrahmen im Erdgeschoß zu Pfosten am Rand des Bürgersteigs gespannt. Zwei große Lastwagen standen davor.

Ein paar Häuser hinter der Schule wohnte er. Noch ein paar Häuser weiter stand ein deutscher PKW. Dort hatten die Deutschen eine Etagenwohnung gemietet, die jetzt minderjährigen Mädchen, die von zu Hause fortgelaufen waren, als Unterkunft diente. Jeden Abend spielte dort ein Grammophon, bis tief in die Nacht.

Die Familie, zu der Arthur gehörte, bewohnte zwei getrennte Etagen im zweiten und dritten Stock. Jede bestand aus drei Zimmern und einer Küche; hinter der Küche war eine kleine Kammer ausgebaut. In der oberen Etage wohnten Arthur und seine Schwester, in der unteren ihre Großmutter mütterlicherseits, die eine spiritistische Praxis betrieb. Carola besorgte den Haushalt für alle drei.

Als Arthur über die stählerne Hubbrücke ging, erfaßte ihn ein eigenartiges Schwindelgefühl, als suggeriere der dünne Nebel, der ihn umgab, daß er sich an einem sehr hohen Punkt befände. Verdammt, Oskar, dachte er, eigentlich bist du ein Volltrottel. Du läßt dich für eine Sache benutzen, obwohl jemand mit deiner Intelligenz erkennen müßte, daß diese Sache ein lachhafter Blödsinn ist. Jemand wie du, der die Niederlande so haßt ... und der mit solcher Gleichgültigkeit über Frauen redet. Du läßt dich ausnutzen von Carola, die im Widerstand oder im Leben nach dem Krieg vorankommen will mit den Heldentaten, die sie von dir verlangt. Warum gehe ich überhaupt nach Hause? Ich bin dort allein, ganz allein, ich habe nicht mal mehr einen Freund. Denn was für ein Freund bist du für mich, Oskar, wenn du dein Leben, auf das ich angewiesen bin, für eine Frau opferst?

Nichts bewegte sich hinter den Fenstern der Schule; es schien, als ob alle Deutschen schliefen. Der Wachposten stampfte nur einmal mit dem Fuß auf. Als die Pfosten für den Stacheldraht in den Gehsteig eingeschlagen worden waren, hatten sich viele Pflastersteine gelöst. Der um die Straßenecke wehende Luftzug wühlte manchmal müde im Sand.

Als Arthur den Schlüssel in die Haustür steckte, sagte die Großmutter zu der schluchzenden Carola: »Mach dir nichts draus, Kind, den lästigsten bist du jetzt los, vielleicht geht er schon bald dahin. Und Ernst wird seine Meinung zweifellos ändern. Die Opfergabe löst eine Essenz in der Atmosphäre. Diese Essenz steigt auf wie der Rauch eines brennenden Opfertieres. Sie bewirkt eine Verdichtung in der Atmosphäre, und die ist wie eine Brücke, über die sich deine Gedanken in Ernsts Gehirn fortpflanzen. Er wird nicht eher Ruhe finden, bis er dich erhört.«

»Ja«, schluchzte Carola, »wenn er tot ist. Aber ich will ja nicht, daß er stirbt. Nach allem, was wir miteinander geteilt haben ...«

»Es ist auch nicht nötig, daß er stirbt. Aber ich muß doch sagen, daß du zuviel mit ihm geteilt hast.«

»Zuviel, du nennst immer alles zuviel, du mit deinen kleinlichen holländischen Vorstellungen. Ich habe viel mit Ernst geteilt, aber noch nicht alles. Und es wird noch mehr zu teilen geben. Das ist es ja gerade, ich glaube, er will es nicht mehr mit mir teilen ...« Ihr Schluchzen ließ nun an einen Motor denken, der nicht genug Treibstoff bekommt. Manchmal wurde ein langer Schluchzer in zwei kleine unterteilt.

»Kind, das stimmt nicht«, tröstete die Großmutter, »wenn zwischen euch noch etwas geteilt werden muß, erlaube ich nicht, daß es etwas anderes als Glück sein wird.«

»Du und etwas erlauben ... Keiner bittet dich darum, etwas zu erlauben. Mein Leben«, schluchzte sie, »mein Leben habe ich ihm angetragen.«

»Wer einem andern sein Leben anträgt, hat es schon von der Materie losgelöst. Du wirst ihn in all seinen Träumen besuchen und quälen können.«

»Ja, so wie er mich. Weißt du, manchmal kommt er zu mir, bleich, mit geschlossenem Mund. Er will nicht mit mir reden, weil ich sowieso alles weiß. Er wendet das Gesicht ab, als wollte er anderen etwas zurufen. Und dann strecke ich die Hand aus und will seinen Mund berühren, aber sein Kopf steigt immer höher und ich stehe mit ausgestrecktem Arm da, als würde ich einem toten Götzenbild den Hitlergruß entbieten ...«

»Tust du das denn nicht?« fragte die Großmutter plötzlich mit zusammengekniffenen Augen.

Doch Carola antwortete nicht mehr. Sie hörte unten Schritte. Arthur hatte die Wohnung der Großmutter betreten, weil die Tür offenstand. Es war jedoch niemand da, auch nicht im Wartezimmer. Die Sprechstunde war längst vorbei; allerdings saßen dort meist noch Stunden später Leute, die dann den doppelten Tarif bezahlen mußten.

Weil er niemanden antraf, ging Arthur nach oben.

»Sei still«, rief Carola der Großmutter zu. »Hörst du Arthur nicht? Wenn er will, belauscht er uns. Es ist schon schlimm genug, daß er hier im Haus ist. Er wird mich noch mal verraten, ich habe so eine Vorahnung. Er ist Oskars bester Freund.« Sie öffnete ihre Tasche, nahm ein Taschentuch heraus und suchte weiter nach etwas anderem.

Arthur trat ein. »Ach, da seid ihr ja«, sagte er. »Guten Tag. Warum weinst du?«

»Ich weine nicht«, erwiderte Carola. Sie stand auf, stellte sich ans Fenster und puderte sich, mit dem Rücken zum Zimmer, die Nase. Ihren Stuhl, der halb an den Tisch gerückt war, nahm sich Arthur. Er legte die Hände auf den Tisch und den Kopf auf die Hände. Er merkte, wie sein Blut vom Treppensteigen fast hörbar pulsierte. »Ist das eine Art, seine Großmutter zu begrüßen?« fragte die alte Frau.

Müde blickte er zu ihr auf. »Ich habe doch guten Tag gesagt.« Sie saß aufrecht in einem niedrigen Sessel beim Ofen. Ihre Hände lagen im Schoß und spielten mit einer langen, scheußlichen Halskette, besetzt mit Steinen aus lila Glas, die groß wie Taubeneier waren.

»So«, sagte sie, »das nennst du also deine Großmutter begrüßen.«

»Kannst du dir eigentlich auch selbst aus der Hand lesen?« fragte er.

»Ich lese nie aus der Hand. Alle Chiromanten sind Betrüger. Im übrigen interessieren mich deine Fragen nicht.«

»Mich auch nicht«, sagte Arthur schläfrig, »mich interessiert nur, wann du dahingehst.«

»Weil du dann niemanden mehr hast, der dir dein Studium bezahlt. Undankbar, wie du bist, hättest du verdient, daß das bald passiert.«

»Ich wollte, ich hätte es verdient. Für mein Studium hast du noch nie einen Cent ausgegeben.«

»Keinen Cent ausgegeben ... Wie wagst du das zu sagen, du undankbarer Flegel. Wer hat denn dann wohl dein Studium bezahlt?«

»Mein Vater, nur mein Vater. Ich habe alles meinem Vater zu verdanken. Das weißt du ganz genau.«

»Dein Vater ist ein Mörder; und er hat nie einen Cent zurückgezahlt von dem, was ich für dich verauslagt habe.«

Carola schloß klickend die Puderdose.

»Eigentlich müßte ich mich aufregen«, sagte Arthur gelassen, »gute Söhne regen sich auf, wenn jemand ihre Väter als Mörder bezeichnet. Aber ich werde mich nicht aufregen. Ob du vielleicht aus dem Kaffeesatz gelesen hast, daß ich mich nicht aufrege, weiß ich nicht, obwohl ich mir nicht vorstellen kann, daß du es sonst gewagt hättest, meinen Vater einen Mörder zu nennen.«

»Du Saukerl«, murmelte sie mit schlaffen Lippen und lispelndem S, die Zahnprothese in der Hand.

»Warum stirbst du nicht«, sagte Arthur.

»Weil ich niemals sterben werde. Die Zeichen werden es dir beweisen.«

»Hast du vor, nachts Kieselsteine regnen zu lassen, wenn ich mit einer Frau im Bett liege?«

»Du wirst nie mit einer Frau im Bett liegen, mein Junge, du bist verfault bis in die innersten Eingeweide.«

»Soso, du bist aber gut informiert. Was erwartest du überhaupt, einen Beweis des Gegenteils? Jetzt? Auf der Stelle?« Er stand auf und zeigte auf das Sofa.

»Satan«, lispelte die Frau. Ihre Gesichtszüge konnte er nicht mehr erkennen. Es wurde immer dunkler im Zimmer. Sie konnten das Licht nicht einschalten, solange die Papierbahnen vor den Fenstern nicht festgesteckt waren, und Carola hatte das Zimmer verlassen.

»Jetzt hör mir mal zu, Arthur«, sagte die Großmutter nun mit einer Stimme, als sei ihre Wut verflogen. »Dein Vater leidet an einer grauenhaften Krankheit. Die hat er an dich weitergegeben. Wußtest du das noch nicht? Wird dir nie schwindlig, ohne erklärbare Ursache? Spürst du nicht unerträgliche Schmerzen in allen Gelenken, sobald du nur ein paar Tropfen Alkohol getrunken hast? Das hast du deinem Vater zu verdanken, und es wird noch schlimmer werden. Du bist jetzt zwanzig. In zwei Jahren mußt du nachts jede Viertelstunde aufstehen. Wieder ein Jahr später wirst du, wenn du eine Treppe hinuntergehst, ständig den Drang haben, beide Füße zugleich auf die nächsttiefere Stufe zu setzen. Noch später geht es tatsächlich nur auf diese Weise, und auch das bloß, weil du dich mit beiden Händen links und rechts am Geländer festhältst. Du gehst sozusagen auf allen vieren ... wie ein Tier. Aber das ist nicht alles. Auf der Straße wirst du dich nur noch mit Krücken bewegen können, die du dir unter die Achseln klemmst, und zu Hause schiebst du einen alten Stuhl vor dir her. Du schleppst dich damit durch die Flure, wie eine Ameise sich mit einer Tannennadel abschleppt. Deine Achselhöhlen sind immer aufgeschürft von den Krücken, die du auf der Straße brauchst. Und noch ein paar Jahre später kannst du kein Glied mehr rühren. Deine Füße sind dick geworden wie die Füße von Bäumen. Du bist kein Tier mehr, sondern eine Pflanze. Für dich werden lächerlich große Schuhe angefertigt, Schuhe mit geschmeidigen, ganz dünnen Sohlen, denn du brauchst damit ja nicht zu gehen. Du wirst im Rollstuhl geschoben, zumindest solange du jemanden findest, der dich schieben will. Findest du niemanden, und jemand mit deinem Charakter wird kaum jemanden finden, glaub mir, dann hockst du in der Ecke wie eine vertrocknete Palme. In deiner Umgebung riecht es stets unangenehm. Dein Kopf knickt immer weiter nach vorn. Von Zeit zu Zeit müssen sie dir den Mund abwischen, falls sie daran denken. Manchmal gibst du noch Laute von dir, und zwar, wenn du Kopfschmerzen hast. Bald hast du jeden Tag Kopfschmerzen, und nachts kannst du deswegen nicht schlafen. An den Armen hast du kleine, entzündete Wunden von der Injektionsnadel. Aber du findest keinen Schlaf. Unaufhörlich spürst du, wie haarige Raupen langsam Gänge durch dein Gehirn graben. Zuletzt machst du die Augen gar nicht mehr zu, weil du ohnehin nicht schlafen kannst. Sie holen dich nicht mehr aus dem Bett, ziehen dich nicht mehr an. Einmal in der Woche kommt ein Arzt, der mit einer Nadel in deine geschwollenen Füße sticht. Aber das spürst du nicht: Du bist ein Pilz geworden.

Und dann kommt das Ende. Deine Augen schließen

sich, erst das eine, dann das andere. Du kannst sie nicht mehr aufmachen, obwohl du noch lebst. Ja, alles geht sehr langsam vonstatten. Die Seele wird in Pulverform aus dem Körper gepustet. Wie der Sand in einer Sanduhr nur ganz langsam rinnt, so rinnt deine Seele ganz langsam aus dem Körper. Die Ätherwinde bekommen sie zu fassen. Durch die ganze Atmosphäre schweben Partikel deiner Seele. Sie können sich nie mehr vereinigen. Keinem Lebenden kannst du dich jemals mehr offenbaren.«

»Du sagst, es dauert so lange«, fragte Arthur, »aber wie kommt es dann, daß ich meine Mutter nie gekannt habe?«

»Das ist etwas anderes. Das Schicksal hat ihr das Schlimmste erspart. Sie ist ziemlich schnell dahingegangen, in einem Krankenhaus. Als sie eine Woche dort lag, hat man sie in ein Zimmer gebracht, wo sie allein gelassen wurde, weil sie so gellend schrie. Nach einer weiteren Woche hatte sie den Verstand verloren. Aber das schien nur so. Eine Woche später war sie wieder bei vollem Bewußtsein. Sie kreischte: ›Ich will nicht sterben ... Ich will nicht sterben ...‹ Aber das nützte natürlich nichts. Eine Dachpfanne, die vom Haus geweht wird, kann genausogut rufen: Ich will nicht fallen – es nützt nichts, sie fällt.«

»Was für eine Krankheit hatte meine Mutter denn?« fragte Arthur.

»Ach, ich dachte, du hättest es begriffen. Nun, deine Mutter hatte dieselbe Krankheit wie dein Vater. Er hat sie angesteckt.«

»Und woran ist dann Carolas Vater gestorben?«

»Wie wagst du, das noch zu fragen. Dein Vater gab die Krankheit an deine Mutter weiter, deine Mutter übertrug sie auf Carolas Vater.«

»In aller Unschuld ...«, sagte Arthur langsam.

»Saukerl«, lispelte die Großmutter wieder. »Deine arme Mutter beleidigen. Und Carolas Vater, meinen armen Schwiegersohn ... Auf der Welt werden viele Morde begangen. Das ist ziemlich normal. Durch Wut oder Neid verführt, befördert man den Mitmenschen in den Äther. Das ist Sünde, aber es ist noch zu vergeben. Daß jedoch ein Mörder seine Opfer über das Grab hinaus beleidigt, das ist nichts Alltägliches, und so einen Mörder zum Enkel zu haben ist ein Unglück, das das Schicksal nur mir auferlegen konnte.«

»Du willst doch nicht behaupten, ich hätte meine Mutter und Carolas Vater ermordet?«

»Wer denn sonst«, versetzte die Großmutter, mit verächtlichem Triumph in der Stimme, »der Liebesakt, der deine Mutter infiziert hat, wer war das anderes als du. Es ist nicht so, daß die Umarmung das Kind entstehen läßt, nein, die Umarmung ist bereits Nachkommenschaft, wie der halb geöffnete Mund bereits Wort ist. Sieh nur in den Spiegel, dann weißt du, daß ich recht habe.«

»Es ist zu dunkel, um in den Spiegel zu sehen«, sagte Arthur, »und außerdem – wie willst du erklären, daß nur meine Mutter und Carolas Vater tot sind, aber mein Vater, den du in erster Linie als Mörder bezeichnet hast und der den Giftstoff in sich trug, noch lebt?«

»Das läßt sich so erklären: Eine Pistole hat nur eine Mündung, nur vorn, und die Vorderseite ist auf das Opfer gerichtet und nicht auf den Mörder. Es passiert selten, daß der Mörder von seinen eigenen Kugeln getroffen wird.«

»Na, wenn das so ist«, sagte Arthur. Er stand auf, reckte sich und verließ das Zimmer, so müde, als ginge er schlafen.

Im Flur war es völlig dunkel. Carola hatte also schon das Verdunklungspapier heruntergezogen, und er konnte das Licht anschalten. Er blieb noch eine Weile stehen, an die Tür gelehnt, die er soeben hinter sich geschlossen hatte. Beim ersten Geräusch würde er sich entfernen, aber nein, er hörte nichts. Vielleicht schläft sie ein, dachte er, Carola wird sie bestimmt gleich wecken und fragen, ob sie zum Essen bei uns bleibt. Dann ohne mich! Ich sehe zu, daß ich woanders etwas bekomme. Aber ich bin so müde, lieber bleibe ich doch zu Haus. Steht sie immer noch nicht auf? Wie dumm, daß ich die Vorhänge nicht zugezogen und die Lampe angemacht habe. Was kann sie im Dunkeln anderes machen als schlafen? Er lehnte nun nicht mehr an der Tür, sondern stand breitbeinig in dem schmalen Flur, die Hände in den Hosentaschen.

Garderobe, Gaszähler und Treppengeländer, dachte er. Das ist mein Zuhause. Hier wohne ich nun schon sechs Jahre. Wenn ich gehe oder komme, fährt meine Hand über das Treppengeländer. Jede noch so kleine Unebenheit des Holzes kenne ich.

Wenn ich gehe oder komme, laufe ich an dem ziegelrot gestrichenen Schränkchen für den Gaszähler vorbei. Früher habe ich nie hineingeschaut. Heute muß ich jede Woche für Carola ablesen, wieviel Gas wir verbraucht haben, sie wird aus der Anzeige nicht schlau. Darüber befindet sich der Stromzähler, der immer so geheimnisvoll rauscht. Ja, ich hör ihn rauschen. Und da ist die Garderobe ... »Der Altar, zu dem man die Hände erhebt, ehe man das Haus verläßt«, hat Oskar sie genannt.

Der Gaszähler und der Stromzähler sind mir am ähnlichsten: Würde man sie im Querschnitt betrachten, welch einen Organismus von widerwärtiger Kompliziertheit hätte man vor sich!

Er zuckte mit den Schultern. Oskar, dachte er, du bist jetzt nicht da, und du wirst vielleicht nie mehr dasein, aber was macht das eigentlich für einen Unterschied? Jemand anders kann unser Leben ohnehin nicht ändern.

Er ging zur Toilette, wo er lange sitzen blieb. Oskar, das Problem seiner Beziehungen zum Stromzähler, zu seiner Mutter, seinem Vater, seiner Großmutter und zu Carola, all das ging ihm durch den Kopf, ohne daß er es in Worte faßte. Er merkte, daß er keinen einzigen Gedanken mehr formulierte, und glaubte, dies müsse sein, was man unter »an nichts denken« verstand. Die Melodie eines deutschen Gassenhauers kam ihm in den Sinn, und im Takt ließ er die

Zähne fast unmerklich klappern und spannte und entspannte die Muskeln des linken Oberschenkels, ohne dabei das Bein zu bewegen. Er saß da und trug an einer Vergangenheit, die er wegspülen würde, die unbesehen verschwinden würde wie der Treibstoff aus einer Rakete, eine Vergangenheit, die keinen anderen Zweck gehabt hatte, als seine Zukunft zu ermöglichen. Doch es gab eine andere Vergangenheit, eine Vergangenheit, die nichts zu tun hatte mit den Auswürfen, die ihn vorauswarfen, eine Vergangenheit, die mit seiner Zukunft nur dann etwas zu tun haben könnte, solange er davon wußte. Nein, falsch! Auch eine Vergangenheit, die er nicht kannte, konnte seine Zukunft beeinflussen. Daß sein Vater an einer erblichen Krankheit litt, war ihm neu. Allerdings hatte er manchmal Kopfschmerzen. Das war also die Ursache ... Aber was wäre die Ursache seiner Kopfschmerzen, wenn die Großmutter es ihm nicht gesagt hätte und gesetzt den Fall, auch später hätte kein Arzt die richtige Diagnose stellen können? Dann hätte er Kopfschmerzen infolge eines Leidens, für das eine falsche Diagnose gestellt worden wäre. Wenn ich nicht wüßte, daß mein Vater ein Aristokrat ist, dachte er, würde ich die Gemeinheit und Kleinbürgerlichkeit meiner Halbschwester und Großmutter aus anderen Gründen verachten. Wenn man keine Vergangenheit hatte, dachte man sich eben eine aus. Aber ich habe eine, dachte er nicht ohne Stolz.

Er tastete nach seiner Brieftasche. Darin mußten Briefe seines Vaters an die Großmutter sein. Zwei Briefe. Einer aus der Zeit vor dem Krieg und einer aus den Tagen direkt nach der Kapitulation, aus Frankreich, wohin sein Vater und dessen Frau geflohen waren. Doch er fand in der Brieftasche nur ein aus einem Heft herausgerissenes Blatt mit Logarithmen zur Berechnung des Säuregrades, das er immer wieder brauchte, außerdem seine Kennkarte, den Studentenausweis, die Quittung des Fahrradunterstandes an der Universität und die Fotos von zwei Mädchen. Die Quittung des

Fahrradunterstandes riß er langsam in kleine Stücke, was ein knirschendes Geräusch verursachte, denn der besseren Haltbarkeit wegen war sie auf eine Art Leinen gedruckt. Das Rad hatte man ihm vor einem halben Jahr gestohlen.

Die Fotos der beiden Mädchen hielt er wie Spielkarten in der linken Hand. Nachdenklich ließ er sie übereinandergleiten. Das eine Mädchen hatte ein rundes Gesicht, blondes Kraushaar und einen kleinen Mund, der lächelte. Sie trug eine randlose Brille. Er fand es manchmal sehr reizvoll, wenn ein Mädchen eine Brille trug. Eine Brille war so etwas wie ein raffiniertes, transparentes Kleidungsstück. Aber bei der Umarmung störte sie nur, wie im Grunde alle Kleidungsstücke, dachte er und mußte dabei grinsen.

Das andere Mädchen hatte dunkles Haar. Sie war Verkäuferin in einem Laden mit kitschigen Gemälden. Ihre Brauen waren mit Sorgfalt gezupft. Manchmal durfte er das machen, was ihn auf angenehme Art erregte, auch wenn er wußte, daß es kaum weh tat. Ihre Lippen waren stark geschminkt. Auf dem Foto trug sie ein Kleid mit ziemlich tiefem Ausschnitt. An einem Halskettchen hing ein großes Kreuz, das mit kleinen Rosetten besetzt war, wie ein Senkblei ins Dekolleté. Das Mädchen mit der Brille war dagegen streng katholisch. Seine Beziehung zu ihr bestand hauptsächlich daraus, daß sie miteinander redeten. Sie hieß Ottolien und war eine Kommilitonin. Er kannte sie schon seit drei Jahren. Sie wirkte unkompliziert, da sie viele Zigaretten rauchte. Vor allem im Sommer saß er mit ihr stundenlang in Straßencafés, und sie unterhielten sich. Er erzählte ihr sein Leben (in stilisierter Form) und sagte auch unverblümt, was er über andere Leute und über sie dachte. Dennoch hatte er sie nur einmal geküßt, als sie beide ein wenig beschwipst waren, nach einem Essen, zu dem der Fachbereich die Studienanfänger eingeladen hatte; an diesem Abend hatte er sie kennengelernt. Danach waren sie im Labor oft allein gewesen, im Säureraum. In weißen Kitteln standen sie an einem Tisch aus feuerfesten Kacheln. Über ihren Köpfen dröhnte der schwere Entlüfter. Die Flüssigkeiten, durch die sie Schwefelwasserstoff hindurchleiteten, wurden trübe, verfärbten sich, oder es setzten sich Schwefelpartikel ab, die keine Rolle spielten. Der Gestank erinnerte an den einer alten Gracht, in der das Wasser aufgerührt wird, nur irgendwie frischer. Arthur hatte oft den Arm um Ottolien gelegt und versucht, sie wieder zu küssen. Doch sie senkte den Kopf oder wandte sich ab. Als er sie einmal fragte: »Warum nicht?«, sagte sie: »Weil du mich dafür nicht genug liebst.« Er blieb ihr die Antwort darauf schuldig und verließ den Säureraum. Die Tür klemmte, da der schwere Ventilator sie ansaugte. Als er die Tür geöffnet hatte, begann der Motor plötzlich in anderer Tonhöhe zu summen, weniger hoch.

Mit dem anderen Mädchen ging er ins Kino, und einmal ist er sogar mit ihr im Zirkus gewesen. Sie sprachen kaum miteinander, denn das Mädchen war sehr schweigsam. Trotzdem stellte er sich fast jeden Nachmittag um fünf vor den Laden. An Sonntagnachmittagen waren sie, bei ihm oder bei ihr zu Hause, manchmal eine Stunde allein. Dann streichelte er ihren Busen, bis sie sich aufs Sofa fallen ließ. Wenn er sie küßte, machte sie die Augen zu. Wurde die Umarmung noch inniger, bat sie ihn, weiterhin mit geschlossenen Augen, vorsichtig zu sein. Er war denn auch äußerst vorsichtig, so daß er zu seiner Beschämung konstatierte, daß er seine Lüste so gut wie nie auf die Weise befriedigte, die einem Mann mit einer Mätresse angemessen war.

An diesem Tag hatte er sie nicht aufgesucht. Vielleicht ist sie beunruhigt. Das bin ich auch, dachte er, Pißnelke, nur nicht wegen dir. Er nahm sich vor, sich nicht mehr mit ihr zu treffen, steckte aber auch ihr Foto wieder in die Brieftasche, denn er hing an solchen Trophäen.

Als er durch den Flur ging, fragte er sich, wo er die Briefe sonst gelassen haben könnte. Es fiel ihm wieder ein, doch er holte sie nicht von dem Platz, an dem sie lagen, er kannte sie ja auswendig. Warum will ich überhaupt immer wieder lesen, was ich schon längst auswendig kenne, dachte er und betrat das Zimmer seiner Schwester.

Carola stand nur in Hemd, Höschen und Strümpfen vor dem Spiegel der Waschkommode. Sie hielt einen Arm hoch und rasierte sich die Achselhöhle. »Was willst du?« fragte sie, wandte dabei das Gesicht kaum zu ihm und fuhr in aller Ruhe fort, mit kurzen Rucken die Härchen wegzuschaben.

»Ich wollte fragen, wann wir essen«, sagte er und setzte sich auf Carolas Bett.

»Ich«, entgegnete sie, während sie sich bis dicht an den Spiegel vorbeugte und das rechte Augenlid herunterzog, »esse heute nicht hier. Sieh selber zu, daß du dir in der Küche was zurechtmachst.«

Sie spuckte auf einen schwarzen Stein und strich sich mit einer kleinen Bürste Tusche auf die Wimpern. Wie er sie haßte! Nur über dem Spiegel der Waschkommode brannte Licht. Die dünne Unterwäsche ließ die Konturen ihres Körpers erkennen. Nichts deutete darauf hin, daß sie schon siebenundzwanzig war. Eher schien sie jünger als er, der gerade zwanzig geworden war. Er sah die Gänsehaut auf ihrer Schulter. Auch ihm war, trotz seiner Kleidung, kalt.

»Wohin gehst du essen?« fragte er.

»Das geht dich nichts an.« Ihr Ton war so schnippisch, daß es ihn Selbstüberwindung kostete, auch noch zu fragen: »Warum machst du dich so hübsch?«

Sie bückte sich, löste den rechten Strumpf von den Strumpfhaltern und streifte ihn herunter, wobei ihr das Hemd hinabrutschte. »Weil ich gern hübsch aussehe«, sagte sie, als spräche sie mit einem Kind. Sie stellte den Fuß direkt neben ihm aufs Bett und zog den Strumpf wieder hoch, bog dann das Bein nach hinten und überprüfte, ob die Strumpfnaht nun geradesaß. Dann ging sie ein paar Schritte durchs Zimmer.

»Wer hat dir die Strümpfe geschenkt?« fragte Arthur. »Solche Strümpfe hat fast niemand mehr.«

»Ach, die hab ich nun mal.« Ihr Kopf steckte jetzt im Kleid, das nur mit Mühe hinabglitt.

Arthur ließ sich nicht anmerken, wie wütend er war. Du verheimlichst mir etwas, dachte er, jeder verheimlicht mir etwas, aber ich komme dahinter, ihr werdet euch noch wundern.

»Es scheint dir nicht viel auszumachen, daß ich heute vormittag keinen Brief von Oskar bekommen habe«, sagte er.

»O doch, natürlich, es läßt mir keine Sekunde Ruhe.«

»Soso«, sagte er gedehnt, stand auf und trat auf sie zu. Sie zog gerade das Kleid, an dem etwas nicht in Ordnung war, wieder aus.

»Erstaunlich, wie unruhig es dich macht, daß kein Brief von Oskar da war. Deshalb bist du auch gleich, als ich nach Hause kam, auf mich zugestürzt, nicht wahr, und hast gefragt, ob vielleicht heute nachmittag was gekommen ist, ob ich am Nachmittag noch einmal zum Damplantsoen gegangen bin, worum du mich heute vormittag gebeten hattest.«

»Also«, entgegnete sie gereizt und mit lauter Stimme, ohne zurückzuweichen, »was willst du überhaupt, was mischst du dich ein, natürlich war kein Brief da, sonst hättest du es mir ja wohl gleich erzählt.«

»Gib mir«, sagte er, »die Adresse von demjenigen, in dessen Auftrag Oskar den Koffer mit den Bomben nach Kampen gebracht hat. Er muß wenigstens gewarnt werden, noch heute abend. Und du siehst nicht gerade so aus, als ob du vorhättest, dorthin zu gehen.«

»Was weißt du davon?«

»Als ob ich es dir nicht ansehen könnte, daß du Oskar betrügst ... Außerdem – wie du dich anziehst, das sagt schon alles.«

»Inwiefern betrüge ich Oskar?«

»Weil du dabei bist, dich mit einem anderen einzulassen.«

»Na und? Was für Verpflichtungen habe ich gegenüber Oskar?«

»Du warst mit ihm im Bett, und er ist gut zu dir.«

»Ich war überhaupt nicht mit ihm ...«, aber sie redete nicht weiter.

»Ich war überhaupt nicht mit ihm ... na, was warst du überhaupt nicht?« Er schrie immer lauter.

»Ich bin noch gar nicht zur Tür raus. Und du mischst dich in Sachen ein, die dich nichts angehen. Du hast keine Ahnung, ob ich nicht vorhabe, jemanden zu warnen. Jetzt hau schon ab, ich muß mich weiter anziehen. Schon seit mehr als einer halben Stunde stehst du mir hier im Weg.«

»Ich wäre längst weg gewesen, wenn du mir etwas zu essen gemacht hättest. Ich kriege sowieso schon so gut wie nichts zu essen. Den ganzen Tag habe ich Magenschmerzen vor Hunger, und du hast nichts anderes im Sinn, als deine niederträchtigen Augen mit Ruß zu bepinseln.«

Plötzlich stampfte sie mit dem Fuß auf: »Scher dich zum Teufel, oder ich schmeiß dich raus.«

»Ja, schmeiß nur«, sagte er herausfordernd und drückte sich an sie; ihr Scheitel war in Höhe seiner Nase. »Du sagst mir jetzt sofort, wer gewarnt werden muß, oder ich bring dich um.«

Ehe ihm klar war, was sie vorhatte, warf sie den Kopf nach hinten und spuckte ihm ins Gesicht. »Da!« kreischte sie. »Mit deinen Freunden habe ich nichts zu schaffen.«

Er legte die Arme um sie und hielt sie fest. Er biß sie in die nackte Schulter. Zusammen stolperten sie durchs Zimmer, fielen aufs Bett. Sie riß ihn an den Haaren. Doch er biß noch fester zu. Er schmeckte ihr Blut. Erst als sie ihn an den Ohren zog, ließ er los und richtete sich auf. Sofort stand auch sie auf, aber das konnte er nicht zulassen. Er wollte mit der Faust zustoßen, wußte einen Augenblick nicht, wo (wohin stieß man bei einem Mädchen mit der Faust?), versetzte ihr schließlich einen Stoß gegen das Brustbein, der eher ein Schubs war. Sie fiel rücklings wieder aufs Bett. »Du Bestie«, keuchte sie und spuckte ihn wieder an. Er schlug sie ins Gesicht, riß ihr das Hemd vom Leib. Der Anblick ihres nackten Oberkörpers versetzte ihn in eine Art Rausch. Er wußte, daß er sehr ferne Grenzen überschritten hatte. Immer fester schlug er sie mit der flachen Hand auf Schultern und Flanken. Ihre Hände fuchtelten vor seinen Augen. Er hatte das Gefühl, das jemand haben muß, der ins Wasser gefallen ist und im Moment des Ertrinkens merkt, daß er schwimmen kann. Doch dann schnellte ihr Bein vor, und der spitze Schuh traf ihn in der Leiste. »Oh«, ächzte er, »oh«, und er stolperte ein paar Schritte rückwärts bis zur Wand. Carola warf die Haare nach hinten, stand auf, öffnete einen Wandschrank, nahm ein neues Hemd heraus und zog es an, ohne ihn weiter zu beachten. Dann stellte sie sich wieder vor den Spiegel und trug dicke Kleckse Creme auf das Gesicht auf. Blut rann von ihrer Schulter über den Rücken.

Auf einmal merkte er, daß ihm Tränen in den Augen standen. Nicht mehr vor Wut und auch nicht vor Schmerz. Alle Linien im Zimmer lösten sich in dünne, leuchtende Querstreifen auf. Seine Knie gaben nach. Die Hände hielt er noch immer an den Bauch gepreßt.

»Du willst Oskar umbringen«, sagte er mit stockender Stimme, »und das ist hundsgemein, denn er hat dir nichts getan.« Er konnte keinen Rückzieher machen, nein, so konnte er das Zimmer nicht verlassen. Die Worte aber kamen aus seinem Mund wie die Töne aus einem elektrischen Klavier. Er sagte sie nicht, um etwas damit zu erreichen. Carola nahm auch keine Notiz mehr von ihm. Er sah, wie sie sich die Creme wieder vom Gesicht wischte und dann plötzlich merkte, daß ihre Schulter blutete. Sie berührte sie mit dem Finger und begann zu schluchzen, wie ein Kind, das, einige Minuten nachdem es gestürzt ist, ohne sich weh zu tun, in Weinen ausbricht.

»Dann heul mal schön«, sagte Arthur höhnisch. Ihm war fast übel vor Schmerz. In der Brusttasche seines Jacketts fand er die zweite Zigarette, die er am Nachmittag gekauft hatte. Er hatte jedoch keine Streichhölzer, und um welche zu suchen, verließ er den Raum und ging ins Wohnzimmer, wo er das Licht anschaltete. Nicht länger als eine Sekunde. Denn dann fiel ihm ein, daß das Verdunklungspapier nicht befestigt war. Und in dieser einen Sekunde sah er seine Großmutter. Mit weit geöffneten Augen, als würde im Dunkeln ein Film auf die Wand gegenüber projiziert, saß sie aufrecht am Tisch.

3

Gegen Morgen wachte Oskar auf. Es war noch dunkel. Er blickte auf die Leuchtziffern der Armbanduhr, die er anbehalten hatte. Fünf Uhr. Die Kopfschmerzen waren weg, und er fühlte sich auch nicht müde. Allerdings hatte er Hunger. Das Mädchen drehte sich um und rollte sich wie absichtlich in seine Arme. Schweigend, aber beflissen huldigte er abermals ihren Reizen und schlief wieder ein. Um halb sieben weckte sie ihn.

»Ich muß jetzt aufstehen«, sagte sie. Es war noch so dunkel wie um fünf. »Ich auch«, sagte Oskar; er verließ das Bett und schaltete das Licht an. – Ach, warum sollte er dem Mädchen nicht eine allerletzte Freude machen? »Dann aber schnell«, sagte sie. – Währenddessen ging ihm durch den Kopf, daß die Natur ihm endlich einmal einen guten Rat gegeben hatte: Nun würde das Mädchen keine Zeit mehr haben, ihn nach dem Inhalt des Koffers zu fragen und ihn zu bitten, einen Blick hineinwerfen zu dürfen. Vielleicht hatte sie es ja ohnehin vergessen.

Sie zog sich hastig an und ging ohne Kuß, was er taktvoll von ihr fand. Er blieb bis halb acht im Bett liegen und rauchte eine Zigarette, die er sich aus dem Kippentabak in seiner Dose gedreht hatte. Sein Hunger verschwand, er hatte das Gefühl, noch Stunden ohne Essen auskommen zu können.

Nachdem er sich mit kaltem Wasser rasiert hatte, ging er gutgelaunt hinunter. Er hatte Lust, die schweren Koffer die Treppe hinabzuwerfen, ließ es jedoch bleiben, weil es zuviel Lärm machen würde.

Das Frühstück servierte man ihm in einem kleinen Nebenzimmer, wo der Ofen noch nicht brannte. Trotzdem fror er nicht. Er klingelte, weil der Käse nicht dabei war, für den er eine Marke abgegeben hatte, und dachte kurz, das Mädchen würde ihn bringen, aber es war der Wirt persönlich. Oskar wollte auch gleich die Rechnung bezahlen und hielt das Portemonnaie schon in der Hand, als er sich schockiert daran erinnerte, daß er auch sein Portemonnaie zuvor vermißt hatte. In sämtlichen Taschen hatte er danach gesucht, als er im Bahnhof an der Sperre stand. Ich muß einen Grund gehabt haben, es nicht finden zu wollen, dachte er. Aber welchen?

Der Wirt verabschiedete sich von ihm und wünschte ihm weiterhin gute Reise. Oskar lächelte lange. Das Sacharinstückchen für den nach nichts riechenden Kaffee zerdrückte er mit Daumen und Zeigefinger über der Tasse. Er leckte die penetrante Süße von den Fingern ab und schaute sich, während er das erste von drei Broten strich, im Zimmer um, in dem das elektrische Licht brannte. Er saß da wie in einem Warteraum, bevor er eine Prüfung ablegen mußte. Oder wie in der Zelle eines zum Tode Verurteilten, der eine Mahlzeit einnimmt, die nicht mehr zur Gänze verdaut wird, die dazu dient, den Hunger zu stillen, und nicht, zu ernähren …

Er zuckte mit den Schultern und seufzte tief. Dein Fehler ist es, Carola, daß du von anderen Menschen alle erdenklichen Wohltaten forderst, als wäre es das Normalste auf der Welt, dachte er, ihnen selbst jedoch die geringste Wohltat verweigerst, als wäre das etwas noch Normaleres. Eigentlich liebe ich dich gar nicht. Als Speeman für einen Moment aus dem Zimmer gegangen war, habe ich dir das auch gesagt. Aber du hast entgegnet: Dann tu wenigstens so, als ob. Du hast gelacht, und ich habe auch gelacht, aber ich habe es seither nicht vergessen, für mich war es alles andere als ein Scherz. – So würde Arthur auch reagieren, dachte er, etwas als Scherz auffassen, und dennoch … Plötzlich wäre er fast errötet. Warum habe ich ihr gesagt, daß ich mir eigentlich nichts aus ihr mache. Auch ohne große Selbstanalyse weiß ich, daß ich sie doch liebe. Sie hat das gleich erkannt, auch wenn sie, als sie mich bat, die Koffer für sie nach Emmeloord zu bringen, nicht an meine Liebe appellierte. Und trotzdem ... Warum wäre ich sonst mit den Koffern hier?

Doch als er aufstand, das Stück Papier, das als Serviette gedient hatte, zerknüllte und seinen Mantel anzog, dachte er: Unsinn. Mit Vierzig liebt ein Mann wie ich niemanden mehr. Ich habe es einfach satt, mit Andrea zu schlafen. Ich will mit einer anderen Frau ins Bett. Und was ist mit dem Mädchen? fragte Arthur. Ach, so ein Mädchen zählt nicht. Wenn du erst in meinem Alter bist, wirst du das verstehen. Es kommt noch etwas anderes hinzu. Dieses andere braucht keine Liebe zu sein. Auch nicht, geliebt zu werden, das, bitte schön, nicht mehr. – Haß vielleicht? – Schon möglich, aber das liegt *mir* weniger. – Sonst wärst du bei Carola an der richtigen Adresse, konterte Arthur. – Wird sich noch zeigen, sagte Oskar, nahm seine Koffer und ging durch den schmalen Flur. Jedenfalls hat sie dieses »andere«, das für mich hinzukommen muß.

Die frische Luft machte diesem inneren Dialog ein Ende. Oskar stand in einer schmalen, kalten Gasse, die saubergescheuert war; das Scheuerpulver lag noch auf den Steinen und schmolz unter seinen Füßen. Am Ende der Gasse war ein hoher Turm mit einem Tor. Als Oskar durch das Tor ging, setzte das Glockenspiel ein, als läute es ihn aus, wie die Hauptperson bei einer Hochzeit oder einer Beerdigung. Er gelangte auf eine breite Straße; auf der gegenüberliegenden Seite war das Postamt, das ein Teil des Amsterdamer Hauptpostamtes hätte sein können. Aber auch diese Hauptstraße war fast menschenleer. Nur ein Milchmann war unterwegs, unter dessen Handkarren ein Hund mitlief.

Die schweren Koffer bereiteten Oskar nicht mehr so große Schmerzen in den Armen wie am Vortag; er hatte sich an den Schmerz gewöhnt, und er verspürte überall Schmerzen: in den Lenden; oben in der Nase wegen der kalten Luft. Ein leerer Lastwagen, der von einem Pferd gezogen wurde, näherte sich. Oskar blieb stehen. Gleich trat eine Frau in einem dunkelblauen Mantel auf ihn zu. »Bekehre dich zu Jesus«, sagte sie mit rhythmischer Betonung und bewegte den Kopf mahnend im Takt. »Bekehre dich zu Jesus, die Ewigkeit naht.«

»Nicht nötig«, sagte Oskar, der dachte, sie wolle ihm die neueste Ausgabe des Heilsarmeeblättchens »Der Kriegsruf« oder ein Traktat verkaufen. Aber die Frau war schon weitergegangen und trug keine Broschüren bei sich.

Der Lastwagen mit dem langsamen, dicken Pferd war nun ganz nah. »Darf ich mitfahren?« fragte Oskar den Bauern, der auf dem Bock saß. »Ich muß auch in die Richtung. Zum Vloeddijk.«

»Nein.«

»Warum nicht?« Oskar ging nun neben dem Wagen, mit dem er ohne weiteres Schritt halten konnte.

»Mit so was fangen wir gar nicht erst an.«

Oskar gab dem Wagen einen kleinen Vorsprung, folgte ihm jedoch. Das kommt davon, dachte er.

Der Bauer sah sich nicht mehr um.

Oskar konnte nicht den einen Koffer abstellen und den anderen mit beiden Händen auf den Wagen hieven. Langsam bekam der Bauernwagen einigen Vorsprung. Ich komme trotzdem ans Ziel, dachte Oskar. Er blieb einen Moment stehen und schneuzte sich. Wunderbar würde das sein, zurück in Amsterdam mit fast leeren Koffern. An der Sperre würde Carola stehen. Er würde sie erblicken, noch ehe er seine Fahrkarte abgegeben hätte, ihr zulächeln und die Koffer mühelos durch den engen Durchgang tragen. Er würde ihr einen Kuß geben, aber nicht zu lange. Es würde so aussehen, als küsse er sie nicht zum erstenmal. Und am Morgen danach würde sie neben ihm aufwachen und ihn nicht verlassen wollen. Wenn ich erst einmal mit ihr geschlafen habe und wenn sie weiß, daß ich alles für sie tun werde, wird sie mich auch lieben. Etwas anderes ist ja aus seelischer Sicht unmöglich. Weil ich Andrea gegenüber nie auch nur ein Wort über ihre Untreue verloren und weil ich sie mit Aufmerksamkeiten überhäuft habe, ist sie mir gefolgt, als ich Prag verlassen mußte. Ich hatte ihr Leben auf eine Stufe gebracht, auf der sie sich ohne mich nicht hätte halten können. Irgendwann liebt man die Leiter, auf der man steht.

Hoffentlich kommt Arthur nicht mit, überlegte er. Arthur glaubt, zwischen Carola und mir wäre alles längst klar. Er hat mir diese Worte selbst in den Mund gelegt. Als ich nur beiläufig ihren Namen erwähnte, hat er mich gleich gefragt: »Und wie war sie im Bett? Wohl ziemlich raffiniert?« Und ich habe ihm mit gleichgültiger Miene ein paar Einzelheiten erzählt und gesagt: »Sie hatte was dagegen, daß viel Licht im Zimmer brannte. Das hättest du sicher nicht von ihr gedacht, oder?«

Doch als Oskar sich einen Plan zurechtlegte, wie er vermeiden könnte, daß Arthur Carola zum Bahnhof begleiten würde, blieb er plötzlich wieder stehen, nun vor Schreck. Er hatte den Brief an B. van Dijk, Damplantsoen, vergessen! Der hätte heute morgen in Amsterdam sein müssen. Seine Augen suchten die Häuserzeilen ab. Er könnte noch eine Ansichtskarte schicken, falls er einen Laden fand.

Am Ende der Straße stand eine Kirche, die sich aus vielen Kapellen zusammensetzte. Dahinter schien bereits ein Vorort anzufangen. Hier gab es keine Läden, vielleicht nicht einmal Briefkästen. Er schaute auf die Uhr und ging, so schnell er konnte, zurück. Alles mache ich falsch, dachte er wütend. Was ich auch versuche, alles mißlingt mir.

In dem Laden, in dem er die Ansichtskarten kaufte, rechnete er schon gar nicht damit, seinen Füller zu finden. Doch der steckte in der erstbesten Tasche, als er seine Kleidung auf der Suche danach betastete. »Alles in Ordnung«, schrieb er und adressierte die Karte an Arthurs und Carolas

Wohnung, da er annahm, daß Arthur nicht mehr auf dem Dam stehen würde.

Wie könnte diese Ansichtskarte verhindern, daß Arthur auch zum Bahnhof kommen würde, um ihn zu begrüßen? Erst mal muß ich dafür sorgen, daß ich es selbst wieder bis zum Bahnhof schaffe, dachte er mit bitterer Miene, denn ihn überkamen düstere Vorahnungen.

In dem kleinen Laden hatte er sich den Weg genauestens erklären lassen. Er ging zurück bis zur Kirche, wo er nach links abbiegen und durch eine schmale Gasse gehen mußte. Die Häuser dort neigten sich oben so stark zur Mitte, daß man Bögen dazwischen gemauert hatte, manchmal schräg, manchmal drei Stück übereinander. Nachdem ein Bogen fertiggestellt war, schien man bemerkt zu haben, daß dieser nicht genug Halt gab, und hatte, bevor die Häuser zusammenschlugen wie die Wasserwälle des Roten Meers, nachdem die Juden es durchquert hatten, eilig den nächsten Bogen errichtet. Trotzdem wölbten sich die Mauern. Am Ende der Gasse war eine eiserne Kanone schräg in den Boden eingegraben. Er mußte die Koffer nacheinander darüberheben. An der Ecke hing ein Schild: DURCHFAHRT FÜR KRAFTFAHRZEUGE VERBOTEN. Er wandte sich nach rechts. In dieser Straße war es wieder schmerzhaft hell. In einer Haustür stand eine Frau und beaufsichtigte ihren Hund, der auf der anderen Straßenseite herumschnüffelte. Die Frau verfolgte Oskar mit ihren Blicken, der nun wieder nach links abbog und auf einen quadratischen Platz gelangte. Die Ruhe, die hier herrschte, war die Ruhe weißgestärkter Kragen oder des Geruchs von Trockenblumen. In zwei Reihen standen jeweils vier kleine, kahle Bäume auf Streifen, die mit gelben Steinchen bestreut waren. Der Weg dazwischen führte zu einem gewaltigen, weiß getünchten, mittelalterlichen Tor. Dahinter sah er das Wasser der IJssel. Doch er ging nicht durch das Tor, sondern, ohne sich auszuruhen, geradeaus über eine gußeiserne Brücke. Vor einer Mauer aus hellroten Backsteinen, deren Fugen wie mit dem

Lineal gezogen waren, stand ein alter Mann und kratzte die Ritzen mit einem Messer sauber. In der Mauer war ein Gittertor, das offenstand. Einen Moment überlegte Oskar, den Mann zu fragen: Ist hier das Labor für den Nordost-Polder?, doch als er die Nummer las, die neben dem Tor auf die Mauer gemalt war, wußte er, daß er am richtigen Ort war.

Auf dem Innenhof herrschte die anorganische Atmosphäre, die alle Labors umgibt, auch wenn hier kein gelblicher Rauch aus den Abluftstutzen in der Gebäudewand quoll. Und statt der kleinen Holzhäuser mit Dampfkesseln oder Kompressoren, die jeden Augenblick explodieren können, hatte man hier Treibhäuser errichtet, in denen rotes Neonlicht glühte.

Als er am Hauptgebäude klingelte, ertönte hinter der Tür ein Summen, und die Tür wich seinem Druck, ohne daß jemand sie von innen öffnete. Er stellte die Koffer vor der Portiersloge ab und war fast zu steif, um sich wieder aufzurichten und zu bitten, daß man ihn bei Herrn Dipl.-Ing. de Zoete anmeldete. Während er sich umschaute, hatte er das Gefühl, als würde er sich um eine Stelle bewerben, und dieses Gefühl war nicht einmal unangenehm; eher fand er es reizvoll. Ein kleiner Mann im weißen Laborkittel kam auf ihn zu und fragte: »Suchen Sie etwas? Mein Name ist Rodrigo.«

»Ach, Sie sind das«, sagte Oskar hastig, »ich habe Ihre Arbeit über Granulatanalyse gelesen. Mein Name ist Ossegal.« – Rodrigos Buch kannte er nur von einer Rezension, und an viel mehr als an den spanischen Namen konnte er sich eigentlich nicht erinnern.

»Wenn Sie Lust haben, können Sie kurz mitkommen und sich im Labor umschauen«, sagte Dr. Rodrigo, »es dauert mindestens eine Stunde, bis Sie losfahren können. Herr de Zoete hat noch ein paar Besprechungen.«

»Sie sind über mein Kommen informiert?« fragte Oskar.

»Ja«, entgegnete Rodrigo mit seiner tiefen, negroiden Stimme. Vermutlich stammte er aus Surinam, auch wenn sein Haar glatt und seine Nase auffallend klein und schmal war.

Sie betraten einen Raum, in dem ein Motor dröhnte, der einen großen Stapel runder Dosen schüttelte. Entlang der Wände standen Holzregale, gefüllt mit Bodenproben.

»Hier werden die Proben nach Korngröße gesiebt, bis auf 16 My«, rief Rodrigo laut; die Glasbehälter auf den Regalen an der Wand vibrierten mit der Schüttelmaschine. »Das Rotap, ein amerikanisches Sieb von der Tyler Company, Cleveland, Ohio, siebt noch eine Spur intensiver als unseres.« Oskar nickte. Interessiert betrachtete er eins der feinsten Siebe aus äußerst dünnem Kupferdraht, dessen Maschen einen Durchmesser von nicht mehr als 0,016 mm hatten, ein Sieb wie ein mattgoldener Hauch.

»Ich zeige Ihnen gleich, wo Sie ein Paar Gummistiefel bekommen können«, rief Rodrigo. »Hier ist unser Schlammsaal.« Und sie gingen in den nächsten Raum. Das Dröhnen der Schüttelmaschine war nur noch abgeschwächt zu hören. Auf langen Tischen, die quer im Raum angeordnet waren, standen Gestelle mit langen Flaschen. Mädchen in weißen Kitteln gingen hin und her und drehten die Flaschen nacheinander um. Rodrigo fuhr mit seinen Erklärungen fort. Er sprach langsam und präzise in einem Ton, der den Eindruck erweckte, als seien all diese Methoden nur vorläufig, doch trotzdem schon sehr brauchbar. Die ganze Wissenschaft war für diesen Mann offenbar etwas Vorläufiges, eine Art genesender Patient. Er sprach von ihr, als wollte er sie ermutigen. Er redete lange und ausführlich, und Oskar fühlte sich wie ein kleiner Junge im Wartezimmer eines Zahnarztes, dem ein freundlicher Herr eine Geschichte erzählt, um ihn abzulenken.

»Haben Sie überhaupt noch genug Leute?« fragte Oskar.

»Viele unserer Mitarbeiter hätten eigentlich nach Deutschland gemußt«, erzählte Rodrigo mit einem matten Lächeln, »aber bei uns kommen die Leutchen leicht an einen Ausweis.«

Die Koffer an Carola zurückschicken, in Amsterdam kündigen und hier arbeiten. Er brauchte sie nie mehr wiederzusehen, er könnte sie vergessen. Es galt, soviel wie möglich zu vergessen. Er wäre bereit, die allereinfachsten Arbeiten zu verrichten, die momentan irgendein Mädchen von der Realschule erledigte. Was war Wissenschaft für ihn? Dinge wissen zu wollen, auf die man neugierig sein mußte, um Interesse daran zu haben. Hatte er noch Interesse an seiner Dissertation? Er würde fünfzehn Jahre daran sitzen, und unterdessen hätte jemand anders entdeckt, was er hätte entdecken müssen. – »Beneidenswert«, antwortete er.

Rodrigo führte ihn nun ins Wägezimmer. Als er die Tür hinter sich schloß, war das Dröhnen der Schüttelmaschine nicht mehr zu hören. Fast nichts bewegte sich hier, obgleich sich ziemlich viele Menschen in diesem Raum aufhielten, wenn man bedachte, wie klein er war. Fünf junge Männer in weißen Kitteln und mit den Schnauzbärten in die Illegalität abgetauchter Studenten saßen an einem an die Wand gemauerten Tisch aus glattgeschliffenem Stein, auf dem elektrische Waagen in Glasschränken standen.

Mit Pinzetten legten sie glänzende Halbkugeln aus Nikkel, in denen sich minimale Mengen Sand befanden, auf die Waagschalen und lasen die von innen beleuchtete Skala ab.

Oskar stellte aus Höflichkeit die einzige Frage, die man von ihm erwarten würde: auf wie viele Dezimalstellen genau gewogen werden könne, und wie vermutet, war es eine Dezimalstelle weniger, als die Genauigkeit der Waagen zuließ. Wenn der Sand mit einem Pinsel in die Nickelschalen gewischt würde, bliebe ja immer ein kleiner Rest in den flachen Dosen zurück.

»Jetzt gehen wir in die Chemieabteilung«, sagte Rodrigo, »die wird Sie sicher mehr interessieren.«

»Oh, nicht unbedingt«, sagte Oskar, »ich fand das hier schon sehr lehrreich.«

Doch jetzt trat ein hochgewachsener, blonder Mann ein.

»Ich habe gehört, daß Sie hier sind, Mijnheer Ossegal«, sagte er, »ich mußte Sie kurz im Stich lassen, weil ich unerwartet eine dringende Besprechung hatte. Ich muß jetzt noch rasch in mein Zimmer, weil jemand auf mich wartet, aber in zehn Minuten brechen wir auf. Suchen Sie sich ein Paar Gummistiefel aus, sonst ruinieren Sie sich Ihre Schuhe. Haben Sie ein zweites Paar Socken? Ich nehme die Stiefel immer eine Nummer größer und ziehe zwei Paar Socken an. Das ist wärmer. Bis gleich.«

»Tja«, sagte Rodrigo, »dann müssen Sie auf den Rest der Besichtigung verzichten.«

»Ich hoffe, daß ich noch Zeit dafür habe, wenn ich zurückkomme«, sagte Oskar und verspürte mit einemmal große Angst.

»Das Labor ist dann wahrscheinlich geschlossen. Aber bleiben Sie doch bis morgen.« Rodrigo lachte, er meinte es nicht ernst. Er zeigte Oskar noch einmal das Haus, wo er sich die Stiefel holen konnte, und öffnete eine Seitentür zum Innenhof.

Oskar überquerte den Hof und vermißte plötzlich wieder seine Koffer.

Jetzt geht es los, dachte er, ich hole mir meine Rüstung. Er merkte, daß er Herzklopfen bekam, und ärgerte sich darüber, denn was er tun würde, war nicht riskanter als das, was er bereits getan hatte. Nein, eigentlich hatte er den gefährlichsten Teil des Unternehmens hinter sich. Er warf einen begehrlichen Blick in die rot erleuchteten Treibhäuser, obwohl dort nichts Besonderes geschah.

»Haben Sie ein zweites Paar Socken?« fragte der Mann, der das Stiefellager bewachte. »Sonst laufen Sie sich Blasen, der Ton saugt stark, wissen Sie.« Oskar nickte. Mit den Stiefeln unterm Arm ging er ins Hauptgebäude zurück; in der Eingangshalle, wo seine Koffer noch standen, zog er die Stiefel an, nachdem er aus einem der Koffer ein Paar Socken genommen hatte. Dann verließ er das Haus.

Vor dem Gittertor in der Mauer stand ein PKW, der über und über mit Schlamm bespritzt war. Ein Mann in einem blauen Overall stand auf dem Dach und steckte einen langen Schürhaken in den Holzgasgenerator. Dichter, scharf riechender Rauch qualmte aus dem Kessel. Der Mann schloß den Deckel und kletterte vom Wagen. Oskar stand reglos zwischen seinen Koffern und schaute zu. Die Elektropumpe des Generators summte leise. Der Mann hielt ein Streichholz an den Auspuff, der nun eine lange rote, aber sehr dünne Flamme austieß. Ein anderer Mann, ebenfalls im Overall und mit einem Schal um den Hals, kam aus dem Gittertor und startete den Motor. Der Generator schlürfte die Flamme ein. Der Motor lief unregelmäßig, vielleicht war er beleidigt, weil er zur Lokomotive degradiert wurde, dachte Oskar. Die neuesten Erfindungen der letzten Zeit waren beängstigende Schritte zurück in eine Vergangenheit, die nie existiert hatte. Sie war eine alt geborene Zukunft wie die ganze Hitlerei.

Nur in diesem Teil der Welt, dachte er, entwickelt sich eine Bastard-Technik, eine abweichende Kulturphase.

Ingenieur de Zoete kam zusammen mit einem anderen Mann aus dem Gebäude. »Können wir Ihre Koffer aufs Dach legen?« fragte er Oskar; der Holzgasgenerator nahm hinten den gesamten Kofferraum ein. »Es wird allerdings ziemlich rütteln, macht das Ihren Koffern etwas aus?«

»Nein«, sagte Oskar, »sie sind schon alt.«

Die beiden Männer im Overall setzten sich nach vorn. Die anderen drei saßen hinten, Oskar in der Mitte, weil er der kleinste war.

Er konnte gerade noch zwischen den beiden Männern vorn hindurchsehen. Die Landschaft beachtete er nicht, sondern schaute nur auf die Fahrbahn: zuerst Steinpflaster, dann ein Feldweg mit Schlaglöchern und danach Asphalt. Die Aussicht wurde weitläufiger, aber da Häuser und Bäume weiter entfernt waren als in der Stadt, schien es, als sei es nebliger geworden.

Oskars Hände ruhten auf seinen Knien. Er bewegte sich fast nicht. Ergeben ließ er sich auf der Kante des Rücksitzes, der tief durchfederte, auf und ab werfen. Er mußte sich mit den beiden Ingenieuren unterhalten, konnte seine Antworten jedoch zum Glück auf »Ja« und »Soso« beschränken.

Wie lange noch, dachte er. Er hatte nicht die geringste Vorstellung: zwei Stunden, drei Stunden? Was soll's, dachte er, das Gefährlichste habe ich hinter mir …

»Kommt manchmal deutsche Polizei in den Polder?« fragte er.

»Nein, nur ganz selten«, antwortete Ingenieur de Zoete.

»Wissen die denn nicht, daß der Polder voll ist mit Leuten, die untergetaucht sind?«

»Natürlich wissen sie das. Aber die Kultivierung ist eine ›kriegswichtige‹ Arbeit, dafür bekommen sie ohnehin kaum Leute.«

Ingenieur de Zoete redete noch weiter über die Deutschen, aber Oskar war mit den Gedanken bereits woanders. Keine deutsche Polizei im Polder. Warum sollte ich nicht eine frohere Miene machen? Es ist immer so: Die Dinge, vor denen man sich fürchtet, geschehen nicht. Furcht ist praktischer als Tapferkeit. Furcht ist eine magische Beschwörung der Gefahr, solange man sich in seinen Handlungen nicht von ihr beeinflussen läßt. Wenn ich z.B. in Zwolle aus Angst kehrtgemacht hätte, wäre ich natürlich auf irgendeinem Zwischenbahnhof in eine Gepäckkontrolle geraten. Aber jetzt, wo ich meinen Plan einfach ausführe, geht alles gut. Er war froh, als der andere Ingenieur ihm eine Zigarette anbot, und nahm sie ohne Umstände an. Dann wußte er nicht, wohin mit der Asche. Die Fenster ließen sich nicht öffnen, bis auf das neben dem Fahrer, das ein kleines Stück nach unten geschoben war. Oskar beugte sich weit vor, hielt die Zigarette aus dem Fenster und schnippte die Asche weg. Als er die Hand zurückzog, geriet er wegen der holprigen Straße mit der Zigarettenglut an den oberen Rand des Fensters, und die Funken stoben durch den engen Raum. Zweifellos bekam sie der Fahrer ins Gesicht, doch der Mann sagte nichts. Er hätte sich erschrekken können, dachte Oskar, und gegen einen Baum fahren. Er schämte sich zutiefst, doch als er die Zigarette aufgeraucht hatte und die Kippe wegwerfen wollte, passierte ihm das gleiche, denn er wußte nicht, wie er sie anders loswerden sollte. Wieder tat der Fahrer so, als hätte er es nicht bemerkt, doch der andere Mann im Overall drehte sich halb um und sagte: »Sie könnten ruhig ein bißchen aufpassen. Es hätte ihn das Augenlicht kosten können.« Ich weiß, ich weiß, dachte Oskar, ich wußte es bereits, bevor ich es tat, und darum hat es ihn nicht das Augenlicht gekostet. – Nein, ihm konnte nichts mehr geschehen.

In Genemuiden standen statt Häuser große, viereckige Schilfhügel an den Straßen. Die Leute hier wurden steinreich mit dem Flechten von Schilfsandalen. Andere Schuhe waren nicht zu bekommen. Von den Deutschen hatten sie Großaufträge für Schilfschuhe, dick wie alte Bäume, die sie für die Ostfront anfertigten.

Der Wagen kurvte eine Weile durch Genemuiden, denn die beiden Ingenieure wollten hier Fleisch aus heimlicher Schlachtung kaufen. Oskar nahm ein paar Pfund Kotelett. Sie luden einen seiner Koffer ab, und er packte das Fleisch hinein. Er würde es zusammen mit Carola essen, nachdem er Andrea die Hälfte geschenkt hatte. Als sie wieder einstiegen, kam er sich sehr häuslich vor und war mit sich zufrieden.

Der Wagen fuhr nun an einem Wasserlauf entlang und bog dann in eine Seitenstraße ein. Diese führte in gerader Linie zu einem Deich, kletterte an ihm hinauf und fiel auf der anderen Seite wieder ab. Hinterm Deich erstreckte sich bis zum Horizont eine fahlgraue, völlig kahle Fläche. Sie stoppten an einem Ort, wo ein paar große Hallen standen, aus Holz, das mit gelbem Karbolineum angestrichen war, und mit roten Ziegeldächern. Drumherum lagerten Einzelteile von Maschinen, manche neu, andere verrostet. Mehrere ebenfalls gelb angestrichene Traktoren standen in einer Reihe. Kreischende Möwen jagten um sie herum, als wären es Schiffe auf hoher See.

Irgendwo in einem der Schuppen hatten die Ingenieure eine halbstündige Besprechung. Oskar wartete im Auto. Die beiden anderen Männer wollten mit ihm über den Krieg reden. Er gab Antworten, auf die man nicht viel erwidern konnte, die einfach aus einer Suggestion des Gegenteils von dem bestanden, was sie behaupteten.

Anschließend fuhren sie weiter in den Polder hinein, bis die Straße mit einemmal nicht mehr befestigt war. Der Fahrer und sein Helfer blieben sitzen, Oskar und die beiden Ingenieure stiegen aus. Ganz in der Nähe zog ein Traktor einen riesigen Pflug über den Lehmboden, der meterhohe Erdstreifen abriß.

Die Möwen suchten nach Schnecken und Würmern. Neben dem Pfad war ein Graben, in dem kein Wasser stand. Nichts war zu hören außer dem hohen Geheul des Traktors und dem Kreischen der Möwen. Die Ingenieure trugen abwechselnd einen von Oskars Koffern, was dieser nur unter Protest zugelassen hatte. Hier gibt es nichts als den grauen Himmel und die graue Erde, nein, sonst absolut nichts, abgesehen von den Baracken. Es schien, als arbeitete hier fast niemand, als hätte sich dieses Gebiet durch eine Auffaltung der Erdkruste von allein über den Wasserspiegel erhoben.

An einem Nebenpfad, der zu der am entferntesten gelegenen Gruppe von Baracken führte (dahinter war nur leerer Raum), verlangte Oskar seine Koffer zurück.

»Würden Sie hier bitte einen Moment auf mich warten?« bat er seine Begleiter.

»Ach, wir laufen schon nicht weg«, sagte Ingenieur de Zoete, »außerdem muß ich dort mit jemandem reden.«

Oskar erwiderte darauf nichts. Die Koffer trug er nun selbst. Es kann ja nichts mehr passieren, dachte er. Und falls doch, haben sie sich schon kompromittiert, was mich dann nur noch retten kann, ist ihr Schweigen. Den Ausweis auf den Namen Ossegal hatte er im Auto zurückgelassen, dessen war er sich sicher.

»Vor drei Monaten wuchs hier noch zwei Meter hohes Unkraut«, erzählte der andere Ingenieur. »Wie Sie wissen, sind die Kampener ziemlich dumm. Sie haben geglaubt, das Unkraut wäre auf dem Meeresboden gewachsen, ja, ja.«

»Ich bin durch eine Gasse gegangen«, sagte Oskar, »die war so eng, daß ich meine Koffer kaum hindurchbekam, und trotzdem hing da ein Schild FÜR KRAFTFAHRZEUGE VERBOTEN.«

»Tja, das ist typisch.« Der Ingenieur fuhr fort: »Kennen Sie die Geschichte von dem Reisenden? Er blickte aus dem Fenster und sah gegenüber ein Dienstmädchen, das eine Treppe von unten nach oben fegte. ›Woher kommst du?‹ fragte er sie. ›Aus Kampen‹, sagte das Mädchen. Es goß in Strömen. Der Gärtner bewässerte mit einer Gießkanne die Blumen. Sie erraten nie, woher dieser Gärtner kam. Und als der Reisende später im Zug saß, kam ein Schaffner, der die Fahrkarte sehen wollte, und dann ...«

Aber Oskar hörte nicht mehr zu. Die Tür einer Baracke wurde geöffnet. Zwei Deutsche in langen grünen Mänteln mit Kragen aus moosgrünem Samt traten heraus, mit Helmen und grünen Wollhandschuhen in der Farbe von altem Moos. Einer trug an einem Riemen eine Maschinenpistole um den Hals. Und beide trugen an einer Kette eine Metallplatte auf der Brust, auf der mit jener gelblichen Farbe, die im Dunkeln leuchtet, in Frakturschrift FELDGENDARMERIE stand.

Einer der beiden forderte Oskar auf, mitzukommen. Der andere blieb bei den Ingenieuren.

Der Mann brachte Oskar in die Baracke, bat ihn, die Koffer auf einen Tisch zu legen und zu öffnen.

Der erste Koffer enthielt: einen Schlafanzug, Schuhe, Waschutensilien, ein Handtuch, Bücher.

»*Schweinebraten?*« fragte der Deutsche und betastete das Päckchen, dessen Inhalt Oskar angegeben hatte.

»Sehen Sie? Nichts, was für Sie interessant ist«, sagte Oskar.

Aber dieser Deutsche war kein Zollbeamter, er hatte es nicht eilig.

»Jetzt der andere«, sagte er.

Und Oskar öffnete verzagt die Gurte.

Dieser Koffer enthielt: eine graue Hose. Die dazugehörige grüne Uniformjacke mit den silbernen Rangabzeichen eines SS-Offiziers. Eine schlaffe Mütze mit einem Totenkopf darauf. Ein hellbraunes Koppel, an dem ein Halfter mit einem Revolver darin hing. Ein Paar hohe Lederstiefel. Eine Schachtel mit Patronen.

4

Gleißendes Sonnenlicht fiel auf die Sandfläche. Arthur zog seine Schuhe aus. Zur Rechten standen neue Häuser, die dennoch bereits bis zum Dach mit Schlingpflanzen bewachsen waren. Die Leute hatten Pfosten in den Sand geschlagen und dazwischen Wäscheleinen gespannt. Hunderte von Metern maßen diese Leinen, und große Laken hingen daran.

Als Arthur sich näherte, erschienen über den Laken die Köpfe sehr alter Männer von beinahe biblischem Aussehen. Sie redeten miteinander, aber nur mit den Mundwinkeln, und schauten Arthur unverwandt und ein wenig mitleidig an, denn sie redeten über ihn. Es ging mit Sicherheit um ihn, als würden sie sich dafür interessieren, was er vorhatte, obwohl er doch nur in aller Ruhe dahinschlenderte. Vielleicht redeten sie auch miteinander, um sich auf das richtige Zeichen zu verständigen, bei dem sie gleichzeitig eingreifen müßten.

Jedesmal wenn Arthur hinter so eine Wäscheleine mit Laken blickte, stand dort niemand. Doch wenn er eine zweite Lakenmauer passiert hatte und nicht mehr hinter die erste schauen konnte, waren die Männer wieder da und schüttelten heftig die Köpfe, ohne sich nach ihm umzusehen.

Arthur zuckte mit den Schultern. Plötzlich blieb er stocksteif stehen, als hätte er sich erschrocken, doch er war freudig überrascht. Das Mädchen mit der Brille erschien in der Tür eines der von glänzend grünem Weinlaub überwucherten Häuser. Zu beiden Seiten der Tür standen stark gestutzte Orangenbäumchen in Kübeln. Lächelnd ging Arthur auf das Mädchen zu und ergriff ihre Hände. Ihr weißer Laborkittel hing offen, darunter trug sie nur einen Badeanzug. »Weißt du, was das zu bedeuten hat?« fragte Arthur, ohne sich umzublicken. Er deutete mit dem Kopf nach hinten, zu den Laken, hinter denen die grauen Männer standen.

»O ja«, antwortete sie, »die sind sonst zu nichts mehr nütze.«

Arthur lächelte froh und wischte sich mit dem Handrükken den Schweiß von der Stirn.

»Was für hübsche Orangenbäumchen. Wirklich nett, daß der Eingang zu einem Stück von einer Mietskaserne so geschmückt wird.«

»Ach, das«, sagte das Mädchen, »aber das ist noch nicht alles. Kommst du einen Moment mit rein? Ich muß meiner Mutter noch Wasser bringen.«

Im Flur war es eng und trotzdem sehr kühl. Die Vorhänge im Wohnzimmer waren zugezogen. Es mußten dicke Vorhänge sein, denn sie ließen nicht das geringste Licht durch. Vielleicht war auch noch das schwarze Verdunklungspapier vor den Fenstern. Nur an den Rändern waren dünne, aber blendend helle Ritzen, wie mit einem Rasiermesser hineingeschnitten.

Als Arthurs Augen sich an die Dunkelheit gewöhnt hatten, erblickte er eine alte Frau, die in einem Lehnstuhl saß; ihre Beine waren nackt und die Röcke bis übers Knie hochgeschoben. Sie schaute Arthur mit ausdrucksleeren, flachen Augen an. Tatsächlich, ihre Augäpfel waren flachgedrückt wie kleine, beschädigte Spiegeleier. Ihre Füße steckten in einem weißen Zuber mit schwarzem Brei. Ottolien kam mit einer weißen Wasserkanne und goß etwas Wasser in den Brei. »Gut so, Mutter?« fragte sie. Halb vorgebeugt, die Kanne in der Hand, wartete sie auf eine Antwort oder irgendein Zeichen der Frau. Schließlich ertönte ein Röcheln aus deren Kehle. Ihr Kinn fiel herab, und der Mund schloß sich nicht mehr.

»Nein, noch ein wenig«, antwortete sie dann mit tiefer, rauher Stimme und ohne die Lippen zu bewegen. Ottolien goß das restliche Wasser in den Zuber, stellte die Kanne hin und sagte zu Arthur: »Komm.«

»Meine Mutter kann schon seit Jahren nicht mehr sprechen, weißt du«, erklärte sie, »sie ist bis obenhin gelähmt. Wir mußten ihr das Bauchreden beibringen.«

In dem anderen Zimmer, wo die Vorhänge nicht zugezogen waren, setzten sie sich auf Ottoliens Bett. Arthur nahm ihr die Brille ab. »Dann kann ich dich besser küssen«, sagte er. Aber ehe es dazu kam, rief sie plötzlich: »Oh, schau mal, was du da machst!« Ihre Brille, die er in der Hand hielt, verwandelte sich langsam in ein Diadem aus dünnem Gold. Ein runder goldener Zweig mit kleinen Blättern aus flachen, tafelförmig geschliffenen Diamanten, in Gold gefaßt. Er drückte sich das Diadem auf die Schläfen. »Weißt du nicht, daß ich in direkter Linie von Napoleon abstamme?« fragte er.

»Stell dich mal hin«, sagte sie. »Wie ähnlich du ihm siehst. Jetzt fehlt nur noch eine weiße Toga. Soll ich ein Bettlaken holen?«

»Nein, nein«, entgegnete er, »das würde auch nichts nützen. Es ist sehr einsam, wenn man als Fürst ohne Thron unter Menschen sein muß. Man ist wie ein Mensch, der mutterseelenallein im Urwald unter den Affen lebt. Ach, das alles erzähle ich dir lieber nicht. Weißt du, ich verberge vor allen, was ich denke. Ich werde auch nie versuchen, ein Napoleon zu werden, auch wenn ich einer bin. Niemand weiß es. Ich weiß es von meinem Vater. Aber ich trage nicht mal den Namen meines Vaters, und davon abgesehen heißt er auch nicht Bonaparte. Komm, vergiß es.«

Er fröstelte und zog die Bettdecke fester um sich. Er öffnete die Augen im Dunkeln. Die Tür seines Zimmers öffnete sich. Carola machte das Licht an.

»Mach, verdammt noch mal, das Licht aus«, schrie Arthur und drehte sich um.

Schon seit einer Woche hatte er sie nicht gesehen. Er hatte von Brot und Kondensmilch und Leberpastete aus der Dose gelebt. Der Fußboden seines Zimmers war mit leeren Dosen übersät. Auf seinem Nachtschrank stand eine Papiertüte mit Haferflocken. Davon aß er manchmal, Hände voll.

»Arthur, ich muß dir was sehr Wichtiges sagen.« Carolas süßliches Parfum drang ihm in die Nasenlöcher.

Seine Augen hatten sich nun an das Licht gewöhnt, und er wandte sich ihr zu. Ihre Fingernägel waren feuerrot lakkiert. Sie saß mit einem Schenkel auf seinem Bett, ihr Pelzmantel hing offen. Ihr Bein wurde an der Bettkante dick wie ein schlaffer Autoreifen. Und der Nagellack bedeckte nicht immer die gesamte Nagelfläche oder war bis auf die Haut der Finger zerlaufen.

»Was ist denn?«

»Was ganz Schlimmes ... Arthur«, sie stammelte, »Arthur, dein Freund Oskar ist verhaftet worden.«

Sie klappte ihre Handtasche auf und suchte ihr Taschentuch, das sie sich an die Augen drückte.

Arthur richtete sich auf. »Verflucht noch mal, Oskar verhaftet. Verflucht! Und du heulst! Gottverdammt, das fällt dir reichlich spät ein. Tränen vergießen wegen Oskar! Die ganze Woche warst du nicht da. Wenn ich mir nicht selbst genommen hätte, was ich brauchte, wäre ich vor Hunger krepiert. Dir ist doch alles egal. Erzähl mir nicht, dir liegt so viel an Oskar, daß du jetzt schluchzen mußt, weil er im Gefängnis ist.«

»Was weißt du denn, wieviel mir an Oskar liegt!« Ihre Schluchzer wurden nun durch ein leises Weinen verbunden, das sich wie das Summen eines kleinen Elektromotors anhörte.

»Du und Kummer wegen Oskar!« sagte Arthur. »Du hast ihn selbst in die Falle gehen lassen, du hast ihn auf dem Gewissen! Das ist die Wahrheit!«

»Hör auf«, sagte sie, »o Gott, Arthur, hör auf! Oskar war so gut. Er war besser als alle Männer, die ich jemals gekannt habe. Er wurde nie wütend, wenn ich etwas Gehässiges gesagt habe. Andere Männer wollen immer solche ... solche strapaziösen Dinge, Oskar nie. Oskar hat mir immer was mitgebracht, ganz rührend. Nie Parfum oder was Schönes, nein, aber immer was Leckeres. Wie eine Art Nikolaus. Er hatte die Taschen immer voller Süßigkeiten. Er hat alles für mich getan. Er wollte immer für mich einkaufen gehen.«

»Na, dafür hat er ja auch seinen Spaß gehabt.«

»Was geht dich das an? Immer wenn wir ein vertrauliches Gespräch haben, stellst du so unverschämte Fragen. Ich habe keinen, mit dem ich reden kann. Nicht mal mit meinem eigenen Bruder.«

»Rede doch mit Großmutter oder mit sonstwem; rede mit dem Kerl, der dir die schönen Strümpfe schenkt.«

Sie stand auf. »Lauf nicht weg!« rief er. »Ich will wissen, was du vorhast!«

Aber sie rannte aus dem Zimmer.

Er zog an der Schnur des Lichtschalters, und es wurde wieder dunkel. Oskar, dachte er, ich beneide dich nicht. Als Schulkind warst du natürlich einer von diesen verwöhnten, dicklichen Jungs, die immer die Taschen voller Schokolade und Lakritz hatten. Du selbst hast nicht viel davon gegessen. Das meiste hast du verschenkt, oder es wurde dir weggenommen. Alles wird dir weggenommen, auch das, was du nicht besitzt. Warst du nun mit Carola im Bett, ja oder nein? Und mit wem geht sie jetzt ... Er hatte die Augen weit geöffnet, aber nirgendwo war Licht. Vielleicht muß ich ja auch abhauen, dachte er, und Großmutter wird verhaftet. Ein wertvoller Neuzugang für den Knast. Sie weiß genau, was die Vernehmer wissen, sie kann den Häftlingen vorhersagen, ob sie verurteilt oder freigelassen werden. Wenn ich hier abhauen muß, werde ich Proost fragen, ob er einen Unterschlupf für mich weiß. Morgen muß ich Andrea sagen, was mit Oskar passiert ist. Vor sechs darf niemand auf die Straße, sonst würde ich sofort gehen.

Er sah Andrea bereits weinen und empfand diese Vorstellung fast als angenehm. Als er vor einem Jahr zum erstenmal bei Oskar zu Hause gewesen war, hatte er ihr Foto auf Oskars Schreibtisch stehen sehen und gedacht: eine Frau, mit der man etwas anfangen könnte. Aber ich werde mich hüten. Oskar ist gut zu mir. Er ist der einzige, mit dem ich reden kann. Ich darf ihm das nicht antun.

Morgen gehe ich zu ihr. Ich werde Andrea von diesen Gedanken erzählen. Es ist das vierte Mal in dieser Woche, daß wir allein sind. Vorgestern sollte ich mich neben sie auf das Sofa setzen, und sie hat mir Fotos aus Prag gezeigt. Ich kann das sehr gut verstehen und habe ihr das auch zu erkennen gegeben. Wenn es noch einmal vorkäme, würde er ihr väterlich die Hand auf die Schulter legen und sagen: »Ich finde dich sehr nett, Andrea, aber es wäre nicht gut, das zu zeigen. Ich gehe jetzt. Auf Wiedersehen, Andrea, denk viel an Oskar. Er wird es brauchen, und vielleicht hilft es, falls meine Großmutter recht hat, die fest an Telepathie glaubt.«

Er würde den mittleren Knopf seines Jacketts durch das mittlere Knopfloch zwängen und aufstehen. Sie würde ihm die Hand geben und mit unsicher lächelnden Augen zu ihm aufschauen. Und er würde ihr einen mitteleuropäischen Handkuß geben – das machte er auch in Oskars Beisein – und gehen.

Aber sie würde ihm vielleicht auf den Gang folgen, um zu fragen, ob er nichts vergessen hätte oder um zu sagen, daß sie etwas zu erzählen vergessen hatte, um zu fragen, wann er zurückkäme, weil er ihr bei allem möglichen helfen müsse, nun, wo sie Oskar nicht hatte. Vielleicht käme ja eine Hausdurchsuchung, vielleicht würde man sie verhören …

Er drehte sich um und wollte wieder schlafen, hörte jedoch Stimmen im Flur. Er hielt den Körper steif und reglos, als könnte schon das Entspannen der Muskeln in dem weichen Bett ein Geräusch machen, das beim Lauschen störte.

Vorbei, Oskar, dachte er; aber ich werde deshalb nicht traurig sein, denn das sähe so aus, als hätte ich es noch nicht richtig gelernt, alles zu entbehren, was andere besitzen. Als gäbe es in dem ganzen Chaos etwas, auf das ich ein Anrecht habe, ich, der ich gar nicht hierhergehöre.

Als er nichts mehr hörte, schlug er die Decke zurück und zog seine Pantoffeln an. Vorsichtig öffnete er die Zimmertür. Im Flur war nichts zu sehen, und es blieb still. Tastend fand er die Tür zum Wohnzimmer, das er betrat. Dort war es so dunkel wie im Flur und ebenso kalt. Da sein Körper warm war, spürte er die Kälte noch stärker, empfand das jedoch nicht als unangenehm. Er schob die Füße langsam vorwärts, um sich nicht die Zehen zu stoßen. Er wußte genau, daß er nichts Besonderes vorfinden würde; die Stimmen im Flur, das war Einbildung gewesen. Oder das Gespräch wurde in Carolas Zimmer fortgesetzt. Trotzdem kehrte er nicht in den Flur zurück, um an ihrer Tür zu horchen. Er streckte die Hände aus und ertastete den kalten Ofen. Vorsichtig bückte er sich: Neben dem Ofen mußte eine Schachtel Streichhölzer liegen. Fast ohne Druck strich er ein Zündholz über die Reibfläche. Es brannte nicht, hinterließ aber leuchtende Spuren. Er versuchte die Sekunden zu zählen, in denen sie sichtbar blieben. Dann endlich entzündete sich das Streichholz knisternd, und er nutzte das Licht, um auf die Uhr zu schauen: Es war halb fünf. Er blies das Streichholz nicht aus, sondern starrte weiter auf die Uhr, als starrte er der Zeit ins Gesicht. Er starrte tatsächlich in ein Gesicht, sein eigenes, das sich im Glas vor dem Zifferblatt spiegelte. Aber das Gesicht der Zeit verjüngt sich alle zwölf Stunden, dachte er mit Wehmut. Wie lange wird der Krieg noch dauern … meine Jugend geht dahin. Der Geruch, der sich verbreitete, als er das Streichholz ausgeblasen hatte, ließ ihn an Kaffeekochen denken. Seufzend schlurfte er in eine Ecke, wo ein Lehnstuhl stehen mußte. In den setzte er sich breitbeinig, so daß die Kälte ihn durchtränkte.

Ich habe morgen viel vor, ich brauche ein Fahrrad, dachte er. Er strich wieder ein Zündholz an und ging geräuschlos in den Flur. Hoffentlich hatte Carola nicht die Schlüssel an sich genommen. Doch er fand die Schlüssel zur Etage der Großmutter am Nagel in der Küche, wo sie immer hingen. Carola hatte für den Fall, daß der Großmutter nachts etwas zustoßen sollte, Zweitschlüssel. Mit aufeinandergepreßten Zähnen ging er die Treppe hinunter. Vor der Tür seiner Großmutter roch er schon das Petroleum der kleinen Öfen, die sie, kälteempfindlich, wie sie war, überall in der Wohnung aufgestellt hatte. Dabei war Petroleum in dieser Kriegszeit so knapp! Aber sie kaufte es für viel Geld von vorbeifahrenden Schiffern, die als einzige etwas zugeteilt bekamen.

Im Lichtschein der Öfen fand er den Weg zu dem Zimmer, in dem sie schlief. Er blieb am Fußende des Bettes stehen. Das Öfchen neben dem Kopfende warf einen weiten, dünnen Ring aus Licht an das Schwarz der Zimmerdecke. Ein kleiner Wasserkessel stand darauf und rauschte leise. Arthur legte die Hand aufs Bett, um zu ertasten, wo ihre Füße lagen. Ah, sehr hoch, seine Großmutter war klein und lag zusammengekrümmt auf der Seite. Wie immer auf der rechten. Ihr linker Arm, mit Watte zu einem dicken Ballen eingepackt, lag auf der Zudecke. Um ihren Kopf war ein weiß-lila Häkelschal gewickelt. Es sah aus, als läge am Kopfende des Bettes ein Haufen Lumpen und darunter ein kleines Tier, das fortwährend ächzte, weil es fast erstickte. Ihr die Nase zuhalten, die Tücher in den Mund stopfen, und es ist geschehen, dachte er; kein Mord ist so einfach wie der an einer Großmutter. Man folgt ihr auf der Treppe, nachdem man zuvor ein paar Befestigungsstangen des Treppenläufers gelockert hat. Man bleibt mit dem Fuß am Läufer hängen, der Läufer spannt sich und hebt sich von den Stufen, und sie stürzt. Oder sie hängt auf der Veranda Wäsche auf. Seufzend ist sie auf eine wacklige Trittleiter gestiegen. Die Trittleiter steht schräg vor den Türen zum Wohnzimmer, die du achtlos, jedoch mit Schwung aufstößt. Du gehst eilig in die Küche, in der sie gerade beschäftigt ist, weil du eine Teetasse hast fallen lassen, und stößt versehentlich einen kleinen Ölofen um. Du gibst ein paar Schuß von irgend etwas in das Fläschchen mit den Tropfen, zu denen sie immer greift, wenn sie Herzbeschwerden hat, und es ist ebenfalls vorbei mit ihr. Du schürst abends das Feuer für sie und sorgst dafür, daß das Ofenrohr ein Stückchen aus dem Schornstein rutscht. Sie hält in ihrem Sessel ein Nickerchen, und nach einer Stunde ist sie erstickt. Und trotzdem machst du es nicht, weil es dir noch an Mut fehlt. Außerdem, wer bekommt dann ihr Geld? Jetzt weiß ich wenigstens genau, daß ich an das Geld herankommen kann. Er bückte sich und zog mit beiden Händen vorsichtig die Decken am Fußende heraus. Die schwerfälligen Atemzüge blieben unverändert. Plötzlich begannen nacheinander sämtliche Uhren in der Wohnung zu schlagen. Die Friesenuhr, zwei Kuckucksuhren, drei Pendeluhren, die goldene Uhr mit Sonnenstrahlen im Flur, die in einen Flugzeugpropeller montierte Uhr, die im Wartezimmer hing und das Geschenk eines Piloten war, den sie davor gewarnt hatte, an einem bestimmten Tag aufzusteigen. Während die Uhren schlugen, suchten Arthurs Hände schneller. Unter der ersten Matratze mußten die Geldscheine liegen. Doch er fand dort nichts. Vorsichtig hob er die Matratze an. Als er immer noch umhertastete, hörte er die Stimme der Großmutter: »Du brauchst nicht weiterzusuchen, du Jämmerling, du wirst doch nichts finden, ich wußte, daß du heute abend wieder kommen würdest.«

Er ließ die Matratze los und umklammerte das Fußende des Bettes. Nichts bewegte sich am Kopfende, jedenfalls war keine Bewegung wahrzunehmen. Die rauhen Atemzüge blieben unverändert, auch dann noch, als die Großmutter erneut etwas sagte: »Was denkst du dir überhaupt, du Giftnatter, glaubst du, das geht so einfach?«

»Ich hatte es gehofft«, sagte Arthur, und obgleich sich seine Worte gelassen anhörten, hatte er etwas Niedergeschlagenes in der Stimme.

»Stör mich nicht beim Schlafen«, sagte die Großmutter, »verschwinde.«

»Ich störe dich nicht, wenn du sowieso wach bist und bauchreden kannst wie Ottoliens Mutter.«

Auf diese vielleicht sogar für die hellseherische Großmutter unverständliche Mitteilung erfolgte keine Antwort. Nur ihren Atem konnte er hören, gleichbleibend, wie vorher auch beim Sprechen. Nun wurde ihm mulmig. Sie schläft, dachte er, aber jemand anders ist im Zimmer, der ihre Stimme imitiert.

Er wich zurück und drückte sich an die Wand. Wenn er ginge, würde ihm vielleicht jemand hinterherschleichen und ihm eins über den Kopf geben.

»Worauf wartest du noch?« hörte er wieder die Stimme der Großmutter.

Worauf warte ich noch! Er drückte das Kinn auf die Brust und spannte die Kiefermuskulatur. Worauf warte ich noch!! Wenn er nicht bekäme, worauf er wartete? ... »Ich warte auf mein Geld«, sagte er, »mein Geld, das ich auf andere Art und Weise nicht bekommen kann.«

Die Stimme schien nicht lachen zu können, erwiderte jedoch mit höhnischem Unterton: »Dein Geld ... Dieb ... Bezahlt nicht dein Vater alles für dich, hast du mir das nicht letzte Woche noch gesagt?«

»Du weißt ganz genau, daß er das Geld nicht an mich schickt, sondern an dich. Du unterschlägst einen Teil davon, deshalb muß ich es mir selbst nehmen.«

»Lügner ... jetzt geh. Ich schlafe, weck mich nicht auf. Ich habe keine Lust, mit dir zu reden. Das Geld liegt sowieso nicht da, wo du meinst. Was hast du hier noch zu suchen?«

»Ich gehe sofort«, entgegnete Arthur, »sobald du mir gesagt hast, wo es liegt. Und wenn du es mir nicht sagen willst, werde ich dich dazu zwingen.«

»Wie willst du mich zwingen? Verbrecher … Als ob ich nicht viel mehr von dir wüßte. Nur ein Wort von mir, und du landest für sechs Jahre im Gefängnis … Das Blut klebte noch an deiner Bettdecke … Und noch ein zweites Wort, und die Deutschen bringen dich nach Polen … du Stinkjude.«

»Und was bist du, wenn ich ein Jude bin?« fragte Arthur und mußte über diese absurde Mitteilung fast lachen.

Doch die Stimme entgegnete: »Weißt du denn nicht, daß deine Mutter nicht die Tochter deines Großvaters war, sondern die eines Juden? Und dein Vater in Brüssel ist auch ein Jude, ein fetter Jude, ein Stinkjude.«

»Was mein Vater ist, tut nichts zur Sache«, erwiderte Arthur mühsam, als müßte er die Worte einen Hang hinaufrollen, »außerdem weiß ich, daß du lügst. Aber ich finde es schon bemerkenswert, daß Carola dann nichts anderes als eine Vierteljüdin sein kann. Reizend, wenn ihre deutschen Freunde dahinterkommen. Konrad, Siegstoß, Traugott oder wie du heißen magst, du gehst mit einer Frau ins Bett, die durch Rassenschande gezeugt wurde. Wie nennen sie das? Ach ja, eine Mulattin, nein, eine Quarterone …« Er lachte. »Sagst du mir jetzt endlich, wo das Geld liegt?« fragte er dann.

»Unterm Kopfkissen«, seufzte die Stimme.

Arthur mußte sich am Öfchen vorbeizwängen, um ans Kopfende zu kommen. Als er sich bückte, blies ihm der Wasserkessel aus seiner Tülle Dampf ins Gesicht. Sonderbar, vom Kopf der Großmutter konnte er jetzt noch weniger als vorher sehen. Hier liegt der Wolf, der sie gefressen hat, dachte er, und sie spricht aus seinem Bauch. Plötzlich schlugen die Uhren wieder, jede einmal; zusammen bildeten die Klänge eine merkwürdige, eigentlich melodielose Weise, die er dennoch nie mehr vergessen würde. Demnach hielt er sich bereits eine halbe Stunde hier auf. Danach wieder Stille, Atemzüge und das Rauschen des kochenden Wassers. Jedesmal wenn er die Hand nach dem Kopfkissen ausstreckte, zog er sie zurück aus Angst, sich zu verbrennen. Dann sah er in der Seitenwand des altmodischen Bettes eine kleine Tür, die er mit den Fingernägeln ohne viel Mühe aufziehen konnte. Um der Ofenhitze auszuweichen, zog er, so weit er konnte, die Brust ein und beugte sich in einem weiten Bogen vor. Wenn jetzt jemand hinter mir stehen und mir einen Stoß versetzen würde, dachte er.

Dann ertastete er die Geldscheine. Sie waren nicht gebündelt, sie glitten lose zwischen seine Finger, sie schoben sich von allein in seine Hände. Er konnte sie nicht mehr mit den Fingern umschließen. Als hätte er eine Schachtel mit alter Wolle geöffnet, in der es von Motten wimmelte, so schwirrten die Geldscheine aus der Luke, als er die Hand zurückzog. Sie wirbelten über den Ölofen, getragen vom warmen Luftstrom. Aus Angst, sie könnten Feuer fangen und das Zimmer in Brand setzen, schwenkte Arthur die Arme, um sie vom Ofen fernzuhalten, doch die Hand, mit der er seine Beute umklammern wollte, verstreute immer neue Geldscheine. Er wußte nicht mehr, was er tun sollte, und drehte verzweifelt die Flamme aus. Es wurde völlig dunkel im Raum. Der Qualm brachte ihn zum Husten. Als er sich übers Gesicht wischte, fühlte es sich ölig an.

Eng an die Wand gedrückt, schob er sich in Richtung Tür. Dort, wo er mehr Platz hatte, bückte er sich und fuhr mit den Händen über den Boden. Er spürte nur noch wenige Geldscheine auf, doch was er fand, knüllte er zu einer Kugel zusammen, so fest es ging.

In seinem Zimmer machte er das Licht an und drehte sich eine Zigarette; als er aufgeraucht hatte, zählte er die Geldscheine zum dreizehntenmal: sechzehn Hunderter. Er steckte sie in die Innentasche seines Jacketts, das über einem Stuhl hing, machte das Licht aus und zog die Vorhänge auf. Der Himmel war trüb und so dunkel, daß man kaum die Silhouetten der Dächer sah. Mit Herzklopfen legte Arthur sich ins Bett, das Gesicht zum Fenster gewandt. Er würde sicher wach bleiben, bis es hell wurde und Zeit zum Aufstehen war, dachte er. Durch das Rauchen war er noch viel hungriger geworden; er hatte das Gefühl, sein Magen wäre in einer Schlinge gefangen, die sich mehr und mehr zuzog. Nach einer Weile verschwand das Gefühl jedoch, und er schlief ein, flach auf dem Rücken liegend. Er rutschte durch einen langen, sehr breiten Gang. Er brauchte nichts zu tun, als den Körper steif zu halten, um weiterzugleiten, und dennoch wollte er sich aufrichten, obgleich der Gang viel zu niedrig war. Er drehte sich auf die andere Seite und dachte: Ich träume, ich schlafe fast, und trotzdem würde ich, wenn man mich etwas fragen sollte, den Sprecher verstehen und könnte eine vernünftige Antwort geben.

Als es Tag geworden war, fühlte er sich plötzlich hellwach. Er stand sofort auf, und ihm war, als nähme er eine angenehme Dusche aus kalter Luft. In der Küche fand er Brot, das er ohne Butter aß, nur mit Rübenkraut. Hier muß ich auch mal für Abwechslung sorgen, dachte er. Ich habe Geld genug. Aber es ist mir zu mühsam, alles einzukaufen. Wenn ich lange Zeit nichts anderes esse, gewöhne ich mich auch daran. Er zog seinen Mantel an und verließ das Haus.

Die Deutschen, die sich in der Schule einquartiert hatten, waren sehr geschäftig. Mit großen Autos fuhren sie hin und her. An der Straßenecke war ein Lastwagen auf den Gehsteig gefahren, und ein Soldat warf große Schwarzbrote durch ein Fenster ins Haus.

Ein Fahrrad kaufen, zurück nach Hause fahren, um herauszufinden, ob Carola noch mehr weiß, und dann direkt zu Andrea, dachte er. Wahrscheinlich weiß Andrea, wo die anderen Mitglieder der Organisation sind, die ich warnen muß.

Er bog in eine kahle Nebenstraße ein und ging bis zu einem neu errichteten Häuserblock, der die anderen Gebäude überragte. Es gab keine einzige Tür, nur an der Ecke ein ziemlich niedriges, aber sehr breites Tor, mit schwarzgrünem Basalt eingefaßt. Erdarbeiter in blauen Overalls hoben auf der Straße einen tiefen Graben aus. Arthur kletterte über einen Wall aus Sand und gelangte in einen rechteckigen Innenhof, dessen Form verzogen war wie die eines Stücks Eisen im Feuer. Die Mitte bildete ein Podest aus hellgelben Platten mit großen steinernen Urnen an den Ekken, in denen jedoch keine Pflanzen wuchsen. Um den Innenhof zog sich eine Galerie mit einer Decke aus schweren Betonbalken, über der die Häuser errichtet waren; vielleicht war die Galerie wegen des Gewichts so niedrig. Viele hellorange gestrichene Türen führten von hier ins Haus. Die Hausnummern neben den Türen waren aus weißem Putz und einen halben Meter hoch, damit sie bei der Verdunklung besser zu erkennen waren.

In der Ecke gegenüber dem Tor befand sich der Fahrradunterstand des Komplexes. »Zwikker«, rief Arthur, »Zwikker!« Niemand ließ sich sehen. Er ging hinein, nachdem er eine Metallstange angehoben hatte, die hinter ihm mit dem dunkel nachhallenden Schlag eines umstürzenden Laternenpfahls wieder herabfiel. Zu beiden Seiten hingen Fahrräder in eisernen Gestellen an den Wänden, wie Schweinehälften beim Metzger. Sie bildeten gewaltige Draperien aus Stahl. Und zwischen diesen Draperien stand Zwikker auf einer hohen Leiter. »Ich komme«, sagte er, arbeitete aber weiter. Er spuckte Kautabaksaft aus, der in drei leise aufklatschenden Klecksen auf den Betonboden spritzte.

»Schönes Wetter heute?« fragte er.

»Weiß nicht«, sagte Arthur. In seiner Innentasche zählte er die Geldscheine. Seine Nervosität steigerte sich wie ein beginnender Orgasmus. Was kann ich letztlich auch tun, dachte er. Ich kenne niemanden, der mir helfen könnte. Ich konnte nichts für dich tun, Oskar, werde ich sagen, falls ich ihn jemals wiedersehe. Das verstehst du doch sicher. – Dabei wollte er es so gern.

Es war, als versuchte er ein Puzzle zusammenzufügen, bei dem ein Stück fehlte. Mit der Zunge schob er eine

Spelze, die sich zwischen seinen Backenzähnen festgesetzt hatte, zwischen die Schneidezähne und biß in verschiedenen Richtungen darauf.

»Wie geht's deiner Großmutter?« fragte Zwikker. Er, ein alter Mann, duzte jeden. Arthurs Großmutter hatte ihm prophezeit, er würde in einem Jahr sterben. Demnach würde Zwikkers Leben, vom momentanen Zeitpunkt an gerechnet, noch drei Monate währen. Man sah ihn nie mehr lachen. Er kannte Arthur näher, weil dieser einmal versucht hatte, ihn von der düsteren Zwangsvorstellung, zu der die Prophezeiung der Großmutter geworden war, zu befreien. Sie hatten damals eineinhalb Stunden geredet. Zuletzt sagte Arthur nur noch: ja, ja, weil seine Beine vom Stehen so müde wurden. Immer wieder trat er einen Schritt zurück. Doch bei jedem Fahrrad mußte er stehenbleiben, weil Zwikkers Angst diesen zu ständig neuen Überlegungen antrieb. Zwikker war an seinem Platz stehengeblieben und sprach immer lauter. In der gläsernen Halle hatte das Echo seiner Stimme Arthur schließlich eher erreicht als die Stimme selbst.

Zwikker stieg von der Leiter.

»Schlecht«, sagte Arthur, »ich habe die Hoffnung, daß es sich bei ihrer Vorhersage um eine Verwechslung gehandelt und sie nicht dich, sondern sich selbst gemeint hat.«

Zwikker schüttelte den Kopf und wischte sich den Mund mit dem Handrücken ab. Dann schaute er Arthur an. »Du hast dasselbe«, sagte er.

»Ich hätte gern etwas anderes«, sagte Arthur, »ich hätte nämlich gern ein Fahrrad. Hast du eins zu verkaufen?«

»Hast du der Alten wieder Geld geklaut?«

Zwei Sekunden lang sagte Arthur nichts. »Ja«, erwiderte er dann. In diesen zwei Sekunden hatte er gedacht: Ach, sogar das erzählt sie dir.

»Im Augenblick habe ich keins«, sagte Zwikker.

»Und was ist mit denen da in der Ecke?« fragte Arthur und deutete auf ein paar Räder, die nicht aufgehängt waren, sondern in einem Fahrradständer standen.

»Die sind schon bestellt«, sagte Zwikker. »Mein Junge, ich habe genauso viele Fahrräder zu verkaufen, wie ich Jahre zu leben habe.« Er stieß einen Seufzer aus, der mit Gott endete.

»Na schön«, sagte Arthur, als wisse er von nichts. Aber Zwikker, der sich erinnerte, wie gut Arthur über die verhängnisvolle Prophezeiung Bescheid wußte, gab keine Antwort mehr und trat an seine Werkbank.

Doch als Arthur gehen wollte, gab Zwikker ihm die Adresse seines Schwiegersohns in der Kattenburgerdwarsstraat. Vielleicht hätte er dort Glück.

Der Innenhof stand inzwischen unter Wasser, gerade dort, wo Arthur auf kürzestem Wege das Basalttor erreichen konnte. Um keine nassen Füße zu bekommen, machte er einen Umweg durch die gegenüberliegende Galerie. Er blickte zu den Hinterfronten des Häuserblocks empor. So muß eine Maus, die an der Fußleiste entlangläuft, die Wände eines Zimmers sehen, dachte er. Am Ende der Galerie war eine Pforte aus Holz und Maschendraht. Dürre Stengel einer abgestorbenen Kletterpflanze schlängelten sich durch das Drahtgeflecht. Die Pforte war verschlossen. Mit den Fingern in den Maschen schaute Arthur auf das Basalttor. Die Erdarbeiter waren nirgends zu sehen. Woher das Wasser auf dem Innenhof kam, war nicht erkennbar: Nur die Galerie, durch die Arthur gerade gegangen war, und das Podest waren noch trocken. Alles andere war von einer glatten Wasserschicht bedeckt, in der sich die Urnen spiegelten. Auf einer der stählernen Veranden stand ein kleiner Junge mit Schlittschuhen in der Hand. Seine Mutter war in der Küche beschäftigt.

»Mama, darf ich jetzt Schlittschuh laufen?« fragte das Kind.

»Noch nicht«, antwortete sie, während sie vor die Tür trat, »das Wasser muß erst zu Eis werden.«

Die Frau war mollig und noch ziemlich jung. Nachdem sie ein Kehrblech in den am Geländer hängenden Mülleimer geleert hatte, zögerte sie kurz. Arthur schaute sie fest an, aber sie erwiderte seinen Blick nicht.

Warum weinst du, Junge, dachte Arthur, so eine Mutter erlaubt doch auch das Schlittschuhlaufen auf den Gräben draußen, wenn das Eis stark genug ist. So eine Mutter erlaubt alles, was nur einigermaßen möglich ist; um Schlittschuh laufen zu können, brauchst du nicht zu warten, bis der Innenhof zugefroren ist. Wenn die Gräben zugefroren sind, läßt sie dich gehen.

Ich nicht, dachte er verbittert, als er zurückging, ich durfte das nicht. Er sah sich selbst am Abend in der verlassenen Straße, wo er wohnte, als er klein war. Er mußte auf dem Gehsteig vor der Haustür bleiben. Es war verboten, weiter nach links oder rechts zu gehen als bis zum nächsten Laternenpfahl. Die tiefstehende Sonne färbte das Pflaster orange. Der Schatten seines Reifens legte einen schwarzen Ring um seine Füße. Gerade wenn sein Reifen Fahrt bekommen hatte, mußte er anhalten und umkehren. Die Großmutter saß am Fenster. Wenn er ungehorsam war, machte sie ihm angst. Dann konnte er eine Nacht nicht schlafen.

Auf der Straße und auf dem Gehsteig gegenüber spielten andere Kinder. Aber sie hörten oft auf zu spielen, stellten sich in eine Reihe und riefen im Chor: »Er darf nicht, er darf nicht«, und das stundenlang. Er wollte die Straße überqueren, doch seine Großmutter klopfte ans Fenster. Wenn sich die Kinder müde geschrien hatten, rief einer der größeren Jungs: »Los, komm doch, wenn du dich traust.« Und dann warfen sie mit Steinen. Er schaute sich nach seiner Großmutter um, die ihm zulächelte. Er stellte sich an die äußerste Kante des Bordsteins. So stand er wenigstens auf der Grenze zwischen ihrem Gebiet und dem der Großmutter.

Mit wütenden Schritten stapfte er durchs Wasser, aus dem hier und da halb trockene Steine wie kleine Inseln ragten. Auf einer dieser Inseln blieb er stehen. Das Tor war noch zehn Meter entfernt; in der Mitte war der Durchgang völlig überschwemmt. An den Seiten, wo die Arbeiter den Sand hingekippt hatten, würde er noch gehen können. Dorthin konnte er nur gelangen, wenn er Schuhe und Strümpfe auszog. Doch er unterließ es, obwohl ihn wahrscheinlich niemand dabei beobachtet hätte. Auf den Veranden stand niemand außer dem kleinen Jungen mit den Schlittschuhen. Trotzdem hatte Arthur das Gefühl, daß die ganze Welt den Blick auf ihn richtete, während er zum Tor ging, als könnten er und seine Füße nicht naß werden. So werde ich immer gehen, durch Wasser oder Feuer, ich schrecke vor nichts zurück, dachte er. Jeder geht in irgendeiner Weise durch Wasser oder Feuer, ohne Ausnahme, nur wissen es die meisten nicht einmal.

Dann sprang er auf den Sandwall entlang der Mauer des Tors. Noch ein paar große Schritte, und er stand bereits in einer Straßenbahn, die nach Karbol stank. Die Deutschen hatten eine Höllenangst vor der Kinderlähmungsepidemie, die vor kurzem ausgebrochen war. Auch Arthur lief es kalt über den Rücken, wenn er daran dachte. Wenn mir das passiert, bringe ich mich um, dachte er. Dann bin ich endlich gerächt. Man rächt sich immer im Leben, nur meist nicht an den Menschen, die schuldig sind. Schuldig ist jeder. Die Welt strebt nach Harmonie zwischen Schuld und Rache.

Die Straßen sind so leer. Die Stunde, in der die Leute zur Arbeit gehen, ist vorbei, die, in der sie zurückkommen, noch nicht angebrochen. Die wenigen, die nicht zu Hause sind, haben jeder ihre kleinen Pläne. Man sieht es an ihren Gesichtern oder an dem, was sie bei sich tragen.

Er hörte ein paar laute deutsche Worte; gleich darauf brach in rhythmischen Stößen lautstarker Gesang los. Die Straßenbahn hatte einen Trupp deutscher Matrosen eingeholt. Sie marschierten unbewaffnet, von allen angestarrt. Ihre Gesichter machten nicht mit bei dem, was sie sangen. Sie alle hatten ihre eigenen Gedanken; ihre lustlose Heroik war für sie selbstverständlich geworden, sie empfanden nichts mehr dabei. Aber ich, dachte Arthur. Die Bahn fuhr langsam, weil die Matrosen dicht neben den Schienen gingen und nicht auswichen. Der Fahrer wagte nicht zu klingeln. Arthur wurde von dem mehrstimmigen Gesang durchtränkt. Hier geht der Feind vorbei, zwischen uns ist nur eine Glasscheibe, und er singt laut, was ich im Innern singe ... wenn ich nicht nachdenke ... wenn ich nachdenke, singe ich nicht, dann wäre ich am liebsten tot ... wenn ich nicht nachdenke, bin ich wie ein kleiner Junge, der an Tapferkeit und Ehre glaubt ... wenn ich nachdenke, mache ich mir aus nichts und niemandem mehr etwas; wenn ich nicht nachdenke, kann ich alle hassen und fühle mich glücklich, daß ich alle hasse ... wenn ich nachdenke, ist auch das nicht der Mühe wert.

Nach zwanzig Minuten stieg er an der Centraal Station aus, und als er durch die Prins Hendrikkade schlenderte, wurden seine Gedanken vager und mehr von dem, was er sah, abgelenkt. Er setzte sich auf eine Fensterbank, drehte sich eine Zigarette und schaute in den grauen Himmel über dem IJ. Nirgends mehr Schiffe. Was ist überhaupt noch übriggeblieben. Er ging über zwei Brücken und gelangte zum Zeemagazijn, er las nun die Schilder der Straßen, die er entlangging. Kattenburgerplein. Die Gracht um das Zeemagazijn war früher um so vieles breiter gewesen, daß Segelschiffe, größer und höher als das Haus selbst, daneben anlegen konnten und man vom Haus ins Schiff einsteigen konnte. Vor zweihundert Jahren.

Jetzt waren Deutsche in dem alten Haus. Sie machten nicht viel, wie in allen Häusern, die sie sich genommen hatten. An der linken Seite der Kattenburgerstraat war Stacheldraht gespannt. Vor einem Speicherhaus, zu dem die Soldaten kurze Baumstämme aus einem Lastkahn schleppten, standen fünf alte Frauen. Manchmal bekam eine von ihnen so einen Stamm, den sie dann von einem der kleinen Jungen, die auf nackten Füßen in Holzschuhen um sie herum wimmelten, irgendwohin tragen ließ.

Arthur bog nach rechts ab und gelangte auf einen kleinen Platz, der an der anderen Seite wieder ans Wasser grenzte. Im Wasser lag eine kleine Insel, auf der ein Kuppelbau aus grün angestrichenem Holz stand, erbaut in einem extravaganten Avantgarde-Stil. Direkt gegenüber befand sich das Haus, zu dem Arthur wollte.

Zwikkers Schwiegersohn wohnte über einer leerstehenden Parterrewohnung, wo keine Fensterscheibe, nicht einmal mehr ein Fensterrahmen intakt war und wo der Stromzähler auf einem verbogenen Rohr sein totes Gesicht ins Zimmer hielt.

Die Tür wurde für Arthur aufgezogen. Er ging durch einen schmalen Flur mit Holzwänden zu beiden Seiten. In einer Wand war ein Brett herausgebrochen. Durch das Loch konnte er in die verlassene Wohnung blicken. Dann kam eine steile Treppe, an deren Ende eine Tür aus gesprungenem Mattglas halb offenstand. Noch ehe Arthur etwas fragen konnte, wich der korpulente, rothaarige Mann, der ihm die Tür aufgezogen hatte, einen Schritt zurück und sagte: »Sehnse mir ma ins Gesicht. Kennich Sie nich? Wo könntich Sie schon gesehn habn?« Arthur blickte den Mann an und sagte: »Vielleicht bei Ihrem Schwiegervater. Dort habe ich früher mein Rad untergestellt, aber ich erinnere mich nicht, daß wir uns da jemals begegnet sind.«

»Nein«, sagte der Mann, »nein, so lange isses es nich her. Als wär's gestern gewesen ...«

Sein leutseliges Gesicht war voller Sommersprossen, und er trug helle Sachen. Er mußte die Sorte Kommunist sein, die sich ihr Radiogerät selbst zusammenbastelt.

»Wie heißen Sie?« fragte er, nachdem er für Arthur einen Stuhl herangerückt hatte.

»Van Helt«, log Arthur, eigentlich ohne Not, und er entschloß sich, dem Mann die Hand zu geben. Doch darum ging es offenbar nicht. »Jetzt weiß ich's!« sagte der Mann. »Sie sehn 'nem Frollein ähnlich, das hier war, weilse mein'n

Schwager sprechen wollte. Werd mal nachfragen, ob die auch van Helt hieß.«

Arthur erzählte, warum er gekommen sei, und der Mann ging zu jemandem in der Nähe, der sich kurz zuvor den Schlüssel zur Werkstatt ausgeliehen hatte. Die Werkstatt befinde sich in dem grünen Kuppelbau. Dort bewahre er auch die zum Verkauf vorgesehenen Fahrräder auf. Arthur solle einen Moment warten, er wolle ihn gleich holen, und sie könnten zusammen eins aussuchen.

Als Arthur allein im Zimmer war, sprang er sofort vom Stuhl auf. Auf dem Kaminsims standen nur ein paar Vasen, und auf dem Platz für die Uhr hing ein Barometer. Arthur trat ans Fenster, konnte den Mann unten auf der Straße aber nicht erblicken. Der grüne Kuppelbau mußte früher ein öffentliches Wannenbad gewesen sein, vermutete er. Er drehte sich um, und sein Blick streifte wieder über den Kaminsims. Erst jetzt fiel ihm die Dynamo-Taschenlampe auf, die dort lag, und plötzlich war ihm, als sei er schon öfter in diesem Raum gewesen. Gleich darauf wußte er, daß es nur an der Taschenlampe lag, die er wiedererkannte. Zwar hatten alle Dynamo-Taschenlampen die gleiche Form und Farbe, doch mit der Zeit bekamen sie individuelle Benutzerspuren. Er trat einen Schritt vor und nahm die Lampe in die Hand. Es war die von Carola; fünf Schrauben waren aus Nickel, eine aus Zink. Die aus Zink hatte er selbst dazugekauft und für Carola eingeschraubt. Seit kurzem besaß sie eine neue, versilberte Lampe, Modell »Bijou«, nicht größer als ein Feuerzeug.

Große Angst überkam ihn. Warum hatte er gelogen und gesagt, er hieße van Helt? Würde der rothaarige Mann nicht mit seinem Schwiegervater über ihn reden? Würde der Schwiegervater den rothaarigen Mann nicht fragen: »Ich hab den Muttah zu dir geschickt, er wollte ein Rad kaufen. Ist was draus geworden?«

Arthur hielt die Taschenlampe immer noch in der Hand, als der rothaarige Mann zurückkam, mit einem Schlüssel an einer sehr langen Schnur.

»Seltsam«, sagte Arthur, »meine Schwester hat sich kürzlich eine neue Taschenlampe zugelegt. Das hier ist ihre alte. Die hat sie bestimmt Ihrem Schwiegervater verkauft. Ich heiße nämlich nicht van Helt, sondern Muttah. Ich bin es so gewohnt, meinen richtigen Namen nicht zu nennen, wissen Sie?« Er zwinkerte.

»Hörnse ma zu«, entgegnete der Rothaarige, »die Lampe hat das Frollein, von dem ich vorhin gesprochen habe, hier liegenlassen. Aber das Frollein hieß nich Muttah.« Für den Mann schien das Thema beendet. Daß das Fräulein nicht Muttah hieß, hatte er in einem Ton gesagt, als wäre er sich sicher und dulde keinen Zweifel.

Was für ein Blödmann, dachte Arthur, als er dem Mann die Treppe hinunter folgte. Natürlich weiß er jetzt genau, daß ich der Bruder des Fräuleins bin, aber plötzlich will er nicht mehr wissen, daß sie hiergewesen ist. Und natürlich gehört er zu ihrer Organisation.

Über einen schmalen Damm gingen sie zu dem grünen Kuppelbau. Es gab nur drei Fahrräder, und in der Mitte des Raums stand, auf Klötzen und von einer Plane bedeckt, ein Auto. Der Fußboden bestand aus gesprungenem Kunstgranit, durch die Spuren abgerissener Wände sternförmig unterteilt.

Arthur drehte eine Runde auf dem Fahrrad, das er sich ausgesucht hatte. Unterdessen dachte er: Ich muß den Mann warnen. Und sei es nur, um Carola in den Arm zu fallen. Sonst läßt sie ihn von ihrem deutschen Freund verhaften, so wie Oskar.

»Ich nehme es«, sagte er und bezahlte mit fünf Hunderter-Scheinen. »Kennen Sie Eduard Rollinet?« fragte er, während der Mann die Scheine zusammenfaltete und ihm dann eine Zigarette anbot.

»Nein«, sagte der Mann, »den Burschen kennich nich.«

Arthur beschrieb ihm Oskar. »Richtig«, sagte der Rothaarige. »Darf ich mich vorstellen? Van der Wind.«

Arthur gab ihm die Hand, ohne nochmals seinen Namen zu nennen.

»Stellense das Rad noch eben hier ab«, sagte van der Wind; er hatte es Arthur bereits abgenommen und bugsierte es in den Kuppelbau. »Kommense mal mit nach oben. Ich möcht gern mit Ihnen reden.«

Wieder saß Arthur im Vorderzimmer. Er blickte auf seine Armbanduhr. Er wartete hier nun schon länger als eine halbe Stunde. Van der Wind war gegangen und hatte die Tür hinter sich zugezogen mit einem Gesichtsausdruck, als würde er sie abschließen.

Ich muß nur betonen, daß man Carola nicht über den Weg trauen kann, dachte Arthur. Zu van der Wind hatte er uneingeschränktes Vertrauen. Dieser Mann konnte nicht von Deutschland bezahlt sein, warum verkaufte er sonst (vermutlich gestohlene) Fahrräder? Außerdem wäre es schon merkwürdig, wenn sein Schwiegervater nichts davon wüßte. Van der Wind wurde von Carola und ihren Freunden benutzt, das stand fest. Heute war Oskar das Opfer, morgen van der Wind.

Aber wenn er, Arthur, alles aufdeckte, für wen würde man ihn dann halten? Nein, er sollte besser nicht alles aufdecken, und so genau wußte er es ja auch gar nicht. Was wußte er überhaupt? Daß Carola mit einem Deutschen ging? Beweis? Daß sie Oskar mit einem Koffer voller Bomben nach Kampen geschickt hatte ... soviel hatte Oskar zumindest durchblicken lassen. – Daß Oskar verhaftet worden war. Beweis? Natürlich, er hatte nichts mehr von Oskar gehört, und Carola hatte es ihm ja ausdrücklich gesagt. Aber stand deshalb fest, daß Carola bei Oskars Verhaftung die Hand im Spiel hatte? Woher wußte Carola es? Über ihre Organisation? Aber dann wüßten es auch die anderen Mitglieder ihrer Organisation ... nun, das würde sich herausstellen. Abgesehen davon – hatte Speeman nicht irgendwann einen Fahrradhehler erwähnt?

Arthur wartete noch eine halbe Stunde. Dann kam van der Wind endlich zurück, in Begleitung dreier Männer.

Ein hochgewachsener, blonder Mann, dessen eine Gesichtshälfte von einem violetten Hautauschlag angegriffen war. Und ein Mann, der etwas von einem Eisverkäufer am Strand hatte: weiß gebleichtes Haar über einem rot verbrannten Gesicht.

Ein älterer Mann mit grauem Haar, dessen Mund eingefallen war, weil er keine Zähne hatte.

Sie setzten sich um Arthur herum, ohne ihre Namen zu nennen. Van der Wind räusperte sich und fing an: »Nu schau mal« und »sozusagen«. Was er sagen wollte, wurde nicht deutlich.

Der grauhaarige Mann sagte mit feindseliger Miene: »Von leerem Gewäsch haben wir nichts.«

Der blonde Mann sagte: »Wir brauchen Beweise.«

Der sonnenverbrannte Eisverkäufer sagte: »Im Grunde ist es Unsinn, daß wir uns mit dir unterhalten, Sportsfreund. Van der Wind ist zwar davon überzeugt, daß du der Bruder von Fräulein Anderson bist, aber das beweist noch lange nicht, daß wir dir vertrauen können und du über ›die Arbeit‹ Bescheid weißt.«

»Eher würde es das Gegenteil beweisen«, sagte Arthur. »Meine Schwester hält es mit den Deutschen.«

Der sonnenverbrannte Eisverkäufer stand auf und sagte: »Untersteh dich, was gegen uns zu unternehmen. Das wäre sehr gefährlich.«

»Ach, von daher weht der Wind«, sagte Arthur und bekam Lust, ebenfalls aufzustehen, »ich wüßte nicht, was ich gegen euch unternehmen sollte oder könnte. Ihr versteht mich völlig falsch ... Ich habe mich nur gefragt, ob ihr wißt, daß Rollinet verhaftet worden ist. Ich habe es von meiner Schwester gehört.«

»Und wie ist deine Schwester dahintergekommen?« fragte der grauhaarige Mann. »Hat sie das vielleicht von den Deutschen gehört, mit denen sie in Verbindung steht?«

»Ich weiß nicht.«

»Was nützen einem Leute, die nichts wissen«, sagte der große Blonde mit schleppender Stimme.

»Warum hat dir deine Schwester eigentlich erzählt, daß Rollinet verhaftet worden ist«, fragte der Eisverkäufer wieder, »was hast du überhaupt damit zu tun?«

»Und sie?« bemerkte der Grauhaarige.

Arthur antwortete nicht. Van der Wind verteilte Consi-Zigaretten und gab Arthur auch eine, sogar zuerst, schließlich war er sein Kunde. Der Grauhaarige gab allen Feuer.

»Die Sache is nämlich die«, sagte van der Wind in entschuldigendem Ton. »Wennse uns was Wichtiges zu sagen haben, dann wüßten wirs auch gern genau, sehnse.«

Oh, Arthur sah es vollkommen. Wie ein Ertrinkender das Wasser sieht, das ihn umspült, so sah Arthur alles, was er diesen Leuten erzählen müßte. Er sah es formlos, aber zur Gänze, und es war, als drücke es ihm auf die Augen. Doch er war zu müde, und ihm wurde übel von ihren Fragen nach Dingen, die er so genau wußte, daß er sie nicht aussprechen wollte. »Was habt ihr damit zu schaffen«, begann er, regte sich jedoch immer mehr auf, »was habe ich mit euch zu schaffen? Glaubt ihr vielleicht, ich lege meine ganzen Familienverhältnisse vor Leuten offen, deren Namen ich nicht mal weiß? Ich bin hergekommen, um von van der Wind ein Fahrrad zu kaufen, und das habe ich gemacht, und dann hat sich herausgestellt, daß van der Wind meine Schwester kennt, und dann habe ich ihn gefragt, ob er weiß, daß Rollinet verhaftet worden ist, weil ich es für wichtig hielt, daß er es weiß. Und weiter will ich mit der ganzen Sache nichts zu tun haben. Ich bin nicht gekommen, um mich ins Verhör nehmen zu lassen.«

»Versteht sich«, sagte der Blonde.

»Schön, daß Sie das auch so sehen«, sagte Arthur, »und jetzt reicht's mir, und ich gehe. Auf Wiedersehen.«

Sie können mir den Buckel runterrutschen, dachte er, als er zur Tür ging, sie können mir den Buckel runterrutschen mit ihrer ganzen Widerstandsbewegung. Vor mir aus soll man sie allesamt in Dachau oder Buchenwald pfählen. Von mir aus können ihnen die Deutschen spritzende Gartenschläuche in die Luftröhre stecken.

»He, he«, rief der Eisverkäufer und postierte sich an der Tür, »Jungs, geht schon mal raus, ich komme gleich nach.« Arthurs Wut erreichte ihren Höhepunkt, als er spürte, wie durch seine Schienbeine ein Zittern in die Knie hochstieg. Er wandte den Kopf zum Fenster. Der große Blonde, der Grauhaarige und van der Wind schoben sich an ihm vorbei. Van der Wind machte eine hilflose Geste, und Arthur hätte am liebsten mit der gleichen Geste geantwortet. Er hatte ja überhaupt nicht mit van der Wind gesprochen, um die »Organisation« oder was auch immer zu retten. Er hatte nur Oskar retten wollen, doch dafür war es jetzt vielleicht zu spät. Die Männer waren im Flur und danach auf der Treppe zu hören. Der Eisverkäufer war vor Arthur stehengeblieben.

»Was willst du von mir?« fragte Arthur.

»Oh, ganz einfach«, sagte der andere, »du bleibst hier, bis du mir alles gesagt hast.«

»So«, entgegnete Arthur. Er lehnte sich mit dem Rücken an die Tür und trat den Eisverkäufer in den Unterleib. Doch er hatte nicht richtig gezielt. Statt gekrümmt zusammenzubrechen, schoß der Eisverkäufer nach vorn, und seine Fäuste landeten in Arthurs Gesicht. Arthur schlug zurück, jedoch meist daneben. Er ging zu Boden, wehrte sich aber weiterhin. Er packte den Eisverkäufer am Kragen und knallte seinen Kopf an den Tisch. Dem anderen gelang es jedoch wieder, sich auf Arthur zu rollen. Er stank schrecklich aus dem Mund. Mit beiden Daumen drückte er Arthurs Adamsapfel ein. Die schmutzigweiße Zimmerdecke begann wie eine Scheibe vor Arthurs Augen zu kreisen. Arthur zog das rechte Knie an, mit wenig Kraft wie ein sterbender Frosch. Der Eisverkäufer wurde dadurch nicht im geringsten gehindert. Aber er hatte die Daumen nicht richtig plaziert. Plötzlich prustete Arthur. Er schloß die Augen und spürte, wie sein saurer Mageninhalt aus den Nasenlöchern spritzte. Dann erschlaffte er und wollte nur noch schlafen.

Als er aufwachte, war er allein, in einer fast unwirklichen Stille wie im Jenseits. Er hob den Kopf und hatte das Gefühl, daß der Raum auf unerklärliche Weise mit seinen Halsmuskeln in Verbindung stand und sich mitbewegte. Irgendwann gelang es ihm aufzustehen, nachdem er lange Zeit – in der Haltung des Sterbenden Galliers – trübselig die grüne Lache neben sich auf dem Teppich angestarrt hatte. »Knockout«, dachte er. Ganz langsam tastete er mit der Hand in seiner Innentasche, aber die Geldscheine waren noch da. Ob keiner fehlte, wußte er nicht, in seinem Kopf war alles zu verschwommen, um sie zu zählen.

Als er stand, konnte er auch gehen, solange er sich am Tisch festhielt. Draußen dämmerte es. Seine Armbanduhr tickte nicht. Es war gegen sechs, sah er auf der Uhr über dem Kaminsims. Als er näher trat, merkte er jedoch, daß es ein Barometer war; Carolas Lampe lag noch da, und er steckte sie aus Rache ein. Er setzte sich auf den Tisch, ließ sich jedoch bald nach hinten fallen. Seine Beine baumelten hin und her, konstatierte er nicht ohne Wohlbehagen.

Auf einmal stand van der Wind neben ihm. »Ich geb dir jetzt dein Fahrrad«, sagte er und schwenkte den Schlüssel an der langen Schnur. Arthur folgte ihm zu dem grünen Pavillon. Van der Wind entzündete eine Petroleumlampe, die beim Eingang stand. In diesem Augenblick tanzte und hopste eine Horde junger Burschen und Mädchen vorbei, die Zeilen aus deutschen Soldatenliedern grölten. Wenn ich jetzt einen Revolver hätte, dachte Arthur, würde ich ihn bestimmt erschießen. Ich bin zu schwach, um ihn mit einem Stück Eisen zu erschlagen.

Ohne sich zu verabschieden, stieg er aufs Rad und fuhr Richtung Centraal Station. Staunend stellte er fest, daß er nicht ins Schlingern kam. Die Fahrradlampe, größtenteils mit schwarzem Segeltuch abgeschirmt, warf nur einen schmalen Lichtstreifen auf das Straßenpflaster. Am liebsten hätte er den Kopf daraufgelegt. Er wollte nichts anderes mehr. Es war, als habe er jedes noch so geringfügige Vorhaben erbrochen. Ich muß was essen, dachte er, den ganzen Tag habe ich so gut wie nichts gegessen. Aber es schien ihm so anstrengend, irgendwo bei einer Cafeteria abzusteigen, daß er wie ein Automat weiterfuhr bis nach Hause. Während er die Füße mit den Pedalen einfach fallen ließ, kam es ihm so vor, als schliefe er noch immer den Schlaf der Besiegten, und er war fast so glücklich wie ein Toter. Oskar könnte ihm keine Vorwürfe mehr machen.

Mühsam strampelte er die stählerne Brücke über den Kanal hinauf, an dem er wohnte. Geradeaus ließ er sich hinabrollen.

Pfeilschnell, mit eingezogenem Kopf, schoß er durch den niedrigen Gang, vorbei an einem weißen Schild mit rotem Kreis, unter dem zu allem Überfluß EINFAHRT VERBOTEN stand.

Er übergab Zwikker die Taschenlampe mit Entschuldigungen, die ihm selbst seltsam vorkamen, und bat ihn, sofort seinen Schwiegersohn anzurufen, um ihm zu sagen, daß er die Lampe versehentlich eingesteckt habe.

Zwikker sagte: »Deine Schwester wollte mir die Lampe verkaufen. Ich brauchte sie nicht und habe sie meinem Schwiegersohn geschickt, der kauft solche Dinge.«

Arthur fragte nicht weiter. Warum, warum hatte van der Wind ihm erzählt, ein gewisses Fräulein Anderson habe die Lampe bei ihm liegengelassen? Was hatten die Leute mit ihm vor, warum belogen sie ihn?

Als er nach Hause kam, konnte er kaum die Treppe hinaufgehen, so viele Leute warteten dort. »Sie kommen heute sowieso nicht mehr an die Reihe«, sagte eine junge Frau mit etwas Hilfesuchendem im Blick, »es sind mindestens vierzig Leute vor Ihnen an der Reihe, und wir dürfen nur bis neun Uhr auf die Straße. Ich habe gehört, erst Anfang nächster Woche ist die Strafe abgelaufen, und die Sperrzeit wird wieder bis elf Uhr verlängert.« Bei dieser ausführlichen Mitteilung von Dingen, die jeder wußte, lächelte sie, als würde sie Arthur von früher kennen. Sie kommt bestimmt, weil sie fragen will, ob ihr Mann tot ist oder noch lebt, dachte Arthur. »Ich komme nicht wegen der Zukunft«, gab er zur Antwort, »ich wohne hier.«

»Oh, dann brauchen Sie nie zu warten«, meinte die Frau mit einem wissenden Blick, der ausdrücken sollte: Für Sie ist Sprechstunde, wann immer Sie wollen.

»Nein«, sagte Arthur und ging weiter. Weil die Fenster des Treppenhauses nicht verhängt waren und deshalb kein Licht gemacht werden konnte, wurde es immer dunkler, je mehr er sich von der jungen Frau, die im Eingang neben einem Petroleumöfchen gestanden hatte, entfernte. Er spürte, wie sich Körper an ihn drückten, seine Beine blieben an anderen Beinen hängen, je weiter er am Geländer des Treppenabsatzes entlang vordrang. »Pardon«, murmelte er, und dann standen die Leute polternd auf oder wechselten ihren Platz, um ihn vorbeizulassen. Sogar auf der Treppe zu der Etage, in der Carola und er wohnten, saßen Wartende.

Endlich stand er vor der Tür und trat sich die Schuhe an der Matte ab. Carola war offenbar zu Hause, denn er brauchte nicht aufzuschließen. Im Wohnzimmer brannte Licht. »So«, sagte er, als er den Raum betrat, schloß aber trotz seiner Verwunderung die Tür wieder hinter sich. Der Ofen bullerte auf Hochtouren. Auf dem Sofa lag ein Mann, die Arme in Hemdsärmeln hinterm Kopf, mit einer grauen Reithose der niederländischen Armee und Schaftstiefeln. *»Guten Abend«*, sagte der Mann und musterte Arthur mit durchdringendem Blick.

Sein Gesicht war so blaß und glattrasiert, daß es wie aus Gips schien. Die kleinen, dunklen Augen waren nicht von Wimpern umrandet, gleichsam lippenlos wie der strichartige Mund.

Arthur trat langsam einen Schritt zurück, die Hand schon am Türgriff. Doch der Mann war unglaublich schnell aus seiner lässigen Haltung aufgesprungen. Er kam Arthur zuvor, schob ihn zur Seite und drehte den Schlüssel um, den er anschließend einsteckte.

»Bleiben Sie«, murmelte er.

5

Genau wie du, Oskar, dachte Arthur, gefangen wie du. Nur bin ich nicht in Carola verliebt, das ist der Unterschied zwischen uns.

Schon seit zwanzig Minuten hockte er hier in seinem eigenen Wohnzimmer mit dem Deutschen, der sich wieder aufs Sofa gelegt hatte und eine Zigarette nach der anderen rauchte. In Arthurs Ohren klang ein seltsamer Summton, der ihn quälte. Ich habe Fieber, dachte er, wenn ich doch krank würde. Der Deutsche trank eine farblose Flüssigkeit aus einem Weinglas.

»Willst du auch eine rauchen?« fragte er auf niederländisch. »Nein«, sagte Arthur, »ich habe Hunger.«

»Dann sieh doch mal in den Schrank«, sagte der Deutsche. Arthur folgte der Aufforderung und dachte: Carolas Freunde verhaften auch mich, aber in ihrer Freizeit. Er öffnete die Schranktür und fand ein großes Stück Torte. Wenn's deine Schwester mit den Moffen treibt, bist du besser dran, als wenn's deine Freundin macht, dachte er, ich kriege Torte und Oskar eine Scheibe Brot am Tag.

»Schmeckt's?« fragte der Deutsche. »Ich heiße Ernst.«

»Arthur«, antwortete Arthur und begann im gleichen Moment zu zittern.

»Ich weiß«, sagte Ernst.

»Muß ich noch lange hierbleiben?« fragte Arthur, nachdem er die Torte gegessen hatte.

Er nahm nun auch die Zigarette an, die Ernst ihm zum zweitenmal anbot.

Der Deutsche sagte: »Ich habe nicht vor, dich hier festzuhalten, ich möchte nur mit dir reden. Ganz im Vertrauen möchte ich mit dir reden.«

»So«, sagte Arthur, und er dachte: Er zieht mich ins Vertrauen, das machen die, die meine Freunde sein sollten, nicht. Na, es wird nicht weit her sein mit seinem Vertrauen.

»Glaubst du an Demokratie, Arthur?«

»Nein.«

»Jetzt lügst du aber«, sagte Ernst, »weil du annimmst, ich bin dein Feind. Aber ich bin nicht dein Feind. Ich bin ein Deserteur!« Er sprang auf und stellte sich direkt vor Arthur, der ebenfalls aufstand.

»Ich bin auf der Seite der Engländer!« sagte Ernst. »Glaubst du mir, Arthur?«

»Ja«, sagte Arthur. Ernst schaute ihn mit feuchten, betrunkenen Augen an und legte sich wieder aufs Sofa.

»Das sagst du nur, weil du Angst vor mir hast«, sagte Ernst dann in klagendem Ton.

»Nein«, sagte Arthur, »ich habe keine Angst vor dir. Im Grunde bin ich gar nicht dein Feind.«

»Und du glaubst nicht an Demokratie …«

»Was, zum Teufel, willst du überhaupt«, sagte Arthur, »muß ich denn mit aller Gewalt dein Feind sein? Ich versteh nicht, wofür du das noch brauchst. Ihr wollt mich aus dem Weg räumen, Carola und du. Die Tür ist abgeschlossen. Ich kann nicht entkommen. Schick mich doch in ein Konzentrationslager, das hast du ja wohl vor.«

»Das habe ich überhaupt nicht vor, Arthur«, sagte Ernst und richtete sich auf, »was ich vorhabe, ist etwas ganz anderes. Ich will dir klarmachen, daß du mir nicht in die Quere kommen sollst. Ich komme dir auch nicht in die Quere. Nicht mal deinem Freund Oskar komme ich in die Quere, ich tu für ihn, was ich kann.«

»So«, sagte Arthur, schaute Ernst aber nicht an.

»So lange, wie der Krieg dauert, werde ich hierbleiben, Arthur«, sagte Ernst, »nur deshalb ist es besser, wenn du hier verschwindest. Es wird nicht für lange sein. Im Frühjahr kommt die Invasion. Dann ist alles innerhalb von zwei Monaten vorbei.«

»Gut, ich verschwinde«, sagte Arthur. »Gib mir den Schlüssel.«

»Nein, du kannst natürlich noch etwas bleiben. Dachtest du, das ginge so einfach ... ha!«

Ernst wälzte sich zu dem kleinen Kasten, der am Kopfende des Sofas stand. Ein Radio – das Arthur die ganze Zeit hatte summen hören – begann zu spielen. Niemand darf ein Radio besitzen, dachte Arthur, aber wir jetzt natürlich doch. Weil wir einen Deutschen im Haus haben. Und plötzlich war er sich sicher: Dieser Deutsche ist hier nur einquartiert. Er ist nicht hergekommen, um mich abzufangen. Er ist Carolas Freund, und er hat dafür gesorgt, daß er bei uns einquartiert wurde. Um mich aus dem Haus zu bekommen. Oder um mich zu bespitzeln. Vielleicht hat Oskar diese Bomben ja für eine andere Organisation nach Kampen gebracht. Nein, das kann nicht sein, er hat mir erzählt, Carola habe ihn darum gebeten.

»Der Krieg ist für uns eine verlorene Sache, Arthur«, begann Ernst wieder.

Das hast du bereits gesagt, dachte Arthur, aber er sprach es nicht aus und nickte nur. Das Radio spielte eine Art Kirchenmusik auf fremdartigen, gellenden Instrumenten. Die Atmosphäre im Raum wurde dadurch verändert, die Musik lenkte Arthurs Gedanken von dem Gespräch und von seiner Lage ab. Laß mich gehen, dachte er, die Musik ist wie ein Abschied. Der heilige Stephanus hörte die Engel singen, als er gesteinigt wurde. Hier sitze ich als Märtyrer der Freundschaft. Ich hätte doch genausogut mit Carola in Frieden leben können. Nicht nur, daß ich immer der Verlierer war, jetzt muß ich auch noch heilig werden. Aber der Vorhang der Himmlischen Oper öffnet sich nicht.

»Keiner gewinnt den Krieg«, sagte Ernst, »darum mache ich nicht mehr mit. Auch wenn wir die ganze Welt erobern würden, wozu? Es kommt nur darauf an, glücklich zu sein, und glücklich ist man nicht, wenn man seine Feinde besiegt hat, sondern indem man sie besiegt.«

Dieser Anlauf gefiel Arthur besser als die Bemerkung über Demokratie, denn er entgegnete: »Und wie kommst du darauf?«

»O, ganz einfach«, sagte Ernst. »Die Phase, in der wir unsere Feinde besiegt haben, ist vorbei. Die kommt nicht wieder. Also haben wir kein Interesse mehr am Krieg.«

»Warum kapituliert ihr dann nicht?«

»Weil wir niemals kapitulieren. Ein Teil von uns wird in der Niederlage sterben. Ein anderer Teil bereitet schon jetzt den neuen Krieg vor, die neue Phase, in der wir unsere Feinde besiegen werden.«

»Warum erzählst du mir das?«

»Damit du weißt, daß ein Kampf zwischen uns beiden, wenn überhaupt, erst nach dem Ende dieses Krieges stattfinden kann, am Anfang des nächsten.«

Ernst warf seine Zigarette auf die Herdplatte, und Arthur tat es ihm nach, obwohl er das sonst nie machte. Aber Ernst war nun bereits der Herr im Haus. Ernst stellte plötzlich die Füße auf den Boden, beugte sich zu Arthur vor und sagte: »Es ist das Schicksal des deutschen Volkes, immer eine Niederlage zu erleiden. Nur in der Niederlage können wir siegen. Das ist keine Floskel, das ist Realität. *Tatsache!* Es gibt kein einziges Volk auf der Welt, das für eine so erhaben-tragische Berufung geschaffen wurde! Das Reinste und Größte, das untergeht, beweist damit, daß es das Reinste und Größte ist. Zwischen uns und den anderen Völkern der Erde besteht die gleiche Trennung, die zwischen Körper und Seele besteht. Wir sind die Seele der Welt, die anderen nur der Körper. Wie die Seele nach jeder Ekstase wieder stirbt, verlieren wir nach jedem Sieg. Der Körper stirbt nur einmal. Er ist erst für immer verschwunden, nachdem die Seele längst getötet wurde. So wird die Welt weiterleben als verfaulendes Aas, nachdem Deutschland erloschen ist. Die Welt ist ein einziges großes Individuum. Deutschland ist sein Geist, die anderen Länder sind der Körper, die Juden sind Parasiten und Bazillen.«

»Bist du dir sicher?« fragte Arthur; er dachte an das, was seine Großmutter ihm über Carolas jüdische Abstammung erzählt hatte. Doch mehr äußerte er dazu nicht.

»Wenn es Nacht ist, schläft der Mensch«, sagte Ernst. »Wenn Deutschland schläft, ist es Nacht auf der Welt. In diesem Augenblick des Krieges ist das Ende unseres Erwachens gekommen. Sobald Deutschland besiegt ist, beginnt die Nacht.«

»Aber mit dem Verdunkeln wird es dann vorbei sein«, sagte Arthur unverfroren. Er verspürte den Impuls, Ernst ins Gesicht zu spucken, um seiner banalen Bemerkung Nachdruck zu verleihen.

Ernst zuckte nur mit den Schultern. Arthur stand auf und begann wieder, hin und her zu gehen, als wollte er fragen, wann er den Raum verlassen dürfe.

»Nein, du bleibst noch«, sagte Ernst; Arthurs unausgesprochene Frage war unschwer zu erraten. »Ich möchte deine Meinung hören.«

»Was soll ich dazu sagen?«

»Du sollst dazu sagen, daß du mich verstehst und daß du Deutschland verstehst! Ich halte es nicht mehr aus, daß es niemanden gibt, der mich versteht.«

In den Pausen zwischen seinen Worten kaute er heftig Fingernägel, aber als er sich zunehmend aufregte, reichte das nicht mehr als Ausdruck seiner Gefühle. Er schlug sich mit den Händen auf die Knie. »Keiner versteht Deutschlands historische Sendung. Als würden wir durch ein leeres Weltall rasen. Wir sind wie eine Seele, die im Körper eines Mannes wohnt, dessen Gliedmaßen abgeschnitten sind und dessen Zunge gelähmt ist. Ob wir toben oder schweigen, es ist alles sinnlos. Aber auch das ist unsere Bestimmung. Es ist die Bestimmung jeglichen Geistes. Die Zunge mag noch so fähig und der Körper noch so gewandt sein, und doch kann die Zunge die Gedanken, die der Geist hervorbringt, niemals aussprechen, und der Körper kann sich nicht im Takt der Tänze wiegen, die der Geist tanzt!«

Er hatte so laut geschrien, daß sie erst, als er den Mund schloß, das Klopfen an der Tür hörten, das schon eine Weile angedauert haben mußte. Arthurs Großmutter rief: »Was sind das für Manieren in meiner Wohnung. *Aufmachen*, Ernst!«

»Das ist nicht deine Wohnung!« rief Arthur. Und er schämte sich, weil es so wirkte, als stünde er auf Ernsts Seite. Ich bin nichts als sein Körper, dachte Arthur, und er hätte Ernst umbringen können, doch die Analogie, die Ernst ihm soeben dargelegt hatte, beschämte ihn nun noch mehr.

Ernst ging zur Tür, nahm den Schlüssel aus seiner Tasche und ließ Arthurs Großmutter ein. Sie trug ein violettes Wolltuch um den Kopf. Den Verband um ihren rheumatischen Arm, den sie nachts zu tragen pflegte, hatte sie heute offenbar nicht abgelegt. Vielleicht hatte sie sich aber auch schon bettfertig gemacht.

»Ach, du bist auch da«, bemerkte sie, an Arthur gewandt, und setzte sich an den Tisch, vorn auf die Stuhlkante, weil ihre Beine so kurz waren; die gesunde Hand legte sie auf den Tisch. Der Knöchel ihres Zeigefingers, ebenfalls vom Rheuma immer gewaltig angeschwollen, war beim Klopfen an die Tür feuerrot geworden. Ansonsten war die Hand von einem Weißton, den man an menschlicher Haut sonst nie vorfindet.

»Wat machst du met hiem«, fragte sie Ernst.

»Nichts Besonderes, wieso?«

»Schade, dat sollte wohl einmal chut für hiem sein«, antwortete sie in demselben eigenartigen Deutsch, obwohl Ernst, der vor dem Krieg schon lange in Holland gelebt haben mußte, fast akzentfrei niederländisch sprach. Vielleicht glaubte sie, Arthur könnte ihr Deutsch nicht so gut verstehen.

»Wenn er Probleme macht, können wir immer noch sehen«, erwiderte Ernst schläfrig.

Aber Arthur stand nun in der offenen Tür. Links von ihm befand sich ein schmaler, hoher Schrank, dem vorn ein Bein fehlte und der deshalb leer war.

»Ja, ihr werdet noch sehen!« murmelte Arthur, doch so laut, daß sie es hören konnten. »Ihr seid zum Kotzen, alle beide.« Ihm konnte nichts passieren – falls sie ihn angreifen wollten, würde er einfach den Schrank umwerfen und weglaufen.

Ernst entgegnete nur: »Dann solltest du aber vorher ein bißchen mehr essen, damit du auch was zum Auskotzen hast.«

Und so gewiß sich Ernst war, was das tragische Schicksal des deutschen Volkes anbelangte, so gewiß war sich Arthur seines Sieges über ihn, als er die Treppe hinunterging. Er würde sich rächen, an Ernst, an seiner Großmutter und an Carola, diese Zukunft war ihm beschieden mit einer Gewißheit, mit der uns nur die Zukunft beschieden ist, die wir uns selbst voraussagen. Doch als er die letzte Treppe hinabstieg und sich die Haustür öffnete und in diesem Moment zufällig Carola eintrat, hatte er plötzlich die betrübliche Erkenntnis, daß der Genuß, den er nach vollbrachter Rache empfinden würde, nichts wäre im Vergleich zu dem Genuß, den er nun bei seinen Racheplänen empfand.

Carolas schattenhafter Umriß zeigte eine seltsame Asymmetrie in der Türöffnung, die kaum heller war als der Hausflur. Eine Asymmetrie nicht nur in der Form, sondern auch in der Beweglichkeit. Nur die Seite mit der Hand, in der sie die Taschenlampe hielt, bewegte sich. Als Arthur unten angekommen war, sagte Carola leise: »Guten Tag, Arthur.«

Er nahm ihr die Lampe aus der Hand und richtete sie auf sie. Sie trug den rechten Arm in einer Schlinge. »Auch Rheumatismus?« fragte er.

»Nein, Blutvergiftung. Das hast du getan.«

»Schon möglich«, entgegnete er, »schon möglich, daß ich dein Blut vergifte, ich bin ja dein Halbbruder, also ist ein

Teil unseres Blutes gleich. Aber umgekehrt ist es noch mehr der Fall. Das adlige Blut fließt nur durch mich, und wenn hier einer vergiftet wird von dem Blut, das durch uns beide fließt, dann bin ich das.«

Er hielt sich einen Augenblick die Hand vor die Augen, trat ins Freie und zog die Tür hinter sich zu.

Doch als er tief durchatmend die Straße entlangging, fiel ihm wieder ein, wie er Carola in die Schulter gebissen hatte.

Der Biß des Menschen ist der gefährlichste von allen. Und mit Sicherheit ein Biß von mir, dachte er nicht ohne Stolz und brach in Gelächter aus.

Ohne große Eile ging er weiter, als ob er nicht wüßte, wie spät es bereits war (gegen neun, fast Sperrstunde) und wie weit er es noch hatte.

Seltsam, dachte er, im Treppenhaus standen keine Leute mehr. Großmutter hat sie wohl doch weggeschickt, weil alle um neun zu Hause sein müssen. Oder sie hat ihnen die Zukunft kollektiv geweissagt: Nur her mit dem Geld, ihr müßt ja doch alle verrecken, das kann ich euch schriftlich geben.

Kollektiv die Zukunft weissagen, das kann ich auch! dachte er wütend, nachdem er wieder umgekehrt war. Er ging zurück, weil er es für besser hielt, das Rad zu nehmen. Ihr braucht mir dafür nicht eure Hand zu zeigen und auch nicht das Foto eurer verstorbenen Großtante. Euren schmutzigen Kram fasse ich nicht an. Ich sage euch die Zukunft einwandfrei voraus, ohne jeden Kontakt. Ihr werdet scheitern wie Versuche, die in gesprungenen Retorten angestellt werden. Ihr werdet nichts von dem vollbringen, was ihr beginnt. Ihr werdet nicht wissen, wo unten und oben ist. Ihr würdet gern fortgehen, aber ihr könnt nicht. Ihr könntet fortgehen, aber ihr wollt nicht. Ihr werdet in einem Bett unter einer Zudecke sterben, deren ausgefranste Ränder mit den zerschlissenen Fasern eurer Hemden verfilzen. Ihr werdet wie Maden in einem Käse sterben, der so verdorben ist, daß nicht einmal Maden darin leben können. Ihr …

Wieder ging er durch das Tor aus schwarzem Basalt. Tief stand der Mond hinter einer der Längsseiten des verbogenen Rechtecks. Schatten füllte das seltsame Bassin wie eine schwarze Flüssigkeit, die sich nach den Gesetzen einer anderen Welt verhielt. Das Bassin schien das Innere eines großen Docks zu sein, das schräg lag und mit Äther vollief. Und er ging wie ein Taucher über den Grund des Docks, in dessen Mitte sich ein Beet mit verdorrten Wasserpflanzen befand. Wenn ich doch in einen ewigen Schlaf fiele, in dem mich nichts ermüden könnte, wenn ich nur für immer hier umhergehen könnte, ohne mich zu langweilen, dachte er. Es herrschte eine Stille wie bei chemischen Prozessen, die sich im luftleeren Raum vollziehen. Er wurde nicht einmal von seinen eigenen Schritten gestört. Als wäre er in einen Kristall aufgenommen worden. Elektron, taumelnd von Proton zu Proton, dachte er. Der Teil der Häuserwand, der vom Mond beschienen wurde, war leblos, der andere verschwunden. Er wäre gern stehengeblieben, um länger darüber nachzudenken, befürchtete jedoch, nicht mehr vor neun bei Andrea zu sein, verhaftet zu werden und bis vier Uhr in einer Polizeiwache hocken zu müssen, als Krönung der ganzen Verspätung.

Zwikkers Haustür war zu. Trotzdem klingelte er, und ein paar Minuten später hörte er Zwikkers Schritte. Zwikker hielt eine Petroleumlampe in der Hand. Auch als er die Tür wieder hinter Arthur geschlossen hatte, schaltete er das elektrische Licht nicht an.

»Was machst du da eigentlich?« fragte Arthur, als Zwikker mit seiner Lampe in dem gläsernen Raum bei den Hunderten Fahrrädern herumhantierte, unter denen er das von Arthur wiedererkennen sollte.

»Die Sicherungen sind durchgebrannt. Du kommst aber auch spät.«

»Ja«, sagte Arthur.

»Es spart Strom«, sagte Zwikker, »ich weiß nicht, ob ich überhaupt neue Sicherungen reindrehe. Vielleicht lohnt es sich nicht mehr.«

»Ja«, sagte Arthur. Er fand sein Rad selbst.

»Nutze es noch so oft wie möglich«, sagte Zwikker, als er ihn hinausbegleitete. Er hielt die Tür weit offen, und als Arthur ihn ansah, um sich zu verabschieden, sagte sein Blick: Ich werd nicht mehr lange einen Nutzen von irgend etwas haben, doch er verdeutlichte seine Bemerkung mit den Worten: »Bevor die Moffen es einkassieren. Paß gut auf.«

Als Arthur durch den Säulengang fuhr, kam ihm sein Tempo wieder rasend schnell vor, wie das eines Zuges, der einen Bahnhof durchfährt. Nachdem er das Tor hinter sich gelassen hatte, trat er so fest wie möglich in die Pedale, um die Geschwindigkeit zu halten, doch die dunklen Fassaden der in größerer Entfernung stehenden Häuser schienen seinen Schwung zu bremsen, als wäre er an einem Gummiband festgebunden. Vorerst aber könnte ihn nichts mehr zurückziehen. Schon fuhr er im Leerlauf über einen schmalen Plattenweg in den Vondelpark. Überall Klingeln, überall kleine rote Lichter, die sich mit großer Langsamkeit bewegten. Über einen Holzsteg fuhr er wieder in die Stadt, eine kurze Strecke über Pflastersteine, dann über Asphalt. Klack, klack, die hölzernen Sohlen von Mädchenschuhen. Keine Straßenbahnen. Stille. Kaum Autos. Gegröle in Nebenstraßen. Sie müssen nachts unbedingt etwas verbreiten, wenn nicht Licht, dann eben Krach. In einer Stunde liege ich mit Andrea auf dem Sofa. Ich werde so tun, als wollte ich sie umarmen, aber im letzten Augenblick lasse ich es sein. Ich stehe auf und sage: So, ich geh schlafen. Und ich gehe schlafen. Es wird nicht einmal ein Opfer für mich sein, auch wenn feststeht, daß sie in erotischer Hinsicht atemberaubend sein muß. Jeder, der sie sieht, findet sie verführerisch, und wenn ich ihre Eigenschaften aufzähle, finde auch ich sie verführerisch, aber wenn ich sie dann sehe, habe ich so ein Gefühl, als wäre sie nicht aus Fleisch und Blut. So wie die Wurstattrappen, die in Metzgereien an der Wand hängen, den Appetit nicht anregen. Als hätte sie keinen Duft. Als wäre sie mit Zellophan umhüllt. – Weil sie Oskars Frau ist? Aber ich pfeife auf diese Art Scheu. Man sollte mit jeder Frau ins Bett gehen, mit der eigenen Schwester, wenn sie einem gefällt. Wenn ich an Carola denke, bekomme ich nur Lust, loszutreten, als wäre sie ein Verschlag, in den ich eingesperrt bin.

Der Schweiß stach ihn in die Brust und kühlte seine Beine. Wenn Carola nicht immer Partei für die Großmutter ergriffen hätte, wie sehr hätte er sie geliebt, wie glücklich hätten sie sein können.

Inzwischen fiel nasser Schnee. Arthur fuhr über die Noorder Amstellaan. Die Straße war fast menschenleer, und wenn Nachbarn einander etwas mitteilen wollten, blieben sie in den Haustüren stehen. In dieser Gegend gibt es keine Kirchturmuhr, die schlägt, dachte er. Sonst wüßte ich, wann es neun ist. Aber fünf, zehn Minuten nach neun werden sie mich noch nicht festnehmen. Alle Uhren aller Polizisten gehen nicht gleich.

Mit großer Hast, obwohl es eigentlich nicht mehr nötig war, schleppte er sein Rad die Vortreppe des »Wolkenkratzers« hinauf, wie das neue Hochhaus genannt wurde, und bugsierte es durch die Drehtür. Die Pförtnerlogen zu beiden Seiten der Tür waren leer. In eine davon stellte er das Rad und verschob die Zeiger des Uhrschlosses.

Geräuschlos ging er zum Fahrstuhl und drückte auf einen Knopf. Er sah, wie sich Kabelschlaufen herabsenkten und dann der beleuchtete Käfig. Er stieg ein und fuhr nach oben. Womit soll ich anfangen, dachte er, wahrscheinlich weiß sie es noch nicht, oder vielleicht hat die deutsche Polizei ihr eine Nachricht geschickt, wäre das denkbar? Ob sie die Adressen der anderen kennt? Ich muß morgen früh hingehen, gleich um vier, sobald man auf die Straße darf. – Und schon befand er sich in einem Hausflur mit zwei Türen; die rechte führte zu Oskars Wohnung. Als er auf den Klingelknopf drückte, ertönte ein Summton. Das Licht im Korridor brannte bereits; am Einschalten des Lichts würde er nicht merken können, ob sich Andrea näherte. Er erwartete den Augenblick, in dem sie die Tür öffnen würde, mit so großer Anspannung, daß sie auf einmal vor ihm stand. »Oh, trääten Sie doch ein«, sagte Andrea, und er sah die weißen Zähne in ihrem Lächeln. Er erwiderte das Lächeln und sagte, während er ihre Hand festhielt und über die Türschwelle trat: »Wie geht es dir?«

»Guuuut ... wie geht Ihnen?«

»Dir«, antwortete er; er hielt ihre Hand noch immer fest, und auch sie ließ seine Hand nicht los, als sie die Tür schloß. Sie schüttelte den Kopf, daß ihre Haare flogen. Sie vergaß immer, daß man »du« sagen mußte, wenn man jemanden beim Vornamen nannte. Sie fragte ihn auch nicht, was er so spät wolle; mit den Sitten und Gebräuchen eines »so klajnen Landes« habe sie nichts zu schaffen, pflegte sie zu erklären, wenn sie sich über jemanden ärgerte. So fand Arthur keinen Anknüpfungspunkt, so konnte er seine Mitteilung nicht loswerden.

Die Zimmer waren leer und still wie die Zimmer im Ausstellungsraum einer Möbelfabrik. Andrea ließ ihn allein. Alles war neu und schön und erweckte den Eindruck, als käme es nie in Bewegung und als schwebte hier nie Staub in der Luft. Und so war auch Andrea selbst: als wäre sie nicht lebendig, sondern eine wandelnde Illusion, verführerisch bereits an sich und darüber hinaus wegen ihrer Unberührbarkeit.

Arthur trottete hin und her. Er dachte: Sie weiß nichts, sie hat gelächelt. Auch wenn sie genug weiß, um sich wegen Oskar Sorgen zu machen, lächelt sie, denn sie will sich nicht von Sorgen beschmutzen lassen. Warum soll ich es ihr sagen? Er horchte, ob sie nicht zurückkam (sie war sicher gegangen, um Tee zu machen). Aber als sie zurückkam, trug sie eine Schürze und hielt einen Staubsauber in der Hand. Er ging um sie herum, als sie den Schlauch in den Apparat steckte.

»Nähmen Sie doch Platz«, sagte Andrea.

»Kann ich dir vielleicht helfen?« fragte er. Es gab nicht viel zu helfen. Mit einer Hand ein paar Haare wegstreichend, die ihr vor die Augen fielen, schob sie mit der anderen den Staubsauger über den Teppich. Über das Brummen hinweg rief sie Arthur zu, er solle aus einem Wandschrank eine Flasche Whisky nehmen.

Auch Zigaretten lagen immer auf einem kleinen Tisch bereit, sogar in diesen Zeiten.

Sie saugte weiter Staub. »Schenken Sie sich nur ein, ich habe noch zu arbeiten«, rief sie.

Arthur ging ins vordere Zimmer, schenkte sich ein, trank einen Schluck und setzte sich. Er legte den rechten Fuß auf das linke Knie.

»Du siehst hübsch aus, wenn du staubsaugst!« rief er.

»Muß sich gemacht werden«, rief sie, »muß sich immer wieder gemacht werden.« Munter fuhr sie mit ihrer Arbeit fort. Ihr Arm vollführte eine langsame gymnastische Bewegung. Ich sage nichts, dachte Arthur, ich unterhalte mich einfach nur mit ihr und erwähne Oskar gar nicht. Ich bitte sie um etwas zu essen. Heute morgen in Kattenburg habe ich viel zuviel gesagt. Ich bin mit Katastrophen beladen.

Als sein Glas leer war, spürte er das Gewitter, das in diesen sauberen Zimmern losbrechen müßte, fast in sich selbst aufkommen. Er ging auf Andrea zu. »Jetzt setz dich zu mir«, sagte er, »du mußt doch nicht gerade jetzt staubsaugen?« Sie saugt einfach Staub, dachte er. Und er rief: »Ich muß dir was ganz Wichtiges von Oskar berichten.« Andrea bückte sich, um eine Franse abzuzupfen, die an der Mündung des Saugrohrs hängengeblieben war.

»Sie haben Oskar verhaftet«, sagte er, »ich weiß es jetzt genau.«

»Was sagen Sie da?« rief sie, kreischte sie beinahe. Kein einziges Mal, als er diese Woche bei ihr gewesen war, hatte sie ein Anzeichen von Besorgnis über Oskars Schicksal erkennen lassen. Doch sie mußte ihn verstanden haben, trotz ihrer Frage. Der Staubsauber fiel zu Boden und röhrte dort weiter.

»Andrea«, rief Arthur, »er wird vielleicht schon bald wieder freigelassen.« Sie ging zum Sofa. Schluchzend lag sie auf dem Bauch.

»Hör doch auf zu weinen, Andrea«, rief Arthur, »ich habe dir ja noch nicht alles erzählt.« Aber sie hörte nicht zu und schluchzte zuckend weiter. Sie biß in ein Kissen und schüttelte es wie ein Beutetier. Arthur ging zum anderen Ende des Zimmers und zog den Stecker. Das Röhren ebbte jaulend ab, nur Andreas Schluchzen war zu hören. Auf Zehenspitzen, als wollte er sie nicht stören, ging er zurück und rollte dabei das Kabel auf. Mit dem Kabel in der Hand blieb er stehen, überlegte kurz, ob er das Gerät aus dem Zimmer schaffen sollte, dachte: Nein, Andrea könnte auf die Idee kommen, daß ich mich in ihre Angelegenheiten einmische. Er schaute sie unverwandt an. »Andrea«, sagte er, »komm mit ins Vorderzimmer. Möchtest du nicht etwas trinken? Ich wußte nicht, wie ich es dir anders hätte sagen können.«

Sie schüttelte den Kopf, nein, nein. Er setzte sich zu ihr aufs Sofa und legte seine Hand auf ihre Schulter. »Jetzt wein nicht mehr«, sagte er, »noch ist ja nichts Schlimmes passiert. Nicht jeder, der verhaftet wird, kommt ums Leben. Vielleicht ist der Krieg vorbei, ehe sie Zeit haben, in Oskars Sache zu ermitteln. Bei uns wohnt jetzt ein Deutscher, ein Freund von Carola. Vielleicht kann er Oskar helfen.« Doch sie schien seine Worte nicht zu begreifen. Wie könnte er sie beruhigen? Er kam sich überflüssig vor, wie er da saß und fast vom Sofa fiel. Auf dem Bild an der Wand gegenüber spielte ein Mann auf dem riesengroßen Unterkieferknochen eines Pferdes Harfe. Vor Müdigkeit beugte Arthur sich vor und stützte die Ellbogen auf die Knie. Er dachte: Sobald ich etwas sage, passiert immer etwas. Heute morgen wollte ich Leute retten, und zur Belohnung haben sie mich bewußtlos geschlagen. Was für einen Grund hatte ich? Ich fand Carolas Taschenlampe, und deshalb dachte ich ... Aber sie hatte sie nur an van der Wind verkauft. Wo sind ihre Freunde aus dem Widerstand, die ich warnen wollte?

Er schaute auf seine Uhr, aber sie ging immer noch nicht. Trotzdem war er sich einer Sache sicher: daß es weit nach neun war und Andrea ihn nicht mehr nach Hause schicken konnte. Sie müßte ihn hier übernachten lassen.

»Andrea«, sagte er wieder. Andrea drehte sich plötzlich um und setzte sich einfach neben ihn, ohne etwas zu erwidern. Ihre weiße, saubere Schürze war so gestärkt, daß sie nun zerknittert war wie ein Blatt Papier. Sie tupfte sich die Tränen vom Gesicht, wie man Blut von einer Wunde entfernt.

Es würde keinen Unterschied machen, ob ihr Vater bei ihr übernachtete oder er! Jeder Gedanke an einen Kontakt mit Andrea, der aus mehr bestehen würde als seiner Hand auf ihrer zuckenden Schulter, erfüllte ihn mit Angst und Selbstverachtung. Ich habe nichts für Oskar getan, dachte er, und Oskar ist der einzige Mensch, dem ich jemals begegnet bin, für den ich gern etwas getan hätte. Er hatte das Gefühl, durch dieses Versagen sein eigenes Leben wegzuwerfen. Wofür lebt jemand, der es versäumt, das einzige zu tun, das ihm der Mühe wert scheint? fragte er sich.

Andrea stand auf. Sie griff nach ihrer Tasche und betrachtete sich lange in dem kleinen Spiegel ihrer Puderdose. Sie steckte die Puderdose weg, ohne sich das Gesicht gepudert zu haben, nahm den Staubsauger und verließ das Zimmer. Arthur ging zu dem Tisch, auf dem der Whisky stand, schenkte sich nach und setzte sich mit einer Zigarette auf den Sessel daneben. Fast reglos starrte er in die Zimmerflucht. Er hörte nicht einmal mehr Andreas Schritte. Sie muß es mir sagen, dachte er; jetzt, heute nacht. Aber morgen ist es für eine Warnung vielleicht schon zu spät. Er wußte, daß er selbst vorerst in Sicherheit war, fühlte sich jedoch bedroht. Wenn Andrea nicht zurückkäme, könnte er hier sitzen bleiben und ein Buch lesen, notfalls die ganze Nacht.

Aber sie kam zurück, auch wenn es lange dauerte. »Guten Tag«, sagte sie, als sie ins Zimmer trat, nun ohne Schürze. Lächelnd setzte sie sich zu ihm. »Ist wieder vorbei«, sagte sie. Er wußte nichts zu erwidern und murmelte ohne jede Absicht: »So schlimm ist es doch auch nicht, Andrea. Ich hab's dir etwas unvermittelt gesagt, deshalb warst du so erschrocken, aber ich weiß ganz genau, daß sie Oskar sehr bald wieder freilassen!« Und er berichtete ihr von dem Gespräch mit Ernst. Aufmerksam, aber mit ungläubiger Miene hörte sie zu.

»Mußt nicht glauben, Ernst ist Deserteur!« rief sie plötzlich. »Ist Spitzel! Hab ich immer gewußt!« Sie sagte das mit solchem Eifer, als habe sie schon Hunderte von Menschen davon überzeugen wollen, daß Ernst kein Deserteur, sondern ein Spitzel sei, als rede sie von einer Sache, für die sie das ganze Leben vergebens gekämpft hätte.

»Woher kennst du ihn denn?« fragte Arthur und hoffte etwas in Erfahrung zu bringen, was sein Mißtrauen rechtfertigen würde. Aber Andrea schien nicht zu bemerken, daß sie in Arthur jemanden gefunden hatte, den sie leicht zu ihrer Sicht der Dinge bekehren könnte.

»Ist sehrr komplizierte Geschichte«, erwiderte sie und unterstrich diese Mitteilung durch eine komplizierte Gestik. Sie redete mit jedem Muskel ihres Gesichts, doch Arthur konnte ihr noch nicht folgen und fragte: »Warum glaubst du, daß Ernst ein Spitzel ist? Dann hätte er doch keinen Grund, mir zu sagen, er würde Oskar helfen!«

»Nein«, sagte Andrea, »er Oskar helfen! Was soll er Oskar noch helfen? Hat Oskar schon genug geholfen, mehr als genug. Hat ihm für ganzes Läb'n geholfen!«

»Aber wie kann Ernst Oskar denn geholfen haben?«

»Ja, was hast du denn geglaubt ... Hast geglaubt, andere hätten Offizier ermordet, ohne Ernst hat geholfen? Ernst hat alles gewußt. Hat immer alles gewußt, hat alles organisiert. Ohne Ernst wäre nie was passiert, das kann doch Kind begreifen ...«

»Offizier? Wovon redest du da? Offizier? Welcher Offizier? Aber welche Leute haben denn diesen Offizier ermordet? Was hatte Oskar damit zu tun?«

»Natürlich, warum ist Oskar sonst nach Kampen gefahren?«

Ich weiß von nichts, dachte Arthur, sie irrt sich. Oskar hätte es mir bestimmt erzählt. Trotzdem dachte er: Vielleicht ist es in Kampen passiert. Oder weil etwas schiefgegangen ist, so daß Oskar gezwungen war, einen Deutschen zu erschießen.

Er fragte: »Ist Oskar deswegen nach Kampen gefahren? Sollte er die Bomben irgendwo legen?«

»Bomben? Was meinst du immer mit Bomben? Redet schon ganze Woche über Bomben«, erwiderte Andrea in einem Ton, als fiele ihr zum erstenmal auf, daß Arthur ständig von Bomben redete, als hätte sie Arthur nicht schon die ganze Woche von Bomben reden hören, ohne dagegen zu protestieren. »Hatte nichts zu tun mit Bomben«, sagte sie, »wie kommst du nur auf Bomben?«

»Worüber soll ich denn sonst reden, wenn ich von nichts anderem weiß, verflucht noch mal, ich weiß doch nichts!« Er drückte seine Fingernägel in die Handflächen und spürte, daß er wütend wurde auf Andrea, weil Oskar ihm nie von etwas anderem als Bomben erzählt hatte.

Fast schüchtern fragte er: »Weißt du das denn genau?« Doch sie hatte sich den Tonfall seiner ersten Frage zu gut gemerkt.

»Sie dürfen nicht böse sein auf mich«, sagte sie und senkte den Kopf. Den linken Zeigefinger am Mund, schaute sie ihn von unten herauf an.

»Nein, ich bin dir nicht böse«, sagte er, »aber wenn ich dir glauben soll ... woher weiß ich, ob ich dir glauben kann ...«

»Ja sicher mußt mir glauben! Alles ist Schuld von Carola! Ist doch klar!«

Sie stand auf und gestikulierte, als wollte sie irgendwo im Raum auf die Wörter zeigen, die sie nicht kannte. Da sei ein deutscher Offizier gewesen, ein SD-Mann. Der hätte aus dem Weg geräumt werden müssen. Carola sei seine Sekretärin gewesen und hätte ihm schon lange nachspioniert.

»Nein, Andrea, wie soll das denn möglich sein, Carola hat bei van Rossum und Bignell gearbeitet, ich konnte sie immer im Büro anrufen.«

»Es stimmt aber, was ich sage! Woher wußten Sie Nummer? Von Carola? Vielleicht steht in Telefonbuch ja andere Nummer!«

Arthur eilte sofort in die Diele und sah im Telefonbuch nach. Van Rossum und Bignell hatten andere Telefonnummern als die Nummer, unter der er Carola immer anrief.

Er goß sich ein neues Glas ein, als er wieder ins Zimmer trat. »Tut mir leid, daß ich dir nicht gleich geglaubt habe, erzähl weiter.«

Oskar habe sich in jener Zeit ein bißchen in Carola verliebt, es sei eigentlich nichts Besonderes gewesen. – Das glaubst auch nur du, dachte Arthur.

»Oskar war immer so merkwirdig, wissen Sie. Ich bin die einzige Frau, die liebt er.« Andrea würde er nie untreu werden. Jede Untreue, die andere Männer begingen, würde bei Oskar in eine Art dienende Liebe und Respekt umgesetzt. Darum habe Andrea die Frauen, die Oskar liebte, immer gemocht. Sie wisse ja, daß der Respekt, den er ihnen erwies, im Grunde ihr gelte.

»Ich ... ich, ach nein, was haben Sie davon, wenn Sie das wissen ...« Sie lächelte. Du siehst reizend aus, wenn du das so sagst, dachte Arthur, aber du bist zu bemitleiden, wenn du dir einbildest, Oskar wäre dir nie untreu.

Er fragte: »Nun, wie bist du eigentlich so?«

»Manchmal so hart.«

»Wo denn, wo?« fragte er. Sie lachte lauter, so laut, wie er es sich bei ihr nie hätte vorstellen können. Auf die Mitte ihrer Brust deutend, drückte sie ihren Finger fast krumm: »Hier!«

Oskar sei durch Carola in eine Art Organisation gekommen. Dann habe dieser Offizier getötet werden müssen. Ein anderer Deutscher habe ihnen dabei geholfen, das sei wohl niemand anders als Ernst gewesen. Andrea habe gesagt: Du darfst ihm nicht trauen, du kannst keinem Deutschen trauen, das weiß ich, ich komme aus Familie, die es von Eltern auf Sohn gewußt haben, wie alle Tschechen. Oskar habe ihm denn auch nicht so ganz getraut, anders als Carola. Oskar habe noch vor kurzem gesagt, daß er ihm selbstverständlich nicht traue, daß es nur um einen Kampf um irgendeine Machtposition zwischen den beiden ginge. Oskar und seine Freunde hätten sich das zunutze machen wollen. Die Deutschen würden glauben, eine interne Angelegenheit sei ausgefochten worden, und nicht ahnen, daß der Widerstand die Finger im Spiel hatte. Das begriff Arthur noch. Aber es gab so vieles, was er nicht begriff, da Andrea von sechs Wörtern mindestens eins so eigenartig aussprach, daß er es nicht verstehen konnte. Wenn er eine Frage stellte, kam sie mit einer neuen, langatmigen Geschichte. »Und dann?« fragte er schließlich, »und dann?«

»Dann haben sie ihn umgebracht.«

»Wann?«

»An Morgen, als Oskar nach Kampen gefahren ist.«

»Hat Oskar es getan?«

»Aber nein. Oskar hat gesagt: Carola hat getan. Ist aber gut möglich, er selbst getan.«

Ach, Oskar sei so gut, viel zu gut. Der täte alles, worum man ihn bitte. Wenn eine Frau ihn um etwas bitte, würde er es tun, »auch wenn es ihm noch so sehrr gegen den Charakter geht«.

Ansonsten genau das Richtige für Carola, dachte Arthur, so etwas könnte sie doch selbst tun. Und wenn Carola Oskar nun darum gebeten hätte, sie zu nehmen? Wie verträgt sich »er betrügt mich nie« mit »er tut alles, worum eine Frau ihn bittet«? Arthur wollte wissen: Hat er auch erzählt, wie er es gemacht hat? – Alles, alles wollte Arthur wissen, aber er stellte keine weiteren Fragen mehr. Er konnte sich nicht einmal merken, was Andrea gesagt hatte. Und sie erzählte immer weiter: »Dann ist genau passiert, was ich hatte gesagt vorher: Deutsche sind nicht drauf reingefallen! Die dachten äben nicht, daß SD-Mann von Kollege ermordet worden, und Oskar mußte fliehen.«

»Und was hatte er dann in seinen Koffern?« fragte Arthur.

»Was für Koffer?«

»Die Koffer, die er bei sich hatte.«

»Ach so. Natürlich hatte er kleinen Koffer bei sich oder vielleicht auch nicht. Wenn fliehen muß, fliehst du auch manchmal ganz ohne alles. Als ich aus Prag geflohen bin 1938 hatte ich nur Handtasche dabei, mit Juwelen drin.«

»Das meine ich nicht, Andrea, ich meine: Oskar hatte Koffer bei sich, Spezialkoffer, in denen, wie er sagte, Bomben waren. Carola hat auch mal davon gesprochen.«

»Ach so, das? Aber ich sage doch, daß es nicht gegeben hat diese Bomben. Koffer also wahrscheinlich auch nicht.«

Nun war sich Arthur sicher: Alles war Bluff gewesen. Oskar hatte ihn nie als Freund angesehen, nur als einen kleinen Jungen, den man benutzt, um ein bißchen menschlichen Kontakt zu haben. Jeder muß hin und wieder seinem Herzen Luft machen. Stundenlang hat er mich angelogen, bis in alle Einzelheiten angelogen. Er war immer schon hundertprozentig auf Carolas Seite. Für Carola riskiert er sein Leben, mir macht er etwas vor. Ich zähle hier überhaupt nicht. Arthur holte tief Luft. Ich bin immer außen vor, nirgends gehöre ich dazu. Warum will niemand wirklich etwas mit mir zu tun haben? Warum tun sie so, als ob?

Er fühlte sich einsam wie ein Hund, der gerade aus einem Zwinger an reiche Privatleute verkauft worden war. Er hockte mutterseelenallein in einem schönen Zimmer, in dem er nichts zu suchen hatte. Er hockte in der Wohnung des Mannes, der das einzige lebendige Wesen war, das einen Platz in seiner Gedankenwelt eingenommen hatte, den er ihm nicht mißgönnte. – Und wie er seine Frau zum besten gehalten hat, dachte er. Daß er mit einer anderen ins Bett geht, könnte man ja noch hinnehmen. Aber daß er auf eine so miese Art lügt – zu sagen, er erweise anderen Frauen nichts anderes als den Respekt, den Andrea von seiner Seite nicht nötig habe!

Du bist entsetzlich feige, Oskar, irrsinnig feige, dachte er, du kotzt mich an, und es kam ihm so vor, als würde sein Denken vom Schauen zum Starren.

»Du denkst über etwas nach«, sagte Andrea, lehnte den Ellbogen aufs Knie und stützte den Kopf auf die Hand.

»Hast du keine Angst, daß sie dich verhaften?« fragte Arthur.

»Warum sollten sie? Kann glauben, was Ernst sagt. Er hält Hand über Oskar, so lange, wie's nötig ist. Dann läßt er fallen Oskar, und von mir weiß er, daß ich damit nichts zu tun hab.«

Und du wirst auch nichts damit zu tun bekommen? dachte Arthur. Aber er stellte ihr die Frage nicht. Er interessierte sich nicht für ihre Geheimnisse. Höchstwahrscheinlich würde sie ihn anlügen.

Wann macht man sich tatsächlich etwas aus einem anderen Menschen? Vielleicht nur dann, wenn man sich für seine Geheimnisse interessiert. Diese Geheimnisse möchte man wissen, einfach so, ohne bestimmten Grund. Das ist gerade das Zeichen, daß man sich etwas aus einem anderen Menschen macht, wenn man kein Interesse an seinen Geheimnissen hat und sie trotzdem wissen möchte. Er würde sich davor hüten, sich etwas aus Andrea zu machen oder sie nach ihren Geheimnissen zu fragen! Was dachte sie wohl im Augenblick? Ahnte sie vielleicht doch etwas und war eifersüchtig auf Carola? Was geht es mich an?

Er sah Andrea an, während sie Butterbrote aßen, er betrachtete ihre Zähne und ihre Haare. Beide waren sie ruhig, warm, fast zufrieden, vielleicht vor allem müde. Um elf sagte Andrea: »Bin müde. Sie können ruhig hier schlafen.«

»Ja«, erwiderte er. »Es ist zu spät, um nach Haus zu gehen. Gute Nacht. Ich bleib einfach sitzen und lese, und wenn ich müde werde, lege ich mich aufs Sofa im Hinterzimmer.«

Aber nein, es mache ihr keine Mühe, das Gästebett herzurichten.

»Komm«, sagte sie und zog ihn an der Hand mit. Sie führte ihn ins Gästezimmer, wo sie sich mehrmals über das Bett beugte, um es neu zu beziehen. Unterdessen schlenderte er hin und her und hatte plötzlich vor allem den Wunsch, allein zu sein.

Nachdem sie die Tür hinter sich geschlossen hatte, klackten ihre Schritte noch einen Augenblick im Flur. Als das Geräusch verhallt war, zog er sich aus mit einem Gefühl, als müßte er sich beeilen. Er legte sich ins Bett und kam sich so vor, als wäre er auf der Flucht, als würde er am nächsten Tag in einem anderen Bett schlafen und den Tag darauf in wieder einem anderen, mit Laken, die nach wieder einer anderen Art Naphtalin rochen, oder vielleicht gar nicht mehr in einem richtigen Bett. Vielleicht war das, was er heute erlebt hatte, der Anfang der Entwurzelung, die jedermann bedrohte: Langsam wurde er von den Niederlanden losgerissen. Am Ende der Woche, oder noch eher, würde etwas geschehen, oder er würde eine Dummheit begehen und nicht lange danach in einem Viehwaggon nach Deutschland transportiert werden; langsam wurde es ja Zeit. Hier gab es niemanden mehr, auf den er sich verlassen konnte. Oskar hatte ihn nur zum Narren gehalten, möglicherweise verpfiff er ihn auch, oder dieser van der Wind würde das tun, der rothaarige Mann, mit dem er nur aneinandergeraten war, weil Oskar ihm nicht die Wahrheit gesagt hatte. Er legte sich auf den Rücken und lauschte angespannt. Aber er hörte nichts. Wie hoch war er doch über der Stadt, wie gefährlich weit hatte er sich aus ihrem Anziehungsbereich entfernt. Er hörte nicht einmal Wasser durch Rohre strömen oder Funken knistern in einem Lichtschalter, der nicht in Ordnung war. Um schneller einzuschlafen, konzentrierte er sich auf seinen Atem. Könnte er doch alles zurücklassen, seine Erinnerungen und alles, was er jemals empfunden, gehört, gesehen oder sich überlegt hatte, ja sogar was er gerochen hatte, das Parfum von Carola, den Gestank der Ölöfen seiner Großmutter, den sterilen Geruch dieser Wohnung. Er biß sich auf die Finger. Er dachte über nichts mehr nach. Ihm war, als müßte er eine Wahl treffen zwischen Tausenden zu einem Knäuel verschlungener Fäden. Eine unmögliche Wahl! Und deshalb kam es ihm so vor, als könnte er nichts mehr als das Seine bezeichnen, ihm blieb nur noch der Schlaf, der Schlaf, der jeden überkommt, der nur müde genug ist.

Als er aufwachte, fielen schon seit geraumer Zeit Schüsse. Er hörte mehrmals drei harte, kurze Knallgeräusche, die direkt aufeinanderfolgten, und anschließend drei leisere, dumpfere, in unregelmäßigen Abständen.

Er stand auf und zog die Vorhänge beiseite; sie waren aus schwarzem Satin, der Verdunklungspapier überflüssig machte. Aber von der Schießerei sah er nichts. Das Fenster ging auf eine Art Schacht hinaus, der so eng war, daß er bei einem Blick nach oben das Ende nicht sah. Doch allein durch das Geräusch zunehmend aufgeregt, ging er durchs Zimmer in den Flur. Mitmachen, mitmachen, dachte er, ich mache nicht mit beim Krieg. Die Niederlande befinden sich im Krieg, aber ich mache nicht mit, fast niemand macht mit. Soldaten kämpfen, doch wir hassen nur. Er lief durch den Flur, um zur Toilette zu gehen, ehe er sich wieder schlafen legte. Die Türen, die vom Flur abgingen, bebten leicht beim Geräusch der Detonationen. Die Tür zu einem

Zimmer stand offen. Könnte er doch hoch oben in einem Flugzeug sitzen und Bomben auf eine Stadt werfen, riesige Seerosen aus Feuer unter sich im Dunkeln aufblühen sehen!

Als er von der Toilette kam, hörte er Andrea durch die offenstehende Tür rufen: »Komm hier, schau, ist wunderbar.«

»Wo bist du«, murmelte er ziemlich täppisch, denn so dunkel war es in ihrem Zimmer nicht. Er sah sie am Fenster stehen, er roch ihre Seife, beinahe konnte er die Wärme des Betts spüren, das sie offenbar gerade erst verlassen hatte. Sie hatte die Vorhänge ganz aufgezogen. Das große Fenster war in Stahl gefaßt wie die Scheiben eines Aquariums. Nur aus der Ferne ertönte noch ein Knattern. Langsam und wie zu einer Kette aufgereiht, stiegen rote und grüne Kugeln in den Himmel auf. Eine kleine Wolke bildete die Achse eines Rades aus Scheinwerferkegeln. »Muß sich gleich zu sähn sein«, sagte Andrea. Doch die Lichtkegel bewegten sich durcheinander, ohne ein Flugzeug einzufangen. Das Mündungsfeuer der Geschütze bewirkte am Horizont winzig kleine Protuberanzen. Irgendwo in weiterer Ferne bildete sich ein neuer Kegel aus matt leuchtenden Bohnenstangen. Im Freien liegen, dachte er, im nassen Gras. Komplizierte Maschinen stehen auf Wagen. Ich habe Kopfhörer auf. Ich berechne, wo das Flugzeug sein muß, ich schicke schnelle Granaten hin. Ein Geschütz sein, etwas entfernt sich von einem, was sich selbst zerstört und nie zurückkehrt. Das gewaltigste Geräusch, das der Mensch hervorbringen kann: das mathematische Geheul von Granaten, der Donner von Explosionen. Warum bin ich zwanzig, und warum gibt es einen Krieg, von dem ich nichts habe? Er empfand plötzlich ein so starkes Verlangen, Soldat zu sein und tatsächlich »Krieg zu führen«, daß er schon in dem Schlammloch lag, das nach einem Bombeneinschlag zurückgeblieben war, daß er das Gras und die Bäume rauschen hörte in dem, was das Geschütz an Stille zurückließ, daß er den nach Verbranntem stinkenden Nachtwind im Gesicht spürte. Lieber ein deutscher Soldat als ein schreckhafter Untertan eines kleinen, überrannten Landes! – Doch das Schießen hörte nun auf. Das an- und abschwellende Dröhnen der Flugzeuge war deutlich zu hören; einige tiefhängende Wolken wurden noch einen Augenblick mit stillen weißen Fingern betastet. Dann erloschen die Scheinwerfer, manchmal viele zugleich.

»Ist vorbei«, sagte Andrea. – Er war nichts mehr. Eigentlich müßte ich Zwangsarbeiter in Deutschland sein. Ich existiere nicht mehr. Die ganze Welt führt Krieg, aber ich gehöre nicht dazu. »Ist mir kalt geworden«, sagte Andrea, »nein, noch nicht gehen. Sie müssen was mit mir red'n. Können Sie sich nicht was ausdenk'n?« Er konnte sie nicht sehen, wußte trotzdem, wo sie hinging, als machte sie ein unhörbares Geräusch, das er dennoch auffangen, anhand dessen er dennoch feststellen konnte, wo sie sich befand. Es mußte Einbildung sein, daß er sie schemenhaft auf dem Bett sitzen sah, daß er sehen konnte, wie sie sich zudeckte. Er ging zum Bett. Da spürte er ihre Hand, die sie aufs Geratewohl ausgestreckt hatte, an seinem Schenkel.

»Ist Ihnen nicht kalt?« fragte Andrea und ließ ihre Hand, wo sie war. Er bückte sich, schlug die Bettdecke zurück und legte sich hin, als ginge er in sein eigenes Bett und als sei Andrea nicht vorhanden. Dabei mußte sie da sein, und er wunderte sich, daß er nicht gegen sie stieß. Doch auf einmal glitt ihre Hand über seine Brust. Er streckte den linken Arm aus, und Andrea hob von allein den Kopf an. Sie drehten sich gleichzeitig zueinander hin. Sie wußten nicht, wo sie einander am innigsten umklammern konnten. Er streichelte ihren Körper, seine Finger verfingen sich in der zarten Seide des Nachthemdes. Andrea küßte ihn mit der weichen Innenseite ihrer Lippen, die so warm waren wie sein eigener Mund und so sanft, daß er sie kaum spürte, daß er nicht mehr wußte, wo sie begann und er endete. Seine Hand fuhr fast ängstlich über ihre Haut, als könnte Andrea sich zur Strafe für beide plötzlich in einen abscheulichen

Kadaver verwandeln, oder als ob seine Finger an einem offenen Geschwür hängenbleiben könnten. Doch gleich darauf schlugen seine Gedanken wieder um. Sie knöpfte seine Unterwäsche auf, er spürte ihren ganzen Körper an dem seinen, warm wie sein eigenes Blut.

»Ist so gutt für Sie?« fragte sie von Zeit zu Zeit. Er hörte sie leise lachen. Sie zupfte ihn an den Haaren. »Was ist mein Mann groß geworden«, sagte sie. Noch vor drei Stunden hat sie um Oskar geflennt, dachte Arthur. Ihre Fingernägel suchten überall Halt an seiner Brust. Dadurch fühlte er sich wie jemand, der sich in einem großen, eleganten Bogen zu einem Teich hinüberbeugen muß, um zu trinken. Aber er trank! »Lach nicht!« murmelte er, und dann sagte er lange Zeit nichts. »Kommst du?« fragte sie und umklammerte ihn, als wollte sie seinen ganzen Unterleib in den ihren drücken.

Sie zog, noch immer in seiner Umarmung, die weggerutschte Decke über ihn. »Was würdest du tun«, fragte Arthur, »wenn Oskar dahinterkäme?«

»Oskar wird das nie erfahrn«, erwiderte Andrea, und ihre Stimme klang so, als müßte sie ihn trösten.

Trotzdem fragte er noch: »Warum machst du es dann?« und küßte sie gleich darauf, weil sie keine Antwort geben durfte, denn er hatte die Frage nur an sich selbst gerichtet. Richtig zufrieden wäre er erst, wenn Oskar es tatsächlich wüßte! Dann würde er sagen: »Bitte sehr! Ich bin nicht so jemand, der vor seinen Freunden Geheimnisse hat ...«

Erneut waren Detonationen zu hören. Die Scheinwerfer leuchteten wieder auf. Einer davon schwenkte herum, traf einen Augenblick ihr Fenster, so daß es schien, als hätte es geblitzt. Aber auch danach wurde es im Zimmer nicht mehr dunkel.

Arthur schob die Decke nach unten. »Ich will dich ansehen«, flüsterte er.

Auf einen Ellbogen gestützt, betrachtete er die Entschädigung für Oskars Verrat. Nun wurde ihm bewußt: Nie hatte ich eine Frau, die so schön ist. Und das Wort Entschädigung schien sich zugleich mit Oskar, mit der Niederlage, die der Eisverkäufer ihm bereitet hatte, mit Ernst und Carola, ja mit dem ganzen Krieg zu entfernen, als wäre es an eine Granate gebunden und würde irgendwo außerhalb der Erdatmosphäre zerplatzen.

Am nächsten Tag ging Arthur nicht nach Hause.

6

Beim ersten Verhör war Oskars wichtigste Entdeckung, daß sie sogar Rodrigo verhaftet hatten. Die Vernehmung hatte eine halbe Stunde gedauert.

»Was sind Sie von Beruf?« fragten sie ihn.

»Zauberkünstler«, antwortete Oskar. Sie gaben ihm eine Zigarette, und als Oskar halb aufgeraucht hatte und sie längst andere Dinge von ihm wissen wollten, verblüffte er sie damit, daß er die Zigarette verschwinden ließ.

»Schon wegen Ihrer Kunststücke lohnt sich die ganze Mühe, Sie lange hierzubehalten«, witzelten sie. Dann wurde Rodrigo hereingeführt.

»Kennen Sie diesen Mann?«

»Nein«, antwortete Oskar; er hatte sich vorgenommen, alle Fragen entweder gar nicht oder mit nein zu beantworten. Die Deutschen schwiegen einen Augenblick. Sie denken sich eine Folter aus, dachte Oskar. Aber dann nahm einer von ihnen mit Daumen und Zeigefinger einen zerknitterten Zettel von der Größe und Farbe eines Blatts Toilettenpapier aus der vor ihm liegenden Mappe und las vor: »Name: Ossegal. Vornamen: Oskar.«

Er sah Oskar mit offenem Mund an und fragte: »Wie kommt das in Ihren Schlafanzug?«

Oskars *Sachbearbeiter* brach in Gelächter aus und stieß ihn quasi vertraulich an, mit den Worten: *Das war aber keine gute Tarnung!*

Erst wurde Rodrigo, dann Oskar abgeführt, so daß sie keine Gelegenheit hatten, auch nur ein Wort miteinander zu wechseln.

Das nächste Verhör dauerte Stunden. Der Vernehmer bekam ständig Anrufe. Manchmal verschwand er auch und ließ Oskar lange Zeit mit einem stummen Bewacher allein. Seine Taktik des Neinsagens oder Schweigens hatte Oskar aufgegeben. Er erzählte nun lange, komplizierte, teilweise erlogene Geschichten, die ohne Protest angehört wurden, wenn auch nicht immer bis zum Schluß.

Schließlich wurde ein Lautsprecher eingeschaltet, und Oskar hörte eine Frau schluchzen.

»Ihre Frau«, sagte der Vernehmer, *»während sie die Nachricht Ihres Todes bekommt.«*

»Ach, richtig«, sagte Oskar.

Das Gejammer wurde nun mehrstimmig.

»Jetzt weinen die Kinder«, sagte der Deutsche.

»Habe noch keine«, entgegnete Oskar.

Nach diesem Verhör stieß man ihn in ein Auto und brachte ihn in ein anderes Gefängnis in einer anderen Provinzstadt.

Es lag inmitten großer, jetzt im Winter toter schwarzer Blumenbeete. Ein rundes Gebäude mit einer Kuppel aus Panzerglas, innen hohl. Ringförmig lagen die Zellen in vier Etagen übereinander, davor verliefen Galerien aus Eisengittern. Oskar verglich das Haus mit einem Hohltier, einer Qualle: ein leerer Raum, von einer Wand aus Zellen umgeben. Das Licht variierte je nachdem, ob das Glas der Kuppel mit Staub bedeckt oder vom Regen reingewaschen war. An manchen Wintertagen lag Schnee auf der Kuppel, und dann schien es, als könnte die Sonne einfach nicht aufgehen. Im gesamten Bauwerk herrschte die schmucklose graue Strenge einer Fabrik oder einer öffentlichen Bedürfnisanstalt.

Auch in der Verwaltung und im Ambulanzraum, Abteilungen also, die nicht für die Häftlinge bestimmt waren, schienen sogar Gebrauchsgegenstände, Möbel und Papiere nur dahinkümmern zu können. Das Licht der Lampen war trüb, Kalender vergilbten und wellten sich.

Hier blieb Oskar für Monate. Seine Zelle war für eine Person berechnet, meist jedoch hockten sie darin zu viert. Anfangs hatte er viel Abwechslung; keiner seiner Mithäftlinge blieb länger als eine Woche. Meist wurden sie des Nachts durch andere ersetzt. Oskar hörte sich geduldig ihre Geschichten an, ohne sich nach ein paar Stunden noch daran erinnern zu können. Sein Gedächtnis wurde schlecht und andererseits erstaunlich klar. Er hätte nicht ein Ereignis aus seiner Vergangenheit zusammenhängend erzählen können, und dennoch erinnerte er sich an Einzelheiten, von denen er genau wußte, daß sie ihm seit Jahren nicht mehr eingefallen waren. Er hatte ein Gefühl, als verbüßte er hier nun die Strafe für alle Sünden, die er in seinem Leben je begangen hatte. An Carola dachte er deshalb selten. Wegen Carola war er hier gelandet, und das erschien ihm im Grunde recht und billig nach allem, was er an Andrea verbrochen hatte. Immer hatte er Andrea im Stich gelassen, ihre Untreue mit seiner Untreue vergolten. Kein einziges Mal hatte er zu ihr gesagt: »Andrea, muß das nun wirklich so laufen? Können wir uns denn nicht so lieben, wie wir es uns damals vorgenommen haben? Wegen mir bist du aus Prag weggegangen. Den Mann, für den du deine Geburtsstadt verlassen hast, brauchst du doch nicht zu betrügen?«

Statt dessen hatte er das gleiche getan wie Andrea, wenn auch viel umsichtiger. Andrea hatte ihn nie ertappt. Er hingegen hatte sich nie aufgeregt, wenn er sie ertappte. Er hatte immer den Mund gehalten und gedacht: Jetzt denkt sie, »ach, Oskar sieht mich mit einem Blick treu wie Gold an, und ich scheue mich nicht, die Libido, auf die er ein Recht hat, an andere zu vergeuden«. Jedenfalls hatte er das mit seinem Verhalten beabsichtigt.

Ich hätte sie nie aufgeben dürfen, dachte er jetzt, ich hätte mit ihr reden und ihr sagen müssen: Ich liebe dich. Und du kannst mich nur wirklich lieben, weil andere dich nicht so sehr lieben wie ich. Was kann man an einem anderen Menschen mehr lieben als die Liebe, die er für uns empfindet?

Doch statt eines solchen Gesprächs war nach Andreas erstem Seitensprung seit ihrer Heirat in Paris der Wettlauf durch eine Metrostation gefolgt.

Mit der Absicht, sofort abzureisen, war Oskar in sein Zimmer gegangen. Er hatte den Koffer zugeklappt und war die Treppen hinuntergerannt. Als er unten an der Rezeption stand, um seine Rechnung zu bezahlen, hatte er das Gefühl, daß Andrea ihm folgte. Niemals! Nicht einmal ihre Schritte hinter sich hätte er ertragen können. Er stürmte auf die Straße und nahm die erste Treppe abwärts, auf die er stieß. Er war noch nie in der Metro gewesen, daran hinderte ihn bisher eine sonderbare Angst, die er kaschierte, indem er immer Taxi fuhr. Die grünen Klapptüren schlugen gegen seinen Koffer. Er stand in einem niedrigen Raum. In der Mitte war mit Glaswänden ein Büro abgeteilt. Dahinter sah er schmale Gänge, die in verschiedene, von blauen Schildern mit weißen Aufschriften näher bezeichnete Richtungen führten. Unaufhörlich schlugen stählerne Türen hinter eiligen Menschen zu. Er hatte keine Zeit, ein Schild zu lesen, und folgte dem erstbesten Gang, der gleich darauf eine Biegung machte. Keine Spur Tageslicht drang mehr bis hierher. In regelmäßigen Abständen waren Lampen in die niedrige Decke geschraubt. Am Ende befand sich eine Treppe, die von einem grünen eisernen Gitterzaun geteilt wurde. Die Decke hatte die gleiche Neigung wie die Treppe. Die Plakate an den Wänden hingen jedoch senkrecht und waren deshalb mit einer Ecke an die Decke geklebt. Seine Fahrkarte wurde geknipst, und er gelangte auf einen hohen, röhrenförmigen Bahnsteig, der mit glänzenden weißen Kacheln ausgekleidet war. Kein Zug wartete. In regelmäßigen Abständen waren an den Wänden Rechtecke aus Keramik, wie Bilderrahmen. In diesen Rahmen stand weiß in blau der Name des Bahnhofs: Montparnasse Bienvenüe. »Mein zur rechten Zeit gekommener Parnaß« übersetzte Oskar sofort, kindlich und falsch, und er rannte weiter, denn er würde seinen Kummer niemals besingen können.

Hinter ihm fuhr dröhnend ein Zug ein, dessen Wagen fast nur aus Schiebetüren bestanden. Die Türen öffneten sich alle zugleich und klickten alle zugleich zu, ehe der Zug weiterfuhr.

Oskar gelangte nun in einen hohen Gang, in dem elektrische Lampen an Kabeln hingen. Es war so stickig, als hielte das Netz unterirdischer Gänge für immer den Atem an. Viele Menschen drängten sich an Oskar vorbei. Plötzlich stand er vor einer Pendeltür und sah das Tageslicht. Schnell kehrte er um und bog in einen anderen Gang ein. In seiner Hektik konnte er das blaue Hinweisschild nicht so schnell finden. »Les belles fleurs«, leierte eine alte Frau ohne Nase. Neben ihr stand ein Korb mit zu Ansteckst räußchen gebundenen Nelken. Ein leichter Blumenduft schwebte durch den warmen Dunst von angesengtem Rost und schalem Petroleum. So lief er mehrere Viertelstunden durch Gänge und über Bahnsteige, zu denen er nicht wollte. Sein Tempo wurde nur von Menschenmassen gebremst, wenn gerade eine Bahn eingefahren war. Die Gänge verliefen meist nicht horizontal, sondern etwas abschüssig, unmerklich nur und heimtückisch. Aus Müdigkeit wurde er schließlich aufmerksamer und auch, weil er dachte: Andrea kann mich nun sowieso nicht mehr finden. Wenn sie auch in die Metrostation gegangen ist, wird sie längst irgendwo eingestiegen sein.

Geduldig und keuchend las er ein Schild mit Namen, wählte die richtige Richtung aus und stieg wieder eine Treppe empor. Von dem Gleis, zu dem diese Treppe führte, würde gleich ein Zug abfahren. Zischend schloß sich eine automatische Absperrung vor Oskar. Er schaute darüber hinweg auf den Bahnsteig. Dort stand Andrea! Sie stand vor einem verrosteten Automaten von Chocolat Mercier und richtete vor dem kleinen Spiegel ihren Hut. Andere Menschen waren dort nicht mehr zu sehen. Sie saßen reglos hinter den großen Fenstern der beleuchteten Wagen. Luft entwich pfeifend. Jetzt dreht sie sich um, steigt ein, dachte Oskar und wollte rufen. Aber die Türen schlossen sich. Alle vernickelten Riegel sah er zugleich einrasten. Die Sperre öffnete sich, der Zug verschwand mit seinem roten Rückauge im Tunnel. Andrea stand noch da. Ohne Relief, ohne Schatten im tränenden Lampenlicht. Er nahm sie nicht in den Arm. Sie standen nebeneinander, mit dem Gesicht zu der gewölbten Wand, als betrachteten sie das riesengroße Plakat, das dort hing. Eine Reklame für Gummisohlen, ein überdimensionaler Fuß, zu dessen Sohle man hochblickte wie ein kleines Tier zu dem Schuh, der es zertreten wird.

Er hatte auch nicht gesagt, daß er ihr verzieh (was blieb ihm anderes übrig, wo er nun wußte, daß es nicht ohne sie ging?). Aber warum hatte er kein Nelkensträußchen gekauft, das er ihr sofort hätte schenken können?

Als ein Bauer in die Zelle kam, der wegen Schwarzhandels einsaß, begann Oskar stärker unter seiner Umgebung zu leiden. Der Bauer redete von nichts anderem als von Hunger und Entlassenwerden. Der Bauer wollte den ganzen Tag reden. Vormittags erledigten sie äußerst akkurat die vorgeschriebene Arbeit: den Fußboden fegen, die Strohsäcke aufschütteln. Bei solchen Tätigkeiten konnte Oskar gut nachdenken. Aber der Bauer wollte reden. Oskar sollte ihm Ratschläge geben. Oskar mußte sich Antworten zurechtlegen auf Fragen, die sich der Bauer ausdachte, in der Hoffnung, daß sich seine Verhörer dieselben Fragen ausdenken würden. Ja, sogar beim Hofgang wollte der Bauer reden, obwohl das verboten war. Wenn er in Oskars Nähe kam, flüsterte er: »Herrliches Wetter« oder »Der Schnee könnte ruhig aufhören«. Er wußte sich nicht einmal pittoresk auszudrücken. Nachts im Bett redete er, und wenn Oskar las, fragte er: »Hörst du mal eben zu?«

»Sicher«, sagte Oskar und legte sein Buch beiseite, nur weil er auf diese Weise länger dafür brauchen würde, denn er bekam nur eines pro Woche.

Wenn der Bauer ihn nicht zur Verzweiflung getrieben hätte mit seinen Ängsten, hätte Oskar es im Gefängnis nicht mal so unmöglich gefunden. Er hatte keine Angst, auch wenn seine Furchtlosigkeit durch nichts begründet war. Aber er dachte: Ich habe immer ganz normal gelebt, das Ungewöhnliche, das ich früher erhoffte, ist nie eingetreten, und es wird auch jetzt nicht geschehen. Ich werde ganz normal sterben, als normaler Bürger, ohne heldenhafte Tragik. Vielleicht bleibe ich noch ein paar Wochen hier. Dann bringen sie mich in ein Konzentrationslager, wo sie mich bis zum Ende des Krieges festhalten. Man sagt: Manche kommen dicker aus dem Konzentrationslager zurück, als sie hingebracht wurden.

Aber seine Schicksalsergebenheit war dahin, als die Zelle mit einem dritten Mann aufgefüllt wurde. Eines Nachmittags trat dieser Mann seelenruhig ein. Die Deutschen, die ihn brachten, versetzten ihm keinen Stoß in den Rücken, ehe sie die Tür hinter ihm schlossen. Der Mann blieb imposant mitten in der Zelle stehen, die Hände an den Magen gedrückt, um seine Hose festzuhalten. So tadellos, wie er gekleidet war, fiel es fast nicht auf, daß er, wie alle anderen, keine Krawatte trug.

Er stellte sich nicht vor, nahm ein Päckchen Zigaretten aus der Seitentasche seines geräumigen, doppelreihigen Jacketts und fragte Oskar und den Bauern auf deutsch, ob er ihnen eine Zigarette anbieten könne. Der Mann strich mit Eleganz ein Zündholz an der Zündholzschachtel an. Er war einen Kopf größer als der Bauer und zwei Köpfe größer als Oskar. Nach einem tiefen Zug an seiner Zigarette starrte er ein paar Sekunden auf das hohe, matte Fenster und sagte: »Glauben Sie nicht, daß ich Deutscher bin, auch wenn ich Deutsch spreche. Ich würde auch Französisch, Englisch oder Italienisch sprechen, aber Deutsch liegt mir leider mehr. Ich bin nämlich Däne.«

Ein Däne mit pechschwarzem Haar! dachte Oskar.

»Meine Haare sind gefärbt, lassen Sie sich davon nicht irritieren«, sagte der hochgewachsene Mann, »als ich verhaftet wurde, war ich nämlich gerade seit ein paar Tagen Bulgare.«

Er schaute Oskar direkt an, hob die Hände und sagte: »Ringe an allen Fingern, wissen Sie? Sehr angenehm, Bulgare zu sein.« Dann lächelte er und schwieg. Haelermans, der Bauer, wandte sich ab und versuchte, mit kurzen Luftstößen einen Tabakkrümel, der an seiner Unterlippe klebte, wegzupusten. Oskar sagte: »Machen wir uns doch miteinander bekannt. Mein Name ist Ossegal.«

Der Däne deutete eine Verbeugung an und sagte: »Oskar Sørensen.«

»Merkwürdig«, sagte Oskar, »ich heiße mit Vorname auch Oskar.«

Der Däne setzte sich, nachdem er noch einmal seine Hose hochgezogen hatte. »Es ist nicht so, daß ich keine Hosenträger habe«, erklärte er. »Gerade als ich herkam, merkte ich, wie ein Knopf absprang. Haben Sie vielleicht irgend etwas, womit man einen Knopf annähen könnte?«

Nein, dies war ein Mann, der nur Hosen trug, die auch ohne Hosenträger tadellos saßen. Mit achtzehn sei er Geschäftsmann geworden, mit zwanzig habe er geheiratet. Er eröffnete ein Geschäft in Hamburg. Vor einem halben Jahr habe er bei einem Bombenangriff alles verloren, außer seiner Frau und zwei Kindern, mit denen er nach Amsterdam gefahren sei. Nach drei Monaten habe er eine halbe Million besessen. Einen Monat später habe er für eineinhalb Millionen Gulden getrocknete Zwiebeln an Krupp verkauft. Vor vier Tagen habe man ihn verhaftet, weil er gegen die Preisfestsetzung* verstoßen habe.

* Die Deutschen hatten eine Politik der Preisfestsetzung eingeführt. Als Folge der Knappheit änderten sich die Preise mancher Waren sehr schnell. Jemand, der Waren teurer als zum festgesetzten Preis verkaufte, wurde von den Deutschen streng bestraft.

»In drei Wochen bin ich frei, ich würde mich nicht wundern, wenn sie mich schon eher gehen ließen. Die Preisfestsetzung kann mir nichts anhaben. Die im Amt sind alle Holländer, die auf der richtigen Seite stehen. Mein Geschäft mit Krupp war nichts anderes als eine Widerstandsaktion! Wer hat den Schaden, wenn ich Zwiebeln, die hunderttausend Gulden wert sind, für anderthalb Millionen an Krupp verkaufe? Die Moffen! Die Holländer, von denen ich die Zwiebeln gekauft hatte, haben ordentlich daran verdient!«

Nach dieser Geschichte Sørensens mußte Oskar wieder an Paris denken. Paris mit seinen in geräumigen, alten Gebäuden untergebrachten Labors, dem Eiffelturm, der Metro im Jugendstil, mit Gasbeleuchtung und Rohrpost. Mit den Gossen entlang der Gehsteige, durch die ständig sauberes Wasser strömt und den Schmutz wegspült. Altmodischer Modernismus im Stil von Jules Verne. In jenem Paris hatte er die Illusion gehegt, daß noch nicht alles entdeckt war und auch Phantasten und wissenschaftliche Pirouettendreher die Chance hatten, eine wichtige Erfindung zu machen, daß man nicht der vertrockneten Mathematik der Rechenmaschinen ausgeliefert war. Doch es war nichts daraus geworden. Seine Ideen waren nicht schlecht gewesen, eine seiner Hypothesen erwies sich später, als es jemand anderem gelang, sie glaubhaft zu machen, sogar als genial. Er hatte nie die Ausdauer besessen, etwas zu realisieren, auch wenn man ihn nach wie vor für sehr intelligent hielt. In jenem Paris war es ihm so vorgekommen, als lebte er fünfzig Jahre früher, in der Zeit, in der ein Charakter wie der seine noch einen Gebrauchswert hatte, als große Chirurgen in Rock und weißer Weste operierten und große Chemiker in ihrer freien Zeit Gedichte lasen und nicht Sportergebnisse. Wenn der Krieg erst vorbei wäre, würde er im Urlaub in dieses Paris zurückkehren und durch Museen schlendern, in denen die neuesten Erfindungen und unwahrscheinlichsten Entdeckungen von einst nun staubbedeckt hinter gesprungenen Scheiben ausgestellt waren. Wenn es Paris dann noch gibt, dachte er. Sørensens Anzug war in Paris geschneidert worden. Vor zwei Monaten war Sørensen noch dort gewesen, ohne Paß. Oskar wußte plötzlich, daß es sich doch lohnte, frei zu sein, daß er hoffen mußte, das Gefängnis irgendwann zu verlassen. Seine verkrachte Laufbahn existierte für ihn nicht mehr. Und auch nicht Andrea. Er brauchte ihr nie mehr zu begegnen, wenn er wieder draußen wäre. Er mußte sich von ihr zu befreien suchen, wie man sich bei einem Psychiater von einem ständig wiederkehrenden, bösen Traum befreien läßt. Und an Carolas Stelle könnten andere Carolas treten. Wie mit dem Ende des Krieges der deutsche Terror verschwinden würde, so würde seine Liebe zu Carola von ihm abfallen, wenn er frei wäre. Ein Ziel im Leben war ihm geblieben, das der Mühe wert war: zu leben mit den Augen, den Ohren und der Nase, nichts mehr zu tun, nichts mehr erreichen zu wollen, und das wirklich im Ernst und nicht als Entschuldigung für ein gescheitertes Unternehmen. Geld besaß er genug, vielleicht hatte er sogar immer viel zuviel besessen.

Nach vier Tagen konnte ein Knopf an Sørensens Hose angenäht werden. Ein junger Bursche war in ihre Zelle gebracht worden, der bereits länger als ein halbes Jahr in Untersuchungshaft saß. Er war im Besitz von Nadel und Nähgarn. Die Deutschen hatten ihn ständig hin und her geschleppt. Vom Polizeihauptquartier in Amsterdam ins Gefängnis, vom Gefängnis nach Scheveningen, von Scheveningen nach Duisburg und von Duisburg hierher.

Nachdem er den Knopf angenäht hatte, begann er zu weinen. Oskar und Sørensen klopften ihm auf die Schulter, um ihn zu beruhigen, der Bauer zeigte Brabanter Munterkeit, doch der Junge hörte erst auf zu weinen, als er vor Müdigkeit nicht mehr konnte. Die nach etwas Undefinierbarem stinkende Heizungsluft schien noch wärmer zu werden. Es war wie in einem proppenvollen Klassenzimmer, in dem die Glocke zum Schulschluß einfach nicht läuten will.

Sie gaben dem Jungen eine Zigarette. Sørensen versuchte ihn zu trösten: Wenn man lange säße, bekäme man viel Routine und richtete sein Leben darauf ein; sogar Nadel und Faden habe er ja bei sich; wer lange säße, wüßte auch, daß er nicht mehr lange sitzen müßte. Sei es nicht ein gutes Zeichen, daß man ihn wieder in die Niederlande zurückgebracht habe?

Aber nein, das sei alles andere als ein gutes Zeichen. Man wolle ihn nur wieder mit Verhören und Gegenüberstellungen quälen, weil noch nicht alle Freunde, mit denen er zusammengearbeitet habe, verhaftet worden seien. Er habe zwei Anschläge mit dem Revolver verübt, und die Deutschen wüßten das. Als man ihn nach Deutschland gebracht hatte, habe er gedacht: Sie glauben, jetzt haben sie alle Beteiligten hochgenommen und aus mir alles herausgeholt, was ich weiß. Sie werden mich irgendwo exekutieren oder verhungern lassen. Es ist mir egal.

Aber jetzt, wo sie ihn zurückgeholt hatten, wisse er: Sie haben neue Verhaftungen vorgenommen oder neue Hinweise erhalten. Sie wissen, daß ich noch mehr weiß. Alles fängt wieder von vorn an.

Sørensen wollte ihn partout aufmuntern und kam mit einem Fluchtplan. Er würde so tun, als hätte er Streit mit Oskar, und sie würden einander so schwer verletzen, daß man sie in den Krankensaal bringen würde; Karel und der Bauer würden dann allein in der Zelle bleiben. Nachts würden Sørensen und Ossegal aus dem Krankensaal entwischen und Karel befreien. War das nicht eine Idee?

Der junge Bursche wurde eine Woche lang jeden Tag für ein paar Stunden aus der Zelle geholt, manchmal auch noch des Nachts. Wenn es in der Nacht geschah, konnten die anderen eine Weile ruhig schlafen, denn die Zelle war zu klein, um zu viert nebeneinander liegen zu können. Der Bauer war der erste, der das feststellte.

Nicht viel später wurde Sørensen abgeholt. Er kam nicht zurück. Sie erhielten bald Nachricht von ihm: Er hatte eine andere Zelle erhalten, denn er war zum Schreiber ernannt worden wegen seiner tadellosen Manieren, mit denen er alle Leute, auch die SS, für sich einzunehmen wußte.

Oskar fehlten die Gespräche mit ihm. Sørensen hatte etwas Vulgäres an sich, redete aber wenigstens nicht nur von Essen wie der Bauer. Außerdem bekam er von seiner Frau viele Zigaretten geschickt.

»Weißt du, Oskar, sie betrügt mich!« hatte Sørensen die üppigen Pakete erklärt. »Sie betrügt mich, aber das ist mir im Grunde egal, solange sie Zigaretten schickt. Und das wird sie auch weiterhin machen, aus Angst, weil sie glaubt, ich wäre furchtbar aufgebracht, wenn ich es wüßte. Sie hat keine Ahnung, daß ich es weiß. Und daß ich überhaupt keinen Grund sehe, sie, wie sie befürchtet, zu vermöbeln. Eher ist es für mich eine recht nette Idee: Manchmal stelle ich mir vor, wie ich in unser Schlafzimmer trete. Alle Lampen sind an, und sie liegt splitternackt mit ihrem Liebhaber im Ehebett. Ein hübscher Kerl hoffentlich. Wenn ich daran denke: eigentlich ein angenehm aufreizender Anblick.«

Andrea schickt mir keine Zigaretten, dachte Oskar. Sie schreibt mir nicht mal, und ich schreibe ihr nicht. Warum schreibe ich ihr nicht? Schließlich ist sie immer bei mir geblieben, auch wenn sie mir nicht treu war, auch wenn sie mit einem Dutzend anderer Männer geschlafen hat. Ich habe manchmal versucht, sie im Stich zu lassen, aber sie kam immer zu mir zurück, und ich habe sie nie für immer fortgejagt. Und wem sie jetzt, wo ich im Gefängnis sitze, auch begegnen mag, verlassen wird sie mich nie. Wenn ich lebend hier herauskomme, werde ich sie wiederfinden. – Als ob wir uns im Grunde doch lieben würden, ohne darüber noch ein Wort zu verlieren, als ob keiner mehr ganz ohne den anderen leben könnte.

So scheint es. Doch es ist nicht so. Und deshalb habe ich das Gefühl, daß ich hier wegen all meiner Sünden sitze, weil ich immer anders gelebt habe, als ich eigentlich wollte. Weil ich ängstlich war und faul.

Wenn ich aus dem Gefängnis komme, habe ich für meine Ängstlichkeit und Faulheit gebüßt. Ich gehe nie mehr zu Andrea zurück. Ich mache nur noch das, was ich selber will, und das mit reinem Gewissen.

»Ich werde nur noch das machen, was ich selber will«, wiederholte er bei sich, durch Sørensens Weggang zu Schweigsamkeit verurteilt und deshalb häufig in derartige Betrachtungen versunken.

Sørensens neue Position bot auch Vorteile.

Um halb zehn erlosch in allen Zellen das Licht. Eine Viertelstunde später kam Sørensen vorbei und schaltete in ihrer Zelle das Licht wieder an. Ohne Licht konnten sie nicht einmal rauchen. Was schmeckt so leer wie eine im Dunkeln gerauchte Zigarette? Außerdem konnte Sørensen im Arztzimmer ein Fläschchen Äther für sie stehlen, den sie als Brennstoff für ihr Feuerzeug benutzten.

Doch der Junge wurde immer melancholischer und nervöser. Um ihn abzulenken, demonstrierte Oskar ihm an der Wand chemische Formeln (vor seiner Verhaftung hatte er eine Technische Fachoberschule besucht); wenn er etwas nicht verstand, bekam der Junge mitunter Wutanfälle. Dann verlor auch Oskar die Geduld. Nicht mit dem Jungen, sondern mit dem Bauern, dessen Mund er am liebsten mit geschmolzenem Blei zugegossen hätte. Danach hockte jeder in einer Ecke der Zelle. So konnten sie den Rücken am besten abstützen. Wenn sie die Beine ausstreckten, konnten sie sich gegenseitig treten. Aber sie traten nicht. Sie schauten sich manchmal minutenlang an, auf der Unterlippe kauend, auf die Geräusche des Gefängnisses horchend.

Von Zeit zu Zeit fuhren Autos ins Gebäude, bis unter die Kuppel. Sie konnten den Benzindunst riechen. Manchmal standen auch Autos mit brummendem Motor stundenlang auf einem Innenhof, der, von Nebengebäuden umgeben, hinter dem Gefängnis lag. Sie konnten die Schritte der Aufseher auf allen Etagen hören. Sie liefen über die Gitterroste wie über Saiten. Manchmal hörten sie auch Kinder weinen. Es hieß, jüdische Kinder seien im Gefängnis. Das einzige Geräusch, das sie immer sehnlich erwarteten, war das Dröhnen von Flugzeugen. Der Bauer konnte genau hören, ob es Amerikaner oder Deutsche waren. Nie seien es Deutsche, meinte er.

Nachdem sie eine halbe Stunde geschwiegen hatten, begannen sie sich ausgiebig zu versöhnen. Beim Essen kam es zu neuen Streitigkeiten, oder am Abend, denn sie lagen abwechselnd unter dem Fenster, das zwar geschlossen war, aber Zugluft durchließ. Das Tageslicht und das Lampenlicht hatten immer die gleiche Abstufung, jeden Tag. Tageslicht war grau, Lampenlicht matt orange. Auf die Dauer konnten sie genau vorhersagen, wie ihre Schatten fielen. Nur war die eine Nacht das graue Fensterquadrat aus Mattglas heller als in der anderen Nacht. Der obere Teil des Fensters, der aus einfachem Glas bestanden hatte, war zerbrochen und durch Pappe ersetzt worden.

Eines Abends, das Licht war bereits ausgeschaltet, wurde der Junge geholt. Sie hatten einen Automotor brummen hören und Benzindunst gerochen, ein Geruch, der Teil der Außenwelt war. Stunden später hörten sie das Auto wieder. Das Licht in der Zelle ging an, und der Junge kam zurück.

»Wie war es?« fragte Oskar. Der Bauer gähnte laut. Der Junge gab keine Antwort, das Licht erlosch. Immer hatte er erzählt, was man beim Verhör von ihm wissen wollte. Daß er es nun nicht tat, war keine Erleichterung für Oskar, sosehr ihn die Geschichten auch langweilten. Er konnte nicht einschlafen, weil der Junge nichts erzählt hatte.

Plötzlich fragte der Junge: »Bist du noch wach?«

»Ja, hellwach«, erwiderte Oskar in einem Ton, der die Bereitschaft zum Zuhören signalisierte.

Der Junge reagierte nicht, und Oskar stellte keine Fragen.

Nach einer Weile fragte der Junge wieder: »Schläfst du?«

Weil der Bauer bereits schnarchte und von einem Gespräch vielleicht aufwachen würde, tat Oskar so, als ob auch er schlief. Er spürte den Atem des Jungen auf seinem Gesicht. Vielleicht ist er verrückt geworden und will mir etwas antun, dachte Oskar und spannte alle Muskeln an. Doch die Nähe des Jungen hatte nur einen Augenblick gedauert, und Oskar hörte auch nichts mehr. Blinzelnd nahm er nur die zittrigen Umrisse der grauen Fensterfläche wahr. Seine Lider zitterten vor Müdigkeit, und er schloß wieder die Augen.

Als er erwachte, sprang er sofort auf. Er wußte genau, daß etwas geschehen war, und dachte einen Augenblick, der Junge könnte den Bauern ermordet haben. Draußen war es jetzt so dunkel, daß er das Fenster nicht mehr sehen konnte. Mit gespreizten Fingern begann er in großen Kreisen um sich herum zu tasten. Plötzlich hörte er den regelmäßigen Atem des Bauern, doch gerade als ihn das beruhigt hatte, spürte er einen Körper. Die Mitte des Körpers befand sich auf der Höhe von Oskars Nase. Oskar hob den Körper an und versetzte dem Bauern einen Tritt, damit er aufwachte. Decken, Matratzen, alles, was sie finden konnten, häuften sie zu einem Stapel, und Oskar kletterte hinauf, um die Schlinge, in der der Junge hing, zu lösen. Der Körper zappelte weiter, als sie ihn auf den Boden legten. Sie rieben seine Handgelenke und betasteten den Hals, wußten nicht so recht, was sie mit dem Jungen machen sollten. Sie hätten natürlich die Alarmklingel drücken können, doch wenn Alarm ausgelöst wurde, dauerte es meist Stunden, bis jemand kam. Außerdem würde man den Jungen sicher in die Dunkelzelle stecken und womöglich auch verprügeln. Oskar überlegte sich bereits etwas für den Fall, daß der Bauer klingeln würde. Denn wenn herauskäme, daß der Junge sich hatte umbringen wollen und sie das nicht gemeldet hatten, würde man auch sie bestrafen. Dem Bauern schien das zum Glück nicht einzufallen. Sein Lamentieren wollte gar kein Ende nehmen.

Schließlich sagte der Junge etwas. Zuerst konnten sie ihn kaum verstehen.

»Hast du Schmerzen?« fragte Oskar.

»Ich habe mein Bestes getan«, sagte der Junge, »ich habe mein Bestes getan, aber es nützt alles nichts.«

»Sag nie, du hättest dein Bestes getan, und nimm dir nie vor, dein Äußerstes tun zu wollen. Paß auf! Wenn einem etwas mißlingt, nachdem er sein Äußerstes getan hat, ist es ja ausgeschlossen, daß er noch die Gelegenheit findet, sein Mißlingen wiedergutzumachen: Mehr als sein Äußerstes kann er nicht tun. Er ist mit seinem Latein am Ende, und sein Leben hat keinen Sinn mehr.«

»Deshalb wollte ich ja auch Schluß machen.«

»Aber du kannst dir doch nie sicher sein, daß du dein Äußerstes getan hast! Vielleicht entdeckst du morgen noch andere Möglichkeiten.«

»Was geht es dich an, wenn ich mich umbringe?«

»Das geht mich eine Menge an, Karel«, sagte Oskar, »der Krieg kann ja jeden Augenblick vorbei sein.« Es war eine nichtssagende Antwort, aber er hatte den Jungen zum erstenmal mit seinem Vornamen angesprochen, ohne daß es unbedingt nötig gewesen wäre.

»Hör auf Oskar«, flüsterte der Bauer. »Oskar wird es wissen. Er weiß mehr als wir beide zusammen, mein Junge.«

»Habt ihr schon geklingelt?« fragte Karel.

»Nein. Niemand wird es erfahren. Wenn dir irgendwas weh tut, gehst du morgen zum Arzt. Ihm wird schon ein anderer Grund dafür einfallen.«

»Diesem Juden?«

Nun wurde Oskar wütend, aber ehe er eine wütende Antwort geben konnte, dröhnten plötzlich die Stäbe aller Gitterroste. Es klang so, als wäre eine ganze Armee im Anmarsch. Das Licht ging an. Mit Abscheu im Blick sah der

Junge Oskar an. »Siehst du«, zischte er, als die Tür aufgeschlossen wurde.

Sørensen trat lachend ein. Sein Anzug war tadellos wie am ersten Tag, und er trug sogar eine Krawatte. Unterm Arm hatte er eine Flasche.

Hinter ihm auf der Galerie standen vier SS-Männer. Ehe sie eintraten, knallten sie laut mit den Hacken, der, der Geburtstag hatte, zuerst. Keiner verlor ein Wort über die Unordnung in der Zelle, wo noch alle Matratzen und Decken auf einem Haufen lagen.

Sie setzen sich in einem Kreis zusammen. Abwechselnd tranken sie aus der Flasche, die SS aus mitgebrachten Gläsern. Sørensen hatte auch ein Glas dabei, bestand jedoch darauf, aus der Flasche zu trinken.

Nach einer halben Stunde waren sie alle betrunken. Sørensen prostete auf den Untergang des Dritten Reichs. Der SS-Mann, der Geburtstag hatte, sprach den Wunsch aus, daß alle Patienten die *Heilanstalt* bald als genesen verlassen dürften. Dann gingen Sørensen und die Bewacher wieder und machten das Licht aus. Noch lange hallten draußen die Gongschläge ihrer Schritte. Der Bauer schlief sofort ein, auch Oskar schlief halb. Der Junge, der neben ihm lag, zupfte ihn am Ärmel und sagte: »Oskar, ich muß dir was sagen. Zuallererst muß ich mich bei dir entschuldigen.«

»Schon gut, laß nur.«

»Nein, jetzt hör doch mal zu, du weißt ja gar nicht, wofür ich mich entschuldigen möchte. Nicht, weil ich ... weil ich das versucht habe ... Darum geht es nicht. Es geht darum, daß ich dir nie vertraut habe. Deine Geschichten waren immer so verschwommen. Sie paßten nie zusammen. Sicher, eigentlich habe ich nichts damit zu tun, warum du hier bist. Es wäre viel besser, wenn wir überhaupt nicht darüber sprechen würden. Aber weil man nichts anderes zu tun hat, macht man's nun mal, und was ich dir erzählt habe, hat immer gestimmt, aber was du mir erzählt hast, nicht. Da hab ich gedacht: Der Kerl ist hier, um uns auszuhorchen. Früher oder später verpfeift er uns. Für mich persönlich machte das keinen Unterschied. Ich dachte nur an Haelermans und Sørensen. Du hast dir ihre Geschichten immer angehört, du hast nie gesagt: Jetzt haltet doch endlich mal die Klappe. Da hab ich gedacht: Dieser Oskar ist daran interessiert, daß sie soviel wie möglich quatschen. Deshalb gibt er mir auch Chemieunterricht, er will mich zum Reden bringen. Er weiß, daß sie immer noch nicht alles wissen. Denn warum soll ich Chemie lernen? Davon habe ich im Himmel doch nichts mehr.«

»Aber war dir denn nicht klar«, sagte Oskar, »daß ich dir nur deshalb Chemieunterricht gegeben habe, weil ich davon überzeugt war, daß du mit dem Leben davonkommst? Wenn ich ein Provokateur wäre, hätte ich mir die Mühe wohl kaum gemacht, weil ich dann ja genau gewußt hätte, was mit dir passieren würde: etwas, wofür du keine Chemie brauchst.«

»Gerade deshalb«, sagte Karel, »deshalb tut es mir ja auch so leid. Du verzeihst mir doch, Oskar? Es ist gemein, was ich von dir gedacht habe.«

»Aber ja, selbstverständlich verzeihe ich dir.«

Irritiert durch Entschuldigungen für Vergehen, die ihm gar nicht aufgefallen waren, schlief Oskar ein.

Eine Woche später kam Sørensen zurück und blieb. Er war kein Bulgare mehr und kein Däne. Am Scheitel waren seine Haare hellblond und ansonsten rötlich. Er durfte auch keine Krawatte mehr tragen. Trotzdem war er nicht niedergeschlagen wegen seiner Degradierung, und Oskar freute sich im Grunde über seine Rückkehr.

Karel wäre sicher nie in solche Verzweiflung geraten, wenn Sørensen noch bei ihnen gewesen wäre.

Die Verhöre gingen weiter. Manchmal war Karel eine Woche lang guter Dinge, weil seine Organisation (anscheinend waren noch ein paar Leute in Freiheit) seinem *Sachbearbeiter* »fünfzig Tafeln Schokolade« angeboten hatte. Diese Mitteilung war ins Gefängnis geschmuggelt worden. Vielleicht käme er sogar frei, ohne daß ihm etwas zustoßen würde! Je länger sein *Sachbearbeiter* die Exekution aufschieben konnte, um so größer wurden seine Chancen. Im Frühjahr könnten sie mit der Invasion rechnen, vielleicht war der Krieg vor dem Ende des Sommers vorbei. Auch Oskar munterte dieser Gedanke auf, obwohl sie von ihm offenbar gar keine Notiz nahmen. Sein Name wurde nie für ein Verhör aufgerufen.

Manchmal kam Karel mit dem Eindruck zurück, daß sein *Sachbearbeiter* auf den Vorschlag eingehen würde. An anderen Tagen war der *Sachbearbeiter* so schroff, daß dem Jungen schon die Frage auf der Zunge lag, ob sein Leben denn so viel wert sei, daß fünfzigtausend Gulden zu niedrig taxiert seien, doch er wagte nicht, es auszusprechen.

Der Däne machte ihm vor, wie man ein persönliches Verhältnis zu seinem *Sachbearbeiter* aufbaute. Er ließ Karel eine ganze Rolle auswendig lernen, die dieser fehlerfrei und in seinen besten Augenblicken sogar mit der richtigen Mimik vortragen konnte. Aber wenn er verhört wurde, traute er sich nicht mehr.

Eines Abends flog durch die Luke eine Schachtel Zigaretten für Sørensen in die Zelle. Sørensen riß sie auf und breitete eine Zeitung auf dem Boden aus, über der er die Zigaretten nacheinander mit den Fingernägeln aufschlitzte. Erst in der zwölften fand er einen Zettel. Der Bauer hatte da schon eine Prise des losen Tabaks in ein Stückchen Zeitungspapier gerollt und angezündet.

Sørensen las, was auf dem Zettel stand, riß ihn dann entzwei und drehte mit einem Stück eine Zigarette, die Karel sofort rauchen mußte.

Sie hatten nicht die Gewohnheit zu fragen, was auf den Zetteln stand, die Sørensen erhielt. Meist ließ er sie ohnehin herumgehen.

Aus der anderen Hälfte drehte sich Sørensen eine Zigarette. Als sie aufgeraucht hatten, sagte er: »Sonntag nachmittag sollen wir um halb zwei auf die Alarmklingel drücken. Den Aufseher, der dann kommt, sollen wir zusammenschlagen und fesseln. Wenn der Dienstplan so bleibt, ist das höchstwahrscheinlich Huysmans. Wenn wir es richtig anstellen, wird er keinen Mucks von sich geben. Dann gehn wir hinaus. Im gleichen Moment gibt es draußen einen Angriff auf das Tor. Ich denke, sie werden der SS Spritzen verpassen oder sie vielleicht auch abknallen. Käutner ist natürlich im Kino. Dann müssen wir so schnell wie möglich runtergehen, und dann ...«

»Dann ist es passiert«, sagte Oskar und schämte sich plötzlich, ohne zu wissen, weshalb.

Das größte Problem war es, zu wissen, wann der richtige Zeitpunkt gekommen war. Sie hatten eine Armbanduhr, die am Tag zehn Minuten vorging. In ihrer Zelle war keine Kirchenglocke zu hören. Natürlich könnten sie einen Wärter nach der Uhrzeit fragen oder sich morgens beim Brotholen danach erkundigen. Aber sie wußten nicht, ob ihnen das am Sonntag auch gelingen würde, und so gingen sie vorsichtshalber vom Gegenteil aus. Oskar zeichnete, teils auch zum Zeitvertreib, ein graphisches Schaubild, auf dem sie, wenn sie wußten, wann die Uhr zuletzt gestellt worden war, jederzeit ablesen konnten, um wie viele Minuten sie vorging. Es kostete Oskar eine halbe Stunde, Sørensen und Karel die Gebrauchsanweisung zu erläutern. Mit kindlichem Stolz freute er sich, als sie es kapierten und staunten, wie gescheit er war. – Als würde die moderne Wissenschaft ihnen das Leben retten!

Viel schlimmer war, daß sie nicht wußten, ob ihre Befreier tatsächlich genau zur angegebenen Zeit vor dem Gefängnis stehen würden. Immer wieder mal besprachen sie dieses Problem und trotteten dann verzweifelt hin und her. Wenn sie eine Dreiviertelstunde lang besprochen hatten, was sie tun mußten, nachdem sie auf den Alarmknopf gedrückt und den Wärter überwältigt hatten ... und es still bleiben würde im Gefängnis, die SS käme und nachschaute, was mit dem Wärter passiert war, fiel diese Angst plötzlich von ihnen ab, als wäre ein Bann gebrochen.

Sørensen eröffnete Oskar wieder mal einen seiner Zukunftspläne für die Zeit nach dem Krieg.

Er würde dafür sorgen, genug Geld zu verdienen, um sich zur Ruhe setzen zu können. In seiner Freizeit würde er Privatunterricht bei Oskar nehmen. Er rechnete damit, daß er in drei Jahren genügend Fortschritte gemacht hätte, um das Abitur zu bestehen. Unterdessen hätte er sich in den Niederlanden einbürgern lassen. Er würde er sich an einer Universität immatrikulieren und als Hauptfach Volkswirtschaft studieren, aber vor allem auch viel Soziologie und Geschichte. Normale Studenten brauchten fünf Jahre dazu? Er glaubte, alles in höchstens vier Jahren zu schaffen. Einschließlich der Promotion! Was für eine Doktorarbeit würde er schreiben können, er mit seiner praktischen Erfahrung!

Noch während des Studiums würde er einer politischen Partei beitreten. Welcher? Der sozialistischen. Nach dem Krieg gehöre die Zukunft dem Sozialismus. Staatliche Lenkung! Planwirtschaft! Alle Länder würden dem Schein nach Demokratien sein, in Wirklichkeit jedoch von einer kleinen Gruppe von Spezialisten gelenkt werden. Nach dem Krieg würde die Gesellschaft ja so chaotisch sein, daß hundertfünfzig beliebige Privatleute nicht in der Lage wären, Ordnung zu schaffen, nein, das könnte nur eine kleine Zahl von Ingenieuren und Ökonomen fertigbringen. Männer mit fundiertem Wissen und Herrschernatur. Sørensen rechnete damit, vor seinem vierzigsten Lebensjahr Minister zu sein. »Was ich für mich tun kann, kann ich auch für den Staat tun. Ich gehe davon aus, innerhalb von zwei Jahren einen ausgeglichenen Etat zu schaffen, und nach einem weiteren Jahr sind die Niederlande wieder das, was sie immer waren: das finanziell gesündeste Land der Welt. Du wirst sehen, Oskar, dieser Krieg war nicht umsonst. Ich habe bis jetzt mein ganzes Leben falsch gelebt. Ich habe gedacht, ich sei schon sehr weit, nur wegen des Geldes. Falsch! Geld bedeutet nichts! Macht! Macht, die man für die Gemeinschaft einsetzt. Geld kann man nur für sich selbst verwenden. Wenn man Macht hat, nützt man sich selbst und zugleich der Gemeinschaft. Ich bin jetzt fünfundzwanzig. Als ich ins Gefängnis kam, hätte ich so viel Geld bekommen können, wie ich wollte. Aber das ist uninteressant. Geld ist etwas Totes. Geld häuft man an. Macht kann man nicht anhäufen. Macht hält einen Tag und Nacht auf Trab. Nur wer Macht hat, weiß wirklich, daß er lebt. Wer nur Geld hat, ist tot wie ein Gefängniswärter.

Und du, Oskar, beklagst dich, daß dein Leben gescheitert sei. Aber wart mal ab, nach dem Krieg. Ich werde dafür sorgen, daß du über die Mittel verfügst, deine Forschungsarbeiten in aller Ruhe zu beenden. Das schwör ich dir bei meinem Gott! Du wirst einer der wichtigsten technischen Berater der Regierung werden. Du entwirfst Pläne für neue wissenschaftliche Projekt, die subventioniert werden müssen. Und dann werden wir mal sehen, was wir aus diesem Land machen können. Ein Land wie die Niederlande kann das Gehirn der ganzen Welt werden!«

Nachts jedoch versuchte Oskar sich vorzustellen, was geschehen würde, falls ihr Vorhaben scheiterte. Vielleicht würden sie ihn mißhandeln. Erschießen würden sie ihn nicht. Vielleicht brachten sie ihn sofort nach Deutschland in ein Konzentrationslager, ohne ihn überhaupt noch einmal zu verhören. Den Fluchtversuch würden sie ihm vielleicht als unendlich schlimmer ankreiden und sich gar nicht mehr die Mühe machen, herauszufinden, was er mit einer deutschen Uniform im Nordostpolder zu suchen hatte. Die Leute, denen er sie hätte bringen sollen, waren natürlich verhaftet worden, auch wenn er nie davon erfahren hatte. Vermutlich waren sie schon verhaftet worden, ehe er auf dem Weg zu ihnen war. Wieso wären die Deutschen sonst in der Baracke gewesen? Sonst hätten sie sich doch bestimmt nicht dort postiert.

Karel reagierte mit Schweigsamkeit auf die Neuigkeiten. Es nützte nichts, daß der Däne sich auch für ihn hohe Funktionen in den zukünftigen Vereinigten Staaten von Europa einfallen ließ. Er schwieg weiterhin und aß fast nichts mehr. Oskar konnte ihm nicht helfen, denn er wußte, daß Karel der einzige von ihnen war, für den das Mißlingen des Fluchtversuchs mehr als nur ein Risiko bedeutete. Für die anderen drei gab es die Hoffnung, nach einem Scheitern beim nächstenmal Erfolg zu haben. Für ihn nicht mehr.

Am Samstag besaß Sørensen plötzlich eine neue Armbanduhr, eine, die tadellos ging. Jede Stunde überprüften sie abwechselnd vorsichtig, ob sie aufgezogen war, aus Angst, sie könnte durch Nachlässigkeit stehenbleiben. Die andere Uhr, die zehn Minuten vorging, verlosten sie untereinander. Der Junge gewann. »Ein gutes Omen!« sagte Oskar. Denn jemand, der bald sterben würde, brauchte keine Uhr mehr.

Den Sonntagmorgen verbrachten sie damit, alles für die Flucht vorzubereiten. Es gab natürlich nichts vorzubereiten. Sie beschlossen, den Bleistift, mit dem sie schrieben, für ihre Nachfolger dazulassen, hinter dem Lüftungsgitter, wo man ihn an einem Bindfaden herausziehen konnte. Sie gingen unablässig hin und her und legten das Bettzeug zurecht. Beim Hofgang hatten sie gesehen, daß Schnee gefallen war. Das Licht unter der Kuppel war grünlichgrau. Ohne Uhr wäre die Zeit nicht vergangen.

Um Viertel vor drei hörten sie Gesang. Offenbar zog ein Trupp des Jeugdstorm* am Gefängnis vorbei. Im Stehen hörten sie sich schweigend die deutschen Marschlieder an, als lauschten sie Psalmgesängen. Der Gesang verebbte ab-

* (nl.) Nationaler Jugendsturm; Jugendorganisation der Nationalsozialistischen Bewegung (NSB) in den Niederlanden.

rupt. Sie hörten nur noch das Getrommel der Stiefel. Um drei Uhr war auch das verhallt. Sørensen drückte auf den Alarmknopf. Natürlich geschah nichts. Sie standen zu dritt an der Tür. Nicht mal ein Schritt war zu hören, nur das normale Murmeln des Gefängnisses und manchmal das Hupen eines Autos draußen.

Kein Wärter zeigte sich.

Um fünf nach drei hörten sie einen Schuß. Alle Häftlinge brüllten zugleich. Sie konnten nichts mehr hören als dieses Gebrüll, nicht, ob jemand zu ihrer Zelle unterwegs war, nichts, woraus sie hätten schließen können, was unten geschah. Sørensen ließ sich von Oskar und Karel hochheben und schaute durch einen Schlitz oben in der Tür. Er gab jedoch keine Antwort auf die Fragen, die sie ihm stellten. Plötzlich sagte er: »Laßt mich runter.« Als er auf dem Boden stand, zog er sie mit sich nach hinten. Sie hörten, wie ein Schlüssel ins Schloß gesteckt wurde. Ein holländischer Wärter öffnete die Tür, hinter ihm stand ein Mann in einem grauen Mantel, der eine Pistole auf den Wärter richtete.

»Ist hier van der Matten?« fragte er.

»Ja, das bin ich«, sagte Sørensen und ging zur Tür. Oskar und Karel folgten ihm.

»Tut mir leid«, sagte der Mann, »aber wir können wirklich nur die schwersten Fälle mitnehmen. Wärter, schließ die Tür.«

Doch Karel stand bereits halb draußen. »Das kann nicht sein«, rief er, »ich muß auch auf der Liste stehen, ich bin zum Tode verurteilt.«

»Wie heißt du denn? Du stehst nicht auf der Liste.«

»Er ist zum Tode verurteilt«, sagte Oskar, »mir ist es einerlei, aber ihn müssen Sie mitnehmen.«

Der Mann wurde von einem Hustenanfall geschüttelt und keuchte: »Dann kommt mal alle mit nach unten, aber das hat noch nichts zu bedeuten. Und wenn ihr wieder gefaßt werdet, ist das euer Risiko. Ihr wißt, daß ihr mindestens *Dunkelzelle* kriegt, weil ihr mitgekommen seid.«

Sie ließen die Tür hinter sich offen und gingen über die Galerie wie in einen Kessel voller Gebrüll. Nur wenige Zellen waren aufgeschlossen worden, aus denen kleine Gruppen wie ihre traten. Die anderen Türen zitterten, als würde gegen sie Sturm gelaufen. Bei manchen standen die Luken offen. Um einen Platz hinter der Luke tobten erbitterte Kämpfe. Wie ein machtloses Tentakel ragte aus jeder offenstehenden Luke ein Arm, dessen Hand in die Luft griff. So weit wie möglich außerhalb des Bereichs dieser Arme schoben sich Sørensen, Karel, Oskar, der Bauer, der Wärter und der Mann mit dem grauen Mantel an der Brüstung der Galerie entlang und stiegen dann die Stahltreppen hinunter.

Der Fußboden des von der Kuppel überdachten Innenraums war mit abgetretenen Klinkersteinen gepflastert wie ein Platz. Die Sonne schien durch die offene Tür herein; ein schräger Lichtbalken schob sich durch die Türöffnung, als wollte er das Gebäude anheben. Die Sonne schien auch auf eine Hälfte des runden Dachs, wo der Schnee schon schmolz. Durch die Fugen des Glases sickerte das Schmelzwasser in länglichen Tropfen auf die Steine. Das Geheul und Gebrüll wurde von der runden Wand, an der es seinen Ursprung hatte, zu einem gellenden Echo verstärkt.

Plötzlich wurde es von zwei Schüssen übertönt. Sie mußten dicht an der Tür gefallen sein. Ein Maschinengewehr machte ein Geräusch, als würde eine riesige Kette über einen Gong geschleift. In allen Zellen herrschte Ruhe; das Hohltier hatte die Tentakel eingezogen.

Die befreiten Häftlinge rannten nach hinten zu der Tür, die auf den Innenhof führte. Der Mann mit dem grauen Mantel auch. Sofort wurde wieder geschossen. Nur der Junge stand noch bei Oskar. »Bleib bei mir«, rief Oskar und lief los. Er zerrte ihn mit sich in die unterste Zellengalerie, wo sie, falls die Deutschen durch die Tür schießen würden, nicht leicht getroffen werden könnten. Aber als sie zur Hintertür kamen, drangen dort gerade sechs behelmte Soldaten mit Maschinenpistolen ein.

Mitten unter der Kuppel stellten sich die Soldaten breitbeinig im Kreis auf, reglos, obwohl das Wasser von ihren Helmen rann, die Maschinenpistolen erhoben. Das ganze Gefängnis hätten sie mit Kugeln besprühen können, als würden sie einen Dampfkessel mit Sandstrahl reinigen.

Oskar und der Junge drückten sich an eine Zellentür und hätten am liebsten zu Gott gebetet, er möge die Zelle öffnen und sie wieder einsperren. Es war totenstill. Hin und wieder wurde ein Befehl gebrüllt. Nur die normalen Geräusche von draußen spukten herum.

Da spürte Oskar eine Hand im Genick. Er zog den Kopf ein, wagte sich aber nicht zu rühren. Jemand flüsterte etwas auf englisch.

Oskar tippte mit dem Hinterkopf an die Tür.

Er spürte, wie Finger einen Zettel in seinen Kragen schoben. Wenige Minuten später marschierten durch die andere Tür wieder Soldaten herein, die eine Reihe von drei SS-Leuten und sieben Zivilisten bewachten.

Die Zivilisten hatten keine Gefängnisgesichter; sie waren glattrasiert. Alle hatten die Hände im Nacken verschränkt. Einer humpelte. Die Hand eines anderen glänzte rot. Sein Kragen saugte sich mit bräunlichem Blut voll. Dahinter kamen noch einige entflohene Häftlinge. Sørensen und den Bauern entdeckte Oskar nicht. Schließlich erschienen die normalen Gefängniswärter und brachten Oskar und den Jungen in die Zelle zurück.

Oskar war fast froh, als er in seiner eigenen Ecke auf seiner Matratze lag. Er steckte sich eine Zigarette an, las den Zettel und verbrannte ihn. »Übermorgen«, stand da, »wirst du mit einem Konvoi nach Deutschland gebracht. Sieh zu, daß du ins letzte Auto kommst. Das werden wir überfallen.« Der Engländer hatte dazugesetzt, daß er den Text nicht verstehen könne; er bat ihn, ihm mitzuteilen, was da stünde; an einem Pflaster am linken Ohr sei er zu erkennen. Er erwartete also, daß Oskar ihm beim Brotholen oder beim Hofgang zuflüsterte, was auf dem Zettel stand. Aber Oskars Zelle war im vierten Stock, die des Engländers im Erdgeschoß. Sie würden einander beim Hofgang nie begegnen.

Der Junge weinte lautlos.

»Wein nicht«, sagte Oskar, »bis jetzt ist ja nichts passiert. Vielleicht klappt es das nächstemal. Wenn du zur Hintertür hinausgegangen wärst, hätten sie dich sofort erschossen.«

»Und was ist mit Sørensen, und mit Haelermans? Sie haben es nicht verdient, aber sie sind frei. Es ist deine Schuld, daß ich noch hier bin. Hättest du mich doch gehen lassen.«

Aber dann hörte er plötzlich auf zu weinen, stand auf, legte die Hand auf Oskars Schulter und sagte: »Sei mir nicht böse, ich weiß, du hast es gut gemeint.«

»Hör zu«, sagte Oskar und erzählte ihm von der Nachricht für den Engländer. »Jetzt paß gut auf, Karel. Wenn sie dich morgen wegbringen, sorg dafür, daß du in den letzten Wagen kommst. Der Engländer weiß nicht, was auf dem Zettel steht, ich werde es ihm nicht sagen. Dann wird er eben nicht befreit. Es ist wichtiger, daß du befreit wirst. Er ist Engländer, wahrscheinlich Kriegsgefangener. Ihn können die Deutschen sowieso nicht erschießen; er wird eine andere Chance bekommen. Es ist übrigens die Frage, ob der Zettel überhaupt für ihn bestimmt war, warum ist er dann nicht auf englisch geschrieben?«

Danach schwiegen sie. Es wurde schon wieder dunkel. Über alle Galerien gingen Aufseher und schalteten das Licht an.

Das Licht in ihrer Zelle begann auch zu brennen, wie immer. Es war nun sonderbar geräumig. Doch die Wärter, die das Licht eingeschaltet hatten, kamen kurz darauf zurück. Sie machten sich am Schloß zu schaffen, die Tür ging auf.

Der Junge wurde aufgefordert, alles mitzunehmen. Er zögerte einen Augenblick.

»Komm«, sagte der SS-Mann mit dumpfer Stimme.

Er wußte, was das bedeutete, und schrie. Weinend ließ er sich auf die Knie fallen, um seine Sachen zusammenzusuchen, tat aber eigentlich nichts.

Der SS-Mann trat in die Zelle und schloß die Tür hinter sich, damit das Weinen nicht zu sehr nach außen drang. Der holländische Aufseher blieb draußen stehen.

»Komm«, sagte der SS-Mann wieder und versetzte dem Jungen einen leichten Tritt in den Hintern, als wäre er ein Bademeister, der ein ängstliches Kind dazu bringen will, ins Wasser zu springen.

Das Schluchzen hörte schlagartig auf. Wie ein Rasender begann der Junge die Reste, die er aus Päckchen des Roten Kreuzes aufgespart hatte, zusammenzuraffen, um sie, als er sie gefunden hatte, wieder wegzuwerfen. Er stand auf.

»Du Schweinehund«, sagte er zu Oskar, »endlich durchschaue ich dich. Du bist ein dreckiger Verräter, ein mieser Provokateur. Dich haben sie nur in diese Zelle gesteckt, weil du das letzte aus mir herauspressen solltest, was noch herauszupressen war. Darum wolltest du nicht, daß ich mich erhänge, das war dein Auftrag. Darum dein philosophisches Geschwätz. Ich habe dir nie vertraut. Aber ich hatte keinen Beweis, und deshalb habe ich immer wieder gehofft, du wärst ein anständiger Kerl, aber dir ging es nur darum, deine Haut zu retten. Deshalb hast du mich festgehalten, als ich weglaufen wollte. Jetzt erschießen sie mich einfach, und das hast du provoziert. Und ich Blödmann habe die ganze Zeit gespürt, daß du das tun würdest.«

Der SS-Mann packte seine Hand. Oskar konnte Karel nicht ins Gesicht sehen; jedes Wort, das er zu seiner Verteidigung vorbringen würde, wäre lächerlich gewesen, auch wenn er hundertmal recht hatte.

»Komm«, sagte der SS-Mann wieder und hielt die Tür auf. Der Junge ließ sich abführen, doch draußen drehte er sich noch einmal um. Seine Sachen hingen überm Arm. Er zog die Uhr, die zehn Minuten vorging und die er bei der Ver-

losung gewonnen hatte, aus der Tasche und warf sie, ohne Oskar anzuschauen, in die Zelle. Seine Sachen fielen zu Boden. Der Deutsche hob sie auf und warf sie ihm über den Kopf. Trotzdem konnte Oskar ihn noch einen Moment schreien hören, doch dann fiel die Tür zu, und das Licht ging aus.

Der Gedanke, daß er in der Meinung des Jungen nun für immer ein Verräter sein würde, erfüllte Oskar mit an Apathie grenzender Verwunderung. Es war wie bei einem Brief, den man an die falsche Adresse gesandt hatte und nie mehr zurückholen konnte.

Zum erstenmal bekam er es mit der Angst zu tun – weil er allein war? Das Gefängnis machte die normalen Geräusche, alles zu seiner Zeit. Das Licht ging aus, zur gewohnten Zeit. Ich muß hier für immer bleiben, dachte Oskar. Aber es gab den Zettel des Engländers. Was soll ich tun? Ich opfere mich, auch wenn er es nie erfahren wird. Am nächsten Morgen, wenn man ihn zum Hofgang hinausführte, würde er losstürmen und dem Engländer sagen, was auf dem Zettel stand. Auch wenn sie ihn vielleicht erschießen würden. Hauptsache, er hätte eine Minute Zeit, um mit dem Engländer zu reden. Nein, noch besser. Er würde jetzt auf den Alarmknopf drücken. Den Aufseher würde er niederschlagen. Über die Galerien würde er nach unten rennen, zur Zelle des Engländers. Was danach passieren würde, wäre ihm egal.

Verzweifelt überlegte er, wann der richtige Moment wäre, diesen Plan auszuführen. Beim Schein des Feuerzeugs schaute er auf die Uhr, die der Junge ihm an den Kopf geworfen hatte. Sie ging jetzt richtig.

Doch dann wurde das Licht wieder angeschaltet, und die Tür ging auf. Zwei SS-Leute. *»Ochsengalle, mit Sachen.«*

Oskar stand auf und wollte sich anziehen. Aber sie ließen ihm keine Zeit dafür. Einer zog ihn an den Armen auf die Galerie hinaus. Der andere warf ihm einen Haufen Kleider über die Schultern. Über die kalten Gitterroste zerrten und stießen sie ihn auf seinen bloßen Füßen voran. Er dachte: Jeden Augenblick können meine Zehen zwischen die Gitterstäbe geraten, ich stürze und liege mit gebrochenen Füßen da. Aber seine Zehen gerieten nicht zwischen die Stäbe. Die Männer zerrten ihn die Treppe hinunter, deren eiserne Stufen am Rand messerscharf waren. Hier und da fiel ein Kleidungsstück zu Boden. Mit einem brutalen Fußtritt beförderten sie ihn in eine stockdunkle Zelle. Die Kleider nahmen sie ihm ab. Der Boden war aus Stein und klatschnaß. Nirgendwo spürte er etwas anderes als Stein. Er wurde selbst auch klatschnaß, von Schweiß. Er wußte nicht, ob er stehen, gehen, sitzen oder liegen sollte.

Er dachte: Wenn sie mich hier länger als zwei Tage einsperren, habe ich auch den Engländer verraten.

Kein einziges Geräusch war zu hören, und als das Licht wieder anging und man seine Sachen hineinwarf, wußte er nicht, wie lange er in der Zelle gewesen war. Sie brachten ihm auch einen Liter Suppe, und danach kamen wieder zwei SS-Männer, die ihn aufforderten hinauszukommen. Er konnte nicht mehr gehen, und sie stützten ihn.

Er wagte es, nach dem Datum zu fragen, und bekam eine Antwort. Ihre Freundlichkeit ließ ihn vor Angst zittern. Er erfuhr, daß er sechsunddreißig Stunden in der Dunkelzelle verbracht hatte.

Aber sie brachten ihn nicht in seine Zelle zurück, sondern führten ihn zur Hintertür. Auf dem Innenhof standen drei Lastwagen. Die Sonne schien, und es mußte gerade geregnet haben, denn von den Pflastersteinen stieg Dampf auf. Die Welt hatte für ihn wieder angefangen.

Mit dem Gesicht zur Mauer wurde er zwischen andere Häftlinge gestellt. Gibt es denn keine Chance mehr? Dieser Gedanke flitzte ihm durch den Kopf wie eine Maus, vor deren Loch jemand einen Schrank geschoben hat. Er konnte sich nicht umschauen, ob er einen Mann mit einem Heftpflaster am Ohr sah.

Ich kann's nicht ändern, wiederholte er im Geist, als das erste Auto wegfuhr. Ich kann's nicht ändern. Aber der Engländer würde nie erfahren, daß er es nicht ändern konnte. Der Auftrag war einfach gewesen. Er hätte ihm nur die Übersetzung der Botschaft auf dem Zettel von einem vertrauenswürdigen holländischen Wärter überbringen lassen müssen. Es hätte hundert Möglichkeiten gegeben. Zum Beispiel, als Sørensen noch Schreiber im Büro war. In dieser Zeit hatten sie noch ganz andere Sachen gemacht. Aber Sørensen war nicht mehr da. Karel auch nicht mehr. Karel war nun wohl tot. Oskar ist ein elender Verräter, hat er gedacht. Dieser Gedanke liegt in ihm begraben und kann nie mehr durch einen anderen crsetzt werden. Vielleicht ist der Engländer schon völlig ahnungslos in den ersten Wagen eingestiegen, dachte Oskar.

Als er den zweiten Wagen wegfahren hörte, schreckte er auf. Vielleicht kommt der Engländer später frei, dachte er, er wird erfahren, daß er in den letzten Wagen hätte einsteigen sollen, daß das auf dem Zettel gestanden hatte. Er wird denken: Der Mann, den ich um die Übersetzung gebeten habe, hat den Hinweis für sich genutzt.

Dieser Mann bin ich.

In diesem Augenblick wurde ihm befohlen, sich umzudrehen. Er mußte die Hände ausstrecken und wurde gefesselt. Mit sieben anderen mußte er über eine kleine Treppe in den mit einer Plane überdeckten Lastwagen steigen. Der letzte Wagen! Ihm kam der Gedanke wegzurennen, damit sie ihn erschössen. Aber auch das würden weder Karel noch der Engländer jemals erfahren.

Vier Deutsche mit Helmen und Maschinenpistolen erklommen als letzte den Wagen. Über ihre Köpfe hinweg konnte er nur wenig von der Außenwelt sehen.

Das Auto fuhr ruckend an.

Als das Tor hinter ihnen geschlossen wurde, dachte er: Vielleicht bin ich in einer halben Stunde frei. Ja, er war sich dessen fast sicher. Denn das Tor war geschlossen, und er befand sich im letzten Auto. Er hoffte törichte Dinge: daß die Reihenfolge unterwegs geändert würde, daß der Überfall mißlingen oder gar nicht stattfinden würde. Doch er roch den Duft nasser Wiesen. Es war unmöglich, daß er noch lange gefangen sein würde.

Er wußte: Alle Menschen, die etwas bedeuten in der Welt, werden mich ausstoßen, als hätte ich für ein schändliches Verbrechen im Gefängnis gesessen und nicht für mein Vaterland.

Wenn sie sich doch im Auto irren würden, dachte er, betete er fast, wenn sie doch das falsche Auto befreien würden, nicht dieses. Aber er wußte auch: Ich habe zu viel Angst, um nicht froh zu sein, wenn ich die Gelegenheit zur Flucht bekomme.

7

Als Carola aufwachte, war sie tatsächlich allein. Sie wunderte sich erst darüber, als sie sich im Bett bewegt und sich aufgerichtet hatte, um auf die Uhr zu schauen. Obwohl Ernst nun schon seit vier Monaten neben ihr schlief, wähnte sie sich noch immer allein, wenn ihr Schlaf tief genug war, um sich als Kind fühlen, und nicht tief genug, um nicht mehr denken zu können.

Sie stand auf und beugte sich im Nachthemd aus dem Fenster. Die im prallen Sonnenlicht liegenden Häuser gegenüber strahlten die Hitze bis zu ihr ab. Überall zwitscherten Vögel, auf den Veranden kippten klirrend Zinkwannen um, und Kinder brüllten. Ein Radio stieß ein Zeitzeichen aus: tüüt, tüüt, tüüt.

Es hatte etwas Trübseliges, daß sie sich im Schatten befand, ein eigenartiger Neid erfüllte sie, obwohl sie das Leben, das sich in den Sonnenstrahlen tummelte, eigentlich nicht beneiden konnte. Ein Junge, der sich über ein Geländer lehnte, schaute sie an. Er stand dort fast jeden Tag, die zum Trocknen aufgehängte Wäsche flatterte ihm um die Ohren. Sie tat so, als bemerkte sie ihn nicht, schloß das Fenster, was die Geräusche draußen auf Abstand brachte, und ließ ihr Nachthemd zu Boden fallen. Sie gähnte in ihre Hand und roch ihren Atem. Unschlüssig, ob sie sich eine Zigarette anzünden, etwas essen oder sich zuerst anziehen sollte, entschied sie sich schließlich für letzteres. Der Arm tat ihr noch immer weh, wenn sie ihn in den Kleiderärmel stecken mußte. Sie konnte sich nicht einmal mehr mit beiden Armen hinterm Kopf auf dem Bett ausstrecken, was Ernst immer so mochte;

sie durfte sich dann nicht rühren, während er sich an ihr befriedigte, und auch keine Gefühlsregung verraten; es kostete sie wenig Mühe, weil sie nichts dabei empfand. Außer, in letzter Zeit, Schmerzen. Je mehr sie das zeigte, desto größer war Ernsts Genuß und auch die Wollust, mit der er später in Selbstvorwürfe ausbrach. Die Narbe auf ihrer Schulter war noch immer rot und geschwollen, zu scheußlich zum Hinschauen. Innerhalb des Ovals der Zahnabdrücke hatte sich eine Art rosa Mund gebildet, ein kleiner Mund, der zwischen den Zähnen eines anderen Mundes zu einem schmerzhaften Kuß zusammengepreßt zu sein schien. Abends vorm Einschlafen biß sie manchmal in ihr Kissen aus lauter Angst, daß auf der Narbe Haare sprießen könnten.

Mit einer Zigarette zwischen den Lippen ging sie ins Wohnzimmer und sagte: »Guten Tag, Oma.« Aber die Großmutter gab keine Antwort. Sie hielt alle vierzehn Tage einen Ruhetag ein: Dann sprach sie kein Wort. Sie reagierte auf keine einzige Stimme. Später erklärte sie, an so einem Tag könne sie weder hören noch fühlen oder schmecken. Ja, sie könne kaum sehen, ja, ihr Herzschlag sei nur halb so schnell wie sonst. Sie brauche das zur Regeneration. Ein Mensch, dessen Sinne sich sowohl nach außen als nach innen richteten, verbrauche sich doppelt so schnell wie andere. Seine Augen seien wie Filmleinwände, auf die zwei rivalisierende Operateure ihre Filme gleichzeitig projizierten, ihm drohe das Trommelfell zu platzen von den Vibrationen, die es von beiden Seiten überfluteten.

Als Carola mit dem Kessel, den sie vom Ölofen in der Zimmerecke genommen hatte, in die Küche ging, um ihn mit Wasser zu füllen, dachte sie: Wenn ich ihr nun heißes Wasser auf den Kopf kleckerte, würde sie dann wohl laut schreien? Doch dieser Gedanke kam ihr wie ein Sakrileg vor. Wenn ihre Großmutter auf telepathischem Wege dahinterkam, was sie dachte? Sie wünschte sich, daß es Mittel wie das Sich-Bekreuzigen gäbe, um sich gegen die Magie der Großmutter schützen zu können.

Ich habe niemanden, mit dem ich reden kann. Ernst, warum bist du fort, dachte sie, während das Wasser mit einem immer dumpfer werdenden Geräusch in den Kessel lief, du erzählst mir in letzter Zeit nicht einmal mehr eine Lüge, um mich zu beruhigen. Zweimal war es der Großmutter im Zustand äußerster Konzentration gelungen, eine Vision hervorzurufen, die zumindest halbwegs verriet, wo sich Ernst, der plötzlich verschwunden war, befand. Beide Male stellte sich heraus, daß er gelogen hatte. Aber heute konnte sie die Großmutter nichts fragen. Darum fragte sie Ernst selbst. Wenn wir später verheiratet sind, werde ich jeden Morgen als erste aufstehen und Wasser aufsetzen, um Tee für dich zu kochen, dachte sie. Mein Dichter kann dann noch ein bißchen liegenbleiben. Im Halbschlaf hat er die schönsten Einfälle. Möchtest du das nicht, mein Dichter? Wirst du nicht glücklich sein? Wir leben unter anderem Namen, in einem anderen Land, Spanien vielleicht oder Argentinien.

Sie faßte sich die ganze Zeit an die Haare, als sie am Tisch saß und darauf wartete, daß das Wasser kochte. Sie hatte sich nur flüchtig gekämmt, weil sie gleich nach dem Frühstück zum Friseur wollte. Mit ihrem zahnlosen Kiefer kaute die Großmutter lange an jedem Bissen. Beim Warten sah Carola nur einmal, wie sie ein Stück Brot zum Mund führte. Den Verband um den rheumatischen Arm legte sie nun nicht mehr ab. Komm schon, Ernst, dachte Carola, der Krieg ist, Gott sei Dank, bald vorbei. Dann kannst du Deutschland vergessen, dann brauchst du an nichts anderes mehr zu denken als an mich. Ach, ich will nicht alles so schwarz sehen. Sie hatte drei Tassen aus dem Geschirrschrank genommen und die dritte bereits halb voll geschenkt, da hielt sie mit Bestürzung, die Teekanne leicht nach hinten gekippt, als könnte der Tee auf diese

Weise aus der Tasse wieder in die Kanne fließen, mitten in der Bewegung inne. – Er ist ja nicht da. – Am liebsten hätte sie die dritte Tasse hingeschmissen und zertrampelt. Fast weinend stellte sie die Kanne ab, seufzte und ging mit der Tasse in die Küche. »Guten Morgen, Juffrouw«, sagte die Putzfrau, die ihre Tasche auf einen Stuhl gestellt hatte und gerade die Nadeln löste, mit denen ihr Kopftuch befestigt war. Ihr ärmlicher Schweißgeruch verbreitete sich im Raum. »Danke«, sagte sie, als Carola die Tasse hinstellte.

»Ich muß etwas verschüttet haben«, antwortete Carola, »sie ist halb leer. Ich hole rasch die Kanne.«

Nachdem sie der Frau auch noch ein Butterbrot gebracht hatte, setzte sie sich der Großmutter gegenüber an den Tisch und frühstückte schweigend, so ruhelos, als hätte sie Fieber. Die Fenster standen offen. Das Tuckern eines Schiffs wurde mit einemmal gedämpft, als würde der Motor vor sich hin murmeln. Dann hörte sie den Schiffsführer auf einem Horn blasen. Die Deutschen aus der Schule an der Ecke waren mit vielen Lastwagen zugleich beschäftigt. Es schien seltsam, daß es Morgen war, denn nirgends schepperten Mülleimer. Die Großmutter hatte zu kauen aufgehört und sich mit geschlossenen Augen zurückgelehnt. Ihre Atmung wurde immer geräuschvoller. Mit kleinen Spucklauten pustete sie durch den Mund. Die Putzfrau schaltete im Flur den Staubsauger ein.

Bedrückt dachte Carola an Ernst, wagte es aber nicht mehr, ihn zu beschwören. Sie ging in den Flur, suchte ihre Tasche und lief die Treppen hinunter. Vor der Wohnung der Großmutter stand schon jemand und klopfte an die Tür. Carola ging an der Frau vorbei, ohne zu sagen, daß an diesem Tag keine Sprechstunde abgehalten würde. Nachdem die Invasion in Frankreich endlich begonnen hatte, kamen noch mehr Leute, die wissen wollten, wann der Krieg nun tatsächlich vorbei wäre, wann ihre Angehörigen, die in Deutschland waren, zurückkämen; die wissen wollten, ob die Deutschen vielleicht im letzten Augenblick alle ihre Gefangenen ermorden und Amsterdam unter Wasser setzen würden.

Carolas Friseur wohnte in dem ultramodernen Häuserblock, in dem sich auch Zwikkers Fahrradaufbewahrung befand. Der Herrensalon war im vierten, der Damensalon im fünften Stock. An der Außentür war nur ein unscheinbares Schild angebracht, die sonst übliche rotweißblaue Drehlampe fehlte. Der Friseur hatte genügend Kunden unter den Bewohnern des Häuserblocks.

Als Carola nach oben kam, war niemand da. Die sonderbaren, vernickelten Geräte waren hinter halb zugezogenen Vorhängen verborgen. Das Fenster, vor dem ein kleiner, runder Tisch mit Zeitschriften stand, war hochgeschoben. Carola setzte sich und schaute hinaus auf eine Gracht, die hier endete und ohne Ufermauern eher wie ein sehr breiter Graben aussah. Niedrige und hohe Häuser, wie in Scheiben geschnitten, standen in unregelmäßigen Abständen am Rand. Zum Wasser hin fielen hier und da kleine Werften ab, wo längst keine Schiffe mehr gebaut wurden. Dennoch lag ein großes, halb verrostetes Binnenschiff zwischen den Häusern, den Vordersteven zu einer dunklen Gasse gerichtet. Zwischen Masten aus rohem Holz waren quer über alles Elektroleitungen gespannt. Noch nie war Carola dort unten gewesen. Sie wußte auch nicht, wie man dorthin gelangte. Das Fenster, aus dem sie schaute, befand sich in einer Außenwand, die keine Türen hatte. Ein neuer, hoher Stacheldrahtzaun zog sich um das Gelände. Wenn ich jemals fliehen müßte, fuhr es Carola durch den Kopf, könnte ich mich dort unten verstecken. Es sieht so aus, als wäre dort nie ein Mensch …

Nichts von alledem, was da unten lag, schien in Gebrauch zu sein. Trotzdem waren die Häuser bewohnt. Auf Balkonen spielten Kinder, und Frauen hingen ärmliche Wäsche an Drähten auf. An das Leben, das früher hier geherrscht hatte, erinnerte nur der Geruch von Teer und altem Rost, den Häuser, Schiffe und Holzteile in der Gluthitze ausschwitzten. Vor Angst bekam Carola Herzklopfen. Sie war es gewesen, die Ernst daran gehindert hatte zu fliehen. Er hätte längst fliehen müssen. Wer zweifelte noch daran, daß die Deutschen den Krieg verlieren würden? Niemand würde Ernst als Deserteur anerkennen. Dafür wußten sie im anderen Lager viel zuviel über ihn. Sie hatte jedoch nie glauben können, er würde sie auf seiner Flucht mitnehmen, wie es die Großmutter ihr prophezeit hatte. »Aber Oma«, hatte sie gefragt, »warum sagst du mir überhaupt etwas voraus, wenn das, was du voraussagst, unabwendbar ist, so wie das Schicksal bei den Griechen?« Es war eine Bemerkung, die Ernst einmal ihr gegenüber hatte fallenlassen, aber das hatte sie vergessen. »Deine Vorhersagen«, war sie fortgefahren, »können ja nichts anderes sein als die Schlußfolgerungen, die du aus den Verhaltensweisen desjenigen ziehen mußt, dem du die Zukunft vorhersagst. Deine Vorhersagen können nur eintreffen, wenn ich mein Verhalten nicht ändere.« Die Großmutter hatte nicht widersprochen. Und weder Carola selbst noch Ernst hatten eine befriedigende Antwort auf diese Frage finden können. Oder eigentlich doch, denn mittlerweile wußte Carola ganz genau, was sie zu tun hatte. Zu fliehen, jetzt, zusammen mit ihm, traute sie sich nicht. Würde Ernst sie verlassen? Das sollte er nur wagen! Sie wußte viel zuviel von ihm, nach nicht mal drei Tagen hätte ihn die Gestapo gefaßt! Wenn er nicht da war, verbrachte sie ihre Zeit in Trübsal und dennoch in einer gewissen Ruhe, denn überall würde er an den Zaun seiner Vergangenheit stoßen und müßte immer zu ihr zurückkehren. Zu befürchten hatte sie nur eines: daß man ihn ohne ihr Zutun verhaftete.

Direkt am Kanal, unweit des Ortes, wo das aufs Trokkene geratene Binnenschiff lag, bemerkte sie einen kleinen Garten. Das braune Wasser hatte das Gras am Ufer verschmutzt. In dem Garten stand eine verfallene weiße

Laube. Dort könnten wir wohnen, dachte sie. Sonntags, wenn es warm ist, sitzen wir am Wasser, abends gehe ich mit der Gießkanne umher und bewässere das Gras. Der Gedanke, dieses Gras zu bewässern, kam ihr so lächerlich vor, daß ihr ein Witz einfiel, den sie einmal über ein Dienstmädchen aus Kampen gehört hatte, das die Blumen goß, während es regnete.

Kurz darauf öffnete sich die Tür, und ein pummliges Mädchen im weißen Kittel trat ins Zimmer. Erstaunt stand Carola auf und gab ihr die Hand. Das Mädchen umarmte Carola und ließ den Kopf kurz an ihrer Brust ruhen. »Ach, Carola«, sagte sie, »es tut mir so leid, daß ich dich noch nicht besucht habe, aber ich bin erst seit einer Woche hier. Ich bin so froh, wieder in meinem alten Beruf zu sein, und ich muß hier sehr hart arbeiten.«

Das Mädchen hieß Lydie. Carola kannte sie von sehr viel früher. Sie war ihr auf der Straße begegnet. Lydie hatte geweint, und Carola hatte sie nach dem Grund gefragt. Weil Carolas Leben so trostlos war, besuchte sie seitdem Lydie oft zu Hause bei ihren Eltern. Die Familie war nicht reich. Und das gefiel Carola gut, denn sie war zwar auch nicht reich, würde es aber bestimmt noch werden. Lydies Vater, ein Kommunist, hatte seine Arbeitsstelle verloren. Lydies Mutter machte ihm jeden Tag Vorwürfe wegen seiner Treue zu Stalin. Lydie träumte davon, reich zu werden. Sie haßte ihren Vater. Carola erzählte ihr von Arthurs reichem Vater, der in Brüssel lebte. Nein, dieser Vater sei nicht derselbe wie ihr eigener Vater, der vor kurzem gestorben sei.

Später zogen Lydie und ihre Eltern um. Sie teilten sich zu dritt ein Zimmer. Lydie konnte Carola damals ohne weiteres erklären, wie es möglich war, daß Arthurs Vater nicht Carolas Vater war, warum Arthur noch einen Vater hatte (auch wenn sie den nie zu Gesicht bekamen) und Carola nicht mehr. Wieso denn? hatte Carola das dreizehnjährige Mädchen mit den üppigen Rundungen gefragt. Und um mit ihrem Wissen anzugeben, hatte Lydie der zehn Jahre älteren Carola alles erklärt, was zu erklären war. Sie hatte vorgeschlagen, daß sie sich beide ausziehen sollten, und Carola war zum Teil darauf eingegangen. Sie hatte das nackte, pummlige Mädchen in den Arm genommen, hatte es in den Po gebissen, wie es Mütter bei ihren Babys machen, und Lydie hatte Carola als ihren Mann bezeichnet. – Als Lydie kurz darauf mit einem Jungen ging, war Carola nicht eifersüchtig gewesen, hatte sie jedoch vor der Niedertracht der Männer gewarnt, die sie bereits zur Genüge erfahren hatte. Einige Zeit später waren Carola, Arthur und die Großmutter nach Amsterdam umgezogen, wo letztere mehr Möglichkeiten für ihre Praxis gesehen hatte. Lydie schrieb Carola alle sechs Monate einen unbeholfenen Brief. Mit fünfzehn wurde sie zum erstenmal schwanger. Carola fuhr nach Utrecht, sorgte für eine Adresse, wo die Schwangerschaft unauffällig abgebrochen werden konnte, und schleifte Lydie in eine Bibliothek, wo sie ihr die schaurigsten Abbildungen aus der Enzyklopädie zeigte, um ihr ein für allemal einzuschärfen, welche Gefahren das leichtsinnige Vater-Mutter-Spiel nach sich ziehen konnte. Soweit sie wußte, hatte es gewirkt, obgleich Lydie als Maniküre in einem Friseursalon anfing, wo sie vielen Herren begegnete. Als Lydie ihr in einem Brief mitteilte, daß sie mit einem riesig netten deutschen Offizier befreundet sei, hatte Carola beschlossen, die schützende Hand von ihr zurückzuziehen; trotzdem schrieb sie ihr noch am selben Abend einen freundlichen Antwortbrief, denn sie hatte es sich anders überlegt und wollte Lydie und deren Offizier für ihre Verschwörungspläne benutzen. Daraus war nichts geworden; Lydie wurde von ihrem Werner verstoßen und in ein geschlossenes Erziehungsheim gesteckt.

»In einem Damensalon geht es so ruhig zu«, sagte Lydie, als sie Carolas Haare durchkämmte. Carola betrachtete sich mit Wohlgefallen im Spiegel. Wenn sich die Vorhänge hinter ihr bewegten, nahm Carla einen billigen, jedoch nicht sehr durchdringenden Blumenduft wahr. »Hast du den Beruf denn so schnell gelernt?« fragte sie.

»Noch nicht, ich darf nur Haare waschen. Dauerwellen macht der Chef.«

»Bist du nach dem Heim direkt zu einem Friseur gekommen?«

»Nein, ich mußte Dienstmädchen werden, unter Aufsicht einer Kommission. In Kampen, in einem Hotel. Es war kaum auszuhalten. Sie haben furchtbar aufgepaßt, was ich gemacht habe. Aber manchmal hatte ich doch ein bißchen Spaß mit einem Gast.«

Vielleicht ja mit Oskar, dachte Carola, wenn Oskar im selben Hotel wie sie war und wenn Oskar ein bißchen mehr Mann gewesen wäre. Aber sie hätte sich splitternackt zu ihm ins Bett legen können, Oskar hätte trotzdem gesagt: Ach nein, es gibt nur eine, die ich liebe. Geh weg, du brauchst es gar nicht erst zu versuchen. – Pfui, eigentlich gemein von mir, daß ich so von Oskar denke und es nicht mal zu schätzen weiß, wenn er mir treu geblieben ist.

»Aber warum bist du dann in den *Damen*salon gegangen, wenn du es in Kampen, fast ohne Männer, so öde gefunden hast?« fragte sie ohne Interesse.

»Ich habe ein bißchen Angst bekommen vor Männern«, entgegnete Lydie geheimnisvoll. Sie drückte Carolas Kopf nach hinten, bis er überm Waschbecken war, und feuchtete ihre Haare an. Vielleicht stimmt das mit Kampen ja gar nicht, dachte Carola. Welche Kommission ist so verrückt, ein »gefallenes« Mädchen in ein Hotel voller Versuchungen zu stecken? – Sie gab sich der Wärme hin, die langsam ihren Kopf durchzog. Sie spürte Lydies Finger auf ihrer Kopfhaut. Ihre Gedanken wurden einfach, langsam, waren aber doch klar. Das hier ist eine völlig unwichtige Begegnung, dachte sie. Ich muß aufpassen, daß sie sich nicht an mich klammert, daß sie nicht heute oder morgen wieder meine Hilfe braucht. Ich habe an meinen eigenen Sorgen genug. In meinem Innenleben kann ich niemanden mehr zulassen.

Einen Augenblick später erschien der Friseur persönlich. Lydie sagte: »Bis gleich«, und der Friseur drückte Carola ein Bündel Haarnadeln in die Hand. Er drehte ihre nassen Haare ein. Dann ließ er sie aufstehen und plazierte sie unter einer Trockenhaube. Als er ging, tat sie, als lese sie in der Zeitschrift, die er ihr gegeben hatte. Sie hoffte, daß niemand mehr kommen würde. Sie schaute nach draußen, saß jedoch so weit vom Fenster entfernt, daß sie nur die Dächer der neuesten, höchsten Häuser in der Ferne sehen konnte. Es gab nur noch den Geruch des seltsamen Dörfchens, in das zu fliehen sie geträumt hatte. Den Geruch von Teer und Rost, nur ein Hauch ab und zu, wenn der wechselhafte Wind kurz zum Fenster hinein wehte und den Parfumduft verdrängte.

Als sie nach Hause kam, hörte sie die Großmutter laut schreien. Die Putzfrau war nicht da, stand sicher irgendwo Schlange. Carola rannte ins Wohnzimmer. Die Vorhänge waren zugezogen. Die Großmutter kniete auf dem Boden. Ernst stand in der Uniform eines U-Boot-Kommandanten am Tisch, die Hände auf die Platte gestützt. Die Großmutter rührte sich nicht; die gefalteten Hände etwas erhoben, den Kopf in den Nacken gelegt und die Augen geschlossen, erinnerte sie an ein steinernes Standbild auf einem mittelalterlichen Grab.

»Warum schreist du denn so?« fragte Carola. »Ist heute nicht dein Ruhetag?« Obwohl sie die zweite Frage völlig ernsthaft gestellt hatte, verspürte sie urplötzlich den starken Drang zu lachen, brach dann jedoch in Tränen aus.

»Hör auf zu weinen, Carola«, sagte Ernst und zog sie an sich. Ihre Haare lösten sich und klebten ihr am Gesicht.

»Nein, laß mich los«, rief sie, »ich muß doch was dagegen tun. Du bist daran schuld.«

»Ich bin nicht daran schuld. Ich habe ihr nichts getan, sie hat schon so geschrien, als ich nach Hause kam. Gib mir einen Kuß, beachte sie einfach nicht.« Carola stieß ihm den Ellbogen gegen die Brust und lief in die Küche, wo sie den Wasserhahn aufdrehte. Als das Wasser so kalt wie möglich war, hielt sie ein Glas darunter. Doch der Strahl wurde mit einemmal dünn, und Rostflocken trübten das Wasser. Ratlos schaute sie aus dem Fenster. Auf allen Veranden sah sie Leute mit Zubern und Eimern. Eine Frau unten im Garten rief ihr zu: »Wissen Sie es schon? Im Radio haben sie gemeldet, daß das Wasser abgedreht wird! Die Engländer sind in den Dünen gelandet! Englische Fallschirmjäger! Wir sollen alle die Badewanne vollaufen lassen!«

»Ich habe nicht mal ein halbvolles Glas«, murmelte Carola und zog den Kopf zurück. Was soll ich tun, dachte sie; nach kurzem Zögern wagte sie es jedoch nicht, das Wasser, so schmutzig es war, wegzugießen, und ging mit dem Glas in der Hand wieder ins Zimmer. Die Großmutter kreischte noch immer, wenn auch nicht mehr ganz so laut. Ernst griff nach Carolas Hand, und erschrocken merkte sie, wie er das Glas über dem Kopf der Großmutter auskippte. »Das hilft garantiert«, sagte er. Es sah aus, als würde Blut von den Schläfen der alten Frau tropfen.

Tatsächlich hörte das Kreischen auf, und die verkrampfte Haltung erschlaffte. Zusammen legten sie die Großmutter aufs Sofa.

»Was hast du zu ihr gesagt?« fragte Carola, »lüg mich nicht an, du hast was zu ihr gesagt. Es stimmt nicht, daß sie schon so geschrien hat, als du reingekommen bist.«

Ernst zuckte mit den Schultern. »Was tut das zur Sache«, meinte er, »ob ich ihr was gesagt habe oder ob sie, per Telepathie, etwas gesehen hat, was mich betrifft.«

»Was hat sie gesehen?« fragte Carola und hielt seine Hände fest.

Ernst schwieg und schaute sie einen Augenblick lächelnd an. Dann sagte er: »Sie hat nichts gesehen. Ich habe dich angeschwindelt. Ich habe doch etwas zu ihr gesagt.« Am meisten haßte er an Carola, daß sie an die okkulten Fähigkeiten der Großmutter glaubte.

Carola fragte nicht weiter. Es schien, als ob die Wärme von draußen zwar ins Zimmer dringen, es aber nicht mehr verlassen konnte. Alte, verbrauchte, sehr heiße Luft staute sich. »Ich habe zu ihr gesagt«, fuhr Ernst fort, »daß ich hierbleiben muß, bis der Krieg vorbei ist. Auch dir sage ich das. Deine Großmutter hat immer damit gerechnet, daß ich mit dir nach Spanien oder in ein anderes neutrales Land fliehen könnte, bevor es richtig brenzlig wird. Jetzt bekommt sie es mit der Angst zu tun. – Du etwa auch?«

»Woher weißt du, daß es nicht geht?« fragte Carola.

»Das sage ich dir nicht. Du immer mit deinen Fragen. Du weißt schon viel zuviel von mir. Du hattest alle Möglichkeiten, hinter meine Geheimnisse zu kommen. Du bist meine Komplizin, und ich habe einen Augenblick gedacht, du könntest mit mir machen, was du willst. Aber du verzichtest darauf, weil du mich liebst, weil du ohne mich nicht leben kannst. Du hast es auch auf andere Art versucht, mit Hilfe der Zauberkünste deiner Großmutter. Mit ihren Augen, die in die Zukunft schauen. Tja, jetzt siehst du mal, wie sie reagiert, wenn die Zukunft ans Licht kommt. Wirklich, genau das erwartet man von einer Frau, die alles vorhersehen kann – wenn es tatsächlich eintrifft, kreischt sie vor Entsetzen eine Viertelstunde lang und ist wie gelähmt!

Komm, kümmere dich nicht um das verrückte alte Weib. Sieh endlich ein, daß sie nicht bei Verstand ist, bevor das Gift, das sie dir von Kindheit an eingeträufelt hat, dich so sehr vergiftet, daß du selbst beginnst, Gift zu produzieren.«

»Was macht das schon«, sagte Carola, deren Stimme lauter, wegen der aufkommenden Tränen jedoch immer unverständlicher wurde, »jeder ist auf irgendeine Art vergiftet. Jeder produziert Gift. Alles ist Gift. Einfach nur Gift. Das ganze Leben ist Gift. Ein Mensch ist nichts anderes als eine mit Leben vergiftete Leiche!«

»Schon gut«, murmelte Ernst und klopfte der nun hysterisch schluchzenden Carola auf die Schulter.

»Ernst!« Mit einer abrupten Bewegung legte sie ihm die Arme wie ein Nußknacker um den Hals. »Ernst, sag, daß du allein hättest fliehen können, wenn du nur gewollt hättest. Sag, daß du nicht allein fliehen wolltest, nur zusammen mit mir, und daß du dich, als das nicht ging, entschieden hast hierzubleiben. Ernst, war es nicht so? Komm, sag es mir.«

»Blutsinn«, sagte Ernst, dessen Niederländisch schlecht wurde, wenn er sich aufregte. Er wartete einen Moment, denn er hatte gemerkt, daß ihm ein Fehler unterlaufen war. »Ich äußere mich dazu gar nicht mehr«, meinte er dann, »aber die Wahrheit meines Lebens ist, daß ich nie etwas mit einem bestimmten Ziel getan habe, und deshalb gibt es keinen Ausweg mehr. Ich bin ein Dichter. Ein Dichter sehnt sich nach fernen Ländern, ein gewöhnlicher Mensch will nach Paris oder Düsseldorf. Jeder Soldat ist ein Dichter. Er wird von der Ideologie zu einer Art Dichter gemacht. Der Soldat will sein Vaterland verteidigen und den Feind besiegen. Das ist vage. Der Verbrecher will den reichen Bankier X ermorden. Das ist konkret. Für den Verbrecher gibt es manchmal noch einen Ausweg. Er kann sich einen Ausweg offenhalten. Der gewöhnliche Soldat nicht. Für ihn gibt es meist keinen Ausweg mehr, nur weiß er das erst, wenn er im Sterben liegt. Nur wer ein konkretes Ziel vor Augen hat, weiß, welchen Weg er geht. Nur wenn man weiß, welchen Weg man geht, kann man einen Ausweg finden. Wie sollte man sich sonst orientieren können?«

»Man geht aber doch immer einen Weg, du redest dummes Zeug, nur dummes Zeug«, schluchzte Carola.

»Solange man lebt, geht man einen Weg. Aber welchen?«

»Das ist es ja eben! Weil ich den Weg kennenlernen will, den ich, ohne zu wissen, gehe, frage ich manchmal meine Großmutter!«

Ernst stand auf und steckte sich eine Zigarette an. Er kniff die Augen so fest zu, daß sie zu Tintenspritzern auf der glatten weißen Fläche seines Gesichts wurden. Er knöpfte die Uniformjacke auf, riß sich den weißen Kragen und die schwarze Krawatte herunter und warf sie in die Ecke.

Am Abend stellte er das Radio an. Der Nachrichtensprecher teilte mit, es habe ein Attentat auf den *Führer* gegeben. Der Anschlag sei vereitelt worden. Der Allerhöchste habe ihn verschont. Die Allerhöchsten im Reich, die daran teilgenommen hatten, wurden nicht verschont.

Ende August war es mit dem warmen Wetter vorbei. Carola schaute täglich auf die Straße hinaus. Die Schule an der Ecke wurde ausgeräumt. Hin und wieder gaben die Soldaten den zuschauenden Leuten etwas von den Sachen. Jede Viertelstunde hielt ein grünes Auto vor dem Haus. Polizisten mit Helmen und Maschinenpistolen sprangen ab und stellten sich breitbeinig auf, schossen aber nicht. Dann liefen die Leute in Scharen weg.

Die Mädchen aus dem Bordell ein paar Häuser weiter verhielten sich abends still und ließen auch das Grammophon nicht mehr spielen. In den Nächten parkte kein mit Jaguarflecken bemaltes Auto mehr vor der Tür. Dafür stand dort eines Morgens ein Handkarren. Fremde Männer räumten die Etage in einer Viertelstunde aus. Als sie den Handkarren wegzogen, lag obenauf ein hinter Glas gerahmtes Plakat; es zeigte ein Mädchen im Badeanzug mit viel Sex-Appeal, das Coca-Cola mit einem Strohhalm aus der Flasche trank.

Eines Morgens ging Carola an der Tramhaltestelle vorbei über die Brücke. Mit gezogenem Revolver hielt ein Soldat die Straßenbahn an und zwang alle Fahrgäste auszusteigen. NSB-Leute, wie deportierte Juden mit Rucksäcken beladen, stiegen ein; die Tram fuhr zum Bahnhof.

Ein junger Mann beschwerte sich lauthals. Der Soldat beugte sich von der Vorderplattform und schoß in die Luft. Es hörte sich an wie der Knall einer riesengroßen Zirkuspeitsche. Die Leute auf den Gehsteigen begannen zu rennen. Carola blieb jedoch stehen. Sie schob die Hände in die Taschen ihres im Wind flatternden Mantels. Als sie der Straßenbahn nachschaute, hätte sie am liebsten gerufen: Nehmt mich mit, nehmt mich mit. Sie besaß ja noch ihren Kriegshelferin-Ausweis. Aber sie rief nicht und wartete auch nicht auf die nächste Bahn. Sie gehörte nicht zu denjenigen, die sie so haßte, daß sie ihr Leben riskiert hätte, um sie zu bekämpfen. Da fahren sie nun weg, dachte sie, die einzigen Menschen, die mich retten könnten. Denn daß die andere Seite sie vernichten würde, stand für sie außer Zweifel.

Ernst wohnte von nun an in dem ausgebauten kleinen Raum hinter der Küche. Vor den Fenstern hingen doppelte Gardinen. Er verließ das Zimmer nie. Wenn er überhaupt etwas machte, schrieb er. Er beschrieb sein Leben und las Carola aus seinen Aufzeichnungen vor, die ihm nur zuhörte, um ihm jedesmal, wenn er ein gutes Wort über seine Mutter, seine Schwestern oder seine Frau sagte, Eifersuchtsszenen zu machen. Das störte ihn nicht. Es steigerte nur den Genuß, den er empfand, wenn er sie quälte.

Tagelang dachte er über sein Leben nach, masturbierte dabei ausgiebig oder ließ das von Carola besorgen. Er war als Journalist in die Partei eingetreten und wegen seines schlechten Stils und seiner harten Muskeln in die SS gekommen. Seine lebhafte Phantasie, die ihm so viel Befriedigung verschaffte, daß er keinen seiner Pläne jemals über die Anfangsphase hinaus verfolgte, machte ihm seine Freiheit bewußt. Er war in der SS, aber die Tätowierung in der Achselhöhle war für ihn nicht mehr als eine leichte Beschädigung der Haut. Jede Verantwortung, die ihm übertragen wurde, war wie eine Spielmarke, die er im Spiel des Verrats einsetzen konnte. Zum Schluß freilich konnte er die Farben seiner Spielkarten nicht mehr auseinanderhalten. Darum verriet er Carola fast nichts von dem, was er eigentlich machte. Die Verschwörung gegen den *Führer*, über die er so weit informiert gewesen war, daß es ihn den Kopf kosten konnte (zumal nun all jene, die sich noch am ehesten als seine Freunde bezeichnen ließen, ausgeschaltet waren), hatte ihm den Rest gegeben. Tag und Nacht hockte er in dem kleinen Zimmer, wie ein Tier, dem die Natur vorgegeben hat, daß es sich zum Sterben in eine unauffindbare Höhle verkriecht, weil es nicht einmal mehr als Nahrung für andere Tiere taugt. In den ersten Tagen war er völlig untätig gewesen. Er sehnte sich nicht nach dem Ende des Krieges, nicht nach Deutschland, nicht nach seiner Mutter, nicht nach seiner Frau. Nicht nach mehr Bewegungsfreiheit, nicht danach, allein auf der Welt zu sein, um niemanden fürchten zu müssen. Doch nach einer Woche, als sich immer noch nichts getan hatte, die Engländer nicht gekommen waren, das Wasser längst wieder lief, die Deutschen über den größten Schreck hinweg waren und keine Hausdurchsuchung stattgefunden hatte, begann er zumindest sich selbst interessant zu finden und hatte, nachdem er tagelang rastlos hin und her geschritten war, wie es sich für jemanden gehört, der seine Autobiographie zu Papier bringen will, zur Feder gegriffen und notiert: Ich wurde in dem kleinen Ort Wollin am Stettiner Haff geboren. Dann jedoch versetzte ihn seine Phantasie sofort in ein viel späteres Stadium seines Lebens, und er fragte sich, ob seine Frau wohl noch in Holland war. Wo? In Rijswijk, wo sie eine kleine Villa besaßen, schon in der Vorkriegszeit, als er sogenannter Korrespondent einer obskuren deutschen Zeitung war? Oder war sie an dem Tag, der inzwischen immer öfter als »Dolle Dinsdag«* bezeichnet wurde, wie der größte Teil des Nazitrosses bereits nach Deutschland geflohen? Und falls sie noch im Land war, würde sie dann nicht versuchen, ihn zu finden?

* (nl.) Verrückter Dienstag; gemeint ist der 5. September 1944. Nach der von der BBC am Vortag verbreiteten Falschmeldung, daß die Stadt Breda im Süden der Niederlande befreit sei, kam es zu einer Massenflucht von NSB-Leuten; die Bevölkerung verhielt sich so, als ob das Ende der Besatzung unmittelbar bevorstünde.

Er legte den Füller nieder, ging noch ein wenig auf und ab und legte sich ins Bett. Carola kam herein. Er hatte ihre Schritte schon in der Küche gehört. Er hörte nun auch das Rascheln ihrer Seidenstrümpfe zwischen den Schenkeln. Schweigend stellte sie sich ans Fenster, das seltsam weiß leuchtete, weil sich fast alles Licht in den dichten Gardinen sammelte. Sie trat von einem Fuß auf den andern, ihre Hüften bewegten sich fließend auf und ab. Er dachte: Sie bedeutet mir nicht mehr als das Foto eines Filmstars im Badeanzug. Ich will ihre Liebe nicht, auch wenn sie mir die entgegenbringen würde. Ich will mich nicht an ihr sättigen, nur an ihrem Bild auf meiner Netzhaut. Ihr Inneres läßt mich gleichgültig. Wer eine Frau berührt, das Klopfen ihres Herzens spürt, die Temperaturunterschiede an den verschiedenen Stellen ihrer Haut, der spürt auch etwas von ihrer Seele. Sein Blick kroch an ihr hoch, von den Fesseln über die seidenen Beine bis zu den sich wiegenden Hüften. Seine Finger krochen an sein Geschlecht. Das Nachbarmädchen im ersten Stock begann Klavier zu spielen. Die Rohre in der Küche waren so verlegt, daß man das Klavierspiel in dem kleinen Anbau so deutlich hören konnte wie in keinem anderen Raum. Und dennoch war es so undeutlich, daß er die Patzer und falsch angelegten Crescendi und Decrescendi nicht wahrnahm, so daß es schien, als spielte das Mädchen wunderschön. Die Klänge flossen ineinander wie die Klänge einer alten Spieluhr, die im Fuß einer Lampe oder in einer Fußbank verborgen ist, irgendwo an einem unbestimmten Ort, man weiß nicht, woher die Musik kommt, sie hängt im Raum wie ein Duft, der durch einen unmerklichen Luftzug ab- und anschwillt.

»Alle fragen nach dir«, sagte Carola seufzend.

»Was wollen sie denn wissen?«

»Sie fragen: Ach, Juffrouw Muttah, wie geht's denn Ihrem Verlobten? Nur der Gehilfe des Gemüsehändlers, bei dem ich nicht mehr kaufe, hat mir nachgerufen: Na, ist dein Scheißmof auch schon getürmt?«

»Laß sie ruhig im Glauben, daß ich getürmt bin«, sagte er.

»Na und ob.« Sie stellte sich auf die Zehenspitzen und streckte sich. »Du glaubst nicht an Ausstrahlung«, fuhr sie fort, »aber ich. Ich spüre es auf der Straße, wenn ich in einer Gegend bin, wo man mich kennt. Ich spüre, daß jeder, der mich sieht, an mich denkt. Das ist nicht angenehm.«

Sie schaute sich nach ihm um und rieb mit einer Hand langsam über ihr Gesicht, so daß ihre Augenlider heruntergezogen wurden. »Und wofür das alles?« fragte sie dann.

Er gab keine Antwort. »Komm mal her«, sagte er. Sie stand neben seinem Kopf. Er streckte die Hand nach ihren Beinen aus, die er streichelte, etwas, das hart war, glatt und warm, aber leblos. Er hätte nicht geduldet, daß sie auch nur eine Sekunde einen Muskel anders anspannte. Er drehte sich auf die Seite und nahm ihre Hand. Er schob ihre Finger an seinen Hosenschlitz, die Finger knöpften die Hose auf. Das Mädchen unten spielte weiter. Das Licht im Zimmer änderte die Farbe nicht, als hinge draußen Nebel. Die Musik ließ alles plötzlich trist erscheinen, doch es war eine Art Tristesse, die froh macht und keine Qual ist.

8

Nein, niemand achtete mehr auf irgend etwas, dachte Oskar, als er über die Berlage-Brücke fuhr. Es war genauso gekommen, wie er vermutet hatte! Die Bomben auf das Hauptquartier in der Euterpestraat hatten die deutsche Polizei gründlich durcheinandergebracht, nahm er an. An einem Sonntagnachmittag war unversehens ein Flugzeug gekommen und hatte diese Bomben abgeworfen. Man hatte Oskar erzählt, noch Stunden später seien die Papiere der Deutschen über der ganzen Stadt durch die Luft gewirbelt. Hals über Kopf hätten sie sich ein anderes Gebäude suchen müssen. Und die niederländischen Hilfsorgane ruhten sich auf ihren Lorbeeren aus. Während der ganzen Fahrt von der Veluwe nach Amsterdam hatte niemand auch nur mit dem Finger auf sein Gepäck gezeigt, das, dreißig Kilo schwer, auf dem Gepäckträger verstaut war. Ein kleineres Paket hing außerdem am Lenker. Zehn Kilo hatte er unterwegs verteilt. In der Umgebung von Amsterdam hatte der Strom von Fußgängern, Fahrrädern und Handkarren, alle mit Paketen beladen, einen Augenblick nachgelassen. Für eine Sekunde hatte er gedacht: eine Razzia, aber er hatte keine Angst gehabt. Und obgleich es nirgendwo mehr Zigaretten zu kaufen gab, besaß er zehn Schachteln Ukrainia-Zigaretten, eine erlesene Marke, die nur an die tapferen Burschen ausgegeben wurde, die im deutschen Militärdienst taktische Rückzüge an der Ostfront ausführten.

Falls ihm etwas nicht geheuer vorkäme, würde er vom Rad springen und wegrennen. Erschössen sie ihn, erschössen sie ihn eben. Aber sie würden schon nicht schießen, sonst könnten sie ohne Ende weitermachen. Jeder würde denken, dachte er keuchend, daß ich noch an allem hänge. Keiner würde mir meine Gleichgültigkeit abnehmen, nachdem ich nun mit Lebensmitteln für meine Frau zwei Tage durch ein unsicheres Land geradelt bin. Keiner würde begreifen, daß ich das nur mache, weil ich keinen Grund habe, sie einsam und allein verhungern zu lassen. Die Leute verstehen sie kaum, sie halten sie für eine Deutsche, keiner tut etwas für sie. Wenn ich mich nicht wenigstens eine Nacht ausruhen müßte, würde ich noch heute abend mit ihr zusammen zurückfahren.

Doch als er über die Amstellaan strampelte, überkam ihn dann doch so etwas wie Unruhe. Der desolate Eindruck, den die Stadt sogar in dieser Neubaugegend machte, die schwärzlich-rostigen Gleise der Straßenbahn, die Häuser mit den großen Kalkziffern, als hätte man sie auf eine Todesliste gesetzt, die Baumstümpfe, von denen kleine Jungen mit Sägen und Beilen Späne abpulten, die Löcher im Straßenpflaster, die Sandhaufen und der säuerliche Geruch, den die an Misthaufen erinnernden Müllansammlungen verbreiteten, erfüllten ihn mit einem unbestimmten, jedoch starken Widerwillen. In der dünnen Wolkendecke war ein heller Fleck, hinter dem die Sonne stehen mußte. Der Rauch aus den Blechrohren, die überall einfach aus den Fassaden ragten, wehte manchmal in blauen Schlieren nach unten. Es schien, als kröche plötzlich die Müdigkeit aus Oskars Beinen hoch und ließe seinen ganzen Körper erzittern.

Am Ende der Allee stand der Wolkenkratzer. Die Häuserreihen waren wie eine Schlinge um ihn angelegt. Kein einziges seiner Fenster glänzte, auch nicht seine Wirbelsäule: das hervorstehende gläserne Treppenhaus. Das Gebäude erschien sonderbar hoch. Als Oskar näher kam, wurde es vertrauter und wirkte durch die freundlich dörflichen Proportionen der Fenster nicht ganz so kolossal. – Mit seinen eisernen Balkonen, den vielen herausragenden Ofenrohren, die mit einem Wirrwarr von Drähten an den Wänden und aneinander befestigt waren, wirkte das Haus auch wie ein ins Überdimensionale vergrößertes Bauteil eines Radios; oder wie ein Isolator einer phantastischen amerikanischen Hochspannungsinstallation. Ja, wenn man den Finger danach ausstreckte, könnte plötzlich ein Funken mit dem Geräusch eines kleinen Blitzes auf einen überspringen.

Der Fahrradunterstand war geschlossen. Oskars Rad fiel fast wieder rückwärts hinab, als er es die Vortreppe hinaufschleppte. Der Lenker schnellte hoch und drehte sich wie der Kopf eines steigenden Pferdes. Schließlich war es ihm gelungen, das herunterhängende Gepäck hochzuschieben, ohne das Rad fallen zu lassen, und er lud langsam alles ab. Zuerst brachte er einen Sack Kartoffeln ins Haus, dann die Seitentaschen und zum Schluß das Rad. Nachdem er das vollbracht hatte, war er mit sich so zufrieden, daß er gutgelaunt zum Fahrstuhl ging und auf den Knopf neben der Tür drückte. Erst als das vertraute Summen und Klicken ausblieb, mit dem der Lift früher immer herunterkam, wurde ihm bewußt, daß er lange nicht mehr hier gewesen war. O nein, dachte er, auch hier kein Strom. Er ging zu seinem Gepäck zurück und überlegte. Natürlich könnte er so viel, wie er auf einmal schleppen konnte, mit hinaufnehmen und den Rest solange unten stehenlassen, aber das wollte er nicht. Niemand brauchte zu wissen, daß er so viele Kartoffeln besaß. Er befürchtete, sie kämen dann betteln, tagaus, tagein. Heute abend bekäme Andrea wenigstens etwas Gutes zu essen. Und den Rest würde er brauchen für den Fall, daß es ihnen aus irgendeinem Grund nicht gelingen würde, zusammen zurück in die Veluwe zu fahren. Außerdem könnten die Kartoffeln weg sein, wenn er später noch einmal hinunterginge, um sie zu holen, die Nachbarn könnten sie stehlen.

In diesem Augenblick trat ein kleines Männchen, der Portier, aus einer Tür, auf der SERVICE stand. »Mijnheer Ossegal, sind Sie wieder gesund, äh, ich meine, sind Sie wieder zurück? Hat man sie endlich freigelassen?« Kaum hatte Oskar das Männchen erblickt, hatte er sich vor sein Gepäck gestellt, und da blieb er auch stehen und wartete die Hand ab, die ihm der Portier reichte. »Danke«, sagte Oskar, »es war nicht schlimm. Ich bin schon eine Weile in Freiheit, aber es war ziemlich schwierig, nach Amsterdam zu kommen.«

»Kann ich vielleicht etwas für Sie tun?« fragte das Männchen. »Was wird Ihre Frau froh sein. Weiß sie es schon? Sie hat mir nichts davon gesagt.«

»Nein, du kannst nichts für mich tun«, sagte Oskar, »geh nur. Geh unbesorgt wieder an deine Arbeit, du kannst wirklich nichts für mich tun.« Das Männchen wurde blaß. Der Mund öffnete sich und klappte wieder zu. Die Kleidung hing in schweren Falten um das Knochengerüst wie die Haut eines Nilpferds. Was in Oskars starrem Blick brachte den Portier dazu, rückwärts in seiner Tür mit der Aufschrift SERVICE zu verschwinden? Oskar dachte nicht darüber nach. Er schleppte die Fahrradtaschen zur hinteren Treppe, stieg eine Treppe hinauf, kehrte um und holte den Sack mit den Kartoffeln. Auf diese Weise bestieg er auch die nächsten Treppen. Bisher war er so gut wie nie im Treppenhaus gewesen. Früher stand es voll mit Kinderwagen, leeren Kartons und anderen Gegenständen, die zu groß waren für den Müllschlucker und dem Müllmann mitgegeben werden mußten, oft jedoch monatelang auf den Treppenabsätzen vergessen wurden. Nun stand dort nichts mehr, doch auf den Steinstufen lagen Riffel aus getrocknetem Schlamm. In die Wohnungstüren waren Löcher für Klingelzüge gebohrt, denn auch die elektrischen Klingeln funktionierten natürlich nicht.

Oskar mußte doppelt so viele Treppen steigen, weil er immer wieder zurückging, um die Kartoffeln zu holen. Zum Glück begegnete er niemandem. Es war, als hätte man ihn in dem leeren Treppenhaus zurückgelassen, damit er dort spielen könnte, als wäre es gar nicht nötig, daß er sein Hab und Gut so umständlich hinaufschleppte. Es würde ihn nicht wundern, wenn plötzlich der Kartoffelsack verschwunden wäre und wieder unten stehen würde.

Mir kommt auch keiner entgegen, um mir zu helfen, dachte er, und je mehr er ins Schwitzen geriet, desto größer wurde sein Selbstmitleid. Aber was sollte ich auch sagen, wenn Andrea jetzt vor mir stünde? Ich würde nur sagen: »Hilf mir bitte«, und nicht mal Lust haben, ihr einen Kuß zu geben. Ich habe ihr nie geschrieben, gut; aber ich habe auch nie gemerkt, daß sie einen Versuch unternommen hätte, mit mir in Kontakt zu treten.

Er ruhte sich einen Moment aus und rauchte eine Ukrainia-Zigarette. Der junge Bursche, für den diese Zigaretten bestimmt waren, kommt bestimmt nie mehr zurück; eigentlich keine unangenehme Vorstellung, daß in Rußland so viele Dummköpfe erfrieren, dachte er – nur wird die Gesellschaft davon auch nicht besser werden. Und dann mühte er sich weiter ab, ziemlich schnell und ganz leise. Da auf den Treppenabsätzen niemand zu sehen war, hielt er es inzwischen für besser, wenn sie gar nicht merkten, daß er nach Hause gekommen war. Vielleicht erzählte der Portier es nicht sofort herum und er würde wieder weg sein, ehe jemand etwas mitbekam. Hin und wieder dachte er: Von der Straße her kann mich jeder sehen; gibt es keinen Menschenauflauf? Und plötzlich: Ich habe vergessen, die Stockwerke zu zählen. Welches ist meins? Die Hintertür meiner Wohnung kann ich nicht erkennen. Ich habe sie mir nie angeschaut, außerdem sahen sie alle gleich aus. Auf Zehenspitzen schlich er nach unten, bis in den ersten Stock, und dann wieder hinauf, wobei er diesmal die Treppen zählte.

Er stand vor seiner Tür. Hier gab es keine Klingel. Und einen Schlüssel für das Sicherheitsschloß besaß er nicht (er hatte es immer nur von innen abgeschlossen). Er faßte an den Türgriff. Die Tür ging auf. Er schob sein Gepäck (das er eine Treppe zu hoch gebracht hatte und zurückholen mußte) in den Flur und schloß die Tür hinter sich. Er war sein Flur, er erkannte das Muster des Läufers. Aber vielleicht war Andrea schon seit Monaten anderswo, was machte es ihm im Grunde schon aus. Sie hatte einen Vorteil: Sie würde ihn nicht fragen, warum er die ganze Zeit nichts von sich hatte hören lassen – »ich wußte nicht mal, daß du nicht mehr im Gefängnis bist ...«

Er hängte seinen Mantel an die Garderobe, und weil er Durst hatte und sich waschen wollte, ging er sofort weiter ins Schlafzimmer.

Einen Augenblick war es, als drängte sich ihm eine seiner Hungervisionen aus dem Gefängnis wieder auf: Er nahm einen vagen Geruch nach gebratenem Speck wahr. Er bekam Herzklopfen, und er hätte den Duft am liebsten mit einer Armbewegung weggefegt. Er hielt sich an der Tür fest und ließ den Blick durch den Raum schweifen. Vor dem Fenster stand ein altersschwaches Öfchen und darauf eine leere Bratpfanne. Der ganze Raum war voller Gerümpel und Brennholz, und im Bett, seinem Bett, lagen Laken und Decken auf einem Haufen. Bestimmt wohnten jetzt andere Leute hier. »Andrea«, sagte Oskar. Die Tür zum angrenzenden Badezimmer stand halb offen. »Andrea«, sagte Oskar fragend, »Andrea?«

Arthur kam aus dem Badezimmer, splitternackt; mit beiden Händen hielt er ein großes Handtuch, dessen Ecken er sich in die Ohren drückte. Sein Mund war halb geöffnet, weil er fror, die Haare standen in nassen Büscheln hoch. Seine Augen unter der gewölbten Stirn blickten Oskar an. Er ließ die Hände mit dem Handtuch kurz sinken, fuhr dann aber fort, sich die Ohren abzutrocknen.

»Andrea!« rief er. Doch Andrea stand bereits neben ihm, noch damit beschäftigt, den Kimono, den sie sich übergeworfen hatte, zuzuziehen. Dann sagte Oskar etwas. Nicht zu Arthur, sondern zu Andrea, auf tschechisch. Sie antwortete mit einem sehr langen Satz. Oskar ging zum Waschbecken und drehte den Hahn auf. Es kam kein Wasser. »Nimm was aus dem Eimer«, sagte Arthur, »es gibt keinen Strom für die Pumpe. Das Wasser kommt nicht hoch genug.« Oskar kehrte ihnen den Rücken zu, während er sich die Hände im Eimer wusch und Arthur und Andrea sich anzogen. Er würdigte sie keines Blickes, auch nicht im Spiegel, bemerkte Arthur. Oskar war ganz ruhig. Er hatte nicht laut gesprochen, fast so, als wäre er überhaupt nicht wütend. Was Andrea sagte, klang ausführlich und im Tonfall flehend, doch für Arthur hatte alles Tschechische, das er je im Leben gehört hatte, einen flehentlichen Beiklang. Oskar erwiderte fast nichts. Die ganze Zeit wollte Arthur Andrea fragen: Was redet ihr da eigentlich? Er ging zum Bett und suchte unter den Decken seine Krawatte. Ich benehme mich so, als ob Oskar gar nicht da wäre, dachte er. Oskar schaute sich mit nassen Händen nach einem Handtuch um, sah das Handtuch, das Arthur gerade benutzt hatte, trocknete sich die Hände daran ab und verließ das Zimmer. Oskar benimmt sich so, als wäre *ich* gar nicht da, dachte Arthur und drehte sich zu Andrea um.

»Was hat er gesagt?« fragte er. »War er wütend?«

»Er hat gesagt: Warum tust du das nur?«

»Ja, aber was hat er noch gesagt?«

»Ach, sonst nichts.«

»Doch, er hat noch was gesagt.«

»Kann nicht sagen.«

»Wo ist er jetzt?«

»Ich glaube, in Vorderzimmer.«

»Woher kommt er?«

»Hat er nicht gesagt.«

»Findest du es nicht schlimm, daß er wieder da ist?«

Keine Antwort.

»Geht er wieder, oder bleibt er hier?«

Andrea stellte sich vor den Spiegel, um sich zu schminken. »En flagrant délit«, sagte sie und prustete los. »Ist schräckliche Situation!«

Arthur lachte auch. Er war zufrieden! Nun sah Oskar, wohin es führte, wenn man seine Freunde nur ausnutzte! Oskar, sagte er zu sich, warum hast du mir nichts gesagt? Jetzt siehst du es, du nimmst einem anderen etwas weg, du behandelst ihn wie einen Fußabtreter, aber er holt es sich zurück, er weiß schon, wie er zu seinem Recht kommt. Sie entlassen dich aus dem Gefängnis, und wenn du nach Hause kommst, steht alles auf dem Kopf. Du kannst gleich wieder verduften.

Andrea legte ihre Puderquaste weg und ging zur Tür.

»Warum hast du's so eilig?« fragte Arthur. Sie zuckte nur mit den Schultern und verließ das Zimmer. Und plötzlich empfand Arthur keine Genugtuung mehr, daß Oskar nun alles wußte. Kein Wort hatte Oskar zu ihm gesagt. Er hatte nur ein erstauntes Gesicht gemacht, keine Wut gezeigt. Er selbst war Oskar auch nicht böse. Angenommen, Oskar käme herein und wollte ihn schlagen – auch dann hätte er das Gefühl, sie seien noch immer Freunde; gegeneinander zu kämpfen war undenkbar.

Er zog einen Schuhkarton mit Tabak unterm Bett vor und drehte sich eine Zigarette, breitbeinig sitzend, die Schachtel zwischen den Füßen, als würde er Gemüse putzen. Er schaute sich im Zimmer um und versuchte sich vorzustellen, wie es wäre, zu dritt hier zu leben. Oskar würde die Einkäufe erledigen und die Wohnung sauberhalten, Andrea würde sich schön machen, und er würde gar nichts tun. Eigentlich war es ganz gut, daß der ordentliche Oskar zurückgekommen war, denn in diesem Zimmer sah es zwar nicht so aus wie bei Menschen, die zu abgestumpft sind, um ihre Sachen in Ordnung zu halten, aber doch wie bei Leuten, die von einer auf etwas völlig anderes gerichteten Leidenschaft beansprucht werden und ansonsten nicht viel wahrnehmen. Aber nein! Da würde Oskar stören! Nie würden sie so tun können, als wäre er Luft.

Arthur überlegte, im Flur zu horchen, was Andrea und Oskar besprachen, aber er würde es ohnehin nicht verstehen. – Andrea war so ruhig geblieben, als wäre ihr so etwas schon zwanzigmal im Leben passiert. Vielleicht war das ja der Fall! Undenkbar aber war es, daß sie jemals für einen anderen so viel empfunden hatte wie für ihn, Arthur. Sie sagt Oskar bestimmt, daß er am besten irgendwo untertaucht und nie mehr wiederkommt, hoffte er.

Und wenn ich genug von ihr habe, muß Oskar eben sehen, was er macht. Warum haben sie ihn freigelassen? Wer steckt dahinter? Ernst? Carola? Er kann mir den Bukkel runterrutschen. Sollen sie ihn doch in Gottes Namen wieder einbuchten. Warum lebt er noch? Die Welt dreht sich auch ohne ihn weiter. Aber für mich geht es, mit ihm, vielleicht nicht mehr weiter. Das ist das wichtigste. Was kann ich tun, damit er für immer verschwindet ... Es ist unerhört zurückzukommen. Tote kommen auch nicht zurück. Außer Jesus. Aber der hat sein ganzes Leben lang Unerhörtes getan.

Auf dem Bett sitzend und ohne die Absicht aufzustehen, schaute Arthur hilflos umher, wo er die Zigarettenkippe loswerden könnte, und warf sie schließlich ins Waschbekken. Dann kaute er auf einem eingewachsenen Fingernagel herum. Er ließ sich nach hinten fallen und sah solche Schrecknisse vor sich, daß er keinen klaren Gedanken mehr fassen konnte. Das Öfchen kam ihm wie ein Kopf mit zahnlosem Mund vor. Ruß hatte an der Zimmerdecke Schatten gebildet, die auch beim hellsten Licht nicht mehr verschwanden. Die Laken und Decken auf dem Bett, ein Chaos, das sich nie mehr ordnen ließe, gesättigt mit Schmutz und Schweiß, voller kleiner Brandlöcher wie Matze, und er müßte für immer darin liegenbleiben. Wäre es nur wahr! Er erhob sich und trottete im Zimmer hin und her. Was habe ich eigentlich getan, dachte er. Verdammt noch mal, mir ist so wenig klar, was ich getan habe, daß ich mir nicht mal überlegen kann, was ich hätte tun sollen. Was soll ich tun, wenn Oskar bleibt ... Obgleich alles in gespenstischer Ruhe abgelaufen war und sie völlig unaufgeregt miteinander geredet hatten, als handelte es sich nur um ein kleines Mißverständnis, konnte er sich des Eindrucks nicht erwehren, daß ein nicht wiedergutzumachendes Unglück geschehen war. Es lagen noch Sachen von Andrea herum, die so verlassen aussahen, als wäre sie tot. Aber sie war nicht tot, sie war bei Oskar, und Arthur wurde so eifersüchtig, daß er in die Diele ging und nach Andrea rief.

»Komm ruhig rein«, rief sie vom Wohnzimmer aus.

»Wie bitte?« murmelte er fast unverständlich. Am liebsten hätte er gesagt: Komm du doch zu mir, ich komme nicht rein, aber die Worte erstarben ihm auf den Lippen, und er ging hinein und setzte sich zu Oskar und Andrea. Andrea hatte ein altes Taschentuch auf dem Schoß ausgebreitet und bearbeitete mit einer Ecke davon, die sie mit Nagellackentferner getränkt hatte, ihre Fingernägel. Oskar hatte seinen Stuhl direkt neben ihren geschoben; wenn er es gewollt hätte, hätte er den Arm um sie legen können.

»Zigarette?« sagte er und hielt Arthur die Schachtel Ukrainia hin. »Danke«, sagte Arthur und dachte: Vielleicht kann ich ja hierbleiben. Natürlich verschwindet Oskar wieder. Ich werde ihm zureden, daß er wieder untertaucht. Er gab Oskar Feuer, und Oskar legte, nachdem seine Zigarette brannte, den Arm um Andrea, wie Arthur es erwartet hatte. Arthur wandte das Gesicht zum Fenster; Mißbilligung beherrschte seine Miene. Sie demonstrierten ihre Versöhnung in seinem Beisein! Vielleicht wollten sie ihn auch ärgern, ihm zeigen, wer in dieser Wohnung das Sagen hatte. Arthur hätte beinahe gelacht. Wenn Oskar wüßte! Vielleicht hat Andrea ihm gesagt, dachte er, ich wäre zufällig hier, weil ich zu Hause kein warmes Wasser zum Duschen hätte. Nein, vielleicht wußte Oskar nicht mal, daß er ihn eifersüchtig machte, wenn er Andrea an sich zog.

»Es scheint hier sehr schwierig zu sein, an etwas ranzukommen«, sagte Oskar und blickte in den nahezu leeren Zimmern umher. Das meiste hatten Andrea und Arthur weggebracht oder abholen lassen, um es gegen Lebensmittel einzutauschen: Teppiche, Tischdecken, Gläser, Porzellan, sogar mehrere Stühle. Nur die surrealistischen Gemälde, für die sich niemand interessiert hatte, hingen noch an der Wand.

»Ja«, sagte Arthur.

Willkommen zu Hause, dachte Oskar, aber im Grunde verdiene ich es auch nicht besser.

»Wie lange hast du eigentlich im Gefängnis gesessen?« fragte Arthur und hoffte, das Gespräch könnte in freundschaftliche Bahnen gelenkt werden, da Oskar das Fehlen von so viel Hausrat offenbar nicht zum Anlaß nahm, sich über das aufzuregen, was er im Schlafzimmer erlebt hatte. Andrea hat ihm nicht mal etwas zu essen oder zu trinken gegeben, stellte er mit Genugtuung fest.

»Etwa drei Monate«, sagte Oskar und erzählte von sich aus nicht weiter.

»War's schlimm?« fragte Arthur.

»Nein, nein, so schlimm war's nicht.«

»Haben sie dich einfach wieder laufenlassen?«

»Ja, ja ...«, sagte Oskar und dachte: Hat Arthur eigentlich schon gehört, daß ich aus Versehen befreit worden bin?

Warum haben sie dich überhaupt eingesperrt? wollte Arthur noch fragen, aber er beherrschte sich. Es war am besten, von den ganzen Widerstandsaktionen keine Notiz mehr zu nehmen. Es mußte Oskar irritieren, daß er keine Notiz davon nahm, nachdem er sich sonst immer so brennend dafür interessiert hatte, es würde Oskar vielleicht sogar beunruhigen, er würde denken: Arthur fragt so wenig, das kann nur daran liegen, daß er so viel weiß. Woher weiß er so viel? Von Carola? Von Andrea? Was weiß er genau? Was haben sie ihm alles erzählt? Weiß er, daß ich ein Lügner bin?

Oskar sah jedoch keineswegs so aus, als wäre er beunruhigt, er wirkte nur müde. Oskar und Andrea sitzen mir gegenüber, als wäre ich gerade zu Besuch gekommen. Oskars Ruhe übertrug sich auf Arthur. Er schaute Andrea an, die sich nach wie vor mit Hingabe ihren Fingernägeln widmete. Sie hatte keine Zeit gehabt, ihre Halskette umzulegen, oder es vor Schreck vergessen. Sie ist weggerannt, nur um Oskar so rasch wie möglich zu besänftigen, dachte er. Sie hatte die Beine übereinandergeschlagen und dabei ihren Rock nicht glattgestrichen, so daß ihre Strümpfe bis zum dunklen Rand zu sehen waren. Sie verführt Oskar mit Beinen, die mir gehören, dachte Arthur. Wie glücklich wäre er gewesen, hätte er sie einfach auf seinen Schoß ziehen können. Die gesenkten schwarzen Wimpern überschatteten ihre Augen mit etwas Anmutig-Melancholischem, wie bei einem Kind, das wieder brav ist. Ihre kleinen Brüste waren dicht zusammengekrochen. Arthur hätte Andrea gern gestreichelt und dann weiter mit Oskar geredet, nein, dann würde Oskar ihn überhaupt nicht mehr stören. Er versuchte sich etwas auszudenken, was er zu ihr sagen könnte, damit sie zu ihm aufblicken müßte und er sehen könnte, ob ihre Augen ihn noch immer so ansahen wie all die Monate zuvor. Ihm fiel nichts ein, weil er sich nicht traute. Doch er konnte es sich nicht erlauben, sich nicht zu trauen. Es war ein lachhafter Gedanke, daß er hier weggehen müßte, als wäre er nur auf eine Tasse Tee hergekommen. Andrea hatte alles für ihn hergegeben.

»Andrea?«

Sie schaute ihn an, doch er war zu nervös, um ihren Gesichtsausdruck zu studieren. »Andrea«, sagte er, »ich würde dich gern einen Moment allein sprechen.« Nur falls Oskar nichts dagegen hat, wollte er begütigend hinzufügen – nein, das wollte er nicht –, aber ehe er sich's versah, sagte er: »Falls Oskar nichts dagegen hat.«

»Muß jetzt sofort passieren?« fragte Andrea lächelnd.

»Ja, bitte«, murmelte er, den Kopf tief gesenkt, und biß sich auf die Lippen. Sie stand auf und schwang elegant die Hüften und das offene Haar. Bei jedem Schritt schob sie ihre Füße in die Pantoletten. Er stolperte hinter ihr her. In der Diele blieb sie gleich vor der Zimmertür stehen.

»Was ist?« fragte sie.

Er war grundlos besorgt, Oskar könnte irgend etwas von dem hören, was sie sagten, und bat sie, voller Angst, sie könnte nicht darauf eingehen: »Setz dich doch kurz«, und er setzte sich schnell, und Andrea setzte sich tatsächlich auch, doch was bedeutete das eigentlich noch.

»Ist kalt hier«, sagte sie.

Im Vorderzimmer wohl nicht, dachte er, antwortete jedoch: »Ich hol dir deinen Mantel.« Er ging ins Schlafzimmer und suchte hektisch ihren Mantel, plötzlich in großer Angst, wenn er nicht ganz schnell wiederkäme, wäre sie nicht mehr da. Jedes Vertrauen zu ihr war dahin. Fast ein Jahr lang hatte er sich von ihr aushalten lassen, sie hatte alles für ihn getan, und er hatte es, ohne Gegenleistung, als selbstverständlich hingenommen – und dennoch vertraute er ihr nicht. Einen Fuß an die Wand gestemmt, riß er die stets klemmende Tür des Kleiderschranks auf. Zum Glück hing der Mantel ganz vorn. In der Diele half er ihr keuchend hinein. Er stand noch neben ihrem Sessel, beugte sich vor und gab ihr einen Kuß, doch fast im gleichen Moment zog sie den Kopf zurück: »Wenn Oskar das merkt.«

Er setzte sich folgsam und spürte, daß es nichts mehr zu fragen gab. Nur eine Frage gab es freilich, auf die auch er keine Antwort wußte, und darum stellte er sie Andrea doch.

»Was ist jetzt mit mir?«

»Ich weiß nicht. Kannst du nicht woanders unterkommen?«

»Ich habe keine Freunde.«

»Gibt immer Lösung.«

»Bleibt Oskar hier?«

»Nein, fährt zurück nach Veluwe. Hat gefragt, ob ich mitkomme.«

»Fährst du mit?«

»Ich muß wohl.«

»Wer sagt das?«

»Das sind meine persönlichen Angelegenheiten.«

»So, du meinst also, das ginge mich nichts an?«

»Mach doch keine Geschichten.« Sie lächelte, zweifellos ein gezwungenes Lächeln, aber das war für ihn an nichts zu erkennen.

»Ich könnte dir jetzt sagen, daß ich dich liebe«, entgegnete er, »und daß es immer sehr danach ausgesehen hat, daß du mich auch geliebt hast, aber das ist dir wahrscheinlich egal.«

Sie stand auf und setzte sich auf seinen Schoß, nahm seinen Kopf in ihre Arme und küßte ihn. »So klajne Kiend«, murmelte sie. Er merkte plötzlich, daß er so nervös war, als küßte er sie zum erstenmal, und empfand dabei nichts. Trotzdem ließ er sich küssen, auch wenn er deutlich spürte, daß das das einzige war, was er von ihr erwarten konnte. »Ist mir auch nicht angenehm«, flüsterte sie. Nun aber nahm er ihre Schultern, schüttelte sie und sagte: »Du hast dich ja verdammt schnell entschieden, was dir am wenigsten unangenehm ist, oder seh ich das falsch? Ich steh dir bis hier, weil du mich nicht mehr brauchst. Ich häng dir zum Hals raus.«

Er dachte, sie würde jetzt gehen, aber sie flüsterte: »Armer Schatz«, und stand auf. Er hätte sich vor Ekel im Sessel winden können. Er wußte nichts mehr zu sagen. »Oskar«, rief er, »Oskar, komm mal her.«

»Oskar«, sagte er, als Oskar gekommen war, »daß ich jetzt ein elendes Leben habe, das ist euch beiden scheißegal, es ist nun mal so, aber es wird Folgen haben.« Er lag zurückgesackt im Sessel, die Beine angezogen und breit auseinander, die Arme schlaff herabhängend, als erwarte er sehnlichst einen tödlichen Dolchstoß. Er brüllte, was er zu sagen hatte, ohne am Ende eines Satzes aufzuhören, fast ohne Betonung. Oskar und Andrea standen nebeneinander und schauten ihn an.

»Im meinem ganzen Leben hat es noch niemanden gegeben, Oskar, dem ich nicht scheißegal war, das an sich ist für mich nichts Besonderes, daran habe ich mich längst gewöhnt. Mich interessiert nicht, woran es liegt, vielleicht bin ich selber schuld, ja, das glaube ich gern, aber verdammt, ich bin nun mal so, und wenn ich es irgendwann nicht mehr ertragen kann, daß keinem Menschen was an mir liegt, weiß ich nicht, was ich tue, aber irgendwas tu ich dann bestimmt. Ich hatte dir nichts getan, aber du hast mich benutzt, solange du auf mich angewiesen warst. Du hast so getan, als wärst du mein Freund, und ich habe dir vertraut, aber unterdessen hast du gemacht, was du wolltest, und hinter meinem Rücken habt ihr euch über mich lustig gemacht, Carola und du. In meinem Leben hat es wenig gegeben, was mir so viel Aufregung gebracht hat wie deine Verhaftung, und es hat nichts gegeben, wofür sich jede Aufregung so wenig lohnte. Ich wußte nicht mal, warum sie dich verhaftet haben. Du hattest mir nicht gesagt, was du in Kampen wolltest, na gut, du brauchtest es mir auch nicht zu sagen. Aber du brauchtest auch nicht zu lügen. Und das hast du getan. Du hast mich angelogen, obwohl du gewußt hast, daß ich dich für meinen Freund gehalten habe. Ich konnte dich nur deshalb für meinen Freund halten, weil ich das Wichtigste von dir nicht gewußt habe. Du wußtest, daß das nur deshalb möglich war. Du wußtest, daß ich mit jemandem befreundet war, den es überhaupt nicht gab. Aber du hast dich nicht geschämt, alle Rechte dieses Trugbilds zu beanspruchen, nein, du hast es sogar genossen. Ach, kein anderer Student war so intelligent wie ich, und der Umgang mit anderen Menschen ist dir immer schwergefallen, nur mit mir nicht. Du fandest es offenbar kein bißchen demütigend, dir an deinen zehn Fingern abzählen zu können, daß ich dich zum Kotzen finden würde, sobald ich gewußt hätte, was du wirklich bist. Nein, du hast alles getan, um dich zu verstecken, wahrscheinlich, weil du dich selbst zum Kotzen fandest. Du versteckst dich vor allen Leuten. Andrea glaubt noch, du wärst ihr nie untreu gewesen, aber du bist mit Carola ins Bett gegangen.

Andrea glaubt, du hättest aus Vaterlandsliebe einem Mof die Kehle durchgeschnitten, aber du hast es nur getan, um Carolas Hintern kneten zu dürfen. Du, der vaterlandsliebende Märtyrer! Wenn die Königin zurückkommt, steht Oskar mit gezogener Mütze schluchzend auf dem Dam und kriegt einen Orden ans Jackett geheftet. Weißt du, warum?

Du hast immer über Vaterlandsliebe gelacht – weil ich darüber gelacht habe, darum hast du auch darüber gelacht. Aber bei Andrea, die nicht darüber lacht, hast du nicht darüber gelacht. Da warst du der heldenhafte Widerstandskämpfer. Und mir gegenüber hast du so getan, als würdest du nur etwas für Carola tun, wenn es nichts Besonderes war, wenn es nicht so riskant war. Ach, verdammt! Schert euch doch zum Teufel! Ich habe ein Scheißleben, aber ihr glaubt es nicht …« Er schloß die Augen und dachte: Ich bin fast ein Jahr lang tagaus, tagein mit Andrea ins Bett gegangen, Oskar, hast du's jetzt endlich kapiert, warum unternimmst du denn nichts.

Er spürte den Geschmack von Austern im Mund. Tränen strömten ihm aus Nase und Augen.

»Warum ist er auf einmal so verstört?« hörte er Oskar sagen und gleich darauf etwas auf tschechisch. Oskar ging in die Küche und kam mit einem Glas Wasser zurück, das Arthur ihm aus der Hand schlug. Dann gingen Andrea und Oskar ins Schlafzimmer, wo das Öfchen stand.

Auf die Art kann ich sowieso nicht mehr lange weitermachen, dachte Arthur etwas später und richtete sich auf, als ob er erwachte. In der Diele herrschte graues Halbdunkel. Nur durch die oberen Eisglasscheiben der Türen fiel etwas Licht ein.

Die Glasscheibe oben in der Schlafzimmertür war gelb erleuchtet. Arthur kickte eine Glasscherbe weg und stand auf. Er reckte sich, schaute umher und zündete eine Kerze an, die auf der Frisierkommode bei der Garderobe stand.

Oskars Fahrradtaschen und ein Jutesack lagen vor der Garderobe. Arthur schaute hinein. Kartoffeln und Rüben. Oskars Leckereien, dachte Arthur, immer bringt er was Leckeres mit, der liebe Oskar, nie Parfum oder etwas Schönes, immer was Leckeres. Für Andrea Rüben, für Carola den Kopf eines Mof. Tête de boche! Er seufzte, fand in seiner Tasche eine halb aufgerauchte englische Zigarette. Vor zwei Tagen hatte Andrea noch sechs davon für sechzig Gulden gekauft. Mit gespitzten Lippen beugte er sich zur Kerze. Wie spät war es wohl? Ich muß doch was essen, dachte er und klopfte an die Schlafzimmertür.

»Komm rein«, rief Oskar.

Sie saßen um die Karbidlampe, die auf dem kleinen, runden Tisch stand. Der Tisch war hübsch gedeckt, das Zimmer aufgeräumt, das Bett gemacht. Was Oskar in der kurzen Zeit alles geschafft hatte!

»Näähmen Sie Platz«, sagte Andrea und stand auf, um einen Teller für ihn zu holen. Er setzte sich, das weiße Acetylenlicht übergoß alles mit etwas wie Reinheit; die Umgebung war wie geschaffen, um sich zu entschuldigen.

Warum tue ich das eigentlich nicht, dachte er beim Essen. Was bedeutet es schon, daß ich im Recht bin; das kann ich sowieso niemandem klarmachen. Er linste unwillkürlich zu Oskar, ob der ihn nicht mit dem Blick eines Schulrektors anschaute, der die Worte spricht: Hast du mir nichts zu sagen, mein Junge? Aber Oskar lag inzwischen mit geschlossenen Augen auf dem Bett, und als Andrea (nach dem Speckpfannkuchen) Arthur Grütze aufgetischt hatte, legte sie sich zu Oskar, schmiegte sich an ihn und strich ihm durchs Haar. Ihre Gesichter sah Arthur nicht mehr. Andrea verhielt sich, wie sich eine Frau verhalten sollte, deren Mann gerade aus dem Gefängnis zurückgekehrt ist.

Arthur wischte sich den Mund ab und legte die Serviette nieder. Jetzt ist der richtige Augenblick, dachte er, um zu sagen: »So, ich geh dann mal.«

– Aber wohin? Und er faltete die Serviette langsam und ordentlich zusammen. Ich bleibe einfach sitzen, dachte er; wenn sich Oskar so viel gefallen läßt, wird er das auch noch schlucken. Er wird sich nicht trauen, mich wegzuschicken. Er wird morgen, wenn sie in die Veluwe aufbrechen, mit Andrea vor der Wohnungstür stehen und mit dem Schlüssel in der Hand warten, bis ich meinen Mantel angezogen habe. – Aber wie konnte Arthur verhindern, daß Oskar jetzt schon sagen würde: Komm, gehn wir schlafen? Mit anderen Worten: Arthur, nun verzieh dich mal ...

Es war halb acht, Zeit genug, um noch nach Haus gehen zu können. Vor Angst kaute Arthur Fingernägel. Er saß mit dem Rücken halb zum Bett, wagte nicht, sich umzuschauen, wäre am liebsten unsichtbar gewesen, spitzte bei jedem Rascheln ängstlich die Ohren, hörte meist nichts, als ob die beiden schon schliefen, schaute, ob die Flamme der Karbidlampe auch nicht rußte, weil er sonst aufstehen und etwas dagegen unternehmen müßte, denn sonst stünde Oskar auf und würde wieder auf ihn aufmerksam. In dieser Nacht wollte er auf keinen Fall nach Haus. Falls sie ihn wegschickten, würde er sich noch lieber auf einer Polizeiwache melden, wo er dann mit den Beamten bis vier Uhr früh im Wartezimmer Bridge spielen müßte.

Mit einemmal hörte er die Tischglocke läuten, die als Türklingel in der Diele hing. Hinter ihm im Bett kam es offenbar zu einem Streit. Andrea und Oskar wurden immer lauter. Dann stand jeder an einer Seite des Betts, und Andrea gestikulierte beim Reden verzweifelt. Oskar sprach langsam und bedächtiger als sonst, vielleicht mußte er, weil er so aufgeregt war, länger über seine tschechischen Sätze nachdenken, vielleicht war er überhaupt nicht aufgeregt und redete so langsam, um Andrea zu beruhigen.

»Arthur«, sagte Oskar unvermittelt, »würdest du mal nachschauen, wer da ist?«

Arthur ging schon zur Tür. Die Polizei! dachte er und bekam wegen dieser unverhofften Chance weiche Knie.

»Nein, nicht!« rief Andrea. Arthur blieb stehen. Andrea redete wieder tschechisch.

»Warte einen Moment«, sagte Oskar, ehe er sich wieder Andrea zuwandte. Die beiden verließen das Zimmer. Arthur kam es so vor, als wären sie gänzlich verschwunden. In der Diele redeten sie nicht mehr miteinander, und ihre Schritte waren nicht zu hören. Die Polizei kann es nicht sein, dachte Arthur, dafür dauert es zu lange. Wenn es doch die Polizei ist, wird Andrea dann sagen, daß Oskar nach Hause gekommen ist? Er rechnete nicht damit. Ich hätte es vielleicht auch nicht gewagt, dachte er, aber warum eigentlich nicht, was macht es mir noch aus, ob ich ein Schuft bin oder nicht, ich wüßte sowieso nicht, was ich tun und lassen müßte, um keiner zu sein. Vielleicht weiß Oskar es ja …

Von der Diele her hörte er eine gläsern klingende Stimme. Andrea kam mit der Nachbarin herein, die eine Etage tiefer wohnte und die er noch nie gegrüßt hatte.

»Wie hell es bei Ihnen ist«, sagte die Frau. Arthur stand auf.

»Das ist Mijnheer Muttah«, sagte Andrea, »ich hole rasch meinen Mann.«

Die Nachbarin setzte sich und redete los. »Was für ein Segen, nicht wahr, daß Herr Ossegal mit dem Leben davongekommen ist. Wenn es *ein* guter Mensch verdient hat, am Leben zu bleiben, dann sicher er. Die Moffen nehmen einfach jeden mit. Ob man was getan hat oder nicht, darauf kommt's nicht an. Und Frau und Kinder bleiben mit den Sorgen zurück. Man darf gar nicht dran denken, welche Verheerungen das alles im Familienleben anrichtet.«

»Schrecklich …«, murmelte Arthur.

»Wie bitte, Mijnheer?« Sie sah ihn an, als habe er sie brüskiert.

»Ich sagte, das ist schrecklich«, wiederholte Arthur ziemlich laut, »und das meine ich ernst.«

»Hat sich Mijnheer Ossegal nicht sehr verändert? Manche sind danach nervenkrank, völlig überspannt. Ein Cousin von mir ist aus dem Lager in Amersfoort zurückgekommen, und noch am selben Tag hat er sich so mit seiner Frau zerstritten, daß er weggelaufen und nie mehr wiedergekommen ist.«

»Das war vielleicht nur Taktik«, sagte Arthur, »sie sollte vielleicht nicht wissen, daß er wieder untergetaucht ist.«

»Meinen Sie?« fragte sie ohne die geringste Ironie. »Manchmal hoffe ich es.« Mit halbgeschlossenen Augen starrte sie auf die Lampe. »Ich glaube, ich höre was«, sagte sie dann und stand auf, das Gesicht zur Tür gewandt.

Oskar und Andrea kamen ins Zimmer. Oskars Haare waren adrett gekämmt, doch an seinem Anzug hingen lauter Strohhalme aus der Abstellkammer, in der er sich versteckt hatte.

»Guten Tag, Mevrouw Lesger«, sagte er, »wie geht es Ihnen?«

»Ach ja, Mijnheer Ossegal, ich hab Sie gesehen, wie Sie mit dem Rad gekommen sind. Ihre Frau hat mir schon erzählt, daß Sie für eine Weile in der Veluwe waren. Das hat Ihnen bestimmt gutgetan. Manche Leute haben Glück, aber es gibt auch Bauern, bei denen man verhungert.«

Vielleicht bleibt sie ja den ganzen Abend, dachte Arthur. Den Augenblick, in dem sie schlafen gehen würden, wagte er sich nicht vorzustellen.

»Sie müssen einmal einen Vortrag halten vor unserer Hausgemeinschaft, Mijnheer Ossegal«, sagte Frau Lesger. »Sie haben doch bestimmt irgendein spannendes Thema, über den Gaskrieg oder die Geheimwaffen, die Möglichkeiten und Schutzmaßnahmen und so. Es muß natürlich ein bißchen allgemeinverständlich sein.«

»Ja, das mache ich gern«, sagte Oskar.

»Hier im Haus ist es fast wie in der Volkshochschule, jeden Freitagabend ist es richtig nett. Was haben wir doch für ein Glück, daß wir zweiundzwanzig Familien besuchen können, ohne auf die Straße hinaus zu müssen. Herr Spaander unterrichtet Musikgeschichte, Doktor van Dam hat letztens über Verdauungsstörungen gesprochen und Herr Dibbets über die Sanierung der Währung. Wir hatten auch schon Konzerte. Sie werden ein wertvolles Mitglied unserer Gemeinschaft sein. – Hat Herr Muttah nicht auch irgendein Hobby? Studieren Sie auch?«

»Ja, aber ich wohne nicht hier«, sagte Arthur, um zu testen, wie diese Mitteilung aufgenommen würde, und weil dieser Weigerungsgrund ohnehin aufs Tapet kommen müßte.

Frau Lesger zögerte kurz. »Ach, das hätte ich jetzt nicht gedacht«, sagte sie dann dreist.

Sie ging mit zehn Kilo Kartoffeln und zeigte dafür größere Dankbarkeit, als nötig gewesen wäre. Wo sollte Oskar sie sonst lassen, die ganze Küche war schon voll mit den Vorräten, die Andrea beschafft hatte.

»Bin müde«, sagte Andrea. Ergeben stand Arthur auf. Er wagte weder Oskar noch Andrea anzublicken. Jetzt war der Moment gekommen. Sein Rasierzeug, seine Zahnbürste, seine Unterwäsche; ein Schlafanzug, den er nie benutzt, alles, was Andrea ihm gekauft hatte. Wo hatte Oskar das alles gelassen, als er es beim Aufräumen des Zimmers gefunden hatte?

»Hast du Streichhölzer?« fragte Oskar. »Dann kommst du zurecht, oder?«

»Schlaf gut«, sagte Arthur ruhig, ging zur Tür, drehte sich dann jedoch mit wütender Miene um. »Ich hätte ganz gern meinen Toilettenkram.«

Er wartete, wer von den beiden ihm die Sachen übergeben würde. Es war Oskar, der sie aus einem Schrank nahm, in dem er Arthurs Sachen ordentlich in ein Fach gelegt hatte. »Hier, bitte. Das Rasiermesser hätte ich morgen früh gern zurück. Ich habe keins bei mir.«

Arthur sah ihn an. »Findest du es nicht verrückt, daß du mir das geben mußt, Oskar«, sagte er dann, »findest du es nicht schrecklich, daß du meine Unterwäsche in deinem Schlafzimmer finden mußtest?«

»Ich bin nicht eifersüchtig«, sagte Oskar.

»Aber ich«, sagte Arthur.

»Das ist dumm von dir, im allgemeinen und in diesem Fall im besonderen.«

»Das dachte ich auch immer«, erwiderte Arthur, »aber ich habe mich geirrt. Ich meine: Ich habe immer gedacht, du seiest nicht zu beneiden, manchmal habe ich sogar gedacht, du wärst ein Opfer deiner Gutmütigkeit, und darauf war ich nicht neidisch. Aber du bist nicht das Opfer deiner Gutmütigkeit, du bist überhaupt kein Opfer. Du ermordest einen Deutschen, aber nicht, weil du was gegen die Deutschen hast – nein, auch hier bist du kein Opfer –, sondern um meiner Schwester einen Gefallen zu tun. Damit sie mit dir ins Bett geht. Du wirst verhaftet, und man könnte meinen, du wärst das Opfer deiner Liebe zu Carola geworden, aber auch das stimmt nicht, sie lassen dich wieder frei, ohne daß dir was wirklich Schlimmes passiert ist. Hunderte Menschen werden wegen weitaus unwichtigerer Dinge erschossen. – Du hast mich immer zum Narren gehalten, zusammen mit Carola hast du dich über mich lustig gemacht, und du hast es sogar verschmäht, mich zu deinem Komplizen zu machen.«

»Komplizen wobei? Was faselst du da von einem Deutschen, den ich ermordet haben soll?«

»Hast du das denn nicht getan?«

»Aber wie kommst du darauf?«

»Warum bist du sonst nach Kampen geflohen?«

»Ich bin nicht nach Kampen geflohen. Ich war in Kampen, weil ich eine Uniform hinbringen wollte, für ein Rollkommando des Widerstands dort in der Gegend, die Leute haben, als Deutsche verkleidet, Überfälle auf Ämter und so verübt. Sonst nichts. Woher die Uniform stammte, wußte ich nicht. Das konnte ich dir doch wohl nicht alles auf die Nase binden, oder? Was hättest du denn davon gehabt? Ich hätte dich nie für so kindisch gehalten. Ich dachte, du interessierst dich für wichtigere Dinge. So wie ich. Deshalb kannst du zufrieden sein, daß ich dir ohne jeden Kommentar deine Unterwäsche wiedergebe.«

»Was kann ich dafür, daß du mir meine Unterwäsche wiedergibst. Wenn es an mir gelegen hätte, wäre es nie dazu gekommen. Du bildest dir vielleicht ein, daß Andrea schrecklich in dich verliebt ist, weil sie sich heute nachmittag Hals über Kopf mit dir versöhnt hat und mich jetzt nicht mehr beachtet, aber sie hat mich verführt, sie wollte, daß ich bei ihr blieb. Schon lange bevor du weg warst, habe ich gespürt, daß sie mit mir schlafen wollte, aber ich habe es die ganze Zeit nicht gemacht, weil du mein Freund warst.«

Er wartete, ob Andrea sich dazu äußern wollte, hörte aber nichts.

Oskar sagte: »Wie nobel von dir. Und als du es dann doch getan hast, bedeutete es, daß du mich nicht mehr als Freund ansahst?«

Wenn du das immer noch nicht kapierst ... dachte Arthur, sagte aber nach kurzem Nachdenken nur tonlos: »Aber nein.«

»So«, sagte Oskar, »und wenn du ihr jetzt ein Kind gemacht hättest?«

»Das war unmöglich, Andrea hatte die ganze Zeit nie ihre Tage.«

Wie ungefährlich ich doch bin, dachte er. Er griff schnell zu dem Bündel in Oskars Händen. »Gute Nacht«, rief er in der Diele. Die Kerze vom Toilettentisch nahm er mit ins Gästezimmer. Ganz langsam ging er auf die Tür zu. Ganz langsam stieß er die Tür auf. Er konnte die Hand nicht schützend um die Kerzenflamme halten, weil seine Sachen fast wegrutschten und er sie nicht irgendwo hinlegen wollte, um sie zu holen, nachdem er die Kerze ins Zimmer gebracht hatte. Auf der Türschwelle dachte er: Jetzt ist alles aus. Andrea ist es sogar egal, daß ich Oskar verraten habe, daß sie mich verführt hat.

Ein Luftzug löschte die Flamme. Der ranzige Qualm drang ihm in die Nasenlöcher. Er ließ die Kleidungsstücke fallen. Ohne daß er sie sehen konnte, versetzte er ihnen einen Tritt. Etwas Langes wickelte sich um seinen Fuß. Der Schweiß brach ihm aus. Mit einer Hand tastend, stellte er die Kerze an der Wand ab. Er richtete sich wieder auf und wartete im Dunkeln, ob irgendwo ein kleiner Lichtschein zu sehen war, an dem er sich orientieren könnte. Nein, nichts, die Verdunklungsvorhänge mußten zugezogen sein, und die Tür von Oskars Schlafzimmer, hinter der die Karbidlampe wahrscheinlich noch brannte, lag hinter einer Ecke. Er bückte sich, um die Streichhölzer zu suchen, die er zu Rasiermesser und Zahnbürste in den zusammengefalteten Schlafanzug gelegt hatte. Aber er fand nichts, obwohl er über den Boden kroch. Der Schweiß kühlte ihn ab, bis er in dem kalten Zimmer fröstelte. Schließlich stand er auf und fand, sich an der Wand entlangschiebend, die Tür. »Oskar«, rief er. Nach einem Augenblick schien es, als wäre der Mond in dem kleinen Seitenflur aufgegangen. Arthur sah Oskars Umriß, im Morgenmantel, in der Diele.

»Hast du mich gerufen?« fragte Oskar.

»Ja. Die Kerze ist ausgegangen, und ich kann die Streichhölzer nicht finden.«

Oskar ging. Seine Pantoffeln machten bei jedem Schritt ein klebriges Geräusch. Er sagt nicht einmal: Läßt du mich denn heute gar nicht mehr in Ruhe, dachte Arthur.

»Bitte«, sagte Oskar, der wieder zurückgekommen war.

Nun wußte Arthur, daß er Oskar nur gerufen hatte, weil das wichtigste, was er ihm hatte sagen wollen, noch nicht ausgesprochen war. Aber was es war, fiel ihm gerade jetzt nicht mehr ein; er wollte trotzdem etwas sagen und fragte deshalb: »Fahrt ihr morgen?«

»Ich hoffe.«

»Früh?«

»Nicht so sehr früh. Ich hatte heute einen anstrengenden Tag. Außerdem muß ich ein Rad für Andrea auftreiben.«

»Ach so. – Weißt du nichts, wohin ich gehen könnte?«

»Tut mir wirklich leid, aber ich kann dich nicht mitnehmen.«

»Das meine ich überhaupt nicht, mit euch mitzugehen, daran habe ich keine Sekunde gedacht.«

»Geh doch nach Hause. Deine Großmutter wird dich schon nicht fressen.«

»Weißt du denn nicht, was bei mir zu Hause los ist?«

»Nein. Was Besonderes?«

»Hast du noch nicht von Ernst gehört?«

»Nein – äh – nun ja, und was soll das?«

»Na, dann schlaf gut, Oskar.«

»Ach, Arthur, warum läufst du jetzt weg? Ich weiß nun mal keinen anderen Rat. Ich habe auch keine Beziehungen zu Leuten, die dir helfen könnten. Ich wüßte wirklich niemanden. Du glaubst mir vielleicht nicht, wenn ich dir sage, daß mir das aufrichtig leid tut. Vielleicht findest du ja was, wenn du ein paar Tage zu Hause bist.«

»Ja«, sagte Arthur. »Mach's gut, Oskar.« Er gab Oskar die Hand, schaute ihn jedoch nicht an; Oskar mußte das merken, denn Arthur stand mit dem Gesicht zum Licht. »Mach's gut, Andrea«, rief er, jedoch ziemlich leise.

»Andrea, Arthur wünscht dir eine gute Nacht!« rief Oskar.

»Ahoj, Arthur«, hörte er sie von ganz weit weg. Er drehte sich um, entzündete ein Streichholz, bückte sich und zündete die Kerze an. Er hörte, wie Oskar zurückging und die Zimmertür hinter sich schloß. Arthur richtete sich auf und stellte die Kerze auf den Waschtisch, schloß dann seine Zimmertür. Mit trübseliger Miene kniete er sich hin, um sein Rasiermesser und die Zahnbürste unterm Bett hervorzuholen. Die Sachen lagen beim Kopfende, hinten an der Wand, so daß er sich in voller Länge auf den Boden legen mußte, um sie hervorholen zu können. Er war todmüde, als er aufstand. Trotzdem putzte er sich energisch die Zähne. Es ist aus mit Andrea, für immer aus, dachte er, warum sollte sie auch etwas für mich tun, warum sollte sie sich auch etwas aus mir gemacht haben, warum sollte sie sich auch etwas aus mir machen, wo sie mich nun nicht mehr braucht!

Nur in der ersten Nacht hatte er ein paar Stunden in diesem Zimmer geschlafen. Der Kampfergeruch der Laken erinnerte ihn daran, daß er nur Gast in diesem Haus war. Ein Gast, der gerade erst angekommen ist, die Bettlaken duften noch nach Sauberkeit. Als sei es gestern gewesen und nicht vor fast einem Jahr, daß er hier eingezogen war. Als hätte Andrea für ihn nie anders als bekleidet und als Fremde existiert. – Er sprang aus dem Bett und zog die Vorhänge auf. Draußen war es so dunkel, daß er, wieder im Bett, kaum das Fenster erkennen konnte.

Am Morgen wurde er vom Licht geweckt. Von überallher hörte er Vogelgezwitscher. Der Himmel war strahlend blau. Vor Nervosität war er sofort hellwach, er hielt es keine Sekunde mehr im Bett aus, rasierte sich mit kaltem Wasser, wusch sich und zog sich an. Nichts brauchte er mitzunehmen. Später wird Andrea noch Unterzeug und Hemden, die Oskar viel zu groß sind, in der Wäsche finden, dachte er. Dann wird sie noch mal an mich denken. Viel später, heute würden sie ja wegfahren, und wer weiß, wann sie zurückkämen. Wenn wieder Frieden ist, dachte er, dann. Wo werde ich dann sein; vielleicht bin ich dann ja tot.

Im Flur hörte er nichts. Oskar hatte gesagt, er wolle ausschlafen. Aus einem Schrank in der Diele nahm Arthur seinen Wintermantel, legte ihn über den Arm und ging langsam die vielen kurzen Treppen hinunter. Weil beide Reifen platt waren, mußte er sein Fahrrad schieben. Über die Noorder Amstellaan trotteten schon viele Menschen. Die Fahrbahn war verlassen. Es war erst acht. Was sollte er tun? Er hatte nicht mal gefrühstückt. Nirgends gab es hier einen Bäcker. Er begegnete keinem Radfahrer mit Luftreifen, konnte sich also von niemandem eine Luftpumpe leihen.

In der Ferdinand Bolstraat hatten alle Bäckereien geschlossen. Heute gab es sicher kein Brot. Wenigstens fand er einen Fahrradunterstand, wo er die Reifen aufpumpen konnte. Fast bereute er es, denn nun war er um so früher zu Hause. Aber etwas anderes blieb ihm nicht übrig. Und warum auch nicht, dachte er, dieser Mof wird wohl endlich abgehauen sein. Vielleicht ist Carola ja mitgegangen; möglicherweise ist Oma tot. Vielleicht wohnen dort andere Leute. Hoffentlich habe ich übertrieben und mich umsonst aufgeregt.

Er fuhr schnell, weil er hungrig war. Ein umgebauter Lastwagen, der mit Mehlsäcken beladen war, kam ihm entgegen. Das magere Pferd ging ganz langsam. Auf dem Bock saß ein Polizist. Morgen gibt es bestimmt wieder Brot, dachte er. Kurz darauf fuhr er durch den niedrigen Säulengang, mußte jedoch anhalten, ehe er den Eingang von Zwikkers Fahrradunterstand erreicht hatte. Ein Handkarren versperrte ihm den Weg. »Zwikker!« rief Arthur. Der Karren war mit einer Plane abgedeckt, die er an einer Ecke lüftete. Darunter lag etwas, das an die Verpackung einer großen Standuhr erinnerte. Wie! dachte Arthur, hat sie nun doch recht bekommen, ist er tot? Aber er konnte sich blitzschnell fangen, als er den alten Mann auf sich zukommen sah.

»Na, Zwikker, wie geht's?« rief er. »Siehst du jetzt, daß die Vorhersagen meiner Großmutter nicht eintreffen?«

»Was nicht ist, kann noch werden«, sagte Zwikker ohne jedes Anzeichen von Erstaunen, daß er Arthur nach so langer Zeit wiedersah. Er nahm den Griff des Karrens und beugte sich darüber. »Stell dein Rad nur ab«, sagte er, »an dem Unterstand habe ich keinen Spaß mehr.«

»Und wovon lebst du jetzt?« fragte Arthur, als er aus dem Keller zurückkam, »machst du Särge?«

»Nein«, sagte Zwikker, »ich bring Fuhren zum Ostfriedhof, für zwölf Piepen. Ich hab nur einen Sarg, es gibt kein Holz, aber auch nicht genug Pappe.«

»Fuhren?« fragte Arthur.

»Da ist kein Boden drin«, sagte Zwikker, »drunter liegt nur ein loses Brett. Sonst wird's zu teuer.«

»Sind sie denn nicht zu schwer?« fragte Arthur. »Das ganze Stück zu Fuß ...«

»Manchmal hat man seine Not, sie die Treppe runterzukriegen«, sagte Zwikker, »einmal ist mein Daumen durch die Pappe gegangen. Die war naß geworden, der Sarg hatte schon vierzehn Tage so gestanden. Aber besonders schwer sind sie nicht. Sie magern ab, bevor es soweit ist, weißt du.« Er wandte sich ab und spuckte auf den Boden. »Sie werden ganz dünn«, murmelte er.

Bis zum Basalttor begleitete Arthur ihn. Er traute sich nicht, ihn nach der Großmutter zu fragen.

Auf der Treppe wartete niemand. Heute war sicher keine Sprechzeit, oder ... Mühelos steckte er den Schlüssel in die Tür von Carolas und seiner Wohnung und war fast beleidigt, daß er noch paßte. Im Flur war es dunkel. Er ging ins Wohnzimmer. Offenbar war niemand in der Wohnung. Auch hier war es finster, vor den Fenstern hing noch das Verdunklungspapier. Er rollte es an einem Fenster hoch und schaute sich um, ob sich etwas verändert hatte. Der Fußboden war mit großen, rotbraunen Kakerlaken übersät, die vor dem Licht nach allen Seiten flüchteten. Angeekelt und wie von Sinnen verfolgte er sie und rannte um den Tisch herum. Er zertrat so viele wie möglich, mit einem kurzen, knackenden Geräusch.

9

Auf einmal wußte Arthur wieder, was er Oskar hatte sagen wollen, etwas sehr Wichtiges hatte er vergessen.

Er hätte ihn fragen müssen: »Bist du denn gar nicht mehr in Carola verliebt? Willst du sie nicht wiedersehen? Weißt du etwa, was sie in deiner Abwesenheit alles getrieben hat? Und daß wir einen Mann namens Ernst im Haus haben, der sich so aufführt, als ob er bereits mit ihr verheiratet wäre? Wie findest du es, daß Carola dir nie davon erzählt und immer so getan hat, als würde sie dich lieben (Arthur zweifelte immer noch nicht daran, daß Oskar tatsächlich etwas mit Carola gehabt hatte), während sie mit diesem Mof herumgeknutscht hat? Na, was sagst du dazu, Oskar?«

Einen Augenblick später jedoch tat es ihm überhaupt nicht mehr leid, daß er das nicht zu Oskar gesagt hatte. Es war ohnehin überdeutlich, daß Oskar keinen Gedanken mehr an Carola verschwendete. Für Oskar war es nur noch wichtig, genug zu essen zu haben und in Sicherheit zu sein. Hatte Oskar nicht sogar durchblicken lassen, daß er von Ernsts Anwesenheit bei ihnen wußte? Er hatte noch gesagt: »Und was soll das?«, als er Arthur Streichhölzer für die Kerze brachte. Andrea hatte Oskar natürlich alles erzählt, als sie mit ihm allein im Vorderzimmer gesessen hatte. – Komisch, daß mir das erst jetzt einfällt, dachte Arthur. Und dann dachte er: Hat sich Oskar wohl genausowenig dafür interessiert, was in mir vorging, was es für mich bedeutete, von dem Ehemann der Frau, mit der ich fast ein Jahr zusammen gelebt habe, vor die Tür gesetzt zu werden, und auch, was es für mich bedeutete, daß ihr das nicht das geringste ausgemacht hat? Hatte Oskar Andrea geglaubt? Nie, nie würde er genau wissen, was Oskar wußte, dachte und fühlte. Und wenn er das nicht wußte, wußte er auch nicht, was er von sich selbst halten sollte.

Er horchte auf Geräusche im Haus und fragte sich, wem er wohl zuerst begegnen würde: der Großmutter, Carola oder Ernst, und was er dann sagen sollte. Aber es war still. Nur von draußen hörte er nun ein Auto, dessen Motor längst angesprungen war und das anscheinend nicht losfahren konnte. Einen Moment dachte er, das Brummen säße in seinem Kopf, aber er wollte es genau wissen und schaute aus dem Fenster. Auf der Straße war nichts zu sehen. Das Auto, das vor der Schule stand, machte kein Geräusch. Ein Deutscher lud Säcke mit Bohnen ab und trug sie durch ein Spalier alter Männer und Frauen mit Einkaufstaschen. Wenn der Deutsche außer Sichtweite war, verknäulten sich die beiden Reihen zu einem wimmelnden Bündel über dem, was aus den Säcken gefallen war; mit einer Hand lasen die Leute es auf, mit der anderen, die wie ein Flügel nach hinten ragte, drückten sie die hinter ihnen Stehenden weg. Sobald der Deutsche wieder zum Vorschein kam, stellten sie sich neben seinen Schritten in Reih und Glied, um zu verheimlichen, was sie getan hatten.

Arthur ging ins hintere Zimmer und stieß die Türen zur Veranda auf. Das brummende Geräusch wurde zu einem Dröhnen. Er beugte sich übers Geländer. Der Motor stand in einem kleinen Wagen auf dem Schulhof. Ein Gummikabel führte in das geöffnete Kippfenster des Gebäudes. Ein Dynamo, dachte Arthur – ist unser Haus wohl auch angeschlossen? Er ging hinein und drehte einen Schalter um, aber es kam kein Licht. Dann ist Ernst vielleicht nicht mehr da, dachte er, vielleicht ist Carola ja mit ihm fortgegangen. Ich werde Oma meine Wohnungsschlüssel abnehmen und das meiste von ihrem Geld, und wenn sie die Treppe raufkommt, schmeiß ich sie runter. Und ich hoffe, daß sie verhungert; aber sie wird nicht verhungern, denn ihre Patienten – ach nein, ihre Klienten – erhalten sie am Leben.

Da hörte er Carola sagen: »Was machst du denn hier? Brauchst du irgendwas?«

Sie war von der Veranda hereingekommen.

Über seine Anwesenheit war sie offenbar so verstört, daß sie die Türen nicht schloß, sondern nur ihren Morgenmantel fester um sich zog. Sie schlug den Kragen hoch und hielt ihn unterm Kinn zu. Es sah aus, als wollte sie sich selbst die Kehle zudrücken.

»Guten Tag, liebe Carola«, sagte Arthur. Um zu demonstrieren, daß er nicht nur gekommen war, weil er etwas brauchte, zog er den Mantel aus, warf ihn über einen Stuhl und zog die Verandatüren zu. »Sonst erkältest du dich noch, und das wäre schade«, sagte er und stellte sich vor die gerade geschlossenen Türen. Carola stand dicht bei ihm. Er packte den Rücken der Hand, die sie an ihre Kehle hielt, weil er hoffte, daß sie dann wütend werden und sofort das Zimmer verlassen würde, doch sie wurde nicht wütend. Nur ihre Augen weiteten sich, so als sähe sie etwas, was Arthur nicht einmal ahnen konnte.

»Sei nicht gleich so gehässig«, sagte sie. Ihre Wangen waren blaß und so eingefallen, daß sich Falten um das Kinn zogen. Sie hatte keinen Puder aufgelegt, nur Lippenstift, und die Lippen weit über die natürlichen Ränder hinaus angemalt. Am Scheitel war ein drei Finger breiter Streifen nicht blondiert. »Gib mir einen schwesterlichen Kuß«, sagte Arthur, und tatsächlich näherte sich ihr Kopf mit gespitzten Lippen seiner Wange, doch er stieß sie zurück, obwohl er ihre Hand noch festhielt.

»Dann eben nicht«, sagte sie leise und beinahe bekümmert.

»Hast du wirklich geglaubt, ich hätte das ernst gemeint?« sagte er. »Du siehst aus wie ein ungewaschener Kissenbezug, und du riechst auch ungefähr so. Bekommst du nicht genug zu essen? Sorgt dein lieber Ernst nicht für dich? Wo steckt er? Bist du deshalb so butterweich?

»Wann gehst du wieder?« fragte sie.

»Wenn du sehr wütend wirst, vielleicht sofort«, antwortete er vor Verwunderung, daß sie nicht böse geworden war. »Mir wäre lieber, du hättest eine Zigarette für mich.«

Sie ist verrückt geworden, dachte er, nachdem sie das Zimmer mit den Worten verlassen hatte: »Ich schau mal nach, ob ich eine finde.« Er stellte sich vor den Spiegel und tippte sich auf verschiedene Arten an den Kopf. – Total verrückt. Ich werde auch bald verrückt, dachte er und hörte damit auf. Draußen summte der Dynamo.

Carola kam zurück. Die eine Hand hielt sie noch immer am Hals, als könnte sie nur so den Kopf aufrecht halten. In der anderen hatte sie fünf dünne, selbstgedrehte Zigaretten. »Das ist alles, was ich habe.«

Er schaute auf die ausgestreckte Hand mit den äußerst langen, fragilen, rot lackierten Nägeln, ein schmaler Becher aus Fingern, und nahm eine Zigarette heraus. »Leg die andern auf den Kaminsims«, sagte er gleichgültig. Sie tat es, und hinter ihrem Rücken faßte auch er sich an den Hals, aber vor Verwunderung.

»Vergiß nicht, sie einzustecken, wenn du gehst«, sagte sie, »oder hast du kein Etui dabei? Soll ich dir eine Schachtel suchen?«

»Ich geh vorläufig nicht aus dem Haus. Aber wenn du so gern was für mich tun möchtest, dann häng meinen Mantel an die Garderobe.«

Sie antwortete nicht: »Na besten Dank, mach's doch selber«, sie antwortete: »Ach, für den Moment kann er doch da auf dem Stuhl liegenbleiben.«

»Für den Moment?« sagte er. »Fürs erste bin ich noch nicht weg. Was glaubst du eigentlich, wie lange ich noch bleiben werde?«

Darauf sagte Carola, und ihre Stimme überschlug sich: »Ach, rutsch mir doch den Buckel runter! Immer, wenn du hier bist, fängst du Streit an. Warum bist du zurückgekommen, wenn du gar nichts brauchst?«

»Ich brauche nichts von hier. Ich brauche nur ein Dach überm Kopf.«

»Warum bist du dann nicht da geblieben, wo du herkommst?«

Er baute sich direkt vor ihr auf, blies ihr den Zigarettenrauch mit einem langen, puffenden Geräusch ins Gesicht und sagte: »Weil dich das überhaupt nichts angeht.« Er trat einen großen, theatralischen Schritt zurück, als wollte er Platz machen für ihr Befremden, und sagte langsam: »Tja … was sagst du nun?«

Aber Carola sagte nichts, sie weinte. Tränen rollten über ihr fleckiges Gesicht. »Du Ekel«, murmelte sie und rieb sich mit den Handrücken die Augen, »du Ekel, ach, verdammt …«

»Verdammt«, echote Arthur, »verdammt. Wer hat hier das Recht, verdammt zu sagen. Ich bin in einem Haus eingesperrt mit einem hysterischen alten Weib, einer Nutte und einem Scheißmof, ich kann nirgendwo anders hin, und du sagst verdammt. Jetzt hör mal gut zu: Ich bin fast davon überzeugt, daß ich meine Übelkeit wegen dieses ganzen Scheißdrecks nur loswerden kann, wenn ich dich so lange durchprügele, bis ich müde bin und einschlafe …«

Er ging zum Kaminsims und steckte sich an seinem Zigarettenstummel eine neue Zigarette an, als hätte er die Pflicht, sie so rasch wie möglich aufzurauchen.

»Wo ist Ernst?« fragte er dann, »warum kommt er nicht und hilft dir?«

Er war sich nun ganz sicher, daß Ernst schon vor Monaten das Haus verlassen hatte. Vielleicht hat sie …, dachte er, beendete den Gedanken dann jedoch laut: »Hattest du vielleicht lange keinen Mann, bist du deshalb so überempfindlich?«

Sie gab keine Antwort, konnte aber ihr Schluchzen unterdrücken.

»Na«, sagte Arthur nun, »ich werd mal bei Ernst vorbeigehen. Er ist bestimmt noch zu Hause, für Deserteure ist noch nicht die Zeit, aufzustehen.« Und er machte Anstalten, das Zimmer zu verlassen, nicht um Ernst zu suchen, sondern um sich in der Küche nach etwas Eßbarem umzusehen.

»Arthur!« rief Carola ihm nach.

Er zog die Tür auf, als wäre Carola Luft, und ging in den Flur.

»Arthur, Arthur!« Er hörte nicht hin, sondern betrat die Küche. Dort schaute er in alle Schränke. »Aha«, sagte er. Er hatte zwei Dosen Heringe in Tomatensauce gefunden.

»Wo ist das Brot?« fragte er.

Carola stand in der Küchentür und starrte ihn an.

»Sag schon, wo ist das Brot?«

Sie zuckte mit den Schultern.

Arthur suchte weiter. Nirgends schien er zu finden, was er suchte. »Du hast den Dosenöffner versteckt, als du so getan hast, als würdest du mir die Zigaretten holen«, sagte er, nur um etwas Unsinniges zu sagen, was sie vielleicht auf die Palme bringen könnte. »Aber ich weiß mir zu helfen«, fuhr er fort, »ich nehme eine Zange, und dann esse ich Heringe in Tomatensauce pur.«

Hammer, Zange und Nägel wurden in dem kleinen Abstellraum hinter der Küche aufbewahrt. »Da kannst du nicht rein«, rief Carola, als er sich in die Richtung wandte.

»Ach, tatsächlich?« fragte er und sah sie mit übertriebenem Hohn an, den Knauf der Tür, die schon halb offenstand, in der Hand. Er drehte sich wieder um und ging hinein.

»Mach dich doch nicht lächerlich«, rief Carola plötzlich direkt hinter ihm. Sie drängte sich nun auch in das enge Kabuff, fast berührten sie sich. »Was willst du nun eigentlich hier?«

»Den Dosenöffner«, sagte Arthur, »aber der Dosenöffner ist weg. Sag schon, wo ist der Dosenöffner?« Und er lachte mit übertriebenen Gesten und Geräuschen. Abrupt hielt er inne und trat ans Fenster.

»Was für idiotische Gardinen. Hattest du Angst, die Mädchen von gegenüber könnten zugucken, wenn dein lieber Ernst sich wusch?«

Nun lief Carola weg. Aber er folgte ihr, obgleich ihn sein Verhalten selbst anwiderte, er mußte sich rächen und bekam sie zu packen, bevor sie die Tür zum Treppenhaus erreicht hatte.

»Wie lange ist Ernst schon fort?« fragte er. »Seit dem Dolle Dinsdag? Ist hier alles noch so, wie Ernst es zurückgelassen hat, falls er auf einmal wieder auftauchen sollte? Ist er etwa tot? Bist du bei den Zeugen Jehovas? Wie die Schwester von Proost? Die Pantoffeln ihres Verlobten, der in Deutschland *auf der Flucht erschossen* wurde, stehen seit drei Jahren neben dem Ofen. Damit sie warm sind. Ich muß mich doch mal bei Proost erkundigen, ob sie auch jetzt noch jeden Tag den Ofen in seinem Zimmer heizt, ohne sich was darauf zu kochen ...«

»Wie witzig du bist«, protestierte Carola matt, versuchte aber nicht, sich loszureißen.

»Wie witzig ich bin, was? Warum sollte ich nicht witzig sein, wenn es hier im Haus sonst keiner ist. Über deine Witze kann ich nämlich nicht lachen. Ich kann nicht mal darüber lachen, daß du Ernst nicht mein Zimmer gegeben hast. Das hast du sicher auch nur aus Weichlichkeit gemacht. Bruderherz könnte ja mal unverhofft vor der Tür stehen. So, und da ist er jetzt, und er wird mit einem Kuß begrüßt! Als ob ich darauf reinfallen würde! Du brauchst mich wohl, oder? Ich soll wohl irgendwas für dich tun?«

»Ach, laß mich doch, laß mich in Frieden!« rief Carola. Mit beiden Händen stieß sie ihn von sich, riß die Tür auf und rannte die Treppe zum Stockwerk der Großmutter hinunter.

Arthur hatte durchschaut, daß sie geglaubt hatte, ihn zu brauchen. Hatte er nur das durchschaut? Wußte er, daß Ernst noch im Haus war? Hatte er ihn vielleicht durch den Flur schleichen hören, als sie angeblich Zigaretten holte? Warum war Arthur sonst fast sofort in die kleine Kammer hinter der Küche gegangen, die er sonst so gut wie nie betrat? Ach, er wußte alles, alles. Aber wenn er alles weiß, dachte sie, was wird er dann tun? Die Polizei rufen? – Solange ich lebe, werden sie Ernst nie finden.

Aber wenn Arthur alles weiß, warum redet er dann so kindisches Zeug. Nein, er weiß nicht, daß Ernst noch da ist.

Nicht mal das! Von wem sollte er auch alles wissen? Er ist ein dummer Rüpel mit einer großen Klappe, weiter nichts.

Arthur war hinuntergegangen und klopfte an die Tür der Großmutter. Carola machte nicht auf.

»Carola«, rief er, »oben ist nirgends Brot. Gib mir doch ein paar Scheiben. Ich geb dir später auch die Marken.«

»Genausogern tret ich dich tot«, murmelte er, als keine Reaktion erfolgte. Er wartete noch ein Weilchen, trat dann gegen die Tür, daß es krachte, und rannte wieder nach oben. Mit der Zange öffnete er die Fischkonserven. Die Tomatensauce tropfte ihm auf die Hose, und er wischte sie mit der Tischdecke ab. Als er die Heringe aufgegessen hatte, wurde ihm kalt. Hinterm Ofen lag nur wenig Holz. Er warf alles hinein und zündete es mit dem letzten Rest Petroleum an, den er in der Küche finden konnte. Weil es kaum Brennstoff gab, überlegte er, einen Stuhl in Stücke zu treten, aber ihm fiel etwas Besseres ein. Er ging in Carolas Zimmer und schaute sich suchend um. Schließlich fiel seine Wahl auf das Nähkästchen. Es war rot lackiert und hatte fünf Fächer in drei Etagen. Die unterste war die größte, die anderen waren paarweise darüber angeordnet und ausziehbar. Carolas Bett, das ordentlich gemacht war, schlug er auf und schüttete, vergnügt über seine kindische Handlung, den Inhalt des Nähkästchens darauf aus. Die Garnrollen und Wollknäuel legte er auf einen Haufen in der Mitte, aus den kleinen Nähkissen zog er alle Nadeln und steckte sie so in die Matratze, daß die kaum sichtbaren Spitzen nach oben zeigten. Fakir Carola, das muß man gesehen haben, dachte er. Ernsts Foto riß er entzwei, überlegte sich aber gleich darauf, daß es ihm irgendwann noch einmal nützlich sein könnte. Er fand auch noch zwei Briefe, die er, wie das Nähkästchen und die Stücke des Fotos, mitnahm. Auf die Briefe (die nur zusammengefaltet waren, aber nicht in Umschlägen steckten) schaute er unterwegs sowenig wie möglich. Wenn er den Klebstoff finden könnte, würde er zuerst das Foto wieder zusammenfügen, gemütlich am warmen Ofen, und dann die Briefe lesen. Was für ein Fest!

Im Wohnzimmer trat er dreimal auf das Nähkästchen und warf die Stücke ins Feuer. Den Klebstoff konnte er nicht finden. Dann setzte er sich in den Sessel neben dem Ofen, in dem seine Großmutter immer gesessen hatte, wenn sie bei Carola und ihm zu Besuch war, steckte sich eine Zigarette an und faltete den ersten Brief auseinander. Darin stand nichts Besonderes, es war eine Liste, wie man sie zuweilen macht, für die Wäscherei oder wenn man verreist. Sowohl Herren- als auch Damenunterwäsche war dort aufgelistet, und er erkannte Carolas Handschrift. Der zweite Brief lautete wie folgt:

Liebe Carola,

herzlichen Dank für Deine Fürsorge. Wie lecker das doch alles geschmeckt hat. Mach Dir um mich keine Sorgen. Ich habe immer Glück. Weiter nichts Besonderes mitzuteilen. Wie schade, daß gerade dann, wenn ich zurückkomme, die Rose wieder blüht.
Es umarmt Dich innigst
Dein Ernst
xxxxxxx
xxxxxxx
xxxxxx

P.S.: Tatsächlich schade? Ich darf wohl sagen, hoffentlich! Manchmal tut es mir leid für Dich. *Du, die Du so lieblich und töricht bist.* Ich hätte das nicht sagen sollen.
P.P.S: Diesmal: jedes x = 10000 Küsse!

Der Brief war auf den 27. Juni datiert. Keine Ortsangabe. – Im Frühsommer hat er also gehofft zurückzukommen, bestimmt, wenn sie den Krieg gewonnen haben! dachte Arthur. Schade, daß die Rose wieder blüht! Er glaubt also, daß er nicht eher kommen kann. Oder er meint was ganz anderes, er meint: Wenn du wieder deine Tage hast. Arthur faltete den Brief zusammen und steckte ihn in die Innentasche. Ein Arschloch weniger im Haus, dachte er.

Er stand auf, sah in den Ofen, begann dann lauthals *Schön, daß du wieder bei mir bist* zu singen und ging in sein Zimmer, das tadellos aufgeräumt war. An der trostlosen Schäbigkeit vermochte das nichts zu ändern; das Klappbett mit den zu kurzen, zu schmalen Vorhängen, die verblichene Tapete mit dem grünlich gewordenen Gold, die immer schief hängende Lampe mit dem verbogenen Lampenschirmgerippe, die auf der Holzumrandung des Bettes aufgereihten Kollegheften mit den verschlissenen Rücken gaben dem Raum die Eintönigkeit einer staubbedeckten Rumpelkammer. Arthur kniff die Augen zu, biß sich auf einen eingewachsenen Fingernagel, nahm dann zwei Hefte und ging ins Wohnzimmer, wo er sich wieder an den Ofen setzte. Doch er schaute jeden Augenblick ins Feuer, das allmählich verlosch; er hatte keine Lust, noch mehr Dinge zu zerstören, um sie zu Brennholz zu machen, und stand nach einer halben Stunde auf, weil er Hunger verspürte. Wenn ich gegessen habe, geht es vielleicht besser, dachte er. Er hätte heulen können, weil er merkte, daß ihn der Stoff in seinen Studienunterlagen überhaupt nicht mehr interessierte. Wozu sollte ich auch noch studieren ... Der Krieg ist vielleicht nie zu Ende. Irgendwann wird nicht mehr gekämpft. Die Armeen bleiben da liegen, wo sie sind. Nach ein paar Jahren, wenn sie zu Atem gekommen sind, machen sie weiter. Und auch wenn wir irgendwann befreit werden und wenn die Universität wieder geöffnet wird, wie kann ich dann noch studieren? Ich habe kein Geld, um irgendwo anders zu wohnen als hier, und hier kann ich unmöglich bleiben. Als er schon im Flur stand, fiel ihm ein, daß sein Mantel noch im Zimmer lag. Ruhig ging er zurück und holte ihn. Ich laufe einfach nur hin und her, dachte er, ich habe ja doch nichts zu tun, ich habe für alles Zeit. Mein Gedächtnis braucht nicht mehr zu arbeiten, sich an etwas zu erinnern bedeutet zwar Zeitgewinn, aber ich brauche keine Zeit zu gewinnen. Die einzige Funktion meines Organismus ist es, Zeit zu vergeuden. Das ist das einzige, worauf er es noch anlegt.

Aber als er den Mantel angezogen hatte, eine Treppe hinuntergegangen war und vor der Tür der Großmutter stand, kam es ihm so vor, als wäre er bereits zu weit gelaufen, und er überlegte: Es ist doch praktischer, hier um Essen zu bitten, als es irgendwo zu kaufen. Was macht es schon, daß sie mich für verrückt halten, dachte er und klopfte an die Tür.

»Wer ist da?« hörte er Carola hinter der Tür rufen. Er trat gegen die Tür und rief: »Der kleine Däumling; du hast doch bestimmt Brot für mich?«

»Mach nur viel Lärm«, antwortete Carola, »dann kommen die Nachbarn und gucken und haben auch ihren Spaß.«

Die Geländerstäbe des Treppenhauses drehten sich um ihn wie schief hängende Jalousien. Außer sich vor Wut, den Arm an der Tür, stand er keuchend da. Er spürte seinen Hunger bis in den Kopf. Es war, als sähe er überall Gitter, er war ein wildes Tier, das durch einen röhrenförmigen Käfig in die Zirkusmanege hinabsteigt.

Am Nachmittag (nachdem er Brot eingekauft hatte, war er auf dem Sofa eingeschlafen) klopfte es an die Tür der Etagenwohnung. Er öffnete, noch in der Hoffnung, daß es Carola war, obwohl er sich kaum vorstellen konnte, daß sie anklopfen würde. Es war eine Frau, das ganze Treppenhaus stand voller Frauen.

Sie sagte: »Mijnheer, unten steht ein Mann, der Sie sprechen möchte. Er will nicht heraufkommen, sagt er, aber er muß Sie unbedingt sprechen.«

»Na«, sagte Arthur und schaute sie an, der Blick starr vor Müdigkeit, »die Leute können ja wohl ein bißchen Platz machen, damit er durch kann? Er möchte bestimmt heraufkommen, aber das geht natürlich nicht, weil es so voll ist.«

»Nein, Mijnheer, das ist es nicht. Ich sagte Ihnen doch, er will nicht. Ich bin ja bis hier durchgekommen!«

Arthur zuckte mit den Schultern und begab sich in die Menschenmenge auf der Treppe. Er nahm die Leute kaum wahr. Verwirrt erhoben sie sich, soweit sie nicht standen, traten sich gegenseitig auf die Füße, drückten sich an die Wand, aber rührten sich nicht von der Stelle, um ihren Platz nicht zu verlieren, aus Angst, jemand könnte sich vordrängen, wenn sie eigentlich an der Reihe wären.

Da unten ist natürlich niemand, dachte Arthur, als er die erste Treppe fast hinuntergegangen war. Oder ein Mann, der um ein Butterbrot bettelt. Wer weiß denn, daß ich wieder zu Hause bin? Und außerdem ist auch früher nie jemand zu mir gekommen, außer Oskar. Aber der kam wegen Carola ...

Seine schlechte Laune war bereits wieder auf dem Höhepunkt, als er aus dem Haus trat. Das ziemlich grelle Sonnenlicht blendete ihn. Vor der Tür stand niemand. Er schaute sich um und erblickte dann Oskar, der mit seinem Fahrrad am Rand des Gehwegs stand. Arthur ging ein paar Schritte auf ihn zu, war jedoch noch in der Atmosphäre des Hauses befangen.

»Guten Tag«, sagte er. »Was ist?«

Oskar reichte ihm die Hand.

»Du willst sicher zu Carola. Die Frau ist zu weit nach oben gegangen, sie hätte ein Stockwerk tiefer Bescheid sagen müssen.«

»Nein«, sagte Oskar, »ich wollte dich sprechen. Ich will dir nämlich sagen, daß ich doch eine Lösung für dich weiß. Ach ja – und denk bitte nicht, daß ich es gestern abend unfreundlich gemeint habe, aber ich sah da wirklich keinen Ausweg. Außerdem war ich müde und mit den Gedanken ganz woanders.«

Arthur schaute ihn nicht an. Oskar schwieg.

»Was für eine Lösung weißt du denn?« fragte Arthur und biß sich gleich danach auf die Unterlippe.

»Morgen fahren Andrea und ich in die Veluwe. Zum Glück konnte ich ein Fahrrad für sie auftreiben.«

»Ja, das dachte ich mir schon«, sagte Arthur, »und was dann?« Eine Sekunde war ihm fast schwindlig von der irrwitzigen Hoffnung, Oskar könnte ihm anbieten mitzukommen.

Oskar sagte: »Also, ich wollte dir vorschlagen, daß du dann solange, in der Zeit, in der wir weg sind, in unsere Wohnung einziehen kannst. Du weißt, wo alles steht, du kennst dich aus«, sagte er mit einem zittrigen Lächeln.

»Und dann«, fragte Arthur, »was soll ich da machen?«

»Überhaupt nichts. Aber du hast es natürlich angenehmer als zu Hause. Du kannst tun und lassen, was du willst. Es ist ein großer Vorrat an Lebensmitteln da. Davon nimmst du dir einfach was, du brauchst dich nicht zu genieren. Du kannst wahrscheinlich bis zum Kriegsende dableiben. Also ungefähr bis zum Sommer, höchstens bis zum Herbst. Wenn der Krieg dann noch nicht vorbei ist, weiß ich mir auch keinen Rat.

»Ich verstehe«, sagte Arthur und schaute auf die Straße. Wo Bäume gestanden hatten, waren jetzt runde Sandstellen. Kein Schiff fuhr auf dem Kanal. Neben der Uferbefestigung ragte hier und da die Spitze eines Müllbergs aus dem Wasser. Vor allen Haustüren hockten Leute, die Äste zu Brennholz zerhackten.

»Jeder, der nur für zwei Tage die Stadt verläßt«, sagte Arthur nun, »merkt, wenn er zurückkommt, daß sein ganzes Hab und Gut gestohlen wurde. Ich kann gut verstehen, daß du deine Wohnung lieber nicht leerstehen läßt, wenn du vorhast, längere Zeit wegzubleiben.«

Oskar sagte nicht: Was denkst du dir überhaupt, wovor sollte ich Angst haben, wo ich so weit oben wohne? Unten ist eine Drehtür, und in der Regel sitzt da ein Portier; kein Mensch kommt unbemerkt ins Haus ... Aber er sagte: »Sicher, und weil du sowieso viel lieber in meiner Wohnung bist als hier ...«

»Glaubst du das?« antwortete Arthur und lächelte traurig. Er zuckte mit den Schultern. Plötzlich geschah etwas Seltsames mit ihm. Er verspürte ein Brennen in den Augenwinkeln und mußte mehrmals schlucken, ehe er weiterreden konnte.

»Ich habe es satt, Oskar«, sagte er, »ich habe es satt, diese Art Dinge für mich zu behalten, die man normalerweise nicht ausspricht. Warum sollte ich den Mund halten? Jetzt ist sowieso alles egal.«

»Und, was willst du mir sagen?«

»Ich will dir sagen, daß ich sehr gut verstehe, warum du zu mir gekommen bist. Jedenfalls nicht, weil du dich für meine Schwierigkeiten interessierst! Du steht hier jetzt nur, weil du dir heute morgen, nachdem ich weg war, überlegt hast, daß es ein wenig riskant ist, die Wohnung unbeaufsichtigt zurückzulassen. Du hast dir das wahrscheinlich erst so spät überlegt, weil du nicht genau wußtest, ob du ein Fahrrad für Andrea ergattern konntest. Denn sonst wäre es gar nicht so sicher, daß du nicht in Amsterdam bleiben würdest. Warum solltest du weggehen? Wie du erzählt hast, haben sie dich aus dem Gefängnis entlassen. Warum du gestern abend Hals über Kopf in einen leeren Schrank gekrochen bist, als Frau Lesger kam, verstehe ich nicht. Wer sollte dir Böses wollen?«

»Das kann man doch nie wissen«, sagte Oskar, »vielleicht überlegen sie es sich ja noch anders?«

»Ja, ja«, entgegnete Arthur, »nun gut, ich verstehe von der ganzen Sache nichts, aber auch gar nichts. Ich habe mein Bestes getan, bei allen Finessen durchzublicken, als ich dachte, daß man von mir noch etwas erwarten würde, als ich glaubte, ich müßte eingreifen, mitmachen, helfen. Aber man hat von mir überhaupt nichts erwartet. Jeder muß gedacht haben: Was mischt er sich ein, was spielt er sich so auf? Wir brauchen ihn nicht, bei keiner Sache brauchen wir ihn.«

»Aber Arthur, ich hatte ebenfalls mit nichts irgendwas zu tun, auch von mir hat man überhaupt nichts erwartet.«

»So? Na schön, wenn du das sagst, wird es wohl so sein. Wie das nun alles genau zusammenhängt, mit dir, mit Carola, mit Ernst, mit den Geschichten, die Andrea mir erzählt hat, mit diesem Deutschen, den ihr ermordet habt oder auch nicht, ich werde wohl nie dahinterkommen, und ich habe auch nichts mehr damit zu tun. Ich werde künftig ganz allein entscheiden, womit ich etwas zu tun haben will (mit sowenig wie möglich, nebenbei bemerkt). Ich werde mir keine Sekunde mehr den Kopf darüber zerbrechen, ob jemand anders etwas von mir erwartet oder nicht. – Du hast mir nicht mal eine Nachricht aus Kampen geschickt.«

»Doch, aber erst am nächsten Morgen.«

»Sie ist nie bei mir angekommen, aber das ist jetzt auch nicht mehr wichtig.«

Oskar schwieg. Mit einer Hand hielt er das Rad fest, die andere hatte er in der Hosentasche vergraben, so daß eine Schulter höher aussah. Er trug keinen Mantel, obwohl es noch immer ziemlich kalt war. Sein Gesicht, viel voller, als es vor seiner Verhaftung gewesen war, wirkte kindlich und gelassen. Seine Haare waren kaum grauer geworden, nur etwas schütter. Ringsum ertönte die ganze Zeit das metallische Hämmern von Äxten, die auf Steine schlugen, nachdem sie Holz gespalten hatten. Manche Leute standen vor ihren Haustüren und unterhielten sich miteinander. Nicht mal in der Ferne hörte man Autos fahren. Die Stadt glich einer verlassenen Ansiedlung in einer Wüste, in der Wilde in Häuser eingezogen sind, die nicht zu ihrer Kultur passen, die sie nur benutzen, um sich darin vor Regen zu schützen – und in denen sie ihre ursprüngliche Barbarei unbeirrbar fortsetzen. Im Nachbarhaus, in dem sich das Bordell befunden hatte, warfen Jungen Bretter aus dem Fenster. Fensterscheiben gab es schon lange nicht mehr. Die Haustür und die unteren Fenster hatte die Stadtverwaltung mit Steinen, die von Abrißhäusern stammten, zumauern lassen.

»Na, was ist jetzt?« fragte Oskar schroff. »Wenn du einverstanden bist, kommst du am besten schon heute abend. Dein Bett steht noch bereit.«

»Nein, nein«, sagte Arthur, »ich will nicht. Ich lasse mich auf nichts mehr ein. Laß mich ruhig hier, ich brauche dein Mitleid nicht. Tu einfach so, als hätte ich gestern nichts gesagt. Jeder regt sich mal auf, jeder verliert mal die Nerven.«

»Aber warum willst du nicht?« fragte Oskar. »Du hast gerade selbst betont, daß ich was davon hätte, wenn du es machen würdest. Du brauchst also gar nicht das Gefühl zu haben, ich würde dir einen Gefallen tun.«

Doch Arthur dachte an Andrea. Nein, diese Wohnung würde er nie mehr betreten. Flüchtig griff er nach Oskars Hand und ging schon zur Tür zurück.

»Oskar!« rief er, als Oskar dabei war, sein Rad umzudrehen. »Oskar, willst du wirklich nicht mit Carola reden?«

»Nein, nein, später mal; grüß sie von mir.«

Oskar fuhr davon. Er hob die Hand über den Kopf und winkte, ohne sich umzuschauen.

10

In den Zeiten, in denen er sich ausruhte – den größten Teil des Tages –, fragte sich Arthur mitunter: Wie konnte ich jemals glauben, einen anderen Menschen zu lieben wäre genug, um mit ihm irgendwie ein Ganzes zu bilden? Bei diesen Gedankengängen empfand er nicht den geringsten Groll auf Andrea. Wenn er ihr am nächsten Tag begegnen und sie ihn wieder anlächeln würde, wäre es für ihn bedeutungslos, wie sie ihn behandelt hatte – er würde sofort wieder mit ihr ins Bett wollen. Seit er mit keiner Frau mehr schlief, nachdem er fast ein Jahr lang nichts anderes als das getan hatte, sah er in seinen sinnlichen Phantasien nur Andrea, und er hatte das Gefühl, als hielte er Ausschau nach etwas, was er küssen könnte, wenn Satzfetzen, die auf der Straße oder in einem Laden an sein Ohr drangen, ihn nur an ihre Art zu reden erinnerten.

Schon über einen Monat lebte er allein in der Wohnung. Carola hatte sich seit dem Tag seiner Rückkehr nicht mehr blicken lassen. Manchmal hatte er sie im Verdacht, daß sie des Nachts, wenn er schlief, hin und wieder vorbeikam und Sachen holte, die sie brauchte, doch wenn er etwas vermißte, fand er es meist ein paar Tage später unversehens wieder.

Auch von seiner Großmutter merkte er nichts. Er hatte sie nicht zu Gesicht bekommen. Offenbar existierte sie aber noch, denn an bestimmten Nachmittagen war das Treppenhaus vom Stimmengewirr der Menschen erfüllt, die ihre Zukunft wissen wollten, und er war sich ziemlich sicher, daß Carola die Praxis nicht weiterführte. Dafür war sie zu jung und zu dürr, dafür war sie zu stark geschminkt; jemand, der mit dem Höheren in Verbindung stand, hatte ja keinen Grund mehr, sich schön zu machen. Pfarrer, Priester und Nonnen machten sich so häßlich wie möglich. Nur das Häßliche kann das Publikum mit dem Höheren in Verbindung bringen, diese Überzeugung müßte ich ausrotten, ehe ich meine Praxis lukrativ machen könnte – meine Praxis!

Er hatte nämlich, noch mit der Säge in der Hand, blitzschnell ein modernes Zukunftsvorhersage-Institut entworfen. Keine verstaubten Utensilien wie fette alte Weiber, Spielkarten, Kristallkugeln und Fotos mehr. Nein, ein Raum mit lindgrün gestrichenen Wänden und schummriger Neonbeleuchtung. In einer Ecke ein Podest und darauf ein dreibeiniger Hocker. Auf diesem Hocker eine stark geschminkte Badenixe in einem kurzen, durchsichtigen Hemd, über eine Schale mit brennendem Weihrauch gebeugt. Die Pythia des zwanzigsten Jahrhunderts! Und er an der Kasse. Aber wie mache ich die nötige Reklame, dachte er, und wie komme ich an die Badenixe, wenn ich nicht Frieden mit Carola schließe, und wie an das indirekte Licht, wenn es keinen Strom gibt. Er stand auf und sägte weiter. Warum sollte ich mich auch anstrengen, etwas Originelles zu organisieren, dachte er, als hätte er tatsächlich die Absicht gehabt, den Palast der modernen Pythia einzurichten; es fehlt mir hier doch an nichts.

Er sägte weiter. Alle Holzteile auf dem Dachboden hatte er herausgebrochen. Die Nachbarn im ersten Stock machten es ebenso, wenn auch weniger radikal. Den Speicherverschlag der Großmutter hatte er ebenfalls abgerissen. Deshalb besaß er einen großen Holzvorrat. Einen Teil davon verfeuerte er selbst, einen anderen tauschte er gegen Lebensmittel und Tabak. Man bekam nun auch wieder gutes Zigarettenpapier, in langen Rollen, kilometerlang, wie die Rollen eines Fernschreibapparates, aber breiter. Rollen aus den Zigarettenfabriken, die die Produktion eingestellt hatten. Der Meter für einen Gulden. Ein Meter reichte für sechzehn Zigaretten. Ein stattlicher Holzbalken brachte vier Meter.

Dennoch war er sehr verantwortungsbewußt vorgegangen. Die weniger wertvollen Holzteile nahm er zuerst. Vor einer schönen alten Truhe (von denen er viele auf dem Speicher der Großmutter gefunden hatte) zögerte er manchmal sogar. Aber er war mit solchen Objekten inzwischen durch und überlegte, ob es nicht besser wäre, ein systematisches, schriftliches Abrißprogramm aufzustellen. Wenn der Dachboden nichts mehr hergeben würde, wenn er auch den letzten Stützbalken des Dachs, den er für entbehrlich hielt, abgesägt hatte, was käme dann an die Reihe? Die Stäbe des Treppengeländers! Das war naheliegend. Aber vielleicht würden die Nachbarn beim Hausbesitzer Protest anmelden, und der riefe dann vielleicht die Polizei. Er dachte nicht daran, sich mit diesen Leuten zu beraten, wagte aber auch nicht, es einfach zu tun.

Nein, dann würde er lieber die Wohnung auseinandernehmen. Zuerst die Schranktüren. Später die Türen der Zimmer, die er nicht benutzte, zur Not die Fußböden. Er faßte einen phantastischen Plan: Er würde ein Loch in den Fußboden sägen, über dem Schlafzimmer der Großmutter! Dann würden sie sich aus dem Zimmer, das er »angebohrt« hatte, zurückziehen, er würde ein neues Zimmer »anbohren«, sie würden sich immer weiter zurückziehen, bis sie die Wohnung räumten ... Anschließend würde er die Fußböden vollends herausreißen und nach unten ziehen, in eine Wohnung von doppelter Höhe. – Und dann wird wohl ungefähr der Zeitpunkt gekommen sein, an dem die Deutschen alles unter Wasser setzen. Wie hoch steigt das Wasser? Egal, mich erreicht es bestimmt nicht. Ich zimmere mir ein Floß, und mit einer Leiter ... nein, ich zimmere mir ein Floß mit einem Turm darauf, der bis zu den Fenstern reicht. Über diesen Turm steige ich ein und aus ... Aber wohin sollte er mit seinem Floß fahren? Etwas zu essen würde es nirgends mehr geben. Außerdem: So weit würde es wohl nicht kommen. Verrückte Dinge geschahen nie. Dinge wurden erst zu verrückten Dingen, wenn sie vor langer Zeit geschehen waren. Wenn die Deutschen tatsächlich die Schleusen öffneten, würde das niemand mehr romanhaft finden. Die Bauern auf dem IJsselmeerpolder mieteten schon jetzt leere Fabriken auf Gelände überm Meeresspiegel, um ihr Vieh dorthin bringen zu können.

Er ging oft durch die Straßen, häufig mit großen Koffern, in denen er Vorräte transportierte. Sie konnten einen festnehmen, hieß es. Wenn die Deutschen zum Beispiel Lebensmittelkarten bei jemandem fanden, würden sie ihn sofort erschießen, hatten sie angekündigt. Manchmal hatte Arthur Lebensmittelkarten. Unter anderem machte er Geschäfte mit dem Schwiegersohn von Zwikker, auf Kattenburg. Der Mann war sehr umgänglich. Arthur tauschte alles mögliche. Aber er hatte nie Angst. Er hatte ein Vorgefühl, daß ihm nichts passieren konnte, und da er von seiner Großmutter abstammte, traute er diesem Vorgefühl. Was hätte ich davon, dachte er, so intelligent zu sein, meinem Gefühl nicht zu trauen? Hinaus auf die Straße müßte ich ja trotzdem.

Oft ging er auch nur um des Gehens willen und um mit hungrigen Blicken Mädchen nachzuschauen. Aber er sprach nie eine an. Was sollte man mit einem Mädchen anfangen, wenn man abends vor acht im Haus sein mußte? Wie sollte man da mit ihr ausgehen? Außerdem hatte nur noch ein Kino geöffnet, zudem wußte er nicht, ob nur Deutsche Zutritt hatten, obwohl für die Filme normal Reklame gemacht wurde in den Zeitungen, die nicht mehr größer als ein Blatt aus einem Schulheft waren. Wahrscheinlich war es nur eine Falle – im Halbdunkel suchten einen Augen von den Balkons herunter aus, und man wurde verhaftet und nach Deutschland geschickt.

Er kam oft an den Forschungslabors der Universität vorbei. Die Fenster wurden zusehends matter vom Staub. Das Tor war jedoch nicht immer verschlossen, und manchmal saß dort auch ein Pförtner, aber Arthur ging nie hinein. Er schlenderte durch das entvölkerte Judenviertel, wo jeden Tag mehr Häuser ausgehöhlt wurden, bis sie von allein einstürzten. Viele Hauseingänge waren mit Stacheldraht versperrt; das hatte man gleich gemacht, nachdem die Deutschen die Türen eingeschlagen hatten. Alles hier schien Schmutz auszuscheiden. Wenn die Sonne schien, trocknete er, wehte einem mit dem Geruch von altem, verrotteten Papier ins Gesicht. Es dauerte manchmal lange, ehe man hier einem Menschen begegnete, auch wenn auf dem Waterlooplein noch immer Händler standen. Er hatte dort schon viel verkauft. Zehn Gulden hatte ihm ein Neger für Carolas Wecker gegeben, der nur ging, wenn man ihn vorher geschüttelt hatte.

Es war schon so vieles abgerissen, daß die Zuiderkerk allmählich frei stand. Die Hintertür des Gotteshauses stand immer offen, und man konnte die Toten, die wegen der mangelnden Transportmöglichkeiten vorläufig nicht begraben wurden, in ihren braunen Pappkartons liegen sehen.

Die Dijkdwarsstraat endete an der Snoekjesgracht. Dort gab es weder Straße noch Bürgersteig. Wenn man verfolgt würde, bliebe einem nichts anderes übrig, als sich ins Wasser fallen zu lassen.

Nahezu alle Häuser in der Dijkdwarsstraat waren Ruinen, und die schmale Gasse füllte sich von selbst mit Schutt an. Immer wenn er in diese Gegend kam, suchte er ein bestimmtes Haus auf, durch das man über Balken in eine andere Straße gelangen konnte. Unter den Balken stand schwarzes, regloses Wasser, in dem eine Matratze halb schwamm, halb untergegangen war; der Kapok hing in großen, tropfnassen Büscheln heraus. Lange Zeit hielt er auf einem schmalen Balken das Gleichgewicht und hätte stundenlang hinschauen können wegen des schwarzen Wasserglanzes, der ihn an nichts denken ließ als an diesen schwarzen Glanz, als wäre er in Trance versunken. Eines Tages schwammen auf dem Wasser Tausende kleiner Vogelfedern, die von keinem Windhauch bewegt wurden. Er dachte: Fast niemand auf der Welt hat so etwas gesehen, und er war beinahe gücklich. Später jedoch dachte er: Was soll ich damit anfangen? Ich habe nichts von dieser Erinnerung, ich kann sie nicht einmal jemandem erzählen, für einen anderen Menschen enthält sie nichts, worüber er nachdenken könnte.

Als er einmal auf dem Leidseplein bei einer Razzia zuschaute, traf er Proost.

Die Razzia fand auf der Seite der Schouwburg und des Hotels Américain statt. An der Ecke Marnixstraat parkten große grüne Autos. Auf der anderen Straßenseite, wo Arthur mit den Händen in den Hosentaschen zuschaute, geschah nichts. Alle Männer, die aus der Leidsestraat kamen, wurden festgenommen. Jedenfalls sah es so aus, und alle sagten es, aber vielleicht stimmte es auch gar nicht, denn warum sollte man nicht aus der Leidsestraat kommen, jedoch vor dem ehemaligen Modehaus Hirsch stehen und zuschauen dürfen? Vielleicht würde der Straftatbestand in einer halben Stunde auf die andere Straßenseite verlegt werden.

»Bist du bekloppt?« rief Proost. »Willst du etwa warten, bis die Stinktiere dich auch einkassieren?« Er hatte noch dieselben Glupschaugen, große, emaillierte Pickel und eine idealistische Haarfrisur.

»Ich komme doch nicht aus der Leidsestraat!« protestierte Arthur.

»Du mußt es wissen«, sagte Proost, dachte aber nicht daran, Arthur seinem Schicksal zu überlassen. »Ich muß in die Vondelstraat«, sagte er, »komm ein Stück mit.«

Arthur ging mit.

»Wenn du willst, kannst du dir eine drehen«, sagte Arthur.

»Fabelhaft, dafür bleibe ich mal kurz stehen«, sagte Proost, aber nachdem Arthur ihm die Dose gegeben hatte, drehte er sich nicht zuerst eine Zigarette, sondern ging sofort weiter. »Jetzt dauert's nicht mehr lange, und die Schweine können was erleben«, sagte Proost, mit dem Kopf nach hinten deutend und die Lippen rachsüchtig vorgestülpt.

»Glaubst du, daß es bald vorbei ist?« fragte Arthur, weil er vermutete, daß diese Frage von ihm erwartet wurde.

»Ich weiß es genau. Ende April hat sich alles erledigt.«

»Haben sie das im Radio gesagt?«

»Natürlich nicht direkt. Aber wir haben unsere Instruktionen, für den Fall ...«

Weil er befürchtete, Proost würde mit einer seiner üblichen Heldengeschichten ankommen, fragte Arthur: »Tust du auch noch was für dein Studium?«

»Was denkst du dir, keine Zeit ... jetzt sind andere Dinge angesagt ... Als ich im Konzentrationslager war, habe ich gedacht, es ist doch schrecklich, daß der erstbeste Analphabet, der mit einem Gummiknüppel rumläuft, dir ins Gesicht schlagen kann. Das habe ich nie vergessen.«

»Ich weiß«, sagte Arthur, der diese Geschichte auch noch nicht vergessen hatte, denn Proost hatte sie früher ihm und in seinem Beisein anderen Leuten mindestens zehnmal erzählt. Proost war drei Tage in Amersfoort in Haft gewesen, warum, wußte nur er; erst nach der Befreiung könne er das erklären, sagte er geheimnisvoll.

»Weißt du, daß sie Ossegal freigelassen haben?«

»Freigelassen? Du spinnst wohl. – Wie kommst du überhaupt darauf?«

»Ich habe mit ihm gesprochen«, sagte Arthur mit süßlicher Miene.

»So, und er hat gesagt, sie hätten ihn freigelassen? Ziemlich schlau von ihm, muß ich sagen. Hätte ich ihm gar nicht zugetraut. Hat er auf dich auch immer den Eindruck eines alt gewordenen Schuljungen gemacht?«

»Und wenn schon«, sagte Arthur, »alle Wissenschaftler sind mehr oder weniger spielende Kinder.«

Proost kniff die Augen halb zu und spitzte die Lippen.

»Ossegal, ein Wissenschaftler ... ein verkrachter Wissenschaftler ... aber doch ein Mann von Format.« Er versetzte

Arthur einen Rippenstoß. »Jetzt sag ich dir mal was. Sie haben Ossegal überhaupt nicht freigelassen. Himmler würde vor Freude an die Decke springen, wenn sie ihn wieder schnappten ...« Er redete nicht weiter, nur, um Arthur eine Frage zu entlocken.

Arthur tat ihm den Gefallen: »Aber warum denn?«

»Tja, warum denn ... Darum geht's hier nicht. Ich wollte dir damit nur sagen, daß wir Ossegal befreit haben. Wir haben einen Konvoi überfallen, drei Moffen abgeknallt, und die Lastwagen waren leer. Sonst wäre er jetzt vielleicht in Dachau. Oder schon in Rauch aufgegangen.«

»Woher weißt du das mit dem Überfall?« fragte Arthur.

»Oh, aus zuverlässiger Quelle«, sagte Proost, enttäuscht, daß Arthur aus seinen Worten nicht geschlossen hatte, er selbst wäre an dem Überfall beteiligt gewesen.

»Aber darum geht es nicht«, fuhr er rasch fort. »Ich wollte dir nur sagen: Dieser Oskar ist ein Pfundskerl, einer von den Niederländern, wie es nur sehr wenige gibt. Die Arbeit, die er gemacht hat ... Hut ab.« Proost wagte endlich stehenzubleiben. Er lehnte sich an das geschlossene Tor des Vondelparks, öffnete Arthurs Tabakdose und drehte sich eine Zigarette. Sein Mund verzog sich noch wie ein Fischmaul in einer Art Verachtung, die nach Würde strebt. Er schloß die Dose mit einer Hand, in der anderen hielt er das zusammengerollte, aber noch nicht zum Kleben angeleckte Papier mit Tabak.

»Komm, wir sollten uns hier nicht zu lange aufhalten«, sagte er und gab Arthur die Dose zurück.

Sie gingen weiter, und Proost begann ein langes Gespräch über seine Verlobte. Er sei schon seit sechs Jahren verlobt, seit er fünfzehn war. Els und er seien nie miteinander »intim« gewesen, bis vor drei Monaten. Da habe sie es gewollt. Am nächsten Tag hätte er wegen einer Widerstandsaktion irgendwohin gemußt. Und dort sei er einer Frau begegnet, in die er sich nach fünf Minuten verliebt habe.

Proost und Arthur waren am Ende des Overtoom, und eigentlich hätte Arthur nach rechts gemußt, aber Proost sagte: »Komm noch ein Stück mit.«

Arthur dachte: Niemand kümmert sich mehr darum, was mit mir ist; trotzdem ging er mit den Amstelveense Weg entlang. Man konnte nie wissen, ob man nicht noch mal jemanden brauchte.

Die Frau habe sich auch in Proost verliebt. Aber Proost habe gesagt: Ich bin verlobt, und ich habe dich sehr gern, aber weil ich verlobt bin, gehe ich nicht mit dir ins Bett. »Es gibt im Leben Dinge, die macht man einfach nicht, Arthur!« Arthur dachte: Wenn ich sage, wie ich darüber denke, findet er mich zum Kotzen und hat keine Lust, mir zu helfen, wenn ich ihn brauche. Zumindest würde es ihn furchtbare Überwindung kosten, und ich darf ihm das Leben nicht auch noch schwer machen, wo er so viele innere Kämpfe ausfechten muß. Darum antwortete er: »Natürlich, es gibt im Leben Dinge, die macht man einfach nicht.«

»Verstehst du, was ich meine? Ich bin zu Els gegangen und habe zu ihr gesagt: ›Seit ich fünfzehn bin, habe ich dich geliebt. Letzte Woche bist du meine Frau geworden. Du wirst immer meine Frau bleiben. Aber ich habe mich in eine andere verliebt. Das ist unredlich. Ich kann also vorläufig nicht mehr dein Mann sein. Aber ich werde dein Mann bleiben, so wie ich es bis zur vorvorigen Woche war.‹«

»Was hast du denn damit gemeint?«

»Daß wir keinen intimen Umgang mehr miteinander haben können.«

»Und wie nimmt Els das auf?«

»Oh, sehr gefaßt. Sie ist so rein, weißt du, und sie denkt so großzügig. Sie lebt nur nach ihrem Gefühl.«

»Und intimen Umgang hast du jetzt mit der anderen?«

»Aber das kann ich doch nicht machen!«

»Und wie denkt die andere darüber?«

»Ach, ich hab's ihr erklärt, und sie versteht alles, alles. Das ist ja gerade das Schlimme.«

»Und sie liebt dich trotzdem noch?«

»Natürlich.«

»Sagt sie nie: Wenn du mich genug lieben würdest, würdest du Els für mich sausen lassen?«

»Jetzt schau mal, Arthur. Du bist zwar nicht viel jünger als ich, aber dein Seelenleben ist noch nicht sehr entwikkelt. Du hast noch nie eine Frau gekannt, das merkt man an allem. Du weißt noch nicht, was das *Gute* bedeuten kann.«

»Da könntest du recht haben«, sagte Arthur ergeben. Wieder gingen sie an geschlossenen Toren des Vondelparks vorbei.

»Wie geht's deiner Schwester«, fragte Arthur, »glaubt sie, daß bald das Jüngste Gericht kommen wird?«

»Ich frag sie nie mehr danach«, entgegnete Proost. »Jeder fragt sie nach solchen Dingen. Und keiner stellt diese Frage, weil er tatsächlich mit ihr hofft, daß Andries ins Leben zurückkehren wird; sie fragen nur, um sich über sie lustig zu machen. Und das ist niederträchtig, über ein Leiden zu spotten, das so rein ist.«

Proost deutete zur Ecke einer Querstraße gegenüber, wo sich ein kleiner, von den Deutschen errichteter Unterstand aus Beton befand; er war halb eingestürzt.

»Guck mal, da ist schon wieder so einer«, sagte Proost, »hervorragende Arbeit. Du hast doch sicher gehört, wie das passiert ist?«

Selbstverständlich hatte Arthur nichts davon gehört.

»Abends kurz vor acht kommt ein junges Mädchen mit einer großen Einkaufstasche vorbei. Päckchen rein durch die Schießscharte. Fünf Minuten später ein Knall. Ja ... ein dumpfer Knall, weißt du. – Man muß sich nur trauen«, fügte er in leisem, übertrieben ruhig konstatierendem Ton hinzu.

»Und du traust dich also auch so viel?« fragte Arthur.

»Im Vergleich zu dem, was sich andere trauen, ist es nur sehr wenig.«

»Im Vergleich zu Ossegal zum Beispiel?«

»Zum Beispiel. Man muß sich auch psychisch trauen, weißt du.«

»Was muß man sich psychisch trauen?«

»Jemanden zu liquidieren.«

»Jetzt übertreibst du aber, glaube ich. Ossegal hat mir versichert, daß nichts dran ist an der Sache mit dem Mord an dem deutschen Offizier, von der ich auch Geschichten gehört hatte.«

»Nichts dran ist? Hör mal zu, Arthur, aber du mußt den Mund halten, das ist ja wohl klar, oder? Wenn Oskar zu dir gesagt hat, daß er es nicht getan hat, dann nur aus Bescheidenheit. Jedenfalls nehme ich an, daß er keinen Grund hatte, dir zu mißtrauen.«

»Nein, aber was hat er denn getan?«

»Was ich dir jetzt erzähle, ist fast unglaublich. Oskar stand in Kontakt mit Speeman, du kennst ihn vielleicht, er ist Assistent in der Mikrobiologie.«

»Bei van Rijderhoff?«

»Genau, bei van Rijderhoff. Na, und Speemann war im Widerstand ein überaus wichtiger Mann. Das wußte ich damals noch nicht, ich hab's erst später gehört. Speemann war so weit oben, daß die Deutschen gar nicht erst versucht haben, ihn sich einfach zu schnappen; sie kamen sogar manchmal zu ihm, um mit ihm zu verhandeln. Speeman hatte so viele Trümpfe in der Hand, daß er dann und wann in aller Ruhe mit einem Mof in seinem Wohnzimmer gesessen und geklönt hat, bei Genever und Zigaretten, die ihm der Scheißmof mitgebracht hatte. Oskar hatte mit dem Widerstand nichts zu tun, jedenfalls nehme ich das an. Er kam zwar oft zu Speeman, aber ich glaube, nur um über die Professoren zu tratschen, denn Speeman war der Ansicht, daß seine Arbeit nicht immer gebührend gewürdigt würde. Vielleicht hatte Oskar ja doch wegen illegaler Aktionen was mit Speeman zu tun, aber davon gehe ich jetzt mal nicht aus. Jedenfalls sitzt Oskar eines Abends bei Speeman, und Speemann wartet auf einen SD-Mann, mit dem er verabredet ist. Es klingelt, und Speeman bittet Ossegal, solange ins Nebenzimmer zu gehen. Im Nebenzimmer kann er das Gespräch mehr oder weniger belauschen. Er hört den Deutschen hereinkommen und merkt schon bald, daß es nicht der Mann ist, den Speeman erwartet hat. Das kommt ihm spanisch vor. Der Offizier behauptet, der Deutsche, mit dem Speeman verabredet ist, würde irgendwo in einem Lokal warten, und sie könnten zusammen rasch mit dem Auto hinfahren. Ossegal schaut aus dem Fenster: Tatsächlich steht ein Auto vor der Tür. Danach hört er (was ihn nicht verwundert), daß sich Speeman weigert, mit dem Offizier mitzufahren, und sich sogar darüber beschwert, daß dieser in Uniform erschienen ist. Denn die Deutschen, die zu Speeman nach Hause kamen, trugen natürlich nie Uniform. Der Offizier wird daraufhin ungeduldig und auch wütend. Er merkt natürlich, daß Speeman inzwischen auf den Trichter gekommen ist, das Ganze könnte eine Falle sein. Und wie Deutsche dann sind, völlig taktlos, wenn sie glauben, sie hätten das Spiel verloren, sagt er ein paar Sachen, so was wie: Wir kriegen dich sowieso. Der ganze Block ist umstellt; nein, das Beste, was Speeman tun könnte, sei, in dem Auto mitzufahren, *›vielleicht läßt sich etwas machen‹*. Dann ist Ossegal dazugekommen. Er hat etwas getan, was sich jeder manchmal ausmalt, aber die meisten Leute kommen nicht dazu. Es ist fast wie im Roman, deshalb hasse ich Romane wie die Pest. In ihnen passieren Dinge mit solcher Leichtigkeit, daß man denkt, in Wirklichkeit würden sie nie passieren. Romane werten die Wirklichkeit ab.«

»Na ja. Und was hat Ossegal dann gemacht?«

»Er hat etwas gemacht, was sich keiner mehr trauen würde, weil es in erlogenen Geschichten so einfach geht, daß man nicht mehr glaubt, es wäre tatsächlich möglich. Er kommt zum Vorschein, greift sich einen Aschenbecher, so einen schweren aus Metall, der aus dem Kolben eines Flugzeugmotors gemacht wurde, und knallt ihn dem Mof auf die SS-Mütze. Bewußtlos.«

»Moffen behalten die Mütze im Haus nicht auf«, sagte Arthur, »dazu sind sie viel zu höflich.«

Aber Proost fuhr fort: »Anscheinend haben die beiden eine Weile überlegt, ob sie ihn so bewußtlos liegenlassen sollten, aber Ossegal hielt es für besser, ihn gleich ganz ins Walhalla zu schicken. Schießen ging natürlich nicht. Ossegal hat ihm dann mit einem Strick die Kehle zugeschnürt. Stell dir vor: Ossegal, die Freundlichkeit und Sanftmütigkeit in Person, ein Gelehrter, zu gelehrt, um seine Talente auch in der Gesellschaft zu ihrem Recht kommen zu lassen, Ossegal erwürgt einen Mof. – Gut, und nachdem das geschehen war, haben sie ihn ausgezogen. Speeman hat die Uniform angezogen und Ossegal Speemans Sachen. So sind sie nach draußen gegangen. Die Wachtposten, die dort aufgestellt waren, um Speemans Haustür zu beobachten und dem Offizier auf ein Zeichen sofort zu Hilfe zu eilen, glaubten natürlich, es wären der Offizier und Speeman. Aber das Schönste kommt noch: Im Auto saß kein Fahrer. Der Offizier war selbst gefahren, denn er wollte Speeman, falls der mitgekommen wäre, nicht mißtrauisch machen – er wollte ihm nicht mit einer Übermacht gegenüberstehen, verstehst du? Ossegal und Speeman sind also eingestiegen und losgefahren. Natürlich ist man ihnen gefolgt. Sie sind in die erstbeste Autowerkstatt gefahren und haben diese dann zu Fuß, durch den Hintereingang, verlassen. Speeman konnte nach England fliehen.«

Proost lügt, Proost lügt, dachte Arthur, als er nach Hause ging, endlich. Proost lügt, so wie immer. Die Geschichte über deutsche Kriegshelferinnen, die drei Männer pro Woche bedienen müssen. Die Geschichte über die Frau, in die er so verliebt ist, daß es unredlich wäre, mit seiner Verlobten zu schlafen. Schon das Wort unredlich ist eine Lüge. Proost lügt. Die ganze Geschichte über Oskar hat er natürlich von jemand anderem, über jemand anderen gehört. Den Rest saugt er sich aus den Fingern. Oskar, der einen Deutschen

»ins Walhalla« befördert haben soll. Er traut sich nicht mal, seine Wohnung unbeaufsichtigt zu lassen, wenn er nach Gelderland fährt. Oskar befreit, von »uns«! Zum Brüllen. Dann würde er sich bestimmt trauen, mit dreißig Kilo Zukkerrüben auf dem Rad zurückzukommen. Ach nein, Kartoffeln. Oskar bringt immer was Leckeres mit, der liebe Oskar. Nichts Schönes, was Leckeres. Dafür hat er jetzt was Schönes ermordet, einen Klischeedeutschen, der automatisch taktlos wird, wenn nicht alles so läuft, wie er möchte. Und warum ist dieser Deutsche, wenn er Speeman in eine Falle locken wollte, in Uniform gekommen? Und warum hat Oskar Speemans Sachen angezogen? Um Speeman zu schützen? Gut, das wäre noch denkbar. Aber dann diese Flucht durch eine Autowerkstatt, seelenruhig reinfahren, als ob man dort hingehört, dann aussteigen und unbemerkt durch den Hinterausgang verschwinden. Als ob das so einfach wäre, als ob da keine Wachtposten stehen würden! Als ob sich die Deutschen, die das Auto beschatteten, in dem sie Speeman und den Offizier wähnten, nicht gefragt hätten, warum der Wagen statt zum Gefängnis in eine Autowerkstatt fuhr! All diese Geschichten von Heldentaten des Widerstandes kann man nur glauben, wenn man dem Gegner beispiellose Dummheit unterstellt. Weil die Deutschen so dumm sind, deshalb hat sicher jeder so viel Angst vor ihnen. Und die Uniform hat Speeman sofort gepaßt, Rauter* hatte extra einen Offizier mit Speemans Statur ausgesucht.

* Generalkommissar Hanns Albin Rauter; die Generalkommissare standen auf der Rangleiter der deutschen Besatzungsbehörden in den Niederlanden an zweiter Stelle. Sie unterstanden Reichskommissar Arthur Seyß-Inquart, erhielten jedoch auch Weisungen direkt aus Berlin. Es gab insgesamt vier Generalkommissare: Hanns Albin Rauter (Sicherheit), Friedrich Wimmer (Justiz), Hans Fischböck (Wirtschaft) und Fritz Schmidt (»zur besonderen Verwendung«, unter mysteriösen Umständen 1943 aus einem Zug gefallen und verstorben; sein Nachfolger war Wilhelm Ritterbusch). Rauter wurde 1949 in Den Haag zum Tode verurteilt und hingerichtet, Seyß-Inquart 1946 in Nürnberg.

Aber dann erinnerte sich Arthur an die Nacht, in der Carola so aufgeregt an sein Bett gekommen war und ihm erzählt hatte, Oskar sei verhaftet worden. Woher hatte sie das gewußt? Und er verglich Andreas Geschichten über den Mord mit denen von Proost. Sie stimmten nicht überein. Trotzdem waren es zwei Geschichten über einen Mord an einem deutschen Offizier, und demgegenüber stand nur die eine Bemerkung Oskars am Tag seiner Heimkehr: »Was faselst du da von einem Deutschen, den ich ermordet haben soll?« – Arthur war an jenem Abend zu verdutzt gewesen über die ernüchternde Entdeckung, daß Oskar offenbar als Unschuldslamm im Gefängnis gesessen hatte, und zu sehr erschrocken über den krassen Gegensatz zwischen dem, was er von Oskar angenommen hatte, und dem, was er von ihm wußte. An jenem Abend, an dem er aus Andreas Liebe herausgerissen worden war wie ein Nagel aus einem Brett, war er nicht darauf eingegangen. Was hätte es ihm auch gebracht, wenn er weiter nachgefragt hätte? Oskar wäre bei seinen Lügen geblieben. Oskar hatte gesagt, er sei aus dem Gefängnis entlassen worden, dabei hatte man ihn befreit. Sie hatten es der Mühe wert befunden, einen Gefangenentransport zu überfallen, um ihm das Leben zu retten. Und Oskar war nicht mit Bomben nach Kampen gefahren, wie er zuerst gesagt hatte, sondern mit einer Uniform, das hatte er zugegeben. Mit der Uniform eines deutschen Offiziers. Und falls man Proost Glauben schenken konnte, hatte er den ermordet. Dieser Oskar, der immer mit was Leckerem ankam, dieser Oskar, der seine Frau von jedem ficken ließ, dieser Oskar, der Andrea zufolge nicht mal mit Carola geschlafen hatte, dieser Oskar, der nicht daran denkt, von Carola Rechenschaft zu fordern, wenn sie ihn mit einem Mof an der Nase herumführt. Dieser Oskar! Als Assistent an der Uni war er schon so ein Trottel. Sein Notizbuch, in dem die Ergebnisse der Titrationen standen, ließ er immer in einer offenen Schreibtischschublade liegen. Keiner mochte ihn richtig, weil er so eine Lusche war. – Aber dieser Oskar begeht in aller Seelenruhe einen Mord mit einem Aschenbecher und einem Strick ... Er wurde nicht aus dem Gefängnis entlassen. Er ist geflohen oder befreit worden. Warum wäre er sonst so ängstlich gewesen, als die Nachbarin klingelte? Aber was hatte Carola dann damit zu tun? Proost hat nichts von Carola gesagt. Warum hat Proost nichts von Carola gesagt? Ich habe ihn nicht danach gefragt! Wer weiß, was er gewußt hätte! Aber Proost lügt immer. Aber niemand lügt nur. Warum habe ich Proost nicht nach Carola gefragt? Immer wenn ich endlich die Chance habe, dahinterzukommen, was genau passiert ist, mache ich einen Fehler, vergesse ich etwas. Oskar habe ich auch viel zuwenig gefragt. Carola habe ich sofort wütend gemacht. Ich hätte mich beherrschen müssen, sie nicht sofort vergraulen dürfen. Es war doch zu spüren, daß sie Angst vor mir hatte. Warum hatte sie Angst? Weil ihr Scheißmof noch immer im Haus ist? Aber der Scheißmof ist verschwunden. Was hätte sie mit ihm anfangen sollen? Es stand ja auch in dem Brief. Obwohl dieser Brief ... Der Brief bedeutet nur das, was ich aus ihm folgere ... Warum will ich aus allem etwas folgern?

Arthur war nun an der Straßenecke Overtoom. Die Holzklötze zwischen den Straßenbahnschienen waren von Erwachsenen herausgebrochen worden, und Kinder hatten viele Gehwegplatten entfernt, weil auch sie etwas herausbrechen wollten. Sanft schob sich der Sand, der die Straße an vielen Stellen dünn bedeckte, manchmal weiter, wie um zu beweisen, daß man ihn unbehelligt ließ. Arthur fühlte sich nun ganz ruhig und auf friedvolle Weise bekümmert. Habe ich etwa nicht vor langer Zeit beschlossen, dachte er, daß ich mit alledem nichts mehr zu tun haben will? Warum denke ich noch über Carola, Oskar, Andrea nach, über alles, was mir nichts mehr bedeuten kann. Man glaubt, auf einem harten Stück Brot zu kauen, aber es ist ein Stück Bindfaden. (– Aber nein, zerschnitt ein neuer Gedanke diesen Faden, gerade weil ich mir vor so langer Zeit vorgenommen hatte, nichts mehr an mich herankommen zu lassen, gerade deshalb habe ich nicht gemerkt, was los ist, gerade deshalb hatte ich keine Ausdauer, und wirklich abseits gehalten habe ich mich im Grunde auch nicht. Andrea hat mich dazu gebracht, wieder mitzumachen. Nein, doch nicht Andrea, ich habe ein Jahr lang mit ihr zusammen gelebt, ohne nachzudenken. Wenn Oskar nicht zurückgekommen wäre, hätte ich mich um nichts mehr gekümmert. Und ich hätte Andrea … Was hätte ich mit Andrea?)

Er ging nun über die Brücke, deren Fahrbahndecke unbeschädigt war. In der Schule an der Ecke hausten keine Deutschen mehr, sondern holländische Landesverräter, mit Jagdgewehren bewaffnet, in geflickten schwarzen Hosen und schmuddeligen grünen Jacken. Auch die Deutschen trugen keine hohen Soldatenstiefel mehr, sondern Schuhe, um die sie die Hosenbeine mit einem Streifen Kanevas festgebunden hatten. – Wieso lungerten die Männer hier herum, in dem leeren Haus oder davor, zwischen Stacheldraht, der jeden Tag dichter und höher gespannt wurde?

Wenn der Krieg vorbei ist, dachte Arthur, gehe ich fort und vergesse alles. Irgendwo auf der Welt mußte es doch einen Ort geben, wo er notfalls einsam, aber ohne Verzweiflung leben könnte. Es müßten doch auch Menschen zu finden sein, die ihn nicht vor Rätsel stellten, Rätsel, vor denen er sich fürchtete wie vor Alpträumen, Labyrinthe, die er nie in alle Richtungen würde durchwandern können. Schwämme, er hatte es mit Schwämmen zu tun gehabt. Eine Ameise, die durch einen Schwamm irrte, das war er. Nie würde er in alle Gänge gelangen können, dazu war ein Leben zu kurz. Nie würde er sich merken können, wo er gewesen war und wo noch nicht. Ich denke zuviel. Ich rege mich unnütz auf. Was war denn überhaupt geschehen? Hatte von alledem, was er glaubte erlebt zu haben, seine Stirn auch nur eine Falte bekommen? Gefühle konnten alles bestimmen oder auch nichts. Oder auch alles. Mit den

Gefühlen, die er empfunden hatte, ging es jedoch nicht weiter. Er mußte sie vergessen wie einen schlechten Geschmack im Mund. Er vergaß sie nur aus Angst nicht. Angst wovor? Angst, unrecht zu haben ...

Was war eigentlich der Unterschied zwischen unrecht haben und jemandem unrecht tun? Und wovor fürchtete er sich am meisten? Warum denke ich darüber nach? Weil ich eigentlich fliehen möchte, es aber nicht kann. Wer fliehen muß und es nicht kann, muß sterben oder nachdenken. Aber warum denke ich nach, wenn ich sowieso alles vergesse ... Denn ihm wurde schockartig bewußt, daß er Proost noch etwas viel Wichtigeres zu fragen vergessen hatte: Habt »ihr« (»ihr« bedeutete die Gruppe, die Oskar befreit hatte) mit einer Gruppe von Deutschen in Verbindung gestanden? Schon mal den Namen Ernst gehört? Andrea, Ossegals Frau, hat mir erzählt, Ernst »hielte die Hand« über Ossegal. – Aber dann hätte er Proost auch sagen müssen, woher er Ernst kannte und was Ernst mit Carola zu schaffen hatte, alles, was er wußte, und alles, was er ahnte, und einen Teil davon hatte er ja bereits vergessen, oder es würde ihm beim Erzählen nicht einfallen.

Und niemals hätte er Proost das alles überhaupt erzählen wollen. Er hatte nie daran gedacht, Proosts vertrauliche Mitteilungen über dessen Zeugen-Jehovas-Schwester mit vertraulichen Mitteilungen über Carola zu honorieren. Das ging Proost nichts an, und Arthur hätte es als beschämend empfunden, mit ihm darüber zu reden.

Auch wenn es so schien, als ob sich an allem, dem Krieg, dem Hunger, dem Eingeschlossensein in Amsterdam, nichts ändern würde, vollzog sich in ihm doch eine Entwicklung. Ja, er wußte es genau, langsam löste er sich von dem, was ihn vorher durchdrungen hatte. Es war, als spielte er eine Partie Schach und käme mittendrin auf den Gedanken, daß er bei dem schönen Wetter genausogut spazierengehen könnte. Ein Stoß gegen das Brett, und nie hätte es je ein Problem gegeben, der Alptraum ist vorbei. – Er würde in

Ruhe alles Brennbare in der Wohnung verwerten, solange es nötig war, und dann weitersehen. Nichts war mehr wichtig. Nur Ruhe.

Ruhig ging er denn auch die Treppen hinauf. Er hätte viel öfter die Ruhe bewahren sollen. Was nützte es, sich aufzuregen? Warum zum Beispiel hatte er so getan, als wäre er wütend auf Oskar, obwohl der ihm eigentlich keine Vorwürfe gemacht hatte. Wie beherrscht hatte Oskar sich doch verhalten, als er Arthur und Andrea in einer Situation antraf, die unschwer erraten ließ, daß sie sich gerade gegenseitig eingeseift und gewaschen hatten. Und hatte er Oskar nicht eigens zu sich gerufen, um ihm mit pathetischen Worten zu erklären, wie unglücklich er war? Lud man jemanden, den man verachtete, als Zuhörer ein, wenn man seine »innersten Gefühle« offenbarte?

Wenn er Oskar und Andrea jemals wiedersähe, würde er Oskar die Hand schütteln und ihn bitten, ein Wochenende mit Andrea verreisen zu dürfen, und er würde es für selbstverständlich halten, wenn Oskar nichts dagegen hätte. Und er war sich so gut wie sicher, daß Oskar es auch für selbstverständlich halten würde. Nein, er würde sich nie mehr aufregen. Es gab nichts, wofür sich Aufregung lohnte.

Aber als er auf der Etage der Großmutter an ihrer Wohnungstür vorbeikam, stand die Tür verlockend einen Spaltbreit offen und nahm seine Aufmerksamkeit gefangen. Seit mehr als einem Jahr hatte er seine Großmutter nicht gesehen. Er hatte an die Tür gehämmert, aber sie hatten nicht aufgemacht, und er hätte fast die Tür eingetreten. Natürlich hätte er leicht an einem der Nachmittage, an denen sie ihre Sprechstunde abhielt, mit einem der Klienten hineinschlüpfen können. Was hätte er tun sollen in einer Wohnung voller Ratsuchender? Die Sitzung stören? Seine Großmutter hätte alle aufgehetzt, und sie hätten ihn gelyncht.

Er stand nun direkt vor dem Türspalt. – Nicht der muffige Geruch von uraltem Plüsch drang ihm in die Nase oder von uraltem Papier, das an den Rückseiten alter Bilderrahmen mit vergilbten Fotos klebte, von Gläsern, die lange nicht benutzt und abgewaschen worden waren, von braun angelaufenem Silber, von mit dickem Flanell ausgelegten Schrankschubladen, auch nicht der Geruch von Küchenschränken, in denen manchmal etwas verschüttet wird und die selten feucht ausgewischt werden, ja, nicht einmal den Gestank der Petroleumöfen roch er, als würden sie gar nicht brennen. Es war ein anderer Geruch, der seine Augen groß werden ließ, als betrete er ein Traumland: der Geruch von frisch gekochtem Kaffee! Kaffee! Er hatte keinen Kaffee. Niemand hatte Kaffee. Aber sie tranken Kaffee.

Er schlüpfte in den Flur und schloß, die Zunge zwischen den Lippen, die Tür unhörbar hinter sich. Alle anderen Türen zum Flur waren zu, nur die zum hinteren Zimmer stand offen. Der Dynamo, der die konfiszierte Schule mit Strom versorgte, dröhnte laut. Arthur betrat das Hinterzimmer nicht, sondern ging in die Küche, von wo er Stimmen hörte.

Der ganze Raum war von Kaffeeduft erfüllt. Auf der Anrichte lag ein riesiger Beutel mit Kaffeebohnen, geöffnet und halb umgefallen. Auf dem Fußboden lagen Kaffeebohnen wie eine Pfütze. Carola stand vor dem Spülbecken und drehte sich schluchzend um. Der Wasserhahn war aufgedreht. Die Großmutter bückte sich ächzend zu der Kaffeebohnenpfütze, konnte mit ihren halb gelähmten Fingern jedoch nicht mehr als ein paar Bohnen gleichzeitig auflesen, die sie in ihrem gerafften Rock sammelte. »Ein Luder bist du, ein Luder«, murmelte sie immer wieder. Carola blickte Arthur an, einen großen Durchschlag voller Kaffeebohnen in der Hand. Wasser regnete daraus auf den Fußboden. Arthur, der noch an seinem Vorsatz festhielt, sich um nichts mehr zu kümmern, nahm ein paar Kaffeebohnen von der Anrichte und steckte sie sich in den Mund. Kauend schaute er Carola an. Wie sie sich verändert hatte. Harte Stückchen Kaffebohne blieben zwischen seinen Zähnen hängen und wurden dann beinahe weich. Noch magerer könnte sie kaum werden, und sie war so stark geschminkt, daß kein Quadratmillimeter ihres Gesichts mehr lebendig war.

»Arthur«, sagte sie, »du denkst bestimmt, ich bin verrückt geworden, aber sie glaubt, daß sie bald stirbt, und sie will schwarzen Kaffee trinken, weil sie behauptet, davon würde sie eine schöne Leiche. Und ich kriege nichts zu essen. Keinen Cent kriege ich von ihr. Sie verbraucht auch meine Zuteilungen. Ich weiß mir keinen Rat mehr. Soll ich etwa Kaffeebohnen essen?« Sie hielt ihm den nassen Durchschlag hin, als hoffte sie, er könnte aus den Kaffeebohnen Kapuzinererbsen machen. Er zuckte mit den Schultern. Die Großmutter schlurfte zur Anrichte, nahm einen kleinen Kessel von einem Petroleumkocher und goß einen Schuß kochendes Wasser auf den Kaffee, der in einer kleinen Kanne zog. Arthur kaute auf den Bohnen herum. Doch dann nahm er eine Tasse aus dem Küchenschrank, stieß die Großmutter beiseite, schenkte sich Kaffee ein und fragte: »Wo ist der Zucker?«

Die Großmutter, die vermutlich stundenlang getobt hatte, gab keine Antwort.

»Wo ist der Zucker?« fragte Arthur Carola.

»Weiß ich nicht. Sie hat ihn versteckt. Ich darf nicht mal wissen, wo der Zucker ist«, schluchzte sie.

Das ist bestimmt gelogen, dachte er, sagte es aber nicht laut und verließ die Küche, mit der Tasse in der Hand. Er würde den Zucker schon finden.

Im Hinterzimmer fand er ein pummliges Mädchen vor, das er nicht kannte.

»Sind sie noch zugange?« fragte sie.

»Ich glaube schon«, antwortete er und stellte die Tasse ab, »ich bin Arthur, Carolas Bruder.«

»Lydie«, sagte sie und gab ihm die Hand. Er wunderte sich, daß sie ihren Nachnamen nicht nannte, war aber auch nicht neugierig darauf.

»Wollte meine Großmutter dir Kaffee kochen?« fragte er.

»Wo denkst du hin. Es war nur ihre Zeit, ihn einzunehmen.«

»Davon weiß ich nichts. Ich bin fast nie hier.«

»Deine Großmutter kocht jede Stunde frischen Kaffee, den sie auf einmal trinkt. Sie hat ein starkes Herz.«

»Und woran wird sie dann ihrer Meinung nach sterben?«

»Das weißt du nicht? Ich dachte, dir würde sie es eher erzählen als mir.«

»Nein. Ich komme nicht so oft hierher. – Ich such mal rasch den Zucker«, sagte er und stand auf, »tut mir leid, aber ich wußte nicht, daß du hier bist. Sonst hätte ich zwei Tassen mitgebracht.« Er dachte nicht daran, eine zweite Tasse zu holen, sondern schaute sich im Zimmer um und überlegte, wo die Großmutter den Zucker versteckt haben könnte. Er konnte keinen Schritt geradeaus gehen, wie früher, an der Einrichtung hatte sich nichts verändert. Der Raum war vollgestellt mit Stühlen, Schränken, kleinen Tischen und Blumensäulen mit Clivien. Beim Suchen umherzugehen war unmöglich. Außerdem hatte er die Tasse wieder in die Hand genommen.

Seine Großmutter kam herein.

»Jetzt sag mir endlich, wo der Zucker ist«, forderte er.

»Hab keinen«, antwortete sie und pustete auf ihren Kaffee, den sie in der Hand hielt, die am wenigsten zitterte. Eine unerklärlich dichte Dampfwolke trieb sie vor sich her.

»So, du hast also keinen Zucker«, sagte Arthur. »Dann werde ich mal welchen suchen. Du weißt doch, wenn ich richtig suche, finde ich immer, was ich haben will.«

Aber Carola, die inzwischen auch ins Zimmer getreten war, sagte: »Jetzt hör doch auf, Arthur.« Dann fragte sie Lydie: »Hast du dich auch nicht gelangweilt so allein? Nimm das nicht ernst, was du hier so erlebst.«

»Ach, was soll's«, entgegnete Lydie. »Na, ich geh dann mal.«

Arthur, der befürchtete, nicht mehr ruhig bleiben zu können, wenn er weiterhin auf Zucker bestand, schlürfte seine Tasse aus. Mißtrauisch stellte er fest, daß der Kaffee viel bitterer schmeckte als vor dem Krieg, aber es war eine angenehme Qual. Schnaufend stellte er die Tasse ab und folgte Lydie, ohne die Großmutter oder Carola weiter zu beachten.

»Ich wohne hier oben«, sagte er an der Tür.

»Ich weiß. Ich habe viel über dich gehört. Ich kenne Carola schon sehr lange.«

»Was hast du denn über mich gehört?« Sie standen im Treppenhaus.

»Oh, sehr viel.«

»Schlimme Sachen?«

»Hmm, es geht.« Sie lächelte mit geschlossenem Mund und verlagerte ihr Gewicht auf den anderen Fuß.

»Ich wüßte das gern genau«, sagte er, »als Gegenleistung könnte ich dir auch sehr interessante Dinge erzählen.«

»Aber was ich zu erzählen habe, ist nicht interessant.«

»Für mich schon.«

»Vielleicht sehen wir uns noch mal.«

»Kannst du es mir nicht jetzt erzählen? Komm doch kurz mit. Bei mir ist es ganz anders als hier. Du wirst staunen.«

»Dann muß es ja was ganz Besonderes sein«, sagte sie, während sie vor ihm die Treppe hinaufging, »einen Menschen wie deine Großmutter habe ich noch nie gesehen. Die weiß genau, wann sie stirbt: Wenn das Manna vom Himmel gefallen ist und in Amsterdam die Laternenpfähle angestrichen werden. Das Dach des Tempels wird einstürzen und ein Teufel mit rotglühendem Schwert herabkommen. Und mehr in der Art. Ach ja, diese Schere ... ähm, davon spricht sie auch ab und zu, von einer Schere mit so einem komischen Namen, ich glaube, es heißt Damoklesschere, kann das sein?«

»Nein, es ist die Schere einer Frau, aber ich komm jetzt auch nicht drauf«, keuchte Arthur. Wie schade, daß es bis zum Tod der Großmutter noch so lange dauern würde. Denn bevor der Krieg vorbei war, würden die Laternen nicht angestrichen, und auch dann würde das nicht gerade die erste Ausbesserungsarbeit sein. Er fragte sich, ob Lydie sofort mit ihm ins Bett gehen würde. Sein Herz klopfte fürchterlich, er hatte Kopfweh. Er schaffte es kaum, die Treppe hinaufgehen. Er begriff nicht, warum er solches Herzklopfen hatte: ihre Beine fand er eher abstoßend. Endlich war er oben angelangt. Er mußte sich einen Moment am Geländer festhalten. Er hatte das Gefühl, als wären die Blutgefäße an Hals und Kopf auf Fingerdicke erweitert, als würde ihm das Blut gleich in einem unstillbaren Schwall aus dem Mund spritzen. Er schloß kurz die Augen. Eine andere Prophezeiung der Großmutter schien mit Leuchtschrift auf die Innenseite seiner Augenlider geschrieben: Du wirst nie mit einer Frau im Bett liegen, mein Junge, du bist verfault bis in die innersten Eingeweide ... Und was war mit Andrea? Nein, das Herzklopfen kam nur vom starken Kaffee.

»Ich finde es wirklich ein Verbrechen«, fuhr Lydie fort, »daß sie euch verhungern läßt und Kaffee gleich kiloweise kauft, für Tausende von Gulden! Ich weiß nicht mal, was Kaffee auf dem Schwarzmarkt bringt; man hört nichts mehr davon.«

»Nein«, sagte Arthur und führte sie durch den Flur. Er hatte gar keine Lust mehr, ihr alle Kuriositäten seiner ruinierten Wohnung zu zeigen. Wenn sie nur erst im Vorderzimmer wären, dem einzigen noch bewohnbaren Platz! Er mußte sich unbedingt setzen.

Aber sie sagte: »Laß mich mal schaun. Hast du alle Türen verheizt? Wie verrückt, die Wohnung sieht viel größer aus. Trotzdem ist sie genauso groß wie die unten.«

Er konnte keine Sekunde mehr stehen. Geh weg, geh, dachte er so intensiv, als wollte er sie telepathisch beeinflussen. Wenn er Kopfschmerzen hatte, mußte er allein sein, damit es ihm besser ging. Er wünschte sich etwas, was ebenso extravagant war wie Kaffee: Eis. Eis, einen Eimer Eis, um den Kopf hineinzutauchen, ja, um darin zu ertrinken.

Lydie ging in alle Zimmer. Er blieb im Flur stehen. Die Wände des Flurs hatten nur aus Schränken bestanden. Inzwischen hatte er alle Einlegeböden herausgebrochen und die Türen entfernt. Er stand in so einem Schrank wie in einer Nische. »Jetzt komm«, sagte er matt, »so viel Besonderes ist hier doch nicht zu sehen. Ich hab das vorhin nur gesagt, weil ich noch ein bißchen mit dir reden wollte.« Aber sie wippte nun auf einem herausgerissenen Dielenbrett im Hinterzimmer; hier häufte sich alles, was er nicht hatte verheizen können und noch verkaufen wollte: Laken, Decken, Kissen, Inlets und Sprungfedern.

Endlich saßen sie. Sie saßen nebeneinander auf seinem Bett, das er während der Abrißaktivitäten ins Vorderzimmer gestellt hatte. Sie plapperte. Er stützte vor Schmerz den Kopf in die Hände. Wir hätten schon längst liegen müssen, dachte er. Die Gelegenheit bot sich alle zwei Minuten. Aber er konnte nicht. Hat meine liebe Oma denn doch recht gehabt, dachte er, werde ich verrückt, daß ich langsam an ihre Prophezeiung glaube?

Nur durch sein Schweigen konnte er versuchen, Lydie zum Weggehen zu bewegen.

11

Dennoch hatte er Lydie nicht zum ersten- und letztenmal gesehen. Er begegnete ihr mehrmals bei der öffentlichen Suppenküche, wo er sich hatte einschreiben lassen, da seine Geschäfte nicht genug Geld einbrachten, um sich alles auf dem Schwarzmarkt zu besorgen. Im Korridor der Schule, wo das warme Essen ausgeteilt wurde, war es immer voll; gleich nachdem sie eine Kelle Zuckerrübenpüree in ihren Topf bekommen hatten, begannen die Leute, an die Wand gelehnt, zu essen.

Das erstemal, als er ihr dort begegnete, war er beschämt, weil er dachte: Ich kann nichts mit dir anfangen, und trotzdem erwartest du, daß ich mich mit dir unterhalte. Denn sie hatte ihn sofort gegrüßt und sich ihm wie von selbst im Gedränge genähert.

Arthur aß nie sofort, sondern nahm das Essen mit nach Hause. Genug Holz, um es aufzuwärmen, hatte er immer noch! Und sie ging neben ihm! Sie trug einen großen Henkelmann, in dem sie auch das Essen für den Friseur und dessen Familie mitnahm. In der einen Hand hielt sie das Gefäß, in der anderen einen Löffel; unterwegs aß sie des öfteren davon und schob jedesmal den Deckel wieder auf den Topf.

Gerade an dem Tag, als er sich bewußt wurde, daß sie im Grunde das einzige lebende Wesen war, mit dem er noch sprach, wurden die öffentlichen Suppenküchen geschlossen, weil sie keinen Brennstoff mehr erhielten. Tage vergingen, an denen Arthur mit keinem Menschen mehr redete. Offenbar hatte seine Großmutter die Praxis eingestellt, denn es kam auch nicht mehr vor, daß im Treppenhaus eine Menschenmenge wartete.

Auf die Dauer hielt er auch das nicht aus. Immer öfter überflogen nun amerikanische Flugzeuge in dichten Schwärmen die Stadt, und manchmal stand er dann zufällig an der Tür und wechselte mit den Nachbarn ein paar Worte über die weiteren Aussichten in diesem Krieg. Wenn er nicht an all das dachte, was ihm widerfahren war, erfaßte auch ihn das Fieber, an dem sie alle litten: Jetzt würde es bald vorbei sein! Die Amerikaner hatten den Rhein überschritten. Täglich war mit Hitlers Kapitulation zu rechnen. Hitler mit seinem: *»Ich kapituliere niemals!«* Die ganze Clique würde gehängt! Im befreiten Süden kriegen sie zwei Schachteln Zigaretten in der Woche! Keiner macht dort noch einen Finger krumm! Wenn man im Postamt ein Päckchen aufgeben will, muß man stundenlang warten. Jeder raucht Zigaretten, als bekäme er es bezahlt! In Zeeland mögen sie keine Biscuits und kein Corned Beef mehr. Sie schreiben deshalb Leserbriefe an die Zeitungen. Wie können sie es wagen! Die wahre Natur des Menschen! Sie versündigen sich!

Eines Tages flogen die amerikanischen Maschinen so tief, daß man in die Fenster der Pilotenkanzeln schauen konnte. Als Gruß schaukelten sie mit den Tragflächen. Alle Leute standen auf den Dächern und schwenkten Fahnen. Die Moffen schritten nicht mehr ein. Sie hätten nichts mehr zu melden, hieß es.

Arthur stand nicht auf dem Dach, weil er nicht genau wußte, ob er Carola dort begegnen würde. Der Dynamo der Schule lief schon seit einer Woche nicht mehr. Das Dröhnen der Flugzeuge kam in Abständen. Dröhnen ist Dröhnen, dachte er. Aber er brauchte keinen Zeitvertreib mehr. Er dachte an die Flugzeuge wie jedermann, die grauenhaft großen Flugzeuge, die jede Nacht mit Tausenden Kilo Bomben nach Deutschland geflogen waren. Aber jetzt, hier, waren sie nah zu den Menschen gekommen, als Rachegötter in friedvollerer Gestalt getarnt; hier brachten sie Brot, in der Ferne den Tod. Sie würden nun sehr bald zu nichts mehr nütze sein. Die Nahrungsmittel, die sie abwarfen, brauchten ihre Truppen ja auch schon nicht mehr.

In der Schlange vor dem Lebensmittelgeschäft, wo jeder ein halbes Weißbrot erhielt, vom Roten Kreuz aus Schweden geschickt, sah er auch Carola. Er schaute sich mehrmals nach ihr um, tat aber so, als bemerkte er sie nicht. Nach einer halben Stunde war ihr Kopf verschwunden. Sie konnte nicht nach Hause gegangen sein, bestimmt hatte sie sich auf einen mitgebrachten Klappstuhl gesetzt.

Zu Hause hatte sich Arthur einen separaten Vorrat von »leckerem« Essen angelegt. In einer Brottrommel bewahrte er das schwedische Weißbrot auf, von dem er jeden Tag zwei mit Margarine bestrichene Scheiben aß, als wäre es Kuchen. Er fühlte sich dann zuweilen sehr glücklich und dachte: Ich mache Campingurlaub. Was die Leute sagten, kümmerte ihn nicht. Eines Abends stand in der Zeitung, daß Hitler nicht mehr lebte. Ein Admiral habe die Macht übernommen. Arthur dachte: Der Krieg ist noch nicht vorbei. Auch wenn Deutschland vielleicht bald besiegt ist, geht der Krieg weiter, gegen die Russen. Der General der Festung Holland hat bekanntgeben lassen, daß er bis zum letzten Mann kämpfen würde. Arthur dachte: Im Osten Deutschlands wird der Krieg weitergehen, gegen die Russen. Die Deutschen hier in Holland, die so gern bis zum letzten Mann kämpfen wollen, lassen sie im Stich. Hin und wieder bringen die Amerikaner uns mit Flugzeugen etwas zu essen. Er war sich natürlich darüber im klaren, daß diese Vorstellung nicht besonders plausibel war, doch es war schon so vieles geschehen, was eigentlich niemand glauben konnte. Alles, schlecht und gut, Feind und Freund, Verbot und Übertretung, ging durcheinander. Den einen Tag hatte Seyss-Inquart gesagt, er ließe kein einziges Flugzeug der Alliierten unbehelligt überfliegen: Wer das Gegenteil behaupte, verbreite ein verleumderisches Gerücht. – Aber am nächsten Tag kamen die Amerikaner von neuem, und die Sicherheitspolizei bewachte die Vorräte, die sie abgeworfen hatten, und organisierte die Verteilung.

Oh, also doch, war fast der einzige Gedanke, der ihm bei der Befreiung durch den Kopf ging.

Bei dem Wort »Befreiung« hatte er als Junge immer an die Bilder in seinem Geschichtsbuch gedacht: Wasser-Geusen, die auf der Straße Heringe verteilten, oder König Willem I., der am Strand von Scheveningen einem kleinen Boot entstieg.

Aber an diesem Freitagabend, als die »Befreiung« tatsächlich von der Hoffnung zur Wirklichkeit wurde, schob er nur sein Fenster hoch und schaute auf die Straße hinaus. Es war weit nach acht. Jeder war längst zu Hause. Plötzlich kamen Leute auf die Straße, die nichts anderes machten, als sich gegenseitig etwas zuzurufen. In allen Treppenhäusern rannten Leute hastig hin und her. Die Befreiung ging vor allem mit Gepolter einher.

Außerdem sah Arthur einen Mann, der eine Fahnenstange mit einer orangefarbenen Flagge daran heraussteckte. Doch das alles dauerte nur wenige Minuten. In der Ferne hörte man ein Auto. Die Leute flüchteten wieder in die Häuser. Überall fielen Türen ins Schloß. Nicht weit entfernt wurde geschossen. Der Besitzer der Fahne war noch dabei, sie wieder einzuziehen, als ein grüner, offener Wagen mit behelmten Deutschen vorbeifuhr. Arthur schob das Fenster zu. Tja, die Befreiung. Sie machte ihm angst, sie war das schwierigste Problem, vor dem er je gestanden hatte. Was sollte er tun? Wohin sollte er gehen? Niemand, der »befreit« war, könnte künftig in einer halben Ruine wohnen.

Er zündete das Licht (der Boden einer Weinflasche, gefüllt mit Paraffin und einem Docht darin) an und versuchte zu lesen; am besten tat er so, als wäre überhaupt nichts geschehen. Aber er konnte nicht lesen. Auf allen Klavieren in der Nachbarschaft wurde bis spät in die Nacht »Wilhelmus van Nassouwe«, die Nationalhymne, und das Lied von Admiral Piet Hein gespielt, und das brachte ihn fast zur Verzweiflung. Er hielt es nicht mehr aus, so mutterseelenallein. Sollte er nach unten gehen und nachschauen, wie es der Großmutter und Carola ging? Ohne daß sein Vorsatz, immer die Ruhe zu bewahren, ihn daran hindern konnte, ging er ins Treppenhaus. Auf dem Weg nach unten blieb er auf jeder Treppenstufe stehen und horchte. Aber im gelben Dämmerlicht des Flurs herrschte Stille. Dann klopfte er an die Tür, ziemlich laut. Doch es waren keine Schritte in der Diele zu hören, und als er noch einmal klopfte, schien es ihm, als ob im ersten Stock jemand Anstalten machte zu öffnen. Er sah voraus, was geschehen würde. Sie würden fragen: »Mijnheer Muttah, macht Ihnen niemand auf? Ihrer Großmutter wird doch nichts zugestoßen sein? Das wäre ja schrecklich, jetzt, wo wir gerade befreit worden sind.« In Scharen würden sie im Treppenhaus stehen, gierig nach einer Sensation. Was sollte er dann antworten? »Schon gut, bemühen Sie sich nicht«, zum Beispiel? Sie würden ihn für verwirrt halten und ohne seine Bitte oder Erlaubnis die Tür aufbrechen.

Mit großen, geräuschlosen Schritten ging er wieder hinauf, drei Stufen auf einmal nehmend. Hinter seiner Tür horchte er noch einen Moment. Vom Hausflur her hörte er Stimmen. Vielleicht kamen sie und klopften bei ihm an, um ihn zu fragen, was er über die Befreiung dachte und ob seine Großmutter auch so froh sei. Hatte er ihr schon gratuliert?

Was sollte er tun, wenn sie bei ihm anklopften? Ebenfalls nicht aufmachen? – Aber sie klopften nicht bei ihm an, die Stimmen verstummten, eine Tür schlug zu. Was dachten die Leute wohl von ihm, daß sie sich nicht mal die Mühe machten ... Vielleicht wußten sie alles, vielleicht wußten sie noch mehr, noch viel schrecklichere Dinge, die nur gerüchteweise passiert waren.

Am nächsten Tag verließ er ziemlich früh das Haus, um zu versuchen, in Kattenburg, bei Zwikkers Schwiegersohn, etwas Tabak auf Pump zu bekommen. Sein Geld war fast alle. Besser, ich kümmere mich darum, dachte er, ich sterbe, wenn ich nichts mehr zu rauchen habe. Trotzdem hoffte er vage, daß etwas geschehen würde.

Auch aus ihrem Haus hing eine riesige Fahne.

Der ganze Overtoom hing voller Fahnen. Aber die Leute sahen nicht froh aus und eilten still dahin, wo sie hin mußten. Hier und da liefen Deutsche herum, wie sie immer herumgelaufen waren. Das Hissen der Fahnen schienen sie nicht zu verbieten. Nein, nichts geschah. Der Himmel war grau, winzige Tropfen schwebten in der Luft. Es war still wie immer. Nur Hunderte von Schritten und rasselnde Fahrräder ohne Reifen. Keine Autos, nicht mal ein Pferd. Es war, als befinde man sich im Haus, in einem breiten Flur mit Draperien an den Wänden, oder in einer alten Kirche, deren Wände mit den Bannern einer ruhmreichen Armee behängt waren.

Auf dem Leidseplein erregte ein Tumult an der Weteringsschans seine Aufmerksamkeit. Vor dem Gefängnis stand eine dichte Traube Menschen, die offenbar glaubten, daß die Häftlinge jeden Augenblick freigelassen werden konnten. Auf einem Handkarren sah er Zwikkers Schwiegersohn stehen. Er hatte eine kleine Filmkamera, mit der er mangels befreiter, ausgelassener Häftlinge die Menschenmenge filmte. Arthur zwängte sich zu ihm durch. Vielleicht hatte er ja Tabak bei sich. Doch dann kam plötzlich Bewegung in die Leute. Im Nu waren sie auf den Leidseplein vertrieben, wo sie laut gegen die niederländischen Polizisten protestierten. »Sie dürfen doch nicht mehr schießen!« Die Deutschen schossen auch nicht. Ihr Wagen hielt vor dem Gefängnis, sie sprangen ab und stellten sich, mit Maschinenpistolen in der Hand, in einem großen Kreis um das Auto auf.

Arthur ging in die Leidsestraat, die ebenfalls voller Fahnen hing. Er sah sich jede Fahne genau an, es gab große, kleine und auch Fahnen in der Farbe Orange, jedoch keine in Orangeweißblau*. Die Fahnen hingen schlaff wie unnütze bunte Vorhänge, die für kein einziges Fenster die pas-

* Ursprünglich war die niederländische Fahne orangeweißblau. Seit Mitte des 17. Jahrhunderts ist sie rotweißblau. Die niederländischen Nationalsozialisten griffen wieder zu den alten Farben.

sende Größe hatten und die man deshalb einfach nach draußen gehängt hatte. Plötzlich fuhr ein Auto vorbei, ein richtiges Auto, das mit Benzin fuhr. Männer in neuen blauen Overalls, die noch von der Appretur glänzten, und mit blauen Helmen saßen darin. Sie trugen rotweißblaue Binden um den linken Arm und hatten kleine Gewehre, die ganz aus Metall waren; manche erinnerten an den Rahmen eines Miniaturfahrrads, andere sahen aus wie ein großer Metallbohrer. Die Männer machten nichts, als in ihren neuen Overalls umherzufahren; sie hätten die Deutschen ebensogut grüßen können und die Deutschen sie. Niemand jubelte den Männern zu, niemand begriff, wozu sie da waren. Auf dem Dam stand eine Menschenmenge, nur nicht vor dem Grote Club, wo die Deutschen einen Bereich mit Stacheldraht abgesperrt hatten. In größtmöglicher Entfernung davon versuchten die Männer in den blauen Overalls, ebenfalls ein Stück abzusperren. Sie benutzten dazu keinen Stacheldraht, sondern baten nur: »Würden Sie hier bitte Platz machen?« Aber sie bekamen lediglich zu hören: »Warum denn?« Es war sinnlos. Mit eher mäßigem Interesse nahmen die Leute Nachrichtenblättchen entgegen, die verteilt wurden. Dicht gedrängt standen die Menschen mitten auf dem Dam und stimmten hin und wieder die Nationalhymne an, dachten dann aber, daß Singen nicht erlaubt sei, und hörten mittendrin auf. Man sah Männer mit großen, roten Schildern, auf denen in gelben Lettern stand: LEST DIE WAHRHEIT. Ein Sturzregen setzte ein. Arthur stellte sich unter die Markise eines Ladens neben dem SS-Ersatzkommando, das heute eigentlich wie sonst fröhliche Tanzmusik hätte erschallen lassen können. Die Männer mit den roten Schildern kletterten auf Leitern und hängten die Schilder an die Oberleitungen der Straßenbahn. Nach einer Viertelstunde hörte der Regen auf, und Arthur ging wieder hin und her. Von der Kuppel des Palastes hing nun die orangefarbene Standarte, als wäre die Königin vom Himmel gefallen.

Ein SS-Mann mit einem Holzbein stellte sich in ein Ladenportal und feuerte mehrere Gewehrschüsse ab. Die Leute schrien und drängten zum Rokin und Damrak. Ein Mann blieb liegen. Flach auf dem Rücken, die Beine etwas auseinander. Das rote Schild LEST DIE WAHRHEIT hielt er noch vor der Brust. Das Gehirn lag hinter dem Kopf. Wie ein Ausrufezeichen, dachte Arthur. Ein deutscher Offizier trat aus dem Grote Club; mit der Hand gab er dem SS-Mann ein Zeichen, der daraufhin ins Haus ging. Das grüne Auto der Sicherheitspolizei fuhr auf den Platz. Zwei Männer in den obligatorischen Regenmänteln aus grünglänzendem Gummi stiegen aus. Die anderen blieben wie dicke, aus grüner Knete geformte Zwerge im Auto sitzen. Sie waren mit den gleichen kleinen Fahrrädern und Metallbohrern bewaffnet wie die Männer in den blauen Overalls. Die Menschen drängten sich um sie herum. Ein hochgewachsener Mann beklagte sich gestikulierend bei dem Leutnant, der im Auto das Kommando führte, über das Fehlverhalten des SS-Mannes, der grundlos geschossen hatte.

»Hören Sie mich zu«, sagte der hochgewachsene Mann, *»ik kenne Deutsch.«*

»Jawohl«, erwiderte der Offizier, *»aber sprechen Sie auch holländisch?«*

»Ja«, antwortete der Mann beklommen, weil er nicht ganz begriff, worauf der andere hinauswollte.

»Na also, sagen Sie den Leuten, sie sollen sich freuen, soviel wie sie wollen, aber sie sollen von hier fortgehen.«

Der hochgewachsene Mann drehte sich um, legte die Hände wie einen Trichter an den Mund und gab die Aufforderung auf niederländisch weiter. Niemand wußte, wohin, der ganze Platz war gestopft voll. Dann gab der Offizier durch eine Geste zu verstehen, daß sie nur den Bereich vor seinem Auto freigeben sollten, damit er weiterfahren konnte.

Ein flacher Pferdekarren fuhr heran. Der tote Kommunist wurde daraufgelegt, den Kopf bandagiert wie Claude

Rains im Film »Der Unsichtbare«. Er lag auf einem seltsamen Gestell, das eine Tragbahre darstellen sollte. Das Pferd lief in gestrecktem Trab zum Nieuwezijds Voorburgwal. Keiner schaute mehr hin. Der Asphalt hätte mit einem Wasserschlauch gesäubert werden müssen, aber die Stadtreinigung kam nicht; die Leute machten einen Bogen um den Ort des Geschehens.

In der Ferne hörte man ebenfalls wiederholt Schüsse fallen.

Arthur ging am IJ entlang, wie vor fünf Jahren, als die Deutschen auf Lastwagen, bedeckt mit dürren Zweigen, in die Stadt gekommen waren. Die Befreiung bedeutete ihm überhaupt nichts mehr. Er hoffte nur, daß bei Zwikkers Schwiegersohn jemand zu Hause war, der ihm zu Tabak verhelfen könnte. Ein paar Männer standen lachend vor einem hohen Gitterzaun, der die Straße von einem Rangiergelände trennte. Sie beobachteten zwei kleine Jungen, die unter einer Eisenbahnschwelle eine Kuhle gegraben hatten. Mit einem Stück Eisen, das sie zusammen hochhoben, schlugen sie die Schwelle ab. Bahnschwellen, guter Brennstoff, dachte Arthur. Jeder kümmerte sich um sich selbst; niemand schien daran zu denken, daß über diese Schienen wieder Züge fahren müßten. Arthur fand das eher beruhigend. Vielleicht ging der Krieg morgen wieder weiter. Wie könnte er in seiner Ruine bleiben, wenn Frieden war und alles wieder geordnet würde?

Sein Herz klopfte, als er an dem Seil zog, das mit dem Ende eines Kleiderbügels verbunden war, der oben vor dem Fenster hing. Am anderen Ende war eine Glocke befestigt.

Doch es wurde geöffnet, auch wenn die Frau sofort, nachdem sie Arthur erkannt hatte, rief: »Mein Mann is nich da.«

»Ich weiß«, antwortete er und ging schon die Treppe hinauf, »ich habe Ihren Mann in der Stadt beim Filmen gesehen. Es gab nicht viel zu filmen. Es passiert nichts. Auf dem Dam haben sie einen erschossen.«

»Ja, sie kommen viel zu spät«, sagte die Frau und meinte die Befreier, »wollten Se was von meim Mann?«

»Vielleicht können Sie mir auch helfen, ich komme wegen Tabak.«

»Is momentan keiner da.«

»Ich brauche nur hundert Gramm, zum eigenen Gebrauch.«

»Wir ham wirklich nichts. Man weiß heutzutage nich, wo die Preise hingehn. Vielleicht is es morgen nichts mehr wert. Mein Mann sagt immer, der Schwarzhandel behält nen kühlen Kopf. Dreckskerle sind das. Es kost uns jetz schon acht Lappen im Einkauf.«

»Sie haben also wirklich gar nichts?« Arthur ließ nicht locker. Er wußte nicht, wie er den ganzen Weg nach Hause laufen sollte, ohne zu rauchen.

»Ich kann Ihnen wirklich nich helfen.« Sie zog die Tür wieder auf. »Mijnheer!« rief sie plötzlich. Arthur, der schon auf dem Weg nach unten war, drehte sich um.

»Hörnse mal. Treffense noch manchmal meinen Vater? Mein Mann hat sich vor einiger Zeit mit ihm gestritten, und jetz darf ich mich da nich mehr blickn lassn. Ich mach mir Sorgen. Wir hams noch ziemlich gut, wissense, aber die alten Leute …«

»Denen geht's oft gar nicht so schlecht«, sagte Arthur, »ich hab eine alte Großmutter, und die …«

»Ja, das Biest, mit ihrem Sternbilder-Hokuspokus. Se hat meim Vater ziemlich Angst gemacht. Dasser sterben würde, hat se ihm gesagt.«

»Das ist immer noch nicht eingetroffen«, sagte Arthur, »ich glaube schon, daß es Ihrem Vater gut geht. Und jetzt sind wir ja befreit.«

Draußen kam ab und zu die Sonne durch die Wolken. Arthurs Mund zog sich vor Verbitterung zusammen. Nie, ach nie mehr würde der Schlamassel aufhören. Alles blieb, wie es war. Wenn endlich das passierte, was man seit langem erhofft hatte, war es so ohne Saft und Kraft, daß man nicht verstehen konnte, auch nur einen Augenblick davon geträumt zu haben. Der eine Scheiß oder der andere Scheiß, es lief auf das gleiche hinaus. Die Fahnen flimmerten vor seinen Augen. Es war, als ließen die Häuser ihre Eingeweide heraushängen, als wäre die Stadt zum Schluß verrückt geworden. Diese bunten Wollstoffe gehörten nicht ins Freie. Er schaute sich trotzdem jede Fahne an, aber keine einzige hing gerade, sie legten sich um ihre Stangen, als schämten sie sich, für solch einen Sieg zu wehen. Den Deutschen würde nichts geschehen. Man würde vergessen, wen sie alles ermordet hatten, die deutschen Uniformen würden unbemerkt und ganz langsam aus dem Stadtbild verschwinden, man würde es kaum merken, wenn sie für immer weg waren so wie Ernst.

Als er zum Dam zurückkam, machten die Leute keinen Bogen mehr um die Stelle, wo der Kommunist erschossen worden war. Die Buchstaben von LEST DIE WAHRHEIT auf den Schildern an den Tramleitungen zerflossen im Regen.

Den Rest des Tages blieb Arthur im Haus. Manchmal schaute er aus dem Fenster. Daß ein Festtag war, merkte man in dieser Gegend nur daran, daß sich die Leute auf der Straße anders als sonst zu Gruppen versammelten. Ein paar junge Burschen mit Leitern und Farbtöpfen begannen, die Laternenpfähle orange anzustreichen. Auf der anderen Straßenseite malte jemand an sein Haus THANK YOU BOYS.

Arthur kochte sich etwas zu essen und ging früh ins Bett, wo er wütend nachdachte und sich dabei ständig mit der Zunge über den schalen Gaumen fuhr. Er stand auf, drehte alle Jackentaschen über einer Zeitung nach außen. So bekam er ein wenig Tabakstaub zusammen, den er in ein Zigarettenpapier rollte. Aber als er es ansteckte, hatte er glühenden Sand im Mund.

Er legte sich wieder ins Bett. Nichts würde sich vorerst ändern. Kein Licht und kein Gas; es würde ihn wundern, wenn es mit der Verdunklungspflicht vorbei wäre, auch wenn sich die Leute langsam nicht mehr daran hielten. Aber sie hatten so gut wie kein Licht, um das zu demonstrieren. Er fragte sich, ob eine Straßenbahn es noch jemals schaffen würde, ihre Räder durch die zugerosteten Weichen und die mit Schmutz und Sand gefüllten Spurrillen zu zwängen. Über das Meer würde nichts hereinkommen, denn die Hafenanlagen waren gesprengt, und es würde nichts über Land kommen, denn die Bahnschwellen waren verheizt worden. Vielleicht würde es ganz langsam kommen. Aber wenn es langsam kam, merkte man es nicht, und es machte einem keine Freude mehr. Und er, er war noch immer der, der er gewesen war, trotz all der Jahre: aus geheimnisvoller Schande geboren, von allen Menschen gehaßt, wenn auch mit weniger großem Haß, als er selbst allen anderen Menschen entgegenbrachte. Er hatte bitter wenig anfangen können mit seinem Haß. Darum hatte er so tun wollen, als wäre alles in Ordnung. Er hatte dafür gekämpft, Student werden zu können, er hätte sich damit zufriedengeben sollen, irgendwo einen untergeordneten Posten zu bekleiden und vielleicht zu heiraten, etwas anderes hätte er nicht verlangen dürfen. Vielleicht nach Niederländisch-Indien gehen. Aber sein Milieu hatte ihn absorbiert, es war ihm nicht gelungen, dem, was seinen Groll anstachelte, zu entkommen. Er hatte nichts anfangen können mit seinem Groll, außer all das, was er unternahm oder begann, zu beschädigen und auszuhöhlen, bis eine schwammartige Masse übrigblieb. Was sollte er, jemand, der in einer selbstgeschaffenen Ruine lebte, mit einer lieben Frau und braven Kindern und der Villa des Chemikers einer Seifenfabrik oder Eisengießerei irgendwo auf dem Land anfangen? Und wenn ihm die ganze Welt zuteil würde, wäre das keine Genugtuung, ja, vielleicht war sogar die Ewigkeit zu kurz, den Schaden wiedergutzumachen.

Und alle anderen Menschen waren auch dieselben geblieben oder noch schlimmer geworden. Die Appretur in den blauen Overalls der Helden des Widerstands würde im Nu herausgewaschen sein, und dann taugten die Sachen nur noch dazu, in ihnen unter ein kaputtes Auto zu kriechen wie in jedem anderen Overall. So wie früher. Was waren diese Helden eigentlich gewesen? Oskars? Proosts? Er vermutete, daß es so war, und bereute es um so weniger, daß er nicht dazugehörte, aber trösten konnte es ihn nicht.

Am nächsten Morgen durchsuchte er alle Winkel der Wohnung und fand acht Zigarettenkippen in einer leeren Streichholzschachtel, deren Existenz er vergessen hatte. Das rettete ihn bis zur Mittagszeit. Nach dem Essen überkam ihn ein so großer Drang zu rauchen, daß er fast im ersten Stock angeklopft hätte, wäre er nicht auf eine andere Idee gekommen. Er ging zu Proost. Proost war nicht zu Hause. Aber Proosts Mutter erlaubte Arthur, einzutreten und auf ihren Sohn zu warten. Im Zimmer herrschte eigenartige Dunkelheit, als wäre jemand gestorben. Die Verdunklungspapiere hingen herab. Proosts Mutter kletterte auf eine Trittleiter, die vor dem Fenster stand, und fuhr fort, mit einem Messer die Reißzwecken aus den Fensterrahmen zu hebeln. »Jetzt müßte man Hausputz machen können; aber man hat keine Zeit«, sagte sie. »Karel wird wohl in einer halben Stunde zurückkommen. Er ist in den BS*. Oder weißt du das schon? Bist du auch in den BS? Nein? Na, dafür wird deine Großmutter dankbar sein. Was ich immer für eine Angst hatte. Er hatte seine Sten Gun** im Kohlenkasten aufbewahrt. Aber da waren kaum Kohlen drin ... Manchmal haben sie trainiert. Ich dachte immer: Hoffentlich kommt er wieder. Und den Moffen vertraue ich immer noch keinen Fatz. Als er heute morgen aus dem Haus ging, hab ich noch gesagt: Paß bloß auf.«

* Binnenlandse strijdkrachten; niederländische Widerstandsorganisation, die den Kampf gegen die Deutschen in den Niederlanden koordinierte.

** Leichtes Maschinengewehr, das während des Zweiten Weltkriegs von den Westalliierten benutzt wurde.

Nach einer halben Stunde kam Proost tatsächlich nach Hause, mit ziemlich erhitztem Gesicht.

»Was hast du gemacht?« fragte Arthur.

»Ach, nichts, in einer Autowerkstatt Wache geschoben. Jemand aus der Nachbarschaft hat mir eine Flasche Genever geschenkt. Ich trinke sonst nie, aus Überzeugung, aber auf die Befreiung habe auch ich einen gehoben.«

Proost zog eine zerknüllte Zigarettenschachtel aus der Tasche.

»Tut mir leid«, sagte er, »ist die letzte. Ich hab schon so viele weggegeben.« Und er steckte sich die Zigarette an.

Arthur mußte sich noch anderthalb Stunden Geschichten anhören und erhielt wenigstens die Kippe. Dann ging er. Die paar Züge, die ihm die Kippe verschafft hatte, fachten seinen Nikotinhunger so stark an, daß er Kopfschmerzen bekam. Verzweifelt stieg er zu Hause die Treppen hoch. Die Tür zur Wohnung der Großmutter war nur angelehnt. Weiter oben hörte er etwas rascheln. Auf der dritten Treppe begegnete er der Großmutter, die langsam hinunterging. Sie hielt sich mit einer Hand am Geländer fest. Unter den kranken Arm hatte sie ein Päckchen geklemmt. Tastend setzte sie immer einen Fuß eine Stufe tiefer und zog dann den anderen Fuß nach. Als sie Arthur erblickte, schloß sie die Augen, ging jedoch weiter. Arthur blieb unten an der Treppe stehen. Was hatte sie auf seiner Etage gemacht? Was trug sie bei sich? Wie war sie in seine Wohnung gelangt?

Kein Laut drang ins Treppenhaus. Das auf die Fensterscheiben geklebte Transparentpapier färbte das einfallende Licht grünlichgelb. Nicht einmal die Stufen knarrten, so gewichtslos oder so weich mußte seine Großmutter sein. Als wäre sie aus Wolle. Eine machtvolle Stille ging von ihr aus. Wie eine Schlafwandlerin kam sie auf Arthur zu. Der Höcker am Finger ihrer rechten Hand, die das Geländer umklammerte, glänzte wie der Edelstein an einem unsichtbaren Ring. Sie ging an Arthur vorbei, ohne ihn zu berühren. Er schlich ihr hinterher. Doch kaum hatte sie ihre

Wohnung betreten, drehte sie sich mit einer Geschwindigkeit um, die er ihr nicht mehr zugetraut hatte, und schlug ihm die Tür vor der Nase zu.

Er rannte hinauf. Seine Tür stand offen. Hatte er beim Weggehen vergessen, sie zu schließen? Egal. Er schaute in die Brottrommel, in der er sein »leckeres« Essen aufbewahrte. Das meiste war verschwunden. Das hol ich mir zurück, dachte er. Er rannte wieder hinunter und warf sich mit seinem ganzen Gewicht an die Tür der Großmutter, zwei-, dreimal. Dann überlegte er es sich anders und lief wieder die Treppe hinauf.

Er ging ins hintere Zimmer. Hier hatte er nach und nach fast alle Dielenbretter herausgerissen. Nur die Balken waren noch vorhanden, dazwischen das Schilf der Decke des darunter gelegenen Raums. Er setzte sich auf einen der Balken, vorsichtig, um nicht auszurutschen, und trat ein Loch in das Schilf. Er konnte hören, wie große Brocken Kalk raschelnd hinabfielen. Er machte das Loch viel größer, als nötig war, hängte sich mit den Händen an den Balken und ließ sich hinabfallen. Die herausstehenden, abgebrochenen Schilfstengel bepuderten ihn mit Kalkstaub. Von weißen Wolken umhüllt, konnte er nichts mehr sehen.

Mitten auf einem Tisch landete er in einer großen Glasschüssel, die er nur zerbrechen hörte, nicht sah, weil alles mit Kalk und Schilf bedeckt war. Der Tisch neigte sich, als Arthur in den Scherben stand, und ging langsam in die Schräge, als würden die Tischbeine knien. Mit zitternden Knien wartete Arthur, bis ein stabilerer Zustand eingetreten war, und ließ sich auf allen vieren über die abschüssige Tischplatte zu Boden gleiten. Noch immer konnte er kaum etwas erkennen in dem dichten Nebel, der den Raum wie Dampf füllte. Die Flügeltür zum anderen Raum war geschlossen. Die Großmutter mußte im vorderen Zimmer sein; er hörte, wie jemand mit dem Schürhaken im Ofen stocherte. Wie seltsam, daß sie in aller Ruhe damit weitermachte, während er zwischen den Stühlen und Blumensäulen hindurch zur Tür ging, die auf den Flur führte. Der eingeknickte Tisch nahm so viel Platz ein, daß er alle anderen Möbel dicht zusammengeschoben hatte. Die Tür war zugestellt. Was ihm im Weg stand, warf Arthur auf einen Haufen; dann öffnete er die Tür und ging durch den Flur ins Vorderzimmer.

Die Großmutter kniete vor dem Ofen, auf dem ein großer, dampfender Topf stand. Mit einem eisernen Schürhaken, dessen Spitze durch die häufige Benutzung dünn wie ein Schusterpfriem war, stocherte sie im Ofen herum und blies dabei ins Feuer.

»So, jetzt ist Schluß!« rief Arthur. Als wäre sie gerade aufgewacht, sah sich die alte Frau um, den Mund weit geöffnet bei Arthurs gespenstisch weißem Anblick; den Schürhaken ließ sie im Ofen stecken. Arthur zog ihn heraus, rotglühend, und fuchtelte damit vor ihrem Gesicht herum. Ächzend stand sie auf und wollte weglaufen. Arthur verfolgte sie mit dem Schürhaken; er konnte leicht Schritt halten, da auch dieses Zimmer fast so vollgestellt war wie das andere. Er hielt den Schürhaken an ihre Schulter; die Wolle ihrer Jacke wurde leicht versengt und begann zu stinken. Er wußte nicht, ob er laut schreien oder vor Lachen brüllen sollte. Darum warf er bei jedem Schritt etwas zu Boden: eine Schale, eine Vase, einen Blumentopf, ein Bild, die Uhr. Als sie an der Tür waren, gab die Großmutter leise Kreischlaute von sich und rief dann plötzlich: »Du Satan!« Das Gebiß fiel ihr aus dem Mund. Arthur trat darauf; die Zähne sprangen über das grünglänzende Linoleum des Flurs nach allen Seiten. Auch wenn hier weniger Möbel herumstanden, ging alles äußerst langsam vor sich. »Vater unßer, der du bißt im Himmel«, lispelte die Großmutter, die nur eine Hand vor die Brust halten konnte. »Geheiligt werde dein Name, und erlöße unß von dem Bößen«, betete sie und versuchte, auf ihren Wollstrümpfen Arthur auszuweichen. Arthur schlug sie mit dem Schürhaken in die Seiten, nicht einmal fest. Sie trippelte in die Küche, sah dann keinen Ausweg mehr, kauerte sich in eine Ecke. Wie eine Motte klebte sie an der Wand, die Hände vorm Gesicht. »Na, soll ich ihn dir durch den Kopf stechen?« fragte Arthur und hielt ihr den Schürhaken mit einem Zentimeter Abstand vor die Stirn.

In diesem Augenblick öffnete sich die hintere Tür. Arthur drehte sich um und sah ein Gesicht, das näher kam. Da! dachte er, da! Er stach den Schürhaken in das Gesicht, mit einer Bewegung, die sich wie von selbst aus seiner Drehung um die eigene Achse ergab. Es war, als würde jemand an dem Schürhaken ziehen. Er ließ das Eisen los. Etwas schlug auf dem Boden auf und ließ die Töpfe und Pfannen an der Wand klirren. Ein paar Minuten wußte Arthur in der nun folgenden Stille und Bewegungslosigkeit nicht, was geschah. Er war wie jemand, der sich auszieht und mit einemmal überall auf der Haut kleinere und größere Tiere entdeckt, allerhand Sorten Getier, das er nie zuvor gesehen hat. Noch immer stand er da, wie er dagestanden hatte, als er den Schürhaken losließ. »Für Königin und Vaterland« spielten sie unten.

Ernst lag fast lang ausgestreckt vor der Spüle. Aus der Tür, die er hinter sich offengelassen hatte, wallte dünner Nebel alten Zigarettenrauchs. Arthur schaute nur auf Ernst. Der Schürhaken, der einen Augenblick senkrecht in der Augenhöhle gesteckt hatte, neigte sich langsam und zog durch sein Gewicht den Kopf etwas mit. Das Auge lag unter der Augenhöhle auf der Wange, ein erstaunlich großes Auge!

Arthur schaute nun mehrmals von Ernst zu seiner Großmutter und von der Großmutter zu Ernst. Die alte Frau war mehr in sich zusammengesunken, als daß sie lag. Er konnte sich nicht erklären, was ihren Körper in dieser verdrehten Haltung stützte. Sie ist nicht tot, dachte er, sie ist nicht tot. Ernst war tot, und als Arthur dieses Wort »tot« auf Ernst gemünzt in Gedanken ausgesprochen hatte, überwältigte ihn ein Glücksgefühl, als hätte er zufällig ein äußerst schwieriges Kunststück vollbracht, eine Nadel in einem Heuhaufen gefunden, eine Nadel, die er gesucht hatte! Die Quintessenz seiner Gedankenwelt war immer nur Mord gewesen. Einen Mord begehen – das hörte sich fast feierlich an. Aber man begeht einen Mord nicht, nicht mal ein Soldat begeht einen Mord. Gemordet hatte er, einen Mof hatte er ermordet. Es gab so viele Leute, die Moffen ermordet hatten, er aber hatte es am Rand der Befreiung getan, im Grenzgebiet zwischen bestraft werden oder ungestraft davonkommen!

Die Klaviermusik störte ihn, als stünde er in einem Hagelsturm. Er konnte fast nicht denken, und das, was ihm durch den Kopf ging, verblüffte ihn so, daß er Angst hatte, verrückt geworden zu sein. Er verließ die Küche und dachte im Flur: Wo soll er jetzt hin? Soll ich die Polizei holen und erzählen, was passiert ist, damit sie mich auf die Liste für einen Orden setzen können?

Aber als er ins Vorderzimmer trat und in dem Chaos stolperte, das er selbst angerichtet hatte, über umgefallene Stühle klettern mußte, um einen zu finden, der noch aufrecht stehen konnte, dachte er: Sie werden fragen, warum ich es nicht eher getan habe und warum ich ihn gerade jetzt getötet habe, wo es nicht mehr nötig ist, warum ich ihn nicht habe verhaften lassen.

Er stellte sich ans Fenster, als könnte er da hindurch ins Freie flüchten, und war nicht mehr als eine Fliege, die zwischen Gardine und Fensterscheibe gefangen ist. Auf der anderen Straßenseite hatte der Mann unter THANK YOU BOYS bereits die russische und die amerikanische Fahne gemalt und war jetzt gerade bei der englischen. Arthur verfolgte jeden Pinselstrich, als könnte ihm das so etwas wie Rettung bringen. Er dachte: Ich muß mich normal verhalten. Es ist Essenszeit. Ich bin hier runtergekommen, weil ich essen wollte. Doch er hatte keinen Hunger, und vom Fenster wegzutreten wäre ihm so erschienen, als hätte er jegliche Hoffnung aufgegeben. Hinter ihm begann plötzlich etwas zu sprudeln. Arthur blickte weiterhin aus dem

Fenster. Das Sprudeln endete nach einer Weile mit einem leisen Zischen. Die aus dem Topf überkochende Flüssigkeit hatte das schwache Feuer im Ofen gelöscht. Im Zimmer verbreitete sich ein Gestank wie in einer Plätterei. Nun nahm Arthur wahr, daß sich an der Straßenecke etwas bewegte, und er dachte kurz, die Passanten hätten ihn, den Mörder, entdeckt. Doch es war nur eine johlende Menschentraube, die sich langsam um die Ecke schob und mit etwas ganz anderem beschäftigt war. In der Mitte ragten zwei Gestalten über die anderen hinaus, weil sie auf den Schultern getragen wurden. Die eine war Carola, reglos wie eine Schaufensterpuppe, die andere war ein Mann, der sie an den Haaren zog und mit einer Schere Büschel davon abschnitt. Für einen Moment sah es so aus, als hätten die Leute vor, Carola ins Wasser zu werfen, aber sie schienen ihre Adresse zu kennen und bewegten sich aufs Haus zu, vor dem schon viele kleine Jungen Posten bezogen und sich auf die Fensterbänke im Erdgeschoß und in den Eingang gesetzt hatten. Carolas Kleid war zerrissen, und ihre Schulter, die mit der kleinen Narbe, war nackt; auf den Wangen, dem Kleid, der Stirn waren Kleckse roter Mennigfarbe. Hallo Carola, dachte Arthur, jetzt hast du aber ganz schön Angst, was, meine Liebe? Das kommt davon. Er trommelte an die Fensterscheibe.

Doch als er sah, daß die Leute Carola losließen, zwängte er sich mit dem mechanischen Mut von Menschen, die jemanden aus einem brennenden Haus befreien, durchs Zimmer und stürzte in den Flur, um die Haustür von oben mit dem Zugdraht zu öffnen. Stoßweise stieg lautes Stimmengewirr im Treppenhaus empor. Arthur blieb an der Flurtür stehen, um sie schnell schließen zu können, falls Leute mit Carola hochkommen würden. Aber die Haustür schlug zu und er hörte Carolas einsame Schritte auf der Treppe. Er wartete nicht, bis er sie sehen konnte.

Wieder stand er am Fenster, als wäre mit ihm nichts Besonderes. Was machten die Verfolger? Sie standen vor dem

Haus. Der Mann, der einen Pinsel und eine kleine Dose Mennige trug, war in eine Diskussion mit dem Mieter der Parterrewohnung verwickelt. Dann nahm er den Stiel des Pinsels zwischen die Zähne und versuchte, am Fallrohr bis zum dritten Stock zu klettern, fand jedoch auf halbem Wege keinen Halt mehr und ließ sich wieder hinuntergleiten. Jetzt schienen sie eine Kompromißlösung gefunden zu haben. Sie bemalten den Gehsteig mit zahlreichen Hakenkreuzen und schrieben dazu: MOFFENHURE (DRITTER STOCK).

»Weg mit der Fahne«, brüllten sie dann und hämmerten an die Tür. Wenn sie einen Stein durchs Fenster werfen, sehen sie mich hier stehen, dachte Arthur, wich zurück und trat in den Flur.

Dort hörte er immer noch das Gejohle. Es ist nicht unsere Fahne, was soll ich tun, dachte er. Er wollte die Zähne aus dem Gebiß aufsammeln, aber sie waren noch feucht; auch das ging also nicht. Carola hörte er im Schlafzimmer der Großmutter schluchzen. Die Küchentür war angelehnt. Was dort geschehen war, konnte man vom Flur aus nicht sehen. Carola weiß es noch nicht. Arthur blickte in die Küche, ohne die Tür weiter zu öffnen, und sah nur ein Stück des Wischmops, der immer neben der Tür stand. Die Haustür donnerte unter den Schlägen wie die Metallplatte, mit der man hinter Theaterkulissen ein Gewitter imitiert. Es ist die Fahne der Nachbarn, dachte er ... Sagt denen denn niemand, daß es die Fahne von Leuten ist, die mit den Moffen nie etwas zu schaffen hatten? Gleich ist die Tür zertrümmert, alle stürmen die Treppen hoch, kommen in die Wohnung, kommen in die Küche. Was soll ich tun? Bei den Nachbarn klopfen, sie anflehen, die Fahne einzuholen? – Aber im ersten Stock war bestimmt niemand zu Hause. Ich mache es selbst, dachte er.

Er ging ins Treppenhaus, stieg zum Dachboden hinauf und sah, daß das Fenster des Bereichs, der zur Wohnung der Großmutter gehörte, offenstand und eine dicke Fahnenstange nach draußen ragte. Es war ihm ein Rätsel, wo Carola und die Großmutter diese Stange versteckt hatten, damit er kein Brennholz daraus machte. Offenbar hatte Carola sie in Sicherheit gebracht, nur um bei der Befreiung die Fahne hinaushängen zu können, als ob nichts gewesen wäre.

Die Leute mußten an den Bewegungen der Fahne sehen, daß er versuchte, die Leinen aufzuknoten. Sie sammelten sich neben der Gracht, um ihm zuzuschauen. Er bückte sich, damit sie ihn nicht sahen, konnte so jedoch die Knoten nicht lösen. Deshalb schraubte er den Stock ab und zog Stock und Flagge zusammen ins Haus. Es war eine riesengroße Fahne, die fast den ganzen Speicher füllte. Der Lärm ebbte ab, als er das Fenster schloß.

Er watete durch den Stoff der Fahne, stieg die Treppe hinunter, ging zurück ins Vorderzimmer der Großmutter und setzte sich wieder ans Fenster. Die Menschenmenge vor dem Haus zerstreute sich.

Als Carola ins Zimmer trat, weinte sie nicht. Natürlich war sie noch nicht in der Küche gewesen. Sie hatte sich umgezogen und das Haar zurückgekämmt, damit es nicht so auffiel, daß ganze Büschel fehlten.

Sie zeigte sich nicht im mindesten verwundert, daß Arthur am Fenster saß, sie sagte kein Wort, blieb an der Tür stehen und ließ den Blick die ganze Zeit durchs Zimmer schweifen. Die Füße über das Durcheinander auf dem Boden hebend, ging Arthur auf sie zu. Ihr Gesicht war unter einer dicken Puderschicht noch fleckig, vor Aufregung oder vom heftigen Waschen, um die Mennige zu entfernen.

Er schaute sie an, und es kam ihm so vor, als hätte man vergessen, ihn zu töten, denn in dieser Wohnung, in dieser Schicht dieses Gebäudes, herrschte ein Zustand, in den kein Leben mehr paßte. Er rieb sich mit verschwitzten Fingern übers Gesicht. Seine Finger wurden weiß vom Kalk, der ihn noch immer bedeckte.

»Arthur«, fragte Carola, »was haben sie mit dir gemacht?«

»Nichts«, sagte er, »ich bin hingefallen.« Er schlüpfte an ihr vorbei und ging ins Zimmer der Großmutter. Dort standen zwei Betten. Das eine gehörte sicher Carola. Am Waschtisch konnte er sehen, daß sie sich hier gerade zurechtgemacht hatte. Er schaute in den Spiegel, hielt das Gesicht so nah daran, als wollte er sich einen Kuß geben.

Er zog die Jacke aus und klopfte sie ab, indem er sie ans Fußende des Großmutterbettes schlug. Die Wasserkanne war leer. Um Wasser zu holen, müßte er in die Küche gehen. So wusch er sich lieber in dem schmutzigen, hellrosa Wasser, das noch in der Schüssel war. Jeden Augenblick kann ich einen Schrei aus der Küche hören, dachte er. Das war das einzige, was er sich in bezug auf seine Lage und die nächste Zukunft vorzustellen vermochte. Er machte alles, so langsam es ging, würde sich aber nicht ewig waschen können. Ihm fiel nichts ein, was er danach tun könnte.

Er dachte: In der Küche liegen zwei Tote. »Ah bon«, sagt man in Brüssel. In einem Zimmer sitzt meine Schwester, halb vergewaltigt. Im Hinterzimmer ist die Decke heruntergekommen. In der ganzen Wohnung liegen Scherben, fast alle Stühle sind umgefallen. Auf der Straße werden Leute erschossen. Es gibt nichts zu essen. Hier und da stürzt die Stadt ein. Alle Fahnen sind herausgehängt. Die Leute streichen die Laternenpfähle orange. Wer im Gefängnis sitzt, wird befreit, wer vorher das Sagen hatte, wird eingesperrt oder getötet werden. Ich weiß nicht mehr weiter.

Aber er bekam Durst, und das schmutzige Waschwasser konnte er wohl nicht trinken. Also ging er in den Flur und weiter zur Küche. Die Tür stand offen, und er blieb auf der Schwelle stehen. Ernst und die Großmutter lagen beide auf dem Boden. Der Schürhaken war verschwunden. Carola kniete, den Kopf der Großmutter im Schoß. »Ist sie tot?« fragte Arthur. Carola bewegte sich nicht. Er blieb eine ganze Weile stehen und schaute sie an. Fast schien es, als wäre das, was er sah, ganz normal und würde jeden Tag passieren. Dann betrat er die Küche, wo kaum noch Platz war wegen der beiden Körper, die dicht nebeneinander lagen, der Kopf des einen neben den Füßen des anderen.

Er drehte den Wasserhahn auf und hielt den Kopf unter den Strahl. Der Schürhaken lag im Waschbecken und gab Blut an das Wasser ab.

»Warum hast du das getan?« fragte Carola.

»Aus Versehen.« Seine Lippen schlürften im Wasserstrahl. Er richtete sich auf und ging in die kleine Kammer neben der Küche, angezogen vom Tabakgeruch. Im Aschenbecher lag ein dicker grauer Aschenwurm. Ernsts Zigarette, die er abgelegt hatte, um der Großmutter zu Hilfe zu eilen. Arthur öffnete den Schrank, fand aber keine Zigaretten. Carola sagte: »Ich hol mal ein Kissen. Ich wüßte nicht, wie wir sie ins Bett bringen könnten.«

Auf dem Tisch lag ein aufgeschlagenes Heft und im Falz ein Füller. Arthur schlug das Heft zu und nahm es mit in die Küche. Er lauschte, und als er Carola nicht hörte, hockte er sich neben Ernst und betastete dessen Hosentaschen. In der rechten war ein Päckchen Ukrainia. Als Carola zurückkam, hatte er sich gerade wieder aufgerichtet und die Zigaretten eingesteckt.

»Du mußt den Arzt holen«, sagte Carola, während sie der Großmutter das Kissen unter den Kopf schob.

»Und wenn er Ernst sieht?« konnte Arthur gerade noch herausbringen. Er ging zum Waschbecken und übergab sich. Die ganze Zeit sah er den Schürhaken vor sich. Ein paar Minuten hielt er den Kopf unter den Wasserstrahl, damit das Wasser die brennende Säure aus seinen Nasenlöchern spülte. »Und wenn er Ernst sieht?« wiederholte er. Er hielt sich am Spülstein fest. Wenn er nur einen Schritt gehen müßte, würde er auf einen der beiden Körper treten.

»Dann sieht er Ernst eben, es war ja ein Unfall«, sagte Carola. Der Ton, in dem sie das sagte, gab ihm den Gedanken ein, daß er jetzt vor die Entscheidung gestellt war, einen zweiten Mord zu begehen. Denn der Ton bedeutete: Du hast es mit Absicht getan, und die Quittung dafür kommt noch.

»Nein«, sagte er, »ich hole den Arzt nicht. Ich gehe fort, und du kannst zusehen, wie du mich kriegst. Du hast einen Spion versteckt. Das kann ich beweisen. Hier sind die Beweise. Ich habe den Spion getötet, und dafür bekomme ich einen Orden.«

Carola schaute sich um und erblickte Ernsts Heft in Arthurs Hand.

»Oma können wir nicht hochheben, solange kein Arzt dabei ist«, sagte sie, »dann laß uns Ernst verstecken.«

Arthur unterdrückte seine Verwunderung in weniger als einer Sekunde.

Sie wickelten ein Handtuch um Ernsts Kopf, trugen ihn zusammen zurück in die kleine Kammer und legten ihn aufs Bett.

In dem Heft muß also etwas stehen, was Carola belasten kann! dachte Arthur.

Sie begann emsig drei Blutspritzer von der Kokosmatte in der Küche wegzuschrubben. »Nun geh schon zum Arzt«, sagte sie, »jetzt hast du ja deinen Willen.«

Er ging ins Vorderzimmer, wartete noch eine Viertelstunde, blätterte in dem Heft. Vor Aufregung wußte er nicht, wo er anfangen sollte zu lesen. Dann lief er die Treppen hinunter, mit dem Heft in der Hand, als ginge er zur Universität, und trat ins Freie, wo inzwischen niemand mehr das Haus beachtete. So gut es ging, versuchte er über die Mennigebuchstaben und Hakenkreuze zu steigen, aber das gelang ihm nicht ganz, und als er sich umschaute, sah er, daß er rote Fußabdrücke hinterließ. Er blieb in einer Sandmulde stehen und wischte sich mit hektischen Bewegungen die Füße ab. Als er weiterging, färbten seine Schuhsohlen nicht mehr. Die Straße war ruhig, über den orangefarbenen Himmel zogen romantische Wolken. Er fühlte sich frei, auch frei von Angst. Jeder ist ja befreit, dachte er. Aber er konnte nicht zu Andrea gehen.

Er würde in einer halben Stunde zurück sein.

Er ging nicht zu Andrea. Andrea hat sich schließlich nichts aus mir gemacht. Es wäre mir egal, ob sie sich was aus mir macht oder nicht, aber ich würde gern zu ihr gehen können. Er sah sie vor sich, wie sie ihm die Tür öffnete und ihr Lächeln vorsichtig zu den Worten formte: »Trääten Sie ein!« Er sah, wie sie ihn mit geschlossenen Augen umarmte. Er sah sie mit nach hinten gezogenen Schultern nackt durch ein Zimmer gehen. Er sah, wie sie sich kämmte; ihre Haare standen immer mehr ab. Er stand hinter ihr, nahm sie bei den Schultern und drückte sein Gesicht in ihr Haar, das wie das kondensierte, süße Aroma des Schlafs war.

Er stellte sich vor, daß er zu Andrea zurückginge; Oskar wäre nicht da. Und es wäre so, als ginge sein Leben da weiter, wo es drei Monate zuvor unterbrochen worden war. So wenig hatte sie zu ihm gesagt, ja, eigentlich nichts. Sie hatte ihm nicht gesagt: Jetzt ist es aus zwischen uns, das verstehst du doch sicher, jetzt, wo Oskar wieder da ist. Ich liebe dich nicht mehr. – Das hatte sie nicht gesagt, keine einzige »Auseinandersetting« dieser Art hatte stattgefunden. Oskar hatte nur gerufen: »Andrea, Arthur wünscht dir eine gute Nacht.« Und darauf Andrea: »Ahoj, Arthur.« Mehr nicht! Hätte sie doch mehr gesagt, dann würde er sie vielleicht hassen. Nun jedoch schien es so, als könnte alles jeden Augenblick ganz von neuem beginnen. Jeden Augenblick! Nur nicht jetzt gleich ... O nein, nie mehr. Immer würde er sich einbilden, daß es wieder beginnen könnte.

Er rannte immer schneller. Wieder kam er zu dem Basalttor. Wieder ging er durch den Innenhof, der die Form eines durch Feuer verzogenen eisernen Rechtecks hatte.

Was habe ich getan, dachte er, daß Andrea sich überhaupt nichts aus mir gemacht hat, obwohl sie sich immer den Anschein gegeben hat, sie mache sich doch etwas aus mir? Er fand keine Lösung. Nie war ein böses Wort gefallen. Dann dachte er: Es wird wegen aller anderen Dinge sein, die ich getan oder gedacht habe. Vielleicht sieht man es mir an, als wäre ich davon gezeichnet. Vielleicht ist dieses Wissen mit meinem Sperma in sie geflossen. Ich habe sie nur mit Mißtrauen und Haß befruchtet. – Und es kam ihm mit einemmal so vor, als habe er den Mord an Ernst mit Vorsatz verübt, als habe es in den Sternen gestanden, daß er das tun würde, und als hätten alle Menschen es gewußt, nur er nicht. Alle Menschen hatten es gewußt und sich von ihm abgewandt, ohne daß er ihnen sonst einen Anlaß dazu gegeben hatte. Alles, was er an Gutem oder Liebevollem tun würde – die Menschen würden wissen, daß er sich nur eine Maske aufsetzte, daß er im Innern nur auf dem Sprung war zu morden.

Er blieb in der Ecke des Hofs vor der Fahrradaufbewahrung stehen, die geschlossen war. Ich brauche mein Rad, um den Arzt zu holen für meine Großmutter, die gestürzt ist. Vielleicht kann der Arzt sie noch retten. Gerade das, was ich eigentlich nicht will! Aber ich setze mir eine Maske auf, ich kann's nicht lassen.

Er klingelte, doch niemand öffnete. Vielleicht ist der Klingelzug gerissen, dachte er, und Zwikker hat es nicht gemerkt, fast niemand stellt sein Rad unter, jeder hat Angst, die Deutschen könnten die Fahrradunterstände ausräumen.

Im Hof hing hier und da ein Kinderfähnchen, und ein einsamer kleiner Junge auf einem Balkon warf langsam drei Luftschlangen, ausgebleichte Luftschlangen.

Arthur klingelte und klopfte zugleich. Endlich hörte er über sich jemanden rufen. Er trat ein paar Schritte zurück und blickte nach oben. Das pummlige Mädchen Lydie lehnte sich über die Balkonbrüstung.

»Willst du raufkommen?« fragte sie.

Arthur hielt noch immer Ernsts Heft in der Hand.

»Nein«, sagte er, »ich brauche mein Rad.«

»Weißt du es denn nicht?« fragte sie.

Er zuckte mit den Schultern, müde, weil er wieder etwas wissen müßte.

»Ich komm rasch zu dir«, rief sie.

Schließlich trat sie aus der Tür des Friseursalons, nicht weit vom Fahrradunterstand. Zu Arthur gewandt, zog sie die Tür hinter sich zu. Weil sie nach hinten griff, spannte sich ihr Busen, und Arthur fand sie auf einmal begehrenswert.

»Wolltest du etwas bringen?« fragte sie.

»Nein. Warum hast du die Tür zugezogen? Ich muß zu Zwikker wegen meinem Rad.«

»Du könntest das Rad sowieso nicht kriegen. Der Fahrradunterstand ist abgeschlossen. Bis auf weiteres darf keiner rein. Du weißt ja wohl, was passiert ist?«

»Nein, was denn?«

»Komm doch ein Stückchen mit. – Nun, die Nachbarn haben gemeint, es würde so seltsam riechen. Sie sind über die Veranda geklettert und haben die Tür aufgebrochen. Es hat nach Leichen gerochen. Das reimt sich sogar. Sie haben gleich einen Arzt gerufen. Der ist gekommen und hat nachgeschaut. Tja, sie saßen beide tot am Tisch. Ein Stück Zukkerrübe zwischen ihnen. Deine Großmutter hatte es ihm vorhergesagt: Er würde die Befreiung nicht erleben.«

»Ja«, sagte Arthur, obgleich er wußte, daß die Vorhersage seiner Großmutter etwas anders gelautet hatte. Aber dann dachte er, zum erstenmal, an die Prophezeiung ihres eigenen Todes ... Das Dach würde einstürzen und ein Teufel mit rotglühendem Schwert herabkommen ... die Schere der Delila ... nur: Sie haben Delila die Haare abgeschnitten und nicht Samson ... Wenn das Manna vom Himmel gefallen ist ... Ja! Die Flugzeuge haben es abgeworfen! Hoffentlich erinnert Lydie sich nicht daran, daß meine Großmutter angeblich stirbt, wenn das Manna vom Himmel fällt ... Wenn sie die Laternenpfähle in Amsterdam anstreichen ...

Sie waren nun vor dem Tor und gingen an orange angestrichenen Laternenpfählen vorbei. Fragte Lydie immer noch nicht: »Wie geht es deiner Großmutter ...?«

Nein, sie fragte: »Wozu brauchst du denn das Fahrrad noch? Ich denke, es ist bald acht.« Er sah auf die Uhr: Viertel vor acht. »Ich wollte nur ein bißchen rumfahren«, antwortete er, »ich denke, sie achten jetzt nicht mehr so streng darauf.«

»Ich würde trotzdem aufpassen ...«

Noch aufpassen obendrein! Zu Fuß würde er es nie schaffen bis zum Arzt. Und er konnte sie doch nicht fragen: »Wer hat den Schlüssel vom Fahrradunterstand? Ich brauche das Rad unbedingt, ich muß damit zum Arzt.«

Denn dann würde sie sagen: »Zum Arzt? Es ist doch wohl niemand krank?« Oh! Dann würde ihr sicher die Prophezeiung der Großmutter einfallen ...

Nein, er sagte nichts, er ging nur neben ihr. Großmutter ist bestimmt schon tot, etwas anderes ist unmöglich. Wort für Wort hatte sich ihre Vorhersage bewahrheitet. Falls sie noch lebte, würde sie mit ganzer Kraft auf ihren Tod hinarbeiten. Was hatte es für einen Nutzen, den Arzt zu holen? Der könnte ohnehin nichts mehr tun.

Carola kann mir den Buckel runterrutschen, dachte er, ich gehe nicht mehr zurück. Nie wieder betrete ich dieses Haus.

»Ich finde dich nett«, sagte er zu Lydie.

»Wirklich?« fragte sie und streifte mit ihrem Busen seinen Arm. Am liebsten hätte er sie mitten auf der Straße umarmt. Jetzt erst war der Krieg vorbei. Alles war ganz und gar vorbei. Es gab keine Sorgen mehr. Er wollte nichts als mit ihr ins Bett gehen.

Sie sagte: »Wir sind gleich da. Komm doch einen Moment mit hinauf. Ich hab was Leckeres zu essen da.«

Er ging mit hinauf. Sie saßen auf dem Rand ihres Bettes, aßen etwas Leckeres und rauchten ein paar von Ernsts Ukrainia-Zigaretten. Sie blickten hinaus auf einen breiten Kanal und einen verlassenen Rohbau auf der anderen Seite. Eisengitter ragten aus dem armierten Betongerippe. Die hölzernen Baugerüste waren abgerissen. Der Himmel wechselte von Cyan- zu Preußischblau, und das Preußischblau ging in Indigo über. Er zog sie beim Schein eines Öllämpchens aus, das auf der Fensterbank stand. Es war so, als hielte jemand für ihn ein Streichholz hoch, das sehr lange brannte.

Im Schlaf rollte sie ihren schweren Körper in dem schmalen Bett manchmal auf ihn, so daß er aufwachte. Dann blieben sie wieder ein paar Stunden wach und aßen zwischendurch etwas.

12

Carola stand im Schlafzimmer, ungewaschen; ihre Kleider hatte sie die ganze Nacht anbehalten. Die Vorhänge waren noch zugezogen. Sie lauschte, war sich jedoch sicher, daß die Großmutter schlief. Ich muß sie jetzt allein lassen, dachte sie. Ich kann nicht hierbleiben, was auch sein mag.

Sie ging wieder ins Wohnzimmer. Hier war alles noch wie am Vorabend. Zu ihren Füßen lagen ein Häuflein Erde mit den roten Scherben eines Blumentopfs und eine Pflanze. Die Pendeluhr lag auf der Seite, an einen Stuhl gelehnt. Die Tischdecke war halb heruntergerutscht. Carola hob die Uhr mit beiden Händen auf und trug sie zum Kaminsims. Das Uhrwerk begann zu schlagen, vielleicht klagte es auch vor Schmerz. Im zerbrochenen Spiegel sah Carola sich wie auf einem Foto, an dem ein Kind sinnlos herumgeschnipselt hat. Sie beugte sich zur Seite nach einer Scherbe, die groß genug war, ihren ganzen Kopf zu spiegeln, betrachtete ihr Gesicht, drehte es dann zur Seite. Sie haben nicht dran gedacht, vorn zu schneiden, dachte sie. Sie strich sich mit der Hand über den Nacken. Sie dachte: Wenn es modern wäre, die Haare hinten kurz zu tragen, wäre es nicht schlimm. Aber es ist nicht modern, und jeder wird sofort wissen, was mit mir passiert ist. Wie kann ich einem Arzt unter die Augen treten?

Die Großmutter war, kurz nachdem Arthur das Haus verlassen hatte, zu Bewußtsein gekommen. Auf dem Küchenboden hatte sie gelegen und geschrien und gejammert. Aber Carola, nach einer Stunde davon überzeugt, daß Arthur keinen Arzt gefunden hatte, ja, daß er nie mehr wiederkommen würde, war in ihrer Panik nicht gerade sanft mit der alten Frau umgegangen; sie hatte sie an den Schultern hochgehoben und es geschafft, sie ins Bett zu bringen. Dort hatte sich die Großmutter übergeben, danach war nichts Besonderes mehr geschehen, sie war schließlich eingeschlafen.

Ich muß sehen, daß ich einen Arzt finde, dachte Carola, ich weiß ja nicht, was er ihr angetan hat. Aber die Leute werden mich erkennen. Ich muß was mit meinen Haaren machen. Sie drehte sich vom Spiegel weg. Die anderen Uhren in der Wohnung schlugen einmal. Auf der Uhr, die in einen Flugzeugpropeller montiert war, sah sie, daß es halb neun war. Vor dem kleinen Spiegel in der Küche schlang sie sich einen Schal um den Kopf, nahm aus einem Schrank einen großen Schlüsselbund, schloß die Etagentür hinter sich ab und ging eine Treppe nach oben. Wie erwartet, stand Arthurs Wohnung offen. Sie hatte die ganze Nacht offengestanden. Während sie nach dem Schlüssel suchte, um die Wohnungstür abzuschließen, zögerte sie, ob sie hineingehen und sich umschauen sollte, bezähmte jedoch ihre Neugier und verließ das Haus, so schnell sie konnte. Auf Zehenspitzen und halb im Trab ging sie über die Straße, voller Angst, sobald nur jemand ihre Schritte hörte, von einer wüsten Horde umringt zu sein, die sie diesmal zertrampeln und in Stücke reißen würde. Doch sie erreichte unbemerkt das Basalttor. Es kam ihr so vor, als sei es ihr gelungen, sich mit einer unsichtbaren, jedoch undurchdringlichen Hülle zu umgeben. Im Säulengang verlangsamte sie ihren Schritt. Ihr Ziel war der Friseur, aber sie nahm den größtmöglichen Umweg, um Zwikkers Fahrradunterstand im Auge zu behalten.

Sollte er oder ein Nachbar, der sie kannte, heraustreten, würde sie sich sofort hinter eine Säule stellen und mucksmäuschenstill sein. Aber bei Zwikker war alles zu, sogar die Vorhänge der darüberliegenden Wohnung. Nur ein Handkarren stand vor der Tür, bedeckt mit einem dunkelbraunen Stück Segeltuch. Unvermittelt öffnete sich die Tür des Fahrradraums, und zwei Totengräber traten mit einer langen braunen Kiste heraus, die sie wie eine Bahre trugen und auf den Karren legten. Carola rannte weg.

Sie klingelte beim Friseur an, stieg alle Treppen hoch. »Lydie«, rief sie, »Lydie, du mußt mir helfen.«

»So früh?« sagte Lydie und reckte sich in ihrem offenen weißen Kittel, »so früh ... ich hab vielleicht eine Nacht hinter mir ... Dein Bruder ist ja ne Wucht ...« Sie umarmte Carola und küßte sie lange auf den Mund, mit geschlossenen Augen. Carola hielt die Arme nach hinten, als erwarte sie, jeden Augenblick zu zerbrechen. Was sie sagen wollte, murmelte sie in Lydies Kuß.

»Wo ist Arthur?« fragte Carola.

»Ich denke, noch bei mir«, sagte Lydie, »in meinem Bettchen.« Lachend zog sie Carola den Schal vom Kopf.

Arthur erwachte aus einem Traum, der klar und deutlich gewesen war. Die Großmutter saß an der Schmalseite eines langen Tisches, dessen Platte von ihr aus bis zum Boden schräg abfiel. Die Tischkante reichte ihr bis ans Kinn. Ihre Hand ruhte neben ihrem Kopf auf der Tischplatte, und um den Finger mit dem Furunkel hatte sie einen Faden gewikkelt, dessen anderes Ende mit Ernsts Auge verbunden war, das langsam hinabrollte. Es sah aus, als führte sie das Auge auf dem Tisch spazieren. Sie konnte veranlassen, daß es sich drehte, als wäre es der Knopf einer sehr langen Hutnadel. Arthur wachte auf und dachte: Aber wer ist hier ein Mörder? Vielleicht Ernst ja mehr als ich. Er wollte nach Ernsts Heft greifen, das er in seine Kleider eingewickelt hatte, konnte es aber nicht finden. Lydie hat es, dachte er. Jetzt habe ich keinen einzigen Trumpf mehr. Ich werde sie schon finden. Er zog sich an. Als er sich die Krawatte binden wollte, klingelte es. Arthur zog die Haustür auf. Carola.

Es war, als schwebte sie steif wie ein Bleistift die enge Treppe hoch, so als wäre ihr unsichtbarer Panzer nun auch unbiegbar geworden.

»Was willst du von mir?« sagte Arthur, noch ehe sie oben war, während er mit zitternden Händen fortfuhr, die Krawatte zu binden.

Die Glocke, die Carola geläutet hatte, hing mitten im Zimmer an der Lampe und klang nach.

»Woher weißt du, daß ich hier bin?« Er schrie sie an und riß sie am Arm.

»Von Lydie.«

»Gib mir das Heft wieder! Sofort!«

»Ich geb's dir ja«, sagte Carola. »Aber ich habe es nicht hier. Lydie hat es mir gebracht.«

Sie setzte sich aufs Bett, das Tuch straff um den Kopf.

»Gib mir auch eine Zigarette«, bat sie, als er sich eine ansteckte.

»Nein.«

»Arthur«, schluchzte sie plötzlich, »gib mir bitte eine Zigarette, ich halte es nicht mehr aus, Arthur.«

»Nein.« Sie würde die Zigaretten spätestens am Geschmack erkennen. Vielleicht ja jetzt schon am Geruch. Nur Deutsche kamen an diese Art Zigaretten. Gelassen rauchend schaute er sie an, fand in ihrer Miene aber keinen Anhaltspunkt dafür, daß sie die Herkunft seiner Zigaretten ahnte.

»Arthur«, schluchzte sie, »du glaubst, ich hätte Oskar verraten, aber das habe ich nicht getan. Das habe ich wirklich nicht getan. Das hat niemand getan. Glaub mir doch, Arthur, ich habe niemanden verraten. Ich bin keine Moffenhure. Du glaubst es nicht, aber es ist so. Ich habe Oskar wirklich sehr geliebt, Oskar hat mir nie etwas Böses getan. Warum hätte ich ihn verraten sollen? Ich habe ihn nur gebeten, mir zu helfen, so glaub mir doch, Arthur, ich konnte es nicht ändern.«

»Und wieso wußtest du dann so schnell von seiner Verhaftung? Etwa nicht von Ernst?«

»Nein. Von Lydie. Sie hatte Oskar in einem Hotel in Kampen getroffen, wo sie damals arbeitete. Er hatte den falschen Ausweis ins Meldeformular eingetragen. Sie hat ihm noch geholfen, aber am nächsten Tag wurde er dann doch festgenommen.«

»Lydie? In Kampen? Ausweis? Davon habe ich nichts gehört. Dummes Zeug«, sagte Arthur, während er sein Jackett mit solcher Mühe anzog, als lüde er sich eine schwere Last auf die Schultern.

»Arthur, es stimmt wirklich. Gut, ich wußte es nicht von Lydie, ich hab's erst viel später von ihr gehört, aber darum geht es nicht. Ich habe Oskar nie angestiftet, diesen Offizier zu ermorden. Davon wußte ich nichts, wirklich nicht. Wie hätte ich ihn verraten können?«

Arthur schwieg.

»Und es war auch nicht die Schuld von Ernst! Du wirst schon noch zu hören kriegen, was du getan hast, als du Ernst ...«

»So?« sagte Arthur. »Du glaubst wohl, daß du nicht noch mal zu hören kriegst, was du alles getan hast. Du glaubst wohl, mit einer kostenlosen neuen Frisur wäre alles erledigt ...«

Er wollte fort, er würde zu den Kanadiern gehen, wenn sie erst da waren, und wenn etwas schiefgehen sollte, wenn man ihn verhaftete, würde er den Mund halten. Die Polizei müßte dann eben selbst herausfinden, was geschehen war und wer Schuld daran hatte. Die Lesart der Polizei würde er ohne jedes Wort des Protests akzeptieren. Ob er zu Recht oder zu Unrecht ins Gefängnis käme, was machte das schon? Diese Jahre seines Lebens würden nie wiederkehren, er könnte sie niemals nachholen; das einzige, was er tun müßte, wäre, alles zu vergessen.

»Gib mir Ernsts Heft schnell wieder«, sagte er, »wenn ich alles weiß, erzähle ich vielleicht nicht alles. Wenn ich nicht alles weiß, werde ich soviel wie möglich erzählen müssen ...«

»Ach Gott, Arthur, jetzt fang doch dieses eine Mal nicht wieder so an. Ich bin vielleicht eine Schlampe, aber das brauchen die Leute mir doch nicht ständig zu sagen. Ich werde ja auch mal sterben, und dann bin ich eben eine Schlampe gewesen, und keiner wird sich noch lange daran erinnern. Was macht es schon, ob ich eine Schlampe bin oder nicht? Ich lebe nun mal, und ich bin doch nicht verpflichtet, Schluß zu machen! Sei unbesorgt! Vielleicht mache ich es ja irgendwann, sei unbesorgt! Aber jetzt noch nicht. Vielleicht werde ich immer denken: Jetzt noch nicht. Aber was kann ich dafür? Es ist so merkwürdig, man kann sich nicht vorstellen, daß man, wenn man tot ist, sich an nichts mehr erinnern kann von dem, was man getan hat, als man am Leben war. Sonst wäre das Sterben ja eigentlich gar nicht so schwer.«

Ausgeflennt, dachte Arthur.

»Ich geb dir das Heft ganz bestimmt«, sagte Carola, »aber komm mit.«

»Warum? Es ist doch alles in Ordnung. Oma liegt friedlich schlafend im Bett, den Arzt kannst du immer noch rufen.«

»Ach, ist das alles? Und was ist mit Ernst?«

»Laß ihn liegen. Oder laß ihn abholen. Es wird sicher viel Geld kosten, bitte Oma einfach darum. Was anderes fällt mir auch nicht ein.«

Sie brach in Lachen aus. Er lachte mit.

»Ja«, sagte sie, »ich werde zu Sax gehen und sie beauftragen, daß sie morgen mit einer Kutsche und zwei Rappen vorfahren, und dann laden sie Ernst einfach auf und stekken ihn irgendwo in die Grube. Ist ja überhaupt kein Problem.«

Arthur lehnte sich mit der Hand an den Türpfosten und lachte unbändig. »Und hinterm Sarg zehn abgedankte Marinesoldaten in schwarzen Mänteln. Du kannst auch einen Metzgerburschen mieten mit einem Lieferfahrrad. Metzgerburschen haben sowieso nichts zu tun. In seinen Korb stellt er ein Grammophon mit dem Trauermarsch von Chopin, und er radelt langsam neben dem Zug. Auf dem Friedhof tragen sie die Kiste auf den Schultern zum Grab. Fünf an Zuckerkrankheit leidende Zuckerrübenesser auf jeder Seite. Alle zehn Meter sagt der vorderste: ›Uuund halt!‹, und dann heben sie die Tragstöcke auf die andere Schulter. Gleichzeitig schieben alle zehn ihren Priem aus Tabakersatz in die andere Backe, damit sie im Gleichgewicht bleiben.«

Er redete eine Weile in diesem Ton weiter, bis er vor Lachen nicht mehr konnte. »Vielleicht ... vielleicht ...«, er kreischte das Wort »vielleicht«, weil durch das Lachen sein Mund so weit offenstand, »vielleicht ... kannst du ... kannst du Oma darum bitten ... daß sie mitgeht auf den Ferriedhof ... um Brennesselblüten ... auf sein Gerrahahab zu streun ... Alle Patienten kommen ihr Beileid aussprechen, es ist so voll, daß der ganze Friedhof Zorgvlied zu klein ist. Sie laufen bis in die Grube ... werden unterm Sarg eingeklemmt ... von den anderen totgetrampelt ... die Zeitungen sind wieder voll mit Sensationsmeldungen über die Entdeckung eines Massengrabs ... Zehntausende Leichen, wie in der Ukraine!«

»Die Zeitungen sind zu klein, daß alles reinpaßt«, quietschte Carola, »wie soll das gehn, wie soll das gehn?« Sie wirkte wie betrunken, vielleicht war sie trunken vor Hunger und Müdigkeit.

Schließlich war der Lachanfall vorbei, bei Arthur zuerst. Er schaute Carola an und verstand nicht, warum sie lachte. Das Lachen war eine zu harte Nadel gewesen, die die letzte Melodie aus der Schallplatte dieses Tages gekratzt hatte.

Als hätten sie vergeblich versucht, einen Auftrag auszuführen, gingen sie zusammen nach unten.

Zu Hause brachte Carola Arthur Essen und das Heft. Er nahm das Heft mit in seine Etage, putzte sich die Zähne, rauchte noch eine Zigarette und begann zu lesen. In dem Heft stand tatsächlich nichts, worauf er neugierig gewesen wäre. Enttäuscht pfefferte er es in eine Ecke und legte sich ins Bett.

Als er wach wurde, war es dunkel. Am besten bleibe ich hier liegen, bis sie mich abholen, dachte er. Aber auch das war unmöglich. Wer sagte denn, daß man ihn überhaupt abholen würde? Vorläufig bestand das Risiko vielleicht gar nicht. Und in dieser Zwischenzeit mußte er ja leben. Und wenn es dann soweit war, würde er es bereuen, nicht geflohen zu sein. Gähnend stand er auf. In der Hosentasche fand er Streichhölzer, mit denen er Licht machte. Es war halb neun. Nachdem er sich angezogen hatte, ging er nach unten. Er brauchte nur ganz leise anzuklopfen, und Carola öffnete, in der Hand eine Öllampe.

»Was hast du jetzt eigentlich vor?« fragte er.

»Ernst muß weg. Allein kann ich ihn nicht die Treppe runterschaffen. Es ist nicht nur für mich wichtig, auch für dich. Er hätte am Leben bleiben müssen. Er hat uns geholfen, er hatte Freunde bei den Engländern. Glaub mir, ich bin keine Moffenhure, auch wenn ich mit ihm geschlafen habe. Ich habe ihn dazu gebracht, daß er desertiert.«

»Willst du ihn in den Kanal werfen?«

»Ja.«

»Und wenn dich jemand auf der Straße sieht?«

»Auf der Straße ist doch kein Mensch. Wir warten bis ungefähr zwei. Zehn vor zwei und zwanzig nach zwei kommt ein Polizist entlang. Ich bin gestern nacht aufgeblieben und habe darauf geachtet.«

»Und die Deutschen?«

»Morgen kommen die Kanadier. Die Deutschen werden jetzt nicht mehr ihre Runden fahren.«

»Oder die BS.«

»Dann können wir immer sagen, daß es ein Deutscher ist. Wir können es beweisen.«

»Glaubst du, das geht so einfach ... Glaubst du etwa, daß sie sich nicht wundern, wenn wir um Mitternacht einen toten Scheißmof über die Straße schleppen?«

»Die BS-Leute sind bestimmt nicht auf der Straße. Noch darf ja niemand nach acht Uhr raus, also werden die es auch sein lassen. Heute nachmittag haben die Deutschen auf dem Dam hundert Leute erschossen.«

»Du widersprichst dir«, sagte er, »zuerst hast du gemeint, es wären auch keine Moffen da. Und überhaupt, wie kriegst du Ernst die Treppe runter, ohne Gepolter, ohne daß die Nachbarn was merken?«

»Wir müssen eine Trage machen und ganz vorsichtig sein.«

»Wohl im Dunkeln …«

»Irgendwie muß es ja passieren … Wir tragen ihn runter. Ich stelle hier oben eine Kerze hin, und ich habe eine Kerze in den Besenschrank unten gestellt, vor der Treppe. Da können wir ihn reinlegen, der Schrank ist gerade groß genug. Wenn die Luft draußen rein ist, tragen wir ihn aus dem Haus.«

»Vielleicht geht er gar nicht unter.«

»Doch, auf jeden Fall. Ich bin heute nachmittag immer wieder auf die Straße rausgegangen und habe unbemerkt einen Ziegelstein mitgenommen. Sie liegen im Schrank.«

Sie hatte im Flur bereits, soweit es ging, Platz gemacht, die Garderobe weggestellt, die Öfchen weggebracht.

Arthur zuckte mit den Schultern und ging ins Vorderzimmer. Carola folgte ihm mit dem Licht. Wie mußte sie heute gearbeitet haben! Das Zimmer war völlig aufgeräumt, die Stühle standen an ihren Plätzen. Auf dem Tisch lag eine Decke (scheußlich orange und grün). Nur wirkte der Raum kahler, weil keine Vasen mehr auf den Schränken und auf dem Kaminsims standen. Die Pendeluhr stand zwar wieder an ihrem Platz, allerdings mit zerbrochenem Zifferblatt und ohne Zeiger. Dennoch tickte sie. So wie eine Fliege mit ausgerissenen Flügeln noch summt. Arthur setzte sich an den Tisch, Carola ans Fenster. Sie hatte ein kleines Loch ins Verdunklungspapier gemacht. Arthur lauschte auf das Ticken der Uhr und blies sanft über das Glas der Öllampe, die vor ihm stand. Wenn er blies, wurde die Flamme länger, und dünner Rauch stieg aus dem Glas auf, als sei es ein Krematorium; für Motten und Mücken, dachte er. Ich bin nicht nervöser als vor einer Prüfung. Alles hat seine Grenzen, auch Aufregung. – Was sollte er tun, wenn jemand käme, während sie Ernst gerade in den Kanal warfen? Weglaufen! Fluchtchancen gab es zur Genüge in einer Stadt, in der keine einzige Straßenlaterne brannte. Aber er konnte nicht ohne Geld weglaufen. Deshalb stand er auf, nahm ein Teelicht vom Kaminsims, zündete es an und ging ins Schlafzimmer der Großmutter. Sie lag ordentlich auf dem Rücken im Bett, bis zum Mund zugedeckt. Arthur blieb am Fußende stehen und hielt das Teelicht hoch. Weil ihr Haar so dünn und kurz war, lag es nach allen Richtungen auf dem Kissen und war von dem runzligen Gesicht kaum zu unterscheiden. Es gehörte nicht an den Rand des sorgfältig glattgezogenen Lakens. Sogar ihr rheumatischer Arm war in Wolltüchern zu einem tadellosen Paket geworden, wie ein zusammengerollter Teppich, der zum Versand bereit lag. Arthur konnte hören, wie sie ein- und ausatmete. Sie atmete durch den Mund ein und stieß die Luft durch die gewaltige Nase aus, deren schlaffe Flügel dabei flatterten.

»Ich ruh mich nur aus, Junge«, sagte sie plötzlich, ohne die Augen zu öffnen und ohne etwas an ihrer Haltung zu verändern, »ich schlafe nicht.«

Arthur gab keine Antwort.

»Ich habe alles gesehen«, fuhr sie fort, »ich habe ja immer gesagt, daß es ein schlimmes Ende mit dir nehmen wird.« Er konnte das Teelicht nicht länger stillhalten, das flüssige Wachs tropfte ihm von den Fingern. Er stellte es auf den Boden. Von seiner Großmutter konnte er nun nichts mehr sehen, nur er wurde von unten beleuchtet.

»Ich habe nicht gewußt, daß du der Teufel bist«, redete sie weiter, »aber jetzt sehe ich es deutlich.«

»Erst jetzt?« Er war sich nicht sicher, ob er das wirklich sagte, denn eigentlich traute er sich nicht. Sein Schatten war so entsetzlich viel größer als er. Er erstreckte sich, zweifach geknickt, fast durchs ganze Zimmer, auf dem Boden, an der Wand, unter der Decke.

»Weil du auf einmal in die Küche gekommen bist, ist er in dich gefahren, statt mich zu vernichten.«

Dann schwieg sie. Arthur lehnte sich gegen das hohe Fußende des Bettes, als würde er sich über eine Balkonbrüstung beugen.

»Du hast mich gerettet«, seufzte sie, »aber du mußt verschwinden, ehe sie dich zu fassen kriegen. Hast du Geld? Du weißt, wo du es findest.« Ihr fauchender Atem setzte wieder ein wie der Begleitrhythmus bei einem Boogie-Woogie. Sie schien nicht gewillt, noch etwas zu sagen. Arthur zitterten die Knie. Sie hat Angst vor mir, dachte er, aber das half nicht. Sie gibt mir Geld, weil sie Angst hat, ich könnte noch einmal einen Anschlag auf sie verüben. Im Grunde müßte ich es auch tun. Wenn sie wieder laufen kann, wird sie bestimmt nicht den Mund halten.

Er bückte sich, nahm das Teelicht und ging zum Kopfende. Ohne zu zählen, füllte er seine Taschen mit Geldscheinen verschiedener Art, die zu Päckchen von hundert Gulden zusammengefaltet waren.

Dann verließ er die Wohnung und ging auf den Dachboden. Er rollte die Fahne um den Stock, der nun wie ein riesiges bengalisches Streichholz aussah: ein roter Kopf und darunter ein dicker, länglicher Pfropfen. Als er mit der Fahnenstange über der Schulter nach unten kam, erwartete ihn Carola im Flur, ebenfalls mit einem Teelicht in der Hand. Sie war fast sprachlos, als sie ihn mit der Fahne sah. »Geh rein«, sagte sie schließlich, »laß uns erst was essen.« Er legte die Fahnenstange in die Küche (das Ablegen machte nicht das geringste Geräusch), und sie aßen im vorderen Zimmer jeder einen Teller Brei mit Brot. Daß sie ihre Teller völlig leerten, hatte nur einen Grund: aufzuschieben, was sie jetzt tun mußten. Arthur nahm sich vor, sobald er den letzten Bissen hinuntergeschluckt hatte, aufzustehen und anzufangen. Carola schien sich dasselbe überlegt zu haben, denn sie stand im gleichen Moment auf. Sie nahm einen Kessel mit heißem Wasser vom Ofen. »Wie seltsam der Ofen riecht«, sagte Arthur.

»Ja«, erwiderte sie, »es brennt viel schlechter, als ich gedacht hatte.« Arthur wußte sofort, was sie meinte; er hatte den Geruch erkannt: als stünde ein glühend heißes Bügeleisen auf Flanellstoff. Offenbar verbrannte sie Ernsts Uniformen. Er war zu aufgeregt, um darüber nachzudenken, ob es überhaupt klug war, Ernsts Kleidungsstücke zu verbrennen. In der Küche stand eine Kaffeekanne auf der Anrichte, und im Filter war schon gemahlener Kaffee.

»Ich habe keine Milch«, sagte Carola, »aber meinst du nicht, daß es richtig ist, es ist doch richtig?«

»Was weiß ich.«

Carola goß das heiße Wasser in den Filter. An die Anrichte gelehnt, schauten sie beide zu. Dann tranken sie jeder eine Tasse schwarzen Kaffee, pervers süß. Arthur gab Carola eine Zigarette, die sie am Teelicht ansteckte, und begann die Flagge von der Fahnenstange abzuwickeln. Carola ließ sich nicht anmerken, ob sie den Geschmack der Zigarette erkannte. Sie stand schon, mit der Wäscheleine in den Händen, bereit. Als der Stock von der Fahne befreit war, öffnete Arthur die Tür zu der kleinen Kammer, nahm die Stange und legte sie neben Ernst aufs Bett. Doch die Stange war viel zu lang. Arthur holte eine Säge aus seiner Wohnung und kürzte sie. Das Sägen machte ein Geräusch, von dem das ganze Haus zu beben schien. Die Nachbarn werden denken, daß wir frieren und noch Holz sägen, dachte er. Nein, sie werden nichts Besonderes dahinter vermuten, es wird ihnen nicht mal auffallen, wiederholte er bei sich. Carola schaute ihm, mit dem Licht in der Hand, die ganze Zeit zu.

»Stell das Licht doch ruhig hin«, sagte er. Es gab jedoch nichts, worauf sie es hätte stellen können, denn um mehr Platz zu schaffen, hatte sie den kleinen Tisch weggetragen. Sie blieb reglos stehen und leuchtete ihm.

»Vielleicht ist es besser, wenn man zwei Stücke als Tragbahre nimmt«, bemerkte sie, als er fertig war mit Sägen. Er schüttelte den Kopf und zog Ernst an den Füßen, so daß oben und unten ein gleich großes Stück der Fahnenstange ragte.

Carola hatte Ernst die SS-Uniform angezogen, Stiefel, Reithose und Uniformmantel, sogar die grauen Handschuhe. Sein Kopf war ordentlich verbunden, mit einem weißen Handtuch ohne einen einzigen Blutfleck. Kein Stückchen seiner Haut war zu sehen. Er war nicht mehr als eine Leiche, ja, weniger als eine Leiche, eine Gipspuppe ohne Gesicht.

Arthur wickelte die Wäscheleine um Ernst und die Fahnenstange. Immer wieder mußte er die Leiche etwas anheben, um das Seil unter ihr durchziehen zu können. Er arbeitete in seinem eigenen Schatten, denn Carola stand mit dem Licht hinter ihm. Er verstand nicht, daß sie sich nun fürchtete, wo sie Ernst doch sogar »aufgebahrt« hatte. Wer weiß, wie sie dabei geschluchzt hat, dachte er und wagte nicht, sie zu bitten, sich ans Fußende zu stellen. Es war schrecklich, daß er den Kopf an der Stange festzurren mußte. Der Hals bog sich durch, der Kopf hing herab. Vom ständigen Bücken tat Arthur das Kreuz weh. Aber es gelang, ohne daß er etwas von Ernsts Haut zu sehen bekam und er wollte sich nicht vorstellen, welche Farbe die Haut haben könnte.

Als er fertig war, ging Carola in die Küche, um die Fahne auf dem Boden auszubreiten. Arthur blieb im Halbdunkel allein und postierte sich bereits am Kopfende. Carola kam zurück und stellte sich an die andere Seite; fast im ganzen Raum wurde es dunkel. Das Licht hatte sie in der Küche gelassen, weil sie es dort, von wo aus sie ihre Last auf den Flur bugsieren mußten, am meisten brauchen würden. Ohne einander ein Zeichen zu geben, hoben sie die Stange vom Bett. Zum erstenmal spürten sie, wie schwer der Körper war: Dieses Gewicht mußten sie ohne das geringste Geräusch zwei enge Treppen hinuntertragen. Wenn sich nun das Seil löst, dachte Arthur, und der Körper hinunterrutscht; auf dem Treppenabsatz müssen wir die Stange ja nahezu senkrecht halten, um die Biegung zu schaffen!

Sie wickelten die Fahne um Körper und Stange, und in den frischen Farben, die an die Beflaggung vor den Fischläden erinnerten, wenn der neue Hering eingetroffen war, bekam das Ganze etwas von einer Kinderüberraschung, einem riesengroßen Lolly. Aber es hatte auch etwas von einem Seehelden, der, in die Fahne gehüllt, dem Meer übergeben wird.

Carola zog sich die Schuhe aus und ging barfuß die Treppe hinunter, um die Kerze im Schrank bei der Haustür anzuzünden.

Dann warteten sie im Vorderzimmer, bis der Polizist seine Runde machte. Es war schon fast zehn vor zwei. Schließlich trat Carola vom Fenster weg.

Auch Arthur zog seine Schuhe aus und ging schon mal in die Küche. Er hatte solches Herzklopfen, daß er keinen klaren Gedanken fassen konnte.

Carola stellte die Öllampe aus dem vorderen Zimmer neben die Treppe.

Sie ließ die Tür zum Treppenhaus hinter sich offen und kam wieder in die Küche. Jeder nahm ein Ende der Stange mit der Leiche daran. Arthur würde rückwärts gehen und Carola vorwärts. Im Flur konnte er ihre Bewegungen noch mit Blicken dirigieren. Nach unten hin wurde es immer dunkler. Ihre Schatten wuchsen und bewegten sich lauernd um sie herum. Sie flüsterten nicht, als könnten sie beim Öffnen des Mundes so viel Kraft verlieren, daß ihnen die Last mit dumpfem Poltern entglitte.

Die Treppenstufen knarrten, so behutsam sie auch die Füße aufsetzten – kaum stand der Fuß, ertönte immer ein kurzer Knarzton; beinahe jede zweite Sekunde war er zu hören, als schlüge jemand den Takt zu ihren Bewegungen oder als trommle eine träge Kapelle zu dieser Bestattung.

Als sie die letzte Biegung genommen hatten (für einen Moment stand die Stange aufrecht in Arthurs Händen, wie ein Junge, der über eine Mauer klettern will, auf den Händen seines Freundes steht), gingen sie vor Ermüdung etwas schneller. Nachdem sie am Schrank vorbei waren, trat Carola rückwärts in ihn hinein. Jetzt kam das Schlimmste! So erschöpft sie auch waren, sie mußten so schnell wie möglich weitermachen. Der Schrank war schmal, es blieb kein Platz für die abgewickelte Fahne. Die ganze Zeit blieb Ernst unter dem hohen Stoffhaufen verborgen. Carola mußte die Fahne zur Seite halten, während Arthur das Seil aufknotete. Als die Leiche von der Stange gelöst war, befestigte Arthur es mit einer doppelten Schlinge unter den Schultern und knöpfte die Uniform auf. Die Hosenbeine der Reithose und alle Taschen füllten sie mit Ziegelsteinen. Als sie die Uniform wieder zuknöpften und die Steine, die für die meisten Taschen viel zu groß waren, mit Stricken am Körper festgebunden hatten, ruhten sie sich in gebückter Haltung aus, die Hände auf den Knien, denn sie konnten nicht aufrecht stehen, und zum Sitzen war kein Platz.

Schließlich verließ Arthur den Schrank, blies die Kerze aus und öffnete die Haustür. Er kam zurück und packte Ernst unter den Achseln. »Ja«, seufzte er. Und die unsichtbare Masse löste sich vom Boden, von der unsichtbaren Carola an den Füßen hochgehoben. Der Körper war entsetzlich schwer, aber sie konnten jetzt wenigstens ihre Arme hängen lassen. Sobald sie im Freien waren, gingen sie im Laufschritt. Mit dreißig Schritten war der Kanal zu erreichen, aber sie brauchten viel mehr, denn sie machten sehr kurze Schritte. Als die Leiche an der Ufermauer lag, schlang Arthur das Seil, das er unter ihren Achseln durchgezogen hatte, um einen eisernen Pfahl und gab Carola ein Zeichen. Sie schob Ernsts Beine zum Wasser hin. Die Knie bogen sich durch, aber nicht so weit wie bei jemandem, der auf dem Rücken an einem Teich liegt und die Füße ins Wasser hängen läßt. Arthur hockte neben dem Pfahl. Carola zog den Körper an der Taille näher ans Wasser. Arthur sah von ihm nichts mehr als die Reihe mattsilberner Uniformknöpfe auf der Brust und die weiße Masse des Kopfes. Die Kraft, die auf das Seil einwirkte, nahm plötzlich zu. Carola richtete sich auf. Arthur ließ das Seil locker. Er hörte, wie das Wasser in die Stiefel lief.

Carola sah die Leiche senkrecht untergehen, ohne daß es auch nur einmal plätscherte. Es war bereits nichts mehr zu sehen, nicht einmal eine Luftblase, als Arthur schließlich das Seilende über dem Wasser losließ. Nichts als dunkelglänzende Wasserriffel. Kein Laut.

Niemand hatte etwas bemerkt. Nur das Schloß machte ein kurzes Schluckgeräusch, als Arthur die Haustür zuzog.

Am Morgen, als er sich verabschiedete, hatte Carola geweint und ihm drei Schachteln Ukrainia-Zigaretten geschenkt. Das Weinen konnte ihn nun nicht mehr beeindrucken, und der Großmutter hatte er nicht auf Wiedersehen sagen wollen.

»Hast du fürs erste genug Geld?« hatte er Carola dennoch gefragt. Sie meinte, es würde reichen, und falls sie doch etwas brauchen sollte, könne sie ja immer noch den Kaffee, der kiloweise im Haus lagerte, verkaufen.

Arthur ging den Overtoom entlang. Der Vondelpark war geschlossen, und er würde einen Umweg machen müssen, um in die Van Baerlestraat und von da aus weiter bis zur Berlagebrücke zu gelangen, wo er ein Auto zu finden hoffte, das ihn irgendwohin mitnahm.

Die Sonne schien hell, wärmte aber nicht besonders. Die Fahnen hingen schlaff herab. Nur wenige Passanten waren unterwegs.

Arthur bog in die Vondelstraat ein, eine Straße mit lauter sehr großen rotweißblauen Fahnen. Der Anblick der Fahnen quälte ihn, aber nicht mehr als am ersten Tag, an dem die Straßen damit geschmückt worden waren – bevor das mit Ernst passiert war.

Vor der Kirche war ein Menschenauflauf. Kleine Gruppen überragten die anderen. Es gab kaum Bewegung. Hier hat Proost mir gesagt, daß Oskar ein Pfundskerl ist, dachte er.

Die Lastwagen kamen aus dem Vondelpark und mußten um die Kirche herumfahren, wo es viel zu eng war und keine Polizei die Leute auf den Gehsteigen hielt. Auf den Lastwagen saßen winkende Soldaten, an denen Trauben junger Mädchen hingen. Die Soldaten riefen: »No cigarettes!« Die Leute johlten und drängelten. Manche rauchten. Nicht mal Kradfahrer kamen durch, weil ihnen alle Leute Füller und Notizbücher hinhielten, in die sie ihre Unterschrift setzen sollten.

Arthur begann sich durch die Menge zu drängeln. Der Vondelpark war hier also geöffnet, und er wollte, gegen den Strom, auf dem kürzesten Weg nach Amsterdam-Süd. Doch er kam immer langsamer voran, und das Geschrei und Gedränge ging ihm auf die Nerven. Dann verminderte die Wagenkolonne das Tempo.

Aus den Dächern der Fahrerkabinen ragten die Oberkörper winkender Soldaten. Die Mädchen, die an ihnen hingen oder auf ihrem Schoß saßen, sangen die ganze Zeit und warfen ihre Zigarettenkippen in die Ansammlung der Menschen am Straßenrand, die verbissen darum kämpften.

Da die Menge mit den Autos mitlief, wurde es für Arthur immer schwieriger, in die andere Richtung fortzukommen; ich stecke jetzt schon fest, dachte er. Er sah nichts als Köpfe, die Gesichter den Autos, die am nächsten waren, zugewandt. Von den Wagen konnte er nur die sehen, die am weitesten entfernt waren, fahrende, wimmelnde Hügel jenseits des Parks. Schließlich kam er keinen Schritt mehr weiter; er drehte sich um und ließ sich zurückschieben. Die Autos rollten langsam mit brummendem Motor vorbei.

Da erblickte er Ottolien. Sie saß in einem niedrigen, gepanzerten Wagen, unter jedem Bein das Knie eines Soldaten. Sie lachte und versuchte etwas zu rufen. Ihre Brillengläser waren kleine Sonnen. Das letztemal war Arthur ihr in einem Traum begegnet. Die Füße von Ottoliens Mutter steckten in einem Bottich voller Erde, und Arthurs Finger hatten Ottoliens Brille in ein Diadem verwandelt, weil er von Napoleon abstammte. – Nie würde ihre Brille in seinen Händen zu einem Diadem werden, aber wenigstens liebte sie ihn, sie hatte ihm ja vorgeworfen, daß er sie nicht genug liebe.

Er versuchte, sich zum Auto zu drängen.

Er traute sich nicht, ihren Namen zu rufen, weil alle Leute nichts anderes als »Hurra!« und »Zigarette!« schrien. Aber sie mußte ihm helfen, sie könnte vielleicht etwas für ihn tun. Vielleicht den Soldaten sagen, sie sollten ihn mitfahren lassen. Wenn er erst einmal in dieses Auto geklettert war, könnte er sich erkundigen, wo er Autos fand, die in Richtung Belgien fuhren.

Aber der Panzerwagen hatte den Ausgang des Vondelparks erreicht, an der Kirche war die Straße schon etwas breiter. Arthur hörte, daß rasselnd in einen anderen Gang geschaltet wurde. Er nahm die Ellbogen zu Hilfe. Die Leute ringsum stießen ihn zurück. Er sah Ottolien nur noch von der Seite, und dann bog der Wagen nach rechts ab, und zwei knatternde Motorräder jagten hinterher.

13

Arthur mußte ständig Umwege machen, weil Durchfahrten abgesperrt waren oder weil ihm Leute im Weg standen, die sich in Gruppen zusammendrängten. Immer wieder gelangte er an Straßen, durch die kanadische Autos, Motorräder und Panzer fuhren. Endlich erreichte er die Van Baerlestraat. Hier kamen nur von Zeit zu Zeit Militärautos vorbei. Auf dem Museumplein lagen die Deutschen rauchend im Gras, auf ihren Betonbefestigungen und hinter ihrem eigenen Stacheldraht, und schauten zu. Auch auf der Apollolaan war eine Menschenmenge versammelt. Offenbar hatten alle ihre besten Kleider angezogen. Man sah Männer mit Ferngläsern, Kinder mit Papierfähnchen, Männer mit schönen, glänzenden Fotoapparaten. Hin und wieder schlängelte sich ein Motorrad unter lautem Jubel schnell zwischen ihnen hindurch. Die Fahrer saßen aufrecht wie die blechernen Motorradfahrer bei Kinderspielzeug und hatten die Hemdsärmel hochgekrempelt, was einen seltsamen Kontrast zu ihren schweren Helmen bildete. Arthur schlenderte weiter entlang der Villen. An der anderen Seite sah er nichts als Rücken. Seine Angst wuchs. Er hatte das Gefühl, daß er erst jetzt etwas Verbotenes tat. Was er in diesem Augenblick unbedingt wollte, wich von den Wünschen aller anderen ab. Jeder tat nichts anderes als schreien, Fahnen schwenken, fotografieren, Soldaten küssen, um Zigaretten bitten. Er besaß seine eigenen Zigaretten. Jeder wollte mitfahren, weiter in die Stadt hinein; er hingegen war auf der Suche nach dem vielleicht einzigen Wagen, der in die entgegengesetzte Richtung fuhr.

Er blieb nicht bei dem Luftschutzbunker in der Grünanlage stehen, wo die Deutschen eines Nachts als Vergeltung unschuldige Gefangene erschossen hatten. Vor dem niedrigen Betonbau hatte man eine Flagge aufgestellt, die auf Halbmast hing. Die Leute standen drum herum, sie schauten, als wäre etwas ins Gras gefallen, was sie suchten und nicht finden konnten. Dort lagen nur dünne, steife Blumen, in Bündeln nebeneinander wie eine Schilfmatte an einer Küstenbefestigung.

Arthur betrat ein Restaurant in der Beethovenstraat, wo er für etwa vierzig Gulden etwas aß. Er stand hungrig auf, aber wenn er mehr bezahlt hätte, wäre er auch nicht satt geworden. Der Portier bot ihm eine kanadische Zigarette für zehn Gulden an. Doch Arthur lehnte ab. Nicht wegen des Geldes. Er hatte fast zweitausend Gulden in der Tasche.

Je näher er der Noorder Amstellaan* kam, desto wütender und trauriger wurde er. Die Häuser standen zwar nicht so dicht beieinander, so daß hier weniger Fahnen hingen. Aber die Sonne schien noch immer, der Wind hatte aufgefrischt, das Fahnentuch flatterte. Gerade heute schien die Sonne! Gerade heute, als freute sich sogar die Atmosphäre über den Einzug der Befreier. Ich bin der einzige, der nicht froh ist, dachte Arthur. Ich bin wie die NSB-Leute und die Moffen. Zu denen gehöre ich! Bald werde ich auch verhaftet! Nicht ein Auto fuhr in die Richtung, in die er mußte. Seine Füße schwitzten vom vielen Laufen und taten ihm weh. Es war, als würden seine Zehen mit jedem Schritt tiefer in die Spitzen der Schuhe gepreßt.

Und auch wenn ihm ein Auto begegnet wäre, das in die richtige Richtung fuhr, was hätte er tun sollen? Die Hand heben? Würden sie nur für ihn anhalten? Die Soldaten hatten die Bettelei natürlich längst satt. Sie lachten und kamen nur, um zu schreien und Mädchen in den Po zu kneifen.

* Die Straße heißt heute Churchill Laan.

Da erblickte er auf der anderen Seite der Noorder Amstellaan Proost, in seinem blauen Overall der BS mit rotweißblauer Armbinde, aber ohne Sten Gun. Vielleicht wüßte Proost ja Rat. Proost hatte Beziehungen. Vielleicht kannte er schon einen kanadischen Kommandanten.

Quer über die verwüstete Grünanlage zwischen den beiden Fahrbahnen rannte er auf ihn zu.

»Proost!« rief er, »Proost!« Die Leute schauten ihn an und lachten; ein Mann rief: »Ebenfalls Prost!« und machte eine Handbewegung, als kippte er einen. Proost ging jedoch weiter. Er drehte sich nur halb zu Arthur um und machte fast noch größere Schritte.

»So, jetzt sind sie da!« schrie er und winkte.

»Ich muß mit dir reden!« rief Arthur und versuchte ihn einzuholen, aber es standen sehr viele Kinder im Weg.

»Keine Zeit!« rief Proost, »hab's furchtbar eilig! Wir sehn uns noch! Bis später!«

Er blickte wieder nach vorn und hastete weiter. Arthur verlangsamte den Schritt, ging jedoch nicht auf die andere Straßenseite zurück, damit nicht so auffiel, daß er abgeblitzt war.

Er war nun am Ende der Noorder Amstellaan, und der Wolkenkratzer ragte über die Häuserzeile. In allen Fenstern lehnten Menschen, und kleine Fahnen wehten herab. Oskars Wohnung konnte er von hier aus noch nicht sehen. Wenn Oskar nun zurückgekommen ist, dachte Arthur und wollte es nicht denken, weil er wußte, daß es sicher nicht so sein würde. Aber er hatte Herzklopfen, als er weit genug gegangen war, um die volle Sicht auf das Haus zu haben. Nur aus den Fenstern von Oskars Wohnung schaute niemand heraus.

Mit Mühe überquerte Arthur die Straße, denn es herrschte dichter Verkehr, da ganz in der Nähe die Berlagebrücke war, über die die Militärfahrzeuge hereinkamen. Hier waren so viele Leute auf den Beinen, daß Arthur nicht mehr durchkam. Zum Glück stand er im Schatten. Unverwandt sah er zu dem von Menschen wimmelnden Hochhaus mit der befremdlichen, toten Lücke der fünf geschlossenen Fenster von Oskars Wohnung empor.

Oskar kümmert sich nicht um den ganzen Trubel, dachte er. Er ist weit weg, er kommt erst zurück, wenn sich die Leute so weit beruhigt haben, daß sie sich für seine Heldentaten interessieren. Er gehört noch zu ihnen; ich nicht. Ich bin nur mit seiner Frau ins Bett gegangen, während er im Gefängnis für die Gemeinschaft gelitten hat. Ich habe einen Deutschen ermordet, als die Moffen schon kapituliert hatten, und auch das nur aus Versehen.

Die Leute konnten nicht genug kriegen vom Schreien. Arthur versuchte sich nach vorn zu drängen. Er sah nichts als Autos und Panzer auf dem Weg in die Innenstadt. Irgendwann schrie auch er »hurra«, weil er Angst hatte, sein Schweigen könnte auffallen.

Stundenlang schlenderte er so durch die Amstellaan, ohne etwas zu erreichen, ohne mit einem Kanadier gesprochen zu haben, ohne eine neue Idee, wie er wegkommen könnte. Er ruhte sich eine Weile in einem Straßencafé direkt gegenüber der Berlagebrücke aus. Auf dem Fluß war kein Schiff zu sehen. In kleinen Gruppen spazierten die Menschen untergehakt über die Fahrbahn. Im Moment fuhr kein einziges Auto mehr, offenbar wartete man auf die nächste Kolonne. – Arthur brach die zweite Schachtel Zigaretten an. Er rauchte, bis er wieder Hunger bekam. In dem Lokal, in das er sich setzte, konnte man ihm kein Essen beschaffen. Also ging er langsam zurück und betrat schließlich wieder das Restaurant in der Beethovenstraat. Er mußte lange betteln, bis man ihm ein paar gekochte Kartoffeln und etwas Gemüse servieren wollte, denn es war halb sieben, und um sieben schloß die Gaststätte. Er konnte nicht einmal lange genug am Tisch sitzen, um sich auszuruhen. Nach dem Essen kam er wieder bei dem Portier vorbei. Eine kanadische Zigarette kostete jetzt neun

Gulden, und obwohl Arthur noch genug Zigaretten hatte, kaufte er sich eine, um wenigstens etwas von der Befreiung zu schmecken. Auf der Straße war es inzwischen nicht mehr so voll. Er schlug nun eine andere Richtung ein. An der Ecke Stadionweg hielt ein kanadischer Pkw, in dem nur ein Soldat saß. Ich habe seit fünf Jahren nicht mehr in einem Auto gesessen, dachte Arthur und blieb stehen. Der Wagen war bald von Kindern und jungen Mädchen umringt, die die Türen öffneten und sich hineinstürzten. Arthur stieg ebenfalls ein. Die Rückbank war schon voll. Arthur hockte sich davor. Die Kinder kletterten über seinen Rücken. Sein Kopf wurde gegen den Rücken des Soldaten gedrückt.

Das Auto fuhr los und tanzte über die vielen Schlaglöcher. Arthur dachte: Ich muß jetzt handeln. Ich muß mit dem Soldaten sprechen. Er muß mein Freund werden. Er wird mir helfen können. Vielleicht muß er heute nacht ja nicht in Amsterdam sein, sondern zum Beispiel in Utrecht oder Amersfoort. Dann wäre ich schon ein ganzes Stück weiter. – Wie wird er mein Freund?

Und dann dachte er sich eine sehr originelle Methode aus, eine paradoxe Art der Annäherung! Er nahm sein Päckchen Ukrainia-Zigaretten aus der Tasche und hielt es dem Soldaten hin. Das Auto holperte gerade auf die Stadhouderskade. Der Soldat reagierte nicht. Arthur drückte mit dem Finger so unter das Päckchen, daß eine Zigarette herausstand, und schrie: »For you.«

Der Kanadier schüttelte den Kopf und sagte kauend: »I don't like that stuff.«

»Er mag keinen Ersatztabak«, sagten die Kinder, als ob es sich um ein Zootier handelte, das keine Erdnüsse mochte.

Auf dem Rembrandtsplein stoppte der Wagen, der Soldat sprang raus, hielt die hintere Tür auf und sagte: »Come on, come on.« Er machte eine ungeduldige Handbewegung. Arthur wollte warten, bis er als letzter aussteigen konnte. Aber das ging nicht, weil hinter ihm noch Kinder saßen. Er blieb dann neben dem Soldaten stehen, doch der beachtete ihn nicht, sondern konzentrierte sich auf die Kinder, die nur widerwillig ausstiegen. Das letzte Kind war ein Mädchen von etwa Sechzehn. »Listen, listen«, sagte Arthur und zupfte den Kanadier schüchtern am Ärmel. Doch der Befreier schlug die Tür zu, ehe auch das Mädchen ausgestiegen war, rannte um den Wagen herum, sprang wieder hinters Steuer und gab Gas.

»Ooooch!« riefen die Kinder, die stehengeblieben waren. Das Mädchen winkte ihnen lachend durchs Rückfenster zu.

Es war fast acht, und es wurde stiller, denn aus Gewohnheit begannen die Leute die Straße zu meiden, obwohl niemand mehr etwas zu befürchten hatte, wenn er die Ausgangssperre übertrat.

Arthur schlenderte durch die Reguliersbreestraat, wo die Fahnen so schlaff und reglos herabhingen, daß es aussah, als wären die Häuser von oben bis unten mit parallelen Farbstreifen angestrichen. Als er die Straße in Richtung Munt überqueren wollte, zog ihn ein Holländer in kanadischer Uniform am Arm.

»Heute abend fall ich jedem, den ich kenne, um den Hals!« rief der Mann und hielt Arthurs Arm mit beiden Händen fest. »Ich hab die ganze Zeit geglaubt, alle wären tot. Guten Tag, Arthur! Du bist doch Arthur? Ich benehme mich etwas seltsam, aber das kommt, weil ich unterwegs überall Sekt trinken mußte. Die Leute sind ja wie von Sinnen! Und was für ein Saustall ist das hier! Sie sind befreit und fressen immer noch Zuckerrüben. Das Air-dropped-Food ist noch nicht mal ausgeteilt worden! Ich hab mir alles mögliche vorgestellt, was passieren müßte, aber nichts wird getan. Sie hätten große Feldküchen aufstellen müssen, und jeder hätte so viel essen können, wie er wollte!«

Arthur hielt nun die Hände des Mannes fest. »Speeman, Speeman«, sagte er.

Aber der Soldat konnte mit seiner Geschichte nicht an sich halten. »In zwei Tagen muß ich nach Paris zurück. Ich muß bestimmt noch drei Monate im Dienst bleiben. Es ist zum Kotzen. Ich freu mich, daß ich dich wiedersehe. Wie geht's dir denn so, Muttah? Wir haben uns früher ja eigentlich nicht so oft gesehen. Eine Menge Leute habe ich eigentlich viel zu selten gesehen ... Manchmal habe ich stundenlang über Leute nachgedacht, mit denen ich damals in Holland so gut wie nichts zu tun hatte.«

»Ach, das macht doch nichts, Speeman«, sagte Arthur, »du brauchst dich nicht zu entschuldigen. Ich freu mich auch sehr, daß ich dich wiedersehe. Es ist lange her, seit du weggegangen bist. Ich habe erst vor ungefähr einem Monat von Proost gehört, daß du in England warst. Soll ich ein Stück mitkommen?«

»Ja, gern. Ich muß zu einer Tante in der Sarphatistraat. Ich weiß nicht mal, ob sie noch lebt und ob sie dort noch wohnt. Ich bin ganz rappelig heute. Ich bin schon gestern abend abgereist. Die ganze Zeit habe ich nicht geschlafen, und ich bin trotzdem nicht müde. Wie geht's Carola?«

Sie bogen in die Vijzelstraat ein. Speeman schenkte Arthur eine Schachtel englischer Zigaretten. Arthur steckte sich gleich eine an. Es waren noch dieselben Gold Flake, doch der Geschmack enttäuschte ihn.

»Carola geht's gut«, erzählte Arthur. »Wie bist du nach England gekommen?«

»Äh«, seufzte Speeman, der die Geschichte an diesem Tag wahrscheinlich schon hundertmal erzählt hatte, »über Portugal. Wo ist Carola denn?«

»Na, zu Hause«, sagte Arthur, »aber jetzt muß ich dich noch was fragen, was dich wahrscheinlich schon alle Leute gefragt haben: Was bedeutet UNRRA?« Diese Buchstaben waren in einem Bogen auf Speemans Schulter gestickt.

»United Nations Relief and Rehabilitation Administration«, sagte Speeman, und obwohl Arthur es nicht ganz verstanden hatte, bat er ihn nicht, es zu wiederholen, denn er zweifelte nicht daran, daß Speeman ihn retten würde.

»Arthur«, sagte Speeman, »wohnt ihr noch da, wo ihr früher gewohnt habt? Ich muß Carola wiedersehn. Es gibt wenige Mädchen, die solche Opfer für die Sache gebracht haben wie sie. Meinst du nicht auch?«

»Sicher«, sagte Arthur.

»Von 42 bis Anfang 44 habe ich sie erlebt«, sagte Speeman, »und was sie sich getraut hat, das war phänomenal.«

Als sie zum Frederiksplein gelangt waren, fragte Arthur schließlich: »Du hast dich doch bestimmt nach Ossegal erkundigt? Du weißt natürlich längst, daß er mit dem Leben davongekommen ist?«

»Selbstverständlich ist er mit dem Leben davongekommen«, sagte Speeman.

Arthur spürte, daß weiteres Fragen wieder etwas ans Licht bringen würde, was er nie geahnt und womit er eigentlich nichts zu tun hatte, aber er war zu erstaunt, um den Mund halten zu können. Er sagte: »So selbstverständlich ist das nicht, wenn man bedenkt, was er getan hat. Proost hat es mir erzählt; es ist kolossal. Konntest du ihn nicht mitnehmen nach Portugal?«

»Daran hätte ich nicht im Traum gedacht. Warum sollte ich?«

»Na ja, Proost hat mir erzählt, daß Oskar einen deutschen Offizier erschlagen hat, um dir das Leben zu retten.«

»Also jetzt hör mal gut zu, Arthur. Ich geh da nicht weiter drauf ein, danach steht mir der Kopf heute nicht. Ich sag dir mal was. Dieser Proost, das war schon immer ein Spinner, den muß man einfach schwafeln lassen. Ungerührt schwafeln lassen und ihm nicht zuviel in die Augen gucken; sonst wird man auch noch seekrank! Man muß ihn getrost schwafeln lassen und darf vor allem nicht die Bohne von dem glauben, was er von sich gibt. Oskar einen deutschen Soldaten erschlagen! ... Nun gut, wie ich schon sagte, ich reg mich heute nicht darüber auf, ich halte den Mund, mich kotzt das alles an. Aber eines kann ich dir hoch und heilig versichern: Oskar ist ein jämmerlicher

Schlappschwanz, der sich nicht mal traut, eine Mücke mit der bloßen Hand totzuschlagen, weil er Angst hat, sie könnte ihn beißen! Oskar hat nie im Leben einen deutschen Offizier erschlagen. Sag das ruhig Proost, wenn du ihn das nächstemal triffst. Ach, eigentlich kannst du's auch sein lassen, der Kerl bleibt ja doch sein ganzes Leben so behämmert. Hast du ihn noch nie von seiner Schwester erzählen hören? Von den Zeugen Jehovas? Vom Jenseits? Und falls du Oskar mal sehen solltest, sag ihm ruhig, daß er sich am besten so schnell wie möglich aus dem Staub macht, sonst hockt er, ehe er es merkt, wieder im Knast, und mit seinen faulen Ausreden kommt er dann unter Garantie nicht mehr raus. Ich weiß nämlich mehr, als er denkt, ich hab meine Informationen. Es wird Oskar noch sauer aufstoßen. Er ist ein elender Feigling und ein mieser Verräter. Er soll nur zusehen, daß er so schnell wie möglich verduftet. Nur, dann muß er mindestens bis nach Südamerika gehen, mit Franco ist es nämlich auch bald vorbei. Außerdem, wenn sie solche Knallchargen wie Oskar in Schutz nehmen müßten, brauchten sie gar nicht mehr aufzuhören, dann wären alle faschistischen Staaten zusammen noch viel zu klein, diese ganzen Heuchler unterzubringen. Nein, die Lage hat sich grundlegend geändert. Wenn man was gegen die Deutschen unternommen hatte, konnte man wenigstens noch zusehen, daß man nach England kam. Aber die NSB-Leute und Kollaborateure, die können nirgends mehr hin! Die ganze Welt hat sie ausgespien! So sieht das nämlich aus!«

Arthur stellte keine Fragen mehr, und Speeman schien müde zu sein von seinem langen Schlußwort. Oskar war also doch ein Verräter, wie er immer schon vermutet hatte. Ein elender Feigling ... Ich habe einen Mof erledigt, nicht mal das hat Oskar gemacht ... Und Carola! ... Aber er konnte sich seinen Gedanken nicht überlassen. Was ging ihn Oskar noch an? Er hatte sich schon so oft vorgenommen, daß er mit »der ganzen Sache« nichts mehr zu tun haben wollte, und er würde bei seinem Vorsatz bleiben. Er mußte abhauen, ehe Speeman zu Carola ging. Soll ich glauben, was er über Carolas Heldentum erzählt? Was wird er sagen, wenn er sieht, daß sie ihr die Haare abgeschnitten haben!

Sie waren schon in der Sarphatistraat, und er wußte nicht, zu welcher Hausnummer Speeman ging.

Wenn er Speeman um Hilfe bitten wollte, mußte er sich beeilen.

»Wann fährst du zurück nach Paris?« fragte er; er wußte die Antwort schon, aber es war ein Anlauf.

»In zwei Tagen.«

»Sag mal, könntest du mich vielleicht mitnehmen? Ich will hier weg. Ich halte es hier nicht mehr aus. Die ganzen Jahre in derselben Scheißstadt.«

»Ja, das versteh ich sehr gut. Jeder will weg, was meinst du, wie viele mich schon darauf angesprochen haben! Aber es ist sehr schwierig. Was willst du in Paris denn machen?«

»Eigentlich will ich nach Brüssel, da habe ich Verwandte.«

»Ich rate dir: Immer mit der Ruhe. Warte lieber noch etwas. So angenehm ist es außerhalb der Niederlande auch nicht gerade. Das würde eine herbe Enttäuschung! Und weißt du überhaupt, daß du ohne Passierschein nicht mal in den Süden des Landes darfst? Geschweige denn über die Grenze! Nein, da sehe ich wirklich keine Chance!«

»Könnte ich nicht mit einem Auto mitfahren?«

»Sie dürfen keine Zivilisten mitnehmen. Sie machen es natürlich, aber ich weiß nicht, wie so was ausgeht.«

»Könnte ich mich nicht zum Militärdienst melden?«

»Das wäre eine Riesendummheit. Warum denn jetzt, wo der Krieg vorbei ist? Ich für mein Teil werde dem Himmel danken, wenn ich kein Soldat mehr bin. Übrigens glaube ich nicht, daß sie dich nehmen würden. Sie nehmen niemanden aus dem gerade befreiten Gebiet, wegen Krankheiten und so. Ihr seid alle unterernährt. Und die Field Security müßte erst prüfen, ob du politisch zuverlässig bist. Nein, darauf würde ich lieber nicht bauen!«

Speeman war stehengeblieben und gab Arthur die Hand. Arthur musterte ihn von unten bis oben und von oben bis unten, als könnte er so vielleicht noch irgendeine Möglichkeit an ihm entdecken, die er übersehen hatte. Dann wünschte er Speeman alles Gute und so weiter und ging.

»Arthur«, rief Speeman, »auf Wiedersehen. Wenn ich Carola besuche, sprechen wir uns vielleicht noch mal.« Ein paar Häuser weiter verhielt Arthur seine Schritte. Vielleicht war Speemans Tante ja nicht zu Hause! Vielleicht könnte er ihn noch weiter begleiten, und nach langem Reden würde Speeman Mitleid mit ihm bekommen odcr wenigstens einen kleinen Versuch machen, ihm zu helfen, sei es auch nur, um ihn loszuwerden – vielleicht hatte er wenigstens einen Rat! Aber er hörte eine Haustür zuschlagen. Er setzte sich auf eine Fensterbank, nahm die Schachtel Gold Flake, die Speeman ihm geschenkt hatte, aus der Tasche und betrachtete sie. NAAFI STORES stand auf der einen Seite und auf der anderen H. M. FORCES. Mit roter Tinte war es aufgedruckt, an den Stellen, wo vor dem Krieg PUSH stand. NAAFI STORES ... H. M. FORCES ... Das war also die Realität der alliierten Kriegsführung.

H. M. FORCES ... Für ihn hatte der Krieg aus Aufschriften wie *Nur für Wehrmachtsangehörige, Reifenlager und Ortskommandantur* bestanden, etwas anderes hatte er nicht gekannt. Es war, als sei die Zigarettenschachtel vom Mond gefallen, aus einem Gebiet, in das er nie gelangen würde, wie die Wrackteile der abgeschossenen alliierten Flugzeuge, die er zuweilen auf Lastkähnen über den Kanal hatte fahren sehen, Tragflächen und Rümpfe, auf denen ein blauer und weißer Kreis aufgemalt war mit einem roten Punkt in der Mitte. Während des ganzen Krieges waren Dinge mit Aufschriften wie NAAFI STORES und H. M. FORCES hergestellt worden, und er hatte nichts davon gewußt. Jetzt war der Krieg vorbei, und was er hier vom Krieg in der sogenannten freien Welt sah, waren nur die Reste, wie die Lebensmittel, die die Bomber abgeworfen hatten, oder die Soldaten, die hierherkamen und die die Schlachten für immer überlebt hatten.

Das Wichtigste der letzten Jahre hatte er nicht miterlebt!

Er hatte sein Leben in einem kleinen Land verplempert, das mit den grauen Tarnfarben eines Besatzers besudelt war, der nie siegen würde, im Mund den faden Geschmack der Surrogate, die das einzige waren, was dieser Besatzer gebracht hatte! Selbst der Widerstandskampf war nichts als ein Surrogat gewesen! Nicht gegen V-Waffen hatte der Untergrund gekämpft, sondern gegen rachsüchtige Korsetthändler. Nicht gegen Feuer und Granaten, sondern gegen das Verbot, das Radio einzuschalten. Sie waren unter Lebensgefahr durch dunkle Straßen geschlichen, mit fast unleserlich hektographierten Blättchen, in denen Nachrichten standen, die in England oder Amerika jeder, der es wollte, am hellichten Tag ausposaunen durfte. Sie hatten Verteilungsstellen überfallen, um an Lebensmittel zu gelangen, die man in Amerika ohne jedes Risiko in jedem Laden kaufen konnte. Was bedeutete dieser Surrogatkrieg im Vergleich zum tatsächlichen Krieg in Uniform, mit fliegenden Festungen und rollenden Forts? Er würde in Vergessenheit geraten unter den Legenden, die sich ins Gedächtnis der Menschen einprägten. Seine Geschichte wäre im übrigen nur die Geschichte eines Kuriosums. Und nur gut, dachte Arthur, daß sie die Einzelheiten nie erfahren werden, denn es wird einem übel, wenn man daran denkt. Wie sollte ein Amerikaner herausfinden können, ob Oskar ein Held oder ein Feigling gewesen ist? Nicht mal ich weiß das, und ich war doch in der Nähe. Speeman sagt: Oskar ist ein Feigling; er sagt: Es gibt wenige Mädchen, die solche Opfer gebracht haben wie Carola. Er sagt es. Er hat ihren kahlen Kopf noch nicht gesehen. Ein Soldat ist tapfer, wenn er die Befehle ausführt, die er von seinen Vorgesetzten bekommt. Aber wer kann überprüfen, ob jemand die Befehle, die er sich selbst gegeben hat, getreu ausführt? Wer weiß überhaupt genau, welche Befehle er sich selbst gibt? Wer kann genau wissen, welche Befehle er sich selbst geben müßte?

Inzwischen war es vollkommen dunkel. Er lief zurück in Richtung Amstel und ging nach links auf die unermeßlich große Brachfläche, wo der Weesperpoort-Bahnhof gestanden hatte. Eine Fläche, wo man sich nirgends verstecken konnte, falls man überfallen würde; die Häuser waren so weit weg, daß einen niemand schreien hörte. Eine Fläche, auf der man unbemerkt heulen konnte. Das Pflaster war zum größten Teil aufgebrochen worden, von Leuten, die den darunterliegenden Sand gesiebt hatten auf der Suche nach Steinkohlebröckchen, die hier vor Jahren aus den Tendern der Lokomotiven gefallen waren. Alles lud dazu ein, zu stolpern, sich notfalls hinzulegen. Sich hinzulegen, bis man gefunden wurde, schlafend oder tot. Doch in der Ferne erklang Musik, und aus Neugier ging er mit erhobenem Haupt weiter. In einer der Nebenstraßen, die in großer Entfernung auf die Brachfläche mündeten, sah er einen Lichtschein und ging darauf zu.

Es war eine Straße mit hohen Häusern und alten Bäumen, deren Stämme so dick waren, daß man sie nicht hatte umsägen können. Die Fenster im Erdgeschoß der Häuser waren fast alle hochgeschoben, und Leute saßen davor oder darin. Andere Leute standen in einem Kreis mitten auf der Straße. Über ihren Köpfen hingen Lampions an Seilen, die zwischen den Bäumen gespannt waren. Auf einer aus Kisten improvisierten Bühne saß ein Orchester von Leuten, die während der Besatzung untergetaucht waren und aus Langeweile Gitarre, Saxophon oder Trompete spielen gelernt hatten. Sie spielten Schlager, die vor fünf oder noch mehr Jahren modern gewesen waren. Die neuen kannten sie ja nicht. Es stand auch ein Klavier auf der Bühne und ein Mikrophon, das sicher mit Batterien arbeitete oder mit Winddynamos betrieben wurde. Innerhalb des Kreises tanzten die Menschen mit leblosen Gesichtern. Man hörte nichts als das Scharren ihrer abgelaufenen Schuhsohlen auf dem Pflaster. Niemand redete, als wäre es eine von oben befohlene Zeremonie, niemand lachte. Man konnte spüren, wie ihre Füße schmerzen mußten. Arthur drängte sich durch den Kreis. Viele Mädchen tanzten miteinander. Keine war darunter, mit der er gern getanzt hätte. Er blieb nur stehen, um sich auszuruhen und auch, weil die schlechte Musik ihn wenigstens etwas anderes hören ließ als das Geschurre seiner eigenen Gedanken. Mitten durch die Tanzenden ging er zum Orchester. Die Saiten des Klaviers lagen frei und glitzerten im Kerzenlicht wie Spinnwebfäden im Nachsommer. Die lächerlichen Hämmerchen hüpften daran vorbei. Der Trompeter hatte sein Hemd bis zum Bauchnabel aufgeknöpft. Sie begannen eine andere alte englische Tanznummer zu spielen, die seltsamerweise mit deutschen Worten begann: *Bei mir bist du schön.* Arthur hatte den Schlager zum erstenmal in Brüssel gehört, das einzige Mal, als er mit seinem Vater zwei Tage dort gewesen war. Sein Vater hatte ihn nicht zu sich nach Hause mitgenommen, weil seine Frau das nicht wollte. Oder vielleicht weiß seine Frau nicht mal, daß es mich gibt, dachte er. Die Musik wurde kaum leiser, als er weiterging. Er hörte wieder das Orchester in Brüssel spielen, in einem Filmtheater, dessen Dach aufgeschoben war, so daß man die Sterne sehen konnte.

Ob er mich auch jetzt nicht bei sich zu Hause empfängt? dachte Arthur. Aber vielleicht ist seine Frau ja tot. Vielleicht ist er selbst ja tot.

Er hatte sich schon weit von den Tanzenden und dem Menschenauflauf entfernt. Hier und da schlenderten ein paar eng umschlungene Pärchen. Er bog um eine Ecke, und die Musik wurde leiser, als hätte er eine Tür hinter sich geschlossen.

Vielleicht ist mein Vater ja auch tot … Nein, dachte er dann, das denke ich nur, weil ich müde bin und weil ich nicht glaube, daß ich noch eine Möglichkeit finde, nach Brüssel zu gelangen. Ich denke das nur mit dem Hintergedanken: Gib's doch auf. Aber ich gebe nicht auf. Besser in Brüssel als hier! Ich muß hin, wie konnte ich vergessen, daß ich hier nicht bleiben kann. Und als er an der Amstel entlangging, hätte er vor Wut fast geweint.

Das Kopfsteinpflaster der Weesperzijde peinigte seine Füße. Am linken Schuh war das Oberleder in Querrichtung gerissen, und die Haut wurde in diesem Riß so gequetscht, daß sich eine längliche Blase gebildet hatte. Der rechte Schuh schnappte wie ein Hai. Arthur blieb einen Moment stehen. Nichts bewegte sich auf der Straße, nur das Wasser kräuselte sich unausgesetzt. Er sah nirgends Licht, hinter keinem der Fenster. Wenn nun plötzlich eine Tür aufginge und zwei Leute herauskämen, die einen Leichnam schleppten, was würde ich tun? Helfen? Zuschauen? Die Bäume standen in unregelmäßigen Abständen, da viele gefällt worden waren. Er konnte kaum stehen vor Schmerzen und ging deshalb weiter. Beim Gehen kam er vorwärts, so daß der Schmerz wenigstens nicht umsonst war. Die Trompete in der Ferne spielte nun ein anderes Lied, aber kurz darauf hörte er wieder *Bei mir bist du schön*. Als ob er in Brüssel, direkt an der Quelle seiner aristokratischen Abstammung, »schöner« wäre! Aber nein, er glaubte ja nicht an Aristokratie, auch wenn er von seinem Vater abstammte und über diesen sogar von Napoleon; es zeichnete ihn weniger als ein Muttermal. Nein!! Viel mehr! Denn er wußte es! Und er hatte es auch in einem Alter gewußt, als er glaubte, von Napoleon abzustammen bedeute so etwas wie ein Versprechen und ein Programm. Bei jeder Demütigung hatte er daran gedacht, und er dachte noch immer daran, auch wenn er mit dem Verstand dagegen anging. Immer hatte ihn seine Umgebung hier zurückgeworfen auf seine insgeheime »Grandeur«. Wenn ich nichts davon gewußt hätte, dachte er, hätten sie mich vielleicht nie darauf zurückgeworfen, dann hätte ich mich zu mir selbst bekannt und nicht zu dem, was meine Vorfahren gewesen sind. Ich hätte aus dem Haus gehen können, schon viel eher, schon vor meinem Studium. Dann läge jetzt vielleicht irgendwo meine Leiche. Nein, ich darf mir nicht selbst den Mut nehmen, an etwas muß ich doch glauben. Wenn ich nicht mehr an »Brüssel« glaube, kann ich mich auch gleich bei der nächsten Polizeiwache melden – wo sie vielleicht nicht einmal wissen, was sie mit mir anfangen sollen. Er fühlte sich bereits wieder im Bannkreis des großmütterlichen Hauses und beschleunigte seine Schritte.

An der Berlagebrücke hörte er ein Dröhnen. Er ging ein Stück die Straße nach Muiden entlang und schaute sich immer wieder um. In einer langen Schlange fuhren schwere Lastwagen aus der Stadt. Bei allen brannte nur ein Scheinwerfer. In manchen standen Soldaten, die von Zeit zu Zeit sangen; er sah ihre Zigaretten glimmen. Sie standen aufrecht und hielten sich an den Metallbögen fest, die die Ladeflächen überspannten und über denen teilweise eine Plane lag.

Immer wieder hob Arthur die Hand, aber niemand beachtete ihn. Mit an- und abschwellendem Dröhnen rasten die Wagen an ihm vorbei.

Er dachte: Ich gehe weiter bis zur Überführung; vielleicht bemerken sie mich dort eher, oder vielleicht müssen sie dort langsamer fahren.

Der Schornstein der Ölfabrik spiegelte sich im seichten Wasser des Kanals. Kein Mensch war auf der Straße, schon seit einer halben Stunde war er niemandem mehr begegnet. Die Ausgangssperre ist noch nicht aufgehoben, dachte er, gleich fragt mich ein Polizist nach meinem *Ausweis*! Seine Gedanken wirbelten durcheinander, während er die dunkle Straße entlangstolperte und sich immer wieder umsah. Schwere LKW eilten vorbei, auch auf der anderen Fahrspur fuhren noch Wagen in die Stadt hinein. Dort kehrten sie sicher um und kamen zurück, und so ginge es wohl ewig weiter.

Unter der Überführung hallte das Dröhnen lange nach, wenn ein Wagen vorbeigefahren war. Arthur blieb stehen, die Hand reglos erhoben. Fast jede Minute wurde er von einem Scheinwerfer angestrahlt und spürte, wie sein Schatten hinter ihm vorbeiglitt, aber kein Auto hielt an. Er blieb nur so stehen, weil er keine Hoffnung hatte, daß es einen anderen Weg gab. Aber unter der Brücke konnten die Autos unmöglich bremsen. Die Durchfahrt war zum Teil mit Stacheldraht und Beton versperrt, so daß sie kaum aneinander vorbeikamen. Die ganze Kolonne wäre aufgehalten worden.

Schließlich trottete er zurück in die Stadt. Nie würden sie ihn mitnehmen. Überall könnten noch Feinde sein. In den Fahrerkabinen der meisten Wagen stand ein Soldat aufrecht, Kopf und Schultern ragten aus dem Dach. Neben sich ein Maschinengewehr, spähte er wachsam in die Nacht.

Arthur näherte sich wieder der Berlagebrücke. Er ging nur noch des Gehens wegen, ohne weiter darüber nachzudenken. Er würde wohl gehen, bis er umfiel, und wenn es so weit war, daß er zusammenklappte, würde er wahrscheinlich sofort schlafen. Am Ende der Amstellaan sah er eine hohe, gerippte schwarze Masse, den Wolkenkratzer. Ein mieser Verräter, ein elender Feigling, hatte Speeman gesagt. Vielleicht würde Oskar ja auch fliehen! Vielleicht war Oskar ja zurückgekommen, um noch Sachen aus seiner Wohnung zu holen und dann zu fliehen! Oskar hatte auch ihn zum Narren gehalten, aber sollte er deshalb darauf verzichten, ihn für seine Zwecke zu benutzen? Was weiß ich überhaupt von Oskar; eigentlich nichts. Aber zusammen mit dem, was andere wissen, ist es vielleicht alles! Oskar wird vor Freude weinen, wenn er mich sieht. Wenn ich bei ihm bin, hat er ein Stück seiner Vergangenheit zurück, an das niemand mehr rühren kann. Falls Oskar da ist, wird er mir sofort helfen! In fieberhafter Eile hastete Arthur über die Amstellaan, noch schneller konnte er nicht laufen. Er hatte das Gefühl, daß auch seine Gedanken fieberten, aber was machte es schon, ob er Fieber hatte oder nicht. Auch als er nüchtern über alles nachgedacht hatte, war er zu keinem Ergebnis gelangt.

Er stand direkt vor dem Hochhaus und blickte empor. Alle Fenster glänzten nun schwarz. Das Geraschel der Pappeln neben dem Eingang hatte etwas von dem Geflüster nach einer Katastrophe, es war wie eine scheue Warnung, besser zu verschwinden. Aber Arthur blieb. Er stieg die Eingangstreppe hoch und faßte an die Drehtür. Sie war abgeschlossen. Er klingelte beim Portier und wartete. Die Klingel war nur improvisiert: ein kleines Loch in der Tür, aus dem eine leere Garnrolle als Griff des Klingelzugs hing. Niemand öffnete, hinter keinem der Fenster flackerte ein Licht. Er klingelte erneut und konnte hören, wie das läppische Glöckchen läutete. Mit einemmal ließ das Läuten nach. Wütend riß er noch fester, aber da hörte das Läuten ganz auf, und die Garnrolle gab unversehens nach; eine weiße Schnur hing an ihr. Er zog die weiße Schnur wie einen Nerv aus dem Haus. Einen Moment blieb er so stehen, die Schnur um die Hand geschlungen, ließ sie dann fallen und setzte sich auf die Treppe.

Weit vorgebeugt, ruhte sein Kopf auf den Knien. Seine Gedanken strömten mit dem Blutkreislauf, der Schmerz in seinen Füßen verbreitete sich im ganzen Körper. Er saß totenstill da und begann sich an alles zu gewöhnen. Sein Atem wurde langsamer und so regelmäßig, daß es ihm auffiel. Pausenlos dröhnten Autos in der Ferne. Und etwas später fiel ihm nichts mehr auf, denn er war eingeschlafen.

Erst nach Stunden wachte er auf. Seine Lider waren verklebt, nur mit Mühe konnte er die Augen öffnen. Der Rükken war wie verkalkt. Die Ziegelsteine der Häuser nahmen allmählich Farbe an. Vögel sangen. Die Bäume machten kein Geräusch. Er konnte die Blätter der Pappeln in der Grünanlage einzeln hängen sehen, als wären sie aus Papier ausgeschnitten und hingen in einer Vitrine. Das Blau des Himmels war unnatürlich wie in einem Diorama. Plötzlich flatterten drei Vögel über ihn hinweg und ließen sich irgendwo still nieder, so still, als hätte es sie nie gegeben.

Er stand auf. Die weiße Schnur lag noch in großen Schlingen neben ihm. Er rollte sie auf und steckte sie ein: sein erstes Gepäckstück. Vielleicht könnte sie ihm später von Nutzen sein. Wieder ein Tag, ist es denn nie der letzte, sogar der Schlaf ist Betrug, warum sollte auch irgend etwas auf der Welt kein Betrug sein. Betrug, als ob Betrug etwas ausmachte ... als ob man das Bedürfnis nach etwas hätte, auf das man sich immer verlassen könnte, als ob man nie sterben würde. Er verspürte keinen Hunger, auch nicht, als er sich eine Zigarette angesteckt hatte. Zum letztenmal schaute er auf das Hochhaus zurück. Aber ich sehe es nicht zum letztenmal, dachte er, als er in eine kleine Nebenstraße einbog, immer wieder werde ich hierher zurückkommen, aus dieser Stadt komme ich niemals weg.

Er ging ziellos durch die Straßen und doch allmählich immer mehr in die Richtung, wo das Dröhnen der Autos wie Fieber wieder begonnen hatte.

Nachdem er um eine Straßenecke gebogen war, erblickte er einen großen Lastwagen mit Soldaten, der gerade angehalten haben mußte. Zwei Kanadier gingen um den Wagen herum, einer kam mit einer Karte in der Hand auf ihn zu und bat ihn, ihm die Route nach Nimwegen zu zeigen. Arthur zeigte es ihm auf dem Plan, und sie wollten ihm eine Zigarette geben, aber Arthur lehnte dankend ab. Er bat um eine andere Belohnung, die ihm mit einem lauten Gähnen gewährt wurde. Er hob den Fuß, steckte ihn in die dafür vorgesehene Öffnung der heruntergelassenen Heckklappe und kletterte auf die Ladefläche. Der Soldat mit der Karte saß bereits am Steuer, der andere sprang Arthur nach, schlug die Klappe hoch und rief: »Okay!«

Mit schnellen Rucken fuhr der Wagen an. Er fuhr nicht ganz so, wie Arthur es gezeigt hatte, aber sie gelangten doch zur Berlagebrücke und schossen darüber hinweg. Die Bahnhofsuhr der Amstelstation stand auf fünf nach eins. Zwischen den Masten der Oberleitung für die elektrischen Züge waren keine Drähte gespannt. Viele Fensterscheiben waren zerbrochen. Die Mauern wirkten noch immer wie neu.

Arthur stand aufrecht im Wagen, mit dem Rücken zur Fahrerkabine. Die Straße sauste unter ihm hinweg. Er umklammerte eine eiserne Querstange über seinem Kopf, an der er federnd hing. Es sah aus, als hüpfte er vor Freude. Solange der Wagen fuhr, würde er nicht mehr damit aufhören können. Seine Haare standen in dem kräftigen, kalten Wind hoch.

Auf der Ladefläche saßen noch drei andere Soldaten. Keiner interessierte sich für Arthur. Er war fast zu müde, um darüber froh zu sein. Noch lange konnte er den Wolkenkratzer sehen. Der Motor summte in gleichbleibender Tonhöhe. Die Sonne ging sehr schnell auf. Der Nebel über den Wiesen verschwand. Das Gras wurde immer grüner. Hier und da blinkte eine Fensterscheibe an einem einsamen kleinen Haus.

Als er vom Stehen müde war, setzte er sich auf die Feldtasche eines Soldaten. Trotzdem wurde er immer wieder mit einem Ruck hochgeworfen. Er streckte die Beine aus und dachte: Eigentlich ist es nur ein Anfang.

14

Die Soldaten gaben Arthur Schokolade und Zigaretten.

Manchmal schien es, als führe der Wagen auf einem niedrigen Damm durch einen See. Manchmal stand das Wasser auch so hoch, daß es die Straße bedeckte und man es von unten gegen die Ladefläche schwappen hörte.

Dic Weiden hatten zwei Kronen, eine in der Luft und eine im Wasser, die Häuser zwei Dächer.

Hinter Amersfoort war das Land größtenteils wieder trocken. Aber von den Gehöften stand mitunter nur noch der Schornstein. Zwischen den Bäumen waren Drähte gespannt, und an manche waren kleine schwarze Tafeln genagelt mit Aufschriften, die meist nur aus Großbuchstaben, farbigen Symbolen oder Ziffern bestanden.

Sie gelangten zur ersten Brücke, die schräg im Wasser lag. Vor einer Behelfsbrücke ein Stück weiter, die nur in einer Richtung befahrbar war, mußten sie in einer Schlange warten. Nach dieser Brücke erreichten sie Arnheim. In keinem Haus gab es noch eine Fensterscheibe oder eine Tür. Sie passierten weitere Brücken, die zwar eingebrochen, aber befahrbar waren. Auf den Bretterbohlen der Behelfsbrücken rumpelte der Wagen entsetzlich. Am Wegrand lagen Autos mit den Rädern nach oben, die Reifen waren verbrannt. An den Straßenböschungen lehnten Panzer, die ihre Geschütze traurig hängen ließen und bereits hellrotbraun zu rosten anfingen. In den Wiesen funkelten die Aluminiumwracks riesiger Flugzeuge. Und überall Häuser ohne Dächer, Häuser, von denen nur noch die Grundmauern standen, Häuser, die zur Hälfte eingestürzt, Bäume, die in der Mitte umgeknickt waren, Bäume ohne Laub, Bäume mit halbverbrannter Krone, als hätte ein Drache mit feuerspeiendem Maul hineingebissen. Aber auch Häuser mit Gardinen vor den Fenstern und Gärten, in denen Rhododendronsträucher, Margeriten und Rosen blühten. Der Krieg hatte einzelne Stellen befallen wie eine Hautkrankheit.

Hier war Krieg, dachte Arthur, und ich habe nichts davon mitbekommen. Hier sind Bomben gefallen und Granaten detoniert, die Leute mußten in ihren Kellern bleiben und durften nicht mal raus, um Brot zu kaufen, hier konnte einem das Bein abgeschossen werden, oder man konnte bei lebendigem Leib verbrennen, man konnte zerschmettert werden unter einem einstürzenden Dach, durch die Straßen sind nervöse Soldaten geschlichen mit Maschinengewehren und schlammbedeckten Helmen über schmutzigen Gesichtern, bereit, sich hinter jedem Mäuerchen, jedem Baum hinzuknien und zu schießen. Hier sind die Panzer mit geschlossenen Luken entlanggefahren, kein Haar guckte heraus; an Kreuzungen haben sie angehalten und maschinell, mit ruckenden Mündungen, gefeuert. Ich habe das alles mal im Kino gesehen, sonst nicht. Ja, ich weiß, wie es ist.

Hinter Nimwegen hielt das Auto vor einem großen Gebäudekomplex, der wie eine weitläufige Schule aussah. Am Tor hing ein Schild mit der Aufschrift TRANSIT CAMP. Die Kanadier sprangen vom Wagen. Arthur folgte ihnen wie selbstverständlich. Durch einen Flur gelangten sie in einen Saal voller Soldaten, die an schmalen Holztischen saßen.

In der Nähe der Tür stand ebenfalls ein schmaler Tisch, hinter dem weißgekleidete Frauen mit Küchengeräten beschäftigt waren.

Der Kanadier vor Arthur streckte den linken Arm aus und bekam einen Teller in die Hand gedrückt. Arthur tat es ihm nach und bekam ebenfalls einen Teller. Danach gab man ihm in die rechte Hand einen Metallbecher. Dann auf den Teller Apfelmus und in den Becher Tee, der so heiß war, daß er den Pott kaum halten konnte. Dann auf den Teller ein Stück Dosenfleisch und darüber Möhren, zum Schluß eine Kelle Soße und oben auf den Becher ein Törtchen. Arthur folgte einfach den Soldaten. Er hoffte mit dem Essen fertig zu sein, ehe man ihn bemerkte; und wenn er sich den Mund verbrennen würde! Aber niemand beachtete ihn. Er saß zwischen den Kanadiern am Tisch, als einziger ohne Uniform. Sein Nachbar zur Linken lieh ihm eine Gabel. Wer den Teller geleert hatte, ging wieder.

Auch Arthur ging, als er fertig war. Er war zum Schluß fast allein übriggeblieben, denn das Essen fiel ihm schwer; trotz seines Hungers hatte er sehr bedächtig gegessen. Er brachte seinen Teller zurück zu dem Tisch, wo er ihn bekommen hatte, und trat ins Freie. Neben der Straße, auf dem Gelände vor den Gebäuden, lag eine Sandfläche, dahinter sah man ein langgestrecktes, hölzernes Schutzdach. An einem der Stützpfähle hing ein Schild: EMBUSS HERE FOR LEAVE, darüber war ein Lautsprecher angebracht. Unter dem Schutzdach lag Stroh. Die Soldaten saßen im Stroh bei ihrem Gepäck. Sie redeten kaum miteinander, weil keiner den anderen kannte und meist auch dessen Sprache nicht verstand. Dann und wann fuhr ein Lastwagen vor, und über die Lautsprecher wurde sein Fahrtziel bekanntgegeben. Die meisten fuhren nach Deutschland: Oldenburg, Gronau, Kleve. Aber nach einer Stunde kam ein Wagen für Eindhoven. Arthur kletterte hinein, als hätte er den Auftrag dazu bekommen. Vielleicht gab es in Eindhoven auch so ein Transit Camp, dachte er, wo er sich in aller Ruhe ein Auto für Belgien aussuchen könnte.

Der Wagen stoppte jedoch im Dorf Acht. Der Fahrer stieg aus und fragte Arthur: »What are you doing here, chap?« Arthur wußte nichts anderes zu sagen, als daß er nach Brüssel wolle, hatte damit aber die Frage noch nicht beantwortet.

»Got a moving order?« fragte der Fahrer.

»No«, erwiderte Arthur.

»Get off!« sagte der Fahrer und stieg, ohne an der Ausführung des Befehls zu zweifeln, wieder in seine Kabine.

Sie ließen für Arthur nicht die Heckklappe herunter. Er mußte über den Hinterreifen aus dem Auto klettern. Einer der Soldaten rief: »Okay!« Wüst fauchend schoß der Wagen über die besonnte Straße. Um dem Staub auszuweichen, rannte Arthur zu der Seite, von der der Wind kam. Er war nicht unzufrieden. Ich bin weiter, als ich es gestern um diese Zeit gehofft habe, dachte er und wartete, bis er ein Auto heranfahren sah. Es war ein niederländisches Auto, aber der Fahrer nahm von Arthurs erhobener Hand keine Notiz. Arthur beschloß, es kein zweites Mal zu versuchen. Er wollte auch nicht auf seine erste Methode zurückgreifen, die nicht viel gebracht hatte. Deshalb setzte er sich an den Straßenrand, holte die lange weiße Schnur hervor und wickelte ein Stück davon um den Schuh, dessen Sohle sich gelöst hatte. Dann marschierte er los. Die Blasen am linken Fuß waren aufgeplatzt und schmerzten vorerst weniger.

Er zündete sich eine Zigarette an und lief eine halbe Stunde. Dann holte ihn ein Bauernfuhrwerk ein, das ihn für drei Zigaretten bis zu einer Brauerei am Rand von Eindhoven mitnahm. Aus eigener Kraft gelangte Arthur ins Stadtzentrum, wo er sich vor eine Gaststätte setzte. Am Straßenrand stand ein mattgrün lackierter PKW mit einem orangefarbenen Löwen auf dem rechten Kotflügel und einem kleinen Schild mit der Aufschrift PRESS an der Windschutzscheibe.

Drei Holländer in englischer Uniform, zwei Leutnants und ein Sergeant, saßen am Tisch neben ihm. Der eine Leutnant sagte: »Ich glaube, so mache ich's. Wenn ich euch in Lüttich abgesetzt habe, fahre ich sofort weiter nach Brüssel.«

Arthur zitterten vor Aufregung die Beine, als er aufstand.

»Bitte entschuldigen Sie«, sagte er zu dem Leutnant, der von Lüttich und Brüssel gesprochen hatte, »daß ich Ihr Gespräch mitbekommen habe. Aber ich habe gehört, daß Sie nach Brüssel fahren, und ich bin auf dem Weg dorthin. Ich habe in Brüssel Verwandte, die ich besuchen möchte.« Er trat von einem Fuß auf den andern.

Der Leutnant fragte: »Kommen Sie aus Amsterdam?«

Arthur nickte.

Alle drei standen auf und stellten sich vor.

Ob in Amsterdam noch viele Leute verhungerten, fragten sie mit schüchterner Anteilnahme.

Ja, sagte Arthur, es habe nie so wenig zu essen gegeben wie in der Woche der Befreiung. Nicht mal Salz hätten sie gehabt. Er erzählte lebhaft wie ein Tourist. »Mit einer Zigarette kann man in Amsterdam eine Menge erreichen«, sagte er, als man ihm eine anbot.

Kaum saß er auf dem Rücksitz des Wagens, schlief er ein. Er erwachte in der Nähe von Lüttich mit einer Offiziersmütze auf dem Kopf, die sie ihm an der Grenze aufgesetzt hatten, um ihn zu tarnen, damit sie nicht beim Zoll anhalten mußten. Das Auto fuhr an einer Bahnlinie entlang. Auf den Felsen, wo früher REX VAINCRA! gestanden hatte (jetzt durchgestrichen), konnte man in Kreidebuchstaben lesen: CHERS PRISONNIERS ET DÉPORTÉS, VENEZ VITE, ON VOUS ATTEND.

Jenseits der anderen Straßenseite lag die Maas, dahinter waren Brücken, Hochhäuser, Fabriken und Schlote. An die Seitenwände der Häuser waren mit blauer Farbe riesige Reklamebuchstaben gemalt.

Der Himmel bewölkte sich, und es begann zu regnen. Das Wasser spiegelte grelles Kunstlicht wider. Die Betonfahrbahn ging in glänzendes Straßenpflaster über, und die Straße stieg an. Sie kamen in die Stadt. Auf der anderen Seite des Albert-Kanals waren ganze Häuserzeilen eingestürzt. Die Fensterscheiben der klingelnden grünen Straßenbahnen waren durch Pappe ersetzt. Viele Häuser hatte man mit Holz oder Karton verschlossen. Aber die Menschen liefen über die Straßen, als hätte es keinen Krieg gegeben, Frauen mit Einkaufstaschen in durchsichtigen grünen oder roten Regenmänteln, Männer mit breitkrempigen Hüten unter schwarzen Regenschirmen. In dem Lokal, wo sie sich von dem Offizier verabschiedeten, der in Lüttich bleiben würde, hatten sie die Auswahl zwischen sechs Sorten Bier. Arthur wechselte tausend Gulden gegen dreitausendzweihundert Francs.

An den Tischen saßen junge Männer mit sonderbar langen Haaren, großen, flachen Schuhen und heruntergerutschten weißen Socken. Sie trugen auch andere Brillen als in Holland, klobig und schwer, wie man sie früher manchmal auf Fotos amerikanischer Industriemagnate gesehen hatte. Die Mädchen hatten Schuhe mit komplizierten, aufreizenden Riemchen um die Fesseln an. Arthur las alle Aufschriften, die Reklameschilder an den Wänden, die Schriftzüge im Schaufenster des Ladens auf der anderen Straßenseite, die Namen auf seinem Bierglas und auf dem Aschenbecher, der vor ihm stand. Bei jeder Aufschrift wurde ihm wieder bewußt, daß er in Belgien war, daß ihm die Flucht geglückt war. Noch eineinhalb Stunden, und er würde in Brüssel sein. In Brüssel war nichts zerstört; in Brüssel hatte der Krieg überhaupt nicht stattgefunden. Arthur erfreute sich am Glänzen der vernickelten Kaffeefilter und sogar am Gestank des belgischen Tabaks, den er bis vor einem Jahr bis zum Überdruß geraucht und der ihn in Amsterdam dennoch nie an Brüssel erinnert hatte, weil der Rauch nicht wie hier von ziemlich kleinen, korpulenten Männern in miserabel aussehenden Anzügen ausgestoßen wurde.

Als sie Lüttich hinter sich gelassen hatten, hörte der Regen auf, und die Sonne verbreitete orangefarbenes Licht über eine Landschaft in Ocker und Tiefgrün.

Arthur saß allein auf dem Rücksitz. Der Sergeant, der nun am Steuer saß, unterhielt sich mit dem Leutnant ausführlich über seine zukünftige Schwiegermutter in Elsene, und Arthur lachte bereitwillig über alle Witze, denn ihm fiel nichts anderes ein, was er aus Dankbarkeit für diese Männer tun könnte.

Sie befanden sich noch zwischen Rangiergeländen und Fabriken, als er in der Ferne eine hellgrüne Kuppel erblickte. Arthur beugte sich vor, um besser sehen zu können. Die Autoreifen ratterten über Kopfsteinpflaster, das nicht mehr glänzte. Die Häuser krochen dichter zusammen und säumten eine Straße, von der Nebenstraßen steil abfielen. Entlang hoher Stahltürme waren Hunderte dünner Drähte gespannt. Der Wagen passierte eine eierlikörgelbe Straßenbahn, deren Trolley* zischte. Hin und wieder sah man schon ein wirklich hohes Haus. Aber noch konnte man die hügelige Stadt überblicken, auch von dem leicht abschüssigen Boulevard mit den vier Baumreihen aus. Die grünen, eisernen Laternenpfähle waren altmodisch und vornehm, die Häuser massig und düster. Die hohen Gebäude gingen in Häuserzeilen über; der Wagen fuhr unter einer noch nicht fertiggestellten Überführung aus Rohbeton hindurch und dann über eine verkehrsreiche, schmale Straße mit dunklen Häusern. An jedem Haus hing eine Fahne in warmem Rotgelbschwarz. In der Straße war es schwül wie an einem Abend im August. Eigentlich kam Arthur nichts von dem, was er sah, bekannt vor. Manchmal dachte er ausdrücklich: Ich bin da. Und dieser Geanke war wie ein Foto, das jemand bei sich trägt und manchmal hervorholt, um es zu betrachten. Er brachte kein Wort mehr heraus. Als der Wagen auf dem Rogierplaats anhielt und er ausstieg, konnte er immer noch nicht sprechen. Ihm zitterten die Knie. Er verzog das Gesicht zu einem Lächeln und nickte den beiden Offizieren zum Dank mehrmals zu, als er ihnen

* Mit »Trolley« wurde das Wägelchen bezeichnet, das bei Trams und Oberleitungsbussen die Stromabnahme ermöglichte.

die Hand schüttelte. Er hätte sie gern gefragt, wie er sie erreichen könnte, um ihnen später zu schreiben oder ihnen etwas zu schicken, nur was hätte er ihnen schicken können? Aber schon sein dankbares Nicken war ihnen offenbar zuviel; sie betonten, es sei nicht der Rede wert, und fuhren weiter.

Mit langsamen Schritten setzte er sich in Bewegung. Es war ziemlich still. Beim Gehen konnte er sich in aller Ruhe umschauen. Die Boulevards, über die Straßenbahnen fuhren, stiegen zu beiden Seiten an, die Masten, an denen die Oberleitungen hingen, kamen in der Ferne zur Deckung. Über beiden Horizonten lag dünner, orangefarbener Nebel. Direkt vor ihm lag eine breite Straße, ohne Bäume, grau in grau. An der Kreuzung zögerte Arthur, überquerte dann die Fahrbahn und stellte sich an eine Tramstation. An einem hohen Mast hing ein langes Schild, das alle Richtungen aufführte, in die man von hier aus mit der Straßenbahn gelangen konnte. Doch er war zu nervös, um es zu lesen, und fragte deshalb jemanden, welche Linie er nehmen müsse. Er wartete. Gerade zu dieser Tageszeit schienen die Bahnen in größeren Abständen zu fahren. Wenn eine kam, war es nicht die richtige.

An der Straßenecke gegenüber stand ein gelbliches Haus, an dem eine britische Fahne angebracht war. Hinter Arthur befand sich das Büro der amerikanischen Militärpolizei. Zwei Polizisten mit weißen Helmen, riesigen weißen Revolvertaschen und weißen Schlagstöcken standen davor.

Überall sah er Uniformen, blaugraue der Luftwaffe, olivgrüne der amerikanischen Offiziere, braungelbe anderer Truppen. Auch holländische, polnische und englische Militärpolizisten schlenderten auf und ab. Sogar weibliche waren darunter: junge Engländerinnen mit roten Mützen und nett angemalten Lippen, die aussahen, als machten sie sich bei einer Wohltätigkeitsveranstaltung nützlich. Endlich kam die Bahn.

»Service – alstublieft«, sagte der Schaffner; Arthur kaufte eine Karte mit zwanzig Fahrten. Er würde ja bestimmt in Brüssel bleiben, auch wenn sein Vater ihn nach einem kurzen Gespräch bitten würde, wieder zu gehen, auch wenn er ihm nicht einmal die Tür öffnete. In diesem Fall würde er mit der Fahrkarte zurückfahren, ein Hotel aufsuchen (verlangten sie dort nicht einen Paß?) und am nächsten Tag die ganze Stadt durchwandern, um jemanden zu finden, der ihn aufnahm. Vielleicht eine Frau, eine Witwe zum Beispiel. Die häßlichste war noch gut genug, wenn er nur eine Bleibe fände. Er stand auf der Hinterplattform und schaute in den Wagen, wo die Menschen auf schwarzen Lederbänken saßen. In seinem Überschwang sah er nur schöne Frauen. Wenn eine von ihnen Notiz von ihm nähme, würde er für sie den Besuch bei seinem Vater notfalls um ein paar Tage verschieben. Zum Beispiel die Dicke dort mit den braunen, hoch aufgetürmten Haaren. Die Knöchel ihrer glänzend weißen Finger liegen in Grübchen. Sie schaut aus dem Fenster, eine Hand unterm Kinn. Ihre Fingernägel sind wie aus rotem Zelluloid geschnitten. Sie trägt einen Ring mit einem übergroßen Aquamarin am Finger. Ihr geschminkter Mund hat das bläuliche Rosa von Marzipan. Die Satinbluse ist so tief ausgeschnitten, daß man den Ansatz des schwellenden Busens sieht. Die auf den hohen Absätzen gespannten Füße lassen an eine Erektion denken.

Oder die Platinblonde dort. Ihr Gesicht ist dunkelbraun gepudert. Sie hat kastanienfarbene Augen, die Brauen sind größtenteils abrasiert. Als Ohrschmuck trägt sie Margeriten aus Elfenbeinimitat. Aber im Grunde wollte er doch nicht, daß eine dieser beiden oder eine andere ihn anblickte. Wenn sie es tun würden, nähme er davon keine Notiz, denn jetzt war nicht der Zeitpunkt, sich in völlig ungewisse Abenteuer zu stürzen. Ich gehe keine Wagnisse mehr ein, ich habe keinen Paß, ich werde vielleicht schon von der Polizei gesucht; vielleicht sitzt Carola gerade schluchzend auf einer Polizeiwache, wo auf einer Bank Ernsts tropfende Leiche liegt, soeben aus dem Kanal gefischt.

Entschlossen schaute er aus dem Fenster, dann aber wanderte sein Blick doch wieder durch das Innere der Bahn. Er las die Reklame an den Fensterscheiben: ENVOYEZ-MOI 12 WIELEMANS AVEC UN SOURIRE. Zum Glück wurde die Tram voller. An den Haltestellen standen unzählige Menschen in den Wartehäuschen.

Aber dann durchfuhren sie eine schmalere Straße, ohne Bäume und ohne Wartehäuschen. Die Haltestellen lagen weit auseinander. Die Straßenbahn rauschte darauf zu, die Straße wurde abschüssig und stieg wieder an, manchmal fauchten die Bremsen; zuweilen stieg das Motorengeräusch an wie das Heulen einer Sirene.

Draußen wurde es dunkel. Die Straßenbeleuchtung ging an. Auf den Verkehrsinseln standen Masten mit roten Leuchten, wie sie auf Verkehrsinseln zu stehen hatten. An quer über die Straße gespannten Drähten hingen große Lampen in weiten Abständen, so daß die Tram von einem Lichtfleck in den nächsten fuhr.

Die blondierte Frau stieg aus. Er sah ihr nacktes Bein bis übers Knie, als sie den Fuß aufs Trittbrett stellte und der enge Rock hochrutschte, weil sie das andere Bein anwinkeln mußte. Er versuchte ihr hinterherzuschauen, aber sie blieb zu nah am Wagen stehen, als daß er sie noch hätte sehen können.

Arrêt – Haltestelle. Wie zwei erleuchtete, einsame Häuschen rollten die Waggons der Bahn weiter.

Arthur überquerte die Straße. Gegenüber befand sich eine Eckkneipe. Niemand saß draußen. Es sah aus, als wäre der Raum voller Lichter, denn die Lampen waren mit vielen Glasprismen behängt, und hinter der Theke waren Spiegel.

Arthur bog in eine breite Allee mit mächtigen, alten Bäumen ein. Zwischen den Häusern lagen oft große Brachflächen. Es erinnerte an Doorn, Driebergen oder Baarn. Nur standen hier und da hohe Mietshäuser mit erleuchteten Fensterzeilen wie Morsezeichen in der Nacht. Er wußte nicht, ob er lachen oder weinen sollte, irgendwo wollte etwas Grauenvolles vom Grund seiner Seele hochkommen; irgendwo gab es eine dünne Stelle in der Schicht, die sein Bewußtsein von völliger Verwirrung trennte. Die Hausnummern waren fast unsichtbar, weil die Häuser so tief in den vor langer Zeit angelegten Gärten lagen. Er mußte manchmal durch ein Gartentor treten, um nachzuschauen, wie weit er schon gekommen war. Was würde sein Vater sagen? Wie würde sein Vater sich verhalten? Vielleicht ist niemand zu Hause, vielleicht sind sie in Südfrankreich oder in der Schweiz, dachte er, wie alle normalen Menschen in normalen Zeiten, wenn Sommer ist.

Vom Lärm der Stadt war hier nichts zu hören. Eine große Hand strich zuweilen durch die Bäume. Die schwere Parkluft schien seine raschen Atemzüge zu behindern. Niemand begegnete ihm. Er versuchte sich auszurechnen, welches der Häuser, die er in der Ferne sah, das Haus war, zu dem er wollte. Als er sich beinahe am Ziel glaubte, blieb er stehen und faßte in seine Tasche. Zuerst kam der Rest der langen weißen Schnur zum Vorschein. Er rollte sie auf und steckte sie in die andere Tasche. Dann fand er eine halbleere Schachtel Zigaretten.

Rauchend urinierte er an einen Baum. Zuvor hatte er ermittelt, von wo der Wind kam, mit der Sorgfalt von Leuten, die etwas vorhaben, was ihnen unmöglich mißlingen kann. Als hätte er nun die letzten Vorbereitungen zu einer sehr schwierigen Expedition getroffen, ging er weiter.

Die gleiche Sorgfalt legte er an den Tag, als er endlich das Gartentor zum Grundstück seines Vaters durchschritt; er ging nicht gleich bis zur Haustür, sondern betrachtete zunächst das Gebäude. Vor den Fenstern im Erdgeschoß waren die Rolladen heruntergelassen, die anderen Fenster waren dunkel. Sie lagen tief in der grauen Hauswand mit den Barockverzierungen.

Vor dem Fenster der Haustür war ein schweres, schmiedeeisernes Gitter angebracht. Das Glas dahinter wellte sich wie rauhes Eis, so daß nicht erkennbar war, ob im Haus Licht brannte oder nur das Licht einer Straßenlaterne reflektiert wurde.

Nirgends stand ein Name. Arthur betätigte den Klingelzug. Er hörte einen tiefen, klirrenden Alt-Ton, der offenbar in einer geräumigen Diele resonierte.

Er wartete. Vom Stehen schmerzten beide Füße gleich stark. Da kam ihm der Gedanke: So kann ich nicht hineingehen. Wenn sie mich sehen, passiert etwas Schreckliches. Er wußte nicht, was er tun sollte. Hastig begann er die Schnur vom Schuh abzuwickeln. Er mußte damit fertig sein, ehe jemand öffnete.

Was sollte er sagen: »Je désire parler à …«, nein, »Je suis Arthur« vielleicht?

Aber er hatte genug Zeit zum Nachdenken. Die Klingel hallte immer noch nach. Ich habe zu fest gezogen, dachte er. Mit feuerrotem Gesicht richtete er sich auf; kein Anzeichen deutete darauf hin, daß jemand im Anmarsch war. Als er jedoch gerade dachte: so lange unterwegs und das ganz umsonst, schien es ihm, als würde die schwere Tür kurz vielversprechend beben. Und einen Augenblick später hörte er, wie Riegel verschoben wurden. Er warf seine Zigarette ins Gras.

Licht ergoß sich über ihn. Vor ihm stand ein Mann in Hemdsärmeln, ein nicht sehr großer, schmaler Mann.

»Papa«, sagte Arthur.

»Ah, Arthur«, sagte sein Vater. Er zog ihn an der Hand ins Haus. »Je suis venu, parce que …«, sagte Arthur.

»Oh, Arthur.«

Er stand in einer hohen Diele. Sein Vater ging auf Pantoffeln um ihn herum und verriegelte die Tür. Arthur richtete den Blick auf ihn, ohne ihn anzusehen. Er roch einen schwachen Duft von Eau de Cologne.

Und danach stand er in einem Zimmer, wo ein langer Tisch für viele Personen gedeckt war, bereits für das Frühstück des nächsten Tages.

»Setz dich«, sagte sein Vater.

»Wohin?« fragte Arthur. Es gab keine anderen Stühle als die am Tisch.

»Wohin du willst! Du hast bestimmt Hunger? Ich klingel rasch nach einem Mädchen.«

Sein Vater öffnete hinten im Zimmer eine Tür, die in eine große Küche führte. Durch die Zähne pfeifend, ging er hin und her.

Arthur nahm am Tisch vor einem der Gedecke Platz. Sein Vater kam zurück, drehte am Knopf des Radios, das in einer Ecke stand.

»Wir haben auf jeder Etage mindestens ein Radio«, sagte er. »Das ist bequem.«

»Ich habe seit zwei Jahren nicht mehr Radio gehört«, sagte Arthur.

Das Radio jaulte auf und brachte dann Nachrichten auf französisch.

»Hörst du lieber Swing?« fragte sein Vater.

»Oh, nur keine Umstände.«

Sein Vater bückte sich, wieder durch die Zähne pfeifend, zum Radioapparat. Arthur blickte sich im Zimmer um, weil er seinen Vater immer noch nicht anzusehen wagte, wie ein Geschenk, das man sich seit langem erhofft hat, von dem man jedoch befürchtet, es könnte einen enttäuschen. Im Zimmer standen zwei wuchtige Büfetts aus schwarzem Holz. Die Wände hingen voll mit alten, dunklen Ölgemälden, manchmal drei Stück übereinander.

»Es ist seltsam«, sagte Arthur, »wie viele Jahre ich die normalsten Dinge nicht getan habe. Heute habe ich zum erstenmal nach fünf Jahren Straßenlampen brennen sehen.«

»Oh, die brennen bei uns auch erst einen Tag.«

»Aber in Amsterdam brennt nicht mal in den Häusern Licht.«

»Tiens, soso.«

Das Radio spielte nun »Don't fence me in«, was damals alle Sender spielten.

»Die läßt sich aber Zeit. Ich war gerade dabei, meiner Frau zu helfen. Sie ist schwer krank. Ich muß sie selber pflegen, wir haben keine Krankenschwester. Du kannst sie gleich begrüßen, aber nur ganz kurz, du mußt sehr still sein.« Er ging weiter auf und ab und pfiff durch die Zähne. Das volle graue Haar war tadellos gekämmt. Immer wenn er an ihm vorbeiging, roch Arthur sein Eau de Cologne, aber keinen Alkohol. Arthur fiel auf, daß sein Vater ziemlich klein war; wieso war er selbst so groß?

»Wie bist du hergekommen? Mit der Eisenbahn?«

»Schön wär's. Nein, in Holland fährt nirgendwo die Eisenbahn.«

»Tiens.«

Sein Vater biß sich auf die Unterlippe. Arthur fiel ein, daß er »nulle part« für nirgendwo hätte sagen müssen statt »en aucun lieu«; er hatte gewußt, daß es falsch war, aber das richtige Wort war ihm nicht eingefallen.

»Die Kanadier haben mich mitgenommen«, sagte Arthur, so schnell er konnte.

»Was erzählst du da, du bist doch kein Mädchen?«

Arthur lachte und murmelte »non, non«.

Sein Vater musterte ihn. »Du bist ein imposanter Bursche geworden«, sagte er, »es ist eine großartige Überraschung, daß du gekommen bist.«

Arthur fragte sich, wann er die Bitte äußern sollte, bleiben zu dürfen.

Vorläufig würde er lieber um nichts bitten. Daß man ihn nicht wegschicken würde, stand ohnehin für ihn fest.

Und plötzlich war ihm der kleine, schlanke Mann, der sein Vater sein sollte, sympathisch, vielleicht gerade weil er ihn nicht pathetisch mit Umarmungen und Ausrufen wie »mon fils, mon fils unique!« empfangen hatte. Denn sein Vater hatte drei Töchter. Arthur hatte ihre Namen vergessen und konnte sich deshalb auch nicht nach den Mädchen erkundigen, obwohl er gern auf diese Weise Freundlichkeit und guten Willen gezeigt hätte.

Sein Vater war wieder in die Küche gegangen, und Arthur hörte, wie er Wasser in einen Kessel laufen ließ und eine Gasflamme anzündete. Arthur überlegte gerade, ob er auch in die Küche gehen und seine Hilfe anbieten sollte, als die Wohnzimmertür aufging und eine große Frau in einem geblümten Hausmantel eintrat. Arthurs Vater kam aus der Küche gesaust, klopfte ihr auf die Schulter und führte sie zu Arthur.

»Arthur«, sagte er, »das ist Rose.« Rose kam lächelnd auf Arthur zu und streckte die Hand aus. Arthur gab ihr erstaunt die Hand, ohne sich ganz von seinem Stuhl zu erheben. Rose blieb, an den Tisch gelehnt, bei ihm stehen und fragte ihn alles mögliche. Sein Vater sagte: »Ich gehe jetzt nach oben. Wenn du fertig bist, bringt Rose dich zu mir, und du kannst meine Frau begrüßen. Aber sei dann ganz still. Die kleinste Kleinigkeit regt sie auf.«

Arthur nickte und dachte: Das Kennenlernen an sich wird schon aufregend genug sein. Ihre Töchter waren ja älter als er.

»Rose, kümmer dich um ihn, und richte dann ein Zimmer her«, sagte sein Vater. Sie gingen zusammen in die Küche, wo der Wasserkessel zu pfeifen begann. Kurz darauf kam Rose allein mit Kaffee und Spiegeleiern zurück.

Sie nahm einen Stuhl aus der ordentlichen, geraden Reihe am Tisch und setzte sich zu Arthur. Während er aß, stellte sie Fragen und erzählte ihm in schnellem Französisch allerlei Geschichten, denen er nicht folgen konnte.

Er fand sie schön wie eine antike Statue, was bedeutete, daß er sie nicht begehrenswert fand. Sie hatte dunkle Augen, schwarzes, volles langes Haar, das sie hochgesteckt trug. Ein kaum wahrnehmbarer, natürlicher Duft umgab sie. Ihre Gestalt war kraftvoll und stolz, der Busen füllig.

Sie hatte die groben Hände eines Küchenmädchens. Die zeigte sie denn auch nicht, dafür aber ihre Zähne.

Roses Anwesenheit störte ihn, nicht zuletzt, weil ihr Geplauder seine Aufmerksamkeit vom Essen und umgekehrt das Essen seine Aufmerksamkeit von ihren Geschichten ablenkte, denen er eigentlich folgen wollte, um sein Französisch zu verbessern. Ihre Lippen waren sinnlich geschwungen, geringschätzig und melancholisch zugleich.

Sie stützte nun die Arme auf den Tisch. Aber Arthur stand auf und sagte: »Ich gehe hoch.«

Sie brachte seinen Teller und eine leere Schüssel in die Küche. Dabei redete sie pausenlos weiter; bisweilen stellte sie Fragen, auf die er nur mit »oui« oder »non« zu antworten brauchte. Schließlich hatte sie alles in die Küche gebracht und einen sauberen Teller für den nächsten Morgen bereitgestellt. Dann rückte sie die Stühle an den Tisch. Beim Reden blieb sie manchmal kurz stehen, einen Stuhl, den sie mit dem Knie anhob, in der Hand. Ihre nackten Knie ragten aus dem Hausmantel, aber ihr eiweißblasses Bein machte auf Arthur keinen Eindruck. Sie löschte das Licht im Zimmer. In der Küche brannte es noch.

»Kommen Sie, Monsieur Arthur, hier entlang.« Er mußte dicht an ihr vorbei, als er das Zimmer verließ, denn sie hatte die Hand auf der Türklinke. Für einen Moment war es dunkel, ehe sie die Lampe auf dem Flur angeschaltet hatte. Er ging vor ihr die Treppen hoch. Zwei Treppen aus hellem, stark gemasertem Kiefernholz, das bei jedem Schritt angenehm knarzte, als hätte er neue Schuhe an.

Rose klopfte an eine Tür. Sie schaute ihn an und zeigte ihm den Weg. Er gelangte in ein dunkles Zimmer, doch in dem Raum, der dahinter lag, brannte eine kleine Lampe. In einem Spiegel kam er sich selbst entgegen. Sein Vater saß, die Hände vor dem Bauch, auf einem Stuhl am Fußende eines gewaltigen Bettes. In einer Ecke saß eine Frau in einem Mantel aus weißem Pelz. Ihre nackten Beine steckten in einem Zuber.

Zur Begrüßung pausenlos nickend ging Arthur auf sie zu und berührte ihre ausgestreckte Hand mit den Fingern. »Bonsoir, Madame«, murmelte er, und das Blut stieg ihm in den Kopf. Vor dem Zuber, der eine dunkle Flüssigkeit enthielt, blieb er stehen.

»Achte nicht auf mich, Arthur«, sagte die Frau, »ich bin alt und krank. Ich freue mich, dich einmal zu sehen. Es ist sehr nett von dir, daß du zu Besuch gekommen bist, sobald es dir möglich war.«

»Ach, nicht der Rede wert«, sagte Arthur, »in Holland ist es schrecklich. Ich bin viel lieber hier.«

»Aber es gibt andere Länder, in denen die Lage noch viel besser ist als bei uns. Man hat auch hier viel gelitten.« Damit hatte sie Arthurs Kommen wieder in eine freundliche Aufmerksamkeit umgedeutet.

Sie schaute ihn an, und er blickte sie an. Ihr gewelltes Haar war grau. Sie hatte einen kleinen Mund und sprach in singendem Tonfall; alles, was sie sagte, hatte etwas melodiös Klagendes.

Unvermittelt lächelte sie traurig und sagte halb zu ihrem Mann, halb zu Arthur gewandt: »Er ist ein großer Junge, er spricht gut französisch. Ich habe nur Töchter, ich hätte immer gern einen Sohn gehabt.«

Wie ist es zu erklären, dachte Arthur, daß sie beide noch leben und sogar drei Töchter haben, wenn mein Vater an dieser geheimnisvollen Krankheit leidet, die er meiner Großmutter zufolge auf mich übertragen und mit der er angeblich meine Mutter und Carolas Vater ermordet hat? Was weiß ich überhaupt ...

Sein Vater stand pötzlich auf und ging, durch die Zähne pfeifend, in das vordere Zimmer. Er öffnete die Tür zum Flur. »Rose«, sagte er mehr, als er rief, »bist du noch da?« Als keine Antwort kam, ging er zurück und band dabei seine Krawatte auf; zu seiner Frau sagte er etwas über Rose in so schnellem Französisch, daß Arthur nicht folgen konnte.

Neben dem Bett stand ein gewaltiges Radio mit beleuchteter Skala; ein grünes Katzenauge mit kreuzförmiger Pupille blickte ins Zimmer. Doch kein Ton kam heraus, nicht mal ein Brummen.

Arthurs Vater legte den Kragen mit der Krawatte ans Fußende des Bettes. Dann öffnete er den schweren Spiegelschrank, und Arthur erblickte Borde mit Wäschestapeln.

Die Frau, deren Füße noch immer im Zuber steckten, gab Anweisungen, wo ein Schlafanzug und Socken für Arthur zu finden seien, doch diese Gegenstände hatten sicher vor sehr langer Zeit auf den Borden gelegen, die sie bezeichnete, und waren seitdem woandershin gelegt worden, denn Arthurs Vater bat ständig um neue Anweisungen und pfiff schließlich nur noch durch die Zähne, während er sich unaufhörlich bückte und streckte und dabei hin und wieder in einen der Stapel griff.

»Albert«, sagte die Frau, »morgen muß er sich von Lucien ein Paar Schuhe leihen, oder vielleicht hat Bastó ja seine Größe. Falls er solange auf ein Paar verzichten kann. Bastó ist sehr eigen, aber er kann auch recht liebenswürdig sein. Außerdem kannst du ihm die Schuhe ja sofort wieder zurückgeben, Arthur. Wenn du morgen in die Stadt gehst, kaufst du dir ein Paar.«

Mit einem fast unhörbaren, dumpfen Geräusch landeten die Wäschestapel, die sein Vater aus dem Schrank zog, auf dem Bett. Die ganze Zeit zischte er dieselbe Melodie durch die Zähne. Aber seine Frau lächelte immer noch.

»Weißt du, Arthur, hier im Haus sind sehr viele Leute, du wirst vielleicht gar keine Zeit haben, sie alle kennenzulernen. Nicht mal ich kenne sie alle, das heißt, es sind Leute darunter, die ich jahrelang nicht gesehen habe. Manche sind auch weggegangen, ohne sich von mir zu verabschieden.«

»Ach, Alice«, sagte Arthurs Vater unvermittelt, während er immer noch vor dem Schrank stand, »das ist nicht ganz dasselbe.«

Die Frau lächelte und zog den Pelmantel um ihre Schultern zusammen.

»Dein Vater hat recht«, sagte sie, »ich erkläre dir das später mal. Du wirst mich doch dann und wann besuchen?«

»Ja sicher, selbstverständlich«, sagte Arthur. Der kranken Frau seines Vaters von Zeit zu Zeit Gesellschaft zu leisten war wohl das mindeste, was er tun konnte, wenn er in diesem Haus bleiben durfte. Wo ich doch ein so anregender Gesprächspartner bin und so ein sonniges Gemüt habe! Er konnte sich nicht erklären, warum sie ihn fragte, ob er sie dann und wann besuchen würde, denn sie war ihm sympathisch und er konnte sich nicht vorstellen, warum die anderen Bewohner, mit denen dieses Haus offenbar gefüllt war, sie vernachlässigen sollten.

»Wer sind Lucien und Bastó?« fragte er.

»Lucien ist der Mann von Lory, meiner ältesten Tochter, und Bastó ist ein Neffe. Fast meine ganze Familie wohnt hier. Das hat sich durch den Krieg so ergeben. Lucien und Lory wohnten vorher in Antwerpen, aber eine V-Rakete ist auf ihr Haus gestürzt. Nicht weit von hier hat eine andere eingeschlagen. Wir hörten sie schon immer über uns hinwegfliegen, aber an dem Abend war das typische Geräusch plötzlich verstummt. Eigentlich wäre es nicht schlimm gewesen, wenn sie hier ...«

»Ach, komm, Alice«, sagte Arthurs Vater, »zum Philosophieren ist es jetzt wirklich zu spät.«

»Hier«, sagte er zu Arthur und drückte ihm einen Kleiderstapel in die Hand, »damit kannst du dich vorläufig behelfen. Vielleicht passen dir die Sachen ja. Ich zeige dir jetzt das Badezimmer.« Er hatte es auf einmal so eilig, daß Arthur sich nicht einmal mehr traute, in die Zimmerecke zu gehen und der kranken Frau die Hand zu geben, sondern die Hand schnell zurückzog und den Raum ebenfalls verließ, rückwärts, weil sie immer weiter mit ihm redete.

»Ach ja«, flüsterte Arthurs Vater im Flur (das Badezimmer wäre auch vom Zimmer aus erreichbar gewesen, aber die beim Suchen im Wäscheschrank entstandene Unordnung hätte es schwierig gemacht, die Tür zu öffnen), »morgen wird sie müde sein. Und je müder sie ist, um so weniger schläft sie. Und wenn sie nicht schläft, wird sie nicht gesund.«

Er knipste das Licht im Badezimmer an und zeigte Arthur mit fast übertriebener Freundlichkeit, wo der Schalter für die Lampe über dem Waschbecken war, falls er sie brauchen sollte, und wie er den Gasboiler anzünden müsse; es gab eine fest installierte Dusche und eine, die man in der Hand halten konnte, drei verschiedene Stücke Seife lagen da, und Arthur dürfe auch das Eau de Toilette benutzen. Zum Schluß zeigte er ihm den Weg zu seinem Schlafzimmer (noch drei Treppen weiter oben) und erklärte ihm, wie er in den oberen Fluren Licht machen konnte.

Das letzte, was Arthur sah, war die Drehung des kupfernen Knopfes der Tür zum Gang, die er hinter sich schloß.

Er band seine Schuhe auf und hätte die morschen, stinkenden Lederteile am liebsten irgendwohin hingepfeffert, wo er sie nie mehr aufzuheben brauchte. Seufzend setzte er sich auf den Rand der Badewanne und ruhte sich aus. Im Badezimmer herrschte eine gleichmäßige Helligkeit, und es roch nach gebohnertem Holz und feuchter, warmer Luft. Aus dem Schlafzimmer nebenan hörte er nichts. Sie sind doch noch nicht schlafen gegangen, dachte er. Wenn ich jetzt dusche, werden sie mich hören, vielleicht machen sie gerade in diesem Augenblick das Licht aus. Und er beschloß, sich zu beeilen, damit er sie nicht vom Schlafen abhielt. Auf Socken, die nasse Flecken auf dem gefliesten Boden hinterließen, ging er zum Gasboiler und zündete ihn an. Dann zog er sich weiter aus. Mit jedem Kleidungsstück, das er ablegte, wurde er müder. Schließlich stand er nackt da und machte den hohen Schritt über den Rand der Badewanne. Er griff zur Dusche und drehte mit der anderen Hand den Warmwasserhahn auf. Zischend sprang der Boiler an, und das Wasser strömte mit einem tiefen, sonoren

Geräusch in die Wanne. Die Seife schäumte unerwartet üppig. Er legte die Dusche aus der Hand und seifte sich ein, bis sein ganzer Körper mit einer dicken Schaumschicht bedeckt war wie eine Wange vor dem Rasieren. Er hätte die Wanne gern vollaufen lassen und sich stundenlang ins grüne, warme Wasser gelegt, sogar darin geschlafen, warum nicht. Auch Geisteskranke werden in den Anstalten manchmal in Wannen mit warmem Wasser verwahrt. Warum dann nicht ich, dachte er fast gekränkt. Die Dusche schor den weißen Pelz aus Schaum wie eine Haarschneidemaschine. Der Abfluß gurgelte noch lange, nachdem er den Wasserhahn zugedreht hatte.

Er trocknete sich ab und fand, daß er angenehm roch. Er küßte sich auf die Schulter. Mich selbst liebe ich jedenfalls noch, dachte er. Dann zog er den Pyjama an. Seine Schuhe und die schmutzigen Socken, so beisammengehalten, daß er alles mit zwei Fingern an den Schnürsenkeln tragen konnte, die schmutzige und saubere Unterwäsche und die anderen Kleidungsstücke überm Arm, verließ er das Badezimmer und machte das Licht aus. Die Schalter der Flurlampen (in jeder Etage mußte er einen umdrehen) fand er ohne Mühe und freute sich darüber. Im dritten Stock hörte er ein ziemlich lautes Gespräch hinter einer Tür, blieb jedoch nicht stehen, um zu horchen. Die Stimme, die am leisesten sprach, hätte er vielleicht verstehen können, aber die sagte am wenigsten. Die andere Stimme klang laut, sehr laut sogar, er konnte sie noch auf der Treppe hören. Die einzelnen Wörter jedoch schienen sich gegenseitig von den Lippen des Sprechers wegzudrängen. Er hörte dann einen Moment auf, begann langsam von neuem, bis wieder nichts als Laute herauskamen, die einander den Vorrang streitig machten.

Als Arthur im Flur des obersten Stockwerks angekommen war, öffnete sich eine Tür, und ein Lichtstreifen fiel quer vor seine Füße. Rose schaute um die Ecke.

»Finden Sie den Schalter, Monsieur?« fragte sie.

Er nickte nur und murmelte: »Ich glaube schon«, während seine Fingerspitzen über die Wand glitten. Sie hatte ihn wohl nicht verstanden, denn sie öffnete die Tür nun ganz, so daß er im vollen Licht stand; als sie aus dem Zimmer trat, zog sie ihren Hausmantel zu. Jetzt ist es nicht mehr nötig, dachte er, konnte es aber nicht so schnell ins Französische übersetzen. Sein Zimmer befand sich ja, hatte sein Vater gesagt, direkt gegenüber der Treppe. »Merci, merci«, sagte er, »ich finde es schon.«

»Monsieur Arthur«, erwiderte sie, »ich habe einen Freund in England. Freddy, einen Sergeant. Heute nachmittag habe ich einen Brief von ihm bekommen. Könnten Sie den für mich übersetzen? Alle Holländer sprechen Englisch.«

»Jetzt nicht«, sagte er, »je suis trop fatigué. Demain, oui, demain. Bonsoir, bonsoir«, und er ging in sein Zimmer. Als er die Tür schloß, merkte er, daß ihm die Knie zitterten. Nur aus Müdigkeit, dachte er, nur aus Müdigkeit. Nein, ich bin viel zu müde, um noch englische Briefe zu übersetzen.

Seine Schuhe und die schmutzigen Socken legte er in eine Ecke direkt unterm Dach. Das Bett war erstaunlich prall und hoch, aber er sank tief ein. Mit einem Zug an der Kordel löschte er das Licht und starrte einige Augenblicke auf das mattweiße Viereck des Fensters über seinem Kopf. Ihm war, als sinke er immer tiefer in dem weichen Bett ein, der Oberkörper am schnellsten, so daß er bald auf dem Kopf stehen würde. Ihm wurde so warm, als wäre seine Haut mit Sandpapier abgeschrubbt worden, und diese Vorstellung war ihm angenehm. Er drehte sich auf die Seite und schlief ein.

Wenn er überhaupt mit einer Person in diesem Haus etwas anfangen würde, dann gewiß nicht mit dem Dienstmädchen, dachte er, als er auf Socken nach unten ging. Er wußte nicht genau, wie viele Treppen er hinunter mußte. Auf seiner Armbanduhr sah er, daß es auf eins zuging, und im Treppenhaus hing Essensgeruch. Das Frühstück hatte er verschlafen. Was sollte er zuerst tun, essen oder die Frau seines Vaters begrüßen, wie er versprochen hatte? – Vielleicht hatte ja jemand von den Cousins und Cousinen, die hier die Gastfreundschaft genossen, eine hübsche Tochter, die sich in ihn verlieben würde und an die er sich wie an ein neues Leben klammern könnte.

Die Sonne schien in den Hausflur und drang auch durch eine Tür ins Treppenhaus, die auf das Flachdach eines Vorbaus führte. Im ersten Stock blieb er vor der Tür des Zimmers stehen, in dem die Frau seines Vaters lag. Von drinnen hörte er Roses Stimme. Er klopfte an, und Rose fragte, ohne zu öffnen, wer da sei. Er wußte nicht, ob er »Monsieur Arthur« rufen sollte oder nur »Arthur«, rief schließlich nach einigem Gemurmel nur »Arthur«. Er hörte Rose etwas fragen. Dann rief sie ihm zu, er könne nicht hereinkommen. Also ging er auch die letzte Treppe hinab.

In dem Zimmer, das vor der Küche lag, sah es nun wie im Speisesaal einer großen Pension aus. Er trat ein und hielt nach einem freien Platz Ausschau. Alle Anwesenden hörten auf zu essen. Es war kein Platz mehr frei. Seinen Vater sah er nicht. Was nun? Sollte er eine Ansprache halten, sagen, wer er war, fragen, wo er sich hinsetzen dürfe? Offenbar rechneten sie damit. Zwei Frauen mittleren Alters, die direkt an der Tür saßen, wischten sich erwartungsvoll mit der Serviette über den Mund. Eine sehr magere junge Frau am entfernten Ende des Tisches rief: »Mais entrez donc, Monsieur.« – »C'est lui«, sagte sie zu den anderen. »C'est lui? C'est lui?« fragten sie. »Quel beau garçon«, sagte eine der Frauen, die sich den Mund abgewischt hatten. Arthur war immer noch unsicher, wie er sich verhalten sollte. Lächelnd nickte er. Die Hände hielt er abwechselnd vor dem Bauch und auf dem Rücken. Gerade wollte er die rechte Hand ausstrecken und alle Anwesenden der Reihe nach begrüßen, und ein ziemlich korpulenter Mann mit einer Glatze, der sein Jackett hinter sich auf der Stuhllehne hängen hatte, war im Begriff aufzustehen, als wollte er ihn den anderen vorstellen, da trat Rose ein und forderte Arthur auf, mit nach oben zu kommen. Sofort wurde es still am Tisch. Der Mann mit der Glatze setzte sich wieder, die beiden Frauen legten sich ihre Servietten wieder auf den Schoß. Alle griffen zum Besteck, und die Schüsseln wurden schweigend weitergereicht. Nur ein blondes Mädchen, das Arthur erst jetzt auffiel (sie saß neben der jungen Frau, die »Entrez donc, Monsieur!« gerufen hatte), schaute ihn noch kurz an, senkte jedoch gleich den Blick. Dort sitzt das Mädchen! wußte Arthur und zögerte; das Mädchen, an das er sich klammern würde wie an ein neues Leben! Aber Rose sagte: »Sie werden erwartet«, und er ging mit. Zugleich kam ein anderes Dienstmädchen mit einem vollbeladenen Tablett aus der Küche. Arthur voran, gingen sie zu dritt die Treppe hinauf. Er dachte an das blonde Mädchen und nahm sich vor, es so einzurichten, daß er das nächstemal unten essen konnte. Unterdessen redete Rose die ganze Zeit auf ihn ein. Es seien so viele Leute im Haus, daß immer in zwei Räumen gegessen würde. Sein Platz sei künftig oben. »Dann serviere ich Ihnen immer das Essen«, sagte Rose, und weil er nicht unfreundlich sein wollte, drehte er sich oben auf der Treppe zu ihr um und lächelte sie an. Sie hatte eine große weiße, gestärkte Schürze umgebunden. Als sie an ihm vorbeiging, um ihm eine Tür zu öffnen, schaute sie ihn unverwandt an, den Mund, der nun dem der Venus von Milo glich, halb geöffnet. Kein Duft wehte hinter ihr her.

Arthur betrat das Zimmer, in dem es ungewöhnlich hell war. Sein Vater stand sofort auf, schüttelte ihm die Hand und fragte, wie er geschlafen habe. Seine Frau saß auch am Tisch, auf einer Art Stuhl, der aussah wie eine mit schönen Schnitzereien verzierte Truhe mit einer Lehne daran. Über ihren Knien lag ein Plaid, das bis zum Boden reichte. Arthur gab ihr die Hand und beugte sich lächelnd zu ihr, um ihr zu zeigen, wieviel Gutes er ihr wünschte, denn er brachte kein Wort heraus. Dafür redeten alle anderen um so mehr, sein Vater redete und auch die Frau wartete nicht, bis sich Arthur nach ihrem Wohlergehen erkundigte, sondern fragte schon, wie es ihm ginge. Unterdessen redeten Rose und das andere Dienstmädchen über ihn. Als sie an ihm vorüberging, zog sein Vater Roses Schürzenbänder auf. Dann stellte er Arthur Lory vor. Ohne aufzustehen, gab ihm Lory die Hand. Sie hatte gebleichtes Haar, und auch ihre Augen und ihre Haut wirkten wie gebleicht. Erst als der Mann neben ihr, Lucien, zu Arthurs Begrüßung aufstand, wurde Arthur bewußt, daß er soeben zum erstenmal einer seiner Halbschwestern gegenübergestanden hatte, und deshalb begriff er kein Wort mehr von dem, was Lucien und die anderen zu ihm sagten. Er sah nur auf Luciens Oberlippe und registrierte das Timbre in dessen Stimme. Aber vor allem sah er diese Oberlippe, deren Mitte durch eine Narbe aus der Mitte gedrängt worden war; der Mund hatte dadurch etwas Kränkliches und nicht das Mürrische, das Hasenscharten sonst zum Ausdruck bringen.

Und dann stand plötzlich ein junger Mann vor ihm, dessen Haare alle nach vorn gekämmt waren und ihm in die Augen hingen; als er sich vom Stuhl erhoben hatte, war gleichzeitig ein beißender Schweißgeruch aufgestiegen. Der Junge riß den Mund weit auf und rief: »Le navire fume le pédéraste (Das Schiff raucht den Päderasten)!« Dann schüttelte er den Kopf, um den Mund eine Art Grinsen vor Abscheu, und wollte noch mehr sagen, doch seine Zähne schlugen aufeinander, immer schneller, bis der Unterkiefer zitternd in einem Krampf zum Stillstand kam. Lory zog ihn am Ärmel wieder auf seinen Stuhl. »Ruhig Blut, mein kleiner Surrealist«, sagte sie.

Bastó legte die Unterarme auf den Tisch und neigte den Kopf tief über seinen Teller.

Den Blick auf Bastós gewaltig großen, mit erschreckend viel wüstem Haar bewachsenen Hinterkopf gerichtet, setzte sich Arthur auf den ihm zugewiesenen Platz zwischen seinem Vater und Bastó. Die Frau seines Vaters saß ihm gegenüber. Er lächelte sie freundlich an, er wollte nicht, daß sein Gesichtsausdruck von Bastós Gestank beherrscht würde, an den die anderen natürlich längst gewöhnt waren. Unterm Tisch rieb Arthur seine Füße in den Socken aneinander. Neben dem Teller seines Vaters stand eine Karaffe mit Cognac.

»Achte nicht auf das, was Bastó von sich gibt«, sagte Alice, »er meint es gut. Er ist überhaupt nicht verrückt, wirklich nicht, er kann nur nicht sagen, was er will, und sobald er gehört hat, daß wieder seltsame Worte aus seinem Mund gekommen sind, schämt er sich.«

Bastó hob den Kopf und rief lachend: »Le matin enragé poinçonne sa peau pastorale (Der rasende Morgen durchlöchert seine pastorale Haut)!« Dann schaute er Arthur unverwandt an.

»Was er sagt, ist manchmal wirklich sehr schön, wissen Sie«, sagte Lory.

Sie siezt mich, dachte Arthur, mich, ihren Bruder. Mein Vater duzt mich wenigstens. Was bedeutet es schon, daß ich ihr Bruder bin, auch wenn wir denselben Vater haben.

Es wurde Suppe serviert, die eine Einlage aus dunkelgrünem Gemüse und Stückchen von fast zu Fasern zerkochtem Aal enthielt. Eine spécialité! Niemand könne das so lecker zubereiten wie Rose. Habe er das jemals gekostet? Er müsse Rose sagen, wie ihm diese Suppe schmecke. Beim Abräumen der Teller und beim Servieren der Gerichte, die das andere Dienstmädchen von unten holte, hatte Rose nur Augen für ihn und redete über alles mögliche.

Die Karaffe mit Cognac blieb neben dem Teller des Vaters stehen, der sich lebhaft am Gespräch beteiligte. Seit wie vielen Jahren Arthur wohl keine Pommes frites mehr gegessen habe, wollte Rose wissen. Ach, es sei so schrecklich, was in Holland alles geschehen sei. Ja, sagte Arthurs Vater, wenn die Engländer die Schlacht bei Arnheim nicht verloren hätten, wärt ihr nicht so lange nach uns befreit worden. Daß sie Arnheim nicht halten konnten, sei die Schuld des holländischen Widerstands gewesen. Das müsse gesagt werden, jeder wisse es. Also auch das noch, dachte Arthur, aber es ist ja auch ungemein plausibel. Obwohl es nicht gerade angenehm ist, einem Land anzugehören, das gar nichts zuwege bringt. Im Grunde gehöre ich auch nicht dazu. Aber zu wem gehöre ich sonst? Meine Schwester siezt mich. Er fragte sich, wo seine anderen Schwestern waren, traute sich jedoch nicht, nach ihnen zu fragen. Vielleicht waren es ja die beiden Frauen unten gewesen, die sich den Mund abgewischt hatten, als sie ihn erblickten. Oder vielleicht war das Mädchen, das ihn so intensiv angeschaut hatte, eine Schwester von ihm. Doch sie kam ihm jünger vor als er.

Bastó bekam von Zeit zu Zeit einen Rippenstoß, damit er weiteraß. Ansonsten benahm er sich ganz manierlich, auch wenn er manchmal den Mund aufmachte, als ob er etwas sagen wollte, und sich erst nach einigem Zögern entschloß, einen Bissen hineinzustecken. Arthur stellte sich vor, daß sein Mund auch beim Schlucken unbezwingbar zu zittern anfinge, die Gabel zwischen die Zähne geriete und schließlich als verbogenes Metallstück herausgezogen werden müßte. Bastó schien Arthur überhaupt nicht wahrzunehmen. Wenn er zuweilen in seine Richtung schaute, lag ein Ausdruck in seinen blauen Augen, als wäre Arthur unsichtbar. An Bastós Stuhllehne hing ein Spazierstock mit einer Gummispitze.

Lucien sagte die ganze Zeit kein Wort. Auch Lory war nicht gesprächig, lächelte jedoch immer freundlich, wenn sie Arthur eine Schüssel reichte, und ebenso wie Alice ermunterte sie ihn, sich ja viel aufzufüllen. Als Rose Kaffee, Milch und Würfelzucker bereitgestellt hatte, kam das andere Dienstmädchen, um Bescheid zu sagen, daß man sie unten brauche, und Rose verschwand, nachdem Arthurs Vater ihr noch einmal die Schürzenbänder aufgezogen hatte. Dann erhob er sich, nahm aus einem massigen, düsteren Büffet zwei weitere Gläser und schenkte Arthur, Lucien und sich Cognac aus der Karaffe ein.

»Rose ist in Arthur verliebt«, sagte Lory, »das sieht man sofort.«

»Rose ist immer gleich in jeden verliebt, Arthur«, sagte Alice, »in den Postboten, in amerikanische Soldaten. Vor vierzehn Tagen mußte im Garten etwas an einer Gasleitung repariert werden. Zwei Männer hoben eine Grube aus. Rose war nicht von der Haustür wegzukriegen. Hat sie dir schon von Frédy erzählt?«

»Rose est une 'eiße Möse, comme on dit en flamand«, sagte Arthurs Vater.

»Aber Vater«, sagte Lory, »so was kannst du doch nicht bei Tisch sagen, wenn ein Holländer dabei ist, die mögen das nicht!«

Arthur lachte bemüht, so lange er konnte, um zu zeigen, daß er es nicht schlimm fand. Aber er war mit den Gedanken woanders. Seine Aufmerksamkeit galt Alice. Ihr Gesicht lief feuerrot an.

»Weißt du, Arthur, vor zwei Monaten kam sie mit Frédy an. Frédy war Sergeant, er kommt aus Edinburgh, jedenfalls wenn es wahr ist, denn an der Geschichte ist so gut wie nichts wahr.« Sie sprach auffallend laut und schnell und versuchte dennoch immer wieder, so langsam zu sprechen, daß Arthur folgen konnte, als ob sie seine ganze Aufmerksamkeit auf diese Geschichte lenken wollte. »Frédy hat gesagt, er sei Witwer. Er war schon fünfundfünfzig, stell dir vor, und Rose ist zweiundzwanzig. Enfin, sie sind für ein Wochenende ans Meer gefahren. Dann mußte Frédy wieder nach England. Er würde zurückkommen und Rose heiraten. Nach einer Woche erhielt sie einen Brief. Darin stand, daß Frédy eine Frau hatte, sich jedoch von ihr scheiden lassen würde, denn sie hätten keine Kinder. Aber ein paar Wochen später kam wieder ein Brief, und inzwischen gab es schon zwei Kinder und die Scheidung wurde mit keiner Silbe mehr erwähnt. Ich frage mich, wie viele es jetzt sind. Wißt ihr es vielleicht?« Ihr Gesicht rötete sich noch mehr, und es sah so aus, als würde sie im nächsten Augenblick in Tränen ausbrechen.

Und während sie sprach, hatte Arthur keine Sekunde das Geräusch nicht gehört; ein Geräusch, als liefe Wasser in ein Gefäß aus Emaille. Ihm war nun völlig klar, was es mit dem seltsamen Stuhl auf sich hatte, auf dem die Frau seines Vaters saß. Er wußte nicht, was er tun sollte, damit er nicht auch rot wurde.

»Hast du vielleicht was davon gehört, Lucien? Lucien, mußt du wissen, kann sehr gut Englisch. Er hat vor dem Krieg drei Jahre in Amerika gelebt. Er muß ihre Briefe immer übersetzen. Komm, sag mal was, Lucien, du hast bis jetzt kaum ein Wort gesprochen. Was schreibt Frédy denn so?«

»Ich vergesse es immer sofort wieder«, sagte Lucien. »Rose ...« Aber da hob Bastó ruckartig den Kopf und rief: »Ma tante, c'est les anguilles qui tirent leur plan (Tante, die Aale hecken etwas aus)!«

Lory stand sofort auf. »Ça suffit, das reicht«, schrie sie und zerrte Bastó vom Stuhl.

Auch Lucien war aufgestanden. »Die Mahlzeit ist beendet«, sagte er zu Arthur, »Kommen Sie mit ins andere Zimmer.«

Im Gang sah Arthur, wie Bastó fügsam mit Lory die Treppe hinaufging.

Sein Vater war am Tisch sitzen geblieben, bei der Karaffe mit Cognac. Arthur folgte Lucien in ein Kabinett, wo Lucien nach Rose klingelte und ihr auftrug, den Tisch abzuräumen und Madame zu Bett zu bringen. Sie setzten sich in zwei wuchtige Ledersessel, bei denen ein vergoldetes Tischchen stand.

»Zigarette gefällig?« fragte Lucien in weichem, etwas wehleidig klingenden Flämisch. Er gab Arthur Feuer und warf das Streichholz in einen riesigen Aschenbecher, einen ausgehöhlten Kürbis aus Glas. Die Zigarette schmeckte fade. »Ich schmoke eine Pfeife«, fuhr er fort und stopfte sich eine dicke, gebogene Pfeife mit Tabak aus einem Päckchen, auf dem Arthur nur das Wort RAISIN erkennen konnte, als es auf dem Tisch lag. An den Wänden hingen große, düstere expressionistische Gemälde aus dick aufgetragener Ölfarbe. Das Fenster ging auf das Vordach hinaus. Es war mit stabilen Eisengittern versehen, als hätte hier ein Geisteskranker gewohnt.

»Sie tragen keine Schuhe?« fragte Lucien.

»Nein«, erwiderte Arthur, »meine Schuhe sind nicht mehr zu gebrauchen. Vielleicht kann ich mir von Ihnen welche leihen, bis ich neue habe? Wahrscheinlich kaufe ich mir heute nachmittag welche.«

»Bedauerlich, aber die meinen werden Ihnen nicht passen«, sagte Lucien, »welche Pointure haben Sie?«

»Ich weiß meine Schuhgröße nicht«, sagte Arthur.

»Denken Sie nicht darüber nach«, sagte Lucien, »ich habe nur so gefragt.«

Er blies durch Nase und Mund Tabakrauch aus. Arthur beugte sich langsam vor, um seine Zigarette auszulöschen.

»Ich weiß nicht, wie lange Sie hierzubleiben gedenken«, sagte Lucien, »und ich frage auch nicht danach. Aber man wird Sie hier im Haus nicht mögen.« Arthur schaute ihn an; zuerst blickte er ihm in die Augen, dann auf die Schuhe.

»Ich bitte um Verzeihung«, fuhr Lucien fort, »aber ich spreche immer aus, was ich denke. Zu meinem Leidwesen. Ich kann keine Konversation machen, zumindest nicht im landläufigen Sinne. Ich spreche immer genau das aus, was ich denke.« Er zog an der Pfeife und schaute Arthur mit einem Blick an, in dem nichts Entschuldigendes lag, auch kein Spott, eigentlich gar nichts.

»Das macht nichts«, sagte Arthur.

»Sind Sie im Parterrezimmer gewesen? Warum sind Sie dort nicht zum Essen geblieben? Wie Sie sehen, habe ich nichts gegen eine Verstärkung der Gegenpartei.«

»Rose kam und sagte mir, daß man mich oben erwarte«, antwortete Arthur und merkte selbst, wie förmlich er sprach.

»Aber Rose hat hier nichts zu sagen, nein, wirklich rein gar nichts!«

»Ich glaube auch nicht, daß noch Platz war«, ergänzte Arthur.

»Aber nein, natürlich nicht. Wie ich bereits sagte, ich bitte um Verzeihung; ich spreche immer genau das aus, was ich denke.« Lucien wandte den Blick ab und widmete sich dem Pfeifenkopf. »Noch eine Zigarette gefällig? Leider habe ich keine blonde mehr.« Arthur nahm die Zigarette aus schwarzem Tabak an.

»Wir werden die Hungrigen speisen und sie mit Schuhen ausstatten«, sagte Lucien. »Und fernerhin werden Sie sich zu helfen wissen. Sie können kommen und gehen, wie es Ihnen beliebt.«

Arthur gab keine Antwort. Er rieb die Füße aneinander. Der eine Socken schlabberte um die Ferse, der andere hing lose über dem großen Zeh.

»Der Aufenthalt in diesem Haus ist nicht angenehm«, sagte Lucien, »Sie werden viel zu sehen und zu hören bekommen.«

»Ich werde mein Möglichstes tun, alles so schnell wie möglich zu vergessen, wenn das Ihr Wunsch ist.« Arthur hatte sich zu Lucien vorgebeugt, weil er befürchtete, dieser könne ihn nicht verstehen.

»Nein, nein, so war das nicht gemeint«, wehrte Lucien ab, als habe er Arthur nicht um Verzeihung gebeten, »Sie können sich alles merken, wenn Sie möchten, und Ihre Lehren daraus ziehen, wirklich. Ich geniere mich nur ein wenig, für uns alle. Das ist hier kein Haus, in dem man Gäste empfangen kann.«

»Dann betrachten Sie mich nicht als Gast«, murmelte Arthur und hoffte sofort, daß Lucien ihn nicht verstanden hatte. Nein, er durfte ihn nicht verstehen! Es durfte nicht zum Streit kommen! Er hatte schon viel zuviel gesagt. Was sollte er tun, wenn sein Vater für Lucien Partei ergreifen und ihn auffordern würde, zu verschwinden? Wohin sollte er gehen?

Doch Lucien entgegnete: »Schön, das ist freundlich von Ihnen. Ich hatte mir gedacht: Er ist noch nicht an uns gewöhnt, wir müssen doch ein bißchen Nachsicht mit ihm üben, wir dürfen nicht unsere schmutzige Wäsche vor ihm ausbreiten, aber schön, wenn Sie keinen Anstoß daran nehmen …«

Er hat nicht verstanden, daß ich gemeint habe: Ich bin kein Gast, ich bin der Sohn, der einzige Sohn, dachte Arthur; er ist nicht beleidigt, er sieht in mir nicht den Eindringling. Und er überlegte, ob er sagen sollte: Du, hab keine Angst, was häusliche Zustände betrifft, bin ich noch ganz anderes gewöhnt, als daß die Dame des Hauses bei Tische kackt!

»Haben Sie schon Laura und Lorette kennengelernt?«

Arthur schüttelte den Kopf.

»Es wird schwierig sein, ihnen zu begegnen. Sie gehören nach unten.«

Lucien schwieg, nahm eine kleine Schere aus der Tasche und begann, vorgebeugt, aber die Knie noch übereinandergeschlagen, den Pfeifenkopf auszukratzen. »Es wird arg schwierig sein, aber ich werde mein Bestes tun, wenn Sie das wünschen.«

Darauf wußte Arthur keine Antwort. Laura und Lorette sind schließlich meine Schwestern, also von daher … Und da ich nun ohnehin hier bin … Aber habe ich nicht schon genug Erfahrungen mit Schwestern hinter mir? Halbschwestern eigentlich nur, Halbschwestern … In Gedanken wiederholte er das Wort mehrmals, als würde er selbst dadurch halbiert.

Aber ich habe doch ein gewisses Recht auf sie, auf alle meine Halbschwestern, dachte er, als er mit Lory (die ihn, mit einem Paar alter Schuhe in der Hand, abgeholt hatte, um mit ihm in die Innenstadt zu fahren) über die Avenue ging. Lory redete unentwegt über Schuhe, Adressen von Schuhgeschäften, in denen man immer gut bedient wurde,

Schuhe, die es auch ohne Bezugsschein gab, deren Inneres aus Papier bestand, Schuhe auf Bezugsschein, die man aber auch ohne Bezugsschein kaufen konnte, wenn man etwas dazubezahlte.

Die Straßenbahn fuhr einen Bogen um einen alten Turm und schob sich dann auf einen breiten Boulevard. Allmählich gelangten sie in den Bereich einer dichten Wolke aus Jahrmarktlärm. Den ganzen Boulevard entlang, auch noch unter und hinter einer mächtigen Überführung, standen Buden; die Glühlampen an ihren Pappfassaden brannten nicht, sondern glänzten wie große Tropfen. Arthur schaute nun die ganze Zeit aus dem Fenster. Wie auf einem Fließband wurde das Leben an ihm vorbeigeführt, und es schien sagen zu wollen: Wenn du nicht dies getan hättest und wenn nicht jenes passiert wäre, könntest du jetzt einfach aussteigen, mittendrin sein und dich amüsieren.

Lory kam auf die Plattform und fragte: »Möchten Sie sich nicht ein wenig umsehen?« Er antwortete, daß er das sehr gern tun würde.

Aber als sie an den Jahrmarktsattraktionen vorbeischlenderten und die lauten, überdrehten Stimmen, die aus tausend Lautsprechern beschwörend durcheinanderschrien, ihm fast das Trommelfell zerrissen, sagte er jedesmal: »Oh, non«, wenn sie anbot, Waffeln zu essen oder in einen Flohzirkus zu gehen. »Ich möchte mich nur umschauen«, sagte er. Sie schien ihn nicht zu verstehen, sah ihn an und dachte bei sich, ihm sei nichts gut genug, doch das entging ihm. Er schaute sich um.

Beim Autoselbstfahrer fuhren nur zwei Wagen, in einem saß ein Monteur, im anderen zwei Kinder. Arthur schaute sich um. Er horchte auf das Dröhnen der Dieselmotoren, die den Strom lieferten. Auf Podesten vor den Buden standen Männer, die hektisch in Mikrophone sprachen, die sie sich, mit einem Taschentuch umwickelt, als hätten sie Angst, sie mit Bakterien zu verseuchen, vor den Mund hielten, während stark geschminkte, häßliche Frauen in gläsernen Kassenhäuschen thronten, reglos und würdevoll.

Es gab auch kleine Wagen in Torpedoform, die hintereinander in einem auf und ab wogenden, schräg aufgebauten Kreis fuhren. Wenn die Geschwindigkeit am höchsten war, senkte sich ein Verdeck darüber, so daß die Paare einander küssen konnten. Doch es saßen keine Paare darin, nur die Helfer, die das Geld kassieren mußten. In den Karussels fuhren ernste Kinder, und Riesenschaukeln bewegten sich hin und her wie Beine, die nicht von der Stelle kamen. Es war auch noch Platz genug für ihn an einem runden Stand, wo man aus kleinen Schlachtschiffen, die sich drehten, Speere auf Pappscheiben abschießen konnte. Aber er machte nirgends mit.

Am späten Nachmittag mußte er mit Lory ins Kabinett, wo inzwischen eine Waage stand. Jede Woche sollte er sich daraufstellen. Sie notierte sein Gewicht auf einem Kärtchen, das sie in eine Schale auf dem Büffet legte.

15

Ein paar Wochen lang stand er morgens so spät auf, daß er der einzige am Frühstückstisch war. Dann stellte er das Radio an und las in »Le Soir« die Liste mit den Programmen von achtunddreißig Lichtspielhäusern.

Nach dem Frühstück ging er in den Flur und klopfte an die Tür des Zimmers, das sich vor dem Schlafzimmer befand. Er durfte dann laut rufen: »Bonjour, Madame, haben Sie gut geschlafen?«

Und Rose antwortete: »Oui, Monsieur Arthur, et merci!« Alice sah er nicht mehr. Ihr sonderbarer Sessel blieb auch beim Diner leer. Ein Kissen mit einem kreisförmigen Loch in der Mitte lag darauf, in das ein anderes, rundes Kissen fast nahtlos hineinpaßte.

Sein Vater klagte jeden Tag über den Gesundheitszustand seiner Frau und stand immer wieder auf, um nach ihr zu sehen. Er hatte sich nun an Arthurs Anwesenheit gewöhnt und trank seinen Cognac auch während des Essens.

Nicht einmal Lucien und Lory durften Alice öfter als einmal in der Woche sehen.

Daß Arthur sie besuchen könnte, kam nicht mehr zur Sprache, und mit der Zeit fragte er sich, ob er wohl das Richtige tat, wenn er sie jeden Morgen vom Flur aus begrüßte, blieb jedoch dabei, denn irgend etwas mußte er ja tun, um sich hier beliebt zu machen, und etwas anderes als dieser Gruß und gelegentlich ein Blumenstrauß, den ihr sein Vater dann brachte, fiel ihm nicht ein. Man hatte ihn gebeten, abends nicht mehr anzuklopfen. Kam er mit Blumen, wurde gesagt, das sei aber nicht nötig gewesen, wie es die Leute immer sagen, wenn jemand Blumen mitbringt.

Arthurs Vater sagte es jedoch in einem Ton, als meinte er es ernst, und Lory hielt es für nötig, ihm beizupflichten.

Bei schönem Wetter ging Arthur nach seinem Morgengruß weiter bis zum Ende des Flurs, wo die Tür zur Terrasse auf dem Flachdach, die abends fest verbarrikadiert wurde, bereits offenstand. Er trat hinaus auf die kleinen gelben Bodenfliesen und schaute lange Zeit unter der Sonne durch. Die Terrasse war mit einem verschnörkelten Eisengitter umgrenzt; an ihrem Ende hing eine steinerne, sich nach unten verbreiternde Treppe in den Garten wie eine geriffelte Zunge. Der Garten war von einer weiß gekalkten, mit imitierten Zinnen versehenen Mauer umgeben. In der Mauer war eine Pforte, durch die man in den dahinter gelegenen Gemüsegarten gelangte. Auf der Dachterrasse stand immer ein mit Leinen bespannter Gartenstuhl. Für ihn. Die anderen Hausbewohner schienen nie hier draußen sitzen zu wollen, nicht mal in einem der Gärten erblickte er sie. Begegnete er im Haus jemandem vom »feindlichen Lager«, grüßten sie einander mit dem kurzen Nicken, mit dem sich entfernte Nachbarn begrüßen.

Er brauchte sich nur in den Stuhl fallen zu lassen. Stundenlang saß er dann dort und ließ sich bräunen. Die Sonne deckte ihn zu. Das Gesicht hatte er den hinteren Gärten zugewandt. In dem ummauerten Bereich durften manchmal die beiden Hähne, die gemästet werden mußten (die einzigen Tiere, die gehalten wurden), frei umherlaufen.

Stundenlang saß er da und schaute, als müßte er die Bewegungen des Laubs der Bäume im Wind registrieren; zuweilen flitzte auch ein Eichhörnchen über die Äste, und natürlich hüpften oft Vögel herum. Wenn er das Einhörnchen um einen Stamm hatte lugen sehen oder die Amsel dabei beobachtet hatte, wie sie einen Wurm aus der Erde zog, war sein Tag gut. Er säte Zigarettenkippen um sich aus wie weiße Bohnen, die nie keimen würden, und überließ sich seinen Gedanken.

Wenn er zur Seite schaute, hatte er einen Ausblick auf die Gärten hinter den anderen Häusern der Avenue, und dahinter wiederum lag ein grüner, abschüssiger Platz. Mitten im Gras stand ein Mahnmal, ein trauernder Engel mit goldenen Flügeln, der im vorigen Krieg gefallene Flieger beweinte.

Wie viele Leute gab es wohl, die beim Lesen der Namen auf dem Mahnmal noch wußten, zu wem sie gehörten, zu einem blonden oder einem schwarzen Schnurrbart, einem hochgewachsenen oder einem gedrungenen Mann, einem Studenten oder einem Berufsoffizier? Pro Name auf der ganzen Welt vielleicht im Durchschnitt fünf; Brüder wahrscheinlich nicht, aber Schwestern, eine Witwe, ein paar inzwischen erwachsene Kinder. Die Enkelkinder haben manchmal ein Foto gesehen. Wie weit entfernt von hier wohnen diese fünf Personen? Wie oft im Jahr gehen sie an dem Mahnmal vorbei? Wie viele Male passiert es, daß so ein Name tatsächlich mit Verständnis und Wehmut gelesen wird? In fünfzig Jahren wird es niemanden mehr geben, der noch etwas Konkretes weiß. Niemanden. Es wird nicht anders sein, als hätten die Toten gar nicht existiert.

In den Niederlanden, dachte er, haben sie jetzt alle Hände voll zu tun mit den Mahnmalen. Seit mehr als hundert Jahren hatte es keinen Krieg gegeben. Darum sind die Plätze dort so leer. Allerlei junge Fräulein tippen jetzt gerade Entwürfe für Vordrucke, in die man sich eintragen kann. UNSEREN WIDERSTANDSHELDEN. ZUR ERINNERUNG AN DIE SCHLACHT BEI ARNHEIM. Was noch? Ach ja, ALL JENEN, DIE BEI DER BOMBARDIERUNG ROTTERDAMS UMGEKOMMEN SIND. Oder vielleicht sind diese Formulare während der Besatzungszeit schon fix und fertig gedruckt worden. Das ist gut möglich. Und jetzt werden sie gerade zusammengefaltet und in Briefumschläge gesteckt.

Er kniff die Augen zu und ging durch die Amsterdamer Straßen. Er stellte sich vor, daß er Oskar und Andrea begegnen würde, aber ihm fiel nichts ein, worüber er mit ihnen reden könnte. Andrea sah er vor sich, im Gesicht das vage Lächeln, mit dem sie sich immer von ihm hatte umarmen lassen, und er hörte ihre Worte, die, wenn sie sich nicht anstrengte, so unverständlich klangen, daß nicht erkennbar war, wann ihre Stimme sprach und wann sie nur Laute produzierte. Wenn Andrea bei mir wäre, dachte er, müßte ich nicht in diesem Irrenhaus bleiben. Aus Prag ist sie mit einem amerikanischen Paß geflohen. Mit Andrea, so schien es ihm, würde alles von allein gehen und weder Geld noch Mühe kosten.

An Regentagen blieb er in dem Zimmer, in dem er gefrühstückt hatte, stellte das Radio an oder las in »Pourquoi Pas?« die sensationellen Enthüllungen über das Verhalten König Leopolds III. während der deutschen Besetzung.

Wenn die Hausherrin ihre Dienste nicht benötigte, scharwenzelte Rose ständig um ihn herum. Sie putzte Staub, wie eine Schauspielerin im Theater Staub putzt, denn Staub putzen gehörte schließlich nicht zu ihren Aufgaben. Wenn er las, stellte sie sich hinter ihn. Habe er das nicht gewußt? Leopold sei immer pro-boche gewesen. Sein Vater, Albert, habe die Maginot-Linie weiterführen wollen, um ganz Flandern herum bis ans Meer. Dann habe Leopold seinen Vater in einen Abgrund werfen lassen. Auch seine Frau habe er getötet, die unvergeßliche Astrid, um die Tochter dieses flämischen Nationalisten heiraten zu können, dieses Krabbenhändlers aus Ostende; cette Baels!

Hin und wieder zog er, wenn sie an ihm vorbeiging, ihre Schürzenbänder auf; sie war dann so erfreut, daß er es sofort bereute. Außerdem kniff er sie einmal gemein in den Po, doch es wurde für ihn zu einer Gewissensfrage, ob er tun sollte, was sie weiter von ihm erwartete; ihre Brüste schienen ihm, so jung sie auch war, erschlafft wie die Brüste von Waschweibern, die sich ständig über Zuber bückten.

Trotzdem, dachte er, sie könnte ich haben, aber die Mädchen, denen ich auf der Straße begegne, nicht. Denn die

Mädchen auf der Straße kann ich nicht anlächeln, ich kann nichts Freundliches oder Unsinniges zu ihnen sagen, weil mir einfach nichts mehr einfällt. Vielleicht komme ich noch mal dahin, eine einzuholen, neben ihr zu gehen und zu sagen: Hör zu, ich möchte weinen und es würde mir guttun, wenn du mir dabei zusiehst.

Jeden Nachmittag schlenderte er durch die Stadt. Um vier ging er ins Kino. Gegen sechs aß er irgendwo Kuchen oder Pommes frites. Um acht ging er zum zweitenmal ins Kino. Danach ging er zur Noorderstation oder zur Börse und nahm die letzte Straßenbahn nach Hause. Die Lichtspielhäuser betrat er, ohne sich etwas Aufregendes oder Betäubendes zu versprechen, so daß er nicht enttäuscht war, wenn er herauskam. Oftmals konnte er dem gesprochenen Text nicht folgen, und er kam sich so vor wie Bastó, der auch nur Gedanken ohne Text vor sich sah. Was auf der Leinwand ablief, konnte er innerlich nicht nachvollziehen, und dieses Gefühl hatte er zunehmend auch außerhalb des Kinos, auf der Straße und vor allem im Haus, am Tisch, bei den Gesprächen mit seinem Vater, mit Lucien und Lory. Er sagte »oui«, er sagte »non«, immer öfter sagte er auch »tiens« ... Was sie sagten, hätte er ganz mechanisch wiedergeben können, und er konnte sich mühelos Antworten darauf ausdenken, die ihnen vernünftig vorkommen mußten, da war er sich sicher; aber inwieweit diese Antworten mit dem übereinstimmten, was er selbst für vernünftig hielt, wußte er nicht.

Und wenn er durch die Stadt streifte, wußte er nicht, was er davon halten sollte, daß Leute die Straße überquerten, daß der eine es offenbar eilig hatte und der andere nicht, daß sich die Türen der Läden öffneten und schlossen oder auch drehten, daß die Straßenbahnen quietschend vorbeifuhren oder an Haltestellen stehenblieben, mit Augen ohne Blick. Er ging auf eingeschlafenen Füßen, und in seinem Innern rauschte es, als wäre er ein Wasserfall.

Auf diese Weise vergingen mehrere Monate. Er hatte keinerlei Antrieb mehr, so daß sich praktisch nichts änderte. Er dachte: Ich sehe noch alles, die Hausfassaden, die Gesichter der Passanten, ich weiß genau, welche Bodenfliesen im Gang gesprungen sind, ich weiß genau, wie Rose gestern um den Tisch gegangen ist, als sie noch eine Flasche Bier bringen mußte, mir ist aufgefallen, daß mein Vater seit letzter Woche eine andere Melodie durch die Zähne pfeift, aber ich habe mit alldem nichts zu schaffen, ich merke es mir nur, weil ich nichts anderes zu tun habe. Ich bin mutlos, und darum fällt mir nichts ein. Ich warte wie ein blinder Passagier im Schiffsrumpf. Ich hoffe, daß jeder an mir vorbeigeht, ohne mich zu bemerken. Ich warte, bis es jemandem auffällt, daß ich in diesem Haus bin, und er sich fragt: Was hat der Bursche hier zu suchen? Wir brauchen ihn nicht. Bis mein Vater sagt: Ich finde es sehr nett von dir, Arthur, daß du uns besucht hast, kann ich sonst noch etwas für dich tun? Non? Eh bien …

Doch als er zu der pathetischen Schlußforderung gelangt war, daß das wichtigste, was er versäumt hatte, das Sterben sei, da trat eines Morgens eine Veränderung ein.

Nach dem Frühstück durchquerte er den Flur und klopfte an die Tür des Zimmers, das sich vor dem Zimmer der Frau seines Vaters befand. Sein Blick glitt zu dem Sonnenlicht, das durch die offenstehende Tür der Dachterrasse in den Gang flutete.

Er rief: »Bonjour, Madame, haben Sie gut geschlafen?« Doch Rose rief nicht sofort die Antwort. Im Zimmer wurde ein Gespräch geführt, von dem er nur Roses Stimme hören konnte. Dann sagte sie: »Treten Sie nur ein, Monsieur Arthur.«

Er dehte den kupfernen Türgriff um, der wie der Griff eines Wasserhahns aussah, trat ein und ging durch ins hintere Zimmer. Hauchfeine Vorhänge waren vor das Fenster gezogen, mit einem Streifenmuster von den Schatten der Gitterstäbe.

Alice lag mit Hilfe vieler Kissen schräg aufgerichtet im Bett, die Zudecke bis knapp über die Taille. Ihr Kopf rutschte in seine Richtung, und sie sah ihn an. Die vollen Wangen waren gerötet, die Falten um die Augen lächelten.

Er blieb am Fußende stehen: »Madame«, fragte er, »geht es Ihnen wieder besser? Vous n'êtes plus si malade?«

»Mais non, Arthur«, antwortete sie, »der Arzt ist sehr zufrieden mit mir, je n'ai rien. Je tire la carotte«

Sie zieht die Wurzel, dachte Arthur.

»Rose«, sagte sie, »bring Monsieur Arthur einen Stuhl.« Er schaute sich im Zimmer um, ob er nicht selbst einen finden konnte. Sie zieht die Wurzel ihres Daseins, dachte er. Rose ging ins andere Zimmer, um einen Stuhl zu holen. Natürlich, dachte er, wenn man krank ist, zieht man die Wurzel seines Daseins. Man zieht sie langsam aus der Erde.

»Der Arzt sagt, Madame sei bald wieder gesund«, sagte Rose, »sie ist nur faul, und das weiß sie selbst ganz genau. Pfui, Madame, pfui.«

Alle drei verzogen das Gesicht zu einem Lächeln.

Arthur setzte sich. Rose wurde weggeschickt.

»Ich bin froh«, sagte Alice, »daß ich dich wieder mal spreche, Arthur. Du bist seit mehr als einem Monat hier, und ich habe dich erst ein einziges Mal gesehen. Ich fand es so nett von dir, daß du mir jeden Tag einen guten Morgen gewünscht hast. Es war schade, daß ich dich nie hereinbitten konnte.«

»Oh, das ist nicht der Rede wert«, sagte Arthur, »es war mir eine Freude, Ihnen einen guten Morgen zu wünschen. Ich fand es sehr schade, daß ich nichts anderes für Sie tun konnte. Gibt es wirklich nichts, womit ich Ihnen eine Freude machen kann?«

»Nein, nichts. Du bist schon so sehr nett. Ich darf die meisten Dinge nicht essen, und Blumen sterben. Ich mag es nicht, ihnen dabei zuzuschauen.«

Arthur senkte den Blick und biß sich auf die Unterlippe.

»Gefällt es dir hier in Brüssel?« fragte sie.

»Ja, sehr.«

»Hier war eigentlich fast kein Krieg. Es sind nur manchmal Bomben gefallen, und die Kuppel des Justizpalastes ist ausgebrannt. Aber für mich persönlich war noch weniger Krieg. Bevor der Krieg ausbrach, bin ich krank geworden, und ich mußte die ganze Zeit im Bett liegen. Ich habe keinen einzigen deutschen Soldaten gesehen. Findest du das nicht merkwürdig?«

»Sie sind darüber sicher froh«, sagte Arthur.

»Das weiß ich eben nicht. Ein bißchen Krieg war es für mich natürlich auch. Ich hatte oft Angst. Ich habe Flugzeuge gehört und manchmal Sirenen. Man hat mir erzählt, daß es sehr schwierig war, alles zu bekommen, was ich gern haben wollte. Ich habe allerlei Geschichten gehört, von den Leuten, die mich besucht haben, und in den Nachrichten im Radio. Bei der Befreiung habe ich in der Ferne die Schüsse von Maschinengewehren gehört. Ja, das war alles, das war für mich der ganze Krieg. Wenn ich vom Unglück anderer Leute hörte, habe ich mir das oft genug vor Augen geführt.«

Arthur sagte: »Vielleicht hat ja jeder seinen eigenen Krieg, ja, so wird es wohl sein. Von alldem, was man unter Krieg verstehen kann, sucht sich jeder etwas aus. Für die Matrosen auf See hat es die Bombardierung von Städten nicht gegeben, und für die Menschen in den Konzentrationslagern gab es keine Schlachten in der Wüste.«

»Ja, das stimmt«, erwiderte Alice, »aber all diese Menschen waren doch daran beteiligt, während ich alles ebensogut in einem Buch hätte lesen können. Innerhalb von fünf Tagen. Dabei hat es fünf Jahre gedauert. Wenn ich alles in einem guten Buch gelesen hätte, hätte ich vielleicht mehr das Gefühl gehabt, daran beteiligt zu sein, als jetzt, denn die Nachrichten waren oftmals nicht wahr und die Geschichten, die man zu hören bekam, meistens unwichtig.«

»Das gilt ebensogut für die Soldaten und Matrosen, die, wie Sie meinen, tatsächlich beteiligt waren«, sagte Arthur.

»Kein einziger Soldat hat Deutschland besiegt. Er hat höchstens ein paar Deutsche getötet.«

»Natürlich, aber nachdem die Alliierten nun den Krieg gewonnen haben, kann jeder Amerikaner, Russe oder Engländer stolz auf sein Land sein, denn sein Land hat gewonnen, und er hat auch etwas dafür getan. Ich aber habe nichts getan. Ich bin nur krank gewesen, ich konnte nichts tun als hoffen, daß ich gesund werden würde, genau dasselbe, was ich ohne Krieg auch getan hätte. Mein Vater, der vier Jahre nach dem vorigen Krieg gestorben ist, war Oberst. Ich habe oft an ihn denken müssen.« Sie schaute zum Fenster. »Ich fühle mich beinahe schuldig.«

»Das dürfen Sie nicht. Es ist nicht Ihre Schuld, daß Sie krank sind, und wenn Sie nicht krank gewesen wären, hätten Sie ja auch nichts tun können.«

»Weil ich eine Frau bin, meinst du?« Sie lächelte, als fände sie es amüsant, daß er noch so jungenhaft sein konnte.

Er fand es amüsant, daß sie ihn noch für so jungenhaft hielt, und lächelte ebenfalls, denn er wollte noch nicht gehen, obwohl sie ihn so sehr verkannt hatte.

»Es hat nichts damit zu tun, daß Sie eine Frau sind«, sagte er, »auch ich konnte nichts unternehmen.«

Sie schaute ihn einen Augenblick an, wandte dann das Gesicht ab und legte die Hände in der Mitte vor sich auf die Decke, um nachzudenken.

Sie will nicht fragen: Warum konntest du nichts unternehmen?, dachte Arthur, sie will mich jetzt noch nicht danach fragen, jetzt noch nicht, aber es wundert sie, denn sie ist die Tochter eines Obersten.

»Was konnten kleine Länder tun in diesem Krieg?« fragte er. »Doch nur Schläge einstecken.«

»Es geht nicht darum, was ein kleines Land tun konnte. Es geht darum, was jeder einzelne tun konnte. Ein kleines Land ist auch ein Vaterland, und sein Vaterland kann man verteidigen.«

»Ich glaube nicht, daß ein kleines Land ein Vaterland ist«, sagte er, »ich glaube es wirklich nicht. Es ist nicht der Mühe wert, es zu verteidigen. Weil es kleiner als andere ist, ist es nicht der Mühe wert.«

»Aber ein Vater«, sagte sie, »ist derjenige, von dem man abstammt, nur er allein.«

»Das weiß ich«, sagte er, »das habe ich immer gewußt, darum bin ich zu meinem Vater gekommen, und darum konnte ich für mein Vaterland nichts empfinden.«

»Das ist nicht recht von dir, Arthur«, erwiderte sie – zu seinem Erstaunen, denn er hatte das Gefühl, mit seinen Worten zu weit zu gehen, er hatte gedacht, sie würde das Gespräch auf neutrale, abwehrende Weise beenden. »Es ist wirklich nicht recht. Wer sein Vater ist, weiß jedes, ausnahmslos jedes Kind schließlich nur, weil andere es ihm, lange nach der Geburt, erzählen. Es ist eine Tatsache, eine historische Tatsache, weiter nichts. Aber man ist immer ein Teil seines Vaterlandes. Ein Vaterland ist eine Sprache und ein Komplex von Gewohnheiten und Gedanken, und du bist ein Teil dieser Sprache, dieser Gewohnheiten und Gedanken.

Habe ich nicht recht? Habe ich nicht recht?« drängte sie, als er nachdachte, aber er grübelte noch eine Weile, weil er auf das, was sie über Väter gesagt hatte, nicht weiter eingehen wollte.

»Man kann diese Sprache und diese Gewohnheiten für unwichtig halten«, sagte er, »was läßt sich dann noch zugunsten des Vaterlandes vorbringen?«

»Das kannst du nur, wenn du dich selbst für unwichtig hältst, mon ami; du hast doch keinen Minderwertigkeitskomplex?«

»Vielleicht gibt es nur zwei Möglichkeiten: Man ist minderwertig und weiß, daß es so ist. Dann hat man Ihrer Ansicht nach einen Minderwertigkeitskomplex. Die zweite Möglichkeit: Man ist minderwertig und tut so, als ob man es nicht wäre. Dann ist man meiner Ansicht nach ein Idiot.«

»Aber Arthur, wer stellt denn unumstößlich fest, ob jemand minderwertig ist, solange man es nicht selbst tut?«

Arthur beugte sich etwas vor und sagte: »Wenn es einen Gott gäbe, würde er es sofort tun. Vor dem Krieg hatte jeder Mensch in unserem Land eine Heidenangst vor Hitler. Die Zeitungen waren voll mit Artikeln über ihn. Eines der wichtigsten Probleme, das diskutiert wurde, war, ob Hitler seine Reden selber schrieb oder ob das nicht vielleicht Goebbels für ihn übernahm. Ein Buch, in dem behauptet wurde, daß Hitler von Zeit zu Zeit ein Stück Teppich frühstückte, wurde verboten, weil das unter den Tatbestand der Beleidigung eines befreundeten Staatsoberhauptes fiel. Dann kam ein Krieg, der fünf Tage dauerte. Am fünften Tag wurde Rotterdam bombardiert, und wir ergaben uns, denn Deutschland drohte mit Luftangriffen auf weitere Städte, wenn wir nicht kapitulierten. Den Angriff fand jeder feige und niederträchtig, aber von niemandem war zu hören, daß der Krieg, falls Hitler Rotterdam bereits am ersten Tag bombardiert hätte, nur einen Tag gedauert haben würde, mit anderen Worten, daß die Niederlande einen Krieg geführt hatten, für den das Land im Grunde keine Opfer bringen wollte. Der Krieg hat fünftausend Menschenleben gekostet, und das fand man zuviel.

Die Regierung aus betagten Herren ging nach London; um den Kampf fortzusetzen; symbolisch. Aber selbst das war zuviel. Sie zeigten deutlich, daß sie es im Grunde lieber nicht getan hätten. Kein Geringerer als der Premierminister desertierte, weil er solche Sehnsucht nach seinem Gärtchen in Wassenaar hatte. Um die Deutschen zu belohnen, die ihn dort in Ruhe vom Regieren und Kriegführen verschnaufen ließen, schrieb er eine Broschüre, um die ihn niemand gebeten hatte, ein Büchlein, das (noch dazu mit vielen Werbeanzeigen) unter deutscher Aufsicht veröffentlicht werden konnte – und das bedeutet, daß das Buch prodeutsch war, was auch jeder so gesehen hat. Werden die Engländer in London nicht gedacht haben: Was hatte der

Kerl hier überhaupt zu suchen? Es ist so schlimm, daß man sich nicht mal mehr dafür schämen kann; von so jemandem kann man sich nur distanzieren. Aber das haben die Niederländer nicht gemacht, nein. Es gab nicht mehr als hunderttausend Kollaborateure. Ein kleiner Teil der anderen ging in den Maquis, und der Rest war ihnen wohlgesonnen. Gut, ich bin auch in den Maquis gegangen, wie fast jeder Student. Warum? Eigentlich grundlos. Ich war Chemiker. Die Deutschen sind sehr gute Chemiker. Deswegen also nicht. Es war wegen allerlei Dinge, die die Leute damals, wie sie sich einbildeten, für sehr wichtig hielten. Die Pressefreiheit: im Grunde nur wichtig für Journalisten und einige Schriftsteller, die von den Deutschen für dekadent gehalten wurden. Die Bücher dieser angeblich dekadenten Schriftsteller waren ohnehin so gut wie unverkäuflich. Die Lügen der deutschen Propaganda. Aber die Engländer logen ebenso, und die freie Presse in der Vorkriegszeit log aufgrund ihrer dürftigen Informationen und weil sie manchen Tatsachen nicht ins Auge blicken wollte. Die Zeitungen tischten Geschichten über Hitler auf und allerhand mehr oder weniger wissenschaftliche Betrachtungen und Prophezeiungen. Wie viele Leute glaubten damals, Hitler würde niemals einen Krieg wagen oder zumindest auf keinen Fall die Niederlande angreifen. Lügen! Vielleicht nicht vorsätzlich, aber dennoch Lügen! Und das alles, statt zum Beispiel das Problem zu erörtern, wie jeder Niederländer sich unter einer etwaigen deutschen Besatzung verhalten sollte. Darüber haben sie nicht mal in London nachgedacht, im Radio haben sie darüber nie etwas anderes als hohle Phrasen verbreitet, und wenn sie etwas genau gesagt haben, war es genau das Falsche.

Außerdem: Die Deutschen waren gegen die Demokratie.

Demokratie bedeutet, daß man mehrmals im Jahr wählen darf. Aber wenn man zufällig eine Minderheit wählt, bekommt man auch nicht seinen Willen. Dann ist es nicht anders, als wenn man in einer Diktatur lebt.«

»Das stimmt nicht, Arthur. Wenn du mit dem Gang der Dinge nicht einverstanden bist, kannst du öffentlich protestieren, ohne daß man dich deshalb in ein Konzentrationslager steckt.«

»Aber auch ohne daß ich etwas damit erreiche, solange die Mehrheit nicht der gleichen Ansicht ist. Öffentlich zu protestieren ist nichts anderes als ein Spiel, eine Art Beschwichtigung für das in Unruhe geratene Gemüt. Ebensogut könnte man ins Kino gehen und alles vergessen. Die Redefreiheit ist ein Beruhigungsmittel. Nun, die Deutschen hatten auch für Beruhigungsmittel gesorgt, zum Beispiel mit *Kraft durch Freude*. Nein, eigentlich gab es keinerlei Grund, gegen die Deutschen zu kämpfen.«

»Tut es dir etwa leid, daß sie den Krieg verloren haben?«

»Nein. Ich bin sehr froh darüber, daß sie verloren haben, weil wir uns nun mal in den Kopf gesetzt hatten, daß sie verlieren müßten. Aber vielleicht ist es mir am wichtigsten, daß ich jetzt mehr zu essen bekomme, daß die Lichter wieder brennen und ich abends nicht im Haus hocken muß. Aber wenig Essen und Hausarrest waren keine prinzipiellen Punkte des Nationalsozialismus. Das hat der Krieg von allein mit sich gebracht.«

»Dir würde es also gefallen, regiert zu werden, ohne selbst mitreden zu dürfen, wie ein Sklave.«

»Darum geht es nicht. Jeder, der mitregiert, wie es in einer Demokratie geschieht, kümmert sich im Grunde um Dinge, von denen er keine Ahnung hat.«

»Du vergißt, daß die Regierung vom Steuergeld aller Bürger bezahlt wird. Haben die Leute nicht das Recht, zu kontrollieren, was mit ihrem Geld geschieht?«

»Sie haben vielleicht das Recht, aber nicht die Fähigkeiten. Können Sie vielleicht kontrollieren, was der Arzt macht, den Sie bezahlen?«

»Wenn er mir nicht zusagt, kann ich den Arzt wechseln.«

»Ja, aber wenn Sie den Arzt wechseln, machen Sie das doch eigentlich nur aufgrund unbestimmter Gefühle, nicht aufgrund von Tatsachen, es sei denn, Sie hätten selber Medizin studiert.«

»Nicht aufgrund von Tatsachen? Ich merke doch, ob er mich gesund macht oder nicht, um das festzustellen, brauche ich kein Medizinstudium.«

Er wollte nicht sagen: Gerade weil Sie kein Mediziner sind, können Sie nie mit Sicherheit spüren, ob Sie gesund werden oder nicht; denn er durfte ihre Güte nicht damit vergelten, daß er sie entmutigte.

So erwiderte er nur: »Jeder Vergleich hinkt, vor allem, wenn man ihn auf seinen persönlichen Fall bezieht.« Und er gab sich alle Mühe, beim Aussprechen dieses Gemeinplatzes zu lächeln wie ein Weiser.

»Das einzige, worauf es ankommt, ist, daß eine Regierung sachkundig ist, und die Mehrheit ist nie sachkundig, die Mehrheit ist immer dumm«, sagte er.

»Aber war die Regierung von Hitler denn so sachkundig? Jeder weiß, daß Hitler den Krieg wegen seiner eigenen Fehler verloren hat. Diese Fehler hätte er nicht gemacht, wenn Kritik möglich gewesen wäre.«

»Wenn die Alliierten heute behaupten«, sagte Arthur, »Hitler habe den Krieg wegen seiner eigenen Fehler verloren, bedeutet das nur, daß die Demokratien viel schlimmere Fehler begangen haben, trotz aller öffentlichen Kritik. Sie hatten eine gewaltige Übermacht an Menschen und Material. Und da müssen sie nun doch zugeben, daß sie den Krieg nur dank der Fehler des Gegners gewonnen haben?«

»Kommt es dir denn einzig und allein darauf an, daß ein Krieg mit roher Gewalt gewonnen wird? Gibt es denn kein Recht und Unrecht mehr?«

»Madame«, sagte er, »vielleicht sind Sie schockiert, aber ich kann nichts dafür, es gibt tatsächlich nur eines, was zählt: der Sieg. Früher hat man das nicht gewußt, aber heute weiß man es: Demokratie ist ein totalitärer Begriff, genau wie Diktatur. Auch der Krieg ist total. Wer ihn verliert, hat total verloren und existiert nicht mehr. Auch wenn die Demokratien nun gesiegt haben, ist das keine Frage des Rechts, denn das Recht gilt für jeden. Es gibt also kein Recht, nur einen gewonnenen Krieg.«

»Du sprichst immer vom Krieg, schon die ganze Zeit. Aber davon hatten wir doch gar nicht angefangen. Eigentlich wollte ich gar nicht wissen, wie du über den Krieg denkst. Ich wollte etwas über dich wissen ...«

Jetzt müßte ein Vorhang fallen, dachte Arthur. Ende dieses Aktes. Er drehte sich auf seinem Stuhl, als sähe er sich danach um. Im Flur waren Schritte zu hören. Rose trat ein und verkündete, das Essen sei fertig. Sie trug ein Tablett mit der Suppe für Madame vor sich her.

Arthur stand auf und trat einen Schritt zum Kopfende des Bettes vor.

»Madame«, sagte er, »es hat mich sehr gefreut, daß ich ein wenig mit Ihnen plaudern durfte. Ich hoffe, daß wir das bald wiederholen können.«

»Wenn der Arzt weiterhin zufrieden ist, vielleicht sogar jeden Tag. Auch ich würde mich freuen, wenn du wiederkommst. Ich habe nicht viel Ablenkung. Du kommst doch mal wieder, Arthur?«

»Aber selbstverständlich, selbstverständlich«, sagte er lächelnd und nickte. Er schaute auf die Falten um ihre Augen und ging rückwärts ins vordere Zimmer. Weil die Sonne jetzt nicht mehr ins Zimmer schien, zog Rose die Vorhänge auf.

Hinter den Gitterstäben lag der Garten.

Am Nachmittag ging Arthur hinaus, denn er wollte den Rückstand vom Vormittag aufholen. Er öffnete die Pforte und ging durch den Gemüsegarten; in den Beeten standen auch Blühpflanzen und Spargelkraut. Das Geräusch von Autoreifen auf Asphalt in der Ferne hörte sich an, als würde dort mit großen Besen gefegt. Er dachte: Carola sitzt vielleicht gerade an Großmutters Bett und flößt ihr eine Tasse

Bouillon ein, damit sie sich von den Schrecken des Krieges erholt. Oder sie steht in einem Geschäft, und eine andere Frau fragt sie: »Juffrouw Muttah, wie ist es denn mit Ihrem deutschen Verlobten ausgegangen? Ist er jetzt in Kriegsgefangenschaft?«

Meine Schwester Lory sagt in den Geschäften: »Ach, Monsieur, schauen Sie, un pauvre sinistré de la Hollande, ein armer Kriegsgeschädigter aus Holland. Er hat soviel gelitten. Könnten Sie ihm nicht ein paar Unterhosen ohne Bezugsschein und zu einem akzeptablen Preis verkaufen?«

Le sinistré sinistre – der unheilvolle Kriegsgeschädigte, sagte er bei sich, ein sehr schöner Titel für einen Film.

Er war an einen Waldstreifen gelangt, der offenbar zum Garten gehörte. Kein Pfad führte hindurch. Es sah so aus, als ob nie jemand hierherkäme. Die alten Bäume standen dicht an dicht und gaben offenbar so viel Schatten, daß keine kleineren Sträucher wachsen konnten, nur bleiches, dünnes Gras. Das Waldstück war nicht mehr als hundert Meter tief und stieg ziemlich steil an. Dahinter lag ein Schulhof.

Alice hat mit mir gesprochen, dachte er, während er langsam den Hang hinauftrottete. Wenigens gibt es einen Menschen, dem etwas an mir liegt, auch wenn es die Person im Haus ist, um deren Gesundheit es am schlechtesten steht. Sie hat Einfluß auf meinen Vater. Vielleicht kann sie etwas für mich tun. Mitleid wird sie auf jeden Fall mit mir haben.

Der Schulhof war offenbar ehedem Teil des Waldes gewesen und nun eingeebnet. Er war unglaublich groß und nur teilweise gepflastert; der Rest war mit Unkraut bewachsen, als habe man beabsichtigt, dort ein Nebengebäude oder eine weitere Schule zu errichten. Das Schulhaus stand noch ein Stück höher; man erreichte es über eine Steintreppe mit Geländern, aus denen im Abstand von einem Meter Eisenzacken ragten, damit die Kinder nicht hinunterrutschen konnten. Alle Fenster waren mit Drahtgaze bespannt.

Arthur schlenderte über den Schulhof und kam an einem niedrigen, langgestreckten Gebäude vorbei, dessen eine Seite aus halben Türen mit kleinen Kabinen dahinter bestand. Eintönig skandierte Sprechchöre schallten von dem Schulhaus herüber. Arthur blickte in die Verschläge. Hinter jeder Tür befand sich ein kleines Klosett. An einer der Seitenwände war ein Emailleschild angebracht: SOYEZ BONS ENVERS LES ANIMAUX (Seien Sie gut zu Tieren). Wenn die Sprechchöre eine Weile verstummten, hörte er deutlich katholische Gesänge, die auf den brummenden Klängen eines Harmoniums schwammen, als sei der leere Schulhof der Himmel, bevölkert von unsichtbaren Toten. Ansonsten herrschte Stille. Die Drahtgaze ließ alle Klassenfenster gleich aussehen, weil dahinter nichts zu erkennen war. Das Haus wirkte so massiv, als wäre es bis zum Dachfirst mit Sand oder Steinen gefüllt.

Arthur drehte sich um und blickte zwischen den Bäumen hindurch und auch über sie hinweg dorthin, von wo er gekommen war. Er konnte den Garten sehen und sogar den größten Teil des weiß ummauerten Bereichs. Das Gebäude lehnte sich an einer Seite an ein Mietshaus, das zweimal so hoch war; neu und orangefarben verputzt, bot es in dieser altgediegenen Gegend einen grauenhaften Anblick. Arthur dachte: Ich war noch in kaum einem Zimmer im Haus meines Vaters. Wie viele Zimmer mag das Haus haben? Wenn eine Tür zum Flur offensteht und sie mich kommen hören, schließen sie die Tür ganz schnell.

In der Schule begann eine große Glocke zu läuten. Vielleicht ist jetzt eine Pause, dachte er, könnte das sein, am Nachmittag? Die Nonnen werden rauskommen und mich fragen, was ich hier zu suchen habe. Besser, ich gehe zurück. Er rannte die Böschung hinunter, durch den Wald, in den Garten, hielt dabei den Blick auf die Rückseite des Hauses gerichtet. Nie hing vor mehr als drei oder vier Fenstern dieselbe Art Gardinen. Jedes Familienmitglied schien seine eigene Sorte zu besitzen. Im dritten Stock gab es sogar zwei Fenster mit violetten Gardinen. Vielleicht ist das ja Bastós Zimmer, dachte er. Hinter sich hörte er die Schulkinder herumtoben.

Ich gehöre nicht zum Haus, aber das ist meine Schuld. Ich arbeite nicht. Jeder dort hat etwas zu tun. Die meisten sind den ganzen Tag fort, man sieht sie fast nie. Das einzige, was ich tue, ist essen und schlafen. Ich, der Sohn! Ich, der einzige Sohn! Wie müssen meine Schwestern mich hassen! Mein Vater hätte Alice nur für immer im Stich lassen müssen, dann hockten sie jetzt mit ihrer Mutter irgendwo in einer kleinen Wohnung und würden am Monatsende eifrig nach dem Postboten Ausschau halten, der ihnen das Unterhaltsgeld bringt.

Und Alice wollte immer gern einen Sohn haben. Warum ist sie nicht meine Mutter? Sie hat mit mir geredet, und sie wird vielleicht irgendwann vergessen, daß ich eigentlich nicht ihr Sohn bin. Sie hat sonst niemanden, mit dem sie reden kann. Die anderen wissen schon lange nicht mehr, worüber sie mit ihr reden sollen, oder sie ist ihnen egal. Als sie noch gesund war, vor dem Krieg, wollte sie nicht, daß ich dieses Haus betrat, heute aber ist das anders, jetzt möchte sie mit jemandem reden, nichts ereignet sich mehr in ihrem Leben, nicht mal der Krieg hat sich für sie ereignet.

Er nahm seinen Stuhl von der Dachterrasse, trug ihn hinunter, ging damit durch die Pforte und stellte ihn mit der Rückenlehne zur Mauer. Er setzte sich darauf mit dem Gesicht zum Wald. Rings um die Schule war es wieder still. Die Kinder waren nun wohl wieder im Schulgebäude oder nach Hause gegangen.

16

Arthur wartete auf ein häßliches Mädchen.

Endlich hatte er eine Bekanntschaft gemacht.

Sie hatten sich für den nächsten Tag um fünf vor der Königlichen Bibliothek verabredet.

Er wartete zuerst auf dem großen Innenhof. Ein stark abschüssiger, gepflasterter Platz mit Rasenflächen in der Mitte, umschlossen von weißen, klassizistischen Fassaden. Aber das Weiß der Fassaden wurde immer weißer, denn der Himmel wurde grauer, und es begann zu regnen.

Er durfte zwar ins Gebäude, aber nicht die Treppen hinaufgehen, denn er besaß keinen Leserausweis, und wer den nicht besaß, mußte wenigstens einen Paß vorzeigen können. Er wartete im Foyer, wo zwei Treppen im Bogen nach oben führten und sich in einer Schleife trafen. Darunter waren einige Büsten aufgestellt. Auch die von König Willem I., dem Gründer der Bibliothek.

Damals hat es schon angefangen, dachte er, mit der nationalen Lächerlichkeit. Wir hatten Napoleon gerade noch überlebt und erhielten eine letzte Chance. Aber die Niederländer schmauchten lieber ihre Pfeife und tranken Tee, in der Hoffnung auf die ewige Seligkeit. Wegen unseres Stumpfsinns ist es passiert. Es ist sehr richtig, daß die Büste von König Willem I. hier noch steht. Ihm haben sie die »Brabançonne« zu verdanken und wir das »Wien Nederlands Bloed«.*

* Niederländische Nationalhymne bis 1932 (seit dem 10. Mai 1932 ist das »Wilhelmus« die offizielle Nationalhymne); Hermans spielt hier auf die Unabhängigkeit Belgiens, also die Trennung von den Niederlanden im Jahr 1830 an.

Und ihre Place des Martyrs mit den kurzen, seltsam wirkenden Säulen. Es ist zu nichts nütze, wenn ein Land klein ist. Keine Inspiration geht von ihm aus. Es ist nur gut, wenn man nichts will als Geld verdienen. Geld nimmt nicht viel Platz ein. Nur für Geld ist Platz in einem kleinen Land. Mit diesen Gedanken betrachtete er auch die Büsten anderer Männer, von denen er nie gehört hatte und deren Namen er sich nicht merken konnte. Dann drehte er sich um und erblickte Gaby, von hinten. Sie stand bereits draußen vor der Tür. Er erkannte sie an den weißen Söckchen. Sie mußte ihn übersehen haben, als sie die Treppe hinunterging.

»Nein«, sagte er, als sie beim Standbild Gottfrieds von Bouillon auf die Straßenbahn warteten. »Du hast vollkommen recht. Die Wallonen sollten sich Frankreich anschließen. Es hat keinerlei Vorteil, einem kleinen Land anzugehören. Warum emigrieren nicht alle Wallonen nach Frankreich? Das wäre ohne weiteres möglich.«

»Weil die Wallonen ihr Land lieben.«

»Die Holländer lieben ihr Land nicht«, sagte er. »Jeder Holländer haßt Holland wie die Pest. Das ist unsere nationale Haupteigenschaft. Sämtliche Holländer würden durchaus emigrieren, wenn nicht die Länder, in denen auch Holländisch gesprochen wird, noch schrecklicher wären.«

»Natürlich, die Flamen sind alle katholisch und haben mit den Deutschen kollaboriert.«

»Und Südafrika«, sagte er.

Aber davon hatte sie nie gehört. Er ging nicht weiter auf Südafrika ein. Noch eine Niederlage, dachte er. Karikaturen in den Zeitungen, eine Villa für Krüger in Hilversum, das ist alles, was getan werden konnte. Sie haben ihn auf einem rostigen Kreuzer hergebracht. Wahrscheinlich wäre er lieber komfortabler gereist.

»Die Niederländer müßten sich auch irgendwo anschließen«, sagte er, »aber sie existieren nur noch als Nation, weil sie nirgendwo dazu passen. Das ist nichts, worauf man stolz sein könnte, wie in den Geschichtsbüchern in der Schule behauptet wird. Daß man nirgendwo dazu paßt, hat keinen Wert, wenn man nicht imstande ist, andere an sich anzupassen.«

Sie gab keine Antwort, zog ihr Gesicht nur in freundliche Falten. – Worüber sollte er sonst reden?

»Wollen wir unterwegs mal aussteigen«, fragte er, als sie in der Tram standen, »und uns in ein Lokal setzen?«

»O nein, das geht nicht. Ich hab dir gestern abend schon gesagt, daß ich sehr wenig Zeit habe. Komm doch das Stück mit mir mit. Ich bin so froh, wenn ich nicht die ganze Zeit allein unterwegs sein muß.«

Die Bahn fuhr an alten, strengen hellgelben Häusern entlang. Aus jedem Haus ragte eine Fahnenstange schräg empor.

An der anderen Seite lag der Brüsseler Park. Hinter dem Zaun standen flach gestutzte Bäume mit zusammengewachsenen Kronen, eine hohe Balustrade aus Grün, nur hier und da unterbrochen, um breite, gerade Wege durchzulassen. Der alte Park war mattgrün; dazwischen manchmal grauweiß ein Standbild. In diesen Park, dachte Arthur, ist Prinz Frederiks Armee geflohen, nachdem die Brüsseler ihn mit Steinen beworfen hatten. Erst war er auch noch allein in der Stadt, aber dann bäumte sich sein Pferd auf, und es kam zu einer Panik. Na ja, so genau weiß ich es auch nicht mehr. Es ist vergessen, und es war ja auch alles vergebens. Ein kleines Land ist eine große Firma oder ein Irrenhaus. Die Niederlande sind eine große Firma, und wer für eine große Firma andere Menschen erschießt, ist verrückt geworden. Darum wußte auch eigentlich niemand genau, ob er es tun konnte oder nicht. Aber die Deutschen, die Engländer, Franzosen und Amerikaner, die wußten es sehr genau.

»Du siehst so aus, als würdest du immer nachdenken«,

sagte Gaby unvermittelt. »Wie bitte?« fragte er und wandte sich ihr zu. Die Tram ruckte gerade in diesem Augenblick, als wollte sie ihn wecken. Er neigte den Kopf über Gaby und hielt sich an der Stange in der Mitte der Plattform fest. Ihr Gesicht war nun über und über in freundliche Falten gelegt. Sie hatte den Tic, die Nase zu rümpfen, so daß sich ihre Brille verschob.

»Ja, ich habe gerade nachgedacht«, sagte er.

»Zuviel«, sagte Gaby, »schau dich lieber um. Mach Sightseeing. Dort ist die Colonne du Congrès, da brennt die Ewige Flamme für den Unbekannten Soldaten. Hast du das schon gesehen?«

»Ja«, sagte er, ohne sich umzuschauen. »Zwei Löwen. Und eine Gasflamme. Zu wenig, um so viele Leichen zu wärmen.«

»Du hast an allem etwas auszusetzen. Ich habe gesagt: Du denkst zuviel nach.«

»Dann hilf mir doch beim Denken.«

»O nein, ich denke nicht gern. Es reicht gerade für den Eigenbedarf.«

Ich denke zuviel nach. Es interessiert niemanden. Meine Gedanken stecken in mir wie Sardinen in einer Dose. Eine Dose, auf der ein falsches Etikett klebt, so daß niemand den Inhalt erraten kann. Er war nun mit Gaby und dem Fahrer auf der Vorderplattform allein – als hätten die anderen Leute sie absichtlich verlassen, weil sie nicht mitmachen wollten bei dem gefährlichen Unternehmen, in das sie sich begaben. Die abschüssige Straße führte zu einem Viadukt, über den Züge eilten. Die Häuser gingen mehr und mehr in Ruinen über.

»Wann ist das passiert?« fragte Arthur, »erzähl mir alles, wie ein Fremdenführer.« In den Fenstern war kein Glas, und da, wo nur noch die Fassaden standen, war hinter den Löchern helles Licht. Vor manchen hingen noch aus ihren Verankerungen gerissene, ramponierte Rolladen, die sich vom Regen langsam grün verfärbten. Die Straßen waren fast menschenleer. Es gab auch Brachflächen mit dunkelgelbem Sand, Mauerschutt und Haufen verrosteter Heizkörper. Dünne Eisenrohre ragten wie Stengel seltsamer Wüstenpflanzen empor. Gaby erzählte ihm, wann es geschehen war.

Doch vor dem Viadukt bog die Straßenbahn, sich in der Kurve neigend, nach links ab und begann erneut zu steigen. In manchen Häusern war wieder Glas in die Fenster eingesetzt worden, zu kleine Stücke Glas zwischen Holzleisten und ergänzt mit Pappe. Die Straße wirkte breiter wegen der Brachflächen, Rangierbahnhöfe und Fabrikgelände mit den Fabriken im Hintergrund, hoch, kantig und hoffnungslos.

Am Emile Bockstaelplein stiegen sie aus.

»Hier hab ich zu tun«, sagte Gaby, »ganz in der Nähe, ich bin gleich wieder da.«

Er griff nach ihrer Hand. »Ich kann dich nicht mitnehmen«, sagte sie und machte dabei mit der anderen Hand die Tasche, die an einem Lederriemen über ihrer Schulter hing, ständig auf und zu. »Du hättest auch nichts davon. Wie spät ist es jetzt? Viertel vor sechs. Um Viertel vor sieben bin ich wieder hier, abgemacht? Im Wartehäuschen.«

Im Wartehäuschen standen die Leute in einer unregelmäßigen Schlange vor einem Schalter, an dem die Abendzeitungen verkauft wurden.

Arthur studierte ausgiebig die Zeitschriften und Wochenblätter, die, einander halb überdeckend, ausgelegt waren. Damit war er noch beschäftigt, als sich das Wartehäuschen längst geleert hatte, weil es inzwischen nach sieben war; um diese Zeit schloß der Schalter offenbar.

Als er sich alles angesehen hatte, was es zu sehen gab, setzte er sich auf die Bank. Draußen war noch schönes Wetter. Niemand wartete im Häuschen. Die warme Abendsonne machte die Schatten lang und färbte den Platz orange. Die Leute gingen manchmal am Wartehäuschen vorbei, blickten aber nie hinein. Als ob sie alle wüßten, daß ich hier sitze, dachte Arthur, es aber nicht zeigen wollten, als schämten sie sich dafür. Oder als ob sie denken: Wenn wir einfach so tun, als wüßten wir nicht, daß er dort sitzt, kommt er vielleicht auch nie mehr heraus. Wie wütend werden sie auf Gaby sein, wenn sie sie hineingehen sehen. Sie werden einen Kordon vor dem Eingang bilden und jemanden zum Telefonieren losschicken. Arbeiter werden kommen und die Tür aus Eisengitter schließen, und dann werden die Leute zu uns hineinrufen: »So, jetzt müßt ihr dort für immer bleiben. Ist jetzt endlich Schluß? Endlich?« – Aber Gaby fühlt sich ihrem Haß nicht gewachsen. Deshalb kommt sie nicht.

Gähnend warf er einen Blick auf seine Armbanduhr. Bereits Viertel nach sieben. Er schlug die Beine übereinander, lehnte sich zurück und schloß die Augen.

Um Viertel vor acht trat ein Arbeiter im blauen Kittel mit einem Eimer und einem Wischmop ein. Arthur zündete sich eine Zigarette an, warf das Streichholz dicht vor seine Füße. Der Arbeiter tauchte den Wischmop in den Eimer und begann zu putzen. Arthur schnippte Asche auf den Boden und hatte das Gefühl, er fütterte Enten.

Der Arbeiter putzte ein ganzes Stück von den Bänken entfernt, so daß er nicht einmal einen Bogen um Arthurs Füße machen mußte. Als er fertig war, stellte er den Wischmop ab, goß ein wenig Wasser auf den Boden, stellte den Wischmop wieder in den Eimer und verschwand. Das Streichholz und die Aschehäufchen lagen da, als wären sie immer noch Arthurs Eigentum. Der Mann hatte ihn keines Blickes gewürdigt.

Aber er hat sich bestimmt gemerkt, wie ich aussehe, dachte Arthur. Er gehört zu der Sorte Menschen, die der Polizei Hinweise geben, wenn jemand gesucht wird.

Hier spielen nicht mal Kinder Verstecken, dachte er. Ich sehe nirgendwo Kinder. Weil ihm der Rücken weh tat, stand er auf und zog die Sitzfläche seiner Hose, die ihm am

Gesäß klebte, los. Gaby, dachte er, ist längst an der Haltestelle. Sie hat mich nicht gesehen und sich gesagt: Er hatte das Warten satt und ist in die Bahn eingestiegen!

Er strich sich mit den Händen durchs Haar und ging zum Ausgang. Als er gerade eine Zigarette aus dem zerknüllten Päckchen friemelte, hörte er sie rufen.

»Arthur! Du bist noch da, Arthur? Es hat viel länger gedauert, als ich dachte. Ich hatte schon Angst, du wärst gegangen.« – Das hast du vielleicht gehofft, dachte er.

»Laß mich mal an deiner Zigarette ziehen, Arthur.« Er bekam die Zigarette mit einem roten Filter wieder.

»Möchtest du dich jetzt nicht irgendwo hinsetzen?« fragte er. Auf der Straße brannten noch keine Lichter, nur hier und da in Geschäften.

»Ach nein, tut mir leid, aber jetzt muß ich zu einer Freundin. Ich esse bei ihr, und danach fahren wir mit einem Auto nach Barvaux, in die Ferien.«

»Wie lange?«

»Vierzehn Tage. Gib mir deine Telefonnummer. Dann rufe ich dich an, wenn ich zurück bin. Und meine Adresse – schreib sie auf, oder vielleicht kannst du sie dir ja auch so merken: La Rigolade, Barvaux sur Ourthe. Melde dich mal. Oder komm mich mal besuchen. Das wäre schön. Oje, oje, ich bin schrecklich spät dran. Hier muß ich raus. Tschüs, Arthur.« Die Straßenbahn hielt am Jardin Botanique. »Au revoir«, rief sie noch, als sie auf dem Trittbrett stand und hob die Hand.

Am nächsten Nachmittag ging er durch den Flur und dachte: Was soll ich sagen? Ich kann nicht sagen: Bonjour, Madame, haben Sie gut geschlafen? Deshalb klopfte er wortlos an.

»Entrez!« rief sie.

Er öffnete vorsichtig die Tür und schob die Fußmatte, die dabei verrutscht war, wieder zurecht. Dann betrat er das Schlafzimmer.

Die Vorhänge waren aufgezogen. Das kühle, farblose Licht im Zimmer stand in seltsamem Kontrast zu dem Feuer im Garten; es war, als befände man sich mit einer Taucherglocke in der Tiefsee.

»Bonjour, Arthur«, sagte Alice, »hast du gut geschlafen?«

Er setzte sich ans Fußende des Bettes.

»Lorette hat dich in der Straßenbahn mit einem Mädchen gesehen. Hast du dich gut amüsiert? Was war das für ein Mädchen? Ich bin ein bißchen neugierig, weißt du. Findest du das schlimm?«

»Nein, nein«, sagte er, »mir ist es ganz recht, daß Sie ein bißchen neugierig sind.« Obwohl er sie anblickte und nicht in den Schrankspiegel schaute, war er fest davon überzeugt, daß er in seinem Leben selten so freundlich ausgesehen hatte.

»Wie heißt sie?« fragte sie.

»Gabrielle. Ein sehr schöner Name. Die Mädchen hier haben schöne Namen. Ich kenne sie erst seit vorgestern. Ich hatte mich verlaufen und habe sie nach dem Weg gefragt. Sie studiert.«

»Wo? Hier in Brüssel?«

»Ja. Sie ist eine Anhängerin der Bewegung Freies Wallonien. Sie trägt einen kleinen Hahn aus Silber am Mantelrevers und geht oft in Versammlungen.«

»Das ist schön. Vielleicht lernst du durch sie auch andere Studenten kennen. Das würde ich dir wünschen. Ich habe oft darüber nachgedacht: Was möchtest du eigentlich machen? Was für Pläne hast du?«

»Ich weiß es nicht genau«, sagte Arthur und wagte es kaum, sie anzublicken.

»Das weißt du nicht? Ich würde sagen: Es wäre doch am besten, wenn du ab Herbst studieren würdest. Wieviel hast du in letzter Zeit zugenommen?«

»Ich hab's mir nicht gemerkt.«

»Na ja, jedenfalls siehst du viel besser aus, nicht mehr so mager. Möchtest du nicht wieder studieren?«

»Ich weiß nicht. Ich möchte nicht zurück nach Amsterdam.«

»Es hat ja auch niemand gesagt, daß du wieder zurück nach Amsterdam müßtest. Du kannst genausogut hier studieren.«

»Das ist das Schönste, was man mir jemals angeboten hat«, sagte Arthur. Er lächelte voller Tatkraft.

»Ich habe mit deinem Vater darüber gesprochen«, sagte sie, »ich habe sehr oft an dich gedacht. Glaub nicht, ich würde dich nicht verstehen. Vielleicht verstehe ich dich besser, als man annehmen könnte, wenn man bedenkt, wie wenig ich dich doch kenne. Als ob ich eine Hellseherin wäre!«

Arthur straffte den Rücken und schaute sie an. Sie war eine Hellseherin!

»Was haben Sie denn von mir gesehen?«

»Gesehen natürlich im Grunde nichts. Aber ich weiß, daß du viel zu kurz gekommen bist, und ich kann gut nachfühlen, wie das ist. Und eigentlich ist es meine Schuld. Als ich gehört hatte, daß du gekommen warst, an dem ersten Abend, habe ich alles bereut. Vor dem Krieg hatte dein Vater manchmal überlegt, ob er dich hier im Haus aufnehmen sollte. Aber ich wollte es nicht. Ich wollte nicht einmal, daß du hierherkamst, als du damals ein paar Tage in Brüssel warst. Ich dachte: Soll er doch im Hotel wohnen.«

Wenn die Leute krank werden, werden sie ängstlich und schwach, dachte Arthur, deshalb mag sie mich jetzt.

»Hast du keinen Groll auf mich, Arthur?«

»Nein, überhaupt nicht. Vielleicht hätte ich mich nicht anders verhalten.«

»Daß du das sagst, ist sehr nett von dir. Aber es stimmt nicht. Du weißt nämlich nicht, warum ich das getan habe. Ich tat es, weil ich deinen Vater so geliebt habe. Damals, gerade in jenem Monat, habe ich deinen Vater sehr geliebt, und darum wollte ich seinen Sohn, der nicht mein Sohn ist, nicht sehen, so als würde er dadurch gar nicht existieren. Eigentlich kann ich dir nicht genau erklären, warum es mir damals unmöglich war, dich zu empfangen.«

Arthur wollte etwas erwidern, begann sich jedoch in seinem Französisch zu verheddern und sagte deshalb nur: »Ce n'est rien, ce n'est rien.«

Sie konnte mich nicht empfangen, dachte er. Vielleicht wollte mein Vater mich damals schon zu sich ins Haus nehmen, aber sie wollte mich nicht empfangen. Warum nicht? Warum? Gerade in jenem Monat, hat sie gesagt. Erwartete sie vielleicht ein Kind? Dachte sie vielleicht, sie würde selbst einen Sohn bekommen? War sie damals nicht schon zu alt? Ich werde nie erfahren, warum sie meinen Vater gerade in jenem Monat so sehr geliebt hat. Ich kann sie nicht danach fragen.

»Du sagst zwar, daß es dir nichts ausmacht«, fuhr sie fort, »aber ich könnte mir vorstellen, daß dein Leben dann ganz anders verlaufen wäre. Habe ich recht?«

»Madame«, sagte Arthur seufzend. »Madame«, wiederholte er, »das glaube ich nicht. Oder doch, selbstverständlich, aber es tut nichts zur Sache.« Er stand auf. »Ich trage Ihnen überhaupt nichts nach«, sagte er, »noch nie war jemand so nett zu mir wie Sie. Das meine ich ernst, ganz ernst, ich bin mir sicher«, rief er, während er rückwärts zum vorderen Zimmer ging.

Im Flur begegnete er Bastó.

»Bastó«, fragte er, »kommst du mit auf einen Spaziergang?«

Er hielt Bastó fest eingehakt, als sie zusammen die Treppe hinabgingen.

»Hai, hai«, sagte Bastó, als sie durch den Flur im Erdgeschoß zum Garten stolperten. So schnell wie möglich schleifte Arthur Bastó zu der Pforte in der hinteren Mauer mit. Der Garten roch nach Erde und blühenden Wicken.

Bastó schaute Arthur mit weit aufgerissenen Augen an. Schweißtropfen bedeckten wie kleine Blasen seine Nasenflügel.

»Bastó«, sagte Arthur, »ich hab einfach zu ihr gesagt, es tut nichts zur Sache. Und wenn ich das sage, wird sie es vielleicht glauben, denn man glaubt immer ein kleines bißchen von dem, was einem ein anderer sagt. Hätte sie mich damals, vor dem Krieg, empfangen, wäre sie damit einverstanden gewesen, daß mein Vater mich in sein Haus aufnahm, dann hätte ich Carola nicht in die Schulter gebissen, meine Großmutter nicht geschlagen und den Deutschen nicht grundlos erstochen. Ich erzähle dir das alles, weil du es nicht weitererzählen wirst, obwohl ich eigentlich hoffe, daß du es doch machen wirst. Vielleicht eines Tages ... vielleicht wirst du irgendwann noch gesund. Vielleicht wirst du noch einmal sprechen können wie alle anderen Menschen. Merk dir deshalb gut, was ich dir erzähle, Bastó, dann kannst du es weitererzählen.«

»Paravane, paravane, para ra ... âne, âne, âne, âne ...«, sagte Bastó.

»Schau her. Stell dir einen Keller vor, einen überschwemmten Keller. Der Fußboden darüber ist aufgebrochen, aber die Balken sind noch vorhanden, so daß man sich auf die Balken stellen und in den Keller schauen kann. In diesem Keller liegt eine halb verfaulte Matratze, sie ragt aus dem Wasser. Auf dem Wasser schwimmen Vogelfedern. Kannst du dir das vorstellen? Das bin ich. Genau das. Ich wäre es nie geworden, wenn Alice in jenem Monat, vor dem Krieg, als ich in Brüssel war, nicht zufällig meinen Vater so sehr geliebt hätte, daß sie mich nicht empfangen wollte. Darum mußte ich bei meiner Großmutter und Carola bleiben, die haben mich so gemacht. Wenn ich etwas tat, was meiner Großmutter nicht paßte, rief sie mich zu sich, und ich mußte die Hand aufhalten. Die verbrannte sie dann mit dem glühenden Schürhaken. Oder sie machte mir angst. Dann konnte ich nachts nicht schlafen. Ich lief durchs Haus und ging zu meiner Schwester, aber die lachte mich aus und bespritzte mich mit Wasser. Ich ging zu meiner Großmutter, doch die schlief. Sie schlief immer. Ich konnte noch so laut rufen, sie wurde nicht wach, und ihr Atem kam rasselnd aus der Nase, und ich atmete nichts ein als ihren Atem. Der hat mich vergiftet. Aber das ist noch nicht alles.«

»Es ist längst nicht alles«, murmelte er bei sich. Er brach in Gelächter aus; was erzählte er denn da? Sie hatten das Waldstück erreicht. Bastó riß seinen Arm aus Arthurs Hand und setzte sich hin, den Rücken an einen Baum gelehnt, den Stock zwischen den gespreizten Beinen. Arthur ging weiter bis zum Schulhof. Er stellte sich an den Rand, genau dahin, wo der ebene, gepflasterte Platz begann. Es mußte ein besonderer Tag sein, vielleicht sogar ein Festtag, denn es ertönten nicht die Sprechchöre mit dem Einmaleins, sondern katholische Gesänge.

Er setzte sich ebenfalls an einen Baum. Den Kopf in den Nacken gelegt, schaute er auf die Fetzen Himmel, die zwischen dem Laub noch zu sehen waren. Ich lebe nur einmal. Ich weiß nichts von meinem Leben. Warum wollen andere Menschen wissen, ob Gott existiert, wie die Welt beschaffen ist oder wie aus toter Materie Leben entsteht, wenn es unmöglich ist zu wissen, woraus das eigene Leben besteht?

Er blickte auf Bastó hinab, der die Beine in eine andere Richtung ausgestreckt hatte. Wozu rege ich mich auf, dachte Arthur, was soll der Zorn?

Aber daß er sein Leben nie würde begreifen können, beruhigte ihn nicht. Er roch an seiner Hand. Sie stank nach Bastós Schweiß. Ich bin in der Defensive, dachte Arthur. Seit ich hier in Brüssel bin, befinde ich mich in der Defensive. Ich warte ab. Ich weiß nicht, was mit mir geschehen wird. Ständig rechne ich damit, daß ein Polizist kommt und mich verhaftet. Und wennschon – wie viele Jahre wird es mich schlimmstenfalls kosten?

Es hängt nur davon ab, was meine Großmutter erklären wird ... falls sie noch lebt.

Arthur rückte ein Stück vom Baumstamm weg und legte sich am Hang auf die Seite. Er schloß die Augen und schlief ein.

Als er aufwachte, stand die Sonne so tief, daß der Boden an manchen Stellen beschienen wurde. Arthur richtete sich auf; Kopfschmerzen schossen hoch, als triebe ein Stück Blei in seinem Schädel nach oben. Er kniff die Augen mehrmals fest zu, doch das half nicht gegen den Schmerz. Als deuteten alle Zeichen auf bevorstehendes Unheil, stand er auf und ging mit zitternden Knien den Hang hinunter.

Bastó saß nicht mehr da. Er ist bereits geflohen, dachte Arthur. Er hat es nicht abgewartet. Fast ebenso schwankend wie seine Gedanken betrat er den Flur. In einer Ecke war sein Vater in Hemdsärmeln damit beschäftigt, die eiserne Türsicherung und die Querbalken bereitzustellen.

»Früher hatten wir einen Diener, der das erledigte«, sagte er, »man hat nichts mehr heutzutage. Nicht mehr als das, was andere Leute auch so ungefähr haben.«

»Kann ich dir helfen?« fragte Arthur.

»Nein, danke. Keiner, der es zum erstenmal macht, macht es richtig. Geh ins Eßzimmer. Du hast doch sicher Hunger?«

An einer Ecke des Tisches lag ein Platzdeckchen mit Teller, Gabel, Glas und Bierflasche darauf. Arthur klingelte und setzte sich. Das Radio spielte, die Lampe brannte noch nicht. Nur in der Zimmerecke waren die Namen aller Städte auf der Welt grün beleuchtet. Arthur hielt Messer und Gabel so lose in der Hand, als rechnete er damit, sie jeden Augenblick hinwerfen und fliehen zu müssen, wenn das Unheil nahte. Doch nichts geschah. Er blieb allein, an einem Tisch, der für sechs Personen bestimmt war. Sein Oberkörper schaukelte sacht hin und her, als könnte er sich so das Essen rascher einverleiben. Dennoch aß er sehr lange. Das fiel ihm erst auf, als es im Zimmer deutlich dunkler geworden war.

Er trat in den Flur, wo Licht brannte. Ihm tränten die Augen.

Sein Vater saß in dem kleinen Kabinett vorgebeugt auf einem der beiden gewaltigen Sessel. Vor ihm auf dem Tisch lag ein Schachbrett, auf dem nur vier Figuren standen; daneben lag eine zusammengefaltete Zeitung.

»Bonsoir, Arthur«, sagte er, »hilfst du mir bei meinem Problem?«

»Wenn Sie möchten«, sagte Arthur, »ich bin kein großer Schachspieler.«

»Wie kommt das? Du hast doch mathematische Bildung genossen?«

Arthur verzog den Mund, setzte sich auf den anderen Sessel und schwieg. Sein Vater ging zum Büffet, nahm ein Glas heraus und schenkte Arthur aus einer Flasche, die unter dem Tisch stand, einen Sherry ein.

»Bevor ich mein Problem nicht gelöst habe, trinke ich nichts anderes«, sagte er, »Lucien ist heute abend nicht da, ich habe alle Zeit für mich; meine Frau schläft. Ich habe das sicher schon seit sechs Jahren nicht mehr gemacht.« Er faltete die Hände unterm Kinn und hielt den Kopf so, daß seine Augen nur ein kleines Stück über dem Schachbrett waren.

Er hat von meiner mathematischen Bildung angefangen, dachte Arthur, was soll ich sagen, wenn er gleich mit seinem Plan rausrückt? Will ich überhaupt, will ich?

»Ich würde gern eine Partie mit dir spielen«, sagte sein Vater, »aber die Figuren sind nicht mehr komplett. Die schwarze Dame ist verschwunden. Die hat Bastó.«

Arthur lachte. Sein Vater war zu sehr in das Schachproblem vertieft, um mitzulachen. Arthur dachte: Er wird sagen, die Situation ist jetzt anders als vor dem Krieg. Ich sehe eigentlich keinen Sinn mehr darin, deiner Großmutter Geld zu schicken. So kann ich mir ja nie sicher sein, ob es dir auch wirklich zugute kommt. Mehr wird er nicht darüber sagen, dachte Arthur, das kann ich mir bei ihm nicht vorstellen. Er wird nicht von »Unrecht, das er mir angetan hat« oder ähnlichem reden.

Schließlich machte sein Vater einen Zug. Dann lehnte er sich zurück, schloß die Augen ein paar Sekunden und nahm seine vorige Haltung wieder ein. Seine Hände waren nun in ständiger Bewegung. Es sah aus, als wollte er die Finger auf eine Art verschränken, wie es vor ihm noch niemandem gelungen war. Seine linke Ferse hob sich langsam aus dem Pantoffel. Arthur blickte so schräg über das Schachbrett, daß die Felder fast zu diagonalen Linien zusammenflossen. Auf dem Spielfeld standen lediglich ein weißer Bauer, ein weißer Läufer, der weiße König und der schwarze König.

»Ich weiß, wie ich es mit vier Zügen schaffen könnte«, sagte sein Vater, »aber es dürfen nur drei sein. Stell dir vor, es wäre ein Irrtum und sie hätten vier gemeint.« Er nahm die Zeitung und las den Text unter dem Diagramm noch einmal, während sein Blick immer wieder zum Schachbrett glitt. Er stellte die Figuren wieder in die Ausgangsposition. »Es könnte natürlich sein, daß beim Diagramm ein Irrtum vorliegt«, sagte er.

Aber alles stimmte. Er schüttelte den Kopf und ließ die Zeitung zu Boden gleiten.

Arthur dachte: Es ist der erste Abend, an dem ich so allein mit ihm zusammensitze. Vielleicht ist es unwahrscheinlich, daß er gerade jetzt auf die Idee kommen könnte, mit mir über meine Zukunftspläne zu sprechen. Ich habe keine Erfahrung mit Vätern. Wie verhält sich ein Vater, wenn er mit seinem Sohn unter vier Augen ein ernstes Wort reden will?

»Ich könnte jetzt einen Cognac gebrauchen«, sagte sein Vater. Er seufzte tief. »Das Leben ist schwer«, sagte er, »aber nicht schwerer als ein Schachproblem, das höchstwahrscheinlich falsch abgedruckt wurde.«

Arthur stand auf. Vielleicht kann er besser nachdenken, wenn er allein ist, dachte er und ging zur Tür.

»Was hast du vor?« rief sein Vater so vorwurfsvoll, als wollte Arthur ihn im Stich lassen, »suchst du Zigarren? Sie liegen in der linken Schublade.« Mit kleinen Rucken versetzte er eine Figur.

Arthur zog die linke Schublade auf und nahm aus einer Blechdose eine Zigarre.

Er setzte sich wieder in seinen Sessel und bereitete die Zigarre vor. Als er die Spitze abschnitt, löste sich das Deckblatt. Vorsichtig befeuchtete er es mit der Zunge und drückte es wieder an.

Sein Vater nahm unvermittelt alle Figuren mit einer Hand vom Brett, legte sie auf die untere Platte des Tischchens und lehnte das Schachbrett an seinen Sessel. »Puh«, sagte er, »für heute abend reicht's.« Er stand auf, ging zum Büffet und kam mit der Zigarrendose und zwei Gläsern zurück. Die Cognacflasche stand bereits unterm Tisch.

»In meinem Alter fühlt man sich nicht mehr geschlagen«, sagte er, »wenn man etwas nicht beendet hat. Man nimmt alles philosophisch. Man weiß inzwischen, daß einem im Leben im Grunde nichts Schlimmes zustoßen kann. Solange man nicht stirbt, kann einem nichts Schlimmes zustoßen, denn das einzig Schlimme, das es gibt, ist das Sterben. Schließlich stellt sich dann heraus, daß Totsein auch nicht schlimm ist. Oder es kann sich nicht herausstellen, was weiß ich. Wenn man tot ist, ist da gar nichts mehr, nicht wahr?«

»Ja«, sagte Arthur, »ja.«

»Das Traurige an der Sache ist«, fuhr sein Vater fort, »daß man das so spät erkennt. Ehe man es erkannt hat, ist man vor lauter Sorgen bekümmert. Und danach ist man dann bekümmert, weil man sich die ganze Zeit umsonst gesorgt hat. So ist immer irgendwas.«

»Sie meinen also, daß man eigentlich nie sein Möglichstes tun sollte?« fragte Arthur.

»Ich? Ich habe dazu keine Meinung. Wenn man nicht sein Möglichstes tut, ist man unglücklich, weil man denkt: Wenn ich mein Möglichstes getan hätte, wäre alles vielleicht ganz anders gelaufen. Glaub mir, irgend etwas gibt es immer, das einen unglücklich macht.«

Arthur sagte: »Aber wenn man nicht für irgend etwas sein Möglichstes tut, hat man nichts zu tun und langweilt sich«, und er dachte, jetzt wird er fragen: So, aber du tust doch seit Monaten nichts. Ödet dich das nicht an? Solltest du nicht nach dem Sommer wieder zur Uni gehen? Ich habe mir gedacht: Du kannst hier in Brüssel bleiben, in Brüssel kannst du ebensogut ... und so weiter.

Aber sein Vater erwiderte mit mahnend erhobenem Zeigefinger: »Nun, das ist gerade die große aristokratische Kunst: Nichts tun und sich dennoch amüsieren. Diese Kunst stirbt aus. Nicht etwa, weil die Aristokraten aussterben, das ist purer Unsinn. Es würde bald neue Aristokraten geben, wenn sie sich nur amüsieren könnten. Aber es gibt heutzutage kaum noch Gelegenheit, sich zu amüsieren. Ein großes Stück Land zu besitzen, das außer einem selbst niemand betreten darf, das geht nicht mehr wegen der Steuern, oder sie pflügen es um zur Lebensmittelversorgung. Ich habe zwei banale Hähne im Garten. Weißt du, was ich gern möchte? Pfauen halten. Nicht einfach vier oder fünf auf einem Rasenstück, nein, fünfzig, hundert, fünfhundert. Das wäre ein verrückter Anblick. Aber wo? ... Kämpfen im Krieg ist heutzutage die Arbeit von Metzgergesellen oder Elektrikern, enfin, der Sorte Mensch, die mit Maschinen umgeht. Was sonst noch? Frauen braucht man nicht mehr zu verführen, es gibt keine Jungfrauen mehr, und wenn man sie ins Unglück stürzt, suchen sie einen Arzt auf.«

»Nicht immer«, sagte Arthur.

»Oh, mon ami«, sagte sein Vater unbeirrbar, »das ist zwanzig Jahre her. Darüber bist du doch nicht mehr böse?«

Arthurs Miene verfinsterte sich. Er entschuldigt sich nicht mal für sein indiskretes Geschwätz, dachte er. Sein Vater lachte, beugte sich vor und tippte ihm mit dem Finger aufs Knie.

»Hör mal, jetzt zieh nicht so ein Gesicht. Ich hab ja nichts gegen dich. Es ist absurd, wenn du jetzt wütend wirst. Habe ich dich denn vor zwanzig Jahren gekannt?

Nein, sonst hätte ich es vielleicht nicht getan, ha! Aber, nun mal ernsthaft, du hast keinen Grund, wütend zu sein. Glaub mir, alle Jungs haben einen Groll auf ihren Vater. Das ist ein Geheimnis der Natur, das offenbar dazu gehört. In deinem Fall liegt es vielleicht noch anders als bei den meisten Menschen. Aber ist es nicht vulgär, einer Mehrheit anzugehören? Als ich in deinem Alter war, habe ich meinen Vater mit der Hundepeitsche ins Gesicht geschlagen.«

»Ich weiß«, sagte Arthur, »daß in der Welt immer dasselbe passiert, aber was was bringt mir dieses Wissen?«

»Findest du das nicht sehr beruhigend? Ich seh's dir am Gesicht an, du denkst genauso. Stell dir vor, das Leben wäre nicht sinnlos, kurz, deine Existenz würde etwas bezwecken. Wie könntest du diesen Zweck erraten? Woher wüßtest du, ob das, was du nach langem Nachdenken getan hast, dem Zweck entsprochen hat oder ob nur plötzliche Impulse die Wahrheit offenbart haben? Ob dein Gefühl recht hatte oder dein Verstand? – Das ist Stoff genug, um ein ganzes Leben darüber nachzudenken. Massen von Menschen haben das getan, aber sie haben sich nicht amüsiert. – Ich frage mich, wann der Pferdesport wieder ein bißchen in Gang kommt.«

Sie saßen beide auf die gleiche Art in ihren Sesseln. Im Zigarrenrauch zeichnete sich unter der Lampe ein Vulkan ab. Es ist verrückt, dachte Arthur, zu erwarten, daß er schon heute abend über meine Zukunft reden würde. Für ihn ist es eine Bagatelle. Einen Tag bevor die Vorlesungen anfangen, wird er vielleicht davon reden, vielleicht aber auch gar nicht. Er wird mit allem stillschweigend einverstanden sein.

Er merkte, daß sein Vater ihn aufmerksam ansah. »Du überraschst mich sehr positiv, Arthur«, sagte er, »wirklich, du bist viel mehr, als ich gedacht habe. Ich habe nie gewußt, worüber ich mit dir reden könnte. Aber du bist ein Philosoph. Zumindest hast du die Veranlagung dazu. Zuerst dachte ich: Der ist ein schwerblütiger, steifer Holländer, durch und durch. Den ganzen Tag läuft er mit einem Gesicht herum, als würde er ein Geheimnis verbergen, über das er um keinen Preis sprechen möchte. Nun, auch kultivierte Menschen haben Geheimnisse, über die sie um keinen Preis der Welt reden möchten. Nur sorgen sie dafür, daß man es ihnen nicht ansieht.«

»Was ist denn in meinem Gesicht genau zu sehen?«

»Ach, na ja, eigentlich nichts. Oder nein, natürlich nicht nichts. Etwas, was man nicht weiß, ein Geheimnis, voyons, ein Geheimnis eben.«

»Ein Geheimnis ist etwas, was man wissen möchte«, sagte Arthur. »Meinen Sie damit, daß die Leute, wenn sie mein Gesicht sehen, etwas von mir wissen wollen?«

Sein Vater wandte sich ihm nachdrücklich zu und riß die Augen weit auf, so daß sich tiefe Falten über seine Stirn zogen.

»Nein …«, sagte er dann zögernd, »an und für sich nicht, nein.«

Arthur nahm sein Glas und trank einen Schluck.

»Bist du jetzt beruhigt?« fragte sein Vater.

Er hat einen Brief meiner Großmutter erhalten, dachte Arthur, er gibt mir zu verstehen, daß er es weiß, daß er alles weiß. Was sage ich jetzt?

»Statt Geheimnis«, fuhr sein Vater fort, »könnte man auch sagen: Kummer. Etwas, was sich zwischen Geheimnis und Kummer bewegt. Als ob du dir für alle Mißgeschicke immer selbst die Schuld geben würdest. Ist das so? Dann wirst du wahrscheinlich ein großer Mann. Ich habe einmal ein Buch gelesen, in dem sich jemand fragt, warum berühmte Männer auf ihren Porträts immer so bekümmert aussehen. Das ist ein Widerspruch, nicht wahr, berühmt und dennoch bekümmert? Meine Antwort darauf lautet: weil sie sich au fond immer die Schuld an allen Mißerfolgen gegeben haben. Und gerade deshalb sind sie große Männer geworden.«

Er weiß nichts, dachte Arthur, ich mache mich nur selbst nervös; schließlich läßt sich nur mit großer Mühe feststellen, ob das, was ich getan habe, überhaupt ein Verbrechen war.

»Ich werde mich anstrengen, daß es besser wird«, sagte er, »ich möchte nicht gern ein schwerblütiger Holländer sein, Papa.«

»Ach, das nordische Temperament hat auch seine bewundernswerten Seiten. Mein Ururgroßvater hat, glaube ich, die Synthese zwischen dem nordischen und dem lateinischen Temperament angestrebt. Meine Ururgroßmutter war eine deutsche Baronin. Aber nicht nur das. Dabei ließ er es nicht bewenden! Er vereinigte Holland und Frankreich. Bon. Es ist eine der größten Dummheiten der Geschichte, daß Holland und Belgien sich später doch wieder von Frankreich getrennt haben. Die Verbindung zwischen Norden und Süden wäre eine ideale Kombination gewesen! Heute sind Belgien und Holland überbevölkert, und Frankreich hat nicht genug Einwohner. Die Deutschen hätten nie mehr einen Fuß über den Rhein gesetzt!« Er schenkte sich wieder nach und vergaß Arthur. Zusammenhanglos schwadronierte er weiter über die Dummheit der Geschichte, die umsonst das staatsmännische Genie Napoleons hervorgebracht habe. Er verstummte mitten im Satz, als Lucien ins Zimmer trat.

»Bonsoir, Lucien«, sagte er, »setz dich zu uns.«

»Nein«, sagte Lucien auf französisch, »ich setze mich nicht zu euch. Erstens ist kein Stuhl mehr frei, und außerdem: Ich möchte dich allein sprechen. Es ist dringend. Soll ich nach Eis klingeln, falls du nicht mehr klar genug bist, um mir zuzuhören?«

»Klingel lieber nicht. Du hast mir die Stimmung schon genug verdorben. Bleib doch sitzen, Arthur. Es gibt kein einziges Geheimnis, das du nicht wissen dürftest.«

Lucien ging, die Hände auf dem Rücken verschränkt, um sie herum, als warte er auf die Straßenbahn.

Arthur blieb stehen. »Ich bin gestern abend sehr spät ins Bett gegangen«, sagte er, »jetzt bin ich wirklich müde.« Er beugte sich über seinen Vater, der ihn mit inzwischen leicht glasigen Augen anstarrte, und griff nach seiner Hand. »Gute Nacht, Papa.«

Sein Vater antwortete nicht und fuhr sich mit der Zunge über die Lippen. Arthur hörte seinen keuchenden Atem. Er ging zur Tür. »Bonsoir, Lucien«, sagte er, aber Lucien trottete weiter hin und her, als wollte er noch kurz warten, ehe er sich auf den Sessel setzte, den Arthur frei gemacht hatte.

»Bonne nuit, Arthur«, rief sein Vater, als er die Tür hinter sich zuzog.

Lucien hatte das Licht im Flur brennen lassen. Es war totenstill. Arthur ging die Treppe hinunter, um die Toilette unten zu benutzen, denn er befürchtete, Alice sonst zu wecken. Wenn ich jetzt einer Person aus dem »anderen Lager« begegnete, dachte er, würde ich stehenbleiben, um ihre Bekanntschaft zu machen. Irgendwann muß ich sie ja doch alle kennenlernen, da ich nun hierbleibe: Laura, Lorette und den Rest. Doch er begegnete niemandem. Nie begegnete er abends in den Fluren jemandem, den er nicht kannte.

Als er zurückkam, war das Gespräch zwischen Lucien und seinem Vater bereits im Gange. Allerdings hörte er nur Luciens kehliges Französisch, von dem er kein Wort verstand, als er an der Tür lauschte. Auf einmal schwieg Lucien, und besorgt, er könnte gemerkt haben, daß Arthur an der Tür nicht weitergegangen war, schlich dieser auf Zehenspitzen zur Treppe und stieg mit gemächlichem Knarren nach oben.

»Morgen«, dachte er, »kaufe ich mir einen Koffer und Sporthemden. Und ich schicke Gaby eine Postkarte, daß ich komme.«

17

Als er die Haustür aufgeschlossen hatte, einen kleinen Aluminiumkoffer wie eine flache Maschine an der Hand, die ebenfalls neu gekaufte amerikanische Armeejacke um die Schultern, wie er es bei jungen Männern mit roten oder blauen Samtmützen, die er für Studenten hielt, gesehen hatte, traf er in der Diele auf Lucien.

»Nanu, Arthur, Sie wollen abreisen?« fragte Lucien.

»Jetzt noch nicht«, entgegnete Arthur, »wahrscheinlich morgen.«

»Wieso schon morgen?«

»Bedauern Sie das?« fragte Arthur. »Ich komme doch wieder.«

»Ach so ... Aber Sie haben mich offensichtlich falsch verstanden. Ich halte es für besser, wenn wir das nicht hier besprechen. Kommen Sie bitte mit?«

Arthur stellte seinen Koffer unter die Garderobe.

Sie gingen in den Garten. »Es muß ja nicht jeder hören, was wir besprechen«, sagte Lucien.

Die Hähne schossen unter einem Strauch hervor, als sie sich ihnen näherten. An der Pforte zum hinteren Garten blieben Lucien und Arthur stehen.

»Zigarette gefällig?« fragte Lucien.

»Danke«, sagte Arthur. Sie zündeten sich eine an.

»Es ist warm«, sagte Lucien und schaute zum Himmel. Der Widerschein seiner Brillengläser traf genau Arthurs Augen. »Es wird doch nicht gleich regnen, was meinen Sie?«

»Solange wir hier stehen, will ich hoffen, daß es vorüberzieht«, sagte Arthur.

»Das ist ein guter Gedanke«, sagte Lucien und lachte. Arthur wechselte das Standbein, räusperte sich und seufzte. Ich stelle ihm keine Fragen, dachte er. Auch Lucien räusperte sich.

»Sie dürfen mir nicht übelnehmen, was ich Sie jetzt frage, Arthur«, sagte er, »Sie wissen: Ich bin kein Brüsseler, ich kann mich nicht so elegant ausdrücken, ich sage alles immer so, wie ich es meine. So ist das nun mal leider.«

»Oh, mir gefällt das gut«, sagte Arthur.

»Also schön, Arthur, Sie müssen wissen: Das Leben nach dem Krieg ist ein Cauchemar, ein Alptraum, für uns wie für Sie. Es ist schwer, sehr schwer, über die Runden zu kommen.«

»Das glaube ich gern.«

»Schauen Sie«, sagte Lucien, »wir sind nicht reich. Wir waren reich, aber jetzt sind wir es nicht mehr.«

»Aha.«

»Dessen ungeachtet, trotz der Schwierigkeiten, die uns bedrängen, haben wir Ihnen gegenüber nie ein Wort darüber verloren. Sie sind gekommen und gegangen, wann es Ihnen konveniert hat, und uns war es recht. Sie verstehen doch, was ich sagen möchte? Wir wollen Sie zu nichts zwingen. Aber Sie müssen einsehen, daß wir mit Ihnen alle in die Miesen geraten, oder?«

Arthur verstand ihn, Wort für Wort. Aber er fragte: »Und Sie meinen also, ich hätte Umgang mit miesen Leuten hier in Brüssel?« Er will mich vor die Tür setzen, dachte er, er ist komplett verrückt geworden, er glaubt, er könnte mich einfach rausschmeißen, das hat er mit dem ganzen Haus ausgeheckt. Wenn er wüßte, daß ich hier vielleicht noch jahrelang bleiben werde.

Lucien hingegen wollte ihn nicht verstehen. »Ich meine: in die finanzielle Bredouille geraten. Das Leben ist horriblement kostspielig.«

»Ich glaube nicht, daß ich solche Fragen mit Ihnen erörtern muß«, sagte Arthur. Aber er merkte, daß seine Augen groß wurden, ohne daß er Lucien einen Schrecken einjagen wollte, und ein Knie begann zu zittern.

»Sie haben mich immer noch nicht verstanden«, sagte Lucien, »Ihnen ist auch nicht klar, welche Position ich hier im Haus habe. Ich trage viel Verantwortung.«

Große Tropfen begannen zu fallen. Einer landete auf Arthurs Stirn, am Haaransatz, und rann die Nase entlang hinab. In seinem Gesicht stand eine unsägliche Irritation. Er verzog es auf alle möglichen Arten und wischte wütend mit der Hand darüber.

»Was Ihre Position angeht, ist mir eines klar«, sagte er sehr laut, »Sie sind nicht mein Vater und haben über mich nicht zu bestimmen.«

»Stellen wir uns dort drüben unter«, sagte Lucien, »es regnet.«

Arthur warf seine Zigarette weg, die naß geworden war, und sie liefen zu dem Schuppen, der sich an das flache Nebengebäude mit der Dachterrasse anschloß. Arthur knurrte der Magen. Das Wasser floß die Treppe hinunter. Die Tür des Schuppens ließen sie offen. Vor lauter Wasser war der Garten war kaum noch zu sehen. Im Schuppen lagerten zwei große Weinfässer. Der starke Weingeruch, der den Raum erfüllte, schien durch den Regen draußen noch intensiver zu werden.

»Ein Sauwetter«, sagte Lucien.

Arthur horchte auf das Prasseln und antwortete nicht. Der Schuppen war wie eine Schanze, die durchs Wasser führte. Arthur starrte reglos auf die Gartenmauer, von deren Zinnen der Regen in dünnen Fächern spritzte. Als er merkte, daß er alles doppelt zu sehen begann, drehte er sich zu Lucien um und fragte: »Kann man durch den Schuppen ins Haus gehen?«

»Sicher«, sagte Lucien, »aber lassen Sie uns zuerst diese Sache klären.«

Breitbeinig stand er da. Das fleischige Gesicht war glänzend blaß, die Brille mattschwarz. Sein Mund war nun so verzerrt, daß sich die Narbe an der Oberlippe fast neben der Nase befand. Seine Hände lagen vor dem Bauch, als wollte er sie, sollte Arthur auch nur einen Schritt machen, ausstrecken und ihn an der Gurgel packen. »Wir sind noch nicht fertig«, sagte Lucien.

»Was denn noch ...«, sagte Arthur langsam. Das Zittern in seinem Knie bekam er nicht mehr unter Kontrolle. Er versuchte, auf beiden Beinen gleichzeitig zu stehen, aber das nützte nichts.

»Wann verlassen Sie das Haus, für immer?« fragte Lucien.

»Davon, daß ich das Haus für immer verlasse, kann keine Rede sein«, sagte Arthur; Lucien den Grund zu erklären – Alices Versicherung, er könne in Brüssel bleiben und studieren – wäre ihm wie ein Sakrileg erschienen. Verflucht, dachte er, verflucht.

»Na schön«, sagte Lucien, »dann werde ich Ihnen sagen, wann Sie das Haus verlassen. Erdreisten Sie sich nicht, sich bei meiner armen Schwiegermutter zu beklagen. Es wäre ihr Tod. Dann hätten Sie auch das noch auf dem Gewissen.« Das Geräusch des Regens war in diesem Augenblick so laut, daß Arthur ihn kaum noch verstehen konnte.

Doch begriffen hatte er!

Er ging einen Schritt auf Lucien zu. Er wollte etwas sagen, geriet jedoch ins Stottern. Verflucht, dachte er, wie Bastó. Lucien war zurückgewichen.

»Du meinst ...«, murmelte Arthur, »was soll ich denn sonst noch auf dem Gewissen haben? Was? Was? Sag schon! Trau dich und sprich's aus!«

Lucien war noch einen Schritt zurückgetreten und stand nun halb in der Türöffnung, vor der, wie eine Folie, ein breiter Wasserstreifen hing. Die eine Hälfte seines Kopfes wurde naß, die Haare fielen ihm übers Ohr. Seine Schulter wurde glänzend schwarz. Er kniff die Augen zu und rührte sich nicht.

»Ich weiß, was los ist«, brüllte Arthur, »du hast von Anfang an gegen mich intrigiert. Du wolltest gestern meinen

Vater sprechen, meinetwegen. Du hast ihn gebeten, mich wegzuschicken. Mit dem ganzen Haus hast du dich verschworen, um mich rauszuekeln. Aber ehe dir das gelingt, bringe ich dich um. Ist dir das klar! Ist dir das klar?«

Lucien verzog den Mund, als versuchte er, das über sein Gesicht strömende Wasser aufzuschlürfen, und auf einmal spürte Arthur, daß auch seine Lippen naß waren von einer warmen, klebrigen Flüssigkeit. Aus seiner Nase troff Blut. Er zog es hoch, schmeckte es auf den Lippen. Sein zusammengeknülltes Taschentuch vors Gesicht gedrückt, zwängte er sich an den Weinfässern vorbei und fand die Tür zur Waschküche. Das Taschentuch war bald blutdurchtränkt.

Über das Waschbecken gebeugt, sah Arthur, wie sich sein Blut langsam in einer dünnen Wasserschicht auflöste. Die Köchin drückte ihm ein Stück Eis in den Nacken. Es hört nicht auf, dachte er, meine Nase tropft wie ein undichter Wasserhahn. Er legte das Taschentuch auf den Rand des Waschbeckens und wusch sich die Hände ab. Wie lange muß ich das sehen, dachte er, einen Spülstein mit Sternen aus Blut darin. Als er den Hahn aufdrehte, bildete das Blut dünne Schlieren im Wasser, wie Farbe, die mit einem zu trockenen Pinsel verteilt wird. Er sah das Waschbecken zu Hause vor sich, in dem der Schürhaken gelegen hatte. Er dachte: Es ist nur Nasenbluten, etwas weiter unten als das Auge. Es kann doch nicht immer so weitergehen, dachte er schließlich. »Ça ne marche pas«, sagte er, das Eis glitt ihm die Wirbelsäule hinab. Er nahm das Taschentuch, warf den Kopf in den Nacken und verließ die Küche. Wohin soll ich denn gehen, dachte er, wo in diesem Haus ist ein Ort, an dem es aufhört? Immer wieder schluckend, leckte er sich die Lippen ab. Das Blut schmeckte nach Schwefelsäure. Was soll ich tun, dachte er, es muß aufhören, es muß.

Als er die Treppe hinaufging, überkam ihn so große Angst, daß er fast hoffte, die Angst allein würde die Blutung stillen. Durch das Taschentuch tropfte es nun schon aufs Kinn.

Lory rannte gleich zum Schrank, um den Larousse Médical zu suchen, als er eintrat. Er setzte sich. Rose, die gerade das Essen servierte, sagte, er müsse sich hinlegen. Doch er konnte nirgends liegen.

Das Taschentuch ließ er fallen. Rose legte den Arm um ihn und brachte ihn nach oben. Lory rief den Arzt an.

Der Arzt stand tropfnaß neben seinem Bett. Der Regen prasselte mit so ohrenbetäubendem Lärm auf das Dachfenster, daß es sich anhörte wie in einer Fabrikhalle. Arthur spürte die kalten Ärmel eines nassen Gummiregenmantels im Gesicht, als ihm der Arzt große Wattebäusche, um die Spitze einer Schere gedreht, in die Nasenlöcher schob. Lory verließ das Zimmer. »Keine heftigen Bewegungen, keine langen Nächte, keine Ausschweifung irgendeiner Art. Du calme, surtout du calme«, sagte der Arzt und zog Arthurs Augenlider herunter. Lory kam mit einem Glas Cognac zurück, das sein Hungergefühl nur noch mehr steigerte. Dann ließen sie ihn eine Weile allein.

Der Himmel über seinem Kopf war hellblau geworden. Unter dem Fenster hatte sich eine große Pfütze gebildet, weil es nicht ganz geschlossen gewesen war, als der Regen anfing.

Rose brachte ihm etwas zu essen und wischte dann die Wasserlache auf. Mit mir ist es vorbei, dachte er, ich darf nichts mehr. Ich kann mich nicht einmal mehr aufregen. Ich werde scheu leben müssen, wie ein Kaninchen im Stall, das auf den Kohlstrunk wartet, den ihm jemand durchs Gitter zusteckt.

»Monsieur Arthur, geht es Ihnen jetzt besser?« fragte Rose.

»Ach, Rose«, antwortete er, »taisez-vouz, ich flehe Sie an.«

»Ich erfülle Ihnen jeden Wunsch«, erwiderte sie und putzte weiter, stets näher an der Tür, wo überhaupt kein Wasser gestanden hatte. Sogar als sie ging, schwieg sie.

Später hörte er Gepolter im Gang und auf der Treppe, wo jemand das Blut beseitigte, immer eine Stufe tiefer. Er zog die Beine an, öffnete die Schnürsenkel, schleuderte die Schuhe auf den Boden und deckte sich zu. Mit der Hand rieb er das Blut in seinem Gesicht zu kleinen Rollen. Die andere Hand, mit Blut vor allem auf den Nagelhäuten, ruhte auf der Bettdecke. Wie eine totenbleiche, todkranke Hand sah sie aus. Ich bin zu nichts mehr in der Lage, dachte er. Ein eindeutiges Zeichen. Vielleicht geht es ja nie vorbei, tritt es bei der geringsten Bewegung wieder auf. Irgendwann müssen sie mich in ein Sanatorium bringen, und ich werde in einem Bett liegen, das auf Gummirädern fahren kann. Wenn die Sonne scheint, rollt mich die Krankenschwester auf eine Veranda mit gläserner Schiebewand. Meine Großmutter sieht vom Himmel lächelnd zu. Sie hat es immer gewußt. Sie hat mich gewarnt. Aber ich habe eine Sünde nach der anderen begangen, als ob ich befürchtet hätte, nicht krank genug zu werden. Warum bin ich hierhergekommen? Was habe ich hier zu suchen? Es kann sich ja doch nichts mehr zum Besseren wenden, und sie alle wissen das. Darum wollen sie sich nicht um mich kümmern, und ich bin wie ein Kunde, der hartnäckig in einem Laden stehenbleibt, in dem das, was er sucht, gar nicht verkauft wird.

Weil er durch den Mund atmete, wurde seine Zunge eiskalt. Er preßte die Lippen zusammen und schaffte es mit einiger Mühe, durch die Nase zu atmen. Wegen der Wattepfropfen entstand ein seltsames Geräusch, und er spürte, wie sich winzig kleine Härchen, die aus der Watte ragten, auf seiner Oberlippe bewegten. Wer weiß, dachte er, was alles in diesem Haus schon seit Jahren über mich geredet wurde. Als der Krieg dem Ende zuging, sind die Diskussionen wieder entbrannt. Was wirst du machen, Albert, Papa, Oncle Albert, Cousin Albert, werden sie reihum gefragt haben, was wirst du anfangen mit deinem Sohn? Mit der Filiale der Familie dort in Amsterdam?

Viel später kam Lory mit warmer Suppe und Brot.

»Ich soll dich von Vater grüßen«, sagte sie. »Er mußte ganz plötzlich verreisen und hätte sich gern von dir verabschiedet, aber wir haben ihm davon abgeraten, weil wir dachten, du würdest schlafen.«

»Wann kommt er zurück?« fragte Arthur.

»Das weiß man bei Vater nie«, sagte Lory. »Aber länger als drei Tage ist er bisher nie weggeblieben, schon wegen Mutter. Er verreist nur, wenn der Arzt sich sehr optimistisch über ihren Zustand äußert. Und dann ruft er noch jeden Tag um die Mittagszeit an, oder spätestens am Abend, und erkundigt sich, wie es ihr geht.«

»Wohin fährt er denn?«

»Ach, überallhin. Geschäfte. Er ist ungeheuer vital für sein Alter, findest du nicht auch? Aber manchmal gerät er in ein seelisches Tief. Das ist schade.«

Lory sagte nichts mehr. Lory sprach im allgemeinen sehr wenig. Sie war freundlich, ohne viel zu lächeln. Wenn Arthur sie anschaute, dachte er: Sie ist meine Schwester, aber was heißt das schon? Er empfand sie als so unpersönlich, daß ihm schien, als existiere sie nur äußerst notgedrungen, als sei sie nur eine Person, weil sie sich anders nicht manifestieren konnte, als bestünde sie eigentlich lieber aus unsichtbarem Gas.

Lucien kam auch, in einem anderen Anzug, um zu schauen, wie es Arthur ging. »Ich habe mich sehr erschrokken«, erklärte er.

»Es ist nicht schlimm«, sagte Arthur, »der Arzt meint, wenn ich mich ruhig verhalte, passiert weiter nichts.«

Er dachte: Mein Vater kommt also in drei Tagen zurück. Dann werde ich ihm erklären, was ich gegen Lucien habe, falls es noch nötig sein sollte. Solange er weg ist, kann Lucien nichts ausrichten.

»Nasenbluten kann très dangereux sein«, sagte Lucien, »Sie wissen doch, daß Attila an Nasenbluten gestorben ist, in seiner Hochzeitsnacht?«

Arthurs Dachfenster wurde zusehends dunkler.

Ich mache es falsch, dachte er, ich muß zum Angriff übergehen. Und schon sah er Lucien am Boden liegen, hinter der Gartenmauer. Und er stand daneben, die Hände in den Hosentaschen, und trat ihn in die Seiten, an die Schläfen und gegen den Mund, so daß Luciens Zähne knackend abbrachen. Vor Aufregung fuhr er hoch, lag danach aber wieder regungslos im Bett. Im Kopf hörte er sein Blut pochend zirkulieren. Gleich blutet es wieder, dachte er. Ich versinke wie ein leckes Schiff, nur genau andersrum. Ich bin zu nichts mehr in der Lage.

Ich kann nicht mal zu Gaby fahren. Es kann mir im Zug wieder passieren, und dann habe ich keinen, der mir hilft. Oder es passiert, während ich einen Hügel hinaufgehe. Ein besonders unterhaltsamer Gast würde ich sein: Nein, nicht balgen, ich kann jeden Augenblick Nasenbluten bekommen, nein, ich gehe nicht schwimmen, irgendwann wäre das Wasser rot, und ihr würdet denken, ein Hai hätte mich gebissen, nein, ich bleibe lieber zu Hause, man weiß nie, was unterwegs passieren kann. – Gibt es denn keinen Ausweg? dachte er. Kann ich mich denn auf keine einzige Art mehr durchs Leben schlagen? Ohne fremde Hilfe schaffe ich es nicht. Wie kann ich Menschen finden, die mir helfen? Wer auf der Straße »Hilfe!« ruft, um den kümmert sich niemand. Nein, man muß mit einem anderen Menschen langsam in Kontakt treten, bis dieser das Gefühl bekommt, wenn dir etwas zustößt, wäre es ihm selbst zugestoßen, und er gar nicht anders kann, als dir zu helfen. So muß es sein. Wie kriege ich das hin?

In den nächsten Tagen verließ er das Haus nur für kurze Spaziergänge. Er blieb im Eßzimmer sitzen und hörte Radio. Draußen schien die Sonne nicht mehr. Im Garten fror er.

Als er sich eines Morgens zum erstenmal wieder mit Alice unterhielt, sagte sie zu ihm: »Ach, Arthur, wie geht's? Ist es wieder besser? Ja, man hat es mir erzählt ... Jetzt bin ich es mal, die fragt, wie es dir geht … Mich brauchst du nicht mehr zu fragen. Mir geht es so gut. Nächste Woche darf ich wahrscheinlich wieder aufstehen, hat der Arzt gesagt. Ich habe die ganze Zeit an dich gedacht. Es gibt immer Menschen hier im Haus, an die ich denke, manchmal Stunden hintereinander an denselben. Wie oft wünsche ich mir, diese Person könnte merken, daß ich an sie denke, und käme zu mir, als ob ich sie gerufen hätte. Aber das geschieht nie. Es gibt Leute, an die ich denke, von denen ich oft nicht einmal genau weiß, ob sie noch hier sind. – Aber du bist jedenfalls gekommen. Hast du gespürt, daß ich an dich gedacht habe?«

»Ich habe auch oft an Sie gedacht, vielleicht habe ich es ja gespürt. Vielleicht bin ich deshalb auch so schnell gesund geworden.«

»Oh, bestimmt. Ich bin selbst dabei, gesund zu werden, und ich habe dich mitgerissen. Ich wünschte mir manchmal, ich könnte jeden hier im Haus mitreißen. So glücklich fühle ich mich, weil ich dabei bin, gesund zu werden. Ach, könnte ich doch jeden hier glücklich machen!«

»Gibt es denn etwas, weshalb die Leute hier besonders unglücklich sind? Ist etwas passiert?«

»Ich weiß nicht genau. Mir wird ja kaum etwas erzählt. Trotzdem passiert viel hier im Haus. An manchen Abenden kann ich es merken, sehr oft auch nachts. Dann habe ich ein Gefühl, als wäre das ganze Haus in Aufruhr, so, als ob in jedem Zimmer ein Kind geboren würde. Wenn jemand zu mir hereinkommt, höre ich, solange die Tür offensteht, überall Gespräche. Manchmal höre ich auch etwas, wenn sie die Badezimmertür auflassen. Aber meistens sorgen sie dafür, daß sie geschlossen ist. Auch die Tür dieses Zimmers zum Vorraum ist fast immer zu. Dein Vater schließt sie, damit ich möglichst wenig mitbekomme. Das beunruhigt mich natürlich, obwohl ich voll und ganz einsehe, daß es wahrscheinlich gut für mich ist, wenn ich sowenig wie möglich mitbekomme, weil ich mir sonst noch viel mehr Gedanken machen würde.«

Arthur schüttelte den Kopf: »Ich glaube wirklich nicht, daß etwas passiert. Was könnte denn passieren? Auf dem Weg hierher habe ich in einem Militärcamp der Engländer bei Nimwegen gegessen. Während ich auf ein Auto wartete, habe ich eine kanadische Zeitung gelesen. Darin stand ein Bericht über Menschen in Südamerika, glaube ich, oder nein, in Tibet, die nicht wußten, daß es einen Krieg gegeben hatte. Meinen Sie, daß diese Menschen viel versäumt haben? Und so ist es mit allem.«

»Du bist ein Philosoph.«

»Nein, ich habe nur gelernt, daß man nie alles daransetzen sollte, etwas in Erfahrung zu bringen. Das habe ich im Krieg gelernt. Es ist vielleicht das einzige, was ich gelernt habe, aber es ist immerhin etwas. Ich hatte einen Freund, ich hatte nicht viele Freunde, und ich habe sehr an ihm gehangen. Später habe ich gemerkt, daß er Dinge tat, die er vor mir streng geheimhielt. Ich hatte faktisch nichts damit zu tun. Ich hätte genausogut sein Freund sein können, ohne alles wissen zu wollen.«

»Das glaube ich nicht: Wenn er wirklich dein Freund gewesen wäre, hätte er dir von sich aus erzählt, was du wissen wolltest, wenn du ihn nachdrücklich gefragt hättest.«

»Ich konnte ihn nicht fragen, er saß im Gefängnis, als ich nach und nach hinter seine Geheimnisse kam.«

»Was hast du ihm denn überhaupt übelgenommen?«

»Er hatte ein Verhältnis mit Carola, und Carola und ich, wir konnten uns nicht riechen. Deshalb hat er sich nie getraut, mir zu sagen, daß er ein Verhältnis mit ihr hatte.«

»Du konntest es also nicht ertragen, daß dein Freund die Freundin über den Freund stellte: Das halte ich für sehr sonderbar, cher ami.«

Einen Berg von Gegenargumenten würde er nun erklimmen müssen. Ich hätte die Sache mit keinem Wort erwähnen dürfen, dachte er, niemals.

»Darum ging es nicht«, sagte er. »Meine Schwester hat ihn zum Narren gehalten. Sie hat ihn ausgenutzt, wo sie nur konnte. Sie hat sich nichts aus ihm gemacht. Außerdem hat sie ihn betrogen. Damals hatte ich das Gefühl, daß sie das nur tat, um mich zu schikanieren; er war mein Freund, nicht wahr? Er war nämlich immer sehr gut zu ihr, so eine Behandlung hatte er wirklich nicht verdient.«

»Woher weißt du, daß er immer gut zu ihr war, wenn du nicht mal gewußt hast, daß er ein Verhältnis mit ihr hatte?«

»Ich habe mich falsch ausgedrückt. Ich wußte zwar von dem Verhältnis, aber nicht alles. Das Wichtigste wußte ich nicht.« Wie erkläre ich es, dachte er, ohne das zu erzählen, was ich für mich behalten will? Ohne Ernst zu erwähnen?

»Was war denn das Wichtigste?«

»Das Wichtigste weiß ich immer noch nicht«, sagte er, »und ich will es auch nicht mehr wissen. Diese ganze Geschichte ist nicht wichtig für Sie. Es ist nun schon lange her, es war im Krieg, und vom Krieg hat nun jeder genug. Ich will gar nicht mehr wissen, was dieser Freund und meine Schwester genau gemacht haben. Das war es, was ich Ihnen erklären wollte: daß man nie versuchen sollte, hinter die Geheimnisse anderer Menschen zu kommen.« Wird sie es als Warnung auffassen, dachte er, wird sie aufhören zu fragen?

Doch sie erwiderte: »Ich weiß nicht, ob es dir auf diese Weise möglich ist, deinem Freund gegenüber gerecht zu sein. Wenn du es nicht genau weißt, weiß du auch nicht, ob er dir überhaupt etwas angetan hat. Vielleicht würde sich herausstellen, daß du nicht das mindeste Recht hast, wütend auf ihn zu sein.«

»Ich bin nicht wütend auf ihn, das ist vorbei. Wenn ich ihm begegnen würde, würde ich so tun, als ob nichts geschehen wäre.«

»Und du hättest keine Angst, er könnte dir noch einmal so etwas antun?«

»Ich weiß nicht. Doch, nein, ich habe keine Angst«, schob er schnell hinterher, und indem er lachte, versuchte er diese kindische Antwort akzeptabel zu machen. Aber er vertraute nicht ganz darauf und setzte deshalb hinzu: »Vielleicht wäre es das beste, neue Freunde zu gewinnen.«

»Neue Freunde gewinnen«, entgegnete sie, »das ist immer richtig. Man kann nie genug Freunde gewinnen. Allerdings darf man seine Freunde nie so betrachten wie Schuhe, die irgendwann abgetragen sind.«

»Nein, nein, natürlich nicht.« Weiter sagte er nichts. Dieser Gedanke beschäftigte ihn: Seine Freunde wie alte Schuhe zu betrachten, die man wegwirft und sich statt dessen neue kauft!

Sie sagt: So etwas macht man nicht. Aber für mich ist es der einzige Lichtblick, den ich noch habe. Auf diese Weise kann ich noch zum Optimisten werden! Neue Freunde gewinnen! Jeder Freund ist ein Agglomerat von Möglichkeiten. Und wenn diese Möglichkeiten erschöpft sind, sucht man sich wieder neue Freunde. Überall auf der Straße laufen Freunde herum. Durch ein banales Ereignis kann man mit ihnen in Kontakt kommen. Weil sie keine Streichhölzer bei sich haben oder den Weg nicht wissen. Es ist idiotisch, daß nicht jeder Mensch einen Reservevorrat an Tausenden von Freunden hat!

»Oh, ich wollte damit nichts Bestimmtes andeuten«, sagte Alice, »du bist so still geworden ... hast du etwa gedacht, das sollte sich auf dich beziehen? Ich habe es nur so gesagt, ganz allgemein. Mit den Leuten hier im Haus kommst du gut aus, habe ich gehört.«

»Ja, ausgezeichnet.«

»Das ist schön, denn wenn du mit jemandem Streit bekommen solltest, wäre das schrecklich für dich, die ganze Zeit, die du hier wahrscheinlich noch bleiben wirst. Du brauchst doch bestimmt noch vier oder fünf Jahre für dein Studium. Und ich würde mich so freuen, wenn du hier im Haus bleiben könntest, wenn du dir kein möbliertes Zimmer nehmen müßtest.«

Sie weiß nichts, dachte Arthur, und sie wird es nie erfahren, denn ich werde mich nicht bei ihr beklagen. Sie wagen es also nicht, mich bei ihr anzuschwärzen.

»Ja, ja, ich würde mich auch sehr freuen, wenn ich hierbleiben könnte und mir kein möbliertes Zimmer nehmen müßte«, antwortete er, »entschuldigen Sie mich einen Augenblick?«

Er stand auf und ging durch den Vorraum in den Flur. Dort blieb er stehen, neben einem Piedestal mit einer riesigen chinesischen Vase. Er betrachtete die Vase von unten bis oben und von oben bis unten und kaute auf der Unterlippe. Sie würde sich sehr freuen, wenn ich hierbleiben könnte, dachte er. Ja, sie würde sich so freuen ... Wie lange noch? Vielleicht eine Woche? Wenn mein Vater zurückkommt, werde ich es genau wissen. Wann kommt er zurück?

Sein Vater kam nicht nach drei Tagen zurück. Eine Woche später war er immer noch nicht da. Wenn er gegen Mittag anrief, konnte Arthur manchmal ein paar Worte zu ihm sagen. »Bonjour, papa, ça va?« Weiter brachte er es nicht. Das Französisch seines Vaters konnte er am Telefon schlecht verstehen, und von seinen Schwierigkeiten wollte er nicht anfangen, wenn Lucien und Lory dabeisaßen. Wenigstens konnte er am Tonfall seines Vaters erkennen, daß er freundliche Worte zu ihm sagte. Das würde er nicht tun, wenn er eine unangenehme Nachricht für mich in petto hätte, dachte Arthur. Nein, wahrscheinlich gab es keinen Grund zur Beunruhigung. Es handelte sich nur um den persönlichen Groll oder Egoismus Luciens. Er wollte mich einschüchtern; er hat gedacht: Dann wird er schon von allein gehen. Vielleicht denkt er auch: Wenn Arthur hierbleibt, braucht er ein anderes Zimmer, denn das Zimmer oben ist zum Studieren zu klein. Vielleicht ahnt Lucien, daß dann von ihnen verlangt werden könnte, ein Zimmer abzutreten. Sie belegen fast die ganze dritte Etage.

Auch Lory tut so, als ob nichts wäre. Wenn sie alle tatsächlich vorhätten, mir irgendwann klarzumachen, daß ich mich fortscheren solle, würde sie doch hin und wieder vorsichtig darauf anspielen. Wie schade, daß ich nicht weiß, ob Lucien nichts mehr sagt, weil er Angst vor mir hat oder weil er sich wegen des schlimmen Blutflusses nicht traut. Was hat ihm wohl größere Furcht eingejagt, mein Gesicht oder die Tatsache, daß ich in Lebensgefahr war? Vermutlich ersteres. Ich darf nicht unzufrieden sein.

Nachdem wieder ein paar Tage vergangen waren, fragte Alice: »Deine Freundin, Gabrielle ... Du siehst, daß es mich interessiert, ich habe mir ihren Namen gemerkt, obwohl du nur einmal von ihr erzählt hast. Wie geht es ihr? Hast du ihr noch geschrieben? Fährst du noch nach Barvaux?«

Arthur sagte: »Ja, natürlich, ich habe ihr geschrieben. Warum ich nicht kommen konnte und so. Ich habe einen langen Brief von ihr bekommen. Und Barvaux ... Sie ist schon bald wieder zurück. Es würde sich nicht mehr lohnen hinzufahren.« – Wenn sie nie mehr von sich hören läßt, dachte er unterdessen, was mache ich dann?

»Ich bin sehr neugierig auf sie, ich möchte sie gern kennenlernen«, sagte Alice. »Wenn sie wieder in Brüssel ist, mußt du sie mal mitbringen. Wirst du das tun? Ich bin sehr gespannt auf Gabrielle.«

Nach diesem Vormittag sprach er sie nicht mehr allein, denn sie durfte aufstehen. Wenn er morgens klopfte, war Rose meist gerade dabei, sie anzuziehen. Sie aß mittags wieder mit allen am Tisch. Und nachmittags, wenn sie sich zum Ausruhen hinlegte, empfing sie allerlei Besuch. Seit nahezu zwei Monaten hatte sie ja niemanden gesehen außer ihrem Mann, ihren Kindern, den Dienstboten und Arthur. Alle Welt kam zu ihr, mit Blumen, da sie kein Obst mochte. Die Blumen ließ sie wegbringen, noch ehe sie zu welken begannen, denn diesen Gedanken konnte sie nicht ertragen.

»Hättest du denn lieber Blumen aus Papier?« fragte Lory einmal.

»Vielleicht«, erwiderte sie, »und warum nicht die Blumen aus Emaille oder Porzellan, die man an Grabkreuze hängt?« – Solche Blumen aber wagte nicht einmal Bastó ihr mitzubringen.

18

Eines Morgens klopfte es an Arthurs Tür. Rose stand da und sagte, jemand sei für ihn am Telefon.

»Was ist los?« fragte er, fast erschrocken.

Er setzte sich im Bett auf, wie zum Zeichen, daß sie gehen solle. Mein Vater! dachte er, er ruft eigens für mich an. Ihm war, als schlüge ihn sein Herz aus dem Bett.

Auf nackten Füßen stand er neben dem Frühstückstisch, auf dem nur ein Teller unbenutzt war, und nahm den Hörer ab.

Doch es war Gaby, mit der er sich für den Nachmittag verabredete.

Ich komme zu spät, dachte er, als er das Haus verließ. Ich komme bestimmt zu spät, aber das ist nicht schlimm. Lory hatte ihm gesagt, General de Gaulle hielte an diesem Tag seinen Einzug in Brüssel, und es war die Frage, ob noch Straßenbahnen fuhren, denn es würde auch eine Parade stattfinden, die den ganzen Nachmittag dauern sollte.

Es kam zwar noch eine Tram, doch die brachte ihn nur bis zum Louizapoort. Dicht aufgereiht standen dort so viele Straßenbahnen, daß es aussah wie eine lange gelbe Baracke in der Straßenmitte. Die Durchfahrt war für Autos gesperrt, und die Menschen schlenderten über die Fahrbahn. Vielleicht ist Gaby noch gar nicht unterwegs zum Kleine Zavel, dachte er. Er wußte, daß sie ganz in der Nähe wohnen mußte, in einer der kleinen Nebenstraßen, aber trotzdem begann er, sich zur Guldenvlieslaan zu drängeln, weil er sich womöglich verlaufen würde, wenn er in den

Nebenstraßen suchte und Leute nach dem Weg fragte, und dann wäre Gaby vielleicht schon lange nicht mehr zu Hause.

Dünne Menschenreihen säumten den Boulevard. In der Fahrbahnmitte hatten sich Kompanien belgischer Soldaten in Rührt-euch-Stellung gesammelt. Es war nichts zu sehen. Manche Soldaten standen mit dem Rücken zu der Richtung, in die sie marschieren würden. Ihre Frauen und Kinder hielten sich als Zuschauer am Straßenrand. Die Kinder liefen zu ihnen, um ihrem Papa ein Küßchen zu geben. Arthur überquerte zwischen zwei Kompanien die Straße. Hinter sich hörte er einen Mann etwas brüllen. Viele Füße stellten sich knallend auf dem Pflaster auf. Er schaute sich um. Wieder ertönte ein Befehl. Ein Soldat aus der vordersten Reihe setzte sich in Bewegung. Als er nach drei Schritten seinen Irrtum bemerkte, trat er rückwärts wieder an seinen Platz, ohne daß die Leute lachten.

Vom Platz vor dem Justizpalast strömten noch mehr Menschen zum Boulevard. In der Regentschapsstraat hingegen herrschte Stille wie an einem Sonntag. Mit weichen Knien lief Arthur über die großen Platten des Bürgersteigs die Straße hinunter. Wenn sie dort gestanden hat, steht sie bestimmt nicht mehr da, dachte er. Und schlagartig wußte er, daß das etwas Furchtbares für ihn bedeuten würde, daß er sich dann nie mehr gegen Lucien würde wehren können. Und wenn er das Haus verlassen müßte, wo sollte er hingehen? Mit Gaby hatte er das Recht, in Brüssel zu bleiben; wenn ich sie nicht habe, ist alles umsonst.

Am Kleine Zavel angelangt, war er sich unschlüssig, wo er sich postieren sollte. Vor der Kirche, oder am Zaun der Grünanlage?

Schließlich entschied er sich für die Straßenecke, wo man auf die Linie 6 warten mußte, vor einer großen Buchhandlung. Eingehend studierte er die Schaufenster, drehte sich aber immer wieder zum Park um. Ein Mann sprach ihn an und fragte, ob denn doch noch eine Straßenbahn käme, da er ja hier wartete. Sei der Verkehr in der Innenstadt nicht gänzlich eingestellt?

»Ich glaube schon«, antwortete Arthur, »ich warte auch nicht auf die Bahn.« Bleibt er jetzt in der Nähe und paßt auf, worauf ich dann wohl warte, dachte er, und lacht mich aus, wenn niemand für mich kommt? Aber der Mann verschwand aus seiner Sicht. Nur die hier und da vergoldeten Männchen hoch auf dem Zaun des Parks schauten zu. Oder vielleicht wartet sie im Park, weil sie annimmt, ich hätte mich mit ihr in eine Laube zu Füßen von Egmond und Hoorne setzen wollen, dachte er. – Sofort ging er hin, überwältigt von Schmerz wegen der tragischen Geschichte der Grafen Egmond und Hoorne, die ihn vorher nie interessiert hatte – als sei es nun seine Aufgabe, ihre heimtükkische Gefangennahme und Hinrichtung zu rächen, eine Aufgabe, für die er vierhundert Jahre zu spät auf die Welt gekommen worden war.

Mitten in dieser Anwandlung hirnrissiger Trübsal und noch ehe er den kleinen Park mit den hohen, alten Bäumen erreicht hatte, sah er Gaby die Karmelietenstraat herabkommen. Mit ihren weißen Söckchen, der Brille und der Umhängetasche. Hochgebundenes, am Hinterkopf lang herabhängendes Haar. Er gab sich nun ausgelassen, lief auf sie zu, reichte ihr die Hand und küßte sie auf die Stirn, ohne viel mehr zu sagen als »Bonjour, Gaby«. Sie zog ihr rot verbranntes Gesicht in freundliche Furchen.

»Ich habe einen Presseausweis«, rief sie, »wenn wir uns beeilen, sehen wir ihn noch.«

»Wen meinst du?« fragte er.

»Den General! Er steht auf dem Balkon des Rathauses! Mit dem Presseausweis darf ich auf den Markt. Sie werden uns einen guten Platz geben. Er ist idiotisch groß, weißt du. Aber offenbar sehr sympathisch. Er ist nicht schön, aber in schöne Männer könnte ich mich sowieso nie verlieben. Wenn ein Mann schön ist, ist das alles. Mit schön ist alles gesagt. Bei ›nicht schön‹ bleiben noch hundert andere Möglichkeiten offen.«

Sie gingen nun durch die schmale Lombardstraat, wo überall Leute an den geöffneten Fenstern standen. Die Menschenmenge wurde so dicht, daß sie sich nur mühsam hindurchdrängen konnten. Es waren fast nur amerikanische Soldaten und Soldaten in englischen Uniformen, uniformierte junge Frauen und dunkelblau gekleidete Polizisten mit weißen Helmen. Gaby hielt den Presseausweis hoch. Vor dem Markt war die Straße von einem Auto versperrt, auf dessen Dach Leute mit Filmkameras saßen und standen. Arthur und Gaby mußten über Kabel und Kisten klettern, um zu dem Menschenspalier auf dem Platz zu gelangen. Doch da stieg ein Mann aus einem Wagen und sagte nach einem Blick auf Gabys Presseausweis, er könne sie nicht durchlassen. Zu dritt standen sie nun zwischen den Kabeln und Kisten, als würden sie in Quarantäne gehalten. Hinter ihnen drängten die Soldaten, die durch eine andere Straße auf den Platz gelangen wollten. Vor sich sahen sie die Rücken der Leute, die sich auf dem Platz befanden. Aus der Ferne hörte man Spielmannszüge. Zwischen dem Mann und Gaby kam es zu einem Streit.

»Sale flamingant«, sagte Gaby. Dann wandte sich Arthur an den Mann: »Ich bin Niederländer. Lassen Sie uns durch.« Er nahm Gaby bei der Hand, und sie drängelten sich zwischen die Menschen auf dem Platz. »Alle Flaminganten sind Landesverräter«, sagte Gaby, »allesamt!« Die Zuschauer wichen ein wenig vor ihnen zurück. Arthur konnte nur die goldverzierten Giebel sehen. Aus vielen Fenstern hingen alte Teppiche. Ganz allmählich kamen sie voran. Die Mitte des Platzes war frei. Schließlich standen sie direkt hinter einem Seil, das zwischen mit Gewichten fixierten losen Pfählen im Quadrat gespannt war. Auf dem Balkon des Broodhuis sah man schon viele Militärs. In der Mitte erkannte Arthur ein blinkendes Mikrophon.

Endlich erschien der hochgewachsene General. Die Leute begannen erneut zu drängeln und zu rufen. Sie streckten die Hände in die Luft. Die vom Markt aus wegführenden Straßen schienen mit ungeheuer dicken Kornhalmen bewachsen zu sein. Gebrüll schwoll an wie die Flut einer Schleuse, die langsam geöffnet wird. Der General, der spürte, daß er sich dafür revanchieren mußte, hielt wie zum Gruß beide Hände in Höhe seiner Ohren und ließ sie dann wieder fallen, als schüttle er Fieberthermometer herunter. Er wiederholte diese Geste nach allen Seiten. Dann hielt ein Herr im schwarzen Anzug und mit einer Amtskette eine Rede. Von allen Laternenpfählen wogte seine Stimme über den Platz, aber was er sagte, war nicht zu verstehen, obwohl die Menschen ganz still geworden waren. Danach überreichte er dem General etwas, der daraufhin das Wort ergriff.

Seine Mütze sieht genauso aus wie die Mützen der Straßenbahnschaffner in Amsterdam, dachte Arthur.

Der General sagte nur wenig, ein paar kurze Sätze. Sein Kinn war so klein, daß es, wenn der Mund offenstand, so schien, als ob der Kopf in einem Loch endete. Nach seinem letzten Ausruf schrie das Publikum wieder los. Viele schwenkten gelbe Fähnchen mit roten Hähnen darauf. Pfadfinder marschierten in die Mitte des Platzes und formierten sich zu einem Kreuz, wie es die TBC-Bekämpfung als Emblem führte.

»Das ist das Lothringer Kreuz«, sagte Gaby. Arthur versuchte ihr zu erklären, daß es dieses Kreuz auch in den Niederlanden gab. »Tuberkulose«, sagte er, aber sie hörte nicht hin. Marschmusik ertönte. Polizisten nahmen die Seile und die Pfähle weg.

Die Menschenmassen bröckelten nun auseinander wie ausgetrocknete Kuchen, die in immer kleinere Stücke zerfallen. Arthur und Gaby kamen zunehmend schneller voran. Die Leute gingen in andere Richtungen, zum Ring der Boulevards, wo die Parade noch im Gange war; sie aber liefen durch stille Gassen und gelangten nach einer Weile auf einen kleinen, abschüssigen Platz, wo sie ganz allein waren. Ringsum standen Bürogebäude von monströser Höhe.

Zwischen ausgestreckten Schatten schlenderten sie über einen schmalen Streifen Sonnenlicht. Ich habe noch nichts zu ihr gesagt, was ein Kind nicht auch hätte sagen können, dachte Arthur. Gegen ihren General habe ich keine Chance. Wie soll ich mich jetzt dazu äußern? Und weil ihm nichts einfiel, womit er ihre Aufmerksamkeit gewinnen könnte, legte er den Arm um sie. Sie tat so, als merkte sie es nicht. Er bewegte die Finger in ihrer weichen Flanke tastend hin und her. Sie hielt nur den anderen Arm etwas nach hinten, so daß er sie wie von selbst an sich drücken konnte. Ihre Schulter paßte in seine Achselhöhle. Er neigte auch den Kopf, so daß ihre krausen Haare seine Nase berührten. Auf diese Weise gelangten sie schweigend wieder auf einen der Boulevards, die das eigentliche Brüssel in Form eines Bügeleisens umgeben. Die Reihen der Menschen, die sich die Parade angeschaut hatten, lösten sich in einer diffusen Menschenmenge auf, und eine große Gruppe bummelte den letzten Soldaten hinterher.

Die ersten Autos kamen schon wieder angefahren. Die amerikanischen Soldaten schlenderten ohne Uniformjakken in der Sonne, die Krawatte halb ins Hemd gesteckt. Auch die Militärpolizisten mit den weißen Helmen und weißen Schlagstöcken waren zu sehen. Hing die Krawatte eines Soldaten aus dem Hemd, bekam dieser mit dem Stock einen Klaps auf die Nase. Alles war wieder normal. Das übriggebliebene Publikum wurde in die Straßencafés bugsiert.

Arthur saß mit Gaby an einem kleinen Tisch, zum erstenmal. Wie Perlen einer Kette reihten sich die Straßenbahnen auf dem Boulevard. Die Autos überholten sich gegenseitig. Ich brauche nichts mehr zu sagen, dachte Arthur. Alles spielt sich von allein ab, und er hätte sein Schweigen gern auf irgendeine Art vertieft, damit es langsamer ging.

Die Enden des Boulevards waren dunkelrot wie am ersten Abend, als er in Brüssel angekommen war; die Autos verschwanden in der Höhe in ganz dünnen Nebelschwaden.

In dem Laden, in dem man mit Luftgewehren auf die Köpfe von Hitler, Göring, Goebbels und Mussolini schießen konnte, aßen sie Pommes frites.

»Stell dich neben mich«, sagte Arthur, »dann kommen wir zusammen aufs Bild.« Er ließ sich ein Gewehr geben und legte auf Hitlers Auge an. Wenn man genau in die Mitte traf, wurde sofort ein Foto des Schützen gemacht. Neunmal zielte er auf Hitlers Auge, traf jedoch kein einziges Mal, obgleich sie den Arm um seinen Nacken legte.

»Wir müssen uns anderswo fotografieren lassen«, sagte Gaby. Aber dazu kam es an diesem Abend nicht mehr.

Am nächsten Morgen, die Schatten der Laternenpfähle waren noch auffallend lang, ging er mit leerem Magen und einem vagen Krampf in der Leiste über die Guldenvlieslaan und dachte: Ich bin aus einem bestimmten Grund hier, und ich habe einen Grund zu bleiben. Wenn ich Lucien, Lory oder meinem Vater begegne, werden sie mir ansehen, daß ... nein, sehen werden sie es nicht, man sieht mir nichts an. Aber ich werde es ihnen sagen.

Er schaute auf seine Armbanduhr, es war halb neun. Ich komme zeitig zum Frühstück, dachte er. Wenn ich mich beeile, wird es sogar auffallen. Den Blick auf den Widerschein der Sonne auf dem Asphalt gerichtet, zündete er sich eine Zigarette an. Er lächelte, als er spürte, wie der Rauch seinen Hunger anfachte. Und gleich habe ich genug zu essen, dachte er, es ist genug zu essen und zu trinken da. Ich bin glücklich und zufrieden. Mein Leben ist vollkommen.

Wie um zu überprüfen, ob sein Lächeln auch echt war, fuhr er sich mit der Handfläche übers Gesicht. Schulterzukkend dachte er: Ich bin verrückt. Fortwährend überholten ihn gepflegt aussehende Herren mit hellen Hüten und Aktentaschen. Alles war so, als sei am Vortag nichts geschehen. Die Fahnen waren eingeholt worden, mit Ausnahme der britischen und amerikanischen an Verwaltungsgebäuden, requirierten Hotels, Rekrutierungsbüros, am Haus des YMCA und dem der Knights of Columbus, die dort wie immer hingen. – Das Leben kam ihm so einfach vor wie Sonnenschein oder Blumenpflücken. Mit dem Gesicht zur Sonne stand er an der Tramhaltestelle und fabrizierte beachtlich große Schwaden von Zigarettenrauch. Er war der einzige Mann ohne Zeitung.

Vor dem Haus seines Vaters standen Pferd und Wagen der Union Economique.* Der Kutscher, mit hohen Stiefeln und einer gelben Leinenjacke, über der eine Schaffnertasche hing, plauderte vor der Haustür mit Madame Verbraeck, der Köchin.

»Haben Sie einen Morgenspaziergang gemacht?« fragte sie.

»Ich war nur rasch zur Post«, sagte Arthur und ging ins Haus. In einer der oberen Etagen brummte im Flur ein Staubsauger. Die Tür zur Dachterrasse stand offen. Im Gang lag keine einzige Fußmatte. Das Radio im Eßzimmer war noch an, ganz leise. Für mich, dachte er, für mich. Er klingelte nach Kaffee. Wer weiß, was hier heute nacht geschehen ist. Ob sich jemand fragt, wo ich gewesen bin? Hat man mich vermißt? Im Radio kam das Zeitzeichen, es war neun.

»Bonjour, Rose«, sagte Arthur.

»Sie stehen zur Zeit immer früh auf«, sagte Rose, »bekommen Sie auch genug Schlaf?«

»Wie kommst du darauf, daß ich nicht genug schlafe?« fragte er. »Ich arbeite nicht, ich brauche nicht viel Schlaf.« Er sah sie scharf an, den Kopf tief gesenkt.

* Union Economique hieß das Kaufhaus einer Arbeiter-Kooperative in Brüssel. Waren wie z. B. Brot wurden auf Wunsch geliefert.

»Da haben Sie recht«, sagte Rose.

Wenn sie nicht bemerkt hat, daß ich heute nacht nicht zu Hause war, dachte Arthur, dann hat es keiner gemerkt. Ich werde es jemandem erzählen müssen.

Aber als er bei Alice anklopfte, war diese gerade dabei, sich anzuziehen.

Später, dachte er und setzte sich nach draußen.

Gaby hatte tagsüber viel zu tun. Arthur könnte sie erst abends um halb elf wiedersehen.

Während des Essens rief sein Vater an und teilte Lory mit, er würde wahrscheinlich am Abend nach Hause kommen. Arthur durchstreifte daraufhin stundenlang die Umgebung, als suchte er jemanden, mit dem er hätte reden können, den er hätte fragen können, was er tun sollte. Er kam um halb fünf nach Hause, aber sein Vater war noch nicht da. Zerstreut bat er in der Küche um Tee, doch sie hatten keinen Tee im Haus, denn niemand trank jemals welchen. Ein Ziel! Bier und Cognac-Soda, »so erfrischend bei dieser Hitze«, lehnte er dankend ab, verließ das Haus wieder und kaufte in der Balansstraat fünfzig Gramm Tee. Er kochte sich den Tee selbst, konnte weder Rose noch Madame Verbraeck mit einer Tasse erfreuen, und Alice, meinten sie, habe der Arzt bestimmt verboten, Tee zu trinken.

Nach dem Tee ging er hinauf.

»Bonjour, Arthur«, sagte Alice.

»Bonjour, Madame«, sagte Arthur. Alice saß in der Ecke ihres Zimmers, angezogen, in einem Sessel, die Füße in einer Fußwanne wie am ersten Abend. Arthur nahm auf dem Stuhl Platz, auf dem er immer saß, am Fußende ihres Bettes, jetzt nur in die andere Richtung gewandt.

Wie könnte er von Gaby anfangen?

»Hast du mit deiner Nase jetzt keine Probleme mehr?« fragte Alice.

»Nein, überhaupt nicht. Seit Hitler besiegt ist, haben übrigens auffällig viele Menschen weniger Probleme mit ihrer Nase.« Er dachte: Ich kann ihr nicht erzählen, daß ich sogar die spezielle Körperbetätigung, die mir der Arzt vorläufig verboten hatte, ohne schädliche Folgen wieder betreiben konnte.

Alice war so liebenswürdig, über seinen faden Witz zu lachen. Sie setzte gerade an, eine Kriegsanekdote über jüdische Bekannte zu erzählen, als mit raschen Schritten ihr Mann eintrat, schwitzend, den Hut in der Hand. Arthur sprang auf, als wollte er ihn sofort mit Beschlag belegen. Doch er trat einen Schritt zurück, als sein Vater auf seine Frau zuging, sich zu ihr hinunterbeugte, sie küßte und sehr lange in dieser gebeugten Haltung stehenblieb. Sein warmer Eau-de-Cologne-Duft begann Arthur zu umschließen.

Dann richtete sich sein Vater auf, laut und schnell redend, zog seine Jacke aus, warf sie aufs Bett und gab Arthur die Hand. »Wie geht's«, fragte er, »wieder ganz gesund?« Weitere Fragen stellte er nicht. Er weiß längst, daß ich wieder ganz gesund bin, dachte Arthur, lächelte jedoch dankbar, weil er überhaupt nach etwas gefragt worden war, und verließ das Zimmer.

Nur Bastó saß zur Zwischenmahlzeit am Tisch. Den Mund mit Brot vollgestopft, erhob er sich sofort, als er Arthur sah. Er wollte ihm die Hand geben, doch Arthur klopfte ihm lächelnd auf die Schulter und übersah die ausgestreckte Hand, weil ihm Bastós Schweißgeruch auch so schon reichte. Arthur setzte sich und schenkte sich Kaffee ein. Bastó blieb stehen. Suchend fingerte in allen seinen Taschen. In den Taschen seiner Hose, seiner Jacke, in den Brusttaschen des jungenhaften Hemdes, wo er einen kleinen Spiegel und ein Tablettenröhrchen aus Aluminium aufbewahrte. Als er nicht fand, was er suchte, krempelte er die Hosentaschen heraus. Das ausgestülpte Taschenfutter ließ er herunterhängen. Mehrere Taschentücher kamen zum Vorschein, mindestens ein Dutzend Austernschalen, mit Bindfaden fest zu einem Stab zusammengebundene 25-Centime-Münzen und ein Stöckchen, auf das aufgerollte Präservative wie Scheibchen einer grauen Frucht gesteckt waren. Zum Schluß öffnete er das Aspirinröhrchen aus Aluminium, das er in der Brusttasche trug, und zog das Gesuchte heraus. Es war ein zusammengerollter Zeitungsschnipsel, den er neben Arthurs Teller legte. Mit dem Interesse, das man einem Kind gegenüber bekundet, glättete Arthur den Papierfetzen. Er enthielt einen fettgedruckten Satz, in furchterregenden, kursiv gesetzten Phantasiebuchstaben, der zweifellos aus einer Werbeanzeige stammte. Arthur fuhr sich mit der Zunge über die Lippen, als er ihn las.

»Was soll das heißen, Bastó?« fragte er. »Was meinst du mit Je sais tout?«

Doch Bastó hielt den Kopf gesenkt und war damit beschäftigt, die Gegenstände wieder in seine Taschen zu stopfen. Auch nachdem er sich hingesetzt hatte, gab er keine Antwort, sondern naschte vom Würfelzucker. Ehe Arthur ihm auch nur einen Ton entlocken konnte, erschien Lory.

»Warum hast du nicht schon angefangen, Arthur?«

»Ich wollte auf dich und Papa warten. Und wo ist Lucien?«

»Ach, Lucien hat alles mögliche mit Vater zu besprechen, und der bleibt noch bei Mama. Fang ruhig schon an. Du mußt übrigens gleich auf die Waage. Also, gib dir Mühe.«

Je sais tout. Lesen kann er also. »Kann Bastó eigentlich lesen, Lory?« Sofort schämte er sich: Er war schon so lange hier und wußte nicht, ob Bastó lesen konnte, nie hatte er danach gefragt.

»Er macht es nie, aber können wird er es. Bis er vierzehn war, hat er die Schule besucht. Dann begann er seltsam zu werden, und wir haben ihm Privatunterricht geben lassen, noch eine Zeitlang. Aber ob er jetzt noch lesen kann, weiß ich nicht. In den letzten Jahren habe ich ihn nicht mehr lesen sehen.«

»Und schreiben?« fragte Arthur. »Kann er schreiben?«

Lory kam wieder mit einer ganzen Geschichte über Bastós Schreiben: Zuerst habe er ganz normal schreiben können. Später sei ihnen aufgefallen, daß er seltsame Rechtschreibfehler machte. Noch später warf er die Wörter in einem Satz durcheinander, dann setzte er die Satzzeichen mitten in ein Wort. Schließlich erfand er neue Buchstaben; sie hätten zwar versucht, diese zu lernen (denn zu jener Zeit konnte Bastó kaum mehr sprechen), doch Bastó änderte seine Systeme in so raschem Tempo, daß es niemandem gelungen sei, Schritt zu halten. Irgendwann habe Bastó nur noch seltsame Zeichen niedergeschrieben, wenn man ihm Bleistift und Papier gab, und seit den letzten Kriegsjahren bringe er bloß noch mehr oder weniger heftig zitternde Linien zu Papier, wie ein Seismograph.

Genau aufzuschreiben, was ich ihm erzählt habe, wird ihm also nicht gelingen, dachte Arthur. Aber das Schreiben konnte für Bastó etwas sein wie für einen normalen Menschen eine verschüttete Erinnerung. Sosehr man sich auch anstrengt, man kommt einfach nicht darauf, aber dann, plötzlich, weiß man es wieder, ohne sich groß angestrengt zu haben. So könnte es bei Bastó mit dem Schreiben sein! Und nicht nur mit dem Schreiben! JE SAIS TOUT. Auch mit dem Sprechen!!! Vielleicht würde Bastó morgen früh aufstehen, die Treppe hinuntergehen und in den Flur rufen: »Bonjour, ma tante, haben Sie gut geschlafen?« Er würde ins Eßzimmer treten, und Lucien, Lory und Rose würden einen solchen Schreck bekommen, als habe das Pferd der Union Economique plötzlich sprechen gelernt. Doch sie würden einen Blick des stillschweigenden Einvernehmens wechseln, Bastó freundlich die Hand drücken und so tun, als habe er nie anders gesprochen. – Und nach dem Frühstück würde Bastó seinen Vater einen Moment beiseite nehmen und ihm alles erzählen wollen, was er von Arthur wußte … Arthur hat einen Deutschen ermordet … nein, du verstehst mich falsch, es war alles andere als eine Heldentat … heute oder morgen wird er von der Polizei abgeholt …

Arthur versuchte, so normal wie möglich weiterzuessen, trank jedoch mehr Kaffee als sonst. Und wenn er Lucien anblickte, dachte er: Sollte Bastó nicht reden, dann tut es bestimmt Lucien. Ist das nicht genug?

Als sie fertig waren, sagte Lucien: »Ich muß wieder zu Papa.« Nach einer halben Stunde war er noch nicht zurück. Lory, Arthur und Bastó waren am abgeräumten Tisch sitzen geblieben und hörten Radio. Voller Ungeduld, weil Lucien nicht zurückkam, ging Arthur in den Flur und lotste Bastó mit. Er horchte an der Tür des kleinen Kabinetts mit dem vergitterten Fenster, aber Lucien und sein Vater waren noch immer in ein unverständliches Gespräch vertieft. Arthur stellte sich ein Stück von der Tür entfernt mit dem Rücken zur Wand, und Bastó tat es ihm nach, als wären sie zwei Schuljungen, die der Lehrer aus der Klasse gewiesen hatte und die nun auf den Direktor warteten. Die Tür zur Terrasse stand offen. Die Nachtigallen begannen zu singen. Das Mondlicht warf noch keine Schatten. Arthur hörte auf den Fluren über sich Leute hin und her laufen, Türen zuschlagen und Reden, das in Murmeln überging. Lory ging wortlos an ihnen vorbei. Bastó blieb neben Arthur stehen, die Hände in den Taschen. Arthur nahm eine Zigarette aus der Hosentasche und entzündete ein Streichholz, das er fast ganz abbrennen ließ, ehe er die Zigarette ansteckte.

»Warum bleibst du hier stehen? Pourquoi?« fragte er Bastó. Aber Bastó sperrte als Antwort nicht mal den Mund auf. Rose kam vorbei, sie wollte zu Alice.

»Oh, Arthur, was habe ich mich erschrocken«, rief sie, »ich hatte Sie hier nicht erwartet!« Sie holte tief Luft. »Steht Ihr Stuhl nicht mehr draußen?«

»Ich weiß nicht«, sagte Arthur, »aber ich habe auch keine Lust, mich hinzusetzen. Ich bleibe stehen.«

Rose ging weiter und verschwand in Alices Zimmer. Gelbes Lampenlicht ergoß sich über die Bodenfliesen des Flurs wie Benzin, das sofort verbrennt.

»Bastó«, sagte Arthur, »Was soll das heißen: Je sais tout? Daß du alles weißt? Et quoi alors?«

Warum mache ich mir überhaupt Gedanken, dachte Arthur. Wenn mein Vater davon anfängt, sage ich, daß ich Ernst während der Besatzungszeit, kurz vor dem Ende, ermordet habe. Eine bewundernswerte, tapfere Widerstandshandlung. Bastó hat mich nicht richtig verstanden, sage ich. Ich habe einen Orden dafür verdient. Er schnippte Asche in die nahezu mannshohe chinesische Vase neben ihm.

»Bastó«, fragte er, »warum bleibst du hier stehen?« Er hörte ein Auto durch die Avenue brummen. Bastó schwieg und rührte sich nicht. Arthur ging zur Hintertür, um die Kippe in den Garten zu werfen. Er verharrte lange in der Tür. Der Abend atmete ihm ins Gesicht. Die Vögel tauschten sinnlose Telegramme aus. Er hörte seinen Vater und Lucien jetzt sehr deutlich reden, konnte ihre Worte jedoch nicht verstehen. Ich kann hier nicht bleiben, so nah am Kabinett, dachte er. Wenn ich ihr Französisch besser verstehen könnte, hätten sie das Recht zu glauben, ich belauschte sie. Deshalb ging er auf die Terrasse. Er horchte angestrengt, ob er Bastós Schritte nicht im Gang hörte, aber Bastó hatte sich sicher nicht vom Fleck gerührt. So verhielt er sich öfter. Manchmal blieb er einen Tag lang in einem Schrank.

Trotz des warmen Abends waren alle Fenster des Hauses geschlossen und die meisten Vorhänge zugezogen. Nur die Vorhänge des Kabinetts waren offen. Dennoch brannte dort kein Licht. In kurzen Abständen leuchtete die Zimmerdecke mehrmals flackernd auf. Lucien zündet seine Pfeife an, wußte Arthur. Von dem Gespräch war hier nichts zu hören. Arthur drehte sich um und stellte sich an die Treppe, die in den Garten führte. Doch er ging nicht nach unten, wo er Blüten und Blätter zwischen den Händen hätte zerreiben können. Von seinem steinernen Plateau aus hielt er weiter Ausschau. Bäume griffen mit langen Schatten nach ihm, wenn dahinter Autos vorbeirasten. Mit Hilfe eines Streichholzes schaute er auf die Uhr. Viertel vor zehn.

Um zehn muß ich los, sonst bin ich nicht pünktlich bei Gaby. Es stand für ihn außer Zweifel, daß er pünktlich bei Gaby sein würde. Mit seinem Vater könnte er auch am nächsten Tag reden. Das Licht im Kabinett wurde eingeschaltet. Es ist kaum noch Zeit, alles in Ruhe zu erklären, dachte er, nein, jetzt ist es schon zu spät. Und er ging wieder hinein. Aber gerade als er in den Flur trat, öffnete sich die Tür des Kabinetts, und sein Vater kam heraus, ohne Jakkett, ohne Kragen. Der Rauch von Luciens Pfeife wallte in den Flur.

»Papa«, sagte Arthur. Da sein Vater mit dem Rücken zur Türöffnung stand und es im Gang dunkel war, konnte er sein Gesicht nicht sehen, roch jedoch den Alkohol in seinem Atem.

»Arthur, soso, hier bist du, was machst du denn hier, mein Sohn, du siehst traurig aus und läßt den Kopf hängen. Geh in die Stadt, sieh dich nach den Mädchen um, das sind die Freuden, die zu deinem Alter passen, mon fils.«

Er legte die Hand auf Arthurs Schulter und trat, als ob er ihn als Stütze benutzte, ein paar Schritte in den Flur, an Arthur vorbei, während er ihn weiterhin festhielt. Das Licht aus dem Kabinett fiel auf seinen Rücken. Lucien schritt dort rauchend hin und her, Bastó lehnte noch immer reglos an der Wand. An Bastó gewandt, hielt Arthurs Vater eine lange Rede, mit dem freien Arm wild gestikulierend.

»Warum sieht der Junge so traurig aus, als müßte er im nächsten Augenblick sterben? Cet Arthur! Ist er nicht jung? Natürlich ist er jung. Die ganze Welt steht ihm offen. Er ist ein Gebieter! Er ist als Herrscher geboren! Er ist blond, er ist stark. Er ist ein Germane. Er gehört zu der Rasse, die so zynisch, tapfer und mächtig ist. Die Welt liegt ihm zu Füßen. Er überblickt sie mit einem traurigen Lächeln und unbarmherzigen Wolfsaugen. Die Melancholie der Herrscher!«

»Papa?« rief Lucien. Der Vater drehte sich zu Arthur um. Wann läßt er mich los, dachte Arthur. Vielleicht ist es schon nach zehn.

»Mon fils«, sagte der Vater, »es ist Abend, und die Stunde ist romantisch. Die Teutonen singen in ihren trübsinnigen Wäldern und sehnen sich nach dem Tod. Nur die Starken sehnen sich nach dem Tod, die Schwachen fürchten sich vor dem Sterben. Enfin ...«, murmelte er.

»Papa!« rief Lucien wieder und trat dann, die gebogene Pfeife im Mund, ebenfalls in den Flur. Der Vater löste sich von Arthur und hielt sich nun an Lucien fest. Arthur ging durch den Flur und verließ das Haus.

Um fünf nach halb elf lief er endlich die Straße zu dem Haus hinunter, in dem Gaby wohnte. Gaby stand am offenen Fenster und hielt Ausschau nach ihm. Sie winkte, als sie seine Schritte hörte.

Il est beau, germanique, fort. Un chef! Er sieht unglücklich aus. Er gehört zu dieser mißmutigen, zynischen Rasse, die dazu bestimmt ist, die Welt zu erobern, dachte Arthur. »Gaby!« rief er. Er stand in dem Quadrat aus Licht, das von ihrem Fenster aufs Pflaster geworfen wurde. Sie hielt sich mit beiden Händen an der Fensterbank fest und beugte sich weit vor. Ihre langen Haare hingen herab. Es schien, als wollte sie vor Sehnsucht auf ihn fallen. Er fand sie schön.

Und als er oben war, blieben sie lange zusammen im Fenster sitzen. Gaby zeigte ihm ein Buch, das sie sich gekauft hatte, er schaute hinein, lächelte sie an und hörte ihr aufmerksam zu, wenn sie ihm etwas erzählte. Ich bin zufrieden mit ihr, dachte er. Sie wird nicht wissen, was sie von mir denken soll. Oder sie hat immer gewußt, daß sie siegen würde. Sie hat gewußt, daß ich keine andere hatte. Sie hat mich aufgelesen wie der schmutzigste Bettler eine Brosche auf der Straße auflesen kann, ohne daß ihn jemand daran hindert. Beau, germanique, fort, dachte er. Doch sie schloß die Fenster, zog die Vorhänge zu und küßte ihn lange, mit der warmen, weichen Innenseite ihrer Lippen. Ich liebe sie, und wenn ich genug von ihr habe, finde ich eine andere. Ich werde wohl auch künftig zynisch sein müssen.

19

Er kam nur noch selten nach Hause. Die Nächte verbrachte er bei Gaby. Seinetwegen vernachlässigte sie ihre Pflichten für das Freie Wallonien. Nur noch gelegentlich fuhr sie mit der Straßenbahn, um Botschaften zu übermitteln, und wenn sie jemanden sprechen mußte, nahm sie Arthur mit und stellte ihn vor.

Sie erzählte ihm alles, was sie zu erzählen hatte, und er durfte sich alle ihre Fotoalben anschauen, mit Bildern ihrer Eltern, Onkeln, Tanten, Cousinen. Irgendwann fragte sie: »Wie sind deine Eltern eigentlich so?« Er erzählte ihr von seiner Mutter, die gestorben war und die er nie gekannt hatte. Und von seinem Vater, dessen neuer Frau und deren drei Töchtern aus erster Ehe. Auch wenn ich sie vielleicht einmal mitnehme, dachte er, wie sich alles tatsächlich verhält, wird sie so schnell nicht begreifen.

Sie fragte ihn auch einmal, warum er die ganze Zeit in Holland geblieben sei, und er erzählte ihr von seiner Großmutter, sogar vieles was auf Wahrheit beruhte. Doch als sie ihr Bedauern aüßerte, entgegnete er: »Du brauchst mich nicht zu bemitleiden. Deswegen habe ich es dir nicht erzählt.« – Ich will nicht, daß sie mich bemitleidet wegen der Dinge, die mir meine Großmutter angetan hat, dachte er, das ist gar nichts im Vergleich zu all dem andern, ihr Mitleid wäre nur vergeudet. Trotzdem war er ihr für ihr Mitgefühl dankbar und sagte zur Belohnung: »Ich bete dich an, Gaby.«

Zuweilen blieb er nicht nur nachts, sondern auch den darauffolgenden Tag von zu Hause weg. Wenn er dann wieder auftauchte, stellte er fest, daß man dazu übergegangen war, den Tisch nicht mehr für ihn mit zu decken. Sie rechneten nicht mehr mit ihm. Trotzdem kam er weiterhin, weil er hoffte, seinem Vater zu begegnen, auch wenn er zugleich Angst davor hatte. Doch sein Vater war ständig betrunken. Er hat mir nichts Wichtiges zu sagen, dachte Arthur.

In anderen Momenten dachte er: Er will mir etwas sagen, traut sich aber nicht, es auszusprechen, und deshalb meidet er mich, deshalb ist er immer betrunken oder gibt sich zumindest so, sobald er mich sieht.

Eines Abends sprach Lucien ihn an. »Mir fällt auf, Arthur«, sagte er, »daß Sie immer seltener hier sind. Ich sehe, Sie haben verstanden, was ich gemeint habe an dem Nachmittag, als Sie so in Rage waren, daß Sie Nasenbluten bekamen. Bitte verübeln Sie es mir nicht, aber ich spreche immer das aus, was ich meine, ich will Sie damit nicht verletzen. Sie dürfen nicht so schnell die Contenance verlieren, Sie müssen den Tatsachen ruhig ins Auge blicken. Meinen Sie, es wäre amüsant für mich, Sie vor die Tür zu setzen? Im Gegenteil, es hat mich sehr bekümmert, ich kann Ihnen gar nicht sagen, wie sehr. Darum stimmt es mich froh, wenn ich sehe, wie Sie versuchen, Ihrem Leben eine neue Richtung zu geben. Haben Sie ein anderes Logis gefunden?«

»Nein«, erwiderte Arthur, »da irrst du dich gewaltig. Daß ich seltener als sonst zu Hause bin, hat mit dem, was du mir gesagt hast, nichts zu tun. Es ist ein zufälliger Begleitumstand, der aus zwei Teilen besteht: einem Anfang und einem Ende. Irgendwo dazwischen befinde ich mich momentan. Denk darüber, was du willst.«

»Schon gut, schon gut«, sagte Lucien, »wie Sie meinen. Sie werden schon sehen. Ich halte mich ab jetzt zurück. Ich werde nichts mehr sagen. Denn wenn man Ihnen etwas sagt, dann kippen Sie sofort aus den Latschen, stimmt's? Prudence, hat der Arzt gesagt, und daran halte ich mich. Sie werden es schon selbst sehen, früher oder später.«

»Was werde ich sehen?« rief Arthur. »Was bildest du dir eigentlich ein. Ich muß überhaupt nichts sehen. Mein Vater kümmert sich nicht um deine Hetzerei.«

»Oh ... so ist das aber nicht, ganz und gar nicht, nein. Mein Schwiegervater ist zu gut, Ihnen persönlich Mitteilung zu machen.« Er trat einen Schritt auf Arthur zu, legte ihm die Hand auf die Schulter, schaute ihn durch die untere Hälfte seiner Brillengläser an und sagte: »Sie wissen nicht, aus welcher Malaise Sie ihn befreien würden, wenn Sie aus freien Stücken gingen ... Glauben Sie mir, Papa wird von Sorgen gepeinigt. Ob Sie bleiben, bis er Sie selber darauf anspricht, kann nichts an der Tatsache ändern, daß Sie gehen müssen.«

»Und was ist mit Alice?« fragte Arthur. »Sie hat mir schließlich vorgeschlagen, hier wohnen zu bleiben und mein Studium abzuschließen, sie möchte, daß ich in Brüssel bleibe und hart arbeite, sie fragt mich jedesmal, wenn sie mich sieht, wann die Vorlesungen anfangen. Wie soll ich ihr denn erklären, warum ich plötzlich weggehe? Denkst du denn nicht auch an ihren Kummer?«

»Ach was«, sagte Lucien, »das können Sie arrangieren. Sie können sagen, daß Sie es vorziehen, auf eine andere Universität zu gehen. Sagen Sie ihr, daß Sie nach Gent möchten, auf die flämische Universität.«

»Zufällig weiß sie, daß ich die Flamen verabscheue«, sagte Arthur.

»Doch nicht meinetwegen? Das täte mir leid, ich habe Ihnen nie übelgewollt.«

»Dann mach mal fleißig so weiter«, sagte Arthur, drehte sich um und ließ Lucien stehen. Seine Knie waren seltsam unverläßlich, als er die Treppen hinaufging, und Unheilsahnungen ließen seinen Kopf schwer werden. Ich darf nicht aufgeben, dachte er, aber ich weiß, daß Lucien recht hat. Er hat gesiegt. Aber wie kann ich alles aufgeben? Und überhaupt, wo soll ich hin?

Später, als er wieder hinunterging, wurde er von Angst überwältigt, Lucien würde noch im Gang stehen, auf ihn zutreten und sagen: »Kommen Sie mal kurz mit.« Und er würde ihm folgen müssen, in das Kabinett, wo sein Vater, durch die Zähne pfeifend, auf und ab gehen würde. »So, da ist er«, würde Lucien beim Eintreten in gekränktem Ton sagen, »er gibt sich erst zufrieden, wenn du es ihm persönlich gesagt hast.« Wie ein Delinquent würde er vor seinem Vater stehen, und sein Vater würde sich räuspern, und er selbst würde nur stammeln können: »Ich weiß es ja, jetzt weiß ich es ja.« Er würde ihn nicht anflehen, bleiben zu dürfen, das Geständnis, warum er unmöglich nach Amsterdam zurückkehren konnte, würde er niemals über die Lippen bringen, es war so, als wäre es mit seinen Eingeweiden verwachsen.

Doch Lucien stand nicht mehr im Gang.

An dem Tag, an dem er Gaby zum letztenmal sehen sollte, kam er gegen zwei zum Essen nach Hause. Der Eßzimmertisch war abgeräumt. Arthur klingelte und schaltete das Radio ein. Als er alle Sender abgesucht hatte, war noch niemand erschienen. Er klingelte erneut, und endlich kam Rose.

»Rose«, fragte er, »gibt's noch was zu essen?«

»Ich werde sehen, was sich machen läßt«, sagte sie ernst, »ich weiß es nicht genau.«

»Du machst Witze.«

»Nein, Monsieur Arthur«, erwiderte sie, »ich mache keine Witze. Sie wissen nicht, was ich alles getan habe für Sie. Sie wissen nicht, daß ich Ihnen eigentlich schon seit langem kein Essen mehr bringen darf. In der Küche wird nicht mehr mit Ihnen gerechnet. Es ist kaum genug für die anderen da.«

»Warum wird nicht mehr mit mir gerechnet?« fragte Arthur »Wer hat sich das ausgedacht?«

»Das weiß ich nicht, da müßten Sie Madame Verbraeck fragen.«

»Tiens«, sagte Arthur.

Die Röte auf Roses Wangen wurde noch intensiver. Ihren Augen sah man an, daß sie eine Erkältung ausbrütete, und sie zog die Nase hoch.

»Monsieur Arthur«, sagte sie, »wenn ich Sie nicht so lieben würde, hätten Sie längst kein Essen mehr bekommen. Ich weiß, es ist Ihnen egal, daß ich Sie liebe, und Sie finden es unverschämt, daß ich es Ihnen sage, aber es ist nun mal so.«

»Tiens«, sagte Arthur. Halt den Mund, dachte er, halt um Himmels willen den Mund.

»Was haben Sie davon«, sagte Rose, »zu einem Mädchen wie mir so unfreundlich zu sein? Sie hätten mich glücklich machen können, auch wenn es nur für kurze Zeit gewesen wäre. Und ich Sie vielleicht auch. Ohne daß Sie es merkten, habe ich Sie oft angeschaut. Sie sehen fast immer traurig aus. Aus welchem Grund, das geht mich nichts an. Aber ich hätte mir so gewünscht, daß Sie nicht mehr so bedrückt gewesen wären. Vielleicht wäre es mir gelungen, das zu ändern. Ich bin nicht häßlich.«

»Ach Gott, nein, du bist charmant, du bist hübsch«, erwiderte Arthur, »aber was hast du davon, wenn du mir das alles erzählst. Was hast du davon, daß es gesagt wird, wenn ich es nicht sage.«

»Es geht nicht darum, etwas zu sagen«, Rose hatte sichtlich Mühe, weitere Argumente zu finden, »es geht nur darum, daß Sie nicht nett zu mir waren. Ich weiß aber genau, daß Sie es eigentlich nicht so gemeint haben. Darum liebe ich Sie trotzdem, trotz allem, darum kann ich Ihnen nicht böse sein.«

»Falls du glaubst«, sagte Arthur, »ich hätte es nicht böse gemeint, irrst du dich gewaltig. Ich meine es verdammt böse. Von deinen Annäherungsversuchen wird mir schlecht, ich würde dich am liebsten schlagen, wenn das ginge. Täusch dich nicht! Nur weil sich noch so mancher in mir täuscht, ist es möglich, daß es Menschen gibt, die es in meiner Gesellschaft aushalten. Weil sie mich nicht kennen oder weil sie zu dumm sind, mich zu durchschauen. Und was zu essen brauchst du mir nicht mehr zu bringen. Es würde zu salzig sein von deinen Tränen. Adieu.«

Sie blieb im Zimmer zurück, er begann auf der Treppe zu pfeifen, hörte damit auf, damit er Alice nicht weckte, fühlte sich jedoch immer noch ausgesprochen zufrieden. So bin ich, dachte er, so und nicht anders, sonst hätte ich mich nie so überzeugend für sie beschreiben können.

Er lachte, als er die Haustür hinter sich zuzog. Auf der Avenue drehte er sich um und blickte zum Haus empor, konnte jedoch nicht erkennen, ob sie am Fenster stand und ihm nachschaute. Die Fensterscheiben glänzten; es schien, als wäre das Haus über und über mit Gemälden behängt, auf denen sich vor einem blaßblauen Hintergrund Wölkchen und grüne Zweige abhoben. Die Gardinen im ersten Stock bewegten sich nicht, als er winkte, um Rose, falls sie dort stände, ein Lebenszeichen zu entlocken.

Nachdem er in einem Lokal am Luizapoort gegessen hatte, holte er Gaby ab. Es war der letzte Tag, an dem ein Film lief, der so außergewöhnlich gut war, daß Gaby ihn zum zweitenmal sehen wollte, und am Abend hatte sie keine Zeit.

Deshalb hasteten sie zum Kino; es war so heiß auf dem Steenweg op Elsene, daß sie das Gefühl hatten, durch ein Kornfeld aus unsichtbaren glühenden Halmen zu laufen. Vor Nervosität konnte Arthur kaum mit Gaby reden. Er wäre am liebsten beim Laufen eingeschlafen, um nicht länger die Gedanken in seinem Schädel traben zu hören. Ihm ging alles mögliche zugleich durch den Kopf. Im Geist sprach er mit Carola und warf ihr vor, sie sei ihm nie eine Schwester gewesen. »Hättest du für mich Partei ergriffen statt für unsere Großmutter, hätten wir uns zusammen gegen sie wehren können. Du warst doch meine Schwester, Carola, warum hast du dich auf ihre Seite gestellt und nicht auf meine? Ich war jung, sie alt und verfault. Ihr ganzes Leben hat sie nichts anderes getan, als die Leute zu betrügen. Hast du das denn nicht gewußt? Hast du alle ihre Behauptungen geglaubt? – Sie will schon mit achtzehn Jahren Hellseherin gewesen sein! Mit dreiundzwanzig Triumphe als Medium gefeiert haben. Am hellichten Tag ist sie in Trance gefallen! Angeblich hat sie einmal, als sie an einem Sonntagnachmittag im Garten des Tolhuis am IJ saß, eine Dame angesprochen und zu ihr gesagt: ›Seien Sie unbesorgt, Ihr Mann ist nicht tot. Ich sehe ihn am Strand von Martinique. In den nächsten zwei Wochen erhalten Sie eine Nachricht von ihm.‹ Drei Monate später saß sie wieder mit ihrer Mutter im Tolhuis, und die Dame sei auf sie zugekommen. ›Jeden Sonntag sitze ich hier und hoffe, Sie zu sehen. Ach, ich bin Ihnen so dankbar. Zwei Wochen nachdem Sie mich angesprochen hatten, kam tatsächlich ein Brief, über London.‹ – Sag mal ehrlich, Carola, warum hast du das alles geglaubt? Warum hast du dich von dieser Frau verrückt machen lassen? Hätten wir nicht, mit ein bißchen gutem Willen, zusammen fliehen können? Warum hast du das nicht gemacht? Warum hast du mich gehaßt?«

Dann aber sah er Carola und Oskar zusammen auf dem Sofa im Vorraum der Großmutter sitzen. Oskar hatte die Beine übereinandergeschlagen und den Arm um Carola gelegt. Die Köpfe dicht beisammen, sahen sie ihn spöttisch an, als wollten sie sagen: »Hier sitzen wir jetzt auf diesem Sofa, tut uns leid, aber für dich ist kein Platz mehr.« Seine Schwester und sein bester Freund. Sie sahen ihn an mit einer Art Mitleid im Blick, als wollten sie sagen: »Wie du siehst, haben wir weder Zeit noch Sympathie für dich. Tut uns leid. Aber glaubst du wirklich, die Schuld würde nur bei uns liegen? Wenn einen die Schwester – die ältere Schwester, diejenige, die einen seit der Geburt kennt und ihm vom Alter her am nächsten steht – und sogar der beste Freund … wenn diese beiden einen im Stich lassen, dann ist das doch ein deutliches Zeichen …«

Gaby konnte kaum Schritt halten. Sie packte ihn am Arm und sagte: »Du stößt mich dauernd an. So schrecklich brauchen wir uns nun auch nicht zu beeilen.«

Aber er gab keine Antwort. In Gedanken zählte er auf: Carola, mein Vater, Lory – zwei Schwestern und ein Vater, aber sie können nichts für mich tun; Alice, aber sie ist nicht meine Mutter, sie muß zuerst an ihre eigenen Kinder denken; dann sind da noch zwei Schwestern, die mich nicht mal sehen wollen. Als er die Umgebung wieder bewußt wahrnahm, lag beinahe etwas wie Abschiednehmen in seinem Blick.

An der Kinokasse hantierte er so nervös mit dem Geld herum, daß Gaby sich zweimal bücken mußte, um die Münzen aufzuheben, die er fallen ließ. Erst in dem von Ventilatoren belüfteten Saal, inmitten leerer Stühle, wurde er ruhiger. Der Film, den sie sich ansehen wollten, war alt, und auch die Wochenschau war alt, mindestens zwei Wochen. Polnische Truppen im Gänsemarsch. Amerikaner auf ihren hohen Panzern. Und dann General de Gaulle, der in einem niedrigen Auto auf den Grote Markt fährt. »Guck mal!« sagte Gaby, »gleich sehen wir uns selbst!« Aber die Kamera schwenkte zum Balkon des Broodhuis. Sie sahen nun den hochgewachsenen General aus nächster Nähe. Es schien, als wäre der obere Teil seines Gesichts so düster, weil der untere Teil nicht richtig hatte wachsen wollen. Das Kinn war wie von einer Riesenhand zusammengedrückt.

Sich selbst sahen sie nicht, aber den Ausgang der Straße, vor dem sie gestanden hatten. Gaby war sich sicher. Arthur erkannte nichts wieder. Gaby sagte: »Der Mann, mit dem wir uns gestritten haben, hat die Aufnahmen, auf denen wir vorkamen, rausgeschnitten.« Arthur sagte: »Das ist immer so, die Teile, in denen es schiefläuft, schneidet man raus, um sie besonders gut aufzubewahren.« Gaby ließ sich das nicht weiter erklären, sondern legte den Arm um ihn. Ihm war selbst nicht so klar, was er da gesagt hatte, aber einen Sinn hatte es dennoch. Über diesen Sinn grübelte er in trübseliger Stimmung nach. Die Leinwand war für ihn nichts als ein Rechteck voller wachsender oder kleiner werdender, sich fortbewegender und entschwindender schwarzer und weißer Flecken. Die Stimme des Kommentators redete immer weiter, und wenn sie schwieg, schwoll die Musik an. Schließlich wurde die Musik langsamer, alle Fahnen der freien Nationen zogen flatternd vorbei, wie am Anfang. Während eines bunten Werbefilms wurde der Saal etwas beleuchtet. Arthur schaute sich um. Hinter ihnen saßen vielleicht noch fünf Leute, sonst niemand.

Das Licht ging wieder aus. Langsam schwebte die Buchstabenreihe mit dem Titel des Hauptfilms herab. Die Luft war erfüllt von tragischen Klängen, die sich anhörten wie Herbstwind, der durch einen Hafen voller Schiffsmasten weht. Jeder ist im Innern ein Kino, dachte Arthur. Nur ist man immer der einzige Zuschauer. Man hat immer die Illusion, daß Platz wäre für mehr Personen. Aber das ist nicht so.

Als der Homme fatal erschien, drückte Gaby ihre Haare an Arthurs Nase. Wie sehr sie mich liebt, dachte er, aber so kann sie nichts sehen.

Der Filmheld ging als Spahi gekleidet durch eine weiße Wüstenstadt. Er betrat ein Postamt, um den größten Teil des gerade erhaltenen Solds auf sein Sparbuch einzuzahlen. Aber als er gerade dabei ist, an einem mit Glas umgebenen Stehpult ein Formular auszufüllen, bemerkt er unter dem Rand des Glases die Hand einer Frau. Eine sehr schöne Hand. Sofort hört er zu schreiben auf. Mit einem Lächeln im Gesicht, gewürzt durch das Wissen, daß er (zum wievielten Mal schon?) wieder nicht dazu kommen würde, sein nicht benötigtes Geld auf das Sparbuch einzuzahlen, läuft er um das Pult herum hin zu der Frau, die von der Art ist, die Männern zum Verhängnis wird. Sie hat schwarze Haare und trägt ein weißes Pelzcape, steht da in Abendgarderobe; sie sieht sein Lächeln. – Nicht umsonst nennt man ihn Gueule d'amour.*

Etwas später stehen der Homme fatal und die Femme fatale an einem Roulettetisch, in einem Saal, wo mit großen

* Gueule d'amour, frz. Film von 1937 (dt.: Eine Fresse zum Verlieben).

Pfannkuchenwendern Spielkarten ausgestreut und Geldscheine in kleinen Körbchen zu einer Galerie hochgezogen werden. Eine Negercombo spielt. Aus einer Ecke hinter der Bar ertönt das Klirren von Eisstückchen in einem Cocktailshaker.

Der Filmheld und die Dame mit dem weißen Cape schlendern über den nächtlichen Strand, wo Palmen rauschen. Beruhigend schüttelt er den Kopf, als sie etwas zu ihm sagt, mit seinem fatalen Lächeln, obwohl sie sein ganzes Geld verspielt hat. Man sieht fast nichts als seine Augen unter dem Schirm einer flachen Schaffnermütze, von deren hinterem Rand ein gefältelter Sonnenschutz in den Nacken hängt. Unter dem weißen Burnus kann man nur ahnen, wie er die Beine bewegt. Die schwarzen Haare der Frau sind in der Dunkelheit nicht mehr zu erkennen, nur das weiße Pelzcape und der Mund. Der Mann legt den Arm um sie. Mit jungenhafter Unbeholfenheit bleibt er stehen, doch sie läßt sich von ihm küssen, von seinen Lippen, die sich meist kaum bewegen und dennoch alles sagen, den Lippen, die, wenn er lacht, einen kleinen Teil der weißen Zähne freigeben, die unschuldig sind wie die Zähne von Kindern.

Dann sitzen der Mann und die Frau in einem Taxi. Durch das Heckfenster, um ihre aneinandergeschmiegten Köpfe herum, sieht das Kinopublikum die verlassene orientalische Palmenallee mit den weißen Häusern weggleiten. Die Frau steigt aus. »Attends«, sagt sie. Er schaut ihr nach, wie sie auf ein Haus zugeht. Sie schließt die Tür auf. Ohne sich nach ihm umzublicken, ohne ihm wenigstens zum Abschied zu winken, verschwindet sie in dem Haus, und die Tür wirkt so fest verschlossen, als habe sie die Frau nie durchgelassen.

Am darauffolgenden Morgen reitet der Mann in seinem weißen Burnus mit der Truppe durch die Straßen. Sie reiten auf Schimmeln. Die vordersten blasen Fanfarentöne auf schrillen Trompeten. Die Stadtbewohner strömen zusammen, um sie zu sehen. Frauenaugen spähen durch Jalousien. Aber der Homme fatal hat jene Frau nicht vergessen. Er quittiert den Militärdienst. Man sieht ihn in einer Druckerei in Paris arbeiten. Jede Woche schreibt er der Frau. Endlich antwortet sie. Neben einer Maschine stehend, die unaufhörlich mit tickendem Geräusch bedruckte Seiten ausspuckt, hat er eine Unterredung mit seinem Chef. Dann die Druckerei von außen. An die Tür hängt jemand ein Schild: ON DEMANDE UN TYPO (Typograph gesucht).

In einem Tweedanzug ist der Mann abgereist. Er wird in dem großen Haus empfangen, in dem die Frau wohnt. Sie sind eine Nacht allein. Sie hat ihm geschrieben, daß sie ihn heiraten will. Am nächsten Morgen bringt sie, gehüllt in einen dünnen Kimono, dem Homme fatal, der summend in der Badewanne sitzt, eine Tasse Kaffee. Aber als er fertig ist mit seinem Frühstück, sagt sie: »Jetzt geh. Ich hab's mir anders überlegt.« Wieder steht er auf der Straße. Er gibt den Mut nicht auf. Von seinem letzten Geld kauft er Blumen. In einem Lokal trifft er einen alten Freund, einen Arzt. Der Homme fatal sitzt mit dem Freund an einem Tisch, in seinem farbig gemusterten Tweedanzug, Unheil ist auf seiner Miene zu lesen. Sie trinken Wein aus einer Karaffe. Der Freund sagt: »Manchmal ist das Leben schön«, und erzählt, daß er in der folgenden Woche heiraten wird. Wen? Es stellt sich heraus, daß es sich um die Femme fatale handelt! Dann verläßt der Freund den Homme fatal. Gueule d'amour bleibt am Tisch sitzen und starrt fatalistisch vor sich hin. Sein Gesicht hellt sich nur auf, wenn er eine neue Zigarette an der alten ansteckt. Draußen ertönen Fanfarenklänge. Die Spahis reiten auf wilden Schimmeln in die Stadt, Burnusse voller Sex-Appeal um die Schultern. Alle Gäste strömen aus dem Lokal, um ihnen zuzuschauen. Der Homme fatal bleibt am Tisch sitzen, im Tweedanzug, die eingepackten Blumen auf einem Stuhl.

Er begegnet der Femme fatale noch ein einziges Mal. An einem Abend, in einem einsamen Lokal außerhalb der Stadt. Die Rollos sind herabgelassen. In dem Lokal ist es so dunkel, daß man das Licht der vorbeisausenden Autoscheinwerfer durch die Ritzen zwischen den Holzlatten sieht. Dann die Femme fatale in einem sehr schlichten Kostüm. Er dreht die Lampe höher. Er sagt: »Ich weiß, daß du André heiratest. Ich bin der Verlierer. Du hast mir alles genommen, aber ich hoffe, daß du glücklich wirst.«

Statt seine Hand zu nehmen und tröstende Worte zu sprechen, beginnt die Frau jedoch zu lachen. »Chéri, was sagst du da. Ich und heiraten? Ausgerechnet André? Wie kommst du darauf, du fetter Schwachkopf. Was denkst du dir, André ist genauso ein cocu wie du!«

Er schaut sie an. »Cocu«, wiederholt sie, um ihn zu reizen.

Er preßt die Lippen aufeinander. »Sag das nicht noch einmal«, bringt er endlich heraus. »Cocu«, wiederholt sie, »na, tut es weh?«

Er zieht sehr lange an seiner Zigarette und drückt sie dann im Aschenbecher aus. »Tu vas t' taire, halt den Mund«, sagt er wie zu sich selbst. Aber sie erwidert: »Cocu, toi avec ta gueule d'amour, mit deiner Fresse zum Verlieben ...«

»Tu vas t' taire!« wiederholt er; er ist aufgestanden. Er ruft es noch immer mehr sich selbst zu als ihr. Kichernd erzählt sie ihm ausführlich, was sie mit anderen Männern alles angestellt hat; kein Detail ihres Verhaltens gegenüber ihm und seinem Freund André läßt sie aus. »Tu vas ...«, ruft er, aber seine Worte gehen in ein Gebrüll über, als wäre er tödlich verwundet, und dann folgt ein langer Schrei von ihr. Er hat die Hände um ihren Hals geschlossen. Er zerrt sie in eine Ecke. Die Glasstäbchen der altmodischen Hängelampe klirren. Man sieht nur noch sein Gesicht. Kein Geräusch ist mehr zu hören. Sie schweigt für immer. Er flieht zu André, der ihn eine Nacht versteckt. Vielleicht kann er noch entkommen. Am folgenden Morgen bringt André ihn zum Zug. Er lehnt sich aus dem Fenster, eine Zigarette im Mundwinkel. Der Zug fährt an. Sie winken einander zu. Sie haben beide niemanden mehr.

Draußen sagte Gaby: »Ich muß dir was sagen. Weißt du noch, daß du mich nach meinem ersten Mann gefragt hast?«

»Ja«, sagte Arthur. Jetzt kommt's, dachte er. Der Film war ein Zeichen, ein prophetischer Traum. Aber zwischen ihrer Brille und dem weißen Pelzcape besteht ein Unterschied.

»Es war jemand, den ich in Barvaux kennengelernt habe. Ich, nun ja, ich habe mich ihm hingegeben. Als ich nach Brüssel zurückkam, habe ich gemerkt, daß ich mir doch mehr aus dir mache, und ich habe ihn vergessen.«

»Aber er hat dich nicht vergessen«, sagte Arthur.

»Nein.«

»Er schreibt dir Briefe, hab ich recht?«

»Hast du sie etwa gefunden?«

»Ich rate nur.«

»Sei mir nicht böse.«

»Ich bin dir überhaupt nicht böse.«

»Arthur«, sagte Gaby, »ich habe dir noch nicht alles erzählt, was ich dir erzählen wollte. Ich war erst am Anfang. Bitte denk jetzt nicht, daß ich damit rausrücke, weil wir uns diesen Film angesehen haben. Ich wollte es dir schon heute morgen sagen.«

»Aber da hattest du den Film schon einmal gesehen!«

»Das tut nichts zur Sache. Gestern hatten wir ausgemacht, ins Kino zu gehen, und da hatte ich noch nicht vor, es dir zu sagen.«

»Das ist es ja gerade.« Arthur lachte. Wie idiotisch, dachte er.

»Du weißt noch nicht, was ich dir sagen will«, sagte Gaby. »Heute morgen erhielt ich einen Brief von ihm, daß er herkommen will, morgen.«

»Und?«

»Ich will nicht, daß er kommt. Wenn ich ihm ein Telegramm schicke, kommt er wahrscheinlich trotzdem. Er wohnt in Bergen. Und jetzt fahre ich rasch zu ihm und sagte ihm, daß es aus ist zwischen uns, daß er sich keine

Hoffnungen mehr machen und mich nicht mehr belästigen soll.«

»Wie edelmütig von dir«, sagte Arthur, »und wann kommst du zurück?«

»Heute abend geht es nicht mehr. Morgen früh, mit dem Zug, der fünf nach zehn hier ankommt. Holst du mich ab?«

»Wo übernachtest du denn in Bergen?« fragte er. »Bei ihm?«

»Bei meiner Tante Christine«, erwiderte sie, »du weißt schon.«

»Ich kenne keine Tante Christine.«

»Das liegt an dir, ich habe dir oft genug erzählt, daß ich eine Tante Christine in Mons habe. Aber du hörst nie zu, wenn ich dir was erzähle. Ich habe hundertmal von ihr gesprochen.«

»Bist du mir böse?« fragte sie, als er vor ihr aus der Bahnhofshalle rannte.

»Nein«, sagte er, »ich denke nur nach.«

»Wäre es dir lieber, wenn ich nicht fahren würde?«

»O nein, nein, überhaupt nicht.« Er drängte sich zwischen die Leute vor einem Schalter, kaufte eine einfache Fahrt erster Klasse nach Mons.

»Bitte schön«, sagte er, »wo geht's zum Bahnsteig?«

»Dort entlang. Es sieht so aus, als ob du mich loswerden willst.«

»Jetzt hör schon auf«, sagte er, »du denkst dir alles mögliche aus, was gar nichts damit zu tun hat. Ich glaube dir doch. Bist du nicht zufrieden, daß ich dir glaube? Zu welchem Bahnsteig müssen wir?«

Wegen seiner Eile landeten sie auf dem falschen Bahnsteig, mußten nachfragen und sich mehrmals durch Ströme von Reisenden zwängen. Im Zusammenhang mit der Anlage der unterirdischen Nord-Süd-Verbindung wurde der Bahnhof umgebaut. Überall waren Bauzäune aus rohem Holz. Man mußte provisorische Treppen erklimmen und auf hölzernen Laufgängen die Gleise überqueren; wenn man nach unten sah, schien der Boden ein Waschbrett zu sein. Der Zug stand schon bereit.

Arthur rannte vor, um für Gaby einen Sitzplatz zu finden, aber alle Wagen waren voll. Schließlich rief er: »Hier, hier.« In dem Abteil, das er ihr zeigte, war eigentlich auch kein Platz, aber dann mußte sie eben stehen. Auf jeden Fall wollte er, daß sie in den Zug einstieg. Am Trittbrett gab er ihr einen Kuß.

Sie fragte: »Du holst mich doch morgen ab? Du bist mir nicht böse? Du kommst doch?«

»Keine Bange, ich bin dir überhaupt nicht böse. Auf Wiedersehen, liebe Gaby, bis morgen.«

»Bleib doch noch, wir können noch ein bißchen reden«, sagte sie, »der Zug fährt erst in zehn Minuten ab.«

»Nein, sei jetzt vernünftig, setz dich auf deinen Platz. Sonst setzt sich jemand anders dorthin, und du mußt die ganze Zeit stehen. Auf Wiedersehen, Gaby. Es gibt ja auch nichts mehr zu reden.« Er ließ sie los und rannte über den Bahnsteig. Aber als er den letzten Wagen passiert hatte, wurde er langsamer, als schreckte er davor zurück, seinen Weg durch den riesigen Bahnhof finden zu müssen. Darum ging er auch nicht die Holztreppe zu der Verbindungsbrücke hinauf, sondern blieb darunter stehen und lehnte sich über ein Geländer. Vor ihm ratterten Betonmischer und tuckerten die Motoren der gewaltigen Bagger, die den neuen Tunnel gruben. Kleine Züge glitten über Abhänge aus dunkelgelbem Sand. Die alten grauen Häuser standen gelassen daneben und schauten zu. In dem Dröhnen und Pfeifen ringsum konnte Arthur erstaunlich klar denken. Dort ist Gaby, dachte er, im Zug, mit ihrer Brille, ihrem Freien Wallonien, ihrem Freund in Bergen, ihrem Studium, ihrem General de Gaulle, ihren Eltern und ihrer Tante Christine, mit ihren Erinnerungen und dem silbernen Hahn am Mantelrevers, mit alldem, und ich werde sie nie wiedersehen, es ist, als hätte ich nie etwas mit ihr zu tun gehabt. Er biß sich auf die Unterlippe und schaute auf die blauen Rauchkringel, die der Dieselmotor des Baggers ausstieß. Er sah das schwankende Giraffenskelett auf seinen Raupenketten langsam voranrollen. Der geht ran wie ein Berserker, dachte er, er gräbt, er baut, er macht einen Tunnel quer durch die Stadt, verbindet Nord und Süd. Aber was nützt mir das?

Er hatte das Gefühl, als müßte er zur Strafe hier in der Ecke stehen oder als habe man ihn auf einer fremden Insel zurückgelassen.

Er drehte sich um. Der Zug, in dem Gaby sitzen mußte, fuhr an. Vielleicht ahnt sie, was ich vorhabe, dachte er, sie ist ausgestiegen und wartet auf mich. Ich will genau wissen, ob sie im Zug ist. Und er lief dem Zug hinterher, den er noch leicht einholen konnte. Er mußte immer schneller werden, um noch einen Blick in alle Wagen werfen zu können. Sie will mich nur eifersüchtig machen, weil ich nicht liebevoll genug zu ihr bin, dachte er. Er rannte. Von den Abteilfenstern wandte er das Gesicht immer wieder zu den Rücken der Menschen, die winkend auf dem Bahnsteig standen, damit er nicht gegen sie anprallte. Als er außerhalb der Überdachung war, hatte er in alle Wagen bis auf die ersten beiden geschaut. Der Zug fuhr nun so schnell, daß er kaum noch mitkam. In den vorderen Wagen ist sie nicht, dachte er. Er hielt inne und drehte sich um. Wieder glitten alle Fenster an ihm vorbei, jetzt in viel rascherem Tempo. Die Abteile waren so vollgepfropft mit Menschen, daß es unmöglich war, alle Gesichter zu erfassen. Der letzte Wagen ratterte an ihm vorbei. Vor ihm lag der Bahnsteig, nun völlig leer. Er ging zum anderen Ende zurück und stieg die Treppen hoch. Als er durch die Bahnhofshalle zum Ausgang schlenderte, war er sich nicht sicher, ob er hoffte, Gaby plötzlich zu begegnen. Doch als er an der Haltestelle, wo ihn die Jazzmusik des Jahrmarkts aus übermächtigen Lautsprechern umwogte, auf die Straßenbahn wartete, hatte er einen Entschluß gefaßt.

Er fuhr auf direktem Weg nach Hause, obwohl er nicht wußte, was er dort sollte. Es war noch nicht sechs. Die sommerliche Hitze schien ihren Höhepunkt erreicht zu haben. Die Soldaten der kleineren Länder hatten sogar ihre Krawatten abgelegt.

Sonderbar unsicher fühlte er sich in der stillen Avenue, wo die Blätter reglos an den Bäumen hingen und die Schatten sich nicht von der Stelle bewegten. Ein kleines Mädchen mit kurzen schwarzen Zöpfen ging mit einem noch kleineren Jungen an der Hand die Straße entlang. Kinder, dachte Arthur, ich müßte euch warnen, aber ich weiß nicht, wovor. Trotzdem müßte ich sie warnen.

Im Hausflur begegnete er seinem Vater. Sein Vater gab ihm die Hand. Er war in aufgeräumter Stimmung und hatte nicht zuviel getrunken.

»Bonsoir, Arthur«, sagte er, »quelles bonnes nouvelles?«

»Viele gute Neuigkeiten«, murmelte Arthur, das Blut stieg ihm in die Wangen. »Ich möchte gern mit Ihnen reden.« Er senkte den Blick. »Ist das möglich?«

»Aber selbstverständlich, wir haben uns lange nicht gesehen. Die ganze Zeit habe ich gedacht, wie schade, daß ich so selten mit Arthur rede. Komm mit.«

Sie gingen in den Garten und weiter durch die Pforte, die sein Vater hinter ihnen schloß, in den Gemüsegarten. Im Schatten vor der weißen Mauer stand Arthurs Stuhl und daneben ein zweiter Gartenstuhl, als sei mit der Möglichkeit dieses Gesprächs schon den ganzen Nachmittag gerechnet worden. Sie setzten sich.

»Was willst du mir erzählen?« fragte Arthurs Vater. »Sicher hast du eine Freundin?«

»Ja«, sagte Arthur, »aber es ist schon wieder aus.«

»Na komm, es gibt noch mehr Mädchen. Die ganze Stadt ist voll davon … Die Tommys lassen genug übrig.«

»Ja«, sagte Arthur, »aber ich wollte Ihnen sagen, daß ich fortgehe. Ich möchte …«

»Ach, Arthur«, unterbrach ihn sein Vater und ließ ihn nicht mehr zu Wort kommen. »Das hatte ich mir schon gedacht. Ich will ganz offen zu dir sein. Glaub mir, dieses Ge-

spräch ist für mich vielleicht schmerzlicher als für dich. Ich hatte bis jetzt nicht den Mut, dir etwas zu sagen, was ich schon seit Wochen mit mir herumtrage. Schau mal, mein lieber Sohn, als du kamst, da war ich von großen Plänen für deine Zukunft erfüllt. Wenn es an mir gelegen hätte, ich hätte dich dein ganzes Leben in Brüssel behalten, ich hätte dir alles bezahlt. Ich hätte gern alles gutgemacht, was du in Amsterdam entbehren mußtest. Glaub mir, ich hatte nur dieses eine Bedürfnis. Aber es hat nicht sollen sein. Schau, das hier ist mein Haus. Siehst du es? Von oben bis unten ist es voller Risse. Ich habe kein Geld, es instand setzen zu lassen. Aber das ist nicht das schlimmste. Schlimmer ist, daß es auch von innen Risse hat. Verstehst du, was ich meine? Mein Haus ist mit Menschen vollgepfropft. Ich schätze das gar nicht. Aber ich kann nichts dagegen tun. Aus verschiedenen Gründen mußte ich sie aufnehmen. Sie liegen mir auf der Tasche. Ich muß alles für sie bezahlen. Das ist mir einerlei, ich mache mir nichts aus Geld. Als du kamst, habe ich keine Sekunde an Geld gedacht. Ich habe gedacht: Ich lasse ihn studieren, und er wird hier ein gutes Leben haben. Es war mir gerade noch möglich, gerade noch so! Aber dann ist diese Sache passiert. Der einzige hier im Haus, der arbeitete, war Lucien. Nun, Lucien hat seine Stellung verloren. Und nicht nur das, er hat auch einen Berg Schulden. Was sollte ich machen? Lucien ist der Mann meiner Tochter Lory. Meine arme Frau ist sterbenskrank. Sie hängt sehr an Lory. Lory ist die einzige ihrer Töchter, die sich um sie kümmert. Und denk mal an Bastó. Er kostet Tausende. Er wird nie im Leben auch nur einen Centime verdienen können. Ach, Arthur, ich könnte stundenlang weiterreden, so ein Elend ist es. Und das ist nicht alles. Meine Frau wird nicht mehr lange leben, obwohl es den Anschein hat, daß es mit ihr aufwärtsgeht, und obwohl der Arzt zufrieden ist. Aber ich weiß es besser. Der Kummer wird sie umbringen.«
Er zog sein Taschentuch heraus und wischte sich den Schweiß von der Stirn. Arthur schwieg.

»Kurzum«, fuhr sein Vater fort, »ich war gezwungen, mich zwischen dir und Lory zu entscheiden. Du darfst eines nicht vergessen: Lory ist mit Lucien verheiratet. Ihr Leben ist an seinem vertäut wie an einem leck gewordenen Kahn. Und sie kann sich nicht befreien. Du dagegen, du bist frei. Du bist jung, voller Energie, stark. Ich weiß, du besitzt nichts, nur deinen Verstand. Aber du kannst noch alles aus deinem Leben machen, auch ohne meine Hilfe. Sag selbst, verstehst du, für wen ich mich entscheiden mußte?«

»Oui, mon père«, sagte Arthur.

Sein Vater lehnte sich weit zurück. Arthur zündete sich eine Zigarette an und ließ wie sein Vater den Blick über den Garten schweifen.

»Papa«, sagte er dann.

»Mm«, antwortete sein Vater abwesend. Doch dann schreckte er auf. »Du hast gesagt, daß du fortgehst. Wohin? Was hast du vor?«

»Ich werde versuchen, mich als Freiwilliger zu melden.«

»O nein, o nein, fang jetzt nicht mit so was an. Du hast genug Krieg erlebt.«

»Gerade das glaube ich nicht«, sagte Arthur, »es gibt sonst nichts, wozu ich Lust habe.« Er wartete auf eine Entgegnung, die jedoch nicht erfolgte, und fuhr fort: »Es ist noch nicht zu spät. Ich melde mich bei den Amerikanern für den Krieg gegen Japan.«

Was Arthur zu diesen Worten hinriß, ließ sich nicht mehr als Hoffnung bezeichnen. Es war, als schwebte vor ihm in der Luft ein völlig anderes Leben, ein Leben, das seines hätte sein können: Sein Vater sah plötzlich noch eine Möglichkeit, änderte seinen Entschluß und behielt Arthur bei sich. Dann hätte er das, wonach er sich immer so gesehnt hatte – aber er streckte die Hand nicht danach aus, und vielleicht war das der Grund, warum sein Vater nun antwortete: »Ach, dann geh doch in Gottes Namen. Vielleicht ist es zu deinem Besten, ich kann das nicht beurteilen. Ich habe nicht mehr das Recht dazu. Ich habe versucht, etwas für dich zu tun. Aber es ist mir nicht gelungen. Ich kann nur hoffen. Geh nur, aus dem Krieg entstehen oft die größten Dinge. Der Krieg ist die einzige Schule fürs Leben, in der man wirklich etwas lernt! Wer keinen Krieg mitgemacht hat, hat nicht gelebt. Ich empfinde keinen Augenblick Bedauern über den vorigen Krieg, auch wenn ich noch immer ein Loch im linken Unterarm habe.« Er wischte sich nun unablässig mit dem Taschentuch übers Gesicht.

»Arthur«, sagte er, als Arthur aufstand, weil er seinem Vater nichts mehr mitzuteilen hatte, »Arthur, wie erklärst du es meiner Frau? Sie hat sich darauf gefreut, daß du hierbleiben würdest, sie hat mich jeden Tag bearbeitet, daß ich dich hier studieren lassen sollte. Und ich ... ich habe nicht gewagt, ihr zu sagen, daß ich es nicht kann. Der Arzt hat gesagt, sie sei auf dem Wege der Besserung. Sie hat sich dein Schicksal so zu Herzen genommen ... Was blieb mir anderes übrig, als es vor ihr geheimzuhalten? Es hätte ihren Zustand sofort verschlechtert. Denk daran, Arthur, sie weiß nichts. Sag es ihr nicht. Laß sie, bis du gehst, in dem Glauben, daß du bleibst, daß du wiederkommst. Sag, du würdest für kurze Zeit die Stadt verlassen. Laß dir was einfallen! Sie darf es nicht wissen ... Sie hat so ein schwaches Herz ... Später, irgendwann, kann ich sie vielleicht langsam darauf vorbereiten ...«

»Ich verstehe«, antwortete Arthur, »sie war so gut zu mir, ich werde nichts sagen.«

Sie gingen zu Tisch, und Lory und Lucien erkannten offenbar an ihren Mienen, daß die Sache endlich geklärt war. Lucien war sehr redselig. Das Essen schmeckte besser als sonst. Lucien machte keine Versuche, Arthur beiseite zu nehmen. Nein, Lucien wußte alles.

Gleich am folgenden Morgen ging Arthur in die Stadt, um seine Abreise vorzubereiten. In der Koloniënstraat betrat er ein mächtiges Gebäude, vor dem eine amerikanische Fahne hing. Die hohe, dunkle Vorhalle war so hoch wie das ganze Haus und völlig leer bis auf einen kleinen Eichenschreibtisch in einer Ecke, an dem ein amerikanischer Sergeant saß und las.

Arthur ging auf ihn zu und blieb vor dem Schreibtisch stehen. »Good morning«, sagte er. Der Sergeant blätterte um und schaute weiter in sein Blättchen mit bunten Bildern.

Arthur räusperte sich. »Wo kann ich mich als Freiwilliger für den Pazifik melden?«

»Anfragen ein Zimmer weiter«, sagte der Amerikaner und drehte seinen Stuhl so, daß er die Beine übereinanderschlagen konnte.

In einem anderen Gebäude wiederholte Arthur seine Frage vor einem ähnlich aussehenden Schreibtisch, auf dem jedoch ein Namensschild stand und an dem ein Leutnant saß.

»Welche Staatsangehörigkeit haben Sie?« fragte der Leutnant.

»Niederländisch.«

»Dann müssen Sie zuerst bei den niederländischen Behörden die Genehmigung einholen«, sagte der Offizier, griff zum Telefonhörer und wählte eine Nummer.

»Thank you«, sagte Arthur. Das Telefongespräch begann. Weil Arthur das unbestimmte Gefühl hatte, es könnte etwas mit seinem Anliegen zu tun haben, blieb er. Außerdem könnte er noch fragen, was er tun müßte, nachdem er die Genehmigung der niederländischen Behörden erhalten hatte. Wie bekomme ich diese Genehmigung? Der Leutnant telefonierte lange und amüsiert.

Arthur konnte nicht feststellen, ob über ihn gesprochen wurde. Vielleicht erkundigt er sich, ob er mich auch ohne diese Genehmigung der niederländischen Behörden annehmen kann, hoffte er – frag ihn, frag ihn, wiederholte er innerlich. Der telepathische Befehl schien nicht anzukommen.

Der Offizier schüttelte eine Zigarette aus der Packung, steckte sie sich in den Mund und legte sich, den Hörer zwischen Ohr und Schulter geklemmt, halb über den Schreibtisch, so daß er mit beiden Händen ein Streichholz entzünden konnte. Wenn ich zu einer niederländischen Dienststelle gehe, dachte Arthur, steht mein Name dort vielleicht schon auf einer Liste …

Der Amerikaner legte auf und bemerkte nach zwei Zügen an seiner Zigarette, daß Arthur immer noch dastand. »Anything else I can do for you?« fragte er.

Auf der Straße dachte Arthur: Was soll's, ich versuche es bei einer niederländischen Dienststelle. Es ist das einzige, was ich noch versuchen kann. Wenn sie mich verhaften, ist auch das eine Lösung. Er fragte einen Polizisten nach dem Weg zum niederländischen Rekrutierungsbüro. Aber der Polizist hatte keine Ahnung. Arthur erinnerte sich, daß er in der Gegend der Noorderstation niederländische Militärpolizei gesehen hatte. Dort könnte er sich erkundigen, also ging er hin.

Auf dem Rogierplaats schlenderte er eine Viertelstunde hin und her; nirgends erblickte er niederländische Militärpolizei. Die Amerikaner wollte er nicht mehr fragen. Sie hatten ohnehin keine Ahnung und verachteten einen zudem, weil man sich nicht auskannte.

An der Ecke war eine kanadische Auskunftsstelle. Die Kanadier sind unsere Befreier und Schirmherren, dachte Arthur, sie werden wissen, an wen ich mich wenden muß. Er ging durch einen Flur und betrat einen weiteren Seitenflur, der eine Holzwand mit Schaltern beherbergte. Hinter den Schaltern saßen junge Frauen mit hübsch angemalten Lippen. Arthur stellte sich vor den reizvollsten Schalter (darauf achte ich trotz allem immer noch! dachte er, und es gab ihm Mut) und fragte: »Können Sie mir sagen, wo man sich als niederländischer Freiwilliger melden kann?«

Die junge Frau fuhr mit dem Finger über eine getippte Liste. »Ich geben Ihnen mal die Adresse des niederländischen Konsulats«, antwortete sie, »die können es vielleicht herausfinden.«

Sie stand auf und kam mit einem Stadtplan von Brüssel zurück. Von einem Stapel in Quadrate geschnittener alter Formulare, deren Rückseite unbedruckt war, nahm sie einen Zettel, schrieb eine Adresse darauf und zeigte Arthur auf dem Stadtplan, nicht ohne sich mehrmals zu irren, wie er dorthin gelangte.

Mit dem Zettel in der Hand verließ Arthur das Büro. Er mußte ein Stück durch einen Vorort laufen, durch breite, triste Straßen mit neuen und doch altmodisch aussehenden Häusern. Die Wände waren aus roten Klinkern, mit Fugen wie frisch gezogene Kreidestriche. An den Türen glänzte viel Messing. Auf kleinen Plätzen standen hohe Masten, die Tausende von Telefonkabeln in alle Richtungen sandten. Sogar der Anstrich der Laternenpfähle war in gutem Zustand. Er war erstaunt, daß er durch dieses Viertel ging, in dem er noch nie gewesen war, jetzt, wo er die Stadt bald verlassen würde. Als hätte das Leben immer noch etwas Neues für ihn in petto, etwas, was nahe lag, gerade dann, wenn es ihn in die Ferne zog. Jetzt gehe ich hier entlang, dachte er, in einem Monat bin ich auf einem Schiff, wieder ein paar Monate später renne ich, ein Maschinengewehr über dem Kopf haltend, durch die Brandung zu einem Strand, wo Leute, die sich hinter Palmen versteckt haben, auf mich schießen. Ich grinse wie ein Tiger. Vielleicht werde ich im Kampf fallen. Dann ist alles vorbei. Aber wenn ich nicht falle, habe ich mehr gelernt als viele andere. Der Krieg ist die beste Schule für das Leben.

Er stellte sich vor, daß er schon an Bord jenes Schiffes war, in Uniform, mit Helm, Maschinengewehr und Handgranaten, auf dem Weg zur Okinawa-Front. Er müßte über nichts mehr nachdenken. Durch Nachdenken würde er nichts ändern können, weder den Kurs des Schiffes noch die Pläne des Flottenkommandos oder die Befehle seiner Vorgesetzten. Er würde den Krieg überleben oder darin umkommen, und weder das eine noch das andere könnte man ihm jemals zum Vorwurf machen.

Er hatte keine Angst! Eigentlich hatte er nie die Gelegenheit bekommen, zu beweisen, daß er keine Angst hatte. Jedesmal, wenn er in seinem Leben Angst gehabt hatte oder feige gewesen war, hatte nur er es gewußt, und er war sich dessen nicht mal sicher gewesen. Wußte er, ob es mutig von ihm gewesen war, daß er Carola geholfen hatte, Ernsts Leiche in den Kanal zu werfen? Hätte er nicht besser sofort weglaufen sollen? Hatte er ihr vielleicht nur geholfen, weil er Angst hatte, sie würde ihn sonst bei der Polizei anzeigen? Diese Möglichkeit hatte er sicherlich erwogen. Sinnlos, es sich nicht einzugestehen oder sich dafür zu schämen. Doch er wußte nicht, welche Überlegung den Ausschlag gegeben hatte. Außerdem interessierte es niemanden. Würden vielleicht die Richter danach fragen? Würden sie fragen: Haben Sie ihn aus Angst oder aus reiner Tapferkeit erstochen? Im ersten Fall würden sie ihn freisprechen; er hätte aus Notwehr gehandelt. Einen Feigling spricht man frei, der versucht es kein zweites Mal. Doch er war kein Feigling. Nur der Krieg würde das für alle Welt beweisen. Alle Welt könnte es erfahren. Er könnte sagen: Als Deutschland schon seit Wochen besiegt war, bin ich, ohne dazu verpflichtet gewesen zu sein, an den Pazifik gefahren, um gegen die Japaner zu kämpfen. Zu einer Zeit, als alle ehemaligen Widerstandskämpfer mit Zigaretten im Mundwinkel in Autos der Militärbehörden umherfuhren. Aber wenn dann weitere Fragen kämen, wenn man ihn fragen würde: Wie kam es, daß du so ungeheuer mutig warst? – dann müßte er aufpassen, daß seine Antwort nicht zu freimütig ausfiele, daß er nicht sagte: Weil ich an den Krieg glaube. Weil mir nicht einleuchtet, warum es schlimmer sein soll, einen Menschen zu töten, als ein Tier. Wenn ein Mensch stirbt, kann man immer sagen: Wieder ein Scheißkerl weniger; die Tiere aber haben nie etwas Böses getan. Vielleicht bekäme er zur Antwort: Das ist banales Geschwätz. Tiere werden getötet, weil man sie ißt, aber vom

Töten eines Menschen hat niemand was. Ja, würde er sagen, sie sind sogar zu giftig, um als Nahrung zu dienen!

Er sah sich kämpfen. Es würde ihn jede Beschämung vergessen lassen. Mit aufgekrempelten Hemdsärmeln, einen schweren Helm auf dem Kopf, rannte er in der Sonne eine Böschung hoch. Er spritzte eine Petroleumflamme von dreißig Metern Länge in ein Waldstück, und Männer kamen heraus, die vor- oder rückwärts zu Boden stürzten. Er rannte weiter, blies wie ein Drache eine Feuerwolke vor sich her. Ringsum überall Explosionen. Substanzen, jahrelang von Chemikern in Labors gehütet, verbanden sich miteinander in einer Leidenschaft, mit der sich kein Organismus messen konnte. Trillionen und Trillionen Elektronen durchbrachen ihre Bahnen, stürzten sich auf neue Ionen, Atome verbanden sich zu neuen Molekülen, die ihren Umfang ins Tausendfache ausdehnten, alles auseinanderrissen unter einem reineren Licht, als es aus dem Himmel die Erde jemals erreicht.

Fast aufgeregt betrat er das niederländische Konsulat, ein gewöhnliches Haus, dessen Tür nicht ins Schloß fallen konnte, weil ein kleines Lederpolster daran befestigt war. Von einem Korridor gingen mehrere Räume ab. In den Räumen und auf dem Flur waren ziemlich viele Leute. Er wußte nicht, ob er in eines der Zimmer gehen oder davor warten sollte. Welche Abteilung war für ihn zuständig? Er ging einfach weiter bis zum Ende des Gangs; dort saß hinter einer hölzernen Absperrung ein Mann, der offenbar nichts zu tun hatte. Jetzt passiert's, dachte er. Vielleicht haben sie mein Foto verbreitet, vielleicht springt er auf, sobald er mich sieht.

Doch der Mann beugte sich, ohne zu zögern, über die Absperrung und rief leise: »Mijnheer! – Womit kann ich dienen, Mijnheer?«

»Ich komme ... ich wüßte gern, wo man sich als Freiwilliger für Japan melden kann. Vielleicht hier?«

»Nein, Mijnheer, hier mit Sicherheit nicht.«

»Und wo dann? Könnten Sie mir die Adresse geben?«

»Sind Sie Niederländer?«

»Ja.«

»Und wie kommen Sie dann auf die Idee, daß Sie sich im Ausland zum Dienst in der niederländischen Armee melden können?«

»Ich will nicht in die niederländische Armee. Ich will in die amerikanische.«

»Dann müssen Sie zu einer amerikanischen Dienststelle gehen. Damit haben wir nichts zu tun.«

»Ich war bei den Amerikanern, aber die haben mich hierhergeschickt.« Kein einziger Amerikaner hatte ihm gesagt, daß er sich beim niederländischen Konsulat für den Dienst in der amerikanischen Armee melden könnte, aber er wollte auf keinen Fall den Ort verlassen, ohne auch nur die geringste Auskunft erhalten zu haben.

»Dann haben Sie wohl keinen Paß«, sagte der Mann und schaute Arthur an, »gucken Sie jetzt nicht so, als würde ich Ihnen etwas tun, weil Sie keinen Paß haben. Kein Niederländer, der nach dem Krieg nach Brüssel gekommen ist, besitzt einen Paß. Wir können Ihnen auch keinen ausstellen. Ich kann Ihnen nur raten, was ich jedem anderen auch rate: Kehren sie so bald wie möglich in die Niederlande zurück, so, wie Sie gekommen sind. Und dann müssen Sie eben weitersehen. Ich glaube, in Helmond gibt es ein Ausbildungslager. Aber das können Sie dort leicht in Erfahrung bringen.«

Als Arthur durch den verlassenen Vorort zurückging, mußte er angestrengt daran denken, wie es ihm gelungen war, Amsterdam zu verlassen; sonst hätte er jede Hoffnung verloren. Sie verjagen mich von hier, dachte er. Ich gehe nach Holland zurück, wie der klassische Mörder kehre ich an den Ort meines Verbrechens zurück, und dann ist es vorbei.

Lucien fragte ihn beim Essen sofort, ob man ihn angenommen habe. Sein Vater schwieg und machte ein ernstes Gesicht. »Sie können mich nicht nehmen, weil ich keinen Paß habe«, sagte Arthur.

»Wie bedauerlich«, sagte Lucien. Lory stand auf und stellte das Radio lauter. Nicht einmal Bastó gab einen Laut von sich. Nach dem Essen nahm der Vater Arthur mit in das kleine Kabinett mit dem vergitterten Fenster.

»Du machst ein Gesicht, als wäre alles hoffnungslos, Arthur.«

»Ich weiß auch nicht, was ich jetzt tun soll«, antwortete er, »ich kann doch nicht nach Holland zurückgehen. Ich will nicht, es gibt nichts zu essen und keine Zukunft, ich wüßte nicht, was ich dort sollte.«

»Vielleicht sehe ich doch noch eine Chance für dich.« – Er hat mich beiseite genommen, weil Lucien es nicht wissen darf, daß ich nun doch bleiben kann, fuhr es Arthur durch den Kopf. Aber sein Vater fügte hinzu: »Wenn du denn mit aller Gewalt nach Japan willst.«

»Ja, das will ich.«

»Eh bien«, sagte sein Vater. »In der Besatzungszeit habe ich vielen Leuten Papiere verschafft. Keine gefälschten Papiere, echte. Ich habe Freunde in den Ministerien. Jetzt tun sie es natürlich nicht mehr. Aber vielleicht können sie noch eine Ausnahme machen. Du müßtest wahrscheinlich ganz neu registriert werden, aber möglicherweise geht das. Du wärst dann offiziell Belgier.«

»Das wäre mir sehr angenehm«, sagte Arthur.

»Und du bekommst einen anderen Namen, das scheint mir sicherer. Ich werde dafür sorgen, daß sie sich einen sehr schönen Namen für dich ausdenken. Das ist alles, was ich noch für dich tun kann, mon fils, ich hoffe, daß es etwas nützt.«

Sofort wußte Arthur, was sein Vater meinte. Er klammerte sich an seinen Arm. »Vater«, sagte er auf holländisch, »Vater.« Dieser Mann war sein Vater! Und er war sein Sohn!

Nur deshalb war er nach Brüssel gekommen, um einen Vater zu finden. Er hatte es geschafft. In dem neuen Paß würde er so heißen wie sein Vater! Er würde kein Niederländer mehr sein. Nie würden sie ihn finden. Nie müßte er zurück in das Land, wo er, unter Pseudonym und verkannt, so viel gelitten hatte.

Unter dem Adelsnamen seines Vaters würde er in den Krieg ziehen, ein Nachfahre Napoleons. Wenn der Krieg gegen Japan vorbei war, würde ihn eine glanzvolle Zukunft erwarten. Endlich wäre er der, der er tatsächlich war. Er müßte nie mehr an sich zweifeln. Der Adel von Generationen würde über diesen Namen direkt in ihn einströmen. Durch diesen Namen würde er alles sein, was er vor dieser Zeit nur hätte sein können, aber niemand hatte darauf geachtet, niemand hätte es akzeptiert. Das alles wollte er seinem Vater sagen, aber er konnte nichts als lächeln, er stammelte sogar zu sehr, um sich angemessen bedanken zu können. Dafür hielt er die Hand seines Vaters fest und hoffte, ihm damit zeigen zu können, wie dankbar er ihm war.

»Allez, allez, Arthur«, sagte sein Vater, »keine Ursache, keine Ursache. Es ist keine große Mühe. Ich bin mir nicht mal sicher, ob es klappt.«

Aber als Arthur ihn am nächsten Tag fragte, wie es ausgegangen sei, antwortete sein Vater, die Chance, daß es klappen werde, betrage neunzig Prozent. Er müsse sich nur eine Woche, vielleicht auch zehn Tage, gedulden.

Seine neue Unterschrift übte er Hunderte Male auf der Rückseite von Kalenderblättern, an den Rändern von Zeitungen.

Während dieser Zeit las er zum erstenmal ein neues Wort in der Zeitung. Das Wort lautete: bombe atomique. Er war deshalb nicht aufgeregt, im Gegensatz zu den anderen. Er dachte nur: Hoffentlich halten die Japaner durch, hoffentlich kämpfen sie wenigstens noch ein halbes Jahr lang weiter. Die ironisch zitierten Proklamationen des japanischen Oberkommandos versuchte er Wort für Wort zu glauben.

Was bedeutete für die Japaner der Verlust Hiroshimas? Einer Stadt, von der er noch nie gehört hatte! Wenn diese Atombombe so gefährlich war, warum hatten die Amerikaner sie dann nicht gleich auf Tokio geworfen statt auf ein unwichtiges Dorf, dessen Bedeutung nun aus Reklamegründen aufgebauscht wurde? Er hätte es den Japanern zubrüllen mögen, um ihnen Mut zuzusprechen. Am liebsten wäre er ihnen sofort zu Hilfe geeilt.

Er zuckte erschrocken zusammen, als er las, daß eine zweite Atombombe abgeworfen worden sei. Diese zweite Bombe war auf Nagasaki gefallen. Nagasaki war eine bekannte Stadt, von Nagasaki hatte er schon gehört. Aber die Zahlen, die die Amerikaner über die Zerstörungen veröffentlichten, waren halb so schlimm. Nicht einmal die ganze Stadt schien in Trümmern zu liegen. Die Truppen auf den kleinen Inseln im Pazifik kämpften weiter, als wäre nichts geschehen. Arthur war weiterhin guten Mutes. Es hat schon einen Sinn, dachte er, daß die Amerikaner keine Atombombe auf Tokio geworfen haben. Wenn Tokio völlig vernichtet wäre, hätten sie von ihrem ganzen Sieg nichts mehr. Sie könnten nichts mehr daran verdienen. Diese Bombe war nur Bluff. Wenn die Japaner sich nicht aus dem Konzept bringen ließen, hätten sie den Krieg noch lange nicht verloren. Er unterhielt sich darüber mit Alice, die ihm recht gab. Diese Atombombe, sagte sie, sei vielleicht so etwas wie die V-Rakete der Deutschen. Hatten die Deutschen nicht behauptet, daß damit der Krieg innerhalb von drei Wochen entschieden sein würde?

Eines Nachmittags kam sein Vater nach Hause und rief Arthur zu sich, noch ehe er seine Frau begrüßt hatte.

»Ich habe eine Überraschung für dich«, sagte er und ging, durch die Zähne pfeifend, vor Arthur in das Kabinett mit dem vergitterten Fenster. Er setzte sich. Arthur blieb stehen. Sein Vater nahm ein kleines grünes Büchlein aus seiner Innentasche, aus dem mehrere große Papiere ragten.

»Ich habe gleich dafür gesorgt, daß du vom Militärdienst freigestellt wirst«, sagte er, »sonst müßtest du hier in Belgien dienen.«

»Merci, mon père«, sagte Arthur, »merci beaucoup.«

Er schlug das Büchlein auf. Da war sein Foto. Er müßte nur noch seine neue Unterschrift daruntersetzen. Und da stand sein Name:

Joseph Mencken
geboren in Antwerpen
17. September 1923

Ich darf mir nichts anmerken lassen, dachte er, nur nichts anmerken lassen. Dann traute er sich, seinen Vater anzuschauen.

»Der Name gefällt dir vielleicht nicht?« sagte dieser. »Aber es war das Praktischste, was sie machen konnten! Es ist der Name eines Juden, der in Deutschland umgekommen ist. Seine ganze Familie existiert nicht mehr, vergast. Niemand wird es jemals herausfinden. Du bist überall eingetragen, beim Standesamt, in den Registern des Kriegsministeriums, in den Taufbüchern der Synagoge, wer weiß, ach nein, die taufen nicht, enfin, du bist ein belgischer Staatsbürger, zu hundert Prozent. Je vous salue, mon compatriote.«

Arthur ergriff die Hand und schaffte es zu lächeln. Dann entschuldigte er sich, verließ das Zimmer und rannte zur Toilette, wo er die Tür hastig hinter sich verriegelte. Das Büchlein mit den Dokumenten legte er auf den Halter für das Toilettenpapier und setzte sich. Er saß nach vorn gebeugt, die Ellbogen auf den Knien, den Kopf auf die Hände gestützt. Seine Tränen sickerten durch die Finger. Ich bin niemand mehr, dachte er, ich bin jemand, den es gar nicht gibt.

Was hatte seine Großmutter noch über Carola gesagt? Nein, nicht über Carola, über seine Mutter: Deine Mutter war nicht die Tochter deines Großvaters, sondern eines Juden. Jetzt bin ich also Carolas Bruder, dachte er, doppelt und dreifach. Die Großmutter hatte auch gesagt, sein Vater sei ein Jude. Es war nur eine Prophezeiung gewesen. Denn sein tatsächlicher Vater war kein Jude, und doch würde er niemals sein Sohn werden. Die letzte Chance war verpaßt. Nun war er also der Sohn eines Juden!

Daß er ein Jude war, machte ihm nichts aus; ich habe ja auch kein Vaterland, dachte er. Nein, diese Metamorphose kam ihm sehr angemessen vor. Aber seine Tränen konnte diese Überlegung nicht stoppen, wie gern er das auch gewollt hätte, denn er wagte gar nicht daran zu denken, was sein Vater, Lucien und Lory fragen würden, wenn sie bei Tisch sahen, daß er geweint hatte. Er saß totenstill da, als würde er seinen Kummer dann weniger spüren. Ganz leise drang feierliche Kirchenmusik zu ihm, aus dem Radio der Nachbarn durch das halb offenstehende Fenster oder durch die Rohre, die aus dem Boden hochstiegen.

Der Wandernde Jude, dachte er.

Er versuchte sich auf die Musik zu konzentrieren und wurde dabei tatsächlich ruhiger. Schließlich schneuzte er sich, nahm den Paß und die Papiere und ging hinauf in sein Zimmer, wo er den Paß in den kleinen Aluminiumkoffer legte, den er sich gekauft hatte, als er zu Gaby nach Barvaux fahren wollte. Er wusch sich das Gesicht und kämmte sich. Seine Augen waren jedoch so gerötet, daß er nicht wagte, beim gemeinsamen Essen zu erscheinen. Er rannte die Treppe hinunter und stürzte aus dem Haus, und seine Tränen strömten von neuem. Er nahm die erstbeste Straßenbahn; die ganze Fahrt über blieb er auf der Hinterplattform stehen, das Gesicht so nah an der Scheibe, daß kein anderer Fahrgast ihn weinen sah. An den Haltestellen merkte er, daß ihn manchmal jemand flüchtig anschaute. Zweimal lächelten ihn sehr schöne Frauen an.

An der Endhaltestelle stieg er in eine andere Tram um. So fuhr er den ganzen Nachmittag kreuz und quer durch Brüssel und die Vororte. Als seine Fahrkarte mit zwanzig Einzelabschnitten verbraucht war, langweilte es ihn, denn oft konnte er an einer Endstation keine andere Linie nehmen, sondern mußte mit derselben Bahn zurückfahren. Von Lammerendriesch aus fuhr er schließlich zur Börse. Dort standen Zeitungsjungen mit Extrablättern, denn Japan hatte kapituliert.

Als er spätabends nach Hause kam, begegnete er seinem Vater, der sich wahrscheinlich gerade ins Zimmer seiner Frau begeben wollte, im Flur der oberen Etage.

»Hallo, Joseph«, sagte sein Vater, »du hast es sicher gleich deiner Freundin erzählt? Was hat sie denn gesagt?«

Arthur dachte sich schnell etwas aus, was seine Freundin angeblich gesagt hatte.

»Und nicht nach Japan, was? Zum Glück. Das Leben in Europa ist besser. Ich habe mir deswegen keine großen Sorgen gemacht, ich habe es kommen sehen ... Eh bien, mon ami, bonne nuit. A demain.« Der Vater ließ ihn im Flur stehen. Er ist überhaupt nicht böse, daß ich ohne Entschuldigung nicht zum Essen erschienen bin, dachte Arthur, vielleicht war er sogar froh, weil so mehr für die anderen übrigblieb. Als er die Treppe hinaufstieg, begriff er nicht, wie er seinem Vater einen so hirnrissigen Gedanken zuschreiben konnte, seinem Vater, der ihm trotz der Notlage, in der er sich offenbar befand, immer so viel Geld gegeben hatte, wie er von ihm erbat.

Er ruhte sich einen Tag aus und klapperte dann wieder mehrere Dienststellen ab. Auch wenn der Krieg nun für immer vorbei war, sah er keine andere Möglichkeit eines Ortswechsels, als sich eine Stelle bei irgendeiner Militäreinheit zu suchen.

Schließlich nahmen ihn die Briten als Dolmetscher für die Truppen in Deutschland an. Er würde eine Uniform tragen, einen Jeep zur Verfügung haben, achtzig Zigaretten pro Woche und 1250 Francs erhalten, er müßte zu einer viermonatigen Grundausbildung in ein Schulungslager in der Gegend von Brügge gehen und würde dann sofort in den Rang eines Sergeant erhoben. Vor allem sollte er beim Verhör von Kriegsverbrechern eingesetzt werden. Es gab sogar Aufstiegschancen bei der Field Security oder einer ähnlichen Instanz. Da die Besetzung Deutschlands wahrscheinlich fünfzig Jahre oder länger dauern würde, konnte man fast von einer Lebensstellung sprechen, wenn er nach Beendigung des befristeten Dienstverhältnisses von einem Jahr einer Verlängerung zustimmen würde.

Arthur war zufrieden. Der Krieg wollte nichts von mir wissen, dachte er. Trotzdem würde er im Ausbildungscamp unter anderem lernen, mit einer Sten Gun zu schießen. In Deutschland herrscht bestimmt ein Tohuwabohu, dachte er. Viel Schwarzhandel. In Trümmerhaufen fühle ich mich wohl, da gehöre ich auch hin. Für einen Zug an deiner Zigarette kriegst du eine Frau, für eine Tafel Schokolade eine Leica, für ein Pfund Kaffee einen Mercedes Benz. Deutschen, die mich kläglich ansehen, zahle ich es mit gleicher Münze heim und sage: *»Die Welt ist nicht für feige Völker da.«*

An dem Tag, als er sich in Antwerpen zum Dienst melden und von dort aus sofort zum Camp bei Brügge weiterfahren mußte, saß er mit Lory und Lucien allein am Tisch. Sein Vater hatte sich schon vorher von ihm verabschiedet, unter dem Vorwand, er sei verhindert, am Essen teilzunehmen.

»Arthur«, hatte er gesagt, »laß es dir wohl ergehen. Etwas anderes kann ich nicht sagen. Höchstens noch, daß du nie den Mut verlieren darfst, aber ich weiß, auch das ist nicht viel wert.« Er hatte seine Hand noch eine Weile festgehalten, ihn jedoch nicht mehr angeschaut. Tage zuvor hatte Arthur sich alles mögliche überlegt, was er ihm beim Abschied so großherzig wie möglich sagen würde: Er sei ihm nicht böse, er wisse, daß sein Vater sein Bestes für ihn getan habe, und er sei sich nur zu gut darüber im klaren, daß man mit ihm keine Ehre einlegen könne; wenn sein Vater ihn hätte studieren lassen, wäre möglicherweise irgendein Unglück geschehen, und sein Vater hätte nur Kummer mit ihm gehabt. Nein, ich bin froh und dankbar, daß ich die ganze Zeit hier wohnen durfte, womit hatte ich das überhaupt verdient? Du warst doch eigentlich kaum mein Vater; wenn andere es mir nicht erzählt hätten, hätte ich es nie erfahren, du hast eine eigene Familie, ein eigenes Leben, in das ich nicht mehr hineinpaßte, nein, Papa, danke schön, danke schön.

Aber es fiel Arthur in diesem Augenblick nicht ein. Er erinnerte sich an fast nichts mehr, und obgleich er fühlte, daß er die Absicht gehabt hatte, etwas zu sagen, kam es ihm so vor, als ob jedes Wort wie auf Papier geschrieben für immer in der Luft herumwirbeln und diesen Herrn mittleren Alters nie erreichen würde. Die Stirn in Falten gezogen, schaute ihn sein Vater an; er war nicht betrunken, er hatte an diesem Tag noch nichts getrunken, aber ihm standen Tränen in den Augen. Arthur begleitete seinen Vater zur Tür.

»Es tut mir leid, daß ich dich jetzt nicht mal zum Bahnhof bringen kann.«

»Schon gut«, sagte Arthur. Beinahe hätte er gesagt: Ich kann es verstehen. Denn er konnte verstehen, daß sein Vater sich zufällig gerade auf diesen Tag einen wichtigen Termin gelegt hatte, und er war ihm dankbar dafür. Ganz allein würde er zum Bahnhof gehen, und es gab nichts, was er sich mehr gewünscht hätte.

»Eh bien, Arthur«, sagte sein Vater, »auf Wiedersehen! Laß von dir hören, bevor du nach Deutschland fährst, besuch uns noch einmal. Dein Bett steht immer für dich bereit.«

Arthur versprach, daß er schreiben und noch einmal kommen würde, und schloß sofort, nachdem sein Vater die Pforte passiert hatte, die Tür. Als er nach oben ging, hörte er im unteren Eßzimmer alle durcheinanderschreien. Ob sie es schon wissen? dachte er. Sind meine Schwestern Laura und Lorette wohl auch informiert?

Zu seiner Erleichterung saß Alice nicht am Tisch. Er hätte nicht gewußt, was er ihr sagen sollte. Beim Essen mußte er ständig an sie denken. Ein falsches Wort, ein trauriger Zug in seinem Gesicht, und sie würde der Sache nicht mehr trauen, sie würde die Geschichte, die er auftischte, nicht mehr glauben, sie würde fragen: »Warum gehst du fort? Wann kommst du wieder?« Erführe sie die Wahrheit, würde sie sich so darüber aufregen, daß sich alle Herzkammern zugleich ausdehnten und zusammenzögen, ihr Herz würde stocken, und das wäre das Ende. Lucien und Lory schwiegen. Bastó hatten sie bestimmt in seinem Zimmer eingeschlossen, damit er nicht durch idiotische Ausrufe alles noch erschwerte. Rose servierte das Essen, aber auch sie schwieg.

Als er seinen Kaffee halb ausgetrunken hatte, dachte Arthur: jetzt noch zwei Schlucke. Dann: jetzt noch einen Schluck. Es war halb zwei. Um zehn vor vier ging der Militärzug, mit dem er fahren würde. Ich darf nicht zu spät aufbrechen, dachte er, sonst hat Alice nicht genug Zeit, mit mir zu sprechen, sie würde es nicht nett von mir finden, wenn ich erst so spät zu ihr käme, wo ich doch verreisen will. Er leerte die Tasse, drückte seine halb aufgerauchte Zigarette aus und verließ das Zimmer.

Als er an Alices Tür klopfte, erfolgte keine Reaktion. Ich habe zu leise geklopft, dachte er und klopfte erneut. »Entrez!« rief sie mit froher Stimme.

Er betrat das Zimmer. Er sah sich im Spiegel des Wäscheschranks auf sich selbst zugehen, er wagte es nicht, den Blick aufs Bett zu richten.

»Bonjour, Arthur«, sagte Alice, »ça va?« Sie streckte die Hand aus. Er ging ums Bett herum zum Kopfende und nahm ihre Hand. »Bonjour, maman«, sagte er. »Pardon, pardon!« rief er gleich darauf laut und ängstlich, als bedrohe ihn jemand mit einem Revolver. »Je veux dire: Madame.«

Alice aber lachte. »Ich halte es für eine hervorragende Idee, Arthur«, sagte sie, »willst du mich künftig nicht ›maman‹ nennen? Das würde mir sehr gefallen.«

»Ja, das möchte ich schon, Madame«, sagte Arthur, »maman«, verbesserte er sich und lachte wieder.

Er setzte sich auf den Stuhl am Fußende, auf dem er immer saß. Zum letztenmal, dachte er, ich darf nicht nervös wirken, sonst stellt sie mir Fragen.

»Das Zimmer hier ist doch eigentlich sehr schön«, sagte er, »so am Garten, nie Lärm, immer Sommerdüfte, die hereinströmen. Können Sie auch nachts die Vögel singen hören?«

»Ich könnte es ohne weiteres«, antwortete sie, »aber nachts singen die Vögel nicht. Ich glaube, du bist in einer poetischen Stimmung, Arthur, wie kommt das? Du hast etwas echt Dichterisches im Blick, etwas von Shelley oder so.«

Jetzt kann ich sagen, dachte Arthur: Das kommt, weil ich für eine Zeit zu meiner Freundin ziehen werde – aber ich schiebe es noch einen Moment auf.

Er sagte: »Ich bin überhaupt nicht poetisch veranlagt, ich lese nie Gedichte.«

»Das kommt bestimmt noch. Jeder erreicht ein Alter, in dem er feststellt, daß sich alles im Leben endlos wiederholt und uninteressant ist. Seine Bücher dagegen kann man sich mit ein wenig Sorgfalt so aussuchen, daß man nie dasselbe liest. Es gibt so viele Bücher – wenn man sich Mühe gibt, braucht man niemals das gleiche zu lesen, denn dazu ist ein Menschenleben zu kurz. Glaub mir nur.«

»Ich würde Ihnen glauben, wenn man, sobald man zu lesen beginnt, aufhören würde zu leben, aber das ist nicht so. Deshalb kann man nie seine ganze Aufmerksamkeit auf das Lesen richten, sonst mißlingt einem das Leben.«

»Das könnte sein, womöglich muß einem zuerst das Leben mißlingen, damit man das wahre Vergnügen aus dem Lesen zieht. Ich muß vielleicht froh sein, daß es dir noch nicht so ergeht.«

Arthur blickte zu Boden und sagte: »Ich gehe.«

»Jetzt schon? Du kannst ruhig noch ein Weilchen bleiben. Sagen wir, noch fünf Minuten. Dann muß ich mich ausruhen.«

»So habe ich es nicht gemeint, ich verlasse die Stadt.«

»Wohin? Wie schön für dich! Es hat mir damals so leid für dich getan, daß es nicht geklappt hat, wegen des Nasenblutens.«

»Ja, das war ärgerlich«, sagte Arthur, »aber es ist noch nicht zu spät. Gaby ist wieder nach Barvaux gefahren, und ich kann jetzt zu ihr.«

»So, du gehst also immer noch mit Gaby? In letzter Zeit hast du nichts mehr von ihr erzählt.«

Er schaute sie an, als wäre alles verloren. »Das ist Zufall«, sagte er.

»Ach«, erwiderte sie, »mir entgeht eben nichts. Wenn man krank ist, wird man so. Man achtet auf alles, was um einen herum vorgeht, und zieht daraus seine Schlüsse. Aber ich bin froh, daß ich mich geirrt habe. Wann bringst du Gaby einmal mit? Möchtest du sie mir nicht vorstellen?«

»Gewiß, gewiß«, sagte Arthur, »selbstverständlich.«

»Dann mach das sofort, wenn ihr aus Barvaux zurück seid. Versprichst du mir das?«

»Ja, ich verspreche es.«

»Wann kommst du zurück? Du bleibst doch nicht lange? Ich gönne es dir natürlich, aber Kranke sind nun mal egoistisch.«

»Ach, ich weiß noch nicht, wie lange ich wegbleibe«, sagte Arthur, »aber ich komme so bald wie möglich zurück.« Er stand auf und trat wieder ans Kopfende. Sie reichte ihm die Hand. Ihr Kopf lag zur Seite gewandt auf dem Kissen, sie würde ihn nicht mehr drehen müssen, um einzuschlafen, wenn er das Zimmer verlassen hatte. »Au revoir, maman«, sagte er, »au revoir.«

»Auf Wiedersehen, Arthur«, sagte sie, »auf Wiedersehen. Ich hoffe, daß du viel Spaß hast.«

»Das hoffe ich … ja, das wird so sein«, entgegnete er.

»Und, Arthur, schickst du mir eine Ansichtskarte?«

»Ja«, sagte er. Unablässig fuhr er sich mit der Zunge über die Lippen. In großen Buchstaben stand auf seine Stirn geschrieben, daß er log, davon war er überzeugt.

»Vielleicht findest du es seltsam, daß ich dich darum bitte«, sagte sie, »aber ich bin nun mal ein bißchen seltsam, ich werde alt. Arthur, könntest du mir die Ansichtskarte sofort schicken, wenn du angekommen bist?« Er konnte jetzt nur noch nicken und ließ ihre Hand los. »Würdest du den Vorhang bitte zuziehen? Dann braucht Rose nicht mehr zu kommen.«

Er zog den Vorhang zu. Als hätte er direkt in die Sonne geschaut, sah er Alice nur verschwommen. »Au revoir, au revoir«, sagte er und ging, sich immer wieder umdrehend, zur Tür. »Bon voyage, Arthur«, rief sie, als er bereits im Vorraum war. – Er dachte: Ich konnte ihr nicht mal einen Kuß geben.

Lory war ernst und freundlich, als er sich von ihr verabschiedete. Lucien folgte ihm in die Diele.

»Nun denn, Arthur«, sagte er, »ich hoffe von Herzen, daß Sie mir nicht gram sind. Denken Sie bitte daran, daß es nicht meine Schuld ist. Es ist das Schicksal, glauben Sie mir. Sie wären meiner Meinung, wenn Sie alles wüßten.«

»Ich glaube dir«, sagte Arthur, »ist schon in Ordnung. Alles Gute und auf Wiedersehen.«

Er nahm seinen kleinen Koffer, der schon unter der Garderobe stand, und verließ das Haus. Die Avenue überquerte er sofort zur Sonnenseite hin. Nach ein paar Schritten schaute er sich um. Am Haus war nichts Besonderes zu sehen. Es macht sich nichts draus. So als wäre nichts geschehen, dachte er. Das Haus war noch genauso groß, monumental, mit in Stein gemeißelten Verzierungen überladen, die glatten Fenster waren wie immer geschlossen, und dahinter hingen die Gardinen, die nicht alle zusammenpaßten. Nicht mal die Dinge haben Mitleid mit mir. Nichts bewegte sich außer den Blättern der Sträucher im Garten. Niemand schaut mir nach, dachte er. Dann ging er schnell weiter. An den Zäunen und Bäumen auf der anderen Straßenseite glitt auf gleicher Höhe mit ihm ein quadratischer Lichtfleck weiter, den sein Koffer reflektierte.

An der Tramhaltestelle dachte er darüber nach, wie er es bewerkstelligen könnte, Alice eine Ansichtskarte aus Barvaux zu schicken. Hätte ich nur Gaby nicht laufenlassen, dachte er, ich wäre sie doch ohnehin losgeworden. Wenn ich sie jetzt noch hätte, könnte ich sie vielleicht um eine leere Ansichtskarte bitten. Sie wird bestimmt eine haben, als Souvenir. Auf die hätte ich etwas schreiben können, und Gaby hätte sie an jemanden in Barvaux geschickt, der sie dort in den Briefkasten geworfen hätte.

Als die Tram an der Verkehrsinsel hielt, kam Rose angerannt. Beim Einsteigen winkte er ihr. Hoffentlich reichte das als Abschied. Doch sie lief noch schneller, sie sprang auf die anfahrende Bahn auf, und er war gezwungen, sie am Arm hochzuziehen, weil sie fast heruntergestürzt wäre.

»Rose«, sagte er.

Sie keuchte und roch deutlich nach Schweiß. Sie brachte kein Wort heraus. Der Schaffner kam, Arthur ließ seine Karte knipsen und steckte sich eine Zigarette an. Mit dem Rücken zu Rose starrte er hinaus. Nach ein paar Haltestellen drehte er sich um und fragte: »Wo willst du aussteigen? Ich muß nämlich zum Bahnhof. Ich verreise für ein paar Wochen.«

»Monsieur Arthur«, antwortete sie, »glauben Sie denn, es ist Zufall, daß ich mit dieser Bahn fahre?« Tränen hingen ihr in den Wimpern.

»Ich habe es nur gehofft.«

Die Bahn wendete am Louizapoort und hielt. Viele neue Fahrgäste stiegen ein, und Arthur ließ sich durch sie von Rose trennen. Aber sie drängte sich immer mehr in seine Richtung, bis sie direkt hinter ihm stand.

»Arthur«, flüsterte sie, »ich weiß viel mehr, als du denkst. Ich weiß genau, warum du gehen mußtest, ich weiß es vielleicht sogar besser als du. Du gibst dich so hart, aber eigentlich bist du ein kleines Kind. Du bist ein kleiner, im Grunde lieber Junge, ich weiß es genau, und ich habe Mitleid mit dir, und ich liebe dich. Willst du mir nicht kurz zuhören?«

Arthur versuchte so zu tun, als ob er nichts hörte. Er wollte nicht einmal an sie denken. Adieu Brüssel, dachte er, hier ist die Guldenvlieslaan. Egmond und Hoorne, dachte er, das ist alles viel zu lange her. Es interessiert niemanden mehr.

Ein anderer Gedanke: Jetzt ziehen sie gerade mein Bett ab, zum letztenmal. Beim Essenkochen zählen sie mich nicht mehr mit. Die vom »anderen Lager« sagen heute abend am Eßtisch im unteren Zimmer: »Sieht so aus, als wäre er endlich weg.«

»Hör zu, Arthur«, sagte Rose und drückte sich an ihn, »ich weiß alles von dir, glaub mir. Ich mache dir einen Vorschlag. Es ist noch nicht zu spät. Ich kündige, und du kommst mit mir mit. Laß die Engländer Engländer sein. Alle Engländer sind Lügner und Sadisten. Heuchlerische Egoisten sind sie, einer wie der andere. Ich habe ein Zimmer. Es ist nicht groß, aber morgens scheint die Sonne hinein. Vor dem Haus, in dem ich wohne, ist ein kleiner Garten. Wirklich sehr hübsch. Ich finde ohne weiteres eine neue Anstellung. Dienstmädchen verdienen heutzutage sehr viel Geld. Zieh bei mir ein, Arthur. Ich werde genug Geld für uns beide verdienen. Dann kannst du studieren, dann kannst du hierbleiben und studieren, das möchtest du doch so gern. Hörst du?«

Arthur war eigentlich kaum wütend. Trotzdem fluchte er, um sie zum Schweigen zu bringen.

Und sie hielt dann auch den Mund. Aber als sie bereits am Jardin Botanique entlangfuhren, fing sie wieder an.

»Glaub nicht, du kannst mir angst machen mit solchen Worten, von denen du gar nicht weißt, wie grob sie sind«, sagte sie. »Mir ist klar, daß du das nicht ernst meinst. Ich bin hübsch, ich bin jung, ich bin im gleichen Alter wie du, ich werde alles tun, was du willst. Was hast du gegen mich? Nur ein Vorurteil. Denk drüber nach. Entscheide dich schnell. Ich werde dich glücklich machen.«

»Laß mich durch«, sagte er und nahm seinen Koffer, als die Bahn an der Noorderstation hielt. Ohne sich nach ihr umzusehen, stieg er aus. Zum Glück kamen keine Autos, so daß er sofort die Straße überqueren konnte. In direkter Linie ging er zum Bahnhof, ohne sich noch einmal umzudrehen, ohne Abschiedsblicke auf die Brüsseler Boulevards. Er spürte, daß sie neben ihm ging, aber er wollte es nicht wissen.

»Hier lang, Arthur«, rief sie, als er sich zum linken Flügel des Gebäudes bewegte. Na toll, sie glaubt, ich gehe falsch, dachte er, dabei geht sie falsch. Er blieb vor einem schmalen Seiteneingang stehen, neben dem ein großes Schild an der Wand lehnte: NO CIVILIANS ALLOWED. Zwischen allerlei Papieren suchte er in der Innentasche nach seiner Moving order. Dann schaute er Rose an. Tränen strömten ihr übers Gesicht, als litte sie an einer Krankheit.

»Wie du siehst«, sagte er, »darfst du hier nicht hinein. Sagen wir uns also Lebewohl.« Er streckte die Hand aus. »Auf Wiedersehen, Rose. Es liegt nicht an einem Vorurteil. Willst du einen Kuß?«, und er spitzte schon die Lippen. Aber sie drehte sich um, ohne ihm auch nur die Hand zu geben.

Es gab keine Sperre. Niemand fragte ihn nach einer Moving order. Er gelangte auf den am meisten westlich gelegenen Bahnsteig, wo Soldaten sich in mehreren großen Gruppen sammelten. Ihre Koffer und Feldtaschen waren zu Haufen gestapelt. Andere Soldaten standen oder saßen allein bei ihrem Gepäck. Der Zug war noch nicht da. Arthur stellte seinen Koffer ab und ließ den Blick schweifen. Hoch oben, quer über alle Bahnsteige hinweg, hing eine schmale Tafel, auf der in regelmäßigen Abständen die Fahnen der Alliierten gemalt waren. Arthur dachte: Ich habe die niederländische Fahne benutzt, um die Leiche eines Deutschen darunter zu verstecken; ich habe Ernst in der niederländischen Flagge im Wasser versenkt, als wäre er ein tapferer Admiral aus dem siebzehnten Jahrhundert. Aber es gibt keine tapferen holländischen Admirale mehr. Wozu ist die niederländische Fahne noch gut? Um die Leiche eines Scheißmof darin wegzuschmeißen!

Hinter jeder Fahne stand das Wort WILLKOMMEN in der dazugehörigen Sprache, als freundliche Geste für Kriegsgefangene und Heimkehrer, die in großer Zahl diesen Bahnhof passierten. Da stand:

BIENVENU! WELCOME! WELKOM!
POWITAČ PANA! VELKOMMEN! VITÁME VÁS
ДОБРО ПОЖАЛОВАТЬ! MĬRË SE ÉRDHE!
ΚΑΛΩ͂Σ ΩΠΙΣΑΤΕ!
ДОБРО ДОШЛИ! BENVENUTO!

Arthur starrte auf die Tafel und suchte die tschechische Fahne. Daneben stand: Vitáme vás! Das mußte es also in Andreas Sprache sein, dachte er. Vitáme vás! – »Trääten Sie ein.« »Trääten Sie ein«, hatte Andrea gesagt, mir aber ohne eine Träne den Laufpaß gegeben.

Das war also die tschechische Fahne – und dann blickte er wieder zu den Männern auf dem Bahnsteig für das Militär. Er war der einzige ohne Uniform, doch niemand beachtete ihn.

»Arthur!« rief jemand.

Rose. Sie stand auf dem Bahnsteig gegenüber, ihr Täschchen in den Händen vor dem Bauch. Er konnte ihr nicht mehr entkommen. Nur zwei Gleise lagen zwischen den beiden Bahnsteigen. Er verstand mühelos, was sie rief. »Arthur, ich flehe dich an, überleg's dir. Komm zur Besinnung!« Der Hohlraum der riesigen Überdachung verstärkte ihre Worte zu kolossalen Schallwellen.

»Nichts zu machen!« sagte er.

»Wie bitte?« rief sie. Auf einem anderen Bahnsteig begann eine Lokomotive schrill zu pfeifen. Das Schrillen hielt lange an. Wenn doch in Gottes Namen der Zug einführe, dachte er, dann brauchte ich sie nicht mehr zu sehen.

»Hast du nicht einmal Mitleid mit mir?« rief sie, als nur noch ein Nachhall in der Luft hing, »bist du vielleicht froh, daß ich dich jetzt nicht mehr erreichen kann? …« Und sie rief noch viel mehr, aber auf den Bahnsteigen wurde es unruhig, und er konnte ihr nicht mehr folgen. Sie redete und weinte, sie bewegte sich nicht vom Fleck. Gleich werden die Uniformierten eingreifen, dachte er und schaute sich um. Die wenigen Soldaten, die in ihre Richtung sahen, wandten sich jedoch gleich wieder ab.

Sie blieb einfach stehen. Immer wieder holte sie ihr Taschentuch hervor, drückte es sich an die Augen und steckte es wieder ein. Ihr Gesicht glühte. Es war, als kämen die Tränen von selbst, ohne daß es etwas mit ihrer Gemütslage zu tun hatte, als ob sie mit allen Poren des Gesichts weinte und es nie mehr aufhören würde, wie etwas, das zu ihr gehörte. Sie rührte sich nicht von der Stelle. Eigentlich ist sie sehr hübsch, dachte Arthur, da hat sie recht. Wenn gleich der Zug einfährt, befürchtete er, wirft sie sich davor. Wieviel Verspätung wird das zur Folge haben?

Aber als die Wagen schließlich langsam in den Bahnhof einrollten und sie von ihm trennten, geschah nichts. Er suchte sich einen Platz in einem der vorderen Abteile und setzte sich direkt neben die Tür, in größtmöglicher Entfernung von der anderen Seite. Zwei Soldaten gesellten sich zu ihm, ein Kanadier und ein Südafrikaner in kurzer Hose und mit einem Pfadfinderhut.

Den Kopf so weit wie möglich weggeneigt, schaute Arthur weiterhin auf den Bahnsteig, auf dem Rose stand. Zögernd ging sie vorbei, schaute suchend in jedes Abteil. Der Kanadier bemerkte sie.

»Look at that kid«, sagte er, »ain't she sweet?« Er ging zur Tür, zog das Fenster herunter, pfiff auf den Fingern und rief: »Hello, where'r you going?« Wegen seines breiten Rükkens konnte Arthur nicht sehen, wie Rose reagierte.

»Ay, she's crying«, sagte der Kandadier, während er den Kopf einzog und sich zu dem Südafrikaner umwandte. Der saß in der Ecke am Fenster, die bloßen Beine übereinandergeschlagen. »Jes«, sagte er mit dem Akzent eines Holländers, der die englische Sprache durch einen Fernkurs gelernt hat, »I think h'r lover is on dis treen.«

Der Kanadier schüttelte den Kopf, schloß das Fenster wieder und setzte sich. »Too bad«, sagte er.

Es dauerte noch mindestens eine halbe Stunde, bis der Zug abfuhr. Immer wieder sah Arthur Rose vorbeigehen, aber sie entdeckte ihn nicht. Als sich der Zug endlich in Bewegung setzte, sah er sie zum letztenmal. Der Wind wehte in ihre Richtung und trieb den Qualm der Lokomotive auf sie zu. Sie rannte bis zum Ende des Bahnsteigs mit, watete durch lange Rauchschwaden.

20

Nach vier Monaten im Militärcamp war Arthur so verzweifelt, daß er, als er am Ende seiner Grundausbildung drei Tage Urlaub bekam, ehe er nach Deutschland geschickt werden sollte, mit einem Auto nach Antwerpen-Merxem fuhr und dort auf den Militärzug in die Niederlande wartete. Er kam sich vor wie eine bizarre Uhr, deren Schlüssel verlorengegangen ist, und niemand macht sich die Mühe, einen neuen anzufertigen, damit man sie wieder aufziehen kann. Er wollte nicht in Belgien bleiben und nicht nach Deutschland. Doch es gab nichts, was er statt dessen wollte. In ihren friedvollsten Momenten, wenn sie darauf verzichtete, ins Detail zu gehen, hatte ihm die Großmutter oft prophezeit, es würde ein schlimmes Ende mit ihm nehmen. Jetzt war er am Ende. Abgelaufen wie eine Uhr. Und weil ihm nichts Neues einfiel, fuhr er nach Amsterdam zurück, wo er vielleicht das Alte finden konnte, das er nie abgeschlossen hatte. Im Grunde hatte er nichts, überhaupt nichts gewußt, als er geflohen war.

Während er auf dem Bahnsteig auf und ab schlenderte, sah er auf der Straße große Lastwagen vorbeifahren, beladen mit deutschen Kriegsgefangenen, die zum Minenräumen eingesetzt wurden. Sie trugen verschlissene Uniformen der Alliierten; an den Knien und auf dem Rücken hatte man rautenförmige Stücke herausgeschnitten und schwarze Flicken aufgenäht, damit die Deutschen bei einem Fluchtversuch sofort auffielen.

Der Zug mußte die niederländische Grenze passiert haben, das merkte er daran, daß sich bei jedem kurzen Halt (der Zug mußte oft anhalten, da er außerhalb des regulären

Fahrplans fuhr) Kinder und junge Burschen an den Gleisen versammelten und laut rufend um Zigaretten bettelten.

Das Abteil war jedoch so schlecht geheizt, daß niemand auf die Idee gekommen wäre, ein Fenster zu öffnen. Die Sitzbänke in dem alten englischen Eisenbahnwaggon hatten Bezüge aus geblümtem Plüsch. Arthur war vollbepackt mit Zigaretten. In den Brusttaschen seines Kampfanzuges, in den Innentaschen, in der Beintasche seiner Hose, ganze Stangen in der Feldtasche. Außerdem hatte er viel Schokolade bei sich. Während seiner Ausbildung in Brügge hatte er nichts anderes gemacht, als mit Mädchen im Jeep umherzufahren, er hatte gelernt, zu salutieren und seine Sten Gun zu laden, und er hatte Irish Stew, Meat Pie, Porridge und gebackenen Schinken gegessen. Alles aus der Dose. Alles schmeckte jeden Tag bis ins kleinste gleich. Er hatte oft mit dem Gedanken gespielt, einen Teil der Camp-Insassen abzuknallen oder in der Heiligblutkapelle um sich zu schießen. Aber er durfte seine Waffe nicht mitnehmen, wenn er das Camp verließ. Mehrmals war er kurz davor gewesen, einen Vorgesetzten ins Gesicht zu schlagen, nur um zu erleben, was dann geschehen würde. Aber das einzige, wozu er es gebracht hatte, war diese Fahrt nach Amsterdam. Er hatte keine Angst. Er hatte schon fast vergessen, warum er damals Angst gehabt hatte in Amsterdam, und deshalb hatte er das Gefühl, auch die anderen müßten diese Dinge vergessen haben. An Ernsts Auge dachte er nicht mehr. Niemand würde nach dem toten Scheißmof fragen.

Der Zug hielt manchmal stundenlang vor Haltesignalen, fuhr an den wichtigsten Bahnhöfen jedoch einfach vorbei.

Der bläuliche Rauch im Abteil war vom bläulichen Dezembernebel draußen auf dem Land nicht zu unterscheiden. Die Männer waren in ihre Mäntel, ihre Gedanken und ihre eigene Wärme gehüllt. Arthur gegenüber lag ein englischer Pilot. Neben ihm saßen mit großem Abstand zwei Kanadier. Hinter Roosendaal schliefen sie alle drei. Arthur konnte nicht schlafen, er hatte es versucht. Er blätterte in einer Zeitung, die er zwischen Rückenlehne und Sitz gefunden hatte. Sie hatte das Format eines Schulheftes und hieß »Weekly Free Press Prairie Farmer«. Sie war schon alt, vom 21. Juni 1945, und enthielt Nachrichten über einen Mann in Prince Rupert (British Columbia), der buchstäblich vor Lachen erstickt war; über ein Hotel, das – tragische Einzelheit – am Dominion Day abgebrannt war: »Nine die«; über die Ratten in Buffalo, die so intelligent waren, wie Councilman Theodore P. Vandercy hatte feststellen können, daß sie die Deckel von Erdnußbuttergläsern abschraubten; über Pater Chester J. Salvatori aus Atlanta, der zum Frühstück vierzig Eier verzehrte; über einen Nickel, der zum Dollar wurde, als Mary Nickell Kenneth Dollar heiratete. Es gab auch zwei Fotos von Mädchen in knappen, zweiteiligen Badeanzügen. Die Blonde hieß Ramsay Ames, angeblich »one of Hollywood's favorite pin-up girls«, und kündigte an, sie gründe demnächst ihren eigenen Musikverlag mit der ordentlichen Summe, die sie aus dem Nachlaß ihres Vaters erhalte. Sie werde trotzdem ihre »acting career« weiterverfolgen und auch künftig als Pin-up-girl posieren. Die Dunkelhaarige, deren Badeanzug aus Leopardenfell genäht war, hieß Esther Williams und stand nur Modell, um die Kunstexperten zu bestätigen, wenn sie behaupteten: »pinups are tops of the new art form«.

Als er genug gelesen hatte, faltete er das Blättchen zusammen und steckte es in die Tasche. In Belgien hatte sich der Pilot mit den Kanadiern unterhalten, die von der Demobilisierung anfingen, die sie so herbeisehnten. Der Engländer hingegen wußte nicht, was er tun sollte, weder wenn er im Militärdienst bliebe, noch wenn er entlassen würde.

»Im Krieg lernt man nichts, was man hinterher gebrauchen kann. Ich kann eine Bombe abwerfen, mit einem Maschinengewehr feuern und mit zwei zerschossenen Motoren von Hamburg nach Schottland fliegen. Manchmal sehr praktisch. Ich habe bewiesen, daß ich das kann. Aber danach fragt im normalen Leben keiner. Bei privaten Luftfahrtgesellschaften sind Kriegspiloten nicht mal gern gesehen. Sie befürchten, daß man zum Spaß einen Motor zerstört oder das Heck der Maschine in Brand steckt, um zu probieren, ob man es so auch noch schafft.« Er lächelte nur mit dem rechten Mundwinkel. »Im Krieg macht man lauter Sachen, die man nicht versteht. Man bekommt gesagt: Du bombardierst eine Stadt, du tötest Tausende von Menschen, aber das einzige, was man macht, ist Bammel haben, daß man angeschossen wird und auf einen Knopf drücken muß. Über das, was dann passiert, denkt man nicht nach. Und auch wenn man es sich vorstellen könnte, ist es trotzdem zuviel, um es im Kopf einzusortieren. Im Krieg muß man sterben, sonst ist das Ganze nichts wert. Wenn alle fünf Jahre Krieg wäre, hätte man was davon. Dann hätte man wenigstens die Vorstellung, daß es was ist, was nun mal dazugehört, so wie heiraten oder sich scheiden lassen.«

Der eine Kanadier wachte auf, der andere schlief weiter. Arthur schwieg. Der Krieg ist die beste Schule fürs Leben, dachte er. An meiner Uniform sieht man, daß ich nie was mit dem Krieg zu tun hatte. Auf meinen Ärmel sind die Wörter BELGIUM und darunter INTERPRETER gestickt. Der Löwe auf meinem Barett hat nicht mal Pfeile und ein Schwert in den Pranken wie der niederländische. Man sieht sofort, daß ich erst seit vier Monaten in der Uniform herumlaufe, daß ich Sergeant geworden bin, ohne etwas dafür zu tun, außer zu essen, was für hart kämpfende Soldaten gekocht wurde. Ich trage keinen einzigen Orden an der Brust.

Die ganze Fahrt über sagte er kein Wort. Er sagte nicht einmal etwas, als der Zug mitten in der Nacht auf den leeren Bahnhof von Nimwegen einfuhr, wo nur in einer kleinen Holzbaracke, die als improvisierter Bahnhof diente, Licht brannte. Auch im Zug brannte wegen eines Defekts kein Licht, schon seit Stunden, er konnte nicht einmal den Rauch seiner Zigarette sehen.

Er hatte keinen Anschluß nach Amsterdam. Der Zug blieb eine Viertelstunde stehen, setzte sich dann wieder in

Bewegung und wurde auf ein Abstellgleis rangiert. Dort stiegen sie aus, mußten über Wiesen laufen und über Zäune klettern, um zu Lastwagen zu gelangen, die sie in das TRANSIT CAMP brachten, das er schon von der Hinreise kannte. Hintereinander gingen sie hinein, in die linke Hand bekam er einen Teller, in die rechte einen Metallbecher, dann auf den Teller Kartoffelpüree, dann in den Becher Tee, dann auf den Teller ein Stück Fleisch usw. Nach dem Essen gingen sie hintereinander nach oben, bekamen über die linke Schulter eine Decke geworfen, über die rechte ein Handtuch und betraten einen Schlafsaal mit doppelstöckigen Pritschen. Nach zehn Minuten lagen sie im Bett, jemand rief »Fucking lights out!«, und das Licht im Saal erlosch, das Licht auf dem Gang hingegen brannte die ganze Nacht. Arthur lag mit dem Gesicht dazu.

Auf der Ladefläche eines rumpelnden Lastwagens fuhr er die Amstellaan entlang. Vielleicht würde er dort schon auf sie stoßen. Vielleicht ging sie dort entlang, mit einem Kopftuch. Er würde winken und rufen: »Bleib in der Nähe, ich komme gleich zu dir.« Oder vielleicht würde sie am Fenster stehen, wenn er am Wolkenkratzer vorbeifuhr. Oder vielleicht würde er ihr begegnen, nachdem der Lastwagen ihn bereits abgesetzt hatte. Er würde sie auf der anderen Straßenseite erblicken, stehenbleiben und sie in aller Ruhe weitergehen lassen, bis sie ihn von allein entdeckte. Aber sie würde ihn natürlich nicht bemerken, und er würde kehrtmachen, die Straße überqueren, ihr folgen und ihr auf die Schulter tippen. Noch wahrscheinlicher schien es ihm jedoch, daß sie nicht zu Hause wäre. Für immer verschwunden, und niemand wüßte, wohin. Der Portier nicht, die griesgrämige Frau Lesger aus dem siebten Stock nicht, die er nie gegrüßt hatte, bis er am letzten Abend bei Oskar ihre Bekanntschaft machen mußte. Er würde alle Treppen hinaufsteigen, zweihundertzwanzig Stufen, die Aufzüge würden bestimmt noch nicht funktionieren, an zweiundzwanzig Türen anklopfen, aber niemand würde wissen, wo Oskar und Andrea geblieben waren. Ihre Wohnung stünde leer oder wäre verschlossen. Oder wenn er klopfte, würden spielende Kinder öffnen, die nur Unsinn plapperten. – Nein, er hätte nicht mal die Gelegenheit, nachzuschauen, ob Andrea noch dort wohnte. Denn kaum in der Stadt, würde er Carola begegnen. »Arthur«, würde sie sagen, »du mußt mitkommen. Wenn du nicht willst, rufe ich auf der Stelle die Polizei.«

»Arthur!« – Seit vier Monaten hatte ihn niemand Arthur genannt. Immer Joseph, Joseph Mencken! Noch wahrscheinlicher wäre: Wenn er seine Moving order zum Abzeichnen vorlegte, dann – nein, nichts würde passieren, wie sollten sie an sein Foto gelangt sein? Niemand kannte seinen richtigen Namen.

Er versuchte alles mögliche, um einzuschlafen. Legte sich auf die Seite, gekrümmt wie ein Embryo. Legte sich auf den Rücken. Er schlug die Augen auf und merkte, daß er an den Füßen angehoben und zur Seite gedreht wurde. Neben dem Bett stand ein alter Schrank der Großmutter, und in einer Ecke des Zimmers, von dem er genau wußte, daß es ein Zimmer im Haus der Großmutter war, obgleich es dort kein so großes Zimmer gegegeben hatte, stand eine üppig blühende Clivia. Er wurde herumgerollt wie eine entkleidete Wachspuppe in einem Schaufenster, das dekoriert wird. So darf ich nicht einschlafen, dachte er und schaffte es mit viel Mühe, die Augen wieder zu öffnen. Im Gang brannte Licht, als befände er sich in einem Heim für ängstliche Kinder und nicht für Soldaten.

Er drehte sich um und malte sich den günstigsten Fall aus. Er traf Andrea allein zu Hause an. Sie öffnete ihm und sagte: »Oh, Arthur, trääten Sie ein.« Ironisch würde er vor ihr strammstehen. Später unterbreitete er ihr seinen Vorschlag: die Urlaubstage mit ihm zu verbringen. An Oskar schrieb sie auf einen Zettel, den sie auf den Tisch legte: »Bester Oskar, ich komme übermorgen wieder. Liebe Grüße,

Andrea«, alles auf tschechisch, mit ihrer kindlichen Handschrift, die Zungenspitze zwischen den Lippen. Und er würde vier Stangen Zigaretten neben den Zettel legen, für Oskar. Vielleicht ist Oskar ja auch mit Carola auf und davon, dachte er. Danach lag er wieder in dem Bett im Haus der Großmutter, in demselben Zimmer, das er kannte, ohne jemals dort gewesen zu sein. Er mußte den Arm ausstrecken, um sich zu beweisen, daß das Schränkchen in Wirklichkeit nicht dort stand und daß er sich nicht bei seiner Großmutter befand.

Er war nicht mehr müde, als man ihn weckte. Als müßte er durch einen kalten Fluß waten, preßte er die Zähne zusammen, schlüpfte in seine Hose, steckte sich eine Zigarette an und ging in den Waschraum.

Auf der Straße lag dünner Schneeflaum, von Autoreifen schon größtenteils zerfetzt. Mit vielen anderen Soldaten kauerte Arthur auf dem hohen Lastwagen. Den Kragen hochgeschlagen, schliefen sie wie alte Männer, die des Nachts eine Baugrube bewachen müssen. Sie redeten nicht, stampften nur manchmal mit den Füßen auf. Die Plane war über den gesamten Laderaum gezogen. Arthur machte keine Versuche hinauszuschauen. Daß sie in Amsterdam waren, fiel ihm erst auf, als sie bereits eine Weile durch die Stadt fuhren, da der Wagen immer wieder langsam wurde, abbog und dann mit einem Ruck vorwärtsschoß. Innerhalb der Umzäunung des Stadions stiegen sie aus.

Sie standen hinter dem Auto neben ihrem Gepäck und schlugen sich vor die Brust. Die Steinplatten der Wege glänzten schwarz. Schnee lag nur noch auf der unteren Hälfte der Dächer. In der Ferne hörte er Straßenbahnen in den Kurven aufjaulen. Es war ein Uhr, als er die Kantine verließ. Er hatte nichts bei sich außer Schokolade und Zigaretten und war darüber auch froh. Sie hat es nicht verdient, dachte er, daß ich ihr was Besonderes mitbringe. – Was er im Grunde nicht so meinte. Er hatte gedacht: Angenommen, ich komme mit etwas Schönem und sie wirft mich lachend raus, dann stehe ich wie ein verkannter Sankt Nikolaus da, in meiner Uniform, auf die ich kein Recht habe. Die Mädchen in Brügge hatten lieber einen Postboten oder einen Bahnhofsvorsteher als einen Soldaten. Die Uniform war schon alt, als ich sie bekam, und chemisch gereinigt. Die Hose ist wollig, aber bei der Jacke sieht man deutlich das Gewebe. Die Jacke ist bräunlich, die Hose dagegen grünlich. Ich sehe fast so aus wie die deutschen Kriegsgefangenen. Die Kanadier haben viel schönere Uniformen. Mein Hanfgürtel ist schmutzig, der Löwe an meinem Barett glänzt nicht.

In der Trambahn und auf der Straße hielt er nach Bekannten Ausschau. Doch er begegnete niemandem. Alles war wieder normal in der Stadt. Auch Schaffnerinnen sah man nicht mehr in der Bahn, nur Schaffner, so wie früher.

Mit kratzenden Nagelschuhen ging er schließlich auf den Wohnturm zu, der dastand wie ein von der Erde in den hellblauen Himmel hochgepreßter Kristall. Aus der Nähe sah er an den Fenstern von Oskars Wohnung nichts Besonderes. Das Muster der Gardinen konnte er nicht gut erkennen, aber es kam ihm so vor, als seien es noch dieselben wie früher. Doch was bewies das schon, trotzdem könnten hier nun andere Leute wohnen.

Er versuchte sich zu beruhigen, indem er den Gang der Kanadier nachahmte: aufrecht, das Gesäß nach hinten gedrückt, die Arme in ziemlich weitem Abstand vom Körper schlenkernd, sehr regelmäßig, als bewege er sich auch mit den Händen vorwärts. Doch als er die runden Stufen zur Drehtür hochging, bekam er einen Hustenanfall. Damit er durch die Tür paßte, mußte er die Umhängetasche vor sich halten. – Dieselben Bronzebuchstaben auf dem Marmor zum Gedenken an die Errichter des Gebäudes, dieselbe Vorhalle, als wäre er nie fort gewesen. Noch ehe er einen Fuß auf die Treppe gesetzt hatte, rief ihm der kleine Portier etwas zu.

»Sie kennen mich bestimmt noch«, sagte Arthur, »ich möchte zu Mevrouw Ossegal.«

Der Mann schob seinen Hut noch weiter nach hinten. »Nein«, sagte er dann, »Mevrouw Ossegal ist gerade gegangen.«

»Wissen Sie denn nicht, wann sie wiederkommt?«

Der Portier schüttelte den Kopf und sagte: »Nein.«

Arthur griff in seine Brusttasche und riß raschelnd das Zellophan eines Päckchens Sweet Caporal auf. »Darf ich Ihnen eine Zigarette anbieten?«

Mit vor Dankbarkeit schiefgelegtem Kopf nahm das Männchen die Zigarette und drehte sie in den Fingern, um den Markenaufdruck zu lesen.

»Kann ich solange hier warten?« fragte Arthur.

»Meinetwegen, aber ich habe nur einen Stuhl. Setzen Sie sich in die andere Loge.« So saßen sie einander gegenüber, zu beiden Seiten der Tür, als drohe jeden Moment jemand zu entwischen, den sie mit aller Gewalt aufhalten müßten. Der Mann hielt sich die Zigarette direkt vor die Augen. Arthur saß, wegen der Feldtasche und seiner schweren, steifen Kleidung, ganz vorn auf der Stuhlkante. Das Barett nahm er ab. Der Mann steckte sich die Zigarette unter den grauen Schnurrbart und suchte nach Streichhölzern. Arthur stand auf, überquerte den Gang, hielt ihm sein Feuerzeug hin und setzte sich wieder in seine Nische.

»Mit der Raucherei sieht's hier noch duster aus«, sagte der Portier.

»So«, sagte Arthur.

»In der Armee ist es bestimmt besser?«

»Darauf achtet man irgendwann gar nicht mehr.«

»Ich heb fast alle Zigaretten für meinen Sohn auf«, sagte das Männchen, »der ist ganz wild aufs Rauchen.«

Arthur stand auf und schenkte ihm eine Zigarette für seinen Sohn. Dann setzte er sich wieder. Vom Ende des Flurs kam ein Rauschen wie von einem Motor, eine Tür knarrte, und zwei Kinder liefen laut redend in die Vorhalle.

»Der Fahrstuhl funktioniert wieder?« fragte Arthur.

»O ja, schon seit Monaten.«

»Die Straßenbahnen fahren auch wieder«, sagte Arthur, »brennen abends die Laternen?«

»Na klar, das funktioniert wieder prima.«

»Also ist alles wieder genau wie früher«, sagte Arthur in enttäuschtem Ton, denn er dachte: Warum war es eigentlich jemals anders? Aber nein, das könne er nicht sagen, meinte das Männchen, noch liege vieles im argen.

Arthur wartete nun schon eine halbe Stunde. Als eine Stunde vergangen war, hatte er die ganze Familie des Portiers mit Zigaretten beschenkt. Das Männchen trug sie hinter den Ohren, in der Brusttasche des Jacketts, im Leder des Huts. Die Drehtür surrte, aber das Geräusch hielt an, obwohl niemand eintrat. Der Portier stand auf und verbot den Kindern, mit der Tür zu spielen.

Das Männchen hatte inzwischen seine Familie ausreichend versorgt und widmete sich seiner Zeitung. Arthur faltete die Hände vor dem Bauch und schloß die Augen. Jetzt komm doch endlich, dachte er verzagt. Beim leisesten Geräusch der Drehtür riß er die Augen auf und fuhr hoch, obwohl er hörte, daß jemand das Haus verließ; Andrea hätte es ja im gleichen Moment betreten können.

»Glauben Sie«, fragte er devot, »daß sie noch heute nachmittag zurückkommt?«

»Bestimmt«, sagte das Männchen und faltete die Zeitung, »sie ist nur einkaufen.« Fast war Arthur gerührt über die Dankbarkeit des Portiers, denn nachdem er nun so viele Zigaretten besaß, hatte er keinen Grund mehr, ihn hierzubehalten. Sie kommt nicht, er weiß überhaupt nichts, dachte er.

Doch dann stand er plötzlich vor ihr, oder sie vor ihm, und es war so, als hätten sie bereits eine ganze Weile einander gegenübergestanden, sich aber zuerst nicht erkannt.

»Oh, Arthur«, sagte sie, »Militaaarr ... Geht gutt?«

»Ja, ja«, antwortete er, »geht's dir auch gut?«

»Ach ja, geht so ...«, sagte Andrea. Arthur folgte ihr und versuchte, ihr mit seinem Kopf möglichst nah zu kommen.

Als er in den Fahrstuhl trat, hatte er ein Gefühl, als wäre es eigentlich nichts Besonderes, daß er sie wiedersah und sie wieder mit ihm redete.

Andrea schloß die Tür und drückte auf einen Knopf. Langsam setzte sich der Fahrstuhl in Bewegung. Die Mechanik machte ein gurgelndes Geräusch, als würden sie von einem Rülpser in einer Speiseröhre nach oben befördert.

»Ist schade, daß Sie jetzt kommen«, sagte Andrea, »muß gleich wieder weg, raus aus Stadt. Sie müssen noch mal wiederkommen.« Arthur nickte nur. Sie muß ihre Pläne ändern, dachte er, ich werde sie überreden. Es muß sein! Er beugte sich vor und berührte mit den Lippen ihre Stirn. »Darf jetzt nicht mehr«, sagte sie in strafendem Ton, aber, wie er sich einbildete, nicht ohne Bedauern. Er lächelte. Er fand sie schön. Er fragte nicht, woher sie käme, aber sie konnte nicht weit weg gewesen sein. Ihr kurzer schwarzer Pelzmantel hing offen, ihr Kopf war unbedeckt. Ihre Frisur war anders als früher, mit mehr Locken, und die Augenbrauen begannen weiter von der Nase entfernt. Er fand sie noch verführerischer als damals im Hungerwinter.

»Ich bin so froh, daß ich Ihnen treffe«, sagte sie ernst.

»So? Warum denn?«

»Oskar hat oft gefragt nach Ihnen.«

»Was wollte Oskar denn?«

»Werd ich gleich noch sag'n.«

Der Aufzug hielt an. Andrea öffnete die Tür und nahm die Wohnungsschlüssel aus ihrer Umhängetasche. »In diesem Hausflur war ich schon viel länger nicht mehr als in der Wohnung«, sagte Arthur, »weißt du noch, man konnte nur die Hintertreppe benutzen. Man mußte Wasser von unten holen, weil kein Strom da war für die Pumpe. Wenn man Wasser verschüttete, gefror es auf den Treppenstufen.«

Sie trat in die Diele, und er schloß die Wohnungstür hinter sich. Obwohl sie ihn nicht dazu aufgefordert hatte, legte er die Feldtasche ab und hängte seinen Mantel an die Garderobe. Alles kam ihm neuer vor, als wäre damals, als er hier gewohnt hatte, alles mit dickem Staub bedeckt gewesen.

Die Wohnräume waren wieder vollständig möbliert, beinahe genau wie früher. Er ging an der Zimmerwand entlang, die fast nur aus Glas bestand, und ihm kam nichts anderes in den Sinn als: Soso, alles ist noch da. Die Straßen, auf die man hinabschaut wie auf ein Modell, ein einziges Wirrwarr aus hohen Masten und Leitungen, die Wiesen in der Ferne, das Gaswerk und der Wasserturm. Nur daß mehr Autos fahren, die Grünanlage ist wieder gepflegter, die Gleise liegen in eleganten Schleifen und glänzen wie die Schienen einer Modelleisenbahn im Schaufenster eines Spielzeugladens – aber das konnte er Andrea nicht sagen.

Sie ging mehrmals aus dem Zimmer. Als sie sich endlich setzte, hatte sie allerlei Leckereien auf den Tisch gestellt. »Kann man das hier alles wieder kaufen?« fragte er.

»Nein, nichts kaufen«, sagte Andrea, »hab ich gekriegt von Freund.«

Er griff in seine Brusttasche, aber sie bestand darauf, daß er Zigaretten von ihr rauchte. Er durfte nur die Dose für sie öffnen.

»Jetzt erzähl mal«, fragte er, »wie geht es Oskar?«

»Ist lange Geschichte. Oskar ist verhaftet! Wegen nichts! Ich werd nicht schlau draus!«

»Nein«, erwiderte er, »ich auch nicht. Aber du hast vorhin gesagt, daß er mich braucht?«

»Nimm noch Dattel«, antwortete sie und hielt ihm die Schale hin, obwohl diese die ganze Zeit in seiner Reichweite gestanden hatte. Er nahm eine Dattel und trank sein Glas leer, das sie sofort wieder füllte. Sie hatte den Pelzmantel anbehalten, der nun, weit offen, zu beiden Seiten auf das Sofa geglitten war. Arthur hatte vor allem Augen für ihren Körper, und als er merkte, daß sie es bemerkte, sah er ihr kurz in die Augen. Dennoch wagte er nichts anderes zu sagen als: »Gut siehst du aus.«

Andrea bewegte den Fuß, als schiebe sie sein Kompliment weg, und sagte: »Sie müssen Oskar helfen. Ist doch Freund.«

»Wie erfahre ich, ob ich ihm helfen kann?« sagte Arthur.

Was wußte Andrea? Wenig, wenig. Sie wußte nicht, wieviel er damit zu tun hatte, sie wußte nicht, wie es mit Ernst ausgegangen war. Unmöglich. Sonst würde sein Herz sicherlich schneller schlagen, aber er fühlte sich ruhig, tapfer, besiegt und doch beinahe froh. Er würde bald wieder gehen müssen, er war umsonst hergekommen, bereute es jedoch nicht.

»Ja, können Sie bestimmt! Oskar ist verhaftet, because selbe Sache wie damals von Deitschen. Ich werd nicht schlau draus! Carola sagt, Sie wissen genau!«

»Hast du Carola denn kennengelernt?«

»Ja sicher. Ist so unsympathische Frau. Ich hasse diese Frau.«

»Was sagt Carola denn?« fragte er und beugte sich weit vor, als wollte er alle Worte, die sie der Einfachheit halber wegließ, alle Gedanken, die auf niederländisch zu formulieren ihr zu kompliziert war, in ihrem Gehirn lesen.

»Carola sagt, Sie viel für Oskar können tun. Carola sagt, Sie wissen alles genau.«

»Was soll ich denn genau wissen?«

»Hat sie nicht gesagt. Carola sagt, daß Sie viel Einfluß haben bei Regierunk.«

»Dann ist sie verrückt. Du weißt ja wohl, daß das Unsinn ist ...«

– Was hat Carola gesagt, was hat Carola gesagt?? –

»Wo ist Carola?« fragte er.

»Weiß nicht. War nur zweimal hier, als Oskar gerade verhaftet.«

»Wie lange ist Oskar denn schon im Gefängnis?«

»Zwei Monate.«

»Hörst du oft was von ihm?«

»Einmal die Woche. Ist nicht so schlimm.«

»Nein«, sagte er, »Oskar ist ja auch kein Mann, der die Phantasie reizt. Warum hast du dich eigentlich auf ihn eingelassen? Er ist feige, und er sagt nie die Wahrheit.«

Aber dann begann Andrea schnell zu reden. Nein, das sei nicht wahr, oder vielleicht ja doch, aber es mache ihr nichts aus. »Oskar hat mich nie betrrrogen! Nie! Nie!«

»Glaubst du das noch immer«, lachte er, »na, dann erzähle ich dir mal alles, was ich von der Sache weiß, der mir völlig unbegreiflichen Sache, weil mich alle immer anlügen. Carola hatte Ernst kennengelernt, einen SS-Mann. Sie mußte ihn bezirzen, weil sie im Widerstand war. Oskar war in Carola verliebt. Carola hat Oskar mit diesen Koffern nach Kampen geschickt. Dann hat Ernst Oskar verhaften lassen. Angeblich hatte Carola Ernst bezirzt, aber im Grunde hat Carola gemacht, was Ernst wollte. Sie hat mit ihm geschlafen, sie hat sich in ihn verliebt. Erst als Ernst klar wurde, daß Deutschland den Krieg nicht gewinnen würde, ist er desertiert. Und da konnte Carola sich einbilden, daß sie nie eine Moffenhure gewesen war. Aber falls Ernst jemals dem Widerstand geholfen hat, dann nur, um sich abzusichern, für die Zeit nach dem Krieg. Ernst und Carola sind Opportunisten, alle beide. Carola hat Oskar gegen mich aufgehetzt, weil sie mich noch nie leiden konnte. Und Oskar hat sich aufhetzen lassen. Er hat mich nicht ins Vertrauen gezogen, als er nach Kampen fuhr, hat er mir was von Bomben weisgemacht. Er ist feige, und er sagt nie die Wahrheit.«

»Na und? Was soll das heißen?« Andrea reagierte mit keiner Silbe auf die ganze Geschichte. Es schien ihr nichts auszumachen. Im Gegenteil! Sie begann Arthur die Leviten zu lesen: Kein Mensch sei besser als ein anderer. Und er, Arthur, sei wie Oskar. Er habe nicht das Recht, ein Urteil über Oskar zu fällen. Er sei bestimmt ebenso feige.

Arthur dachte: Ich fange wieder an, mir die Sache zu Herzen zu nehmen, dabei habe ich mir vorgenommen, das nie mehr zu tun. Ich kümmere mich um nichts mehr.

Eines aber hätte er gern genauer gewußt.

»Warum bin ich wie Oskar?« fragte er.

»Ach«, erwiderte Andrea, »kann so nicht sagen. Nur Gefühl. Stimmt aber. Sie haben dasselbe. Oskar wollte auch so viel: berühmt werden, Professoorr and so on and on. Hab ich ihm abgewöhnt. Sie wollen auch viel, werden bestimmt auch abgewöhnen, ist zu nichts gutt, niemand sagt danke schön, ist auch nichts wert. Sie immer nur Angst, immer nur denken. Hat Oskar auch gemacht, als junk war. Denken: Warum tu ich dies ... Denken: warum tu ich das ... Später einsehen, daß zu nichts gutt. Mensch ja von allein alt werden, Mensch von allein sterben. Mensch ist von innen nichts. Ist nur, was er denkt, muß nicht denken. Ist nur, was in Auge springt. Wenn Oskar deutschen Offizier ermordet und danach selbst gestorben, hätte jeder gedacht, Oskar viel mutiger war als viele andere Menschen. But Oskar nicht gestorben. Jetzt können alle fragen: Warum er hat getan?«

»Speeman sagt, Oskar habe überhaupt keinen Offizier ermordet.«

»Wer ist Speeman? Kenn kein Speeman.«

»Frag nur Carola. Speeman bewundert Carola.«

»Ja, aber Carola ist nicht mehr hier. Darum schreibt Oskar jede Woche, ich soll suchen Sie! Carola nichts mehr läßt von sich hören.«

»Und weißt du auch nicht, wo meine Großmutter ist?«

»Weiß von nichts, nein.« Sie dachte nach, mit offenem Mund.

»Ooooh«, rief sie plötzlich, »muß los, hab Verabredung! Kommen Sie mit?« Sie stand schon auf und schlüpfte in ihren Pelzmantel.

»Mit zu deiner Verabredung?« fragte Arthur.

»Hab schon Militarr«, lachte sie.

Er hatte alle seine Absichten vergessen, er empfand nicht den geringsten Kummer.

»Bestimmt ein Leutnant?« fragte er.

»Captain.«

Mit ihrer Handtasche auf dem Schoß hatte sie sich auf einen Stuhl am Fenster gesetzt und puderte sich das Gesicht.

Arthur trottete durchs Zimmer. Nichts wußten sie hier. Seine Angst war umsonst gewesen. Er befand sich gar nicht in Gefahr. Nur mußte er dafür sorgen, daß seine Anwesenheit in Amsterdam nicht entdeckt wurde, sonst käme es bei der Polizei zu einer Gegenüberstellung mit Oskar. Deshalb verzichtete er darauf, Andrea vorzuschlagen, ihren Captain für einen Tag im Stich zu lassen und sich mit einem Sergeant zu begnügen. Mit Sicherheit würde sie darauf bestehen, daß er sich in der Haftanstalt meldete, in der Oskar saß, oder bei Oskars Anwalt. Oskar hat Pech gehabt, dachte er, erst unter den Deutschen eingebuchtet und jetzt wieder. Habe ich weniger Pech gehabt? Wenn Andrea recht hat, daß ich Oskar so ähnlich bin … Aber ich bin bösartiger, zum Glück.

»Mach schnell«, sagte Andrea, »er ist schon da.« Sie deutete aus dem Fenster. An der Straßenecke stand ein grüner PKW, auf dessen Dach ein fünfzackiger weißer Stern gemalt war. Offenbar war Andrea jetzt diskreter, und der neue Freund durfte tagsüber nicht zu ihr kommen, durfte nicht mal vorm Haus auf sie warten. Arthur sah gedankenverloren auf ihre Waden, als sie vor ihm durch den Flur trippelte.

Sie ließ ihn hinaus und zog die Tür aus Panzerglas zu. Er drückte auf den Liftknopf und schaute in den Schacht, der so breit wie der Fahrstuhlschacht eines großen Kaufhauses war, aber viel tiefer.

»Tut mir leid, daß wir nur so kurz miteinander reden konnten«, sagte er, als sie versehentlich zugleich, dicht aneinandergedrängt, in den Fahrstuhl traten.

»Ja«, sagte Andrea, »aber komm wieder, wenn du mit Oskar gesprochen hast oder mit seinem Anwalt.«

Sie drückte auf den Knopf, der Fahrstuhl fuhr hinunter. »Carola hat gesagt«, meinte Andrea, »Sie wissen, wo Ernst ist. Ernst ist weg. Den suchen sie. Wissen Sie das?«

»Ja«, sagte er, »aber ich habe keine Zeit, ich muß heute abend zurück nach Belgien. Mein Urlaub ist um.«

»Ist Scherz«, sagte Andrea und stieß ihn an. Der Fahrstuhl war fast unten angelangt.

»Ein Scherz?« fragte er. Sie stand in der Ecke der Kabine. Er stellte sich breitbeinig vor sie. Er merkte, wie er die Unterlippe einzog. Was für einen seltsamen Anblick muß ich bieten, dachte er verwirrt. Der Fahrstuhl hielt an.

»Carola hat gesagt: Sie wissen, wo Ernst ist. Brauchen Ernst. Ernst hat immer Hand über Oskar gehalten, Ernst hat Oskar geholfen, als Oskar im Gefängnis war bei Deitschen. Hab ich Ihnen damals gesagt. Sie müssen zu Ernst gehen. Ernst weiß ganze Wahrheit. Ernst kann Oskar rausholen. Ernst kann Oskar retten.« Aber Arthur streckte den Arm aus und drückte auf den obersten Knopf. Nach einem kurzen Summen fuhr der Lift geräuschlos wieder nach oben. »Sie sind verrickt geworden«, sagte Andrea. Er küßte sie, ohne sie zu umarmen. Sie öffnete den Mund. Mit dem Kopf drückte er ihren Kopf in die Ecke der Kabine. Er betastete mit seiner Zunge den harten Rand ihres Gaumens. Der Fahrstuhl machte in jeder Etage ein klickendes Geräusch. Arthur legte die Hände um ihre Taille. Er konnte das Quietschen der Stahlseile hören, an denen die Kabine hing. Für einen Augenblick klang es so, als riefen sie ganz leise »Mama«. Andrea saugte Arthurs Unterlippe ein. Der Fahrstuhl hielt in der obersten Etage. Andrea stieß ihn vor die Brust.

»Hör auf!« sagte sie. »Ist jetzt genug. Wenn Leute im Treppenhaus stehen, kennen alles sehen.« Ohne daß er sie daran hindern konnte, drückte sie auf den Parterreknopf, und sie fuhren wieder hinunter. In keinem Stockwerk wartete jemand auf den Lift. Allerdings sah er manchmal Licht brennen.

»Dann fahren wir eben in deine Etage«, sagte er und drückte auf den alleruntersten Knopf, den Knopf der Notbremse. Mit einem Ruck hielt der Fahrstuhl zwischen zwei Stockwerken an. »Oder so«, sagte er und nahm ihren Kopf in die Hände.

»Nein«, sagte sie, »geht nicht.« Aber er schob ihren Rock hoch. Vor Erregung sank er beinahe in die Knie, als er ihre Beine spürte. Er knöpfte ihr Hemdhöschen auf und seine Kleidung teilweise. Andrea lachte. »Geht gar nicht«, sagte sie. Er ging noch weiter in die Knie, den Kopf zur Seite gedreht, und hielt ihr Gesäß umfaßt. Er sah nichts als eine große Ziffer 7, mit roter Mennige an den Betonrand des Fußbodens der siebten Etage geschrieben. Die Kabine ruckelte leise im Schacht. Andrea fuhr mit der Zunge in sein Ohr, doch das irritierte ihn eher. Ich hätte das nicht tun sollen, dachte er. Denn er liebte sie plötzlich mit einer so unwirklichen Intensität, daß er das Gefühl hatte, eigentlich nichts lieber zu wollen, als eng an sie geschmiegt zu weinen. Ja, weinen, tagelang, als würde er auf ihrem Körper langsam verbluten. Wenn sie ihn nur geliebt hätte, dann wäre er jetzt nicht verloren.

»Ach, mein Arthur«, stöhnte Andrea. Sie stöhnte wie früher, als hätte sie nie gezeigt, wie wenig sie sich im Grunde aus ihm machte. Hätte sie ihn nicht verlassen, wäre er nie zu einem Vater geflohen, den er kaum gekannt hatte und dem er, als er ihn fand, längst entwachsen war. An das alles dachte er vage, während ihm das Blut in den Kopf schoß und sein ganzer Körper zitterte.

Als Andrea einen tiefen Seufzer austieß, der fast zu einem Schrei wurde, ließ er sie los und trat einen Schritt zurück. Sie zog ihren Rock herunter. »Du bist verrickt«, sagte sie. Sie öffnete ihre Tasche und schaute in ihre Puderdose. Arthur drehte sich um, und sie fuhren endgültig ins Erdgeschoß.

Das Licht im Aufzug ging von selbst aus, als sie ausstiegen. Im dunklen hinteren Bereich der Halle küßte er sie noch auf den Nacken, sie mit Mühe zurückhaltend. Auf der Höhe der Pförtnerloge gaben sie einander die Hand. An der Tür ließ er sie vorausgehen, schaute ihr nicht durch das Glas hinterher, suchte nach einer Zigarette und trat erst ins Freie, nachdem er ein Auto hatte starten und wegfahren hören. Er war so in Gedanken versunken, daß er nicht darauf achtete, wo er langging. Bis zum Schlußakkord habe ich es nicht geschafft, dachte er, aber das Versprechen, daß ich Ernst aufspüren werde, hat sie doch ganz ordentlich bezahlt! Er brach in Gelächter aus. Sie wissen nichts, dachte er, sie wissen nichts. Warum traut sich Carola nicht, es zu erzählen? Neben seinem Hosenschlitz glitzerten auf den Wollhärchen des Uniformstoffs zwei dünne, feuchte Fäden. Er blieb stehen, nahm sein Taschentuch und wischte sie weg. In diesem Augenblick wurde ihm bewußt, daß er sich in der Zuider Amstellaan befand, die er unbedingt hatte meiden wollen. Er bog in die erste Nebenstraße ein, ging, so schnell er konnte, zur Noorder Amstellaan und nahm dort eine Tram der Linie 25. Jetzt zur Großmutter! Jetzt nachschauen, was mit Omas Haus ist, vielleicht stehen die Leute vor der Tür Schlange. Dem letzten drücke ich einen Zettel in die Hand und bitte: Könnten Sie mir einen Gefallen tun und dies der heiligen Wahrsagerin übergeben? Es stammt von einem Geist. Auf den Zettel schreibe ich: »Schöne Grüße von Arthur.«

Heiter, beinahe schon übermütig, wie er sich seit Monaten nicht mehr gefühlt hatte, stand er in der Straßenbahn. Sein Hochgefühl wurde nur unterbrochen, wenn er dachte: Ich muß darauf achten, daß ich keinen Bekannten begegne. Aber diese Gefahr relativierte er durch den rettenden Gedanken: Was für ein Glück, daß ich so wenig Bekannte habe! Die Studenten von früher würden ihn nicht wiedererkennen. Wenn er versuchte, sich an ihre Gesichter zu erinnern, gelang es ihm ja auch nicht mehr, so als wäre er nie

Student gewesen und hätte es nie zu etwas bringen wollen. Auf dem Rokin stieg er in eine andere Tram um, die aus der Stadt in die Außenbezirke fuhr. Er wurde ruhiger, hatte aber auch weniger zu befürchten, denn er war so dicht zwischen den anderen Fahrgästen eingekeilt, daß fast niemand sein Gesicht sehen konnte. An der Brücke stieg er aus.

Er roch den Rußgeruch der Boote, er roch das Wasser. Es war, als lösten sich die Häuser, die Bäume und die Laternenpfähle vom Boden und zerflössen zu Nebelschwaden, die ihn umtanzten. Die ganze Umgebung drang tief in sein Inneres und setzte sich fest, als wäre sie schon immer dort gewesen. Sein Blick wandte sich nach innen, und er sah sich, wie er vor Jahren hier entlanggekommen war, wenn er vom Labor wie jeden Tag nach Hause ging. Und doch war es zu lange her, er war nun ein anderer, seine Existenz war eine andere. Man konnte es ungerecht und sinnlos nennen (und nicht nur, weil er einen anderen Namen trug), daß er dennoch gezwungen war, sich für dieselbe Person zu halten. Er betastete seinen Kragen, das Barett und die Knöpfe seiner Jacke, während er auf die Brücke zuging.

Aber die Uniform fiel nochmals von ihm ab. Er sah sich längs des Kanals wegrennen, seine Schuhe hinterließen rote Abdrücke von den Mennigebuchstaben des Worts MOFFENHURE, das jemand auf den Gehweg vor der Haustür gepinselt hatte. Er sah sich und Carola in jener Nacht aus der Tür treten. Er spürte wieder die Müdigkeit in seinen Armen, er spürte, wie die Wäscheleine, an der er Ernst ins Wasser gleiten ließ, in seiner Hand scheuerte; wie tief würde die Leiche nun wohl im Schlamm versunken sein?

Aus der Richtung des Kanals hörte er ein seltsames Dröhnen, als würden Dutzende schwerer Panzer ständig am Wasser hin und her fahren. Als er um die Ecke bog, sah er, was den Lärm verursachte.

Im Wasser schwamm ein großer Dampfbagger. Der Schornstein stieß unaufhörlich dicke Rauchpilze aus. Ein flacher Kahn lag daneben. Durch eine eiserne Schüttrinne spuckte der Bagger Unrat in den Kahn. Mit vulkanartigem Getöse stürzten Fahrradreifen, Kannen, Steine, Fässer ohne Boden, Mauerbrocken, die sich aus der Uferbefestigung gelöst hatten, Wasch- und Klosettbecken, schwarz glänzend vom Schlamm, in den Lastkahn. Jedesmal wenn ein Eimer den höchsten Punkt der Jakobsleiter erreicht hatte, kippte er, und der Strom beschleunigte sich mit einem außerweltlichen Würgegeräusch.

Arthur war an der anderen Seite des Kanals stehengeblieben. Er schaute zu dem Haus hoch, in dem er gewohnt hatte. Die drei Fenster des Obergeschosses, seiner ehemaligen Etage, waren zur Hälfte weiß gestrichen, und in blauen Buchstaben stand darauf:

TANZ STU DIO
VAN DEN BREE

Platz genug für eine Tanzschule, dachte er, natürlich gibt es kein Baumaterial, um wieder eine normale Wohnung daraus zu machen. Hoffentlich haben sie das Loch im Fußboden des hinteren Zimmers gut verschlossen.

Auf der Etage der Großmutter mußten andere Leute wohnen, denn vor den Fenstern hingen Gardinen, die viel zu klein waren. Ich habe nichts zu befürchten, dachte er, wer weiß, wo sie stecken, Carola und Oma. Vielleicht ist Oma ja auch tot. Und er ging ein paar Schritte bis zum Rand des Kanals. Hinten auf dem Schwimmbagger stand ein Mann mit einer Hakenstange. Damit zog er Gegenstände, die nicht durch das Schüttrohr paßten, wie Sprungfedermatratzen, Fahrradrahmen, Gittertore und Betonpfähle, aus den Baggereimern und beförderte sie in den Kahn. Arthur schaute auf die Pfähle, an denen der Bagger vertäut war. Ein Mann in Gummistiefeln löste an der anderen Seite eine Trosse und band sie um den Pfahl, an dem sie Ernst versenkt hatten. Andrea! dachte Arthur, komm und sieh es dir an, hier liegt die ganze Wahrheit, hier werden sie gleich den Mann finden, der alles weiß! Er weiß alles, er kann Oskar aus dem Gefängnis holen, er hat immer die Hand über Oskar gehalten. Der Bagger holt ihn aus dem Wasser; der Mann packt ihn mit der Hakenstange.

Die Schule war aus. Vom Gebäude an der Ecke rannten Kinder lärmend zum Kanal und hingen wie Fransen über den Brückengeländern. Auch ein Polizist schaute zu, an die Querstange seines Rads gelehnt. Dieser Polizist besteigt gleich sein Fahrrad, dachte Arthur. Er telefoniert nach einem Krankenwagen, er pfeift nach seinen Kollegen, damit sie die Straße sperren. Denn es wird ein ekelerregender Anblick sein, wenn sie Ernsts Leiche aus dem Wasser fischen, für Kinder nicht geeignet. Wer war er? Ich kann nichts beweisen. Alles, was ich getan habe, war umsonst.

Nur mit größter Mühe konnte er sich von der Szene losreißen, aber dann streifte er den ganzen Abend durch die noch größtenteils dunkle Stadt, wo sich auf allen Plätzen Soldaten und junge Mädchen lärmend versammelten. Er kam an der einzigen Leuchtreklame vorbei, die es gab, den grünen Kreuzen des PAC, wo Kanadier Schlange standen, um sich vor den Strafen der Venus zu schützen. In keinem Restaurant und keiner Kneipe, die Soldaten vorbehalten waren, blieb er länger als fünf Minuten sitzen.

Schließlich fand er sich in einer Schule wieder, die nun als Hotel für beurlaubte Soldaten diente. Es war ziemlich ruhig, immer weniger Kanadier verbrachten ihren Urlaub in Amsterdam, erzählte der Hotelleiter.

Im Korridor der oberen Etage verspürte Arthur den Impuls, laut zu schreien, um das Echo zu testen, aber er beherrschte sich. An den Wänden reihten sich endlos Garderobenhaken. An einem davon hing ein vergessener Gürtel, an einem anderen eine Schürze. Sonst waren alle leer. Arthur suchte sich einen Raum aus, in dem er allein sein würde. Der Ofen brannte nicht mehr. Als er im Bett lag, wurde die Zudecke vor seinem Gesicht feucht vom Atem.

Er hatte das Licht angelassen und versank ins Grübeln. Zum erstenmal empfand er Kummer wegen Andrea. Jetzt habe ich niemanden mehr, keinen Menschen. Womit habe ich alles verspielt?

Er richtete sich auf, griff in seine Kleidung, die er übers Fußende gehängt hatte, und steckte sich eine Zigarette an. Dabei fand er die Zeitung, die er in der Eisenbahn gelesen und mitgenommen hatte. Er durchblätterte sie, betrachtete dann mit großem Interesse Ramsay Ames, »one of Hollywood's favorite pin-up girls«, und danach die Seite mit Esther Williams. Ramsay Ames hatte den Arm erhoben und hielt die Hand im Nacken; sie zeigte eine Achselhöhle, in der man für immer das Gesicht hätte verbergen mögen. Über den Rand von Esther Williams' Höschen aus Leopardenfell lugte ihr Nabel wie ein Auge, das zwinkerte.

Arthur onanierte, den Blick von Ramsay Ames zu Esther Williams und von Esther Williams zu Ramsay Ames gerichtet. Ob sie wissen, dachte er, wie viele Millionen Männer, die so einsam sind wie ich, eine Antenne für sie aufrichten, um ihnen einen Gruß zu senden? Wenn sie das alles erreichen würde, könnten sie ihre Swimmingpools mit Sperma füllen und darin baden wie Göttinnen im Rauch der dargebrachten Brandopfer. Aber sie sind dumme Dinger, die um der Karriere willen mit sechzigjährigen Direktoren ins Bett gehen. Von all der Liebe, die unzählige Soldaten für sie ausgespuckt haben, eine halbe Stunde ehe sie fielen oder im Bett eines Lazaretts, hat sie nicht mal ein Gedanke erreicht.

21

Am folgenden Tag war er abends um Viertel nach acht in Brüssel. Hier hatte es mehr geschneit als in Amsterdam. Die weniger benutzten Gehsteige waren noch weiß, der Schnee war feucht und stumpf. Leuchtreklamen kleckerten rote und blaue Tinte darauf.

Niemand hatte ihn nach seinen Papieren gefragt. Niemand wußte, daß er gar kein Leave permit für Brüssel besaß. Als er den Rogierplaats überquerte, hielt er die Augen offen, ob auch kein Jeep der Militärpolizei unterwegs war. Ich will sie doch noch einmal sehen, dachte er, ehe das geschieht, was ich noch nicht weiß. – Er rechnete nicht mehr damit, jemals als Dolmetscher nach Deutschland zu gehen. Bevor es soweit war, würde er desertieren. Oder sich unterwegs vielleicht aus dem Zug fallen lassen, falls er nicht bereits hier verhaftet wurde. Denn welchen Grund hätte Oskar, den Mund zu halten? Vermutlich hatte man ihn noch gar nicht verhört. In vielen Fällen dieser Art wurde jemand monatelang ohne Verhör festgehalten. Aber wenn sie Oskar verhörten, würde er ihn, Arthur, bestimmt nennen. Oskar würde meinen, nun, da Carola unauffindbar war, sei Arthur der einzige, der etwas zu seinen Gunsten vorbringen könnte. Ein mieser Verräter ist Oskar, dachte Arthur, als er an der Tramhaltestelle stand. Speeman hatte recht. Oskar ist ein mieser Verräter, denn er wird sagen, ich wüßte, wo Ernst ist, weil er nicht weiß, daß ich Ernst ermordet habe. Er ist ein Verräter, von Anfang an war er einer, auch wenn er es selbst nicht mal weiß. Die Straßenbahnen kamen auf Flügeln aus Wasser angeflogen, das an den Rädern hochspritzte.

Ein Teil der Kruidttuinlaan war verlegt worden. Die Bauarbeiten für die unterirdische Nord-Süd-Verbindung waren so weit vorgedrungen, daß sich ein Bogen in das Straßenpflaster und die Bahngleise schob. Die Wagen fuhren haarscharf an einem Holzzaun entlang und schafften es gerade noch, in die Bisschoffsheimlaan abzubiegen.

Arthur stand auf der Hinterplattform und blickte in das behaglich beleuchtete Innere der Trambahn mit den schwarzen Lederbänken. Er nahm den Parfumgeruch der Frauen stärker wahr, er sah ihre Gesichter in den hohen Krägen der Pelzmäntel wie die Kerne aufgebrochener Früchte. Hier stehe ich, dachte er, in meiner schmutzigen Uniform, in der ich nie gekämpft habe, verkleidet ohne jeden Sinn. Sogar deutsche Kriegsgefangene dürfen diesen Anzug tragen.

Nachdem er in Ukkel ausgestiegen war und die Avenue hinunterlief, dachte er: Warum ist es nicht möglich, daß sich meine Kleidung plötzlich verändert, daß ich auf einmal Halbschuhe trage und einen gemusterten Überzieher und einen Hut wie jeder andere Mann, der in dieser Gegend einen Abendspaziergang macht.

Der Schnee in der Straße war nahezu jungfräulich. Es war Vollmond. Da die Bäume kahl waren, sah er von den Häusern mehr als je zuvor. Seine schweren Nagelschuhe schmatzten in dem pappigen Schnee. In einem Hochhaus in der Ferne ging in einer ganzen Fensterreihe zugleich das Licht an. Was geschieht da, dachte er, ich gehöre nicht dazu. Wenn ich hiergeblieben wäre, hätten eines Tages Gendarmen vor der Tür gestanden und mich abgeholt. Ich werde nach Amsterdam gebracht und vor den Richter geführt. Ich lese es schon in der Zeitung. Richter: »Wie haben Sie es getan, Angeklagter?« – Der Angeklagte schweigt. – »Mit einem Dolch?« – »Nein, Herr Vorsitzender.« – »Sie hatten aber doch wohl irgendeine Waffe?« – »Ja, Herr Vorsitzender.« – »Und was für eine, oder wollen Sie etwa behaupten, Sie hätten einen Regenschirm genommen?« (*Hei-*

terkeit – kursiviert.) – »Nein, Herr Vorsitzender, einen Schürhaken.« Sie lachen. Ich kann nicht mal sagen, daß ich meine Handlungsweise völlig richtig fand. Niemand wird das je erfahren. Wohin soll ich gehen, um es jemandem zu erzählen?

Er dachte sich einen phantastischen Plan aus. Er würde es Alice erzählen! Vielleicht noch heute abend. Oder morgen früh, eine Nacht würde er ja wohl bleiben dürfen.

Er mußte unbedingt versuchen, sie allein zu sprechen.

Vermutlich würde das gar nicht so einfach sein, denn sie war möglicherweise so weit genesen, daß sie zu den gleichen Zeiten schlafen ging wie ein normaler Mensch und den ganzen Tag angekleidet im Haus herumlief. Er würde es ihr erzählen, einfach so, um es irgendeinem Menschen erzählt zu haben. Vielleicht würde sie ihm sagen, warum er es getan hatte. Auch wenn es nicht zutreffen sollte, war ihm eine falsche Erklärung seiner Tat lieber als gar keine.

Er stand vor dem Tor. Die Jalousien im Erdgeschoß waren heruntergelassen. Dahinter brannte kein Licht, und auch nicht hinter den Fenstern im ersten Stock. Er ging durch das Tor und blickte durch das Eisglas der Haustür. Die Flurlampe brannte.

Als er klingelte, wußte er genau, daß er mit Alice nie über Ernst reden würde, ebensowenig wie er ihr beispielsweise eine Rede auf peruanisch halten würde. Er würde sie herzlich begrüßen, aber nachdem sie sich so lange nicht gesehen hatten, würde es Tage dauern, bis er so vertraut mit ihr umgehen könnte wie in der Zeit, ehe er fortging. Vielleicht war sie ja auch wütend auf ihn, weil er sie angelogen hatte, als er behauptete, er würde zu Gaby ziehen.

Er klingelte erneut und wartete, ohne sich zu rühren. Aus dem benachbarten Mietshaus kamen ein Mann und eine Frau. Der Mann trat in ein Beet, bückte sich und streckte die Hände voller Schnee zum Gesicht der Frau aus. Sie floh durch das Tor, und er folgte ihr, dabei laut redend. Oskar konnte noch Fetzen ihres Lachens hören. Es war noch nicht verstummt, als Lucien die Tür öffnete. Ein Läufer aus Licht lag vor Arthurs Füßen.

»Bonsoir, Lucien«, sagte Arthur, nahm Haltung an und salutierte ironisch.

»Oh, Sie sind's, Arthur. Wie geht es Ihnen?« sagte Lucien. Lucien stand reglos da, die Hand an der Tür.

Arthur schob mit dem Ellbogen seine Feldtasche nach hinten und steckte die Hände tief in die Manteltaschen. Einen Fuß setzte er auf die Türschwelle. »Nun?« fragte er.

Lucien rückte mit der freien Hand seine Brille zurecht und sagte: »Sie dürfen es mir nicht übelnehmen, aber ich kann Sie nicht hereinlassen.«

Arthur hörte im Haus nicht einmal Stimmen. Die Frau, die mit Schnee eingerieben wurde, lachte in der Ferne. Lucien begann zu blinzeln, aber Arthur kam trotzdem nicht dazu, auch den anderen Fuß auf die Schwelle zu stellen, ihm einen Stoß vor die Brust zu versetzen und ins Haus zu gehen.

»Warum empfängst du mich so?« fragte er.

»Nun ja«, sagte Lucien, »haben Sie etwas Besseres verdient?«

Arthur mußte mehrmals schlucken, bevor er hervorbrachte: »Ich möchte meinen Vater sprechen.« Der Mantelkragen scheuerte an seinem Hals, aber er fror, als stünde er nackt im Schnee.

»Ihr Vater kann nicht herunterkommen«, sagte Lucien.

»Dann laß mich zu ihm gehen.«

»Bedaure, aber Sie können nicht hereinkommen, wirklich nicht. Ihr Vater möchte niemanden empfangen, da seine Frau gestern gestorben ist.«

Arthur konnte keine Antwort geben. Er fühlte sich, als schrumpfe er auf die Größe eines Kindes, das noch nicht sprechen kann.

»Es ist Ihre Schuld«, sagte Lucien, »Sie hätten nie herkommen dürfen. Dann wären wir nicht verpflichtet gewesen, Sie wegzuschicken, dann wäre sie nie Ihrem Geschwätz auf den Leim gegangen. Sie ist aus chagrin Ihretwegen gestorben. Sie sind eine so erbärmliche Kreatur, daß man daran stirbt, wenn man sich um Sie kümmert. Vielleicht ist Ihnen das ein Trost.«

Die Tür fiel zu, mit einem so lauten Schlag, als brauchte Arthur danach nie wieder etwas zu hören. Er stand auf dem dunklen Gartenpfad. Woher will er das wissen, dachte er. Und dann: Lucien hat recht. Ich bin schuld.

Er ging durchs Tor, das er mit beiden Händen zumachte; kurz bevor es ins Schloß schnappte, hielt er es auf und schob es so langsam weiter, daß es nicht einmal quietschte. Dann warf er einen letzten Blick auf den Garten und das Haus. Alles in Ordnung. Nur seine Fußabdrücke waren zu sehen. Sinnierend über diese Fußabdrücke, ging er die Avenue entlang, nun in die andere Richtung. Er überquerte eine weitere Allee und dann noch eine und gelangte schließlich in ein anderes Stadtviertel.

Hier standen keine Villen mehr. Er kam an einem quadratischen, fabrikähnlichen Gebäude und an einem Internat mit erleuchteten Fenstern vorbei. Er bog nach rechts ab, in eine Gasse, die steil nach unten zu einem runden Platz führte, der nicht von Häusern umstanden war und in dessen Mitte nur eine Laterne mit vier Lampen stand. An einem breiten Hang lag ein kleiner Friedhof. Das Gelände war so schräg, daß die Grabmale einander überragten wie die Häuser einer Stadt an einer Felsküste. Hierher wird man sie bringen, dachte er. Wenn es an dem Tag glatt ist, werden die Träger Mühe haben, nicht zu stürzen. Sie werden den Mund zupressen müssen, um nicht so viel Kraft zu verlieren, daß ihnen der Sarg entgleitet und sich knirschend zwischen die Gräber verirrt.

Hinter dem Friedhof lag ein kahles Areal, das als Autoschrottplatz genutzt wurde. Hunderte amerikanische Lastwagen, zu groß, um in Friedenszeiten verwendbar zu sein, rosteten unter dem Schnee vor sich hin. Diebe, die Ersatzteile stehlen wollten, hatten den das Gelände umgebenden

Stacheldraht an vielen Stellen durchgeschnitten. In wüsten Schlingen lag er auf der Straße.

Danach ging Arthur durch eine Straße mit Neubauten, in denen noch kein Fensterglas eingesetzt war. Im Sommer war die Straße hier noch nicht gepflastert, dachte er. Überall Gelegenheiten zum Übernachten. In der Fahrerkabine eines LKW oder in einem dieser Häuser. Hätte ich meine Sten Gun, könnte ich mich hier in aller Ruhe erschießen. Er wußte, daß er den äußersten Stadtrand noch lange nicht erreicht hatte. Er würde stundenlang weiterlaufen können, ehe die Häuser endgültig aufhörten. Das hier waren nur zufällige Brachflächen.

Entlang einer alten Mauer, über die Weinranken hingen, ging er nun steil bergan und gelangte in eine Straße ohne Bäume und Gärten, eine Straße von eisiger Vornehmheit. Eine Straße mit der Sorte Häuser, an denen Fahnenmasten angebracht sind. Ein Auto fuhr langsam nach unten. An den Scheinwerfern erkannte Arthur, daß es ein Armeefahrzeug sein mußte. Er stellte sich mitten auf die Straße und hielt den Daumen hoch. Das Auto bremste, rutschte aber an ihm vorbei. Es war ein schachtelartiger Wagen mit kleinen Zelluloidfenstern. Innen brannte Licht. Die Insassen redeten alle durcheinander. Es war das einzige, was man auf der Straße hören konnte. Arthur zog die hintere Tür auf und stieg ein. »Hello«, sagte er. Das Auto fuhr jetzt Zickzacklinien. Auf der vorderen Bank saßen zwei Soldaten, und zwei kanadische Sergeants sowie ein Indianer saßen breitbeinig auf dem Boden. »Kiss my arse«, sagte der Indianer in sich gekehrt. Arthur hockte sich auf den Boden. Einer der Kanadier reichte ihm eine schwarze Flasche. Seine Unterarme waren voller Uhren. Arthur nahm einen langen Zug von dem scharfen Brandy. Die Flasche kreiste und wurde dann an die beiden Männer vorn weitergegeben. Der andere Kanadier setzte zu einem langen Monolog an: »Mann, würd' ich jetzt gern 'ne Alte vögeln, so sieht's aus, du Hurensohn, that's the goddam fucking truth, you son of a whore.«

»Son of a whore«, wiederholte er, an Arthur gewandt, mit abwesendem Blick.

»Sure«, sagte Arthur. »Klar doch.«

»Jesus Christ«, sagte der andere Kanadier, »is that bloody Dutchman a son of a whore.«

»Watch me sitting and kissing my arse«, führte der erste seinen Gedankengang weiter, »guck nur, wie ich hier sitze und meine eigene Scheiße schlucke, und weit und breit keine Fotze.«

Arthur teilte Zigaretten aus. Weiße, halb abgebrannte Streichhölzer regneten auf den Boden; weil der Wagen so rüttelte, schafften sie es nicht, die Flamme dicht genug an die Zigaretten zu bringen. Das Motorengeräusch wurde vom Gebrüll der Soldaten übertönt.

»You know everything, don't you?« schrie Arthur zu dem Mann, der ihn »son of a whore« genannt hatte, »you know I'm a son of a whore, you know I'm Dutch.«

Plötzlich machte der Wagen einen Ruck nach oben und kam dann langsam zum Stehen. Aber die Männer schrien weiterhin durcheinander.

Die beiden, die vorn gesessen hatten, mußten ausgestiegen sein.

»Get out, raus hier, you bastards«, riefen sie von draußen und rissen die Tür auf.

Arthur stieg als erster aus. Sie standen auf einem dreieckigen Platz, das Auto berührte mit der Vorderseite fast ein säulenförmiges Denkmal.

Alle stolperten in den Schnee hinaus. Der Indianer fiel um. Sie ließen ihn liegen und schauten nach, was eigentlich passiert war.

Arthur sah aus einiger Entfernung zu. Der Indianer versuchte sich aufzurappeln, schaffte es aber nur, sich hinzusetzen. Alle Welt weiß alles von mir, dachte Arthur. Sie wissen natürlich im Grunde nichts, aber es sind Zeichen. Es ist symptomatisch, daß auf einmal alle Welt alles von mir weiß.

Der Wagen schoß rückwärts auf den Gehweg. Aber der Fahrer konnte bremsen, bevor er ein Haus rammte. Dafür jubelten ihm die anderen lauthals zu. Auf der anderen Straßenseite schien ein Bewohner aufgewacht zu sein. Von seinem erleuchteten Fenster aus beobachtete er sie.

Der Indianer wurde auf die Füße gestellt. Ohne sich zu rühren, standen sie in unregelmäßigem Abstand voneinander auf dem verlassenen Platz, vom Auto weit entfernt. Der Fahrer pinkelte.

Arthur dachte: Ich fahre nicht mehr mit. Doch als die anderen wieder zum Auto gingen, folgte er ihnen, weil er nicht wußte, in welchem Teil Brüssels er sich befand. Der Motor quarrte. Die leere Flasche rollte auf dem Boden hin und her. Arthur blickte durch die Zelluloidfenster. Sie fuhren nun über belebtere Straßen. Der Fahrer bremste immer wieder und erkundigte sich nach dem Weg. Schließlich gelangten sie auf die Anspachlaan, bogen dann in eine Nebenstraße ein und hielten unter einer Gaslaterne.

»Come on fellahs, here you are!«

Auf Arthurs Beine trampelnd, stiegen die Kanadier aus. Arthur blieb mit dem schlafenden Indianer zurück. Der Motor lief noch. Der Wagenboden vibrierte weiter. Arthur sah, daß die anderen ein Haus betraten. Was bleibt mir anderes übrig, als zu warten, bis sie zurückkommen, dachte er, ich wüßte ja gar nicht, wo ich sonst hin wollte. Morgen um zwölf ist mein Urlaub vorbei. Aber sie werden mich bestimmt nicht wiedersehen. Er wartete eine Viertelstunde.

Der Indianer wurde wach, richtete sich auf und zog ächzend etwas aus seiner Gesäßtasche. Einen Flachmann, aus dem er einen Schluck trank. Er sagte etwas zu Arthur in einem unverständlichen Dialekt und reichte ihm die Flasche. Arthur trank ebenfalls einen Schluck und antwortete: »Ich verstehe zwar kein verdammtes Wort, aber ich weiß, was du meinst. Du weißt alles, oder?« Er trank noch einen Schluck und gab die Flasche zurück. Warum gehe ich nicht auch in das Haus, dachte er. Er drehte sich auf dem Hintern um, stieß die Tür auf und streckte die Beine hinaus. Seufzend stand er auf und ging zum Haus. Er klingelte lange, merkte dann, daß die Tür offenstand, und trat in ein mit Marmor ausgekleidetes Vestibül. »Fucking whore house«, murmelte er zufrieden, ging langsam weiter und stieg eine breite Treppe hoch. Eine schmuddelige Frau von etwa Fünfunddreißig kam ihm entgegen. »Machen Sie nicht so viel Lärm, ich bitte Sie«, flüsterte sie, »meine Eltern schlafen, sie wissen von nichts.«

Vor einer Zimmertür stand ein junger amerikanischer Soldat mit einem Weinglas in der Hand. Er hielt die Finger vor den Mund und sagte: »No noise!«

Als Arthur den Raum betrat, flüsterten alle: »No noise.«

»No noise«, sagte Arthur, als wäre es ein Gruß. »Maman est morte, sie ist tot«, setzte er hinzu. Die Frau lachte. Ein Mädchen, das mit einem Kanadier in einem Sessel saß, lachte ebenfalls. Das Zimmer war groß. Es war tatsächlich sehr still. Eigentlich passierte nichts. Nicht einmal die Oberflächen der Getränke in den Gläsern bewegten sich. Über dem Sofa hing ein großformatiges Ölgemälde mit dem Porträt eines Generals aus der Zeit Napoleons. »Der Mann dort sieht meinem Großvater ähnlich«, sagte Arthur zu der Frau.

Sie schaute ihn ängstlich an, offenbar befürchtete sie, er könnte Lärm machen.

»Vous ne voulez pas vous asseoir?« fragte sie, »setzen Sie sich doch.«

»Let's have a look«, erwiderte Arthur.

Auf dem Sofa unter dem Generalsporträt lag eine hellblonde Frau in amerikanischer Uniform in inniger Umarmung mit dem anderen Kanadier. Sie hatte die Augen geschlossen und war sichtlich betrunken. Arthur schaute sie an. Ihre Uniformjacke lag über der Seitenlehne des Sofas, die Krawatte hing darüber. Der Kanadier hatte ihr Hemd aufgeknöpft und nach unten geschoben. Seine Hand lag auf ihrer Schulter. Die andere Frau zupfte Arthur am Ärmel, um ihn zu einem Stuhl zu lotsen. Aber er hielt den Blick weiterhin auf die Blonde gerichtet und betrachtete ihren Kopf. Es war inzwischen modern, das Haar im Nacken kurz zu tragen. Die Frau hätte ohne weiteres Carola sein können. So viel hatten ihre Bedränger nicht abgeschnitten, daß sie nicht die neueste Mode mitmachen könnte! Der Kanadier ließ seine Hand über ihren Arm nach unten gleiten und legte sie dann wieder an das kurze Nackenhaar. Auf der Schulter erblickte Arthur eine Narbe, die aussah wie ein kleiner Mund mit roten Lippen. Nun war er sich sicher. Es konnte niemand anders als Carola sein.

»I'm sorry«, flüsterte er der ersten Frau zu. Auf Zehenspitzen ging er zur Tür. Hinter ihm gab es Gelächter wegen seiner Vorsicht.

»No noise«, sagte der Amerikaner im Flur freundlich. »You know everything«, erwiderte Arthur ernst. Mit großer Behutsamkeit legte er die Hand aufs Treppengeländer und hielt sich fest. No noise, dachte er, sonst kommt sie. Sie nützt mir nichts, sie weiß alles. Ihr brauche ich nichts vorzumachen. Sie hat alles selbst gesehen. Mit zusammengebissenen Zähnen ging er die Treppe hinunter und verließ das Haus. Er dachte nicht daran, wieder in das Auto einzusteigen, und lief durch viele Straßen, bis er mit einemmal auf dem Brouckèreplaats stand. Dort betrat er ein Lokal und trank zwei Tassen Kaffee, die ihn völlig nüchtern machten, so dachte er jedenfalls. Er spürte genug Energie in sich, um stundenlangen Verfolgungen zu entkommen. Er wagte nicht zu bezweifeln, daß er tatsächlich Carola gesehen hatte. Vielleicht hatte sie ihn auch erkannt und sich nichts anmerken lassen; und nun würde sie ihm folgen. Deshalb bezahlte er und ging, noch ehe das Lokal schloß. Er lief die Adolphe Maxlaan entlang. An der Ecke einer Gasse stand eine Laterne. Hinter dieser Laterne wartete ein Mädchen mit dunklem Haar, einem weißen Pelzmantel und schwarzen Schaftstiefeln auf jeden Mann. Die Hände hielt sie in einem weißen Muff vor dem Bauch. Als Arthur sich ihr näherte, trat sie einen Schritt zurück in ein verspiegeltes Ladenportal. Sie zog die Schultern hoch und tippte mit der Fußspitze sanft auf den Boden.

»Hello«, sagte Arthur. »Didn't you see my sister?«

»No«, entgegnete sie mit einem singenden Akzent, »I'm sorry, but maybe I will do.«

»Warum antwortest du mir nicht auf französisch«, fragte Arthur, »siehst du nicht, daß ich Belgier bin?«

»Ich spreche nicht so gut französisch«, erwiderte sie, »ich komme aus Jugoslawien.«

Arthur umarmte sie und küßte sie in den Nacken. »Du bist nett«, sagte er, »sehr nett.«

»Kommst du denn mit?« fragte sie.

Arthur griff unter ihren Mantel und faßte ihr an den Busen. Sie ließ es zu. Ihr Busen war erstklassig. Er schob sie von sich und musterte sie eingehend. Die Spiegelscheiben hinderten das im Laden aufgehäufte Dunkel daran, sich über sie zu ergießen. Das Mädchen hatte nicht jene gewisse Abgelebtheit von Nutten, die allen Dingen des allgemeinen Gebrauchs eigen ist, Bibliotheksbüchern, Stühlen in Wartezimmern, Bestecken in Restaurants.

»Ich glaub dir nicht, daß du Jugoslawin bist«, sagte er. »Ich bin auch kein Belgier.«

»Aber es stimmt, wirklich«, sagte sie, »ich kann's beweisen.«

»Wie heißt du denn?«

»Maritza.«

»Ein wunderschöner Name«, sagte Arthur, »ich bin ein Jude und heiße Joseph.«

»Kommst du mit?« fragte sie. »Es ist was ganz Besonderes.«

»Das ist es immer«, erwiderte er, reichte ihr aber doch den Arm. Er neigte den Kopf zu ihr und spürte mit Behagen, wie der Pelz über ihrer Schulter seine Wange streifte. Sie überquerten den Boulevard.

»Warum bist du nicht zu Tito gegangen«, fragte er, »wo du doch Jugoslawin bist?«

»Ich kann nicht zurück. Mein Vater war in der Armee von Mihailowitsch. Ich bin schon unter den Deutschen hierhergekommen.«

Als sie in eine Nebenstraße eingebogen waren, endete gerade der Film in einem Kino, das die ENSA* für die Alliierten beschlagnahmt hatte.

Ringsum sah er überall Männer, die so gekleidet waren wie er. Er wurde von dem Mädchen getrennt, konnte sie zwischen den braunen Uniformen nirgends mehr sehen. Hoffentlich ist hier keine Militärpolizei, die mich nach meinem Leave permit fragt, dachte er, als wäre es darauf noch angekommen. Vor morgen gehe ich nicht ins Camp zurück. Und er zwängte sich weiter zwischen den Soldaten durch. Überall begannen die Motoren der Jeeps und anderen Wagen zu dröhnen. Einer von ihnen wird Maritza schon mitnehmen, dachte er. Doch die Menge wurde lichter, und er sah sie wieder. Schließlich waren sie allein übriggeblieben, wie in einem Sieb. Sie ging auf ihn zu und hakte sich wieder unter. »Komm, Liebling«, sagte sie.

Vor einer hohen kalkweißen Tür in der Cirkstraat blieben sie stehen. Maritza klingelte.

Hinter der Tür war eine lange Treppe ohne Läufer, die so steil war, daß die Stufen, von unten gesehen, fast zusammenfielen. Ganz oben hing eine nackte Glühbirne.

Sie stiegen empor. Es roch nach nasser Farbe und Kalk. Die Wände waren kahl und weiß, hier und da war eine Stelle frisch verspachtelt. Ein verschrumpeltes Hausmädchen im schwarzen Kleid erwartete sie.

»Sie müssen entschuldigen, Monsieur«, sagte sie zu Arthur, »wir bauen gerade um. Das ganze Haus wird reno-

* Entertainments National Service Association; Organisation, die 1939 von der britischen Regierung zur Unterhaltung der Streitkräfte ins Leben gerufen worden war.

viert. Aber die Gästezimmer sind schon fertig, und das ist die Hauptsache.« Sie gingen durch einen hohen, schmalen Flur. Alles war kreideweiß. Die Lampen hatten keine Schirme. Auf dem Boden lag nicht einmal Linoleum; die Holzdielen waren mit Sägemehl und Strohhalmen bedeckt.

»Sie haben noch die Wahl unter vier Zimmern«, sagte das Hausmädchen in dem tristen Kleid und öffnete eine Tür. »Das hier ist Marrakesch.« Sie knipste das Licht an. Dicke dunkelrote Stoffbahnen waren von der Mitte der Zimmerdecke zu den Wänden hin drapiert. Über dem Bett wölbte sich ein Baldachin auf vergoldeten Säulen. Ein großes Wandgemälde mit Araberinnen, die nichts als meterlange Perlenketten trugen, wurde indirekt beleuchtet. Scharfer Acetongeruch hing im Raum.

»Zeigen Sie uns bitte noch ein anderes«, sagte Arthur.

Sie mußten sich an einer mit Farbe beschmierten Anstreicherleiter vorbeizwängen und wieder eine lange Treppe hochsteigen. Auch diese Treppe war kahl und weiß, und der Flur in dieser Etage war frisch getüncht und von dem Flur im ersten Stock nicht zu unterscheiden.

Das Zimmer, das sie nun betraten, hatte man in Hellblau dekoriert und Venedig genannt. Nein, auch das gefiel Arthur nicht.

»Dann hätten wir noch Schneewittchen …«, sagte das Hausmädchen.

»Ja, Schneewittchen«, sagte Arthur, »ich möchte Schneewittchen.« Er hatte keine Lust mehr, sich auch noch das vierte freie Zimmer anzuschauen. Er küßte Maritza lange auf den Mund, während das Hausmädchen die Tür zu Schneewittchen öffnete.

»Schneewittchen ist ein sehr schönes Zimmer«, sagte sie, »nur kleiner als die anderen, aber dafür auch billiger.«

In Schneewittchen hatte man in einer Ecke eine kleine Hütte aus rohen Birkenstämmen gezimmert. Darin stand das Bett, beschienen von einer roten Lampe. An den Wänden standen alle Zwerge von Walt Disney, aus Sperrholz gesägt.

Arthur gab Maritza das Geld, das sie verlangte, und zog sich sofort aus, nachdem das schwarzgekleidete Hausmädchen den Raum verlassen hatte.

»Schau«, sagte Maritza und zog zwei Fotos aus ihrem Muff, »das ist General Mihailowitsch. Sieht er nicht gut aus? Hier ist er noch mal, auf einem Pferd.«

Arthur sah einen dunkelhaarigen Mann in Uniform mit schweren Tressen; es sah aus, als ruhte sein Kopf auf einer Säule aus Gold. Auf dem anderen Foto konnte er das Gesicht nicht erkennen.

»Liebst du General Mihailowitsch?« fragte er. »Ich kannte mal ein Mädchen, das liebte General de Gaulle.«

»Ich habe ihn nie gesehen«, sagte Maritza, »aber ich habe so viel für ihn durchgemacht.«

Sie gingen in die Birkenholzhütte und legten sich aufs Bett. Das weiße Bett schien rosa im roten Licht, und Maritzas Körper war auch rosa. Nach Andrea hatte er keinen Körper mehr gesehen, der ihn so erregte. Er küßte ihre Brust, er biß sie in die Schulter.

»Was hast du denn alles für ihn durchgemacht?« fragte er.

»Ach, schrecklich viel. Meinen Vater haben die Deutschen standrechtlich erschossen, meine Mutter und meine beiden Schwestern sind ermordet worden.«

»Und dann«, fragte er, »dann hast du dich sicher mit einem deutschen Offizier eingelassen, und der hat dich hierher mitgenommen?«

»Ja, aber mir blieb nichts anderes übrig. Und das war auch viel später. Erst bin ich in die Berge geflohen, zur Armee von Mihailowitsch, aber die Deutschen haben mich gefaßt, und da mußte ich dann mit.«

»Ach, Joseph«, sagte sie nach einer Weile, »du bist so ein Lieber, du bist mein großer Teddybär.«

Sie ist besser als Andrea, dachte er. Ich habe nichts verloren. Sie war so warm und so weich, daß er sie fast nicht spürte, daß es ihm eher so vorkam, als durchtränkte sie ihn gänzlich.

Er schmiegte sich zwischen ihre Schenkel und grub die Fingernägel in ihren Po.

»Oh, Joseph«, seufzte sie, »du bist brutal, du bist wunderbar.«

Oh, Joseph, Joseph, dachte er, ihm fiel der alte Schlager ein. Völlig entspannt lag er schräg über ihr; seine Linke streichelte sie langsam und mit der Behutsamkeit einer Zunge, die etwas Leckeres kostet.

»Sie haben meine Mutter gefoltert«, flüsterte sie unvermittelt.

»Wer, sie«, fragte er, »die Deutschen?«

»Nein, nicht die Deutschen, die Kroaten.«

»Was haben sie denn getan?«

»Willst du es wissen?« fragte sie. »Willst du es wirklich wissen?«

»Ja, aber nur, wenn du es selbst genau weißt.«

»Ich weiß es! Ich war dabei. Sie hatten mich an einen Telefonmast gebunden.« Sie drehte seinen Kopf und bewegte ihren Mund in seinem Nackenhaar.

»Ja, was dann«, fragte er.

»Sie haben«, sagte sie, »sie haben sie ausgezogen. Sie hat sich gewehrt, aber sie haben sie getreten. Ihre Kleider haben sie zu mir hingeworfen, ihre Haare lösten sich. Die Soldaten schrien so laut, daß ich nicht verstehen konnte, was sie mir zurief. Sie stießen sie zu Boden und banden ihre Füße und Hände an kleine Bäume. Und dann ... und dann haben sie ihr die Brüste abgeschnitten.«

»Hat sie dabei nicht das Bewußtsein verloren?« fragte Arthur und drehte sich um, so daß er Maritza ansehen konnte.

»Nein, o nein. Sie bäumte sich, so weit sie konnte, auf. Sie hielt den Kopf nach hinten, ihre Augen waren noch offen. Ihre Haare wurden klatschnaß. Der Angstschweiß strömte ihr aus den Haaren.«

Die Geschichte erregte Arthur so maßlos, daß er Maritza umklammerte, als wollte er sie erdrücken. Er preßte sein

Gesicht über ihrer Schulter in das Kissen, die Augen fest zugekniffen. Erst nach einigen Minuten, als er sich beruhigt hatte, merkte er, daß sie schluchzte.

»Warum weinst du jetzt?« fragte er. »Ich habe dich nicht um die Geschichte gebeten.« Er richtete sich auf und zog die Knie an.

»Komm«, sagte er, »ich gebe dir eine amerikanische Zigarette. Magst du amerikanische Zigaretten?« Er stand auf und holte seinen Kampfanzug. »Dein Gejammer verdirbt alles, wenn es zu lange dauert. Für ein Weilchen ist es nicht unangenehm, dann liebe ich dich sogar um so mehr.« Er rutschte übers Bett, bis er mit dem Rücken an der Wand saß, hob sie an den Schultern hoch und ließ sie mit dem Rücken an seiner Brust lehnen. So rauchten sie eine Zigarette.

»Ich habe auch noch Schokolade«, sagte er. Aber in seiner Jacke war keine einzige Tafel mehr. Er stand auf und holte eine aus seiner Feldtasche, wo sich die Zigarettenstangen und Schokoladentafeln befanden, die er bei seiner Expedition zu Andrea für nötig gehalten hatte. Heute nacht mache ich genau das, wozu ich Lust habe, dachte er.

Er war bis in den späten Vormittag geblieben.

Als er in der Straßenbahn saß, konnte er in seiner Brieftasche keinen einzigen Geldschein mehr finden. Es waren mindestens achttausend Francs und vierzig Pfund Sterling gewesen.

Ich muß noch etwas für Alice kaufen, dachte er, ich möchte sie sehen. Ich möchte ihr etwas mitbringen. Er war nahe daran kehrtzumachen. Sie muß es getan haben, als ich die Schokolade aus der Feldtasche geholt habe, die dreckige Nutte. Er fühlte sich imstande, notfalls die weiße Tür des Hauses in der Cirkstraat einzutreten, er würde Maritza ins Gesicht schlagen, wenn sie ihm das Geld, das er für Alice brauchte, nicht zurückgab, und auch noch, wenn sie es ihm doch geben sollte. Aber als er sich vergewissert hatte, wie weit er schon mit der Bahn gekommen war und wie spät es war, dachte er: Es wäre zu umständlich. Er fuhr durch bis zur Zuidlaan und stieg an der Ecke Blaesstraat aus. In der Radijsstraat verkaufte er seine Zigarettenstangen an eine alte Händlerin und hatte danach Geld genug.

Er ging zurück zum Justizpalast. Durch schmale Gassen stieg er bergan. In der Nacht hatte es gefroren. Seine Nagelschuhe rutschten über das Katzenkopfpflaster. Er gelangte zu den steilen, haarnadelförmigen Aufgängen, die zum Gipfel des Hügels führten, auf dem der Justizpalast steht. Manchmal glitt er ein paar Meter zurück. Aber er stürzte nicht. Indem er die Füße so aufsetzte, daß eine größtmögliche Fläche von Sohle und Hacke zugleich Kontakt mit dem Pflaster hatte, kam er trotzdem voran. Zur Linken konnte er auf das Tal mit den geschuppten Dächern des Marollenviertels hinabblicken; aus Tausenden von baufälligen Schornsteinen wurde der Winternebel gespeist. Rechts konnte er scheue Blicke zu dem gewaltigen Justizpalast hochwerfen. Die Kuppel fehlte, einige Fenster waren mit Brettern vernagelt. Und dennoch stand er da, als würde er niemals verfallen, als wäre seine graue Monstrosität aus dem Material der Zeit selbst hervorgegangen, gewaltig und niederschmetternd wie die Ewigkeit.

In einer der Haarnadelkurven hielt er sich an einer Bronzelaterne fest und ruhte sich aus. Der Wind bauschte seinen schweren Mantel an allen Seiten. Prasselnd begann es zu hageln. Eine Hand um den Pfahl, hielt er die andere über die Augen. Außer ihm befand sich niemand auf diesen glatten Abhängen. Nur ein paar Kinder benutzten die Straße eine Etage höher als Schlitterbahn. Er war so müde von allem: die Fahrt nach Amsterdam in dem LKW, das Warten auf Andrea, die Fahrt mit Autos und Eisenbahn nach Brüssel, der Zwischenfall vor der Tür seines Vaters, wieder laufen, ein Auto, betrunken, wieder eine Treppe hoch, Carola, wieder laufen, wieder eine Treppe hoch, diese Maritza, die Nacht mit ihr, laufen, in Straßenbahnen herumsitzen, wieder laufen – es schien, als könnte er aus purer Müdigkeit nie mehr zum Stillstand kommen, als zehrte er von Energie, die er aus einem anderen Leben bezog. Wenn ich lange warte, komme ich nie mehr an, dachte er, schwang sich um den Pfahl und kletterte langsam den neuen Abschnitt hoch. Der Hagel schlug ihm nun ins Gesicht und traf ihn genau in die Poren seiner Haut. Er schaute nur auf seine Füße und sah, wie die Körner um seine Schuhe herumrollten. Alice ist tot. Auch ich existiere eigentlich schon nicht mehr. Er blickte auf das Marollenviertel hinab und auf die obere Hälfte einer Kirche, die sich unverschämt und sehr nah über die ärmlichen Dächer erhob. Er hatte nun die Treppen am Fuß des Gebäudes erreicht und stapfte ziemlich schnell nach oben. Endlich stand er auf dem geräumigen Poelaertplaats, den nur Leute aufsuchen, die das Kriegsdenkmal für König Albert besichtigen wollen. In der steifen Regentschapsstraat schoben sich die Autos beängstigend langsam und in gleichbleibendem Abstand voneinander über das rutschige Pflaster.

Ganz in der Nähe, in einer stillen Nebenstraße, fand er einen Blumenladen und kaufte einen Orchideenzweig. Er dachte: Sie mochte keine Blumen, die schnell verwelken, weil sie dadurch an den Tod erinnert wurde. Orchideen halten sich lange, und wenn sie sich nicht lange halten, merkt sie es ja nicht mehr. Die Verkäuferin wickelte den Zweig in Seidenpapier, legte ihn in einen schmalen Karton, den sie mit Holzwolle als Schutz gegen den Frost auffüllte, und verpackte die Schachtel dann in eine nagelneue deutsche Generalstabskarte.

»Voilà«, sagte sie und hielt Arthur die Tür auf, »au revoir, Monsieur, bonne chance.« – Es war ein Abschnitt der Insel Wight, wie er beim Weitergehen sah.

Eine halbe Stunde später stand er vor dem Haus seines Vaters und klingelte. Die Rolladen waren noch nicht hochgezogen. Die schmale Schachtel, in die rot und blau geäderten Geheimnisse von Hitlers Oberbefehlshabern gewickelt, hielt er unterm Arm.

Arthur war darauf vorbereitet, daß Lucien wieder öffnen und sich erneut weigern würde, ihn einzulassen. Dann würde er die Schachtel auf das gefrorene Gras neben dem Pfad legen und Lucien Tritte in den Bauch versetzen, bis er umfiele. Doch Madame Verbraeck machte ihm auf.

»Sie haben sicher gehört, was passiert ist?« fragte sie. »Mein Beileid, Monsieur Arthur, sie war eine liebenswürdige Frau und eine gute Mutter.«

»Danke«, sagte Arthur. Seine Feldtasche und den Mantel hängte er an die Garderobe.

»Ihr Vater ist oben, im vorderen Zimmer«, sagte Madame Verbraeck, »es ist ein schwerer Schlag für ihn.«

»Ja«, sagte Arthur und ging die Treppe hinauf, die Schachtel unterm Arm.

Er klopfte an die Tür des Vorraums. Madame, haben Sie gut geschlafen? dachte er. Als niemand etwas rief, ging er hinein. Die Vorhänge waren zugezogen, und das Licht brannte. Sein Vater saß an dem Louis-seize-Tischchen. Vor ihm stand eine Flasche, eine Karaffe Wasser und ein Glas mit einer trüben, milchig-grünen Flüssigkeit. Es roch nach Medizin.

»Papa?«

Sein Vater stand auf, umfaßte ihn an den Schultern und küßte ihn zweimal auf die linke und einmal auf die rechte Wange.

»Arthur«, sagte er, »ich bin so traurig. Auch mein Leben ist jetzt vorbei. Sie war so gut, nie hat sie geklagt. Sie ist in meinen Armen gestorben. Ich kann es nicht fassen, daß sie tot ist.«

Die Flügeltür zum hinteren Zimmer war geschlossen. Arthur hatte diese Tür noch nie geschlossen gesehen.

»J'espère qu'elle dormira bien«, sagte Arthur stockend. Die Schachtel mit den Blumen stellte er auf den Tisch.

»Setz dich, Arthur«, sagte sein Vater, »dann erzähle ich dir alles.«

»Nein, erzählen Sie mir nichts, es ist meine Schuld. Lucien hat es mir gestern gesagt. Es ist meine Schuld.«

»Ach, Unsinn. Hast du schon mal Absinth getrunken? Probier ihn, danach fühlst du dich federleicht.« Sein Vater nahm einen großen Tumbler aus dem Schrank, schenkte smaragdgrünen Sirup aus der Flasche ein, legte ein Buttermesser aus durchbrochenem Silber mit einem Zuckerwürfel darauf und goß Wasser darüber. Arthur trank das Glas in einem Zug aus.

»Das verjüngt«, sagte sein Vater. »Wir können gar nicht genug tun, um jung zu bleiben. Wer lange jung bleibt, stirbt auch lange nicht. Darauf kommt es an, Arthur. Wirst du es nie vergessen? Die Jugend von heute ist nicht jung. Sie nährt sich vom Alter. Früher nährte sich das Alter von der Jugend. Gut ausgedrückt, nicht wahr? Du findest mich lyrisch? Die Lyrik ist das Vergnügen der Aristokraten. Früher wurde man auf Kosten seiner Jugend alt, heute bleibt die Jugend auf Kosten des Alters jung. Ja, logisch denken kann ich noch gut.« Tränen rollten ihm übers Gesicht, und er zog nach jedem Satz die Nase hoch. »Lateinische Klarheit! Rose habe ich auch vor die Tür gesetzt! Jedem, der es hören wollte, hat sie erzählt, sie hätte ein Verhältnis mit mir! Dem Postboten, dem Milchmann, kurz und gut, mit jedem Individuum, das sich an meiner Tür zeigte, ist sie über mich hergezogen. Stell dir das mal vor! Meine arme Frau lag krank im Bett, da im Hinterzimmer! Und ich, ich soll ein Verhältnis mit dem Dienstmädchen gehabt haben, wo meine Frau jeden Augenblick sterben konnte.

Jetzt nicht mehr, jetzt ist es geschehen.

Schmeckt es dir, Arthur? Wo war ich stehengeblieben? Ach ja, sie ist tot. Sie hat mir immer alles verziehen, Arthur, alles. Ich kann es gar nicht alles aufzählen, was sie mir bedeutet hat. Ach, Alice, es ist zu schlimm, daß du mich im Stich lassen mußtest! Ich war seit sechs Jahren darauf vorbereitet, aber wenn es geschieht, was einen lange zuvor in Gedanken beschäftigt hat, ist es immer anders, als man es sich vorgestellt hat. Das Leben steht in keinem Verhältnis zu unseren Vorstellungen. Deshalb stellt sich die Jugend von heute nichts mehr vor. Habe ich nicht recht, Arthur? Habe ich nicht recht? Die Jugend von heute stellt sich nichts mehr vor.«

»Non, Papa, die Jugend von heute stellt sich nichts mehr vor.« Davon überzeugt, daß sein Vater recht hatte und es um ihn selbst tatsächlich so bestellt war, rief er verzückt aus: »Wie jung du geblieben ist, daß du das durchschaust! Die meisten älteren Menschen haben kein Verständnis für die Jugend von heute!«

»Ach, Arthur, jung bleiben. Mein Geheimnis! Ich büße schwer dafür. Ich bin alt, aber ich bin auch jung! Sorg dafür, nie anders als andere Menschen zu sein, Arthur, denn sonst bist du verloren. Dann ist es ganz schnell um dich geschehen! Ich beschwöre dich, sei nie anders als andere Menschen, sei genau wie sie. Sonst ist es aus mit dir. Finie l'aristocratie! Sei froh, daß ich keinen Aristokraten aus dir gemacht habe. Du wirst im wirklichen Leben stehen! Mit den anderen Menschen ist natürlich irgendwann auch Schluß. Wie das möglich ist? Da stößt man nur auf Rätsel, es ist unbegreiflich. Jedenfalls begreife ich es nicht. Bon. Aber ich bin ja auch anders als andere Menschen. Trotzdem habe ich mich manchmal bemüht, sie zu verstehen, Ehrenwort, Arthur, ich habe mich bemüht, sie zu verstehen. Jeder hat Momente, in denen er an sich zweifelt. Das ist verzeihlich. In solchen Momenten habe ich manchmal versucht, andere Menschen zu verstehen. Das ist vorbei ... Ich bin anders, und ich bin allein. Möchtest du eine Zigarette? Ich rauche nicht mehr. Ich schau mal, wo ich welche habe.«

Der Vater stand auf und ging wieder zum Schrank. Wie mit Gummibändern war er mit Arthurs Augen verbunden.

Arthur konnte jeden Schritt, jede Bewegung seines Vaters deutlich spüren. Aber nicht nur die Bewegungen seines Vaters, auch die der Gegenstände im Zimmer. Sie bewegten sich langsam, mit der himmlischen Scheu toter Dinge, die sich den Menschen nur in Momenten des Auserwähltseins offenbaren. Sein Vater kam mit einer großen silbernen Dose zurück und stellte sie vor Arthur auf den Tisch. Sie enthielt Zigaretten verschiedener Marken, alle durcheinander.

Arthur tauchte seine Hand hinein und nahm eine Zigarette heraus. Wie ein gefangener Vogel zitterte sie in der Höhlung seiner Hand. Ich habe sie, dachte Arthur, ich habe sie. Auch das Streichholz schien gewillt zu sein, mit ihm zu spielen, ein Spiel, das er gerade noch beherrschen konnte, was ihn froh stimmte. Er nahm drei lange Züge. Die Zigarette bekam eine rauhe, glühende Spitze, mit der er in die Zukunft zu bohren schien. Aber die Zukunft verschlang die Zigarette.

»Mon père«, sagte Arthur, »wie war meine Mutter eigentlich?«

»Ach, Arthur, das ist die schmerzlichste Frage, die du mir stellen kannst. Die ganze Zeit, als du hier warst, habe ich mich vor dieser Frage gefürchtet! Wenn ich dir jemals aus dem Weg gegangen bin, dann nur wegen dieser Frage! Ach, Arthur, sieh mich an; ich habe dir wenig erspart, ich weiß es, aber diesen Kummer muß ich dir ersparen. Frag nie, wie deine Mutter war, mich nicht, niemanden. Nie, niemals darfst du das wissen! Arthur, frag mich nicht nach deiner Mutter! Frag nie, was du nicht weißt. Eine tote Mutter ist keine Mutter mehr! Denk an sie, die dahinten liegt! Sie war in Wahrheit deine Mutter. Das kann ich dir versichern, mein Sohn. Was hätte sie nicht alles für dich getan, wenn sie am Leben geblieben wäre, wenn die Kinder ihr nicht das Leben vergällt hätten ... Ich habe niemanden mehr, dem ich treu bleiben kann, deshalb bleibe ich meinen Kindern und Schwiegerkindern treu, ihren Kindern. Denn wer nichts und niemandem treu ist, der ist schon tot.«

Arthur hatte jedoch zu schluchzen angefangen. »Mon père«, rief er gedehnt, »aber sie ist ja auch tot. Auch sie kann nicht meine Mutter sein. Niemand ist mehr meine Mutter, und ich bin niemandem treu. Vater, ich gehe fort, wir sehen uns heute zum letztenmal, jetzt, wo sie nicht mehr meine Mutter ist, bin ich auch nicht mehr Ihr Sohn.« Er stand auf, zerknickte die Zigarette im Aschenbecher und ging zur Tür.

»Oh, non, Arthur«, sagte der Vater und stand auch auf, »bleib. Setz dich.«

»Warum sollte ich bleiben?«

»Es ist niemand zu Hause, keiner wird es merken, wenn du bleibst. Ich habe es sehr gern, wenn du bei mir bist.« Sein Vater hatte sich bereits mit dem Rücken zur Tür gestellt, um Arthur am Weggehen zu hindern. Arthur setzte sich wieder.

»Warum brennt das Licht?« fragte er. Sein Vater lächelte und schenkte ihm ein neues Glas Absinth ein. »Weil man die Vorhänge zuzieht, solange ein Toter im Haus ist.«

»Ach ja, stimmt ja«, sagte Arthur.

»Stört es dich?« fragte sein Vater und stand schon auf, um die Vorhänge zu öffnen.

»Nein, nein, lassen Sie nur.«

Trotzdem ging sein Vater zu den Fenstern und zog die Vorhänge auf. Wegen des Schnees draußen wurde es im Zimmer sehr hell. Sie merkten gar nicht, daß das Licht noch brannte. Arthurs Vater klingelte, Madame Verbraeck kam, stellte die Gläser, die Karaffe, die Flasche und die Zuckerdose auf einen Rauchtisch beim Fenster, deckte den Tisch und trug die Suppe auf. Beim Essen schwiegen sie. Arthur aß die Suppe viel zu heiß. Nach jedem Löffel Suppe trank er einen Schluck Weißwein, um den Mund abzukühlen. Der Alkohol verdunstete noch in seinem heißen Mund und stieg ihm prickelnd zu Kopf. Beim Warten auf den Hauptgang leerten sie die Flasche. Arthur saß zusammengesunken auf seinem Stuhl und schaute mit düsterem Blick zu seinem Vater hoch. Er meinte, sein Vater hätte den gleichen Gesichtsausdruck, und immer wenn er glaubte, sein Vater erwiderte seinen Blick, lächelte er höflich. Er hatte das Gefühl, als wäre er samt Stuhl durch den Fußboden gebrochen und bei einem unbekannten Nachbarn gelandet, wo er nun sitzen bleiben mußte. Danach tranken sie Rotwein. Die Knochen des Fasans flogen beim Schneiden immer wieder von Arthur Teller.

»Oh, pardon«, sagte er dann, nahm das Stück mit den Fingern und legte es wieder zurück.

»Macht nichts«, sagte sein Vater, »schmeckt's dir?«

Das Tischtuch füllte sich rund um Arthurs Platz mit transparenten braunen Flecken. Während sie aufs Dessert warteten, sah er deutlich einen hellen Kreis da, wo sein Teller gestanden hatte.

»Du bist schweigsam«, sagte sein Vater, »ich habe etwas für dich. Setz dich in den Lehnstuhl am Fenster.« Beim Aufstehen stützte Arthur sich auf den Tisch, aber beim Gehen fühlte er sich federleicht. Mit einer Drehung wie der eines welken Blatts im Wind ließ er sich in den Sessel fallen. Sein Vater stellte ein Glas vor ihn hin und schenkte ihm aus einem Holzkrug mit glänzenden Kupferreifen ein. Alle sind sie in meiner Nähe, dachte Arthur, mein Vater, Alice, sogar Carola. Vielleicht fährt sie nicht weit von hier mit Amerikanern in einem Auto. Aber ich bin allein.

»Mon père«, fragte er abrupt, »haben Sie mir nichts zu sagen? Ich war lange in diesem Haus, aber ich habe nichts von alledem verstanden. Nichts. Die Leute unten … warum ich gehen mußte … Lucien … Lory; meine beiden anderen Schwestern habe ich nicht mal kennengelernt. Ist das nicht schrecklich, Papa? Können Sie nichts für mich tun?«

»Ach, Arthur, da gibt es nichts zu erklären. Lucien ist ein Verbrecher. Das ist alles. Aber er ist der Mann meiner Tochter. Was soll ich dir noch erklären? Auch wenn ich dir alles sagen würde, hättest du nichts davon, ich begreife es ja selber nicht. Alles, was geschehen ist: gestern und heute ... ich habe stundenlang darüber nachgedacht, aber es hat nichts genützt. Wie wolltest du dann etwas von dem begreifen, was ich dir erzählen könnte? Du müßtest genauso lange leben wie ich, dasselbe Leben. Achtundfünfzig Jahre müßtest du dasselbe Leben wie ich leben, und selbst dann würdest du nichts begreifen, denn ich begreife ja auch nichts.«

Nach ein paar weiteren Gläsern Cognac hatte Arthur seinen Geist so angestrengt, daß er sich völlig nüchtern fühlte. »Mon père«, sagte er, und es kam ihm so vor, daß er es sich selbst von ganz weit weg zuschrie, »ich möchte sie sehen, ich möchte sie noch einmal sehen. Ich habe Blumen für sie mitgebracht. Ich weiß, sie mochte keine Blumen, aber ich habe Blumen, die nicht verwelken, die fast nicht verwelken. Darf ich ihr die Blumen bringen?«

»Natürlich, Arthur, das ist rührend von dir. Wo sind die Blumen?«

»Auf dem Tisch«, sagte Arthur, »auf dem Tisch.« Aber auf dem Tisch lag das Tischtuch, und darauf stand nur die Kaffeekanne. »Sie liegen nicht mehr auf dem Tisch«, stellte er fest und erhob sich. Sein Vater stand ebenfalls auf. »Wo sind meine Blumen?« sagte Arthur. »Ich habe meine ganzen Zigaretten verkauft, um sie bezahlen zu können, alle Zigaretten von Andrea.«

Ohne daß er es merkte, hatte sein Vater ihn untergefaßt. Ich muß die Blumen finden, dachte er, die Fenster meines Gehirns sind mit blauer Verdunklungsfarbe angestrichen, alle, bis auf eines.

»Sind sie hier?« Arthur suchte tastend auf dem Büfett. »Oh, pardon«, sagte er, als er eine Vase umstieß. Er stellte sie wieder hin, aber sie schwankte noch lange rachsüchtig.

»Hier sind sie nicht«, sagte Arthur, »Mes fleurs, où sont mes fleurs? Les jolies fleurs!«

»Das wird sich schon finden«, sagte sein Vater, »bald. Komm mit.«

Und er drehte Arthur um. »Da waren keine Blumen«, sagte er, »du irrst dich.«

»Doch«, sagte Arthur, »ich hatte sie dabei, ich habe sie mitgebracht. Sie waren in eine deutsche Generalstabskarte eingewickelt. Von der Insel Wight. Dorthin wollten die Scheißmoffen, aber es ist ihnen nicht gelungen. Jetzt sind sie am Ende. Lachhaft. – Wo sind meine Blumen geblieben? Glauben Sie, ich würde ohne Blumen zu ihr gehen? Wo ich sonst nie etwas für sie tun konnte? Sie, sie hat alles für mich getan, alles. Ich hatte Blumen dabei, als ich kam. Das einzige, was ich für sie tun konnte, und es ist so gut wie nichts, denn sie mochte keine Blumen, weil sie so schnell verwelken.«

»Siehst du, dann kannst du doch froh sein, daß du keine Blumen hast.«

»Warum brennt hier das Licht?« fragte Arthur.

»Ach«, sagte sein Vater, »nur so. Das Licht brennt, weil ich die Vorhänge aufgezogen habe.«

Sie standen nun direkt vor der Flügeltür. Der Vater drehte den Knopf um und stieß beide Flügel auf. Abgeschwächt verbreitete sich das Tageslicht in dem dunklen Raum. Das Fußende des Bettes wurde besser beleuchtet als das Kopfende. Die beiden Männer schwankten in das Zimmer.

Das Bett war bis zum Rand der Zudecke von Zweigen mit grünem Laub bedeckt.

»Da liegt sie«, sagte Arthurs Vater, »keine einzige Blume in diesem Raum. Schau, die Akazien, das alte Symbol der Unsterblichkeit. Die Akazie bleibt immer grün.«

»Ach, Vater!« rief Arthur. Er hielt sich am Fußende fest, riß den Mund weit auf und übergab sich mit einem knirschenden Geräusch. Weil er sich an den Schwimmbagger erinnerte, konnte er nicht mehr aufhören. Aber er hatte noch eine verschwommene Vorstellung von dem, was er hier tat, und hielt den Kopf nicht nach vorn. Das Erbrochene ergoß sich in Schwällen über seine Uniform.

Danach mußte er wohl die Augen geschlossen haben, denn er sah nichts mehr. Er ging nach unten, seine Füße glitten über Stufen. Er hörte, wie eine Tür geöffnet wurde. Dann lag er auf einem warmen Steinfußboden. Noch immer übergab er sich. Eine Tür schlug zu mit einem Geräusch, das ihm das Trommelfell platzen ließ, so schien es ihm. Bürsten mit Stahlnadeln wurden überall in seinen Körper gedrückt. Seine Füße und Hände wurden eiskalt. Seine Seele war viel zu klein geworden für den Körper. Sie war durch ein nahes Summen von ihm getrennt. Sie war geschrumpft wie die von Indianern präparierten abgeschlagenen Köpfe, die so klein wie eine Faust werden.

Er hörte Schritte um sich herum, hielt die Augen jedoch geschlossen. Erst lange nachdem es wieder still geworden war, öffnete er sie. Er sah nichts als in dünnen Linien aus gelbem Licht die Umrisse einer Tür, und er hörte viele Leute durcheinanderreden. Er lag auf dem Fußboden in der Küche. Im vorderen Zimmer saßen sicher »die von unten«. Neben seinem Kopf sah er das Erbrochene vage glänzen, vor allem aber roch er es. Dann hörte er, daß die Tür geöffnet wurde, und die Silhouette einer Frau näherte sich.

»Schläfst du noch?« fragte sie, »ich bin deine Schwester Lorette.« Ihre Stimme klang spöttisch, ihr Gesicht konnte er nicht sehen.

Die Frau hockte sich neben ihn. »Du hast dich ganz dreckig gemacht«, sagte sie und stand wieder auf. Er hörte Wasser laufen. Sie kam zurück und wischte ihm das Gesicht und die Uniform mit einem nassen, warmen Tuch ab. Er schaute in das beleuchtete Vorderzimmer. Die Anwesenden dort taten so, als merkten sie nicht, was in der Küche vor sich ging. Er konnte nur die eine Seite des langen Tisches sehen, wo lauter Frauen saßen.

Keine einzige erkannte er. Er erinnerte sich, daß er am ersten Tag ein blondes Mädchen an diesem Tisch gesehen hatte, in das er sich gern verliebt hätte. Wo, wer war sie? Lorette putzte auch den Fußboden. Er hörte, wie sie das Tuch im Spülbecken auswusch.

»Kannst du aufstehen?« fragte sie. »Auf der Anrichte steht was zu essen für dich, du hast bestimmt Hunger.« Arthur hob den Oberkörper, stützte sich dabei mit den Händen auf.

»Wie spät ist es?« fragte er.

»Viertel nach elf.«

Lorette zündete das Gas an. »Wir haben auch Kuchen«, sagte sie, »aber darauf hast du wohl keinen Appetit. Auf dem Ofen steht Kaffee.« Sie ging ins Vorderzimmer zurück, ohne das Licht in der Küche angemacht zu haben. Er sah nur ihren Rücken. Danach sah er sie nicht mehr. Sie hatte sich sicher an die andere Seite des Tischs gesetzt. Die Tür hatte sie hinter sich offengelassen, als müßte sie ihn im Auge behalten. Für mich ist dort kein Platz, dachte Arthur. Und ihm kam das blonde Mädchen in den Sinn, das er damals hier gesehen hatte, und auch seine kurzzeitige Hoffnung, sich an sie klammern zu können wie an ein neues Leben. Aber Rose hatte ihn gerufen, damit er sie nach oben begleitete, und alle hier unten hatten sofort zu erkennen gegeben, daß er nicht mehr existierte. Nach oben, wo die alte Frau jetzt tot in ihrem Bett lag. Eine falsche Wahl. Eine Wahl, durch die er der Zukunft abgeschworen hatte. Obwohl ... hatten sie ihm überhaupt eine Wahl gelassen? Er stand auf, nahm den Kaffee vom Gasherd und setzte sich an den Küchentisch.

Er warf keinen Blick mehr ins Vorderzimmer. Das meiste, was dort geredet wurde, verstand er nicht. Zuweilen ertönte ein Satz langsam, klar und für sich allein. Aber es hatte nichts mit ihm zu tun. Kein neues Leben für mich, nichts mehr, an das ich mich klammern kann. Er aß wie mechanisch. Er trank die ganze Kaffeekanne leer und anschließend den Milchkrug. Seinen Stuhl drehte er so, daß er mit dem Rücken zum Vorderzimmer saß, und rauchte eine Zigarette. Im Umriß seines Schattens sah er den Rauch. Als die Zigarette aufgeraucht war, ging er, das Gesicht ängstlich von der Tür des Vorderzimmers abgewandt, durch den Flur, wo er das Licht anmachte, zur Toilette. Als er zurückkam, brannte das Flurlicht noch. Mantel, Barett und Feldtasche hingen noch an der Garderobe, natürlich, aber es war, als hätten sie jahrelang dort gehangen.

Er fühlte sich sehr gut, als er die Avenue entlangging. Er hatte Angst, daß er, wenn er sich noch einmal zum Haus umdrehte, wieder zurückgehen müßte. Darum blieb er erst stehen, als er sich sicher war, daß er nicht einmal mehr zwischen den Bäumen und hinter anderen Häusern etwas davon sehen konnte. Die Sterne funkelten, als hätte es nicht getaut, als wäre alles noch von einer dicken Schicht jungfräulichen Schnees bedeckt. Der Mond schien hell, von keiner Wolke belästigt, stolz, daß er ganz er selbst sein konnte.

Arthur begegnete keinem Menschen. Für alle anderen ist es verboten, in diesem Mondlicht spazierenzugehen, dachte er, nur für mich nicht, weil ich ein Deutscher bin, ich darf auch nach der *Sperrstunde* auf die Straße. Das hatte zwar nichts mehr mit der Realität zu tun, versetzte ihn jedoch in gute Laune. Er wußte nicht, wohin er ging, und achtete auch nicht darauf. Es beunruhigte ihn nicht, es tat überhaupt nichts zur Sache, mochte es auch noch so spät in der Nacht sein.

Schließlich fand er sich auf der Avenue Brugmann wieder. Er erkannte die Allee an der endlosen, mit Glasscherben gespickten Mauer, die den Landsitz Boetendael von der Straße trennte. Er ging bergauf, wußte jedoch nicht, ob in dieser Richtung die Stadt lag oder ob er sich von ihr entfernte.

Dann hörte er, daß sich eine Trambahn näherte. Er rannte zu den Schienen und hob die Hand. Doch die Bahn fuhr weiter. Es war eine Bahn, in der nur Schaffner saßen. Ich muß dafür sorgen, daß ich mit dieser Bahn fahren kann, dachte Arthur, nur auf der Toilette oder in der Straßenbahn kann mir nichts passieren. Und er rannte weiter. An einer Seitenstraße hielt die Bahn an. Der Fahrer stieg aus und machte sich daran, mit einem Brecheisen eine festgefrorene Weiche loszustemmen, als sich Arthur näherte.

»Kann ich mitfahren?« fragte er. Der Mann richtete sich auf. Von seinem Gesicht konnte Arthur nichts erkennen, da sein Kopf mit vielen Schals umwickelt war. »Dies ist die allerletzte Tram«, sagte der Fahrer, »wir fahren ins Depot.«

Arthur stieg ein und setzte sich zu den Schaffnern. Obwohl sie sich lautstark unterhielten, konnte er kein Wort verstehen. Sie hielten die Hände vor dem Bauch gefaltet, über den Geldtaschen, unter den Signalhörnern aus Messing, die ihnen an zerfransten grünen Schulterriemen vor der Brust hingen. Arthur holte eine Schachtel Zigaretten aus der Tasche und hielt sie dem Schaffner hin, der neben ihm saß. Der nahm Arthur die Schachtel aus der Hand und reichte sie seinem Nachbarn, der sie mit einer blitzschnellen Bewegung wieder an einen anderen weitergab. So machte die Schachtel eine Runde durch den ganzen Wagen und kam wieder zu Arthur zurück, ohne daß jemand eine Zigarette herausgenommen hatte.

Die Fensterscheiben waren zugefroren. Arthur legte die Hand darauf, bis das Eis darunter geschmolzen war. Durch das Loch schaute er konzentriert nach draußen. Als er eine blaue Leuchtreklame von Macaroni Toselli erblickte, wußte er, daß sie den Brouckèreplaats erreicht hatten.

Wenn ich einfach auf dem Boulevard Max bleibe, dachte er, begegne ich ihr vielleicht. Aber dort schlenderte keine einzige Nutte mehr. Deshalb bog er in eine Gasse ein. Obwohl er zuvor keinen Menschen auf der Straße gesehen hatte, kamen nun von allen Seiten Männer und junge Burschen auf ihn zu, die sich in Hauseingängen unsichtbar postiert hatten, und gaben ihm kleine Visitenkarten. Mit einem ganzen Packen davon in der Hand blieb er unter einer Laterne stehen, doch die Adresse, die er suchte und vergessen hatte, war nicht dabei. Mit einemmal fiel sie ihm wieder ein. Er ging auf einen der Männer zu und fragte: »Rue de l'Hypnodrome, s'il vous plaît.«

»Rue de l'Hyppodrome«, wiederholte der Mann und zog ihn am Arm mit zu einer Bar, aus der Pianomusik schallte. Arthur wollte nicht hineingehen, er erinnerte sich plötzlich an den richtigen Namen: Rue du Cirque. Er verstreute die Karten im Straßenschmutz und lief an verlassenen Gleisen entlang, die im Licht der Straßenlaternen glänzten.

Die weiße, hohe Tür. Dieselbe weiße Tür. Sie öffnete sich schon, ehe er direkt davorstand, so daß er nicht zu klingeln brauchte. Das traurige Hausmädchen mit dem schwarzen Kleid wartete oben auf ihn. Geräuschlos, aber unglaublich schnell stieg er die Treppe hoch. Die Frau in Schwarz stellte ihm keine Fragen.

»Ich möchte Maritza sprechen«, sagte er, »ist sie zu Hause?« Die Frau trat einen Schritt in den Flur, öffnete die Tür zu einem Zimmer und streckte den Arm hinein. Offenbar drückte sie auf einen Klingelknopf. Sie blieb bei ihm stehen, während er wartete. Der Gang war noch genauso kahl wie das letztemal, nur mit dem Unterschied, daß der Putz an manchen Stellen getrocknet war und sich dort feine Schrumpfrisse zeigten, als wäre die Wand mit einem großen, weitmaschigen Spinnennetz überzogen. »Die Wände sind schon wieder rissig«, sagte die Frau, »nie ist es in Ordnung, immer muß man von neuem anfangen.«

Sie warteten schon mindestens zehn Minuten. Im Haus war es totenstill.

»Maritza kommt gleich«, sagte die Frau. »Ziehen Sie sich schon mal aus«, fuhr sie fort, als müsse er sich für eine medizinische Behandlung bereitmachen. Er folgte der Aufforderung und reichte ihr seine Sachen, die sie über dem Arm hielt. Wenn sie wüßte, daß kein Cent mehr drinsteckt, dachte er. Dann sah er Maritza kommen, unbekleidet und sogar barfuß. Das Herz hämmerte ihm in den Ohren.

»Nett von dir, daß du gekommen bist«, sagte sie, »aber du mußt ganz leise sein, sonst gerät das ganze Haus in Aufruhr. Es ist spät.«

Das schwarzgekleidete Hausmädchen hatte sich zurückgezogen. Arthur schaute zu beiden Seiten in den Flur, niemand, nicht mal die Tür, durch die sie verschwunden sein mußte, hatte er gehört. Maritza schlang die Arme um seinen Nacken und küßte ihn; ihr Gesicht war starr vor Müdigkeit. Er ließ die Finger über ihre Rückenwirbel gleiten. Im Flur war es drückend heiß. Es war, als dringe Dampf aus den getünchten Wänden.

»Komm«, sagte sie, »laß uns schlafen gehn.« Sie führte ihn an der Hand, eine Treppe hoch.

Im Haus war alles unverändert. Der Fußboden war noch mit weißem Staub und Strohhalmen bedeckt. Der durchdringende Farbgeruch kitzelte Arthur in der Nase.

»Es ist kein Zimmer mehr frei«, sagte Maritza.

»Nicht mal Schneewittchen?«

»Nein, nur ein ganz kleines, ganz oben. Rotkäppchen.«

Sie mußten eine weitere Treppe hochsteigen, durch einen anderen Flur gehen, dann kam noch eine Treppe. Im Flur oben brannten mehr Lampen als in den anderen Fluren. Sie gingen bis zum Ende und gelangten in einen kleinen Raum, dessen Decke spitz zulief. Der ganze Raum war mit einer alten, grundhäßlichen Tapete beklebt, sogar der Fußboden, auf dem kein Teppich lag. Überall waren runde Nässeflecke mit breiten Rändern. Der Platz reichte nur für ein Bett, einen Stuhl und einen ausgestopften Schäferhund mit grünen Augen und aufgerissenem Maul. Rotkäppchen selbst war durch kein einziges Symbol vertreten.

An sie geschmiegt, lag er im Dunkeln. Es schien, als umfinge sie ihn mit Dutzenden Armen. »Oh, Joseph«, sagte sie, »du bist kein Teddybär, du bist ein großer Wolf.«

»Und wo wäre dann die Großmutter?« fragte er. »Vielleicht in meinem Bauch?«

»Oh, Joseph«, seufzte sie, »du hast Wolfsaugen, wußtest du das nicht?«

Sein ganzer Körper wurde steif wie erstarrendes Fett. Es kam ihm so vor, als wären seine Kieferknochen aus Watte. Trotzdem gelang es ihm, zu sagen: »Ich heiße nicht Joseph, und ich bin kein Belgier. Ich bin Holländer.«

»Warum hast du mich angeschwindelt?« fragte sie kläglich, »warum hast du mir nicht alles offen und ehrlich erzählt?«

»Ich heiße Arthur«, entgegnete er, »deshalb brauchst du jetzt nicht zu weinen. Ich habe einen falschen Paß, den Paß eines Mannes, der schon lange tot ist. Aber mein Vater sagt, die Akazie bleibt immer grün, und deshalb ist der Name in meinem Paß nicht tot.«

»Warum ein falscher Paß?« fragte sie heftig schluchzend, »bist du denn ein Verräter? Ich werde es keinem erzählen, vielleicht kann ich dir helfen.«

»Ich bin kein Kollaborateur«, erwiderte er, »aber es läuft fast aufs gleiche hinaus, ich bin nämlich nicht en règle. Der Mann, der vor mir Joseph hieß, der war eigentlich en règle, er hat unter seinem eigenen Namen gelebt, aber es war ein jüdischer Name, deshalb haben ihn die Deutschen umgebracht.«

Sie hatte aufgehört zu schluchzen und flüsterte nun ununterbrochen, aber es hörte sich eher so an, als käme das Geräusch von einer kleinen Maschine, die menschliches Flüstern imitierte. In Arthurs Kopf begann es langsam zu pochen, und schließlich wurde das Pochen so heftig, als wäre da jemand, der unbedingt hinauswollte. Er antwortete nicht mehr auf das, was sie sagte.

»Attila!« rief sie plötzlich, »Attila!!«

Er mußte den Kopf in den Nacken legen, um sagen zu können: »Nein, Arthur.«

»Was redest du da«, entgegnete sie, »ich habe doch Arthur gesagt.«

Nun merkte er, daß er weinte. Klebrige Tränen strömten über seinen Mund. Er umarmte sie, so fest er konnte. »Warum weinst du?« fragte sie.

»Ich weine nicht«, glaubte er zu sagen, aber er dachte es nur, ich weine nicht. Endlich kommt alles raus.

Es war, als stiegen in seinen Ohren die Fluten eines Ozeans hoch, eines Ozeans, der aus nichts anderem als Brandung bestand.

Das Mädchen versuchte ihn von sich wegzustoßen. Aber das gelang ihr nicht. Die Arme um sie gelegt, umklammerte er mit den Händen seine Ellbogen.

Nach einer Weile versuchte sie es erneut. Ihre Wange klebte an seiner. Dann bekam sie solche Angst, daß sie die Handflächen gegen seine Augen drückte und mit den Beinen zappelte. Um Hilfe zu rufen, wagte sie nicht. Das ganze Haus würde in helle Aufregung geraten, und am nächsten Tag würde man sie auf die Straße setzen. Weil sie das alles nicht verstand, wuchsen in ihr Kräfte, die sie sonst nie besessen hätte, und sie konnte sich schließlich losreißen. Sie stieg über ihn hinweg und sprang vom Bett.

Sie rannte auf den Flur, wo alle Lampen noch brannten, die ganze Nacht gebrannt hatten. Schultern und Brust waren rot von Blut. Sie spürte das Blut überall. Mit den Fingerspitzen wischte sie darüber und rannte auf schmerzenden Füßen die Treppe hinab. Die klebrigen Hände rieb sie fassungslos aneinander.

Sie wußte vor Abscheu nicht, was sie tun sollte.

Amsterdam, 16. Mai 1946 – 4. Januar 1948

Stig Dalager
Zwei Tage im Juli
Roman. Aus dem Dänischen
von Heinz Kulas
270 Seiten. Gebunden
ISBN 3-378-00660-9

Porträt eines Attentats

Für einen kurzen Augenblick werden im Juli 1944 die Fesseln der Geschichte abgestreift. Claus von Stauffenberg ist ein frommer Mensch. Er liebt seine Familie und sein Vaterland. Beides wird von einem einzigen Mann bedroht, der die Ermordung von Millionen Menschen befohlen hat – Adolf Hitler. Stauffenberg weiß: Dieser Mann muß den Tyrannentod sterben. Zeitgleich wandert ein schlafloser Hitler durch den Führerbunker. Ein psychisch wie körperlich ruinierter Mann. Der Tod wäre für ihn eine Erlösung, doch sterben wird Oberst Stauffenberg.

»Der Tatsachenromanvon Stig Dalager ist faszinierend und verblüffend, sowohl eine einfache spannende Geschichte als auch eine Demonstration der psychologischen und soziologischen Faktoren, die zusammen menschliches Leben beeinflussen.« JYLLANDSPOSTEN

Gustav Kiepenheuer
VERLAG

Mehr Informationen erhalten Sie unter
www.aufbau-verlag.de oder in Ihrer Buchhandlung

Joachim Fest
Der Untergang
Hitler und das Ende des
Dritten Reiches
Lesung
mit Hans Peter Hallwachs
und Udo Schenk
3 CDs. 190 min.
ISBN 3-89813-369-9

»Meisterhafter Essay über Hitlers letzte Tage.« Die zeit

Die letzten Tage des »Dritten Reiches«: Was sich im April 1945 im eingekesselten Berlin und unter Tage in den Katakomben der Reichskanzlei abspielte, ist an Dramatik kaum zu überbieten. Hitler inszeniert seinen persönlichen Untergang als den Untergang eines ganzen Volkes.
Joachim Fests Standardwerk bildete die Grundlage für einen der meist diskutierten deutschen Kinofilme der letzten Jahre mit Bruno Ganz als Hitler. Das Hörbuch zu Fests scharfsinniger Analyse erfaßt eines der folgenreichsten Kapitel deutscher Geschichte in einer beeindruckenden Lesung.

»Nur Stimmen und ein starker Text: eine Alternative zum Kinofilm.« Ostsee-Zeitung

»Ein radiophones Juwel.« F.A.Z.

DER>AUDIO<VERLAG

Mehr Informationen erhalten Sie unter
www.der-audio-verlag.de oder von Ihrem Buchhändler

Verschüttete Erinnerungen: Zeitgeschichte bei AtV

LORE WALB
Ich, die Alte – Ich, die Junge
Konfrontation mit meinen Tagebüchern 1933-1945
»Was die Auseinandersetzung der ehemaligen Journalistin ... so wertvoll macht, ist nicht nur die Offenlegung der nationalsozialistischen Propagandamaschinerie. Vielmehr interessiert die Konfrontation eines Menschen mit seinem Gewissen – generations- und zeitübergreifend.«
HAMBURGER ABENDBLATT
370 Seiten. AtV 1397

REGINA SCHEER
Es gingen Wasser wild über unsere Seelen
Ein Frauenleben
Als junge Zionistin gehörte Hanni Ullmann zu den ersten deutschen Einwanderern in Palästina. Am Rande der Negev-Wüste gründete sie ein Kinderheim. Hierher kamen entwurzelte Kinder, die NS-Terror und Lager hinter sich hatten. Alle ihre Geschichten sind verwoben in Hanni Ullmanns Leben. Wie ein Mosaik setzt es sich aus vielen Schicksalen zusammen, aus den Brüchen des 20. Jahrhunderts und den Erfahrungen mit einer selbstgewählten Heimat. »Ein Frauenleben, das von den Utopien und den Verbrechen des Jahrhunderts bestimmt ist.« FREITAG
287 Seiten. Mit 24 Abbildungen. AtV 8092

ILSE SCHMIDT
Die Mitläuferin
Erinnerungen einer Wehrmachtsangehörigen
»Naivität, Lebenshunger, Schweigen, Pflichtbewußtsein, Angst – es ist diese Widersprüchlichkeit, die verstört. Ilse Schmidt hilft uns, zu begreifen, wie ethnische Säuberungen vor unseren Augen möglich sind, wie wir unser Ich abspalten und vergraben.«
MÄRKISCHE ALLGEMEINE
Mit einem Vorwort von Annette Kuhn und einem Nachwort von Gaby Zipfel. Mit 45 Abbildungen. 191 Seiten. AtV 8086

HELLMUT STERN
Saitensprünge
Erinnerungen eines Kosmopoliten wider Willen
Als 1938 mit seiner Flucht nach China für Hellmut Stern eine lebenslange Odyssee beginnt, nimmt der damals Zehnjährige auch seine Geige mit. Mit musikalischen Gelegenheitsjobs bringt er sich und seine Eltern über die Zeit bitterer Armut. Nach Stationen in Tel Aviv, St. Louis und New York kehrt Stern 1961 als Erster Geiger des Berliner Philharmonischen Orchesters in seine Heimat zurück. »Diesen Rahmen eines abenteuerlichen Lebenslaufs füllt Stern prall mit gefährlichen, beglückenden oder rührenden Ereignissen.« FAZ
304 Seiten. AtV 1684

AtV